重溯新文学精神之源：中国新文学建构中的晚清思想学术因素

The Late Qing Think and Academic Factors in the Construction of Chinese Modern Literature

李振声 著

上海人民出版社

国家社科基金后期资助项目
出版说明

后期资助项目是国家社科基金设立的一类重要项目，旨在鼓励广大社科研究者潜心治学，支持基础研究多出优秀成果。它是经过严格评审，从接近完成的科研成果中遴选立项的。为扩大后期资助项目的影响，更好地推动学术发展，促进成果转化，全国哲学社会科学工作办公室按照“统一设计、统一标识、统一版式、形成系列”的总体要求，组织出版国家社科基金后期资助项目成果。

全国哲学社会科学工作办公室

目　次

绪　　论

一、缘　　起

稍稍知道一点中国现代文学史和学术史的，应该都多少听说过林损怨怼胡适这一陈年公案。该公案事发于1930年代初，蒋梦麟出长北大，祭出改组北大的大旗，任胡适为文学院院长并兼国文系主任，致使国文系主任马裕藻、教授林损、徐之衡三人相继辞职。林损（1890—1940）早年受教于舅父、浙东名儒陈黻宸（介石），民国初时年甫二十即任北大文学教授。因为资格老，又有名士气，加上爱喝酒，讲学问写文章时便不免有借酒使气的地方，总之，与"五四"新文化运动中出道的一批新锐和放洋归来、有留学背景的新派学者，相处并不融洽。近年整理出版的《吴宓日记》中，即记述有吴受邀入住林宅的一段日子，日常生活因受到种种匪夷所思、琐碎之至的侵扰，以致懊悔不迭的情景①；周作人《知堂回想录》中的一段奇妙对话，同样也可以见出林损"固执怪癖"、与人难以融洽的一面。《知堂回想录》里所记的一段对话是这样的：

> 一天我在国文系办公室遇见他，问在北大外还有兼课么？答说在中国大学有两小时。是什么功课呢？说是唐诗。我又好奇地追问道，林先生讲哪个人的诗呢？他的答复很出意外，他说是讲陶渊明。大家知道陶渊明与唐朝之间还整个的隔着一个南北朝，可是他就是这样讲的。这个缘因是，北大有陶渊明诗这一种功课，是沈尹默担任的，林公铎大概很不满意，所以在别处也讲这个，至于文不对题，也就不管了。②

---

① 参见《吴宓日记》一九二五年八月二十二日，一九二六年三月二十日、七月二十三日、二十四日、十一月二十日、十二月十九日诸条；吴学昭整理，三联书店，1998年。

② 周作人：《知堂回想录》第四卷"北大感旧录"，香港三育图书文具公司，1980年，第486页。

这段对话，我也曾在给学生讲“中国现当代文学史论”时，当作课程的“楔子”和“入话”引用过。不过我的用意与解释，与《知堂回想录》中所推测的并不一样。知堂是将这段“妙对”作为谑而不虐的一则笑话来谈的，旨在渲染林损的处境和性格。知堂揣度林损讲学时的“语无伦次”和不惜错置时代，完全是因为跟人负气、使性的结果。但在我看来，林的“错置”时代，并非简单犯下的常识性错误，而是有某种“深意存焉”的，很可能是出于另一层缘由的考虑，那便是，要讲唐诗，或疏解某部分唐诗的源头，至少须得追溯到陶渊明那儿，才有可能讲得清楚它们的来龙去脉。这涉及一种值得我们留意的治学思路，至少不是可以轻易加以嘲笑的。你凭什么就断定，林损不是为了这层“历史的眼光”，在讲唐诗时，匀出大力气，去疏讲陶渊明的呢？当然我的本意并不在澄清林损上述被知堂老人幽默地称作“妙对”的真正本意。随当事人的作古多年，他的真实本意我们早已注定不得而知，除非有人能起林公铎先生于九泉之下。这也只是我的一种揣度和解释。而理解历史，不都得凭借解释吗？

我不赞成知堂的推测，自己另辟新解，是“醉翁之意不在酒”，无非是想借这样一个机会告诉听课的学生，对中国新文学的理解，同样需要格外留意这样一种“历史的眼光”，不能只是“就事论事”。除了需要细致、深入了解新文学自身的“独创性”（这当然是最要紧的，了解得越多越好，否则就不成其为“新”！），还得了解“世界性因素”（也即是我们常说的外来影响）之于它所起的形塑作用，除此之外，还得适度明了，晚清新思想学术运动是如何为后来新文学基本精神品格的生成，提供了重要思想资源的。我所说的晚清新思想学术运动，大致范围为：在阳明心学、顾炎武、黄宗羲、戴震、章学诚等置身于时代大变局的思想学术，转换为晚清经世学风的同时，最大限度地接纳一切有助于应对中国现代危机的外来思想学术资源；虽通常采用古今文经学或汉学宋学的名目激烈驳难，但由以展开的，则是各自积极应对现代转型危机和重建文明秩序的种种设想；具体体现者则从魏源、龚自珍，至康有为、梁启超、黄遵宪、严复、谭嗣同、宋恕、夏曾佑、章太炎、刘师培……。晚清以降，中国知识者承受着巨大的时代危机的压力，他们在积极应对危机的责任感、使命感的驱策下，以一种最新获得的世界性眼光，对本土思想文化传统作出新的诠释、梳理和评价，视野的开阔和所涉及问题的错综复杂，为中国思想文化开辟出千年未遇之新局面。中国新文学最基本的精神品格即肇始于此。我近年所作研究的关注点，也多侧重于此。我想就此、并很希望我的学生跟我一起作些梳理，以便弄清中国新文学最初和最直接的思想精神源头，是如何根基于晚清以降“五四”之前、中国知识学术对现代转型所带来的时代危机所作出的积极有效的回应之中的。

做这样的梳理当然是有感而发，是有所针对的。近年海外汉学过于抬举晚清以降、擅长以世俗生存技巧化解现代危机焦虑的欲望—消费性通俗写作的“现代性”，致力于重建“被压抑的现代性”谱系，意在推出文学史叙事的新方案。无论有意还是无意，新方案都将从根本上质疑并颠覆建立在“五四”启蒙精神理念之上的现代文学史叙事框架。而我对此一新方案则是存有难以释怀的疑虑。事实上，自20世纪90年代以降，中国当代文学身上越来越张扬的那种与过于物化的当代现实之间过于“亲密”的关系，不仅无助于我们洞悉自己复杂的现实境况，还可能妨碍我们对人无限丰富精神可能性的揭示，这份窘迫和尴尬，海外学者近年致力的对新文学本源的新解释，即一味提升晚清民间（尤其是以上海这一新兴近代商埠作为主要关目）以世俗生活技巧化解现代危机和焦虑的能力，对之作出远远超迈于前人的高度正面性的评价，似应承担一份推波助澜的责任。尽管事实上造成这种现状还有其更为复杂也更为直接和主要的现实原因。

二、思　路

不过，当我们面对近年来，西方后理论在国内思想学术界已有相当普及程度的现状，依照后理论中如福柯、德里达的说法，全部知识都不可避免地置于权力关系之中，因此我们不仅不可能回到或重新据有那种所谓永恒在场的本原、源头或起源，而且恰恰是要将破除这样一种形而上学的诱惑和迷思作为我们的当务之急。对德里达说来，真正的本原、源头和起源，是再也无法、并且永远无从被（重新）据有的；任何在场的本原，任何被对象化地据有、掌握、认知的本原、源头和起源，都并非它们自身，而不过是它们的踪迹；真正的本原永远置身在“延异”之中。以拒斥形而上学的名义，后理论毅然阻止乃至取消了对本原、源头和起源的追问与寻求。对传统形而上学所憧憬和渴求的那种永恒在场、自身同一、完满自足的本原、源头、起源之说，后理论认定自己该做的唯有以“不！”来予以喝断。后理论对本原、起源、源头的批判和解构，确实在相当的程度上敏锐犀利地洞察到了人类认知过程中所不免的主体的张狂和虚妄。但后理论本身也不是没有它的问题。德里达“延异”说旨在将所有的事实判断和价值认知统统无限搁置和推迟，这中间即不免有将相对绝对化之嫌。他将对认知因来自主体的建构或遮蔽所导致的有效性的相对缺失这样一种正确的观察和必要的警觉，推向了极端，放大至无限，以致单方面关阖上了事实判断、价值认知所有有可能臻达有效之境的门枢。

古希腊戏剧中，为了解除人物所遭遇到的非人力所能祛除的悲剧命运，往往会动用一种由神祇突然降下的机械装置。中国新文学当然不可能属于一种突然降临、突然出现在人们眼前的文学现象。它有它错综复杂、沉潜往复、曲折进展的生成、衍变过程。有它的来龙，也有它的去脉。只是这种来龙去脉可能远不像我们原先以为已经明了的那样显豁明朗。它的诸多隐秘、隐曲、沉潜的地方，尚需我们剥笋抽茧、层层深入地去思忖、去琢磨和揣测、去把握和揭示。

理解中国新文学的真实源头是重要的，否则，我们很可能既无从真正明了新文学的“新”到底“新”在什么地方，也极有可能在文学遭遇到种种当代困境的时候，我们的态度，我们的判断力和认知力，将因之而变得极为孱弱和暧昧。

在已有的有关中国新文学源头的研究中，注重从“五四”新文学之前的中国文学那里去寻索新文学的源头，是一种最为基本的取向。20 世纪 30 年代初周作人在他的辅仁大学演讲稿《中国新文学的源流》里，将“五四”新文学的精神源头上溯到晚明的公安、竟陵派文学那里，即较早地提示了这一思路(暂且不考虑这里边显然有着周作人以“言志”“性灵”一脉抗衡被他归入“载道”谱系的、注重政治抗争和社会革命的 30 年代左翼文学的动机和策略)。在这之前，无论是 1917 年前后草创初始，陈独秀坚邀胡适等人揭树“绝不容反对者有讨论之余地”的“文学革命”大旗，还是胡适稍后写出的、尽可能讲点学理的长文《五十年来中国之文学》，乃至延及 1930 年代初，新文学业已大获全胜坐稳江山，胡适为《中国新文学大系》“理论建设”卷所撰写的导言里，截然否认旧文学有开出新文学之源的任何可能性的口吻，均未因时间的迁延而出现过丝毫的松动。(而事实上，此前的周作人不也曾以“人的文学”标尺，将诸如《三国演义》《水浒传》《西游记》《聊斋志异》这批中国古代小说中最值得夸耀的作品几乎一概予以抹杀的?)20 世纪 80 年代，依然有研究者相当郑重其事地旧事重提，赞同周作人所提示的思路，主张将新文学的精神源头上溯到晚明文学(如吴中杰:《现代文学史研究要破关而出》[①]，1982)，

① 吴中杰:《现代文学史研究要破关而出》，收入吴中杰、高云著《海上文谭》，北岳文艺出版社 1988 年版，第 1—10 页。

由此也可见出此一思路挥之不去的魅力之一斑。中国新文学史这门学科的奠基人王瑶先生，同样也格外看重鲁迅的新文学创作之与中国传统文学艺术之间的那层隐秘关系：写于20世纪50年代的《论鲁迅作品与中国古典文学的历史联系》一文，着力讨论的主题，即为鲁迅小说中的知识分子与中国传统知识分子、鲁迅小说与古代诗歌以及鲁迅短篇小说格式与《儒林外史》之间的精神联系；而写于20世纪80年代初的《〈故事新编〉散论》，则着重讨论"新编"中鲁迅所自嘲的"油滑"因素，是如何汲取了中国传统戏曲艺术，又如何做了创造性转化的；它们均是当时具开风气意义的"典范"性研究文本。

此一上溯的取向有其特定的解释力。它是以历史的连续性和整体性作为信念，并且的确在相当的程度上揭示了新文学之于中国传统文学之间的那层血脉亲缘关联。但此一思路也有其迂远疏阔的一面，不足以揭明新文学最切近的思想精神源头。"五四"新文学的主体与中国固有的文学传统有本质的区别，这是事实，也是治新文学史者所应拥有的一个基本共识。因为，积极应对严峻的现代危机，并由此产生的对现实的强烈批判精神，以及从这种危机意识和批判精神转化而来的对于现实的强烈责任感，加上与之紧相缠绕的、最大限度地接纳一切有助于应对中国现代危机的外来思想资源，这样的精神气度，只可能出现在晚清以降，而不是晚明或其他更早的时代。

日本中国现代文学及思想文化研究家木山英雄先生的《"文学复古"与"文学革命"》一文，对鲁迅兄弟在章太炎直接熏陶下，将外来现代性资源和中国传统资源转化为中国现代语境的努力所作的独到分析，其思路和体贴对象的精深程度，均曾对我有过冲击性的影响力；曾在方法论上对木山英雄氏有所启发的小林武《关于章炳麟——作为方法的语言》一文，从章太炎小学功夫入手对章氏特有的思想结构的剖析，同样也给我以深刻的印象。只是他们的思路还有着向更开阔的视野作进一步拓展的空间，而这一部分的空间，我想也正是值得我去为之作出努力的方向。

20世纪90年代以来，由海外学者王德威（参见其题名同为《被压抑的现代性》而副题分别为"没有晚清，何来'五四'？"与"晚清小说的重新评价"二文）、李欧梵（参见《上海摩登》一书）等牵头（其实林培瑞对清末民初通俗小说，尤其鸳鸯蝴蝶派文学相当深入细致的研究，要远早于李欧梵、王德威，20世纪80年代即曾翻译介绍至国内，但影响却远小于后者，令人有与时运相扞格的"生不逢辰"的慨叹），加上各种"后学"理论的策应，学界似出现了某种强调和拔高晚清以降通俗文学的地位，并用以质疑新文学传统正当性的趋势。此一研究态势致力于挖掘和倡导一种自晚清以来在中国出现，而在此后一直处于“被压抑”状态的“现代性”，并由此相应地构建起从《海上花列传》、“鸳鸯蝴蝶派”小说，到20世纪30年代的上海、到20世纪90年代后期以来的大陆文学的“另类”“现代性”线索，旨在质疑和消解“五四”以来、尤其是20世纪50年代以来的主流思想史和文学史叙事思路。其力主将新文学发生发展过程中被遮蔽、压抑的一面重新提示到了人们眼前，恢复和丰富对新文学实有面目的应有认知，对以往的左翼文学史观、启蒙主义叙事思路的确起到了一定程度的纠偏，也拓展了人们对新文学由以发生、发展的内在资源、动机的理解和解释空间。如何才能保持新文学史叙述内部所必不可少的多重、错综的对话空间，努力还原新文学本身的丰富和复杂层面，以免重蹈以往有关新文学叙事中因过于单一而严重排他、甚至唯我独尊的意识形态的覆辙，应该是这一研究思路的出发点。

20世纪90年代以来，欲望和消费主义写作逐渐兴起，而鼓动、怂恿这种写作的批评，则在慨叹文学和知识分子“边缘化”的同时，又自觉不自觉地在为这种“边缘化”的必要和合理作出论证，以致不少80年代卓有建树的作家、批评家也纷纷“告别”“现代”和“先锋”，回归所谓的“日常”和“民间”(最近一二十年间，陈思和的“民间”解释构架，以及基于此一构架对20世纪50—70年代“潜在写作”的谱系勾勒和高度评价的文学史叙述思路①；王晓明的“半张脸的神话”之于“日常生活”的暧昧、可疑一面的警觉和批判②；都是相当严肃并富有解释张力的研究。但泥沙俱下、鱼目混珠的情况也极为严重，因而须作严格分析和细致厘定)。在处于急剧社会变迁的当代中国出现新的、异常复杂和严峻问题的时候，当社会各个阶层在现实面前身不由己地做出充满激情和紧张思考反应的时候，中国当代文学或当代文学中的相当部分，却并没有介入这些思考和激情中去，以应有的文学水准对现实作出自己的回应和互动，而是急着去谋求与市场、商品之间建立起某种亲密的关系，以致放弃和丧失了以自己擅长的文学话语、积极主动地参与现实反思和批判的能力和可能性，以致一时蔚成风气的所谓“市场对写作的解放”“市场

① 参见陈思和：《民间的浮沉：从抗战到“文革”文学史的一个解释》《民间的还原：“文革”后文学史某种走向的解释》诸文，收入《陈思和自选集》，广西师范大学出版社1997年版；陈思和：《我们的抽屉——试论当代文学史(1949—1976)的“潜在写作”》，《文学评论》1999年第6期；陈思和主编：《中国当代文学史教程》，复旦大学出版社1999年版；刘志荣：《潜在写作：1949—1976》，复旦大学出版社2007年版。

② 王晓明：《半张脸的神话》，广西师范大学出版社2003年版。

经济带来的写作自由”，其所带有的暧昧和可疑性质，无从及时、有力地被质疑或得以解明。而90年代以来海外学者对于晚清以欲望—消费为主要特征的通俗文学所作的重新挖掘，则似有在文学史论层面上为之推波助澜之嫌。这一过于看重市场和欲望—消费性冲动的“现代性”意义的研究思路，对晚清民间以世俗生活技巧化解现代危机和焦虑的能力显然估计过高。事实上，正像晚清以世俗技巧化解现代焦虑式的欲望—消费性通俗文学写作，只能是对中国社会现代转型危机的一种“想象性”解决，因而根本无法成为解决当下中国问题的历史参照，其与生俱来的鄙俗品格，同样也承担不起中国新文学精神赖以生成的那种现实和内在动力之源的重要功能。这种过于看重欲望—消费和以世俗技巧化解现代危机的“想象性”解决方案，与其说有助于提升文学在当代的再现/表征能力，还不如说是适得其反。

新文学之于它之前文学的根本差异之一，即在于它对中国社会严峻而又艰难的现代转型所伴随的巨大危机，始终拥有前所未有的清醒意识和深刻敏感；在于其承受转型的痛苦，承受内心困惑、焦虑乃至分裂时的坚韧，以及在挣脱基本失效的陈旧僵化的社会和文化体制，应对时代危机过程中所迸发出的强烈责任感，主动承当意志，激情飞逸的批判理性，充满本真的理想；在于其导入世界性眼光，参与具有世界性意义的重大价值和问题的探讨并努力作出自己的应答……促成中国文学完成现代转型的思想动力和精神内核，并非“被压抑”的、擅以世俗生活技巧化解现代危机和焦虑的晚清通俗文学，而是拥有异常开阔丰富精神视野和异常紧张尖锐危机意识的晚清新思想学术运动。晚清“通俗”文学极为局促的精神气脉，其缺乏必要的紧张和深刻矛盾的内在心智和精神状态，都不足以使其胜任对付中国社会因面临各方面的危机而产生的空前困难和复杂的社会文化问题，既不足以与时代的重大危机形成有效的应对和积极的互动，也不足以表征晚清以降“五四”前夕中国思想文化张力的幅度和深度。

新文学的“现代性”意义和价值，应从当事者应对现代重大危机的姿态和有效性层面去辨认，仅仅凭借与商业有否互相倚重的关系，以及单单就文言/白话去作出区隔与判分，这样的“现代性”不仅成色稀薄而且性质十分可疑。与新文学精神品格之间更具亲和性的，并非后来“被压抑”的，那种自晚清以来的“通俗文学”，而是积极应对时代重大危机，在精神高度和思想深度上开中国思想文化千年不遇之变局的晚清以来的新思想学术运动。因之，注意力仅仅限定在文学尤其是通俗文学的范围内，显然已不足以揭示和探明与中国新文学异常开阔丰富的精神视野和异常紧张尖锐的危机意识相对应的，那种足以承当起新文学由以生成的内在精神动力源功能的思想资源，那种真正的精神源头。

新文学最初和最直接的思想精神的源头和起点，便根基于晚清以降“五四”之前中国知识学术对中国现代转型所带来的时代危机所作出的积极有效回应之中。因此，具体的研究工作将致力于考辨和厘清中国新文学的诸多重要价值与其“前史”语境之间的各种关联。将新文学所注重的，诸如“个人性”“独创性”“世界性”等一系列基本范畴重新历史化，还原到它们得以发生的特定历史文化情境之中去加以理解，仔细梳理晚清新思想学术运动作为新文学的“前史”，是如何或隐或显地规约着新文学的基本精神品格、“生产机制”“意义结构”价值决断，乃至想象、虚构和文本的方式及秩序的，以期对新文学史作出有所不同于、或有可能突破已有理解的理解。

上溯其源，下沿其流，中国新文学家们理解世界、理解文学的基本框架，与晚清以来思想学术之间实际上有着千丝万缕的关联。这一理解框架固然有着明显的外来冲击和影响的痕迹，但细加考察即又不难发现，晚清思想学术因素同样起有十分重要的、奠基性的作用。整个框架的建构过程之中，各种积极而又紧张的对话，始终存在于其与晚清思想学术关系之间。中国新文学的精神之源既不是绝对内部的，也不是绝对外部的，而是在内外激荡中形成的。正是在这种激荡中，作为一种新的主体，新文学的精神结构被创造了出来。没有应对外部(主要是西方)近代思想、文化、文学观念的冲击的过程，中国新文学作为一个自觉的历史主题就不可能诞生；同样地，没有中国内部思想、学术、文学资源的参与与实践，中国新文学也不可能成为一个自觉的历史实体，立足于20世纪初期的历史舞台。这便注定了我正在着手的这份研究，将会是对清末民初思想学术的一次又一次的“重返”，是对中国新文学草创者们站在他们自己的立场上，与他们最为切近的历史精神视野不断相互对话、驳难、协调、再阐释的复杂过程，尽可能耐心和逼近的观察与梳理。新文学家们如何协调这些不同层面意义系统之间的对话关系，则将潜在地规定、引导着他们的问题意识、问题提出的方式以及讨论的方向。这些“重返”的方式与路径，也正是新文学家们发挥其主体性、创造性和阐释力的所在。我希望这样的观察和梳理，多少能够有助于并推进人们对以下问题的思考和理解：历史何以会选择了“新文学”，而不是别的文学？新文学何以是这样而不是那样地想象、言说、感知、思维和行事的？它何以会以这样而不是那样的方式来展开它的行程和路径的？也就是说，新文学是如何被“历史”地形塑出来的，是如何在与历史的衔接中取得其合法性的？

三、困难与对策

对新文学精神之源的重溯，自然将会遭遇到诸多的困难。其一，思想、文化、学术、文学，本来就是纠葛难分的综合性的精神构成，合而观之，或许庶几近于历史本相，因而要求研究工作出入于繁富驳杂的晚清思想学术领域，相应的知识探求工作显然要比通常相对单纯的文学研究，要远远来得烦难。

其二，自近代海通以来，任何对中国问题的论述都已不复能满足于单一的中国视界和论域，而必须推置到空间上更为开阔和时间上更为长远的世界性背景下来讨论。晚清既是中国传统思想学术的终末，也是欧美、日本先发性现代化列国的思想和学术相继进入（侵入?）、影响下的中国现代思想学术的端绪①，这一转型是彼此缠绕交叠的，西方的知识系统、价值标准、学科制度和论述话语进来了，促成了知识兴趣和学术风气的分化离析，受到刺激和挤压的传统中国思想学术不得不面临着重新解释、聚合及不断易移的局面，因而对于晚清思想精神问题的诊断，不仅不能一如既往地援引中国传统资源作为重新调整的合法性来源，同样，也不能单单依靠援引西方思想作为中国问题的批判性资源，任何依凭单一封闭自足的思想资源的做法，都不足以促成晚清以来思想精神氛围的重大历史性转变②。各种纵横交错的历史关系，互渗混杂，胶着复杂，很难在单一的视野中解释清楚思想精神的变迁及其动力，任何尝试从中离析出某种文化认同单一而纯粹的本质，一味寻求思想变动的所谓最终和唯一的起源或动因的做法，都将与真正的历史进程不相吻合，甚至相去甚远。切实有效的做法，只能是耐心梳理出思想精神指向的多重性，各种思想因素的组合变动及其再编制的方式，其内在的矛盾和实践中的困境等等。这就相当烦难。

---

① 参见潘光哲：《晚清士人的西学阅读史》，凤凰出版社2019年版。

② 艾尔曼在其《经学·科举·文化史：艾尔曼自选集》一书的自序中即曾言及这一复杂、甚至有些缠绕的情况，他说，中文世界的读者较为注意叔本华曾对王国维等20世纪初年的中国知识者产生过的巨大影响，但实际上，西欧早在19世纪晚期便已颇受亚洲思想的影响，叔本华本人深受佛教影响，而叔本华的影响（或经由尼采）在传及王国维时，却被当作“西方的思想”，而其中的东方因素是被忽略的，他认为这是一个有趣的历史现象。另外，收入该自选集中的“尼采与佛教”一辑，表明尼采与佛教也有很深的关系，尼采对佛教的阐释可以看作“尼采之微言大义”的关键所在，而尼采对鲁迅一代曾有过很深影响。参见《经学·科举·文化史：艾尔曼自选集》，中华书局2010年版。

担当这样的工作，就仿佛穿梭往来在历史的波涛之上，俯瞰着作为个体的思想和知识者们与社会、思潮之间紧张、复杂的关系，云飞浪卷，风急潮涌，看得人不免眼花缭乱甚至惊心动魄，倘若不假助些特定的视角，这些在当时世人眼里就已显得个性各异甚至不免乖张，以致很难把话说到一起的清末民初的思想和知识者，也许根本就无法将他们整合到眼前这样一幅共时互动却又充满参差矛盾的思想和精神版图中来。对他们的选择和再读解，则是对研究者学术眼光和学术修为的严峻考验，诸如至少须得具备独到的视角、高超的整合力以及颇具辨析功夫的跨度很大的追问能力，而我自然尚不足以具备这样的能力，这不是自谦，实在是大实话。只是“虽不能至”，毕竟还是可以容我“心向往之”。

我想，正因为存在着诸如此类不易解决的烦难，这样的知识探究工作，才真正是有吸引力的。因为解决一点总有它一点的收获。没有难度的简单性重复，不是也很无趣吗？

对新文学由以生成的思想精神之源的重新辨证和确认，实际上也暗含了对什么是新文学精神内核和品格的重新思考，乃至对中国社会、思想、文化发展的重新认识。因而对于与新文学生成有着最为切身关系的根基性因素的辨证和确认，也就自然转化为一种具体的历史叙述，一种对思想潮流的追溯与描写。这一辨证和确认工作，如前所述，在浅显的层面上，至少具有如下意义：

其一，与以往溯源性研究思路难免的迂远疏阔相比，较为切近新文学真实内在的精神源头。

其二，20 世纪 90 年代以来的相当一部分中国文学中，急于与“日常生活”和“商品市场”建立亲密关系的物质主义写作可以说蔚成风气。而拔高晚清以来以世俗生活技巧化解现代危机和焦虑的欲望—消费性写作的“现代性”意义的研究取向，似有为之提供文学史论支持的嫌疑。就此而言，本研究具有一定的抗辩或与之建立张力性关系的意义。

其三，新文学的形成，即中国文学现代转型过程中，文学与思想学术有彼此激荡、互为奥援的良性互动关系。它们以不同的形式，交相补充地勾勒和表征了中国现代转型过程中的危机及其应对危机的意识，人性、人的精神世界的丰富图景。此一情景在 20 世纪 80 年代文学那里曾经有过一次重现，当时的文学与整个思想学术声气相求，创作、批评成为思想解放运动的前沿尖兵，思想学术界为人道主义正名，异化理论的讨论，现代哲学思想的引介等，则为文学提供了拓开眼界和想象力的丰富资源。但90年代以来，这种良性互动渐次消解，文学与思想学术渐行渐远，一些重大问题的提出几乎已与文学无关。将新文学精神源头重新追溯到晚清新思想学术运动那里的研究，显然蕴含有以下的动机：即从源头上提醒当代中国文学，自90年代以来，其与中国思想学术之间业已出现了一道不小的裂隙，并且两者之间正呈现出某种渐行渐远的态势，而当下此刻，这样的情形正在弱化和销蚀着中国当代文学本应具有的思想敏锐程度和精神深度与高度，职是之故，致力于弥合这道裂隙，已成为容不得我们继续怠慢和耽误的一项当务之急。

附录　必要的思想史参照：20世纪80年代中外思想、知识有关中国近代转型动力的一次交集

20世纪80年代的初、中期之交，与“思想解放”运动的全面展开互为表里与呼应，中国大陆思想学术界曾就促成中国社会历史（经济、政治、思想文化等）近、现代转型的动力来源，展开过解释框架有所不同、甚至针锋相对的撞击和交汇。概乎言之，不妨称之为“外铄”与“内铄”两大取向的错综和纠结。

一、“外铄”型诸家

20世纪70年代风行世界的“韦伯热”，最先为此期急切诉求“四个现代化”的中国思想知识界所关注。马克斯·韦伯撰于19世纪末20世纪初的《新教伦理与资本主义精神》一书，最早由新锐学者金观涛编入他所主编的、也是20世纪80年代中国思想知识界最具影响力的三大丛书之一的四川版“走向未来”书系[①]。翌年末，该书（1987，黄晓京、陈维纲等译）被重新收入规模更大、编校实力和装帧水准也远胜一筹的甘阳等人所主持的丛书时，在川版中悉数遭到芟夷的韦伯原注，都有幸一一获得了恢复。韦伯就资本主义的兴起所作的历史社会学的考察，暗含了一个后来备受学术界关注并引发了诸多争议的理论性结论，亦因此而被学界称为“韦伯式问题”：它从另一个方向追问并试图论证，西方、欧美之外的地域，如东亚、尤其是中

---

① 1986年，黄晓京、彭强译本；另外两套丛书则分别为李泽厚主编的“美学译丛”和稍后甘阳等学术新生代所主持并由北京三联鼎力襄助的“文化：中国与世界”丛书。

国,何以没有能够衍生出近代资本主义的经济形态和社会结构?韦伯认为,资本主义之所以能够在西方兴起,除了社会、政治、经济的原因外,还得到了某种相当重要的、同时又是为世界其他地域所不具备的文化心理方面的特殊经验的支持(譬如说,我们几乎不可能在其他文化中找到与加尔文教派"前定论"所谈论的那样一种相当独一无二的宗教意识和体验相同的东西)。这种特殊的文化心理方面的支持力量,在韦伯看来,便是"新教伦理"。

韦伯明确提示说,加尔文教派所推崇的"选民前定论"(Predestination)以及所主张的"入世苦行"(Inner-worldly asceticism),都特别有助于促成资本主义精神的兴起。上述二项中的后一项,则涉及西方近代的"俗世化"(Secularization),它讲一个社会在由"出世的"性格转换为"入世的"性格之际,其经济形态往往会发生重大的变化。韦伯绝非一个历史单因说和经济决定论者,在他看来,文化心理因素,诸如思想意识和宗教伦理等精神性因素,同样也会在历史的实际过程中起到甚至至为关键的作用,成为促成社会转型的不可或缺的重要力量。但韦伯也并不认为西方的资本主义仅仅、或者完全是宗教改革(Reformation)的结果,他所要寻索的只是在资本主义衍生和扩展的全部过程中,作为影响这一过程的诸多力量之一的宗教伦理,在这一过程中究竟发挥过怎样的作用,以及这种作用被发挥到了怎样的程度。在总体的看法上,他认定资本主义的兴起可以大致归结为彼此独立而又互动关联的三重因素,即经济基础、社会政治组织以及当时占居主导地位的宗教心理。西方近代资本主义的兴起须得从这三者的交叉互动关系中去寻求解释。《新教伦理与资本主义》则是相对侧重于宗教伦理这重精神心理背景的分析。同样,只要不是偏执于单因决定论,偏重经济的解释也好,抑或倚重政治制度层面的解释也罢,都应该是韦伯所认可的。平心而论,韦伯的《新教伦理》,既是对所谓下层经济基础决定上层建筑的单因决定论者的一剂有益的针砭,并且对虽然从未抹煞精神意识和政治建构等上层建筑之于历史和社会存在的积极能动作用,但毕竟一向偏重于从人类基本的经济活动层面去解释社会历史现象的马克思本人的历史观,也不失为一个必要的互视角。

但在韦伯的研究模型里边,中国社会历史实现自身现代转型的可能性同样也被置于令人备感沮丧和焦虑的尴尬境地,几乎遭到了根本性的质疑,却也是一个不争的事实。由于上述那种对于资本主义的兴起几乎是不可或缺的、起有至关重要的促成功能的新教伦理因素,是在中国的儒家伦理中所不具备的，毋宁说，儒家伦理反而还是阻碍和遏制资本主义得以衍生、兴起的一股力量。虽然韦伯本人从未下过这样的断语，但我们还是不难从他的著述中得出如下的推论：既然促成其走向现代化所必不可少的这样一重文化心理背景在中国自身内部实际上是付之阙如的，那么要在中国生成自己的"资本主义精神"，或者说中国社会要解决自己的现代转型在精神文化心理方面的动力源的缺失的问题，唯一的办法就只剩下借助外部力量之一途。

尽管费正清主编的《剑桥中国晚清史》①中，主编者对其早期的观点已有所修正，即已经开始注意到中国现代化的萌动是始于鸦片战争之前而不是之后，并且在相当的程度上，这一萌动乃"是中国社会内部演化的结果"，这实际上已经开启了后来由柯文、艾尔曼等揭竿而起、清算早期费正清思路、正式提出"在中国发现历史"的方法论的端绪，不过，由于"理论旅行"、即思想学术的传播和接受，需要一个时间上的缓冲，有一个相对的滞后期，因而 20 世纪 80 年代初、中期之交，中国大陆思想学术界耳熟能详并且浸染其间的，依然还是费正清早些年贯穿在他的中国近代史研究领域的"挑战-回应"模式，或列文森的"传统-现代"模式，而无论是费正清将推动中国近代历史发展的动力归之于西方的冲击以及由此产生的中国的回应，还是列文森将中国近代内部分作传统与现代两种对立的因素，以及摆脱传统的历史循环的途径是向西方式的"现代"认同，他们均对中国社会作了这样的设定：缺乏内部动力突破传统框架，惟有经过西方的冲击，才有可能向近代社会演变。至于与之长期处于针锋相对立场的中国学界的主流观点，即那种把近代中国所遭遇到的所有的挫折和不幸，统统归咎于来自西方的侵略，其实与它的论敌之间，并不像它们自己所预想的那么不共戴天，因为，很显然，在漠视中国历史内部因素这一点上，它与它所要竭力驳斥的论敌的意见，某种意义上倒是更有着维特根斯坦所说的"家族相似"的性质。

相对精致一些的"外铄"论，在本土思想学术、知识视域中率先"破土而出"的"始作俑"者，当数金观涛、刘青峰夫妇俩所提出的有关中国社会历史的"超稳定系统"的解释框架。金、刘二氏均系北大出身，前者就读北大化学系，后者就读北大中文系。"文革"期间以及嗣后曾在中国社会科学院从事自然辩证法（科学哲学）研究。70 年代后期所著中篇小说《公开的情书》（1972 年 3

① 1985 年由中国社会科学出版社推出中译本。

月初稿,1979 年 9 月二稿),以笔名“靳凡”刊于 1980 年第 1 期《十月》①。凭借那个物质极度匮乏而思想极端单一的时代背景的映衬,小说以其相对复杂错综的思想和争辩,以及青春异性之间朦胧的情愫萌动,打动了众多读者的心,与当时的另外几种注重精神思辨的中篇小说,如礼平的《晚霞消失的时候》、北岛的《波动》等,成为该时期青年知识分子群体中传阅频率极高的文学读物之一。与此同时,夫妇俩以“控制论”“信息论”等自然科学中的数理模式对中国历史的解读《兴盛与危机——中国封建社会的超稳定结构》一书,也在此一时期相继结撰成稿,1980 年即编入由著者之一金观涛出任主编的“走向未来丛书”的第一辑②。我当时正就读武汉大学历史系,至今还清晰地记得当年与同学一起汇集在与武大行政楼遥相呼应的数学系大厅(老武大最能见出民国建筑工艺的建筑物之一)里,谛听这部长篇论文主要思路的宣读,躬逢其反响热烈的盛大场景。我记得我们的老师辈的反映则显得矜持而平淡,立足于史学研究训练的基本立场,他们多半对论文作者史料研读方面隔行如隔山式的粗疏以及征引史料的率性大胆有时到了惊世骇俗地步的做法,持半信半疑或敬而远之的态度。自 90 年代起,金、刘夫妇转辗任职于香港中文大学中国文化研究所,在那里一手创办并主编的《二十世

---

① 2008 年 5 月 1 日《经济观察报》长篇访谈《金观涛:八十年代的一个宏大思想运动》中,当事人对这部小说的结撰过程这样追述:“《公开的情书》写于 1972 年。青峰曾是北京大学物理系学生,后来转到中文系,1970 年毕业后被分配到贵州清镇中学当教员。她根据与我及其他朋友的通信创作整理成了小说。最早的手抄本是抄在红塑料封皮的笔记本上,所以被人称为‘小红书’,以后又有油印稿在朋友间悄悄流传。‘文革’后有一段时间流行一个说法,认为‘文化大革命’中成长起来的一代青年是‘失落的一代’,这种说法有点以偏概全。《公开的情书》中,老九、真真、老嘎、老邪门等一群被打散在工厂、农村的大学生们通过密切的通信保持着读书和思考,生动地展示了我们这一代人对真理的苦苦探索。……1970 年至 1971 年我常是一天收到几封厚厚的信,邮递员都很惊讶。当时,一个个圈子都是通过书信来交流思想,特别是对重要政治理论著作读后的人生启悟,它是‘文革’后期青年地下读书圈子的一种重要形式。因为在 1967 年许多公开的读书会被打成了‘反革命组织’,所以此后的读书会转入地下,只是在很知己的朋友小圈子中,或座谈或通信。1970 年我大学毕业后分配到杭州塑料厂做工,青峰在贵州,我们的通信圈子有七八个朋友。1973 年青峰调到郑州大学任教,我也调到郑州大学。1978 年我和青峰调回北京,在中国科学院工作。第二年,《公开的情书》刊登在杭州师范学院的民间油印刊物《我们》上,1980 年 1 月在《十月》上公开发表。”

② 随后该书又曾有过一个更正式的版本面世。有关该书的酝酿、结撰及出版的经过,当事人在刊于 2008 年 5 月 1 日《经济观察报》的长篇访谈《金观涛:八十年代的一个宏大思想运动》中,有如下一番事后追述:“其实我们在 1974 年就已经有了初稿,有些朋友看过。1979 年曾有朋友把论文刻成油印本,……文章最早是送给中国社会科学院即将创刊的《中国社会科学》,但主编黎澍费了九牛二虎之力也没有将其发表出来。记得黎澍还找我和青峰到他家去谈话,他说世界上只有好文章给杂志撑台面,而不是反过来文章因发在一级刊物上有身价。1980 年初,我们的长文在《贵阳师范学院学报》分两期发表了。去年年底我们去昆明座谈时,不少研究历史的朋友都提起他们记忆犹新的是《贵阳师范学院学报》的这篇文章。文章刊出后的影响之大超出我们意料。这年夏天,湖南人民出版社编辑胡凡找到我们,要我们写成专著,这就是《兴盛与危机——论中国封建社会的超稳定结构》一书。写作该书花了一年多时间,最后湖南人民出版社克服各种干扰,才于 1984 年出版。”

纪》杂志，则是整个 90 年代与国内汪晖、陈平原等人所主持的《学人》集刊呈双峰并峙、二水分流之势，标示大陆、同时也包括台、港及游学或执教于欧、美、日等国的华人学者思想学术水准的出版物。他们潜心著述的《中国现代思想的起源》《观念史：中国现代重要政治术语的形成》诸书，对近代观念的引进及其衍变做了溯源讨波的谱系分析，勾勒诸如"权利""个人""公理""民主""社会""科学""经济"等中国近现代核心价值观念的来龙去脉及其延续、断裂、转型的轨迹，学术的规模和所达到的精深程度，均已远非昔日"初出茅庐"时所可比拟，尽管研究的思路和方法依然留有著者 20 世纪 80 年代结撰《兴盛与危机》时的"科学主义"思路的明显痕迹，而此一思路也一直受到不少学者的质疑。

金、刘的"超稳定结构"的问题意识，是基于这样一份历史和现实的焦虑和思考：同样是封建社会，同样是以农业为主体的自然经济，中国却何以会如此不同于世界上大多数民族所经历的封建社会？在一片分裂割据的封建社会之林中，又何以唯独中国能够以如此"大一统"的面目呈现于世？金、刘二氏的梳理和解释大致如下：帝制中国的各个朝代都不可避免地出现官僚体系膨胀、专制腐败、土地兼并等一系列"无组织力量"的发展并最终导致王朝的垮塌崩溃；但由于"儒生"这一特殊阶层的存在，他们所持有的儒学则为新的国家结构的重建起到了理论指导的作用（犹如向新王朝提供基因拷贝），儒生本身即是王朝重建的核心力量，故而帝制中国的新兴王朝总是旧日王朝的翻版。帝制中国"系统"这一强大的"修复性机制"，致使其体制的根本性质在朝代更替中永远停滞不前，即形成所谓的"超稳定结构"。由此，中国的专制体制得以不断延续，资本主义经济因素在中国至多居于边缘状态，仅仅是王朝崩溃之前昙花一现的"假资本主义"①。现在读去，此书的缺

---

① 时隔 30 年之后，金观涛就当时的问题意识、解释性思路及其得出的结论，在一次访谈中，对采访人这样概括性地描述道："中国传统（封建）社会存在着两个众所周知的现象，一是封建社会长期延续（封建专制特别顽固），二是两三百年发生一次波及全社会的大动乱（封建王朝周期性更替）。长期以来，历史学家对这两个现象是分别加以研究的，没有考察二者之间的关系。而我们则认为这两个现象是互相关联的，它们均来自某种共同本质，它们是超稳定系统的一体两面现象。超稳定系统在政治和意识形态上对社会进行强控制，不允许制度改革和新社会组织的成长；但腐败又是不能抗拒的，其结果是王朝被腐败瓦解，大动乱不可避免。因此，在中国两千年传统社会历史中，每一个封建王朝，虽然在其社会稳定时期我们可以看到兴盛的局面，但太平盛世不能持久。在每一个盛大王朝末期，都会出现商业病态繁荣、贫富差距极大、官僚政治极为腐败等现象，我们称这些现象是'假资本主义'。其结果是大动乱发生，几百年积累起来的生产力和进步付之东流。大动乱有效地清除了腐败，使得社会秩序可以重建，但重新确立的只是和原来旧政治结构相同的新王朝，而不是演化到新社会结构中去。这是因为建立新社会的各种进步积累都被大动乱破坏了。我们认为，正是超稳定系统这种一治一乱的机制把中国传统社会束缚在原有轨道上，无论其内部商品经济多发达，都不能进入现代社会。正因为如此，第一个现代社会是在西方封建社会中产生的，而不是来自市场经济一度比西方发达的中国传统社会。"（见 2008 年 5 月 1 日《经济观察报》刊载的长篇访谈《金观涛：八十年代的一个宏大思想运动》。）

陷是明显的。但当时正值整个思想、学术和知识界对"文革""封建主义泛滥"的悲剧作痛心反思之际，此书对"封建社会"何以会在古代中国绵延得那么长久这一众所关注并迫切寻求索解的问题试图加以解答，毕竟让当时仍处在诸多规诫和禁忌惯性延续境况下的人们，有了几分板结已久的思想学术已开始有所松动的解放感，对新思潮的涌动起了推毂扬波的作用。

顾准的有关研究显然要远早于此十数个年头，并且学术视野的开阔和思理的缜密深入，也都不是上述金、刘著作所能望其项背的。但令人扼腕的是，这些研究的正式流播于世，却已是迟至 20 世纪 80—90 年代之交的事了。长期身处逆境却越加发扬踔厉地求索真理，顾准在许多重大的思想学术课题方面，展示了他极其广博的精神视野，积累了众多难能可贵的思想成果。其中既包括对资本主义发展的内在根源的论证，对科学发展与民主政治关系的反思，也包括对古希腊文明与中华"史官文化"的比较，对中世纪骑士文明所起作用的探讨，对宗教之于社会和文化的影响的剖析，对奴隶制和"亚细亚生产方式"的阐发，对黑格尔思想的批判和对经验主义的重新认知，以及对先秦思想学术的概述。这批大多写就于 1973—1974 年间、带有书信笔记性质的文本，想人之所不敢想，发人之所不敢发，具有某种为近世所罕见的高度独立的精神立场和犀利无比的真知灼见，但也正因为这种思想学术上显而易见的超前性，致使它们中间的大部分文本的出版，曾在顾准的政治身份业已获得平反昭雪后的 80 年代，相继转辗于北京、上海等诸家大出版社之间而屡屡受阻，一直要延迟到 1991 年，才经由王元化的推荐，在境外的香港三联甫告付梓杀青，至于这些文本在内地的公开面世，则还要滞后到 1994 年，才得以由贵州推出。

顾准的研究中涉及有关中国近代转型的内在根源的思考，可以说相对密集地呈现在他与上海的胞弟陈敏之的通信中一封署明日期为 1973 年 6 月 11 日的书信里，即后来编入文集时题名为《资本的原始积累和资本主义发展》的那一篇①。如所周知，顾准对中国是否存在这样的内在根源，或者说中国是否足以凭借自己的内部资源来完成自身的近代转型，是予以否认的。

顾准的看法非常明确，近代化或资本主义，乃是众因辐辏、共同作用所致的结果，绝非仅仅依托某一或某几种因素就可以实现得了的。按顾准的罗列，除马克思、恩格斯《共产党宣言》里所指出的航海、商业和殖民地所扩

① 《顾准文集》，贵州人民出版社 1994 年版，第 310—330 页。

大了的市场，蒸汽机和机器的发明，还得有相应的法权体系和意识形态所决定的国家的商业本位的根本态度，欧洲古代尤其是经由文艺复兴积累起来的科学技术，包括合理经营（如复式簿记）的知识，以及宗教革命，特别是16世纪英国宗教纠纷中对天主教的深刻憎厌所激起的崇尚节俭积累的清教徒中间的上帝选民的意识，等等。资本主义只可能生成于这样多重必要因素汇聚复合的国家。而最能满足这些必要条件辐辏复合的众多国家中，尤以英国最为突出，因而英国率先成为现代化的发源地及其典型形态，显然绝非出于偶然。相比之下，中国顶多只能满足其中的一二项零星因素而已（如古代城市手工工商业、身份相对自由的劳动力），距离众缘辐辏的前提实在太过遥远：

> 中国从来没有产生过商业本位的政治实体，而且也不可能产生出这样的政治实体。①

> 资本主义并不纯粹是一种经济现象，它也是一种法权体系。法权体系是上层建筑。并不是只有经济基础才决定上层建筑，上层建筑也能使什么样的经济结构生产出来或生产不出来。资本主义是从希腊罗马文明产生出来，印度、中国、波斯、阿拉伯、东正教文明都没有产生出来资本主义，这并不是偶然的。②

由此，诸如以下的看法，即以为既然欧洲中世纪产生城市、产生市民阶级即资产阶级，那好，按照马克思普遍历史规律，这种情形也应当无条件地适用于中国，以致完全可以据此推定中国的中世纪同样也有资本主义萌芽，如果不是意外的历史事变打断了它的进程，中国社会自身同样也能生产出资本主义，在顾准看来，都无非是“一个非历史的类推”。而顾准的推论则是：

> 认为任何国家都必然会产生出资本主义是荒唐的。特别在中国，这个自大的王朝，……说会自发地产生资本主义，真是梦呓！③

---

① 顾准：《资本的原始积累和资本主义发展》；《顾准文集》，贵州人民出版社1994年版，第315页。

② 同上书，第318页。

③ 同上书，第326页。

尽管顾准的笔记里并未直接道及中国思想文化即精神领域的现代转型是否有自身资源可供凭借的问题，但揆之他“并不是经济基础才决定上层建筑，上层建筑也能使什么样的经济结构生产出来或生产不出来”的辩证看法，以及明确认定中国自身并无足以开启现代转型的内部资源可以向人开示，我们不难估计到，顾准也不大可能会认定中国思想文化的近现代转型可以在其自身传统的内部找到内在根源。

以上即为中、外不同研究者，从各自的研究领域和学术层面，殊途同归所得出的一个大体相近的结论，即，从中国自身内部去寻找促成中国社会和思想文化的近现代转型的动力来源，无异于缘木求鱼，因为这种动力资源正是它所缺失的；那么随之而来的一个顺理成章的推论就不得不是，解决问题的唯一方案，惟有借助外部资源之一途。也就是说，中国“被现代化”的命运是从一开始就已经被注定了的。尽管对于“被现代化”的具体路径，还存在分歧，但这并不影响它们在将中国近现代转型的动力来源安置在外部资源之上这样一种“外铄”型取径上，观点相当趋近或一致。

二、“内铄”型诸家

“内铄”型思路则与之相反，认定中国社会、历史、文化、思想的现代转型的动力即来自中国社会历史自身。对中国拥有自己的内发和原生的早期现代性思潮的萌动和资源，它们均持以一种深信不疑的态度。

对20世纪80年代中国思想学术有重要影响的学者中，率先注重从中国历史自身资源去寻求其近代转型动力的，时任威斯康星大学教授的林毓生和普林斯顿大学讲席教授的余英时，无疑是较早拥有方法论自觉的两位。

林毓生所著《中国意识的危机》，思路上似乎迥异于当时正被普遍接受的、源自哈佛中国问题研究中心费正清所主持的中国近代史研究模式，即“挑战-回应”模式（日本学界则称之为“触变论”）。林氏从陈独秀、胡适、鲁迅这三位个人禀赋存在很大差异的“五四”人物身上惊讶地发现，他们不约而同地呈现出一种相当一致的对待传统的思想态度，即激烈的、整体性的（Holistic）反传统主义激情。他认为这样一种“五四”所特有的对待传统的思想方法，导致了对西方文化相当特殊的态度和看法，并且至今仍在深刻地影响着中国的思想、文化和教育政策。经由一番论证，他出示了对这个问题令人颇感意外的观察，并得出一个具有吊诡意味的结论，即，呈现在上述“五四”三位巨子身上的那种整体性反传统的态度和思路，并非是受制于西方影响，而恰恰来自他们所反抗的那个传统的影响和制约。也就是说，在他看来，这种激烈的整体性的反传统态度，首先是受了当时政治环境的刺激，同时、也是至关重要的，则是受了中国传统“一元论”式的凭借“思想文化解决问题”（即在修身、齐家、治国、平天下的序列中，心、性是最要紧的，政治、经济即便不是不重要的，也只能属于退而求其次）的思想模式在其后期所发展出来的一种思路影响的结果。概乎言之，这就等于宣称了“五四”激进的“整体性”反传统冲动，本身即来自传统。

林毓生从中国传统思想文化中去寻索由“五四”开启其端绪的中国现代思想方式的来龙去脉，对 20 世纪 80 年代初中期的中国思想学术至少提供了以下两点提示：

其一，回到中国内部；

其二，关注内部本有的不可化约的差异性因素所构成的紧张和张力，从中寻找现代思想生成的动力来源。

汪晖后来所提出的、在学界颇具影响的“反现代的现代性”，这一旨在重新梳理中国现代思想学术史，并用以积极回应当代中国现实的政治、经济问题的解释性视点和框架，一方面固然得益于他对章太炎、鲁迅等人思想学说的别有会心的理解，另一方面，也应该考虑到林毓生上述回到中国内部思路的影响性因子，毕竟，汪晖的解释性框架，是处在林毓生思路的同一条延长线上。林著走俏大陆知识界的年份，正是汪晖潜心攻读鲁迅、撰著博士论文《反抗绝望》的年份，林著《中国意识的危机》一书中对鲁迅颇多独见的论述，以汪晖的敏感和颖悟，想必不会轻易放过。

顺便一说，林毓生这部书里边，还有其他的一些论证也颇值得留意。譬如他讲到，在那种“一元论”式思想方式的笼罩下，中国文化内部原有的多元性，那些相当丰富的复杂面和差异面，都被一一化约和消解，被作了简单化处理；与此同时，本身也是多元复杂、存在巨大差异的西方思想文化，也在接受的过程中同样遭到此类思想方法的化约和简化。如此一来，一方面“五四”对西方文化确实做到了城门洞开、毫不设防的异常开放心态，但另一方面由于对其多有一厢情愿的曲解和简化，忽视或无视其本有的、同时也是其丰富性之由以构成的复杂层面，这样的一种局面，自然容易致使“五四”在面对西方思想文化时，心态上的异常开放程度与实际所能达到的真切了解和沟通之间，往往横亘着一道不大不小的鸿沟。从这个意义上讲，对“五四”心灵开放性的真实有效的程度，时至今日，似乎依然有着重新估量的必要。

知识分子话题之所以能够迅速成为20世纪80年代中国知识界热门话题之一，显然与下述特定的现实语境直接相关：刚从“文革”走出的中国知识界，亟欲藉此反思，以期重新梳理和修复“政统”“学统”“道统”之间的正常秩序，重拾或重建知识界所应有的精神自信和“主体性”①。余英时的《士与中国文化》一书，不仅格外注重探研历史的连续性，其实也相当留意历史的断裂状态，其对“术业有专攻”的学界所具有的示范意义还在于，一项真正的历史学论述，不仅足以满足研究者以求真为志业的追求，以及在知识生产竞技场上因完成一份真实有效的独创性建树而获得的心志愉悦，同时，这样的研究还可以关乎国家、社会的治道隆污与世运走向，从而使得中国读书人与生俱来的“以天下为己任”的情怀足以有它从容释放和安顿的去处。一方面既能与政治之间保持必要的批判性间隔，以维系其知识生产所须臾不可或缺的自主的、有尊严的生态和心态，另一方面又得以避开因精神的妄自尊大和一味高蹈而往往在所难免的、对现实世界应有道义承当的轻慢。一边是“专业意识”，一边是“天下情怀”，余著告诉我们，这两者之间不仅互不妨害，反而相得益彰，是可以平衡得非常好的。

收入这部史著中的长文《中国近世宗教伦理与商人精神》，对韦伯和唯物史观，既有审慎的驳难，也有平实的肯定，左右开弓、两面应战。该文基于两大史实第一是中唐以来宗教的入世转向，第二是16世纪以来商业的重大发展，追问在西方资本主义未进入中国之前，传统宗教伦理对于本土自发的商业活动究竟有无影响。明眼人不难看出，这样的问题意识显然是从“韦伯问题”那里衍生而来的。余氏“入室操戈”，网罗大量史料，仔细分析了新禅宗、新道教和新儒家的入世转向之后，重点讨论了明清商人的阶级自觉和价值意识，以及传统“四民”关系的变迁，并由此得出了与韦伯《中国宗教》一书所作论断大相径庭的答案②。

余氏梳理清代学术思想史的几篇大文章，《从宋明儒学的发展论清代思想史》《清代思想史的一个新解释》《清代学术思想史重要观念通释》，对单纯用“外缘”（如政治、经济因素）来解释思想史深致不满，因而有意识地转向偏重于“思想史的内在发展”，他称之为“内在的理路（Inner logic）”。这一思路便是对思想史的“自主性”先有个预设，认为思想和学术一旦形成一个自主的精神领域，建立起一定的思想传统，思想史就会有如一个有生命的机

---

① 可参阅该时期李泽厚的康德述评《批判哲学的批判》一书修订版的附录《主体性论纲》一文。

② 余英时：《士与中国文化》，上海人民出版社1987年版，第441—579页。

体，它的成长并不完全仰赖于外在的刺激，而拥有它自己的内在发展。虽然余氏也清醒地意识到，思想史的自主性也只是相对的，并非绝对，因为思想与现实世界实际上是息息相关的，外部现实世界的任何一个部门发生重大变化，都会在思想领域中引发相应的波动，因而思想史研究将无法完全封闭在纯粹自身内部，不过，为了对此前一味倚重“外缘”的清代思想史研究思路有所弥补和纠偏，余氏决意笔走偏锋，更借重于取径“内在理路”一途①。

譬如，清代思想终于走上一条与宋明以来截然不同的经史考据的实学之路，即一条反理学的道路，也就是说，在清代思想史与宋明理学之间存在着一道相当明显的断裂，这一点，既为明清易代之际的一代大儒如顾炎武、黄宗羲等人所自觉意识，并不遗余力地予以倡导和身体力行，即可以由这些亲临历史现场的当事人提供确证，同时也一直为后世的治清代思想史者所普遍认同，结论似乎是泰山当前也难以为之所移易的了。但余氏却对这样一种主流性意见明确表示了他的存疑：

> 六百年的宋、明理学到清代突然中断了，是真的中断了吗？还是我们没有看见？或者是我们故意视而不见？②

他看到断裂论在解释上更倚重的是“外缘”，而按“外缘”说，这种断裂可以由“满清压迫”说或“市民阶级兴起”说予以解释。但余氏认为“外缘”说至多只能解释清初学术思想转变的部分原因，而要梳理清楚清初思想学术转变的原因恐怕更得倚重于“内缘”，因为这一转变根子上是从宋明儒学所内含的问题那里衍生出来的，即起于宋明思想内部对“尊德性”与“道问学”问题的倚重倚轻有所不同，以及终于由“道问学”一脉走强所致的结果。余氏由此得出他的推论，即清代思想学术走上经史实学一途，并不是像以往的学界主流性意见所认为的那样，是对宋明理学的悖反与断裂，恰恰相反，其与作为宋明理学内在问题之一的“道问学”之间，存在着一脉相承的连续性关系。

余氏一反“断裂”说、主张清代思想与宋明思想之间的“连续”说，在方法论上固然如他自己所说，有借助于当年欧美的知识分子史研究和观念史研

① 余英时：《内在超越之路》，中国广播电视出版社 1992 年版，第 469—505 页。

② 余英时：《清代思想史的一个新解释》，收入《内在超越之路》，中国广播电视出版社 1992 年版，第 471 页。

究领域所倚重的方法论的启发①，但显然还有来自师门钱穆的影响。余氏是钱穆草创香港新亚书院时期即随侍左右并得到过特别指点和提携的研究生，钱的学术气象和人格修为之于余的学术、人生的深刻影响，在钱氏身后余氏所撰写的两篇追思性长文《一生为故国招魂》和《钱穆与中国文化》中，已有过十分详尽、动情的记述。

在学术世代的划分上，钱穆之于梁启超要晚上一辈，但两人在各自等身的著述中，都留下了一部同名的传世名著《中国近三百年学术史》，则已成为20世纪中国思想学术史上的一段佳话。梁著《中国近三百年学术史》，是梁启超1918年后退出政坛，栖身学界，教诲清华、南开学子的讲稿，钱著同样也是据北大授课讲义编印，于1937年“七七”抗战爆发前夕出版。前后相隔近20年的时距。梁著叙史的大致脉络，是以清代学术史始于对晚明弊政及王学流弊的“反动”，加上明末西学的输入、藏书刻书读书风气的渐盛，以及佛学中反禅精神的发展，诸多力量的纠合、推移，遂下开清代学术重视实践的一代风气。梁著对思潮与时代、学风与时代的关系颇多措意，明确指出承续于明末西学天算及冶铸之学而来的世界性的近代科学精神，实有助于清代朴学的建立，于此似不难见出清季“西风东渐”及其新知新学对梁启超思想心理所留下的深刻影响的痕迹。与“五四”一代文化精英形成鲜明对比的是，钱穆对宋学、尤其是对朱熹的尊崇，可以说是贯穿其终生的，钱氏晚年依然“念兹在兹”，奋力撰就百万言《朱子新学案》，便是最好的证明。钱著的叙述思路力主清代学术导源自宋学，认定清学既揭汉敌宋，如果不知宋学，便“无以平汉宋之是非”，而殊少顾及清季西学对于中国思想学术所造成的冲击和激荡。

钱的著述动机中显然有针对梁著发难驳议的一面。梁推崇乾嘉考据，以为与近代西学所倡导的实证主义精神颇多相通（后起的胡适也就此有过诸多意气风发的议论）；钱穆则对乾嘉朴学的鄙宋攻朱深致憾意，以致就此多有讥评；在涉及具体阐释清代学术史的流变时所作的判断和解释上，二《史》之间诸如此类的耐人寻味的差异，尽管在思想根源上不免有经学史上所谓汉、宋门户之争的投影，但方法论上对“外缘”“内缘”取向的各有倚重，

---

① 余英时：《清代思想史的一个新解释》：“我们大家都知道，现在西方研究 intellectual history 或 history of ideas，有很多种看法。其一个最重要的观念，就是把思想史本身看做有生命的、有传统的，这个生命、这个传统的成长柄部完全仰赖于外在刺激的，因此单纯地用外缘来解释思想史是行不通的。同样的外在条件、同样的政治压迫、同样的经济背景，在不同的思想史传统中可以产生不同的后果，得到不同的反应”。收入《内在超越之路》，中国广播电视出版社1992年版，第470页。

也应该是造成它们之间意见分歧的重要原因。而余英时的注重“内在理路”，并径谓清代的思想学术乃是明末清初以来，宋明思想内部重视“道问学”一脉自然推移的结果，我们也是不难从他的学术师承、即他的授业导师钱穆的思想学术史研究路数那里，去找出其方法论取向的来龙去脉的。

那么，这种注重“内在理路”的研究方法，对它的有效性及其限度，又该给出怎样的评价呢？我以为，余英时从一开始选取以“内缘”说补“外缘”说之不足时就持有的如下一番斟酌，对我们应该是一个很好的提醒：

> 我虽然批评了以上各种解释（引按，指“外缘”说），但我自己提出的“内在理路”的新解释，并不能代替外缘论，而是对它们的一种补充、一种修正罢了。学术思想的发展绝不可能不受种种外在环境的刺激，然而只讲外缘，忽略了“内在理路”，则学术思想史终无法讲到家、无法讲得细致入微。所以我的新解释，也不是全面性的。

思想与现实世界实际密不可分，外部现实世界的任何一个部门发生重大变化，都会在思想领域中引发相应的波动，因而思想史的研究终将无法完全封闭在纯粹自身内部，它必须密切观察其他领域，如政治、经济、社会等领域的各种动向。究极而言，宋明理学中的“道问学”与“尊德性”之间，虽然有其紧张的一面，并由此构成某种张力性关系，但这种时常处于紧张之中的张力性构成，并不会因此而完全分裂，它们本身不过是宋明理学内部的一体之两面，宜于合而观之，不可一分为二。事实上，余氏的思想史研究也绝非只是偏守“内在理路”一隅，他晚近完成的大著《朱熹的历史世界》，力廓以往宋代思想研究的哲学化、道学化框架，借用章学诚“六经皆史”的说法，即采用“经”“史”互证的思路，将宋代思想重新纳入其与政治史之间的互动关系中去再加考论，显得元气淋漓并且大气磅礴。而他在此书中所力廓的，恰恰与他有关清代思想学术史研究所欣赏的“内在理路”属于同一路数。这样一种“瞻之在前忽焉在后”式的灵活变通的现象，说明他对待方法论的态度一点也不刻板，绝非胶柱鼓瑟的那种，说明他总是针对已有研究的偏蔽或不见，有感而发，有所作为的。

刚谢世不久的哲学史家萧萐父，晚近二三十年间，与他的同道一起，颇致力于明清启蒙思潮和中国思想近代转型的原动力的知识考掘工作，在一段评述侯外庐“早期启蒙说”的文字里，萧氏这样发挥他对明清之际的启蒙思潮中蕴涵了足够的中国历史实现其现代更新的活水源头的看法：

……在中国现代哲学史上，有冯友兰先生的接着程朱理学往下讲的“新理学”，有贺麟先生的接着陆王心学往下讲的“新心学”。当新理学、新心学问世之时，侯外老独辟蹊径，表彰明清之际“个人自觉的近代人文主义”思想，安知他没有建立一种接着早期启蒙学者往下讲的“新人学”之意？我们认为，从李贽呼吁“童心”、做“真人”，到王夫之“依人建极”、怒斥“申韩之儒”，到戴震提出“血气心知”的人性学说、批判“以理杀人”，其理论归趋无不通向扬弃伦理异化的新人学的建立，与同时期以“人的发现”为主题的西欧思潮的变迁具有本质上相同的东西可比性。接着李贽、王夫之、龚自珍、戴震往下讲，即坚持了中国哲学自我发展和更新的主体性，从而创造出一种根于自己的文化传统的新哲学。这是侯外老未竟的事业……。①

他在另一处的访谈中还曾如是说：

……传统文化与现代化的接合点，虽可以多维考察，但历史地说，应主要从我国17世纪以来曲折发展的启蒙思潮中去探寻。这是因为，明清之际在我国思想文化史上是一个特殊的发展阶段，不仅嘉靖、万历以来社会经济的变动引起了社会风习、文化心态以及观念开始发生异动，而且农民大起义中以清代明的社会大震荡和政治大变局也促成了启蒙思想的兴起。几乎同一时期，涌现了一大批文化精英，掀起一代批判思潮，在政治思想、科学思想、文艺思想、哲学思想各个领域，互相呼应，不约而同，其批判锋芒都直接间接地指向宋明理学，集中抨击了道学家们以“存天理、灭人欲”为主旨的一整套维护“伦理异化”的说教，这就触及后期封建意识形态的命根子，典型地表现出中国式的人文主义的思想觉醒。这一批判思潮及其文艺表现和理论成果，虽经过18世纪清廷文化专制的摧残和思想史的洄流，但仍遮掩不了的光芒，成为中国近代的变法维新派、革命民主派和文化启蒙派的世纪的思想先驱，事实上已历史地被证明了是中国现代化的内在历史根芽和活水源头。②

---

① 萧萐父：《“早期启蒙说”与中国现代化——纪念侯外庐先生百年诞辰》，《吹沙三集》，巴蜀书社2007年版，第56页。

② 《“漫汗通观儒释道，从容涵化印中西”——访萧萐父教授》，原刊《哲学动态》2000年第1期；萧萐父：《吹沙三集》，巴蜀书社2007年版，第242—243页。

在萧氏看来，毫无疑问，“内铄”型的思路更为切合对中国近、现代历史进路的解释。

就学理和个人的心理情结而言，我所较为倾心和服膺的，也正是此一思路，这也正是本书的致思取向何以会选择眼下呈现在读者诸君面前的这样一种格局的原因之所在。尽管具体到我所关注的层面，情况的错综和缠夹，有时要远远超出萧氏以及前述林氏等所作的勾勒和描述，因而在具体的推断和评判上，与他们之间也不免会有诸多的分歧。

日本思想史家丸山正男写于20世纪40年代、出版于1952年的《日本政治思想史研究》一书中所采用的“内铄”型思路，为战后日本的思想史研究提供了方法论的基本框架。这部丸山氏花费很大心力、对江户思想史中作为日本儒学两大谱系的“朱子学”与“古学派”作了重新梳理的著作，自始至终贯穿着一个思想动机，那便是要从日本“前近代”(Premodem)的近世思想那里，去寻索在尚未受到西方近代影响的情况下，其自发生成的(丸山称其为“无意识的结果”)日本自己的“近代性思维”因素。在这本著作中，“朱子学”代表德川幕府官方意识形态的政治儒学，基于“天人合一”的前提，主张自然秩序与社会秩序、道德与政治以及公共世界与个人世界之间的“连续性”(相当于我们这里所喜欢谈论的内在和谐、谐调统一)，而“古学派”，尤其是其中的荻生徂徕的思想，则被赋予了颇具近代价值色彩的“非连续性思维”的特征。通过对荻生徂徕的解读，丸山清晰地勾勒出近世“正统”的自然秩序观念(“朱子学”)在遭遇到“古学派”的质疑和挑战之后渐次走向解体，与此同时，力主公与私、政治与伦理彼此分离的“人为”秩序观念(“徂徕学”)则逐步得以确立的过程。在战后重新肯定近代主义及其价值成为日本社会思想主潮的背景下，丸山致力于从荻生徂徕的思想中去寻索和抽绎出他心目中的“前近代”要素，即从本民族的思想资源中确认自身“近代性”思维萌芽的这一思想史叙述思路，对二战后的日本思想学术产生了广泛的影响。丸山思想也因此而成为了日本思想史研究的坐标。不管赞成还是反对，二战后对日本思想史的研究便都是在他的影响下展开的，也就是说，研究者都得依据他们之与丸山的关系来分别为自己定位。不过，丸山的“内铄”型思路，一直要到20世纪的90年代，才经由孙歌等人的绍述和研究而受到中国思想学术界的关注，并且也只是在一个相对有限的范围内(例如，只是在中国现当代文学研究界似乎格外受到敬重，而在史学界，却几乎没有激起多少回应)。而在这之前区建英的有关丸山的福泽渝吉研究的译述活动，影响就更显得寥落清寂了。故而对丸山的“内铄”型思路的影响力，在本文所设定的讨论范围内（以 20 世纪 80 年代为限）似可忽略不计。①

相比较而言，日本中国思想史家沟口雄三对 20 世纪 90 年代以降的中国思想学术界影响更大。作为战后“知识左翼”一代中的一员，沟口从系统反思日本近代化的学术立场出发，尖锐批判欧洲中心论，主张重建中国问题的主体性。沟口反复提请人们注意，在前近代的中国思想中，一种不同于欧洲的“中国的近代”其实早已准备就绪。在《中国近代思想的曲折与展开》《作为方法的中国》《中国的思想》等代表性著作中，思想文化的多元视角不仅始终贯穿在沟口有关东西方的认知框架中，并且更重要的，是有力地拓展了对于亚洲内部的认知，对战后日本学界盛行的基于东西方意识形态对立的冷战思维基础上的主流学术框架提出了挑战。沟口认为，迄今为止的世界史认知都是以欧洲标准作为世界标准而建立起来的，但事实上却存在着以欧洲标准所无法衡量的世界，“中国正是这样一个基本上不能套用欧洲标准加以把握的世界”。中国的近代是一个有着自己独自历史发展的历程，它是对中国整个前近代过程的承续、吸纳和扬弃，并且始终还保持着前近代过程的诸多遗传性特质。沟口甚至强调说，每一个国家和民族，无所谓先进与落后，都有其固有的价值和发展过程，因而其走向未来的课题，也只能由它们各自去承担。沟口当然不会忽视鸦片战争以来西力东进这一横切面对于中国近代转型的冲击性影响力，但相比较而言，沟口更为看重的，或者说他的思想学术视点及其贡献，更凸显在对明末以来内发的变动这一纵向轴线的考掘和勾勒上，说白了，他更倾心于对中国自身历史进程中内在动力的考察和发掘，更在意从中国的历史脉络里去寻索中国近代转型的成因。为此，沟口不仅将“辛亥革命”的动力追溯到了黄宗羲的“公论”和顾炎武的“封建”那儿，并认定他们的思想也非空穴来风，而是植根于晚明以来中国思想文化和政治经济更为广泛的变迁。

三、必要的错综

但正像前面述及余英时时就已经说过的那样，采取倚重“内铄”这样一种“偏师突进”的学术进路，只有在承认“外铄”型研究以及其他别的解释框架同样也是一种行之有效、不可或缺的研究进路的前提下，才有可能显示其

① 以上请参阅孙歌：《文学的位置——丸山真男的两难之境》，载《学术思想评论》第三辑，辽宁大学出版社 1998 年版；丸山正男著、区建英译：《福泽谕吉与日本近代化》，学林出版社 1992 年版。

意义与价值之所在。因为对问题的总体性解释和解决，势必需要依托于多方面研究思路的并存、互动、互补和互渗。而在促成问题的总体性解释和解决上，“内在理路”和别的研究思路一样，如果不至于过度滥用（如“一家独大”或自以为以一己之力便足以“包打天下”）的话，终将能够提供一份为别的思路所无法替代和覆盖的有效方案。至于研究者对于某一具体研究进路的倚重倚轻，则端赖其对于问题的研究现状、对自身的学术准备以及对研究对象的洞察程度的具体认知而定。

不仅如此，倚重内缘的研究思路，其适用的范围和有效性限度，其实还将受到中国历史尤其是近代以来复杂错综层面的制约。任何文化机体的生成、壮大、扩展乃至趋于衰竭和消亡，本身都是在与外部作能量的互相摄取、交换、对流的动态过程中完成的，随古老中国的天朝大门被近代西方资本所挟持的“船坚炮利”屈辱性地轰开，对西方世界的政经体制、新知新学乃至日常生活方式，无论是出于被迫还是基于自觉的接纳，均将作为一份与民族的生死存亡息息相关的惨痛经验，深深地植入中国人的记忆深层，成为其自身知识/情感结构中不可或缺的组成部分。事实上自近代海通以来，文化创造已不可能仅由“内铄”型因素决定其变化的方向①，有时候，只需从别的人群学到的方式，甚至只是一个观念触发的灵感，都会导致反应，以致起有新的创造，改变原有方式中的某些成分，这种调节与修改积累到一定程度，即是文化系统的大幅变化。从这个意义来说，“外铄”型因素的重要性并不逊于“内铄”型因素，两者都是促进文化演变的动能。由此可见，任何对中国问题的论述都已不复能满足于单一的中国视界和论域，而必须推置到空间上更为开阔和时间上更为长远的世界性背景下来讨论。任何尝试从中离析出某种文化认同单一而纯粹的本质，一味寻求思想变动的所谓最终和唯一的起源或动因的做法，都将与真正的历史进程不相符合。

“外铄”和“内铄”，虽然都有其合理的一面，即都有其对于各自面临的问题作出有效解释和表达的一面，但同时也有其不周圆的一面，即这种问题意识表达的有效性又有其明显的限度。它们有自己的洞见，也有其各自的不见。至于如何在其各自所作的“偏师突进”的基础上，渐次建立起一个相对

① 其实即便是古代中国，又何尝真的有过一个单一、固定、一成不变的文化传统呢？粗粗梳理一下近代之前的古代中国，自秦汉之后，不就相继融汇了魏晋南北朝、隋唐、蒙元及有清一代历次加入的异族异文化的诸多成分？古代中国本身就是多种文化成分掺杂糅合交融混成的产物的脉络是不难分辨的。葛兆光教授《宅兹中国》一书对此已有较充分讨论，可参阅。

完整、圆融的知识视野和学术框架，则一方面尚需有待于这种“偏师突进”有足够的切实有效的积累和沉淀，而目前的现状，照我看来，离开此一目标尚有不小的一段距离，另一方面，也是紧接在这后面的，则是尚需有待于目光如炬而又擅长视野整合的后起研究者的出现。

第一章　晚期桐城“文”的“旧”中之“新”
——吴汝纶、严复对“文”的突破性理解

吴汝纶为严译《天演论》所作序文及严复针对外界对他的译“文”过于古奥渊雅以致妨碍传播的指摘所作的自辩，都曾涉及他们对“文”的领先于时代的突破性理解。严复所选择和吴汝纶所赞赏的“文”，不管客观效果如何，至少在主观意愿上，不是被动的、消费性的，而是具有“生产性”的，其对新学新知的接纳相当敏感，并与问题意识和知识兴趣、与接纳他者视野的精神襟怀直接相关。“五四”新文学对语言文字“及物性”的最大限度的诉求，在精神上显然与之存在着某种趋近甚至一致的因素，是前者的合理推论和必然延伸。

一、钱基博的提示

1936 年 7 月 11 日，时任上海光华大学文学院院长的钱基博为其所著《现代中国文学史长编》第四版写了“增订识语”，里边有一段话很值得留意：

> 此次增订，有郑重申叙而为原书所未及者三事：第一、疑古非圣，五十年来，学风之变，其机发自湘之王闿运；由湘而蜀（廖平），由蜀而粤（康有为、梁启超），而皖（胡适、陈独秀），以汇合于蜀（吴虞）；其所由来者渐矣，非一朝一夕之故也。第二、桐城古文，久王而厌，自清末以逮民国初元，所谓桐城者，皆承吴汝纶以衍湘乡曾文正公之一脉，暗以汉帜易赵帜，久矣；惟姚永慨、永朴兄弟，恪守邑先正之法，载其清静，而能止节淫滥耳。第三、诗之同光体，实自桐城古文家之姚鼐嬗衍而来；则是桐城之文，在清末虽久王而厌，而桐城之诗，在民初极盛难继也。此三者，自来未经人道，特拈出之。①

① 钱基博:《现代中国文学史长编》“四版识语”;《中国现代学术经典・钱基博卷》,河北教育出版社 1996 年版,第 561—562 页。

以上钱基博视为独家心得而特意拈出的三条，确实都有值得研读者驻足盘桓、仔细斟酌和考辨的地方。

第一条是对“现代中国文学”中疑古非圣思想的来龙去脉所作的谱系勾勒。在钱基博看来，最近五十年来学风丕变，由来者渐，非一朝一夕之功，寻绎其脉络线索，大致起自湘人王闿运，然后由湘而蜀（廖平），由蜀而粤（康有为、梁启超）、而皖（陈独秀、胡适），最后又返回到蜀（吴虞），划了一道完整的圆弧。王闿运的学术取径，与乾嘉学派明显有所不同，他对今文经学多“同情之理解”，钱基博讲他“治学初由《礼》始，考三代之制度，详品物之体用；然后通《春秋》微言，张《公羊》，申何休，今文家言于是大盛也”，大致是不错的。不过，清季讲今文经学者多“喜以经学作政论”①，王闿运同样也是用世之心颇炽的一位。先是肃顺赏识他，待为上宾，旋因肃顺被诛而踉跄归匿，随后参与两江总督曾国藩军事，终因未获重用而撰《湘军志》，以春秋笔法对曾国藩加以褒贬②，继而为四川总督丁宝桢延为成都尊经书院院长，遂成为一代蜀学的开山；弟子中，对近现代中国思想学术史最有影响的，当数廖平；康有为的《新学伪经考》《孔子改制考》即多有缫袭廖平著述的痕迹。梁启超《清代学术概论》对作为师徒的王闿运的今文经学和廖平的人格操守似均有所不屑和訾议，但在述及自己老师康有为的思想学术渊源时，还是不得不承认其来自廖平的明显影响。《清代学术概论》二十三节有云：

> 今文学运动之中心，曰南海康有为。然（康）有为盖斯学之集成者，非其创作者也。（康）有为早年，酷好《周礼》，尝贯穴之著《政学通论》，后见廖平所著书，乃尽弃其旧说。（廖）平，王闿运弟子。（王）闿运以治《公羊》闻于时，然故文人耳，经学所造甚浅，其所著《公羊笺》，尚不逮孔广森。（廖）平受其学，著《四益馆经学丛书》十数种，颇知守今文家法。晚年受张之洞贿逼，复著书自驳。其人固不足道，然（康）有为之思想，

① 梁启超：《清代学术概论》，朱维铮校注：《梁启超论清学史两种》，复旦大学出版社 1985 年版，第 63 页。

② 刘成禺《世载堂杂忆》中有一节，似颇可解释王闿运何以最终不得曾国藩重用，以及王闿运又何以对当时已权倾天下的曾国藩持以倨傲之志的前因后果：“肃（顺）门五君子，为长沙黄锡焘、湘潭王闿运壬秋、宣城高心夔伯足、善化李寿榕篁仙，其一名字已不复能记忆。此五人者，日夕参与肃邸密谋也。咸丰亲政，肃顺用事，有大才大志，最轻视满人，而登进汉人。洪杨之役，内有肃顺主持，曾、左、彭、胡乃能立功于外。……与外通声气者，则肃门五君子也。五君子中，篁仙居郑亲王府，壬秋居法源寺，声势为最大。肃顺事败弃市亦最惨。……肃（顺）败，五君子潜走，不入京者多年。李、王虽于湘帅有恩，始终不敢引用者，此耳。而壬秋对于曾、左之倨傲如故也。”见《世载堂杂忆》，辽宁教育出版社 1997 年版，第 34—35 页。

受其影响，不可诬也。①

钱基博在“增订识语”中特意拈出的、尚未为人所道及的独家心得的第二条，则是对桐城文所作的一个分梳。在他看来，所谓的桐城文，并非高度同质化的铁板一块，而是内部有差异的，至少前后期是有变化的。清季至民初的所谓桐城文，即延续和衍生自曾湘乡（国藩）、吴汝纶一脉，已不复是初期桐城文的故家面目，所以钱基博“增订识语”中特意用了“暗以汉帜易赵帜”一语。所谓汉帜、赵帜，是取譬于经学史上汉学、宋学的说法，以汉帜易赵帜，就好比经学史上的以汉学取代宋学。也就是说，清季至民初的桐城文较之初期的桐城文正宗，其实已经有了微妙的变异。而正是这一脉“变风”“变雅”了的桐城文，在新文学的前史阶段依然势力强盛。至于归有光、方苞、刘大櫆、姚鼐这一脉属于最初、也是最正宗的桐城文，则在新文学生成的前夜，为姚永概、姚永朴兄弟所恪守，而这一文脉也因为早已呈抱残守缺的颓势，势单力薄，根本不足以构成新文学的对手。并且曾湘乡、吴汝纶一脉钱基博称之为“汉帜易赵帜”的桐城派，又颇能认真对待外来思潮。曾开洋务派之端绪，而吴汝纶也很欣赏严复翻译西书，他所欣赏的，不仅仅是严复的谨守古文法则，他也欣赏严复所传译的西方学术和思想。这一点后文将会详细谈及。

钱基博“识语”中提到的第三条，也同样是一个很值得细加寻绎的有趣话题：晚清诗坛独擅胜场，并且因为延至民国初年依然遗风犹盛以致难以为继的同光体诗，也与桐城古文之间实际上存有一份难分难解的渊源关联，同光诗“实自桐城古文家之姚鼐嬗衍而来”。钱氏这一看法，是不是真的属于“自来未经人道”的一家独见，限于我在近代文献方面相对有限的研读，不便率尔操觚，急于作出判语，但至少可以说，时至今日，尚少见有人道及于此，应该是不争的事实。不过，对同光体如何以及究竟由姚鼐的哪些方面“嬗衍而来”，其具体的途径和取舍又呈现怎样的情景，鉴于钱氏在这里语焉未详，只好等寻绎和研读钱氏在别的著述中较为详尽的相关论述后，再加以评议和诠释。那将是留待日后去研讨的题旨了。这里则主要想集中精力，就钱氏所提示的桐城派内部在“文”的观念上所出现的微妙迁移和变异作出梳理和辨析，并进而对以“严译名著”影响了自晚清至民初整整一代思想学术的

① 梁启超：《清代学术概论》，朱维铮校注：《梁启超论清学史两种》，复旦大学出版社 1985 年版，第 63 页。

严复进行再读解。

作为晚清思想学术译界的巨子，严复曾以桐城古文后劲自许，他所选择的译入语文体虽因力求古雅而招人诟病或惋惜（如梁启超），但其实就他本人的初衷，却寄寓了他对“文”的相当领先于时代的自觉的思索，而这份刻意而又相当较真的“文”的观念，又显然有着得自于桐城派内部迁移、变异一面的精神奥援。尤其是吴汝纶之于“文”所具有的，俨然有别于弥漫在晚清士夫阶层中的普遍的颟顸、迂腐的观念氛围，显得相当清醒、通达、甚至不乏某种现代性意义的理解，对于严复的支持尤为可观。而更为值得注意的是，吴汝纶、严复等所尊崇并努力书写的桐城古文，作为一种文类，虽然在随后崛起的声势浩大的新文学家群体那里，成为了不遗余力痛加攻击和必欲扫除殆尽而后快的敌对面，但如果我们能够不为以往流行的习见和成见所拘囿，并且有足够的耐心探入吴汝纶、严复对“文”所拥有的其实相当领先于时代的某种自觉的层面予以仔细的辨析和诠释，那么就不难发现，撇开文类表面（文言/白话）的凿枘不入，在对“文”的内在涵义的解释和理解上，新文学家之与他们的反对者，即那些被新文学家视为新文学发轫之时必欲先行予以清除的路障之间，其实又是存在着某种趋近甚至一致的因素的。某种意义上我们不妨说，为新文学家们所簇拥并力加推毂的“文”的观念，正是吴汝纶、严复的“文”的观念的一个合理的推论、一个必然的延伸。不妨把话再挑明些说，吴汝纶、严复的“文”，其实并不像我们原来所想象的那么“旧”，而新文学的“文”，其实也并不见得真的有那么“新”，因而有必要在重新读解中将其相对化，而所谓相对化，即是指互相通过对方发现新的价值，同时也意味着重新审视其本有的价值，从而将晚期桐城“文”观念与“五四”新文学观作为一个整体来看待，将它们之间的差异当作 20 世纪初中国文学现代转型这一整体内部的差异面来重新处理。

二、严译《天演论》吴序再解读

“天下之文章，其在桐城乎！”①曾国藩挟中兴大臣这一特殊政治、文化的威权之势，私淑姚鼐，俨然以桐城文脉正宗的继往开来人自居。但倘若细究故实则不难发现，桐城“文”的内涵和解释框架，在曾国藩手中已经有了相当微妙的改变。曾氏“平生好雄奇瑰玮之文”②，即与桐城派清谈简朴文风

① 曾国藩：《曾文正公诗文集》卷一《欧阳生文集序》中所引周永年（书昌）语。

② 吴敏树：《与筱岑论文派书》中所引语。

有所不同。桐城派以义理、考据、词章为古文写作宪章中不可或缺的三要素，曾氏则补入并格外强调“经济”(经世济用)这第四重要素，并编纂《经史百家杂钞》，以弥补姚鼐《古文辞类纂》的不足，拓宽桐城“文”的源流。清代自道、咸以降，国家多故，外侮内患骈生接踵，士夫文人忧生伤世，救世经济之心自然集于笔端，曾国藩以“经济”之目增为桐城为文法则之首，既切合时代之需，自然风靡一时。1932 年周作人在北平辅仁大学讲演“中国新文学的源流”，认定明末的公安、竟陵派，作为之前的前后七子复古倾向的反动，是“言志派”取代“载道派”，其所主张的“独抒性灵，不拘一格”及“信手由腕，皆成律度”，正是新文学的一个最直接的源头①。相对于周作人格外看重的晚明公安、竟陵文学的“言志”特色的颇具“革命性”和“现代性”的前驱性意义，清代桐城文的“载道”色彩是明显的，而桐城文视为不可或缺的要素之一的“义理”，不外乎是对已由清代统治者尊奉为国家意识形态的儒学道统及其纲常伦理的信守和维系。但就是这样的“道统”和“义理”，也还是在曾氏手中出现了某种松动的迹象。众所周知，曾氏还是清代洋务运动开端绪者之一，尽管在处理和应对涉外事务和外来冲击的时候，由于政治权力结构上的挟制之严厉以及当时并无多少有效经验可供凭恃，曾国藩不免首鼠两端、依违不定甚至进退失据；当时的“道统”在外来力量的激荡之下，虽然尚未走到后来那样分崩离析、溃不成形、不可扶持的地步，但危机的迹象必已在局部有所显现，因而桐城派据以涵盖其“义理”的“道统”结构，也不可能再是铁板一块。世道在变，“道统”和“义理”也须得相应有所调整。“天不变，道亦不变”，一旦“天”并非一成“不变”，一个以“道(统)”的继往开来者作为自我期许的中兴大臣，自然会对“道”由以作出的相应“变”化不得不在心理上有所准备。核心的变更当然难以容认，但无伤大雅的、局部的、某种枝节上的调整，则正是一个意欲有所作为的“道统”的继往开来者所乐于承担的，并且也正是属于其道义承担范围的一份正当的承担。概括说来，在为“文”之道上，以桐城文中兴者自任的曾国藩，一是十分看重“文”的应对现实世务的积极有效性，即强调“文”的“及物性”原则；二是十分看重“文”的精神视野和襟怀的开阔，广开思想文化资源的摄取源流。这也便是曾国藩何以要在自己拳拳服膺的桐城古文诸奠基者所一手奠定的写作宪章三要素(即义理、考据、词章)之中，刻意要求增补并格外强调第四重要素“经济”(经世济用)，

① 周作人:《中国新文学的源流》。但周作人又说得很明白，新文学作家是不读公安、竟陵派的书的，而晚明文学之与新文学气质上的投缘，不过“完全是无意中的巧合”罢了。

以及何以要颇费周章地编纂《经史百家杂钞》的根本动机之所在：前者是出于对"文"的"及物性"原则的强调的考虑，而后者则是希望对姚鼐《古文辞类纂》在"文"的精神视野和襟怀上的相对褊狭能够有所弥补，以便进而拓宽桐城"文"的源流①。作为曾门四大弟子之一的吴汝纶，得以"开风气之先，绾新旧之枢"②，率先赞赏严复译西书并踊跃为严译《天演论》作序，而他的欣赏严译，不仅仅是因为严复的能够谨守桐城古文法则，而且还欣赏严复所传译的西方思想学术本身，这样一种通达的精神气度，显然是渊源有自的，有着"衍自湘乡曾文正公之一脉"、即沿循并发扬光大曾氏门风家法的一面。

1898 年 4 月，湖北沔阳卢氏慎始基斋刻本，严复所编译的赫胥黎(*T.H.Huxley*)全集第九册《进化论与伦理学》(*Evolution and Ethics*)中的序论与本论两篇，取名《天演论》出版发行③。作为晚清维新自强运动中思想启蒙的重要一环，严复这部(当然还包括嗣后相继译出的其他几种)译著，曾与同时代具有痛切的危机意识并勇于自我反省的诸种力量汇合纠结，极大地发挥了促成维新自强运动的社会动员、左右社会舆论和民意民心、并进而影响朝廷决策的现实历史作用。由于是最初尝试将西方最新的社会政治思想导入中国，涉及对中国既成社会政治体制和思想精神结构的质疑，并由以

① 参见朱东润《古文四象论述评》一文："曾氏之言古文，既包经史百家之言，而旁通之于骈文，故古文之领地，至是遂为最庞大……，总之姚(鼐)、曾二氏所称古文，同一名辞，其含义则迥然有别，明乎此，然后与二家之所以论古文者，始不至误入歧途。"收入《中国文学论集》卷一，中华书局 1983 年版，第 154 页。

② 钱基博：《现代中国文学史长编》"四版识语"；《中国现代学术经典 · 钱基博卷》，河北教育出版社 1996 年版，第 562 页。

③ 沔阳卢氏慎始基斋刻本严译《天演论》的实际刊校者为卢弼(1876—1967)，字慎之。《卢慎之自订年谱》云："(光绪)二十四年戊戌，二十三岁……刻《天演论》《劝学篇》。"又所撰《慎始基斋校书图题词序》云："考入两湖书院，……是时余亦喜阅新书，海上译本，图书杂志，无不涉猎。言论亦露锋芒。严几道所译《天演论》最初印本，即伯兄属余刊校者。"卢弼早年入两湖书院，后留学日本，毕业于早稻田大学政治经济科，清末民初历任黑龙江巡抚幕宾、会议满洲里界务、国务院秘书、平政院评事、庭长等。著有《慎园文选》《慎园诗选》等，晚年完成重要学术著作《三国志集解》。伯兄卢靖(1856—1948)字勉之，清末著名教育家、藏书家、刻书家；在天津武备学堂任职时结识总教习严复，喜欢读严复译稿，对严译《天演论》推崇备至，手抄一份，邮寄乃弟卢弼以"慎始基斋丛书"名义付刻，然后寄回天津，交严复再校，并写例言。早于沔阳卢氏慎始基斋刻本的严译《天演论》，尚有陕西味经售书处刻印本(严复长子严璩《侯官严先生年谱》记为 1895 年；王遽常《严几道年谱》则系于 1896 年)。但据王栻推测，此版本不见严复自序与吴汝纶序，也无"译例言"，"导言"则作"卮言"，译文也与后出的版本有出入，很可能是当时有人擅自将尚未定稿的译稿先行携去刊刻者(参王栻主编《严复集》第五册《天演论》注释部分，中华书局，1986 年)。邬国义也认为陕西味经本系根据严复改定前的初稿私自印行，但刻印时间推测为 1896 年秋冬至 1897 年间(邬国义：《〈天演论〉陕西味经本探研》，《档案与历史》，1990 年第 3 期)。后汤志钧依据当事人叶尔恺书信，断定味经本刻印于 1898 年(汤志钧：《再论康有为与今文经学》，《历史研究》，2000 年第 6 期)。

催生出求治图变的革新语境(在此之前,如明末徐光启、李之藻等人与西方传教士利玛窦等人相交往所开启的西学引进思潮,基本上只是局限于几何、算学、天文、水利这些属于科技、工具理性的范围),翻译者全力以赴,一丝不苟,以致严谨矜持到"一名之立,旬月踟蹰"的地步,则早已成为略知近代中国翻译史和思想文化史的人们所津津乐道的一段故事。为了便于接受者理解赫胥黎的天演理论及其西学思想背景,在占全书三分之一篇幅的两万余字的按语里,严复还分别介绍了达尔文、斯宾塞、马尔萨斯,以至泰勒斯、苏格拉底、柏拉图、亚里士多德等人的学说和思想,并加入了不少阐发自己见解的评论,表明自己在整个编译过程中所作的斟酌和取舍。赫胥黎原著的本意是,自然界进化固然是听任"物竞""天择"的普遍法则,所谓弱肉强食,适者自存,并无道德标准可言;但正因为如此,才格外反衬出人类社会伦理关系至关重要的意义。也就是说,如何以伦理的力量,从相反的方向,去有效地抵御并抑制有悖于人类道义(诸如"老吾老以及人之老,幼吾幼以及人之幼")的自然进化,便成为人类社会须臾不得放弃的责任。

严译《天演论》"吴序"一上来即开宗明义:

> 天演者,西国格物者言也。其学以天择、物竞二义,综万汇之本原,考动植之蕃耗;言治者取焉。因物变递嬗,深挐乎质力聚散之几,推极乎古今万国盛衰兴坏之由,而大归以任天为治。赫胥黎氏起而尽变故说,以为天不可独任,要贵以人持天。而人持天,必究极乎天赋之能,使人治日即乎新,而后其国永存,而种族赖以不坠,是之谓与天争胜。而人之争天而胜天者,又皆天事之所苞。是故天行人治,同归天演。其为书奥赜纵横,博涉乎希腊、竺乾、斯多葛、婆罗门、释迦诸学,审同析异,而取其衷,吾国之所创闻也。①

以上吴汝纶对严译《天演论》主旨所作的言简意赅的概括,应该说该概括的都概括进去了,理解相当准确,这当然也是拜严复首倡并身体力行的译事"信、达、雅"三原则之赐。不过,正如近年已有研究者指出的那样,严译《天演论》在书名上仅撷取了原著书名的半截,而事实上,严译对赫胥黎所特别看重的、能对自然法则(进化论)构成有效制约的人类道义关系(伦理学)的

---

① 吴汝纶:《〈天演论〉序》;刘梦溪主编:《中国现代学术经典·严复卷》,河北教育出版社1996年版,第3页。

价值和意义，确实是有所遮蔽的①，而此一遮蔽的内在动机，则来自严复对其所置身的晚清政治社会的处境和特定思想精神语境所作的估量和判断；同时也佐证了近年翻译学研究所逐渐形成的共识之一，即，指望不同文化语境间的翻译完全达成等值交换的目的，很可能只是并无多少意义的乌托邦构想。但是这一层面的讨论不在本章的论旨的范围内，可以暂时搁置不议。

吴汝纶随后便在序文中称，其实严译《天演论》深深吸引自己的，主要还不在那些前所未闻（“吾国之创闻”）的西方新思想、新学术，而恰恰是严复的译“文”：

> 抑（吴）汝纶之深有取于是书，则又以严子之雄于文。②

这就涉及了“文”的问题。

吴序对“文”的看法大致可以分成两个层面。先看第一个层面。吴汝纶将著述的体例粗略地作了两大类型的划分：“其大要有集录之书，有自著之言。”“自著”也即“撰著”。无论“集录”还是“撰著”，虽然体例不同，但在对“文”的要求都很高这一点上，却又很一致：“其要于文之能工，一而已。”但多少还是带有某种差序等级的意味：“撰著”在“文”上要胜过“集录”一筹。“撰著”属“道胜文至”，“集录”则“文”略显不足。譬如，“撰著”属“自著”，是原创性著述，“集录”则不是；另外，“撰著”有本有源，自成体系和系统，所谓“一干而众枝”、“建立一干，枝叶扶疏”；而“集录”则非是：篇各为义，不相贯通，难成体系。由此可见，“文”在这一层面上，具有自著、独创，以及整体性结构和自成体系等诸种涵义。若按时代和著述体例之间的关联来加以考量，在吴汝纶看来则两汉“多撰著之编”而唐宋“多集录之文”。而非常有意思的是，晚清通过翻译进入中国的西学著作，在著述的分类上，吴汝纶可以说是另眼相看，往往把它们归为自己所心仪的、更贴近于中国两汉时代那种“道胜文至”境界的“撰著”一类：

---

① 林基成：《天演＝进化？＝进步？——重读〈天演论〉》，王晓明主编：《二十世纪中国文学史论》修订版上卷，东方出版中心 2003 年版。按，类似这样一种译文/原著的比对性研究，本身似也不脱“原著中心论”之嫌疑，而后者正是近年翻译学界所着力质疑和反思的观念之一。参见王宏志：《重释“信、达、雅”——20 世纪中国翻译研究》一书绪论部分，清华大学出版社 2007 年版。

② 吴汝纶：《〈天演论〉序》；刘梦溪主编：《中国现代学术经典・严复卷》，河北教育出版社 1996 年版，第 3 页。

> 独近世所传西人书，率皆一干而众枝，有合于汉氏之撰著。①

这表明在“文”的第一个层面上，吴汝纶对最新进入中国的近现代西著新学，即有很高的评价和相当投契的认同。

吴序所涉及的“文”的第二个层面，在我看来，显然与他对社会、文化所持有的有机、整体的观点直接相关。而在他同时代的士大夫阶层那里，一种相当普遍的风气，则是理所当然地采用体/用二分，即对社会和文化作形而上/形而下的断片式的读解和处理。所谓“中学为体，西学为用”，便是此类一厢情愿的、断裂、分离性文化观念的集中、突出的表达。吴氏有关文化的有机、整体观，由于带有某种突破时代习气和成见的超前性，因而显得难能可贵，格外耐人寻味。

> 今议者谓，西人之学，多吾所未闻，欲瀹民智，莫善于译书。吾则以谓，今西书之流入吾国，适当吾文学靡敝之时；士大夫相矜尚以为学者，时文耳，公牍耳，说部耳，舍此三者，几无所为书；而是三者，固不足与文学事。今西书虽多新学，顾吾之士以其时文、公牍、说部之词译而传之，有识者方鄙夷而不知顾，民智之瀹何由？此无他，文不足焉，故也。文如（严）几道，可与言译书矣。……严子一文之，而书乃骎骎与晚周诸子相上下，然则文顾不重耶？②

历来对吴序和严译的读解，在“文”的层面上，多喜欢拿吴汝纶所称道的、自然也是严复悬为内心期许标杆的译“文”的古奥渊雅这一点说事，即，大多会纠缠在“骎骎与晚周诸子相上下”这句评语上作褒贬。即便学识、见解在当时以其雄视阔步而为知识界所瞩目的梁启超，在赞赏严译之余所流露出的遗憾，也同样不脱此一窠臼③。而近年也有研究者指出，梁氏的批评有时代错置和无的放矢之嫌，从而为严复提出辩护，理由是，严译当时的受众只能是饱读经史子集、古文修养精湛的少数士大夫阶层，至于有可能接受普及读

---

①② 吴汝纶：《〈天演论〉序》；刘梦溪主编：《中国现代学术经典·严复卷》，河北教育出版社1996年版，第4页。

③ 梁启超：《绍介新著〈原富〉》：“严氏于西学中学皆为我国第一流人物……，但吾辈所犹有憾者，其文笔太务渊雅，刻意模仿先秦文体，非多读古书之人，一繙难以索解……，著译之业，将以播文明思想于国民也，非为藏山不朽之名誉也。文人积习，吾不能为贤者讳。”《新民丛报》第一期，1902年2月。

物的平民教育，尚须有待时日。质是之故，就算严译果真能够倾其心力务求通俗易懂，与他同时代的普通民众也依然没有可能构成他译文的受众对象，故而译文所采用的文字、文体究竟渊雅抑或通俗，对其时根本不具备任何断文识字能力的普通民众说来，并无实质性的差异。事实上，只要是文字，就足以注定了他们将被阻挡在门外的命运。①这不失为一种从历史现场感中汲取说服力的辩词，并且也提出了忠告，即如果过多地纠缠在严复译"文"是否渊懿尔雅上作褒贬文章，很可能对严译的理解并没有太大的意义。但我觉得还稍嫌不够。我所担心是，当人们经由吴序对严复译"文"所作的评价，关注到文辞与受众的可能性之间的关系时，会不会也因此而忽略了吴序中所蕴含的意味更为深长的涵义？也就是说，无论是吴序中所涉及的对"文"的理解，还是严复精心选择渊雅译文背后所寓含的对"文"的一番苦心，都有更需要、同时也更值得去关注的内容。事实上，除非对蕴含在吴序和严译中的对于"文"所作的释义，它们的实有之意及应有之义，能够作出某种拓展性的读解，否则，想摆脱这些纠缠于"骎骎与晚周诸子相上下"之类的陈陈相因、了无新意的后续性研究，那几乎是绝无可能的。

在上述引文中，吴汝纶的意思应该是说清楚了的，那就是，现在的一批读书人和做官的（也无非是从读书人转换来的，所谓"学而优则仕"者），恐怕都是指望不上了的，之所以会出现如此不堪的局面，那是因为他们自以为最得意、最拿手的"文"已经根本不行。像他们那样的浅陋不堪的"文"，如果用来应付应付时文、文牍，即用来作为晋身台阶或苟活在世所需要的财源的制艺、八股之类，或玩赏玩赏说部，即用作排遣无聊、消磨时日的旧小说，也许还没有太大的问题，但如果想凭借它去弄清楚作为当务之急的西书里边的那些精彩纷呈的新学理和新思想，则根本是缘木求鱼；并且，整天沉湎在这样的"文"里边，就算终其一生，恐怕也难以对西书新学产生出任何认知的意愿，非但难以生出兴趣，还会本能地扞格不入，力加排斥。

三、"文"的释义与"文化整体观"

萌生于先秦思想学术的"体用之辩"，是魏晋玄学的一对重要思辨范畴，也是宋明理学家多有论辩的课题之一。对程伊川《易传序》中"体用一原，显微无间"的说法，近人张岱年所作的阐释是："一原犹一本。体用一本，即谓

① 王宏志：《重释"信、达、雅"——20世纪中国翻译研究》，清华大学出版社2007年版，第104—105页。

体与用非二本。有体即有用，体即用之体，用即体之用。体即用之藏，用即体之显。用即由体出，非体之外别其一用，与体对立而并峙。无间犹无罅隙，显自蕴于微，微即函于显”①。然而，这一曾为中国古代思想所基本循守的“体用一如”或“体用不二”的学说，即对“体”/“用”这对范畴所采用的有机、整体的观点，在晚清相当普遍的文化观念中，却明显地存在着被有意无意弃置不顾的迹象。晚清在军事、政治上所遭遇到的一系列重大挫败，将其昔日“天朝”妄自尊大的威仪和体面悉数扫尽，迫使士大夫和文化人在文化的形而下层面、即“用”的层面上，日益普遍地接受了中国在国力上与西方列强相比已明显处于劣势的事实，也开始知道并承认西方确实拥有一套能够迅速富国强民的有效体制，虽然他们所理解的西方富强之道是否真的就是那么回事，还多有可供斟酌甚至持疑的地方；他们不仅将中国社会的深刻危机归因于外患，以此论证改革的势在必行，同时还将这一深刻的危机归咎于自身的保守和落伍，因而决心在促成国力迅速富强方面奋起直追，努力借鉴西方的经验。但尽管如此，在文化的形而上层面，即包括思想、伦理、心性这些相对内隐并且更为根本的“体”的层面，反思虽然也在少数心灵敏感并富于危机意识的士大夫和文化人那里开始出现，但作为阶层整体的反思，却依然遥遥无期。尤其在诗、赋、文、词这些源远流长，荟萃了古中国特有的审美情趣，士大夫和文化人赖以寄寓情怀乃至安身立命，所谓颠沛必于斯造次必于斯的精致高雅精神生活方式上，优越感依然故我，自信几乎不容动摇。可以说特别突出地体现了中国文化千年积淀的自负，虽然表现的方式很可能是相当的不同而且多样。此一情景又岂止是晚清，就是后来到了“五四”时期，不是还有梁漱溟的《东西文化及其哲学》，甚至“五四”过后，类似的说法不是依然不绝如缕：西方以物质文明见胜，中国（或东方）以精神文明见长，倘能共济互补，人类有望早日共襄“大同”之胜业？诸如此类的过于一厢情愿的浪漫主义文化幻想，在学理上的致命弱点，即在于它们不约而同地将“体”/“用”，将作为有机整合的文化整体内部环环相扣并彼此依存的构成（任何局部的变化，都将引发和导致结构整体的重新调整），想象成为可以随时、随意加以分解、拆卸、拼装、组合的一堆机械配件。

相比之下，在这个问题上，吴汝纶的脑筋甚至要比“五四”时期的梁漱溟还来得清醒些。他显然已经清醒地意识到，文化并非一堆可以随意割裂和

---

① 张岱年：《中国哲学大纲》“第一篇本根论”之“第一章中国本根论之基本倾向”，中国社会科学出版社 1982 年版，第 6—16 页。近人诠释体用一如的著述，张岱年在是书中特意提到了熊十力。1956 年秋至 1957 年冬，熊氏曾著有专书《体用论》。

片断组装的零部件，一个文化整体内部的所有层面和因素，都是息息相关和彼此制约的。晚清国力的衰敝，不只是直接的器用文化层面已经百不如人，而且受文化有机整体的结构性制约，与之对应互动的、作为内隐的本体的精神文化层面，甚至即便是士夫阶层格外珍视宝重的“文”的层面，同样也已经呈现出一派衰敝之相。

上述吴汝纶相对完型的文化整体观，应该说并非无所依傍的“戛戛独造”，它的思想奥援，首先来自拜在他门下研习桐城古文精义的弟子严复。

据近人王蘧常撰《严几道年谱》光绪二十一年严复四十三岁条：

> （引按：上一年的甲午战争，我海陆军均惨遭败绩，不得不向日本割地赔款。）国势日危，先生腐心切齿，欲致力于译述以警世（据“严谱”①）作《论世变之亟》，又作《原强》、《救亡决论》及《辟韩》，均刊布于天津《直报》（“严谱”），其大旨在“尊民叛君，尊今叛古，常以此上说下教”（据蔡元培《五十年来中国之哲学》）。②

刊载于1895年3月4日至9日天津《直报》的《原强》一文，“意欲本之格致新理，溯原究委，发明富强之事”，除明言“今日之政，于除旧，宜去其害民之智、德、力者；于布新，宜立其益民之智、德、力者”③外，严复还这样明确地告知世人，西方列强之所以在经济、军事、政治等形而下的、直接的、物质性的层面拥有如此的强盛，那完全是由于其在内隐、深在的形而上层面，相应地拥有精密广远的思想学术使然。西方列强国力的强盛，说起来恐怕令人难以置信，那是以其“为吾民所远不及”的“德慧术知”，也就是思想学术上切实的卓见作为根基的：

> ……其民长大鸷悍既胜我矣，而德慧术知较而论之，又为吾民所不及。故凡所谓耕凿陶冶，织纴树牧，上而至于官府刑政，战斗转输，凡所以保民养民之事，其精密广远，较之中国之所有所为，其相越之度，又言之而莫能信者。且其为事也，又一一皆本之学术；其为学术也，又一一求之实理，层累阶级，以造于至大至精之域，盖寡一事焉可坐论而不起

---

① 指严复长子严璩所编《侯官严先生年谱》，下同。

② 转引自牛仰山、孙鸿霓编《严复研究资料》，海峡文艺出版社1990年版，第30页。

③ 严复：《致梁卓如书》（1896年10月）中概述自己撰写《原强》诸作之本意时语。见牛仰山、孙鸿霓编《严复研究资料》，海峡文艺出版社1990年版，第114页。

行者也。推求其故，盖彼以自由为体，以民主为用……。①

不仅如此，严复还在他所译《天演论》“自序”中，对持有足以耸动视听或左右舆情及风气的话语权力的学界“一二巨子”，在对西方近代思想学术茫然无所知的情况下，以高慢和不屑的口气，随意贬损其为专骛功利、“不外象数、形下之末”②而深以为忧，并不指名地予以不假辞色的严厉抨击：

> 风气渐通，士知弇陋为耻。西学之事，问涂日多。然亦有一二巨子，訑然谓彼之所精，不外象数形下之末；彼之所务，不越功利之间。逞臆为谈，不咨其实。讨论国闻，审敌自镜之道，又断断乎不如是也。③

这无异是在提示和告诫人们，当今的西方，不仅国力的迅速富强已经远胜中国，就是在中国士大夫和文化人有史以来、并且至今依然自信和自负的思想学术等精神文明层面，同样也早已胜出中国一筹，两者之间彼此渗透，互为羽翼，如影随形，浑然一体。正如清末民初思想学术界的一线人物如梁启超、蔡元培所言，严复是晚清“于西学中学皆为我国第一流人物”④，他对西方的真切体察，是当时足迹从未踏出过国门，或虽也曾游历海外，但终因语言、心态的阻隔而不得相通的一班士大夫文人，所根本无法比拟的，因此由严复来一语道破中国文化较之西方，为“体”为“用”俱已弇陋，是一点也不稀

---

① 《中国现代学术经典·严复卷》，河北教育出版社 1996 年版，第 547 页。

② 值得注意的是，在此之前的《致梁卓如书》(1896 年 10 月)中，严复在对梁启超谈及他对中西文化的评判时，似乎与他在这里所抨击的“一二巨子”的思路十分相像：“无似因缘际会，得治彼学二十余年。顾自揣所有，其差有一日之长者，不过名物、象数之末而已；至其宏纲大旨，则与足下争一旦之命，胜负之数，真未可知。”(牛仰山、孙鸿霓编《严复研究资料》，海峡文艺出版社 1990 年版，第 115 页。)但细加留意，两者的区别还是明显的。《致梁书》中的评判，是基于梁启超这样属于晚清一流水准的头脑和心智所做出的，是在拿梁启超的思想学术与西方近代思想学术作比较，所谓“名物、象数”，即近代科学、技术等具体学问上与西方有差距，而根本心智，即思想学术精神的宏博程度上，则势均力敌云云，只是在这样的范围内才有效。“一二巨子”在心智上自然不足与梁启超相比拟，此其一；其二，《致梁书》中的说法也有佛教所谓“方便说法”的权宜意味，为了说动梁启超能够痛下决心学习外语，以便直接接触西方思想学术，严复在这里也许会不吝褒扬之辞；其三，这里边也可能有王晓明曾精辟指出过的有关严复的“复杂意识”在起作用的一面(参见《现代中国的民族主义》第 6 节文与注，王晓明著《半张脸的神话》，广西师大出版社 2003 年版，第 278—285 页。此书似编校不精，如该文中章士钊一概误作章世钊，注释部分也有残缺不全处)。

③ 严复：《〈天演论〉自序》；刘梦溪主编：《中国现代学术经典·严复卷》，河北教育出版社 1996 年版，第 8 页。

④ 梁启超：《绍介新著〈原富〉》，《新民丛报》第一期，1902 年 2 月；另参见《清代学术概论》第二十九节及蔡元培《五十年来中国之哲学》等。

奇的。

严复是吴汝纶桐城古文的入室弟子，而吴对严的学术造诣也是格外欣赏，二人在精神旨趣上的亲密无间，我们通过严复在《天演论》“译例言”中所披露的一则细节，将不难留下格外具体的印象。据严复在“译例言”中自述，当初他曾打算用“卮言”①一词对译《天演论》上卷十余篇“因正论理深，先敷浅说”的“导言”一词，为此，他与夏曾佑、吴汝纶之间展开过一番讨论。夏曾佑认为“卮言”已经在前人手中被用滥了，因此建议严复改用“悬谈”一词，但吴汝纶不赞成，认为“卮言”固然属于滥词，但“悬谈”同样也是对佛家成说的缫袭，二者“均非能自树立者所为”，与其如此，还不如干脆效法先秦诸子，“随篇标目为佳”。但夏曾佑对吴汝纶的建议也有异议，以为这么一来，不免会有减损、遮蔽《天演论》思想的系统性之虞（“于原书一本之义稍晦”）。平心而论，夏的担忧不无道理，而吴的主张效法先秦诸子，不同样也有重蹈“非能自树立者”故辙之嫌？但严复似乎无意对此细加推究，他随后便认定夏曾佑“悬谈”一词“必不可用”，而部分采纳了吴汝纶的意见，“质译导言，而分注吴（汝纶）之篇目于下，取便阅者”。很明显，吴的意见在此番讨论中最后占了上风。这样的一处细节，一是证实了严复随后所说的，他对译事的严谨用心，到了“一名之立，旬月踟蹰”的地步，绝无丝毫侈然夸大的成分，另一方面也说明，在思想学术的讨论中，严复似乎更容易倾向于、或者说更乐意听从吴汝纶的意见。

既然严、吴之间彼此在精神志趣上存在着这样一种远踰他人的亲近关系，那么回过头去看前面所述及的吴汝纶基于完型的文化整体观而对晚清的“文”所持有的深刻危机感，并推测这样一种明显超越于同时代士大夫意识水准的危机感，极有可能受到他的古文门弟子严复的影响，是来自严复对西方文化的真知通解的自然演绎和延伸，应该不会是太离谱的凿空悬想了。

梳理清楚了这样一层背景，接下来我们就可以对吴序所涉及的“文”的第二个层面作出如下的释义了，那就是，在吴汝纶期待视野中的“文”，绝不是消极被动的，不是现成、固定、随处可以俯就、沿袭、套用之物，而是能动的，富于生产性的。吴汝纶之所以认定同时代士大夫们的“文”已经不行，并

① “卮言”一词源出《庄子》，《天下》篇中即提及“卮言、重言、寓言”三种言说方式，《寓言》篇中更有详细讨论：“寓言十九，重言十七，卮言日出，和以天倪。”“重言”多为长者（“耆艾”）之言，因为阅历丰富，故说出的话语最有分量。“寓言”是借用他人口吻，间接、但却进退自如地表达观点。卮是一种酒器，陆德明《经典释文》引王叔之云：“卮器满即倾，空则仰，随物而变，非执一守故者也。施之于言，而随人从变，己无常主者也。”后人便用它来谦称自己的著述，意谓随和人意并无主见。

不是它们真的不够传统意义上的精致渊雅，而主要是说，它们正在、并且已经日益呈现出内向、封闭、狭隘、自洽、自我生产及自我消费的衰敝之态。这是一种不与“异质”之物和“他者”视野发生交涉和对话，并且对“异质”之物和“他者”视野一概不感兴趣，岂止不感兴趣甚至本能地敌视和排斥，带有高度同质化、单一化所必然带来的消极、被动性质的“文”，一种找不到出路、正在走向令人绝望的困境的“文”。那么反过来说，吴汝纶心目中所认可和赞同的“文”，则应该是外向的、开放的，充满论辩的力量，能够努力吸摄新思想、新知识，能够接纳相当程度的“异质”之物和“他者”视野，并因为拥有这样一种吸摄和接纳的能力而获得其生生不息的生长性的“文”。晚清以来两个最早系统接纳并转译外来思想和文学资源的人，严复和林纾，他们都能以跻身吴汝纶门下为荣，看来绝非偶然。因为吴汝纶所认同的“文”，不只是拘泥于对文字、文章、文采、修辞之类法则的讲究和把玩，而是关乎对新学、新知的接纳的态度和程度，究竟是积极还是消极、敏感还是迟钝。也就是说，“文”始终得与知识兴趣和精神视野真切相关。

晚清士大夫的“文”不行，乃是基于、同时也导致了他们知识兴趣和精神视野上的一无是处。不过，当吴汝纶焦虑和失望的目光，从晚清的“文”这片满目衰敝的泥淖上掠过，不经意间，他的心魄却为译述西方近代思想学术名著的译“文”中隐隐闪烁出来的某种特异的光泽所攫夺和震慑。吴汝纶从“严译名著”的译“文”那里发现了“文”的一线生机。他按捺不住内心的欣喜，以晚期桐城文祭酒的身份以及在晚清“文”界所享有的声华物望，欣然接受严复的邀约，为严译《天演论》作序表彰。

四、严复的自辩

正如史华慈所论：“严复对于梁启超后来发展的影响，要远比他的老师康有为对他的影响来得深刻。”①基于这样的认知，我们对严、梁二人在“文”的观念上曾经有过的一段纠葛或交锋，对其中的凿枘所蕴含的意味，就不便轻易放过。针对 1902 年《新民丛报》第一期上梁启超所撰《绍介新著〈原

---

① Benjamin I.Schwartz, *In Search of Wealth and Power*: *Yan Fu and the West*(Combridge, Mass: The Belknap Press of Harvard University Press, 1979〔1964〕, p.83). 张朋园也认为，严译《天演论》及所撰《论世变之亟》《原强》《辟韩》《救亡决论》等文，对“笔端常带感情”的梁启超影响深远，“后来梁氏在日本广泛接触此一学说，其个人所撰文字，多以进化论为理论框架，社会达尔文主义才在中国社会发生了重大的影响”。（张朋园：《社会达尔文主义与现代化：严复、梁启超的进化观》，《陶希圣先生八秩荣庆论文集》，台北食货出版社 1997 年版，第 193—194 页。）

富〉》一文先扬后抑，认定严译因“文笔太务渊雅”，以致造成“播文明思想于国民”的传播途径终难畅通的遗憾，严复作一短文予以回应：

> 窃以为文体者，在理想之羽翼，而以达情意之音声也。是故理之精者，不能载一粗犷之词；而情之正者，不可达以鄙俗之气。[①]

意思无非是说，像他所选取并移译到中国来的西学著作，都有较为精深的思理，而这样的思理，绝非中国语言文字中那些通俗、粗糙的部分，所能对应、对等、准确、充分地加以传译的，它们承担不了这样的功能和使命。在严复看来，古文辞汇足够丰富，表述方式比较完备，非近世通俗文字所能比拟，因而他决定采用渊雅的上古时代的语词、文体来从事他的译述，并非像外间人们所揣想的，只是在向世人炫耀他在古典学养方面的湛深功底[②]，而更主要是基于这样一番良苦用心，即，尽可能地将译入语与译出语、或“能指”与“所指”间的间隔，限制在最小的范围之内。在严复看来，古文辞，“骎骎与晚周诸子相上下”的上古文字、文体，相对于他所要译述的西方思想学术，是一种“及物性”更强的文字，是与“所指”之间最少阻隔的“能指”。一言以蔽之，严译决心采用渊雅之“文”，本意根本不是为了避世希古，而恰恰是为了入世，为了跻身于世界，而不是继续因为自己的封闭和颟顸而被阻隔在世界之外，是为了更加有效地切入以当今世界性思想学术作为参照的、对于自己的当代处境有足够清醒认知的世道中去。

严复随后在给张元济的信函中还特意提及此事：

> 近见卓如《新民丛报》第一册，甚有意思；……于拙作《原富》颇有微词，然甚佩其语；又于计学、名学诸名义皆不阿附，顾言者日久当自知吾说之无以易耳。其谓仆于文字刻意求古，亦未尽当；文无难易，惟其是，

---

① 严复：《与〈新民丛报〉论所译〈原富〉书》，《新民丛报》第七期，1902 年 5 月。

② 陈衍《石遗室诗话续编》卷六选录严复诗至数十首，谓严复“以英文名当时，顾独潜心国学，四部罔不探讨，于子学尤深”，并谓其于诗文“苦吟冥搜，戛戛独造，五七字不肯落凡近”。（张寅彭主编：《民国诗话丛编》第一册，上海书店 2002 年版，第 667 页。）似乎非常欣赏。但据其门人黄曾樾《谈艺录》中所记陈衍与黄曾樾谈诗语，则又有“（严）几道诗，尚少杰作，用典亦偶然错误。此亦当咎编集者之不审也”等显然评价不高的话语。《石遗室诗话》是在友朋间传阅的，故多恕辞；与门人则只需关起门来说体己话，所以少顾忌。这层差异，同样也可以从钱锺书所记《石语》中陈衍对同时代诗人的评价往往与《石遗室诗话》中的评语多有出入等处见出。

此语所当共知也。①

认定仅凭文字的古奥抑或浅易本身，尚不足以用来作为考衡译文成就高下和翻译工作意义丰俭的依据，因为这样做，根本就没有可能搔到译文真正的痛痒之处。就译文而言，其实最需要、同时也是值得去追问的问题只能是，译者所选择的译文的文体和文字，是否与其所翻译的对象的性质相对应和匹配，因为只有依凭这种性质上彼此对应和匹配的译文，作为转输对象的近代西方思想学术著述的真谛，才有可能得到充分地传达，而不至于遭到人为的遮蔽、歪曲、肢解或中途耗散。关键是能不能彼此应合、对等和匹配，能对等应合，就有望交相激荡，触机而发，就是合适的译文、出色的译文，理当值得肯定，否则便不是。至于是否古奥，是否浅易，则还是等而下之的次要问题，属于第二义的。严复在此信中所说的“文无难易，惟其是”，基本上说的就是这个意思。很显然，在严复的心目中，衡量“文”的好坏、合适不合适，并不是由所使用的究竟是何种语言文字（古奥渊雅，还是平白如话？少数人的，还是多数人的？等等）就可以单方面地做出决定的，更重要的是要看这种语言文字是否足以胜任它所要表达的内容，以及它所包含的能量是否足以指示我们前去重新认知事物和世界本身，以及是否足以有效地校正我们原先所已获得的有关认知并使之得到新的扩充。正因为是出于这样的考虑，严复对自己唯有古雅之“文”方能曲尽西书深邃学理的观点，依然确信无疑，立场丝毫不为梁的意见所移易。

著作（译）家对于他所特别钟情的文体或表达方式的选择，往往是有深意的。日本中国现代文学研究家木山英雄在诠释章太炎“复古”的文学观时，特别注意到章太炎的下述思想，即文字在其最初始的时候，是与其所指称的事物最相贴近的。将文字还原到它最初始的状态去理解和运用，不是为了满足思古之幽情，也不是为了炫耀古学功夫，而是与追求文字与它所指代的事物之间最为切近的关系这一努力密切关联着的②。由于屡经以往种种世代的“污染”和“遮蔽”，文字、词在现阶段的运用，势必远离它在最初始时与事物之间的那层极为切近的关系，甚至不仅不足以表达它与它所指征的事物之间的那层真实关系，有时往往反而还会模糊、扭曲和遮盖这样一层

① 王栻编：《严复集》（第三册，书信），中华书局1986年版，第551页。

② 参阅木山英雄：《“文学复古”与“文学革命”》（孙歌译）；收入赵京华编译：《文学复古与文学革命——木山英雄中国现代思想论集》，北京大学出版社2004年版。

关系。这一解释，应该有助于我们对严复何以会“刻意摹效先秦文体”来从事他的译述活动，作出不失为“同情之理解”的再诠释。

严复还针对梁启超在上文中所发出的“文界之宜革命久矣”的呼吁，反唇相讥，表示怀疑。他说，揆之欧洲，本无“文界革命”之事：

> 且文界复何革命之与有？持欧洲晚近之文章，以与其古者较，其所进者在理想耳，在学术耳；其情感之高妙，且不能比肩于古人，至于律令体制，直谓之无几微之异可也。……若徒为近俗之辞，以取便市井乡僻之不学，于文界乃所谓凌迟，非革命也。①

一直到“五四”时期，新文学即文学的白话化已经蔚然成风的时候，严复依然坚持他所特有的对于“文”的看法，认定新文学家们的白话文革命不仅不是中国文学的一种进步，反而是它的一种退步。他在致友人的书信中有过一番辨析，认定新文学家勉力从事白话文文学革命，坚信凭此可以追步西方近现代文学发展轨迹，并最终达到与之同途合辙、齐驱并驾的美好愿望，结果很可能是南其辕而北其辙。因为两者在致力方向上，根本就是相反的。他在写给他的弟子熊纯如②的书信中说到：

> ……彼（引按：指陈独秀、胡适等人）之为此（引按：指倡导白话文的新文学），以为西国然也，不知西国为此，乃以语言合之文字，而彼则反是，以文字合之语言。今夫文字语言之所以为优美者，以其名辞富有，著之手口有以导达奥妙精深之理想，状写奇异美丽之物态耳。如刘勰云：“情在词外曰隐，状溢目前曰秀。”梅圣谕云：“含不尽之意，见于言外；状难写之景，如在目前。”又沈隐侯云：“（司马）相如工为形似之言，二班（引按：班固父子）长于情理之说。”今试问欲为此者，将于文言求之乎？抑于白话求之乎？诗之善述情者无若杜子美之《北征》，能状物者，无若韩吏部之《南山》。设用白话，则高者不过《水浒》《红楼》，下者将同

---

① 严复：《与〈新民丛报〉论所译〈原富〉书》，《新民丛报》第七期，1902 年 5 月。

② 庚子事变后，严复一度离开天津，避难沪上，其时熊纯如在陈三立的鼓励下，如严复所述，“先以书自通，继而执贽造吾庐，求得著籍为弟子”。（《严复集》，中华书局 1986 年版，第 273 页。）严复写给熊纯如的书信中，对梁启超似多有评议和訾议，这些议论本是属于师徒之间的私下交谈，但严复过世后，经熊交由学衡派胡先骕，将其中的 80 封（有所删改）以“严复与熊纯如书札节钞”为题在《学衡》第 6—12 期（1922—1923）上刊出，这些议论也便广为世人所知。

戏曲中皮黄之脚本，就令以此教育易于普及，而遗弃周鼎，宝此康瓠，正无如退化何耳！

严复的这些话到底是什么意思呢？他想说明、以及能够说明什么问题呢？上述辩白，虽然看起来是在对文言这一文辞表达方式的正当合理性极力作出卫护，以为揆之欧西经验（权威性经验？）也断无随意更变的道理，但细加辨析我们又不难发现，严复在这里边更为看重的，其实还是文学、文辞所表达和承载的理想、思想及感情诸因素。严复讲得再清楚也没有了，晚近欧西文学的成就，倘若要拿来跟古代作一番比较考量的话，那么它那绝非古代所能比肩的成就，恰恰并不是体现在文辞、文体形式的嬗变、更新上（毋宁说，这方面根本看不出有什么值得夸耀的进步的迹象：“至于律令体裁，直谓之无几微之异可也。”），而是体现于文字所表达和承载的理想、思想和感情，在深刻性和丰富性的拓展上，均已达到了远非古代所能比拟的程度。严复认定欧西文学在“律令体裁”即文体及语言文字的表达方式上，古今之间“直谓之无几微之异可也”的说法，揆之欧洲文学史实，自然多有乖违之处。文学中的文体与其所承载和表达的思想、感情，都不是可以抽象对待的，它们绝非可以各自单独存在的东西，两者之间总是彼此对应、互为倚重的①，也就是说，特定的思想、情感总是需得到相应的文体、言辞方式的承载和支持，这就好比我们很难想象，T.S.艾略特《荒原》中复杂错综的现代主义情怀可以为荷马式远古行吟盲诗人的言辞方式所完整表达，同样也无法想象，把乔伊斯的《尤利西斯》嵌套进但丁《神曲》的文辞系统后，将会呈现出一种什么样的效果。因为文学的“形式”不仅仅是“形式”，而总是“有意味的形式”。这一点暂且先不去管它。这里需要注意的是严复所持有的这样的一种观点，

① 西方文学的叙事文体的脉络，是从“英雄史诗”到中世纪骑士社会的罗曼司（多采用亚瑟王、圣杯故事主题，在勇武和光荣这些英雄理想上添加以典雅爱情的原则，将贵族的精神气质与对爱情的崇拜结合在一起），到文艺复兴时期成为政治、文化的宣传和辩护工具的“传奇”或“反传奇”（如塞万提斯的《堂吉诃德》和拉伯雷的《巨人传》，或以严肃或以喜剧的结构，讽喻当代并探索自我启蒙），以及到注重个体独立和个人性格描写的“长篇小说”（如笛福的《鲁滨逊漂流记》，虽有明显脱胎于“流浪汉小说”和中世纪冒险故事模式的痕迹，但其现实心理的支撑，则无疑来自近代工业和商业文明背景下才有可能出现的对于“个人”“自我”的发现以及对于个性发展的信念）。语言、文体所经历的变化和跨越幅度，绝非如严复所言无足轻重可以忽略不计。中国文学的叙事文体按照鲁迅先生的大致勾勒，则依循汉代“稗官野史”而六朝“志人”“志怪”，而唐“传奇”以及佛经“变文”“俗讲”，而宋代市井“话本”，而元明“讲史”“神魔”“人情”，而清代小说；同样也与人文、物质、制度以及心理、思想等诸多社会、历史因素的消长、变迁，构成对应、互动的结构性关系；至于语言文字，亦有一个由史官、士大夫的典雅文言到“说书人”尽力摹拟民间俚俗口吻的明显变迁过程。

即，判断文学成就的有无与高低，关键是看它是否能够向人提供“奥妙精神之理想”和“情感之高妙”，以及提供的程度如何，至于文辞、文体之类的载体性因素，则还是应该放在次等位置考虑的话题。

1917年前后，当陈独秀、胡适等“文学革命”的倡导人正急着亮出白话与否这杆自以为天经地义的标尺，对文学重新作出“新”与“旧”以及“活”与“死”的差序等级的判分，并且斩钉截铁地宣称“其是非甚明，不容反对者有讨论的余地，必以吾辈主张者为决定之是而不容他人之匡正”①的时候，周作人出来提醒说，是不是新文学，除了要看它是不是白话之外，更要紧的还在于需要看它是不是拥有新的思想和新的感情，用周作人的原话来讲，那就是得看有没有建立在人道主义和个性主义思想基础之上的“人的文学”的精神实质。周作人的意见无疑更有道理，而陈独秀、胡适也终不愧其为出类拔萃的思想解放运动的先知先觉，他们从善如流，随即修正自己的意见，以表示对周作人的提醒和补充的服膺和认同。这一经由周作人及时提醒并立即得到新文学家普遍服膺和呼应，即载体与所载之物犹如车之双轮、鸟之两翼，并且深究起来，作为所载之物的思想感情的实质，才是更为值得注重的轩轾标尺的“五四”新文学思路，与上述严复的致思方式，其实是走得相当接近的。

前揭吴汝纶为严译《天演论》所作序文，以及严复针对外界对他的译“文”过于古渊以致妨碍传播的批评所作的自我辩解，均已涉及对“文”的领先于时代的突破性理解。严复自辩，他之所以选定古雅的文字翻译外国名著，并非为了满足思古之幽情，也不是要炫耀古学功夫，而是为了追求译“文”之与它所指涉的对象之间的关联，能够达到最为切近的程度。吴序则明确批评中国士大夫一向自傲的“文”，在他的时代其实已经陷入“不足”的末路窘境；因为这种“文”是自洽的、自我满足的、对问题和新知新学了无兴趣的、自娱自乐、封闭因而完全排斥他者视野的。那么，隐含在吴氏理想中的“文”则自然应该是开放的、积极讨论问题的、充满论辩性和努力接纳他者视野的。在吴氏心目中，严复的译“文”具有上述优长，因而是他所赞赏的。这就意味着，严复所选择和吴汝纶所赞赏的“文”，不管客观效果如何，至少在主观意愿上，应该不是被动的、消费性的，而是具有“生产性”的，对新学新知的接纳是敏感而不是迟钝的，这也就等于是说，“文”必须是与问题意识和

① 参见胡适：《文学改良刍议》（《新青年》，1917年1月号）；陈独秀：《文学革命论》（《新青年》，1917年2月号）。

知识兴趣，与接纳他者视野的精神襟怀等直接相关的。而“五四”新文学的精神诉求，显然是处在此一“文”的观念的延伸线上，与之有着某种接续和承传的脉络关联。

新文学家所热烈主张并极力促成的“文学革命”和白话文运动，说到底，即是为了最大限度地谋求并达成文学和语言文字的“及物性”。在新文学倡导者们看来，时至今日，作为一种高度封闭的话语连续体，旧文学早已为它所必须严加恪守的，那些显然是与儒家伦理纲常相配套的文体、修辞学上的种种繁缛规则，消耗尽了它最后的一线生机。旧文学一味热衷于彼此的模仿甚至自我复制的文字游戏，以致陈陈相因，了无生趣，早已与实际人生和现实生活世界不发生实质性的关联，即早已丧失了它的“及物性”。鉴于旧文学所使用的语言根本不是实际人生中所使用的语言，故与当下的时代无涉，因而完全有理由将其宣布为“死文学”！新文学家则格外关注诸如文学写作如何见证时代、现实这样的重大伦理问题。他们坚信真正的文学应该是充分开放、能够直接接纳生活世界的所有新鲜经验，而不是高度封闭和自我复制；不再只是替圣贤代言，而是对历史和现实的直接见证；是揭示真实而不是障蔽真实；是用文字沟通群体而不是造成人们之间的隔膜；是用语言促成自由平等的交流而不是控制对方；是给人提供一条开拓知识和精神视野的有效途径而不是相反；是帮助人们摆脱各种形式的奴役从而获得身心的解放，并进而鼓励他们积极投身于民主、科学、民族独立、个性解放和社会公正等一系列新的价值、制度和秩序的创建实践，而不是阻拦他们。由于新文学所使用就是人们当下的语言，与现时代及其生活在现时代的人直接发生关系，因而新文学家赋予了它“活文学”的命名，对其生命前景满怀自信和期待。

正如维特根斯坦所言，对一种语言方式的想象，也即意味着对一种生活方式的想象。语言、“文”与存在之间的关系，是我们与现实世界的关系中极为特殊也是至关重要的一种。一种新的语言，或者说对言辞或“文”的一种新的理解，都将意味着对新的现实和历史的认知，或对已有的现实和历史的重新理解，意味着去想象和接纳一种新的生活世界、一种前所未曾经历过的全新的生活世界，意味着对来自现实和历史的危机及其压力予以积极应对的能力的召唤，意味着重新塑造和建构我们的生存面貌。

说白了，使用什么样的“文”，也即意味着我们想成为什么样的人。尽管晚期桐城文与新文学之间存在着“文言”和“白话”的明显差异和断裂，但在对“文”的精神内核的理解上，两者毋宁说不乏连续面，不乏共同语言，那就是，“文”之为“文”，即意味着须得与一种富于现实关怀的反思、建构能力，与问题意识和知识兴趣，与接纳他者视野的精神襟怀等诸如此类的精神面向直接相关。

新文学在“文”的观念上所体现出的现实冲动和精神向度，它们对文学的“及物性”原则的最大限度的诉求，与吴汝纶、严复等人所领衔的晚期桐城文之于“文”的那种领先于时代的突破性理解，两者之间并没有相隔得像我们以前所想象的那么遥远，并不构成话语凿枘不入的对立。晚期桐城“文”观念并不是新文学观念的反面，毋宁说它们还显得相当的投缘和配合，两者之间其实是有着某种若即若离并且相当顺理成章的接续和推衍的关系。

五、“身份的焦虑”？——晚期桐城“文”与新文学紧张关系的背后

晚期桐城文，主要是衍生自曾国藩及其门弟子吴汝纶以及后来以桐城文后劲和护法作为自我期许的严复、林纾的这一脉，他们对于“文”的理解和诠释，都已出现过某种松动、拓宽，即在其内部已作过某种自我调整的迹象。它们之于新文学之间的差异、裂隙和对立，从以上所作的考辨来看，其实并不像后来新文学家所说的那样绝对和不可通融。至少在“文”的观念上，晚期桐城文并不像我们原先被人所告知的那样“旧”，而“新”文学也并不像我们原来所想象和自信的那样“新”。在“文”的观念的深处，它们之间已经走得相当接近，本来是有不少可以彼此趋近、投缘乃至接合的可能的。可是遗憾的是，这种亲近和接合，事实上最终并没有实现的机会，两者之间在文学史上所留下的，只是某种“道不同不相为谋”、甚至“势不两立”“不共戴天”的极度紧张的关系。那么，是什么样的原因，最终在阻挠和妨碍它们之间本来有可能实现的亲近和接合呢？或者也可以这样来发问，致使新文学家们看不到（实际上是不愿意看到）这一历史“断裂”面的深处所蕴含着的“连续”性的，究竟是什么？

客观上，晚期桐城文是在努力尝试用“旧”语言（他们心目中尽可能纯粹的古代文言）说出“新”思想“新”观念，然而，后起的“五四”新文学家一代则醉心于、并且急不可待地要用“新”语言（白话文）去言说和演绎自己所掌握的“新”思想“新”观念，他们是那么的趋新若鹜，以致根本无暇体贴别人努力用“旧”语言去言说“新”思想时的种种勉为其难的苦心，对一切使用“旧”文字所说出的“新”思想，根本腾不出身心和时间去给予必要的关注。而新文学家的这一“激进”和“峻急”的脾性，又并非取决于他们个人的选择，更与个人的道德、性情无关，而更多地是由新文学家努力投身其间的现代民族国家

的建构方式所决定的，是与其时所面临的巨大而又异常严峻、紧迫的民族生存危机息息相关的。另一方面，主观上或潜意识里，两者之间为了确立自身身份的合法性和正当性，也身不由己地需要借助不惜假想和夸大对手的短窘，以便羞辱对手，从而迅速占据文化、学术和思想、伦理的制高点的策略。新文学家之于对手声色俱厉的排斥，诸如钱玄同不惜动用“选学妖孽”“桐城谬种”这类极端性的措词，不遗余力地将晚期桐城文一概视为新文学必须予以迎头痛击和彻底排除的两大敌对势力之一[①]，以及林纾在他的文言小说中，同样不惜借重北洋军阀政治威势的外力，对新文学家施以恫吓和打击[②]，便都带有这种面临自我确立、身份认同的危机，出入应对所不免会夹杂进来的种种侈然夸张和反应过激的心理补偿特点。在这里，无论“新文学”还是“旧文学”，它们其实都采用了同样的论述套路和策略，即，使对方身份凝固成为事实，而将自身内部的分歧和差异加以秘藏。新文学家出于证明、确立自己合法正当身份的考虑，本能地需要突出甚至侈然张大自己之与旧文学之间的差异和断裂。新文学为确立自身而刻意“创造”其对立面的最具象征性的一幕，莫过于由《新青年》同人集体执导，钱玄同、刘半农两人联袂合演的那出“双簧戏”。在这出谐谑剧中，旧文学的代表人物“王敬轩”是新文学家钱玄同的“化名”（纯属“虚构”和“戏拟”），这个代表“雕琢的阿谀的”“陈腐的铺张的”“迂晦的艰涩的”旧文学家，因为不自量力地挑衅和攻讦新文学，而遭到了新文学家刘半农（注意，新文学家则是行不更名坐不改姓！）淋漓尽致的痛斥和嘲弄，由此一举为新文学赢得了广泛的社会关注[③]。作为后来的文学史研究者，我们固然应该对当年的新文学家这种过分强调两者之间的差异和断裂的策略及其背后的隐衷抱有“同情之理解”的态度，但同时也需要清醒地意识到，此举毕竟是新文学家出于消解身份焦虑而有

---

① 钱玄同明确表示，对于蠹毒百年乃至千年的“桐城派”和“选学家”，绝不能“瞎了眼睛，认他为一种与我异派之文章”，从而以平等的方式与之论证，唯一可行的办法则是以谩骂之法将其骂倒。见钱玄同：《对“南丰基督教徒悔”来信的答复》，《新青年》第4卷第6号（1918年6月）。

② 见林纾1919年2月17日发表于上海《新申报》的仿《聊斋》文言小说《荆生》，其中写三个书生：皖人田其美，影射陈独秀；浙人金心异，影射钱玄同；新归自美洲的狄莫，能哲学，则隐指胡适；聚于北京陶然亭畔，饮酒歌呼，放言高论，掊孔孟，毁伦常，攻击古文，遭一“伟丈夫”荆生（按，以北洋军阀徐树铮为原型）闯入痛殴，咆哮曰：“……尔敢以禽兽之言乱吾清听！”“田生尚欲抗辩，伟丈夫骈二指按其首，脑痛如被锥刺；更以足践狄莫，狄腰痛欲断。金生短视，丈夫取其眼镜掷之，则怕死如猬，泥首不已。丈夫笑曰：‘尔之发狂似李贽，直人间之怪物。今日吾当以香水沐吾手足，不应触尔背天反常禽兽之躯干。尔可鼠窜下山，勿污吾简。……留尔以俟鬼诛。’”

③ “王敬轩”《文学革命之反响》一文及刘半农回应文，详参《新青年》第4卷第3号（1918年3月）。

意无意采取的一种相应对策。也就是说，新文学家眼中新文学之于晚期桐城“文”之间的巨大差异甚至不共戴天的紧张关系，包含有一定的“建构”和“预设”的成分，而并非历史事实的本身。至于解析这种“建构”和“预设”对于文学和文学史书写的“权力支配”关系，以及解析新文学观与晚期桐城“文”观念之间的势不两立的紧张，是如何在新文学话语内部被历史性地生产出来的过程，对于此一由多重因素所决定并且充满了内部矛盾的问题，因为牵涉面甚广，则需要另外再作探讨了。

第二章　晚清政治想象图式与新文学的政治情怀——以康有为、梁启超为中心

上　康有为篇

1927年3月31日，康有为在青岛遽然发病去世。前此二十六年的1901年间，康门高弟梁启超即曾替乃师作传，推崇其为以其思想精神推挽中国近代历史转型的第一等人物："若夫他日有著二十世纪新中国史者，吾知其开卷第一叶，必称述先生之精神事业，以为社会原动力之所自始。"①后来钱穆撰写学术史，也将康有为安置在近三百年(明末清初至清末民初)中国思想学术"殿军"的坐标②。前者着眼点在"瞻前"，张扬康有为思想学术"横空出世""引领"及"开拓"新路径和新的可能性的意义；后者着眼在"顾后"，强调康有为与布罗代尔"长时段"意义上的那些思想资源和学术脉络之间的承接和关联；两相综合，康有为在中国近现代这一转型时代的思想学术史上，所具有的承前启后、继往开来的意义和地位，均十分关键，这一点似乎应该无有疑义。

史学家吕思勉则在一篇漫谈性的长文中指出，经学家，无论今文经学还是古文经学，都须具备一手考据之学的过硬本事，如果以此作为衡量标准，那么，康有为似乎无法与章太炎角力抗衡："康长素其实算不得经学家，不过以意立说，而以经说为之佐证，如陆子静所谓'六经皆我注脚'而已。"这一说法应该也是学界较为普遍的看法。陈寅恪便曾感慨"有清一代经学号称极盛，而史学则远不逮宋人"，并认定史学不振是清代学术的一大遗憾，对其间

① 梁启超:《南海康先生传》第一章"时势与人物"，原载1901年12月《清议报》第100册，转引于夏晓虹编:《追忆康有为》，中国广播电视出版社1997年版，第3页。

② 钱穆:《中国近三百年学术史》第十四章，中华书局1984年版，第634页。(据台湾商务印书馆1980年第七版影印)

成因，他也有所分梳，认为史学“材料大都完整而较备具，其解释亦有所限制，非可人执一说”而“无从判决其当否”，换句话说，史学有较为完备的史料可作依据，凭史料说话，作为学术，相对可信和较易确定；经学则非是，“材料往往残缺而又寡少，其解释尤不确定”；正因为经学中可供直接佐证的材料少之又少，遂不免导致以下两种偏颇：或过于拘泥，以“谨愿之人而治经学，则但能依据文句各别解释，而不能综合贯通”；或过于放纵，以“夸诞之人而治经学，则不甘以片断之论述为满足。因材料残缺寡少及解释无定义之故，转可利用一二细微疑似之单证，以附会广泛难征之结论”，于是也便难免有虚妄凿空、“奇诡悠谬”的弊病，一如“图画鬼物，苟形态略具，则能事已毕，其真状果肖似与否，画者与观者两皆不知也”。[①]在陈寅恪心目中，康有为的经学研究，无疑将被归入后一类。

不过，吕思勉话锋一转，又说，好在“康、梁、章三位先生，对于史学上的功绩，并不在于考据上。康长素本来不是讲考据的人”。[②]也就是说，在吕思勉看来，他们三人各有其长，并非适合只用一把尺度较衡，无法一概而论。倘若依照吕思勉心目中的“真正的大文学家”的标准，即是否能用“最雅训的语言，表达出现代的思想来”，那么康有为和章太炎，便都“可以算作近代最伟大的文学家”，而梁启超则只能算“自郐以下”，因为梁在“雅训”方面还稍差火候。吕思勉进而推测，梁的文字“另成一种新气体”，这种文字体势或将盛行于未来，从这个意义来说，梁无疑又具备开山之功。不过虽然如此，基于史学家的立场，凡事须以史实说话，不能用有可能如何的推测，去代替已然如此的事实，故而史学家吕思勉在这里还是采用一种特别审慎的语气，说：“所以梁任公在文学史上的位置，究竟如何，只可俟新发展的事实来解答。”相对于似可确证无疑的“近代最伟大的文学家”康、章二位，对梁，吕氏心中似乎还保留着一份有待继续观察的余地。在吕思勉看来，章氏文字的“雅训”，虽然在近代文学家中不作第二人想，没有人能与之争锋，但倘若衡之以“才力”，那么康有为又似乎要比章太炎胜出一头：

> 以雅训论，太炎在近代的文学家中，可称第一，但其才力，则远不如康长素的伟大。康长素代表着阳刚之美，章太炎则代表阴柔之美，在文

---

① 陈寅恪：《陈垣明季滇黔佛教考序》，陈美延编：《陈寅恪集·金明馆丛稿二编》，生活·读书·新知三联书店2001年版，第272页。

② 吕思勉：《从章太炎说到康长素梁任公》，《吕思勉论学丛稿》，上海古籍出版社2006年版，第400页。

> 学家中，阳刚之美，较诸阴柔之美，实觉物稀为贵……。康、章二人的才力大小，将其诗比较之，尤为易见。所以论现代的文学家，当以康长素为第一，而章太炎次之。①

“阳刚”“阴柔”云云，表明吕思勉的上述看法，还未能完全摆脱他与清代桐城派文学，尤其是其集大成者姚鼐有关范畴界分思路之间的干系，这在文章向来格外推崇魏晋之风的章太炎，一定不能令其诚服，几乎可以说是自不待言的。

如上所述，吕思勉对康有为的晚清今文经学家的身份是颇表怀疑的，倒是“五四”新文化、新文学运动的发起人之一的胡适，对康有为的这一身份却素来并无异议。梁启超的《清代学术概论》自序里，开宗明义便交代了他撰写此书，本是接受了胡适的建议和催促的结果：“胡适语我，晚清‘今文学运动’，与思想界影响至大。吾子实躬与其役者，宜有以纪之。”胡适之所以会有这样的建议和催促，理由说来也是再简单平常不过的：作为晚清“今文学运动”的推波助澜者，由梁自己执笔写下这段史实，自然要比旁人或后人，更多一份亲历亲为的历史现场感。这里的“吾子”，翻译成现代语，即是“您老人家”。我想，这份明显带有亲近口吻的尊称中，理应是包括康有为在内的。在拜门康有为之前，梁启超还是个因闱场得意而不免沾沾自喜，虽对时流所推重的训诂辞章之学并不陌生，却于真正的思想学术门径几乎茫然无知的少年举人。在《三十自述》里，他对自己第一次与同为学海堂天才神纵的少年陈千秋一同前去拜谒康有为的情景，曾作有如下的生动记述：

> 于是乃因通甫（即陈千秋）修弟子礼，事南海先生。时余以少年科第，且于时流所推重之训诂词章之学，颇有所知，辄沾沾自喜。先生乃以大海潮音，作狮子吼，取其所挟持之数百年无用旧学，更端驳诘，悉举而摧陷廓清之。自辰入见，及戌始退。冷水浇背，当头一棒，一旦尽失其故垒，惘惘然不知所从事。且惊且喜，且怨且艾，且疑且惧，与通甫联床，竟夕不能寐。明日再谒，请为学方针。先生乃教以陆、王心学，而并及史学、西学之梗概。自是决然舍去旧学，自退出学海堂，而间日请益南海之门。生平知有学自兹始。②

---

① 吕思勉：《从章太炎说到康长素梁任公》，《吕思勉论学丛稿》，上海古籍出版社 2006 年版，第 404—405 页。

② 梁启超：《三十自述》；《饮冰室合集·文集之十一》，中华书局 1989 年版，第 16—17 页。

梁启超与学海堂同窗陈千秋因为受到康氏杂拌西方政教与中土今文经学以抨击中国传统政学的思想学术路数的当头棒喝，心理和精神上大起震动，这才决意改换门庭，进入万木草堂师从康有为，并迅速协助康有为撰成《新学伪经考》一书，从而于晚清“今文学运动”，开始“实躬与其役”的。

梁启超还曾以诸如飓风、火山喷发和地震这类令人惊骇的自然奇观，比喻、称道康有为所撰《新学伪经考》《孔子改制考》及《大同书》等，在当时中国思想学术界所产生的巨大震撼和冲击性影响：

> 《伪经考》既以诸经中一大部分为刘歆所伪托，《改制考》复以真经之全部分为孔子托古之作，则数千年来共认为神圣不可侵犯之经典，根本发生疑问，引起学者批评的态度。①

不必再去翻搅那些有关著作权的陈年公案，诸如康有为《新学伪经考》《孔子改制考》的构想、思路里，到底有没有，或者究竟有多少剿袭自廖平《今古学考》“辟刘篇”“知圣篇”的成分？或诸如此类的问题②，我只是想说，像《孔子改制考》这样，第一卷便是石破天惊的“上古茫昧无稽考”，对从来就是神圣不容置疑的古史，明确地持以疑义，实际上是给儒学经典、礼教规范及其政经体制的“合法性”来源来了个“釜底抽薪”，抽去了它们赖以成立的基石，而此一对传统经典、体制的神圣性质予以解构和祛魅的气度、勇气、态度和立场，既是后来胡适在北大课堂上，将中国哲学史“破天荒”地从史料上可以坐实的《诗经》时代讲起的所谓“截断众流”这一非凡气魄的重要精神来源之一，同时也是对与胡适谊兼师友的顾颉刚辈们全面质疑中国古史“层累地造成”的建构性质，从而发起声势浩大的“古史辨”运动，起了“导夫先路”的引领作用。

《顾颉刚日记》1961 年 12 月 24 日条，记述他与童书业的一段问答，对康有为之于顾颉刚的决定性影响，以及此一影响得以形成的因缘，有较明确

---

① 梁启超:《清代学术概论》第二十三节;朱维铮校注:《梁启超论清学史二种》，复旦大学出版社 1985 年版，第 65 页。

② 对此，作为康氏弟子，梁启超也直言不讳:“今文学运动之中心，曰南海康有为。然有为盖斯学之集成者，非其创作者也。有为早年，酷好《周礼》，尝贯穴之著《政学通议》，后见廖平所著书，乃尽弃其旧说。……其人(廖)固不足法，然有为之思想，受其影响，不可诬也。”(《清代学术概论》)今人朱维铮更具体指摘康氏《新学伪经考》不仅思路汲取廖平学说、材料亦多袭取乾嘉以来著作。见朱维铮:《康有为和朱一新》，《中国文化》1991 年第 5 期;《重评〈新学伪经考〉》，收入《求索真文明——晚清学术史论》，上海古籍出版社 1996 年版。

的说明：

> 予询丕绳（童书业）："我所受影响孰为最：郑樵、朱熹、阎若璩、姚际恒、崔述、康有为、胡适？"丕绳答曰："康有为。"予亦首肯。盖少年时读夏曾佑书，青年时代上崔述课，壮年时代交钱玄同，三人皆宣传康学者也。

顾颉刚高扬"古史辨"旗帜、影响如日中天的"壮年时代"，与他意气相投的钱玄同，正如顾氏日记中所记述的，同样也是康有为思想学术坚定的拥趸人之一。尽管其时钱穆已撰就《刘向歆父子年谱》，对康有为所谓清儒尊崇的儒家经传大多系刘歆编造的伪经，就连乾嘉学者服膺的汉学，也并非孔子真传，其中的微言大义，早已经由刘歆蓄意变乱云云，言之凿凿地一一予以了"证伪"，这也不足以遮断、阻拦和校正顾颉刚，尤其是钱玄同，他们之于康有为《新学伪经考》一书那份深藏于内心的敬重和服膺，以及始终不愿捐弃的眷念和缅怀。另外，鲁迅在他的新文学开山之作《狂人日记》中，借"狂人"之口发出的对历史、对现实的质疑："从来如此，便对么？"同样也不难从中辨认出其与康有为《新学伪经考》《孔子改制考》对传统、对经典所持的怀疑精神之间，存在着属于同一思想谱系的印记，前者俨然处在后者的延长线上，一定程度上，不妨看作是其悠长回声之一。

康有为截断众流、大胆疑古、一意推倒千年经学史架构的所谓今文学的学术路数，他那异常开阔的"世界主义"视野与始终立足于人类整体的悲悯情怀，以及一意诉诸"公理"的"一元论"思维方式，与后起的新文化、新文学之间，并非真的如新文学的开山及其后继们所认为的那样，彼此没有任何交集，根本不存在任何关联。无论中国新文学家们是否愿意，也无论他们能否清晰地意识到，康有为始终是其思想与精神的先导性的存在。经由必要的历史还原与文脉梳理，他们之间或隐或显的知识关联和彼此的精神连续性，将不难得以分辨与确认。

一、围绕《新学伪经考》，几个新文学家的态度

在梳理中国现代学术思想史谱系时，人们往往会把钱穆归入所谓"文化保守主义"一系，即便是钱穆高弟余英时，在钱穆去世后所撰写的那几篇悼念兼具辨析的文章中，虽因学界人云亦云，将乃师归入晚近数十年间、在海

外开拓了新领域的“新儒家”的门户①，而颇表异议，认定“新儒家”云云，既不足以涵盖钱穆学术思想所具有的气象与规模，并且两者之间的“学术途辙截然异趣”，但还是在行文中频频致意钱穆“一生为故国招魂”，即殚精竭虑于以他的学术，回应现代中国人能否在西方文化强烈冲击下继续保持原有的文化认同等重大问题②。如此看来，学界有人将钱穆归入“新儒家”，也并非纯然一厢情愿。应该说，钱穆身上，尤其是他晚年思想学术，确实有着不少容易引导人将其归入“新儒家”一脉的因素。不过，综观钱穆一生，他的思想和学术也并非铁板一块，一成不变，至少早年一度曾与“新文化”“新文学”走得很近。在辗转执教于无锡、苏州的中小学校的那段日子里，他与上海出版（如商务印书馆相关出版物）的新文化、新文学著述间，曾多有声气相求、互为激荡的关联，如“逐月看《新青年》”③，关注1923年那场科学与人生观的论战，并在《时事新报》“学灯”栏刊文表示赞赏科学而批评张君劢等人所代表的“玄学派”，甚至表示“科学家可以担当得下宋明理学的人格”，只是对丁文江等人代表的科学派相对忽视文学、艺术等精神层面而略致不满④。翻翻他早年所著《国学概论》一书的最后一节，再看看他如是评价章太炎《国故论衡》：“太炎深不喜西学，然亦不满于中学，故其时有《国粹学报》，而太炎此书特持《国故》，此‘国故’两字，乃为此下提倡新文学运动者所激赏。……‘论衡’者，乃慕效王充之书。太炎对中国以往二千年学术思想文化传统，一以批评为务。所谓‘国故论衡’，犹云批评这些老东西而已。”⑤便不难了解，当时的钱穆，其实与“新文化”“新文学”颇为投缘，远不是后来越来越有意识地与“新文化”“新文学”分

---

① 唐君毅、牟宗三、徐复观诸人推崇熊十力，精神上受其感召，1949年后辗转香港、台湾，以维系中国文化命脉为己任，并于1958年元旦，加上方东美，四人联名发表《中国文化与世界宣言》，虽当时未引起关注，日后却被视为开创当代新儒家的代表性文献。《宣言》认为：中国文化有自己的“道统”，道德心性具正面价值；“学统”有所不足，须吸纳西方客观的学术；“政统”更是匮乏，须吸纳西方民主的架构。西方文化也有局限，可向中国文化学习、吸收。倡议：(1)“当下即是”之精神与“一切放下”之襟抱；(2)圆而神的智慧；(3)温润而恻怛或悲悯之情；(4)使文化悠久的智慧；(5)天下一家之情怀。近年西方知识界盛行多元文化主义（multi-culturalism），由现代到后现代（post-modern），重新肯定前现代的某些智慧。宣言由本土立场吸纳若干普世价值，拒绝一切追随西方，似可谓得风气之先。参见刘述先：《论儒家哲学的三个大时代》，香港中文大学出版社2008年版。

② 余英时：《犹记风吹水上鳞——敬悼钱宾四师》《一生为故国招魂——敬悼钱宾四师》《钱穆与新儒家》；均收在其所著《钱穆与中国文化》一书中，上海远东出版社1994年版。

③ 钱穆：《八十忆双亲·师友杂忆》，三联书店1998年版，第96页。

④ 钱穆：《旁观者言》；收入张君劢、丁文江等著，汪孟邹编：《科学与人生观》下册，上海亚东图书馆1932年版。

⑤ 钱穆：《太炎论学述》，收入钱穆：《中国学术思想史论丛》卷八，安徽教育出版社2004年版，第341—342页。

道扬镳，终至壁垒森严、难以通约的那个样子。情况就像余英时所说的那样：

> “五四”时人所最看重的一些精神，如怀疑、批判、分析之类，他无不一一具备。他自己便说道，他的疑古有时甚至还过于顾颉刚。……许多人往往误会他是彻底反对“五四”新文化运动的。事实上，他对于所谓“科学精神”是虚怀承受的，不过不能接受“科学主义”罢了。……更值得注意的是在东西文化的争论上，他并不同情梁漱溟的武断，反而认为胡适的批评“足以矫正梁漱溟氏东西文化根本相异之臆说。”①

王汎森在讨论钱穆与时代的学风相辩证的历程时，也曾对当年本身便是广义上的“新文化”“新文学”运动一分子的钱穆作过一番考察，认为钱穆早年便是敏感于时代变化，被江南古镇上的人们视为得风气之先的新派人物，他早年在商务印书馆等处所出的受人关注的几本小书，“多是能以新说治旧学，而又超出前贤之处”，即往往是援用新学研治旧学，从而比前人胜出一筹，如研治墨子时，钱穆先是对孙贻让所著《墨子闲诂》降心惊服，继而又意识到，若能得到严复翻译的穆勒《名学》的襄助，似还可以获得新的进境；而钱穆出版的第一本书《论语文解》，就更是直接征用《马氏文通》的文法观念重新解析《论语》的一分收获。不过，殊不可解的是，王汎森在作出这些考察的同时，却又认定“相对于晚清民初的新文化而言，他（钱穆）自始即是一位保守主义者”，即又明显地将钱穆的学思历程视为高度同质的铁板一块，无有前后变化，这样的说法与他上述的观察殊不相称，扞格难合，似乎也有须加另行“辩证”的必要。②

1929 年夏，顾颉刚由广州中山大学北上转赴燕京大学，途经苏州留家小住，与其时正执教于苏州中学的钱穆初相过从，因匆匆翻阅过《先秦诸子系年》的书稿，便竭诚向中山大学举荐，以便能为钱穆争取到一个更适合其学术志向、跻身于一线思想学术的环境和氛围，并主动告知钱穆，他在中山大学的讲义主要依托的是康有为今文经学，此次转赴燕京，仍将继续讲述，另兼有编辑《燕京学报》之职，敦请钱穆能为《燕京学报》撰稿。钱穆欣然接受了顾的提议。钱穆日后在中国现代学术史上，尤其是史学方面卓然成一大家，应该说，这是至为关键的契机之一。钱穆晚年所撰《师友杂忆》中，对

---

① 余英时：《一生为故国招魂——敬悼钱宾四师》；收入余英时：《钱穆与中国文化》，上海远东出版社 1994 年版，第 25 页。

② 王汎森：《钱穆与民国学风》；收入王汎森：《近代中国的史家与史学》，复旦大学出版社 2010 年版。

这段交往中顾颉刚所披露出的襟怀依然感念不已，并有意识地将其提升到不是一己知遇所能涵盖的、真正体现了以学术为天下之公器的学术气度的水准来予以表彰：

> 余在苏中（引按：苏州中学），函告颉刚，已却中山大学聘。颉刚复书，促余第二约，为《燕京学报》撰文。余自在后宅，即读康有为《新学伪经考》，而心疑，又因颉刚主讲康有为，乃特草《刘向歆父子年谱》一文与之。然此文不啻特与颉刚争议，颉刚不介意，既刊余文，又特推荐余至燕京任教。此种胸怀，尤为余特所欣赏。固非专为余私人之感知遇而已。①

据顾颉刚《古史辨》第一册自序，他是因为受到胡适中国哲学史讲义“截断众流”（即把所谓的上古传统悬搁在一边，从可以证实的时代开始）气魄的很大影响，于是开始信服康有为。“长素先生受了西洋历史家考定的上古史的影响，知道古史的不可信，就揭出了战国诸子和新代经师的作伪的原因，使人读了不但不信任古史，而且要看出伪史的背景，就从伪史上去研究，实在较以前的辨伪者深进了一层。”受到康有为今文经学“疑古惑经”的启发，顾颉刚开始怀疑经书，进而辨析古史，意欲拨开古史“茫昧无稽”的迷雾，恢复古史的本来面目。而据王汎森观察，“《古史辨》一开始就带有全盘‘抹煞’上古信史的精神——在还没有逐步的检视每一件史事（或大部分重要史事）前，就先抹煞古书古史。而这个精神主要便是承清季今文家的历史观而来的。”②进而言之，即是直接承传自与他们最为贴近的康有为的《新学伪经考》和《孔子改制考》。

钱穆将其新撰就的、足以证实康有为《新学伪经考》立论多为无据的考证性长文《刘向刘歆王莽年谱》寄给顾颉刚时，便已清楚地意识到，“不啻特与颉刚争议”③。“发古人之真态”，是钱穆撰著此谱的“嚆矢”：“实事既列，虚说自消。……凡近世经生纷纷为今古文分家，又伸今文，抑古文，甚斥歆莽，偏疑史实，皆可以返”。④《年谱》依据史实编撰，将当时五经异同、诸博士

---

① 钱穆：《八十忆双亲·师友杂忆》，生活·读书·新知三联书店1989年版，第152页。

② 王汎森：《古史辨运动的兴起：一个思想史的分析》，台北允晨文化实业股份有限公司1987年版，第217页。

③ 钱穆：《八十忆双亲·师友杂忆》，生活·读书·新知三联书店1998年版，第152页。

④ 钱穆：《〈刘向歆父子年谱〉自序》，收入钱穆：《两汉经学今古文平议》，商务印书馆2001年版，第6—7页。

意见分歧一一加以梳理，原原本本地辨认出各家各派所师承的家法以及各经师论学的关键，对两汉经学史作了清晰的勾勒："缕举向歆父子事迹，及新莽朝政，条别年代，证明刘歆并未窜改群经，《周官》《左氏传》二书皆先秦旧籍，而今古学之分在东汉以前犹未彰著。列举康氏之说不可通者二十八端"①，澄清清代今文学，尤其是康有为《新学伪经考》一书相关指责的武断失据。

就是这样一篇与自己针锋相对的考证性长文，顾颉刚却不以为忤，他信守前嘱，将其改题为《刘向歆父子年谱》②，亲手刊发在 1930 年 6 月出版的《燕京学报》第七期，后又将它收入自己主编的《古史辨》第五册中。与此同时及稍后，顾颉刚也正在忙于撰写他的学术长文《五德终始说下的政治和历史》，顾也从不讳言自己在撰写该文时得益于钱穆的地方："我很佩服钱宾四先生(穆)，他的《刘向歆父子年谱》寻出许多替新代学术开先路的汉代材料，使我草此文时得到很多的方便。"③该文刊于 1930 年《清华学报》第六卷第一期，与钱穆《刘向歆父子年谱》几乎同时刊布，但写作时间则要比钱氏《年谱》略晚几个月。

顾氏《五德终始说下的政治与历史》与钱氏《年谱》之间，始终存在着一道无从弥合的裂痕。对钱《谱》缕举条别证实刘歆并未窜改群经这一"发古人之真态"的努力，顾似乎视而不见或者根本无动于衷，他所抱持的思路，基本上依然是晚清今文经学及康有为《新学伪经考》的路径。《五德终始说下的政治和历史》刊出后，顾颉刚随即商请钱穆评议，钱穆也便毫不讳言，批评顾文的缺失，盖因未能摆脱清代今文学家学说的纠缠④。钱穆也清楚，毕竟

---

① 青松：《评〈刘向歆父子年谱〉》；收入《古史辨》第 5 册，上海古籍出版社 1982 年版，第 249 页。

② 该文原题《刘向刘歆王莽年谱》，参钱穆《评顾颉刚〈五德终始说下的政治和历史〉》，《大公报》第 170 期，1931 年 4 月 13 日；另可参后文引述的《钱玄同日记》；顾潮也曾证实，在顾颉刚遗物中所发现的钱穆手稿，原题即是《刘向刘歆王莽年谱》，今题应系经顾颉刚之手所改。顾潮：《历劫终教志不灰》，华东师范大学出版社 1997 年版，第 139 页。

③ 顾潮：《历劫终教志不灰》，第 138—139 页。

④ 钱穆：《评顾颉刚〈五德终始说下的政治和历史〉》；原刊《大公报》"文学"副刊第 170 期，1931 年 4 月 13 日；后收入《古史辨》第五集。该文还这样批评今文学家和顾颉刚的论证方法："今文学家遇到要证成刘歆伪作而难说明处，则谓此乃刘歆之巧，或遇过分矛盾不像作伪处，便说是刘歆之疏或拙。""今文学家先存一个刘歆伪造的主观见解，一见刘歆主张汉应火德，便疑心到汉初尚赤是刘歆的伪造，再推论到秦人初祠白帝也是刘歆伪造了；又见刘歆说五帝有少昊，便疑心到凡说到少昊的书尽是刘歆伪造，便从此推及《左传》《国语》《吕览》《淮南》《史记》全靠不住了。""何以今文学家定要说刘向云云尽是刘歆假托，而把刘向以前的一切证据一概抹杀，要归纳成刘歆一人的罪状呢？遵守今文家法的人如此说，考辨古史真相的为何也要随着如此说呢?"顾门弟子之一杨向奎晚年《论"古史辨派"》一文中的意见也与之相类近，认为顾颉刚未能在"层累地造成的古史说"的基础上再前进一步，"它只是重复过去的老路，恢复到今文学派康有为的立场，又来和刘歆作对……是经今文学的方法，一切委过于刘歆。"(《中华学术论文集》，中华书局 1981 年版，第 32 页。)

时代已有很大变化，顾的沿用康有为旧说，并非纯粹是受今文学家法的束缚和拘囿："至于顾先生的《古史辨》，所处时代早已和晚清的今文学家不同，他一面接受西洋新文化的刺激，要回头来辨认旧文化的真相，而为一种寻根究源的追讨，一面又采取了近代西洋史学界上种种新起的科学的见解和方法，来整理本国的旧史料，自然和晚清的今文学未可一概而论。……顾先生的古史剥皮，比崔述还要深进一步，决不肯再受今文学那重关界阻碍，自无待言。"钱引述并认可此前收在《古史辨》第一集中胡适《古史讨论的读后感》一文，将顾颉刚与康有为一辈人所主张的今文学区而别之，认为顾已远远胜出晚清今文学的说法，但接着钱又表示，顾所区别于和胜于晚清今文学的，其实又并不像胡适估计的那么明显和巨大，钱的估值指数显然要远低于胡适：

> 不过顾先生传说演进的古史观，一是新起，自不免有几许罅漏，自不免要招几许怀疑和批评。顾先生在此上，对晚清今文学家那种辨伪疑古的态度和精神，自不免要引为知己同调。所以《古史辨》和今文学，虽则尽不妨分为两事，而在一般的见解，常认为其为一流，而顾先生也时时不免根据今文学派的态度和议论来为自己的古史观张目。①

他不满意顾因为过于笃信康有为和今文学的说法，而未能贯彻、或者说干脆放弃了自己所擅长的传统演进的观点和方法。胡适原先所看到并赞赏的，只是顾与康有为及晚清今文学之间的"异"，而钱穆所看到并为之颦蹙的，却是顾与康有为及晚清今文学之间仍然存续着的那份"同"。钱认为正是这份"同"，致使"古史辨"运动在其发展的途程上，不免"要横添许多无谓的迂回和歧途"，而《五德终始说下的政治和历史》即是一个例证。待钱穆将写就的批评交与顾颉刚，顾当即便附上一段跋语，仍然坚持己见：

> 钱宾四先生写好了这篇文字，承他的厚意，先送给我读，至感。他在这篇文中劝我研究古史不要引用今文家的学说，意思自然很好，但我对于清代今文家的话，并非无条件的信仰，也不是相信他们所谓的微言大义，乃是相信他们的历史考证。……他们揭发西汉末年一段骗案，这

---

① 钱穆：《评顾颉刚〈五德终始说下的政治和历史〉》；原刊《大公报》"文学"副刊第170期，1931年4月13日；后收入《古史辨》第五集。

是不错的。①

如前所述，顾对钱的奋力识拔，以及顾在明知钱有关刘向刘歆父子著述事实考证的长文与自己的见解和思路存在根本歧义的情况下，依然毫不犹豫地在第一时间里将其发表在《燕京学报》上，这显然不是一般学者所能拥有的胸襟，理应成为中国现代学术史上的一段佳话，而这样做也并不妨碍他们在学术意见相左时，又会在第一时间里毫不掩饰地说出自己的意见。钱穆的文稿经由顾颉刚亲手编发，并不意味着顾颉刚便接受了钱穆的看法，顾并没有改变自己原有的想法，他坚持他的思路，同时及稍后又写就他自己的那篇《五德终始说下的政治和历史》的名文。在学术研究中始终坚持价值中立的立场，我虽不赞成你的意见，但我坚决支持你发表意见的权利，最能见出作为学者和编者的顾颉刚，如何自觉恪守现代学术理念的境界和气象。

只是此番顾颉刚对于钱穆批评所作的回应，在当时格外器重他的老师胡适那儿，却第一个便被打了回票。最先认定在这个问题上，钱穆是对的，顾颉刚是错了的，不是别人，恰恰是这位之前启导过顾颉刚而其时又极为欣赏顾颉刚发起的“古史辨”运动的胡适。胡适读过钱《谱》后，当即表示自己已被钱穆用史实说话的考订工作所说服。《胡适日记》1930 年 10 月 28 日条，即记有胡适对钱穆《刘向歆父子年谱》、顾颉刚《五德终始说下的政治与历史》这两篇关涉经古今文之争的学术长文的评语。对钱穆《刘向歆父子年谱》，胡适作有这样的评述：

> 昨今两日读钱穆（宾四）先生的刘向歆父子《年谱》（《燕京学报》七）及顾颉刚的《五德终始说下的政治和历史》（《清华学报》六，一）。
>
> 钱《谱》为一大著作，见解与体例都好，他不信《新学伪经考》，立二十八事不可通以驳之。②

钱著《年谱》“以史实破经说”，排比关键史实，力证今文经学所谓刘歆作伪说法的无据，胡适表示信服。与此同时，自己青睐的弟子顾颉刚，在明明已读过钱著《年谱》的情况下，不仅未能及时捐弃今文经学和康有为旧说，反而还

① 见顾颉刚附在钱穆《评顾颉刚〈五德终始说下的政治和历史〉》一文后的跋语；《大公报》“文学”副刊第 170 期，1931 年 4 月 13 日。

② 曹伯言整理：《胡适日记全编》5，安徽教育出版社 2001 年版，第 834 页。

在那儿兜着圈子竭力回护，依然坚持今文经学、康有为所力主的刘歆作伪说为不可移易，胡适深表失望之余，颇觉不可思议：

> 顾说一部分作于曾见钱《谱》之后，而墨守康有为、崔述之说，殊不可晓。①

在胡适看来，刘向刘歆父子有无作伪篡乱古籍的嫌疑，钱穆长文已经说得够清楚了，既然已有钱穆这篇可作定谳的有关刘向刘歆父子著述活动的考证长文在先，并且还是你顾颉刚最先读到并拿去刊发在《燕京学报》上的，那你何以还要继续纠缠在经今文学及康有为的无端臆说的泥淖里喋喋不休呢？这不是研究的无谓浪费，思想和学术的倒退，又能是什么？胡适在意的是，你顾颉刚完全没有意识到，你那饶舌辩解的背后，是你依然拘囿于晚清今文经学思路及门户之中的事实，只是你自己不曾或不愿察觉这一事实罢了。在这个问题上，胡适希望顾颉刚对钱穆的长文考证能够真正地输诚服膺，以史实之马首是瞻，抛却门户之见。说白了，胡适希望顾颉刚能够借助这一机会，好好清算一下自己之于晚清今文经学及康有为辈之间的那份纠缠不清的关系，并与之彻底做个了断。而当时正忙于主持史语所的筹建，凭恃其才情和霸气以及与胡适亦师亦友的那份亲近，在北大文史学科建设和人事安排上掌有操控实权的傅斯年，也因为激赏钱著《刘谱》，事实上还成了力邀钱穆转赴北大执教的主事人，尽管嗣后不久两人便遽告分道扬镳。据钱穆晚年所撰《师友杂忆》："孟真屡邀余至其史语所。有外国学者来，如法国伯希和之类，史语所宴客，余必预，并常坐贵客之旁座。孟真必介绍余乃《刘向歆父子年谱》之作者。孟真意，乃以此破当时经学界之今文学派，乃及史学界之疑古派。"②近年余英时在挽悼乃师的几篇长文中，谈及这篇在钱穆学术生涯中至关重要的长文时，也格外措意于该文为晚清以来经学史上一段公案画一句号的作用，认定《刘谱》力辟晚清今文家说，"尤其痛驳康有为的《新学伪经考》，震撼了当时的学术界，使人从康有为《新学伪经考》的笼罩中彻底解放了出来"，并得以让"晚清以来有关经今古文学的争论告一结束"③。余英时的这一说法，似乎也颇能从当事人钱穆《师友杂忆》的忆述里

① 曹伯言整理：《胡适日记全编》5，安徽教育出版社2001年版，第834页。

② 钱穆：《八十忆双亲·师友杂忆》，第168页。

③ 余英时：《〈犹记风吹水上鳞〉序》《一生为故国招魂》《〈周礼〉考证和〈周礼〉的现代启示》；见余英时著：《钱穆与中国文化》，上海远东出版社1994年版，第24、134、239页。

获得相应的印证。据钱穆回忆，当时北平“各大学本都开设经学史及经学通论诸课，都主康南海今文家言。余文出，各校经学课遂多在秋后停开”。[①]也就是说，钱著《刘谱》一经刊布，便告对今文学及康有为的清算一举取得了压倒性的胜利。事情似乎早已有了分晓，孰胜孰败，一目了然。不过，实际情况和上述说法还是有些偏差，历史并非那么整齐划一，事实上还是有例外存在的。首先，如上所述，当时名声显赫、如日中天的“古史辨”派主将顾颉刚，便并没有放弃他所“固执”的经今文及康有为辈的“旧见”，钱著《刘谱》并未能让他折服，为此还招致了本来很器重他的胡适在日记中的不满。而顾的未能或者说不愿折服，应该说，某种程度上，很可能是基于他本人也未必清楚地意识到的隐在心结，即“古史辨”之于“疑古惑经”的康有为和今文学，在学思系谱上，存在着一脉相承的关联，钱穆说自己的动机，本来是“想为顾先生助攻那西汉今文学家的一道防线（其实还是晚清今文学家的防线），好让《古史辨》的胜利再展进一程”。孰料他这么做，在顾颉刚那里，恰恰是在痛挖“古史辨”方法论的墙根，是在摧毁他学说的立足基地，所谓“投鼠忌器”，这当然是顾颉刚所不愿意的。

至于另一位“古史辨”派的核心人物钱玄同，这个说话行事向来唯恐不够特立独行的人，更是对当日由钱穆《刘谱》所引发的主张清算晚清今文经学及其康有为，并将这份思想遗产视若陈年之刍狗的思想潮流和学术趋向，按捺不住地表示了他的反感和不以为然。钱玄同的思路显然并不像胡适那样泾渭分明、非此即彼：是拘守今文经学的门户之见？还是惟历史事实之马首是瞻？比起在这两者之间作出明确的选择，毋宁说，钱玄同的考虑，似乎还要更为复杂些。或者也可以这么说，钱玄同不愿意顺从1930年代初期的学界风气，不愿意断然清算晚清今文经学及康有为的那份思想遗产，并非是逞性使气使然，而实在是基于另外一番“情怀”的缘故。

那么，对钱穆《刘向歆父子年谱》一文，钱玄同的反应又是如何的呢？《钱玄同日记》1930年1月14日条：

> 午至燕大授课，近日将本学期结束矣。课毕，访颉刚……，他示我以钱穆之《刘向刘歆王莽年谱》，意在证明伪经之说不足信，古文可靠耳。真堪与毛西河、洪良品作伴侣也。[②]

---

① 钱穆：《师友杂忆》，读书·生活·新知三联书店1998年版，第160页。

② 杨天石主编：《钱玄同日记》（整理本）中卷，北京大学出版社2014年版，第745页。

钱玄同在顾颉刚处看到的，当是经顾颉刚之手，准备编入《燕京学报》的原稿。该文刊出时，题为《刘向歆父子年谱》，无“王莽”部分。日记泄露了钱玄同当时的心态，那便是对钱穆的考证根本不以为意，觉得不屑、不值得认真对待，连正面瞅上一眼都不情愿。

钱穆《刘谱》的发表，显然触发了钱玄同不少想说的话。一年过后，北平文化学社准备印行方国瑜标点的康有为《新学伪经考》，钱玄同说：“这真使我欢喜赞叹，不能自已。我因为二十年来曾将这书粗读数过，又得先师崔君的指导，不自揣量，妄谓对于这书的好处和坏处都能够有些了解，所以便不辞‘人之患在好为人序’之讥，自告奋勇，来写着一篇序。”因为有话积郁在心，按钱玄同的脾性，不说出来是很不痛快的，现在有了这么个机会，正好可以一吐为快。又因为有话要说，钱玄同便一改平日的散漫①，投入了很专注的精神，很快便把这篇序文写了出来。

《钱玄同日记》1931 年 10 月 28 日条：

> 午后回孔德做《〈新学伪经考〉序》，做了二十多张（每张二百格），止起了个头，未做毕，做到晚一时，甚累……②

当天写下四千来字，只是开了个头，大有打算洋洋洒洒、一气呵成之气概。接下来的日子，除了各处授课，日记上留下的，便都是正在续写“某文”的记述。《日记》11 月 6 日条记述初稿完成：

> 下午北大，四时毕，回孔德，将某文了完。尚须修改一过夜。③

接下来是修改，日记中随处都有诸如“午回府改某文”“五时回孔德，灯下改某文”的记述。《日记》1931 年 11 月 16 日条：

> 午后回孔德，直至更深，将某文全改完了，约三万字。④

---

① 翻阅《钱玄同日记》，不时会遇到诸如此类的记述：头昏脑涨，手中本打算去做或本该做成的事，不得不因此而搁置，于是废然兴叹云云。这固然与纠缠了他一生并最终促成了他早逝的高血压有关，也与他勤于思而慎于行的潇洒飘逸个性相关。思想异常活跃、闪现脑际的问题意识纷至沓来、络绎不绝，以至实施解决的方案难以一一落实。

② 杨天石主编：《钱玄同日记》（整理本）中卷，北京大学出版社 2014 年版，第 828 页。

③ 同上书，第 829 页。

④ 同上书，第 831 页。

11月22日条：

> 晚，在孔德抄康氏《重刻伪经考》后序，给方国瑜也。①

原打算将该文刊发在师大《国学丛刊》上，但一来可能多少有些看不上师大《丛刊》的水准，二来也是因为《丛刊》稿挤，故临时改变主意，拿去给了北大《国学季刊》。事见《日记》1931年12月14日条：

> 回孔德查师大《国学季刊》第三期稿，太糟糕了，好在他们只能出七十种页，已有邵之某文，印了十页，只要六十页就行，这些糟糕稿子大约够六十页也。故拙文决计送给《国学季刊》了。②

1932年北大《国学季刊》第3卷第2号刊出该文时，文末附有钱玄同的按语：

> 方君标点本的《新学伪经考》，由北平文化学社出版。出书以后，我又将此序大大的增改了一番。此篇即系增改之本，故与印在书上的不同。

用作方国瑜标点本序文时，约为三万字，至《国学季刊》刊出时，题名《重论经今古文学问题》，则已增扩至五万三四千字的篇幅，钱在日记里所说的"大大的增改了一番"，看来并非虚言。如此篇幅的单篇论文，在钱玄同思想学术生涯中，也是绝无仅有，于此也颇可见出该文之于钱玄同的分量。

康有为《新学伪经考》1891年始一刊行便极为风行，随后即被清廷三度降旨毁版（分别是光绪廿年，即1891年，甲午；光绪廿四年，1894年，戊戌；光绪廿六年，1900年，庚子）。风行的原因，钱玄同认为大致有这么几个原因：一是当时正赶上喜好今文经学、公羊学的翁同龢、潘祖荫诸人得势当道，康有为这部书里的材料和议论正好可被用以投其所好，"作他们干禄幸进的取资"，这是最低一等的原因；比这略高一等的，则是出于猎奇心喜的动机，见这书"力翻二千年来的成案，觉得新奇可喜"；还有稍高一层的，便是基于

① 杨天石主编：《钱玄同日记》（整理本）中卷，北京大学出版社2014年版，第832页。

② 同上书，第835—836页。

敬重，对国势危殆之际挺身而出、建言变法维新的康有为其人，深表佩服，因敬重其人，进而敬重他的著作。但不管哪个层面，促成他们趋骛于这部书的，均是书之外的原因，并非书本身的价值，即便是后一类人，即政治主张上对康有为极表认同的，对这部书的学术、考证价值，也并不以为然，多半认定它是“凭臆武断”而已。真正尊信它学术、考证价值的，钱玄同说，“以我所知，唯有先师崔觯甫（适）先生一人”。自日本留学返国之后，小学上钱玄同始终宗奉他东京时代的老师章太炎，经学上却并非如此，他更佩服的则是今文经学家崔适。与章太炎一样，崔适也曾受业于俞樾门下。康有为的《新学伪经考》，崔适最初便是从俞氏处读到的，一读之下，大感佩服，以为“字字精确”“古今无比”，而崔适的著述，如《史记探源》《春秋复始》《论语足徵记》《五经释要》这几种，便基本上都是处在康有为思路的延长线上，只是让康的说法更加完型和周密些罢了。钱玄同最初邂逅《新学伪经考》，应该是在他拜门崔适之后。据钱自述：“自一九一一（辛亥）至一九一三（民国二），此三年中，玄同时向崔君请益；一九一四年（民国三）二月，以札问安，遂自称‘弟子’”，“始得借读《新学伪经考》，细细籀绎，觉得崔君对于康氏的推崇实不为过。”时隔二十余年后，直至 1931、1932 年，钱玄同对《新学伪经考》所谓的学术考证价值，依然推重有加，态度未见有丝毫改变，比之于当年的崔适，可以说有过之而无不及。钱玄同在《重论》里便这样重申：

> 我以为康氏政见之好坏，今文经说之然否，那是别一问题。就《新学伪经考》这书而论……，全用清儒的考证方法——这考证方法是科学的方法……他这书证据之充足，诊断之精核，与顾炎武、阎若璩、戴震、钱大昕、段玉裁、王念孙、王引之、俞樾、黄以周、孙诒让、章太炎（炳麟）师、王国维诸人的著作比，决无逊色，而其眼光之敏锐尚犹过之；求诸前代，惟宋之郑樵、朱熹，清之姚际恒、崔述，堪与抗衡耳。古文经给他那样层层驳辩，凡来历之离奇，传授之臆测，年代之差舛，处处都显露出伪造的痕迹来了。于是一千九百多年以来学术史上一个大骗局，至此乃完全破案：“铁案如山摇不动，万牛回首丘山重”，《新学伪经考》实在当得起这两句话。……
>
> 所以我说康氏这部《新学伪经考》是极重要极精审的辨伪专著，是治国故的人们必读的要籍。至于康氏尊信今文家言和他自己的“托古改制”的经说（如他的《春秋笔削大义微言考》《论语注》《孟子微》等），还有他那种“尊孔”的态度，其为是为非，应与《新学伪经考》分别评价；《新

学伪经考》在考证学上的价值，决不因此而有增损。[①]

康有为出版于光绪十七年(1891)的《新学伪经考》，断言古文经皆系刘歆一手伪造，目的是要湮灭孔子大义，助王莽篡汉。刘歆既以伪《周礼》及由《国语》篡改而成《左传》作为新朝改制的依据，故而"刘(歆)之篡经可等同于王(莽)之篡汉，此即何以康(有为)称经古文为新学之故"。至于刘歆一手篡造的伪经何以能够蒙骗世人长达二千年之久，据康有为揭秘，实因有为数甚众的儒学经师直接参与其间、或推波助澜、协同作案的缘由在，内中细故委曲，则大致如晚近史学家汪荣祖揣摩康有为思路所勾勒的那样："而新学之所以能取代真经，迷惑千古，实因后汉大儒如贾逵、马融、许慎、郑玄等，不惜激扬刘歆余焰之故。贾以帝师之尊尊古文，马为伪经作注，郑则以古文总结经今古文之争。……以伪代真，以是遮非，其间宋儒所用，亦无非都是伪经。"[②]孔子的真精神以及中国政教体制的真谛既已为刘歆的伪经湮灭达两千余年之久，并最终导致中国历史停滞不进的严重后果，故而勠力揭发刘歆作伪这桩千年公案，借助公羊经今文以恢复孔子的真精神，便成为康有为实施其救亡图存、重建政教秩序的政治想象的第一步。

其实，康有为在这个问题上并无太多原创性的见解，某种意义上，他也仅仅沿袭的是刘逢禄的思路和说法而已。在刘逢禄看来，孔子《春秋》所记述的乃是一个脱离循环的新的历史时期的开始，从而视孔子为后世的创制人，并奉孔子为后王，而刘逢禄这一说法，根本上是要与刘歆针锋相对，是为了抗衡、解构和颠覆伪造《周礼》并视周公为儒教创始人的刘歆的所作所为。

继《新学伪经考》之后，康有为又推出了他的《孔子改制考》[③]，其间时隔五六年的工夫。翻开《改制考》第一卷，突入眼帘的标题即为"上古茫昧无稽考"，这等于是在直截了当地宣布，六经之前并无可信的文字记载，秦之前也无详尽的信史可言，三代(夏商周)的事迹根本难以稽索，至于所谓的五帝，

---

① 钱玄同:《重论经今古文学问题》，原刊1932年北京大学《国学季刊》第3卷第2号;《钱玄同文集》第四卷，中国人民大学出版社1999年版，第138—141页。

② 汪荣祖:《康有为论》，中华书局2006年版，第50—51页。

③ 《新学伪经考》初刻于光绪十七年(1891年)。《孔子改制考》则为上海大同译书局光绪二十三年(1897年)冬首次刊刻，翌年初始行问世。据《康南海自编年谱》光绪十八年条:《改制考》"始属稿"于光绪十二年丙戌(1886年)，但较为系统的编纂实际始于1892年，酝酿与编次均用时较久。《改制考》自序称:"……乃与门人数辈朝夕钩撢，八年于兹，删除繁芜，就成简要，为《改制考》三十卷。"

那就更是太古茫昧，漫汗无际得根本无从捉摸了。于是，康有为便随手将相关的中国上古史记述，与“泰西之述亚当、夏娃，日本之述开国八神”并置排列，等量齐观，认定其不过也只是属于《圣经》神话或日本神武传说之类，“皆渺茫不可考者也”。正因为上古茫昧无从考索、不可信据，康有为推断自宋代以降，一茬又一茬的学者，经由辨伪存真的功夫，试图坐实上古史的信实可据的所有努力，最终都难免悬虚架空之讥：“谯周、苏辙、胡宏、罗泌之流乃敢于考古，实其荒诞。崔东壁乃为《考信录》以传信之，岂不谬哉?”随后，康有为便下一转语：“夫三代文教之盛，实由孔子推托之故。”原来如此，有关上古三代的良法美制，并非实有其事，它们都只是孔子创制的结果，是孔子托古改制的重要贡献。由此看来，伪造与否，并非检验真理的唯一标准，是否真理，是否值得认可，关键要看究竟由谁伪造？由刘歆一手抟造，则断断不可。刘歆乃是出于辅助王莽篡汉的目的，以周公取代孔子，湮灭孔子光彩，致使儒教在嗣后二千年间的中国趋于式微，本可用以节制君统的师统就此一蹶不振，从而置人民于专制酷政淫威之下，不仅不识太平之治、大同之乐之为何物，并且还得备受异族入侵、以夷变夏等诸多纷扰与苦难①。至于生于晚周衰世的孔子，则是出于匡时救世之心而托古改制，是承周统而创制，目的是要为万世立法垂范。二者之间，自有霄壤之别。

断言二千余年中国政教体制一直处在伪经影响的阴影下，无论是刘歆为湮灭孔子真相而篡改伪造经典，还是孔子为给后世立法而伪托上古三代的改制创制，无论是用心险恶还是出于悲悯，经典的无法信据，经典的基于伪造，在这一点上，刘歆也好，孔子也罢，两者之间并没有什么实质性的不同。而这，实际上是开启了“五四”新文学新文化运动对整个古典传统持怀疑态度，视经典的权威性于蔑如，以及直接喊出“打倒孔家店”口号的先声。事情确实有如列文森所观察到的那样，康有为的公羊学及其对儒学的重新解释，这种“今文学派的确于攻击时尚的经典之际，成为文化的破坏者，开了文化流失之门；因为经典既然可以怀疑，任何东西都可怀疑”。②

---

① 康有为:《孔子改制考·序》:“新歆(按:新莽、刘歆)遽出，伪《左》(按:《左传》)盛行，古文篡乱。于是削移孔子之经而为周公，降孔子之圣王而为先师，公羊之学废，改制之义湮，三世之说微，太平之治，大同之乐，暗而不明，郁而不发。我华我夏，杂以魏晋隋唐佛老词章之学，乱以氐羌突厥契丹蒙古之风，非惟不识太平，并求汉人拨乱之义亦乖剌而不可得，而中国之民遂二千年被暴君夷狄之酷政，耗矣哀哉!”

② Levenson, *Confucian China and Its Modern Fate*, v.1, p.89. 转引自汪荣祖:《康有为论》第四章，中华书局 2006 年版，第 63 页。

顾颉刚在《古史辨》第一册的"自序"里坦言："自从读了《孔子改制考》的第一篇之后，经过五六年的酝酿，到这时始有推翻古史的明了的意识和清楚的计划。"

钱玄同念兹在兹的，其实也正是这个。他无法忘怀自己及自己所属的那个时代曾经受惠于康有为的一面，正是康有为在《新学伪经考》和《孔子改制考》中对整个古典传统的根本怀疑，视经典的权威性于蔑如，给近代中国思想学术带来了巨大的冲击和前所未有的解放感，这是康有为留给世人的一份极为重要的思想遗产。正因为格外珍重这份遗产，对于"新文化""新文学"一代（其实他们正是在康有为思想的催化下得以生成的）之于康有为的遗忘，他们身上弥散着的那种"数典忘祖"式的绝情，对于仅仅才时过境迁了十余年，维新变法运动的领袖康有为辈便已在一意求新求变的"五四"一代的心目中沉沦为陈年之刍狗的事实，钱玄同在内心深处是非常不愿意予以认同的。俨然骨鲠在喉，不吐不快，钱玄同在最短的时间里急着赶写出这篇洋洋洒洒的长文，此种一反常态之举，事实上，是在以某种貌似有意违拗及冒犯"新文学""新文化"立场的方式，向康有为致意，传递缅怀之情，他希望能以自己的这一举措，给沉湎在狂飙突进的"新文化""新文学"者们提个醒，对曾经于他们有沾溉之恩泽的那一代人物及其历史，就这么轻而易举地说遗忘便遗忘了，实在是件很不应该的事，不免显得有些轻薄。

看来，这才是我们从钱玄同这篇即便是放在他一生著述中，也是写得极为少有地认真，并且如此哓哓不休，不惮费辞，一气写出了五六万字篇幅的文字背后，所应当窥见的那番隐在的心思，那份深隐在文字后面的内心纠结，那份有可能是他不便也不愿直白说出的心结：康有为曾是有恩于"新文化"和"新文学"的重要人物之一，对于他，我们这些受惠者自当始终心存感念才是，"新文化"和"新文学"者们如果非得那样绝情不可的话，那么，除了让人慨然浩叹"情何以堪"之外，夫复何言?！他自己绝不会这么做，也见不得别人这么做，这才有了在最短的时间里，欲罢不能地写就了终其一生仅有的这篇长文。"予岂好辩哉？予不得已也欤！"

这么看来，钱玄同所格外看重的那份属于《新学伪经考》的学术价值，与他同时代，如亟亟致力于中国现代学术规范建设和确立的胡适等人，同时也和我们这些后人所认同和共同分享的所谓学术范式①的价值，并非可以等同视之之物。与其说钱玄同所看重的今文学及康有为的价值，是胡适当年

① 参见陈平原所作相关梳理；陈平原：《中国现代学术之建立》，北京大学出版社1998年版。

所汲汲于建立以及我们今天仍在不遗余力地呼吁和维护着的那种学术价值，毋宁说，他更看重的是学术的这样一种资历，即是否参与了时代重大精神思想的建构，是否给时代带来了思想与精神的巨大解放，如果是，那理所当然便是有价值的，如果不是，便没有什么价值。他所不愿意也不忍心看到的，是那些宣布就此断弃和清算康有为之于清末民初思想学术的那层血脉相关的精神联系的做法，不管这么做是基于何等理由。作为亲力亲为、亲眼看见了康有为之于时代带来过空前的精神和思想解放的场景的见证人之一，作为时代之子，钱玄同清楚地意识到，自己的思想学术，其基本思路或者说方法论，即有着直接萌生、形塑自康有为的诸多因素。所谓知恩图报，所谓饮水思源，曾经受惠于今文经学和康有为的钱玄同，对康有为始终怀有难以割舍的敬重珍惜之情，并由此引发了他对那些准备清算康有为并与之彻底了断的人和事，深感难以接受，甚至痛心疾首的心理反应，正可以说是再自然不过的了。

二、“世界主义”的视野

康有为对同时代及后世的影响，其所带来的巨大精神解放及其冲击力，除了前面已述及的《新学伪经考》《孔子改制考》之外，便要数其浓缩、集中在《大同书》思想构架中的那份“世界主义”的精神视野了。

康有为“世界主义”最初的衍生及其传授的路径，即康有为的“世界主义”意识，到底是如何经由被他作了特殊理解和发挥的今文经学的“三世说”而推衍、生成以及传授给他的及门弟子并影响整整一代世人的，其间的过程和步骤，还是得推举康门大弟子梁启超的概述，最得要领，也最为简扼：

> 次则论三世之义。《春秋》之例，分十二公为三世：有据乱世，有升平世，有太平世。据乱、升平，亦谓之小康；太平亦谓之大同。其义与《礼运》所传相表里焉。小康为国别主义，大同为世界主义；小康为督制主义，大同为平等主义。凡世界非经过小康之级，则不能进至大同；而既经过小康之级，又不可以不进至大同。孔子立小康义以治现在之世界，立大同义以治将来之世界，所谓六通四辟，小大粗精，其运无不在也。小康之义，门弟子皆受之，而荀卿一派为最盛。传于两汉，立于学官；及刘歆窜入古文经，而荀学之统亦篡矣。宋元明儒者，别发性理，稍脱刘歆之范围，而皆不出于荀学之一小支。大同之学，门弟子受之者盖寡，子游、孟子稍得其崖略。然其统中绝，至本朝黄梨洲稍窥一斑焉。

先生乃著《春秋三世义》《大同学说》等书，以发明孔子之真意。①

康有为的“世界主义”意识，本是其所鼓吹和发挥的今文经学“三世说”的衍生物。《春秋》三传《左氏》《公羊》《谷梁》，《左氏》属古文经学，《公羊》《谷梁》属今文经学。《左氏》则被康有为《新学伪经学》归入清除、扫荡之列。依照公羊学的说法，《春秋》主旨即在所谓的“三世说”，即《春秋·隐公元年》中所说的“所见异辞，所闻异辞，所传异辞”，指的是“所见”“所闻”“所传”这“三世”。董仲舒将之解释为春秋这段历史的三个阶段，同时也是孔子认知、解读这段历史的重要线索。西汉末年的何休则在其所著《春秋公羊传解诂》中将之作了普世化的解释和推衍，于是“三世”说随之摇身一变，成为足以涵盖和描述中国历史文化，甚至整个世界历史文化发展的基本认知框架：“于所传闻之世，见治起于衰乱之中，粗粗，故内其国而外诸夏”；“于所闻之世，见治升平，内诸夏而外夷狄”；“至所见之世，著治太平，夷狄进至于爵，天下远近大小若一”。到康有为这里，又进而将“三世说”与近代的进化论扯上了关系，并以“三世说”定位人类社会进化的阶段及层面：

> 人道进化，皆有定位，自族制而为部落，由部落而成国家，由国家而成大统。由独人而渐立酋长，由酋长而渐至君臣，由君臣而渐为立宪，由立宪而渐为共和；由独人而渐为夫妇，由夫妇而渐定父子，由父子而兼锡尔类，由锡类而渐为大同，于是复为独人。盖自据乱进为升平，升平进为太平，进化有渐，因革有由，验之万国，莫不同风。……孔子之为《春秋》，张为三世，……盖维进化之理而为之。②

康氏还糅杂公羊学“三世说”与《礼运》的“小康”“大同”说，将“据乱”“升平”比附为“小康”，“太平”比附为“大同”；又认定居于“据乱”“升平”的“小康”为“国别主义”，即民族主义阶段，“太平”也即“大同”为“世界主义”阶段；而中国社会乃至整个人类社会的最高境界，自然是彻底打破“九界”障蔽，以“世界主义”为唯一情怀和视野的“大同”世界。

康有为万木草堂的讲学熔新旧于一炉，内容“以孔学、佛学、宋明理学为体，西学为用”。据保存至今的他的几种讲义的笔录，康氏讲述中国古代学

---

① 梁启超：《南海康先生传》第六章“宗教家之康南海”，原载1901年12月《清议报》第100册，转引于夏晓虹编：《追忆康有为》，中国广播电视出版社1997年版，第13—14页。

② 康有为：《论语注》，中华书局1984年版，第28页。

术演变，即援引西方事例，并突出公羊学说，变法思想自然贯穿其间。及门弟子日后这样追记乃师当年万木草堂讲学的气魄和魅力：

> 先生每日辄谈一学，高坐堂上，不设书本，而援古今，诵引传说，原始要终，会通中外，比列而折从冲之。讲或半日，滔滔数万言，强记雄辩，如狮子吼，如黄河流，如大禹之导水。闻者挢舌，见者折心，受者即以耳学，已推倒今古矣。①

康有为的视野与气度，不仅充分呈现于打破古今这一时间性的隔阂，更呈现于力求拆除横亘于中外之间的空间性障壁。寻求属于全人类、普遍适用于全世界的"实理公法"，是此期的他所倾心致思的方向，也是其时的他之所以能在弟子们心目中显得精神魅力非凡的一个很重要的因素。康有为周游列国，刻有"维新百日、出亡十六年、三周大地、经三十一国、行六十万里"的小印。戊戌政变后康有为流亡国外，1902 年在印度大吉岭开始结撰《大同书》一书。据汪荣祖、朱维铮等人研究，《大同书》中所体现的中国式乌托邦设计，其实在之前的《实理公法全书》一著中，便早已有"直捷明诚"的初始表述②。而作为《大同书》最初的雏形和演草，《实理公法全书》的编撰形式，又完全是在模拟《几何原本》。由此也就不难解释，康有为在他的自传《我史》中，记及 1885 年至 1887 年这几年的行状时，何以要如此屡屡提及当时他手头正在从事的《实理公法》和《康子内外篇》的著述，并不由自主地流溢出他之于这两种早年著述的异乎寻常的钟爱了。这是因为日后的《大同书》，这部他自己最为看重的著述的基本构想，便是在这两部初始性的著述中初露端倪和崭露头角的。或者说，其思想特征及理路依据，直接间接地便都是衍生自这两种初始性著述。

就如同萧公权在论及《康子内外篇》"人我篇"时所观察到的那样，"他（引按，指康有为）与整个人类认同，宣称以天为家"。与《康子内外篇》同属康氏早年著作的《实理公法全书》，萧氏则明确指出，这部著述的主题，便是其鲜明的"世界化"倾向：

---

① 陆乃翔、陆登骙：《南海先生传（上编）》第十章"康南海为教育家"，万木草堂 1929 年版；转引于夏晓虹编：《追忆康有为》，中国广播电视出版社 1997 年版，第 68 页。

② 朱维铮：《从〈实理公法全书〉到〈大同书〉》，载《中华文史论丛》第四十九辑，上海古籍出版社 1992 年版；汪荣祖：《康有为论》第八章，中华书局 2006 年版，第 121—140 页。

> 《实理公法全书》中所述大都来自他阅读西书后所获致的欧洲思想……，不过，康氏不认为他自幼采用的进口思想是外来的，而是属于普及有效的真理。……因康氏在此并不关心保存或维新中国传统，而是要建立超越地域或国家的社会思想。……他真正相信有效的原则是放诸四海而皆准的。在他看来，"世界化"并不是一种方法上的设计，而是一种思想上的信念……。"世界化"已是康氏1885—1887年间所撰《实理公法全书》一书的主题。书中提出人类和谐地生活在一起，说共同语言，在同一政府治理之下。为了打破由不同政治和宗教制度而产生的特殊性，康氏非议任何依圣人或贤君生辰为纪年的历法，而主张采用全世界人共用的立法。①

而谈到《大同书》，萧氏更是直截了当地指出：

> 一如书名所指出的，康氏在此并不关注维护中国价值或移植西方思想，而是要为全人类界定一种生活方式，使人人心理上感到满足，在道德上感到正确。在此，他的社会思想中的"世界化"阶段表露无遗。②

《大同书》不仅批评传统中国制度，也批评他所了解的西方制度，康有为所谴责的造成诸般痛苦的基本制度，诸如国家、家庭和私有财产等等，并无中、西畛域的分别，而为中西、也即整个人类所共有；他对科技发展则抱有天真信心，认定其必将带来可供全世界分享的诸多福祉，并可让全人类借以摆脱苦境，将其带入极乐之境。即便是在赞美孔子的时候，正像萧公权所敏锐地留意到的那样，《大同书》所采取的，也完全是世界主义的思路和视野：

> 康氏所赞美的孔子并非中国传统中的孔子。康氏在《大同书》以及其他著作中，显然将孔子世界化了，孔子不再是中国的至圣先师，而是全人类大同理想中的先知。③

以下所引，为《大同书》"绪言篇"里的部分文字：

---

① 萧公权：《康有为思想研究》，台北：联经出版事业公司1988年版，第406页。

② 同上书，第411页。

③ 同上书，第415页。

康有为生于大地之上,……当大地凝结百数十万年之后,幸远过大鸟大兽之期,际开辟文明之运,居于赤道北温带之地,国于昆仑西南、带江河、临太平洋之中华,游学于南海滨之百粤都会曰羊城,乡于西樵山之北曰银塘,得氏于周文王之子曰康叔,为士人者十三世,盖积中国羲农黄帝、尧舜禹汤、文王周公、孔子及汉唐宋明五千年之文明而尽吸饮之。又当大地之交通,万国之并会,荟东西诸哲之心肝精英而酣饫之,神游于诸天之外,想入于血轮之中,于时登白云山摩星岭之巅,荡荡乎其骛于八极也。已而强国有法者吞据安南,中国救之,船沉于马江,血蹀于谅山;风鹤之警误流羊城,一夕大惊,将军登陴,城民走迁,穷巷无人。康子避兵,归于其乡。……康子曰:吾既为人,吾将忍心而逃入,不共其忧患焉?……如逃之而弃其国,其国亡种灭而文明随之隳坏,其负责亦太甚矣。生于大地,则大地万国之人类皆吾同胞之异体也,既与有知,则与有亲。凡印度、希腊、波斯、罗马及近世英、法、德、美先哲之精英,吾已嚗之饮之,菲之枕之,魂梦通之;凡万国之元老硕儒、名士美人,亦多执手接茵,联袂分羹而致其亲爱矣;凡大地万国之宫室服食、舟车什器、政教艺乐之神奇伟丽者,日受而用之,以刺触其心目,感荡其魂气。其进化耶则相与共进,退化则相与共退,其乐耶相与共其乐,其苦耶相与共其苦,诚如电之无不相通矣,如气之无不相周矣。①

你看,在康有为的心目中,个人也好,国家也罢,都不再是可以完全封闭起来的独立、孤立的存在,它们的一举一动,始终是与外部彼此关涉的。

梁启超的思考和论述又何尝不是如此?1890年梁启超从京师"下第归,道上海,从坊间购得《瀛环志略》读之,始知有五大洲各国"。②光绪二十三年(1897)为其门生徐勤所著《春秋中国夷狄辨》作序曰:

孔子作《春秋》,治天下也,非治一国也。治万世也,非治一时也。故首张三世之义,所传闻世,治尚粗疏,则内其国而外诸夏;所闻世治进升平,则内诸夏而外夷狄;所见世治致太平,则天下远近大小若一,夷狄进至于爵。③

① 康有为:《大同书》甲部"入世界观众苦"绪言"人又不忍之心",上海古籍出版社2009年版,第1—8页。

② 梁启超:《三十自述》;《饮冰室合集·文集之十一》,中华书局1989年版,第16页。

③ 《饮冰室合集·文集二》,中华书局1989年版,第48页。

在1901年发表的《中国史叙论》，梁启超特意将中国历史分为“中国之中国”“亚洲之中国”和“世界之中国”这三个层面。梁的心思同样始终不忘设想未来全人类应共有、分享同一个“新文化”系统，谈论中国的问题时，始终不忘中国境域之外的世界。欧战结束时，梁氏偕诸年轻友人游历欧洲，写下《欧游心影录》，上篇所提及的诸如“近来西洋学者，许多都想输入些东方文明”的话头，虽不免有几分夸张，并且和他之前曾激烈否定“东方文明”的语调大相径庭，尽管人们早已熟悉其“不惜以今日之我与昔日之我战”的思想立论做派，但还是不免会对他此番观察的客观有效性心存疑窦，以致早在当日及后世，便一直因此而备受各方面的质疑和攻讦。不过，暂且先撇开相关争执不谈，单就梁氏此番言论的思路和思维方式而言，显然仍不脱以整个世界作为其立足点的基本致思框架。他在这里将中国文明提升到了对第一次世界大战前后、西方文明正在遭遇颠沛阻厄之际的整个世界的文明秩序的恢复和重建可以提供助益的位置，着眼的依然是整个世界，而非仅仅是中国一隅，他将中国经验视为世界史之一部分，人类共同计议之一部分，思考的覆盖面并非止于中国，而是延及整个人类世界，故而在《欧游心影录》下篇《中国人之自觉》的开篇第一节《世界主义的国家》中他这样说道：“我们的爱国，一面不能知有国家不知有个人，一面不能知有国家不知有世界。我们是要托庇在这个国家底下，将国内各个人的天赋能力尽量发挥，向世界人类全体文明大大的有所贡献。”而至最后一节《中国人对于世界文明之大责任》，他又特意这样提醒：“人生最大的目的，是要向人类全体有所贡献。”①现在横在中国面前的一个“绝大责任”，就是“拿西洋的文明来扩充我的文明，又拿我的文明去补助西洋的文明，叫它化合起来成一种新文明”。也就是说，梁启超心目中的新文明，以世界主义为其归宿，既不是单独西方的，也不是单独中国的，而肯定是属于全人类的。

在康德普世主义的道德原则那里，坚持每个人都是自我完足的主体，人就是他自己的立法者。个人参与公共事务是尽责任、尽义务，不是被胁迫，也非出于功利目的。人的道德义务不受国族疆界的限制，人之所以善待他人，纯粹是基于人与人之间最为基本的关系。个人始终与世界主义的“普遍权利”关联在一起，人最基本的权利，即是与任何他人平等共享的权利。这里边便包含了人之所以为人、人之所以因为自己是人类的一员而感到自尊的价值观。人与人之间的普遍共性超越同族疆界，全体人类的休戚相关，不

① 梁启超：《欧游心影录》，商务印书馆2014年版，第31—52页。

仅是他们的共同利益，更是他们可赖以不断自我完善的共同人性。“人”的身份要高于所有外加于人的局部的诸种意义，如种族、民族，如政治、社会的身份，等等。整体“人类”应是每个人思想和行为的出发点。

康有为和他的弟子梁启超，便总是这样地把个人和中国深深地嵌入到世界文明、文化中去加以观察和体认，一提到中国，便势必要求你非得同时去关注和留意于中国之外的更为广阔的地域不可，你若是无法说清楚那些更为广阔的外部的话，那么也便意味着其实你就连中国也都无法说明得了。他们始终强调的是以普世情怀、以世界公民的身份来应对人类世界，在异常广袤的世界里有所分享并有所贡献，他们强调的是不同文化之间的可通约性，这种通约绝不是万般无奈之下所不得不做出的被动选择，恰恰相反，完全基于主体性，彼此相通是因为他们本身便都是普遍人性的产物，早已具有相互通融的内质和关联。任何以文化差异作为借口的优越感和排斥、并以此役使他者的意念和行为，毫无疑问，都是与人类文明的整体性质相背离的。这一基于中国“大同”思想谱系的“世界主义”想象，根本上是与西方近代理性启蒙思想相应和的，由此也确证了，在整个世界的近代和现代思想原则及道德情怀的建构过程中，中国思想是如何建设性地注入了它的重要维度的。

康、梁以整个世界为担当的思路并非孤拔峭立、突兀而起的神来之思，它实际上也是近代中国思想界所共同分享的一种精神氛围。寻踪溯源，中国古代儒家源远流长的“大同”学说自不待言，稍近的，则有明末徐光启辈，更近者，则有龚自珍、魏源，甚至包括林则徐，以及注重、推挽洋务事业的曾国藩、李鸿章辈，事实上，他们也都是康、梁“世界主义”视野的重要的渊源。而嗣后的梁漱溟辈，在《东西文化及其哲学》中所思考、辩证及亟望解决的问题，即不仅仅是关乎中国如何在现代世界中生存，而且还关乎中国如何为现代世界提供它的文明价值的抱负，等等，尽管诸如此类的思考在“五四”新文学家们眼中不免显得不切实际的迂腐，但这并不妨碍在致力于将自己的贡献纳入世界及人类精神总体中去的宏大视野上，“五四”新文学家与他们所看不起的梁漱溟之间，其实有着颇多可以共同分享的层面。

始终着眼于如何积极地融入世界，将自己的贡献汇入人类精神创造的总体中去，如果我们能够从一种连续性的框架或观点来加以考察的话，将不难看出，康、梁并非先知先觉，不过，论及基于人类文明整体性原理的“世界主义”胸怀和视野，显然又不得不推举康有为及其弟子为得风气之先者。严复《天演论》一纸风行，由此衍生成为晚清思想主旋律的社会达尔文主义，其所强调的是每个群体的命运只能由其自身来负责，也就是说，惟有经由“自强”，才有可能在列强虎视狼顾的危局中，争得自己一份生存在世的权利；而康有为则在《大同书》中提出了另一种向度的、极富挑战性的想象，引领人们意识到中国问题的解决方案，须得从整个世界文明秩序中去加以理解和设定，当务之急并非埋头自强一途，更要紧的是要从根本上改造世界体系的构架，也就是说，中国面临的不仅仅是中国“自身”的“问题”，它们其实也是整个“世界”的“问题”的一部分；两相比较，气象格局自有轩轾。将具有民族、国家身份的“中国”，纳入近、现代世界版图中加以观察和考量，大胆构想出能够促成作为民族、国家的中国从中获得彻底解放的宏大乌托邦方案，这不能不说是康有为提示给近代中国思想的一份最有分量的方案了。

毫无疑问，“世界主义”情怀和视野也始终是中国新文学的精神基因之一。《新青年》杂志创刊号上陈独秀所撰《敬告青年》一文，郑重标举出的“新青年”“新文化”的六大精神指标（所谓“特陈六义”）中，“世界主义”视野一项即赫然在列：

> 一、自主的而非奴隶的；二、进步的而非退守的；三、进取的而非退隐的；四、世界的而非锁国的；五、实利的而非虚文的；六、科学的而非想象的。

刊发胡适《文学改良刍议》时，陈独秀同期推出予以高调声援的《文学革命论》一文，高揭甚至远比胡适要来得激进的“文学革命”主张，则是略知新文学史实的人们所熟知的一段典故和文字：

> 文学革命之气运，酝酿已非一日，其首举义旗之急先锋，则为吾友胡适。予甘冒全国学究之敌，高张“文学革命军”大旗，以为吾友之声援。旗上大书特书吾革命军三大主义：曰，推倒雕琢的阿谀的贵族文学，建设平易的抒情的国民文学；曰，推倒陈腐的铺张的古典文学，建设新鲜的立诚的写实文学；曰，推倒迂晦的艰涩的山林文学，建设明了的通俗的社会文学。
>
> ……际兹文学革新之时代，凡属贵族文学、古典文学、山林文学，均在排斥之列。以何理由而排斥此三种文学耶？曰，贵族文学，藻饰依他，失独立自尊之气象也；古典文学，铺张堆砌，失抒情写实之旨也；山林文学，深晦艰涩，自以为名山著述，于其群之大多数无所裨益也。其

> 形体则陈陈相因，有肉无骨，有形无神，乃装饰品而非实用品；其内容则目光不越帝王权贵，神仙鬼怪，及其个人之穷通利达。所谓宇宙，所谓人生，所谓社会，举非其构思所及，此三种文学共同之缺点也。此种文学，盖于吾阿谀夸张虚伪迂阔之国民性，互为因果。今欲革新政治，势不得不革新盘踞于运用此政治者精神界之文学，使吾人不张目以观世界、社会、文学之趋势及时代之精神……

显然，在陈独秀的心目中，是否放眼世界，是否以世界为情怀，乃是新文学之与旧文学的根本分野之一，对之持肯定态度，是新文学最基本的立场、原则，旧文学既无这样的视野和胸襟，并且只会一味窒厄、阻碍这样的视野和襟怀的生成和获得，故而理应归入必须痛加"排斥"的一类。

阐释"五四"新文学精神，既有胡适、陈独秀、钱玄同等一行急先锋攻城略地、摧枯拉朽在先，继而则有周氏二兄弟、即鲁迅与周作人，相继奉献出其沉潜深思的小说写作和切实分明的理论建构。直至20世纪30年代初，新文学业已全面确立了支配性地位，并忙于纂修谱系，以便进一步确证和加固自身的正当合法性时，在为《中国新文学大系》建设理论集撰写的导言里，胡适依然对周作人当年发表的《人的文学》啧啧称道不已，推重其为"一篇最平实伟大的宣言……把我们那个时代所要提倡的种种文学内容，都包括在一个中心观念里"。就在这篇新文学理论宣言中，周作人曾将胡适眼中大可作为新文学在白话文方面的取资范本的《西游记》《水浒》《七侠五义》等白话旧小说，因为弥漫着"非人"的价值观而断然加以排斥。可资利用的本土文学资源既然如此贫乏，周作人不得不建议说："还须介绍译述外国的著作，扩大读者的精神"，目的呢？则是为了"眼里看见了世界的人类，养成人的道德，实现人的生活"。

30年代围绕在施蛰存主编的《现代》杂志周边的一批诗人、小说家，从施蛰存、戴望舒等人一直到刚出道的"二十岁诗人"徐迟，俨然以"现代"作为诉求和趋附的指标，声称自己是世界文学中现代派的"同代人"，是最关注世界各地最新、最先锋的文学动向的一拨人。他们对当时整个世界范围内的"现代""先锋"态势如数家珍的熟谙程度，甚至令半个世纪后从美国专程来访踏勘30年代上海"文学现代主义"地图的李欧梵都为之惊讶不已。李欧梵在他的《上海摩登》一书中，特别强调了施蛰存这批"现代"诗人、小说家的"世界主义感"，并注意到在其影响下，围绕《现代》杂志，在外国文学的译介和编辑上所具有的"文化斡旋"性质，以及依托1930年前后上海作为中国最具“现代性”的通商口岸环境，他们是如何在各自的文学创作层面上，建构他们对于现代主义的文学、文化想象的。①据李欧梵在该书中的转述，施蛰存曾将 30 年代活跃在上海的新文学家，按他们的教育背景归类划分为三块：一块为英文团体，是在英美或著名的教会大学如燕京、清华或圣约翰大学受过教育的一批人；一块是法德文团体，如施蛰存本人，在震旦这样的天主教大学学过法文，或像戴望舒，曾在欧洲（法国、西班牙）留学游历过；还有一块则是日文团体，主要为左翼人士，如鲁迅、冯雪峰及创造社诸君的郭沫若、郁达夫、成仿吾等人。前二者推崇法国象征主义、日本“新感觉”派小说等，后者译介了不少苏俄、日本左翼的革命理论，而他们之间所起的纷争和冲突，则既由意识形态、政治文化立场上的差异所致，也有基于所掌握的外国语文，即“文化资源”的不同等原因。在这些甚至极为激烈的纷争和冲突的背后，又有着相当趋同的心理动机，那便是对在世界上拥有广泛影响的新颖的思想和文学资源，迫切、主动地予以吸纳的开放胸怀。而即便是同时期及嗣后不久，坚持认定欧美的现代主义思潮并不适合中国当时所处时代的社会和现实需要的一批新文学家们，他们或更热衷于与苏俄的所谓“社会主义现实主义”文学之间保持畅达的交流通道，非常热烈地拥抱马克思主义有关社会和阶级的分析及历史唯物主义的解释，认为那才是“科学”解释现实的“客观”原理。而前后致力于民族抗战的中国新文学家，更是与世界反法西斯的各国作家们形成了国际同志的情谊，像奥登对战时中国的勘踏和声援，并留下了在中国激动了以穆旦等人为代表的西南联大诗人群的诗心和文心的《战地纪行》，不过是其中一个带有象征意味的实例罢了。

钱锺书无疑是 20 世纪中国学问最为淹博的文史大家之一，同时又曾是新文学最具反讽性睿智的创作巨擘之一（长篇小说：《围城》、流失了的《百合心》；短篇小说集：《人・兽・鬼》；脍炙人口的随笔集《写在人生边上》）。早年著于狼烟四起的抗战岁月，即他在自序中称其为“虽赏析之作，而实忧患之书”的《谈艺录》，以及后来草成于“文革”后期，直至晚年终未能完篇的包括补编在内的五大册《管锥编》，著述思路可谓“吾道一以贯之”，信守的是他在《谈艺录》自序中借自宋代理学家的说辞：东海西海，心理攸同；南学北学，道术未裂；其所着眼和着力的，始终是人类在基本核心价值上的相通相融，具体说来，便是从诗学、诗性不受时空因素的阻隔，最终都是可以相通相融

① 李欧梵著、毛尖译：《上海摩登：一种新都市文化在中国（1930—1945）》第 9 章“上海世界主义”，牛津大学出版社 2000 年版。

的角度来提示并展开种种主题。比如列举某个中国的文学理念,“诗可以怨”,然后从浩如烟海的中外典籍中去寻绎搜讨、旁征博引,孔子这样说,后世的谁谁谁也这样那样说,中国之外呢?古希腊、罗马的谁,意大利的谁,英、法、德、奥的谁,也都有类似或与之相关的说辞。一个个核心观念,将整个世界不同地域、不同时代的人们的相关想法和说法,全都汇总、贯串到了一起。钱钟书的思路,便是要拆除国界、种族及语言的限定和藩篱,告诉你,其实世界上真正有意思的想法,大家都是差不多的。他更看重的是“同”(“世界大同”),面对纷繁复杂的文论世界,他总是不由自主地、庖丁解牛般地从“同”(同质性)的一面,去翻寻和淬炼出有着普遍性、因而自然可供共同分享的核心价值理念,以致常常有意无意地会忽略去彼此的“异”(异质性)的一面。而我们知道,晚近十数年里,在中国学界曾经盛行一时的“后现代”思潮,其所更为看重的,则是“差异”和“异质性”,没有绝对的好,也没有绝对的不好,该关注的是它们的差异,将价值和真理加以本质化,这不过是罗格斯在背后作祟,是意识形态,是人为的建构,是会妨碍人们对事物实然的观察和理解的,因而亟须予以解构。近年人们私下议论中对钱钟书渐渐变得颇有微词(虽不经见于公开的出版物),恐怕也与学界中此类向“后现代”转换的风气不无关系。

20世纪80年代前期,北大黄子平、钱理群、陈平原推出著名的“20世纪中国文学”论,其据以立足的“世界眼光”和“民族意识”的辩证构架的理论依据,一是马克思《共产党宣言》中所提出的“世界市场”这一概念,一是德国文学家歌德所曾设想的“世界文学”的构想。在这个框架中,民族(国族)意识正是某种国际主义的背面,“民族意识”乃是“世界眼光”的对应物。也就是说,“20世纪中国文学”论是在一种世界的“构架”中来定义现代中国的,体现的是一个代表“世界历史”总体态度的有关“世界”的总体想象,同时也是将整个“二十世纪中国”与“二十世纪文学”纳入“世界”范围并将之统一起来的文学史视野和叙述模式。

而诸如此类的,一茬又一茬新文学家的致思、致力方向及目标,又无不都是处在康有为所高调标举的“世界主义”视野和情怀的延长线上。

三、“悲天悯人”或“感时忧国”的情怀

生当西潮汹涌东来、中土风雨飘摇的忧患之世,康有为不仅挺身承当民族的时代危机,而且目光高远,放眼世界,思情充沛,独辟蹊径,为整个人类的未来起草设计方案。他改造公羊“三世”学说,建立独特的变法理论根基,

融合中西，自创“大同”乌托邦思想。前者是为解决眼前危机联袂而起，以救国救民自任，后者寄希望于未来，寄寓其强烈的救世之心，其悲天悯人的情怀，瑰丽的政治想象，并世不作第二人想。

尽管梁启超对乃师康有为所著《大同书》佩服得五体投地，认定“(康)有为著此书时，固一无依傍，一无剿袭，……而其理想与今世所谓世界主义、社会主义者多合符契，而陈义之高且过之。呜呼！真可谓豪杰之士也已”；①称道其“冥心孤往，独辟新境，其规模如此其宏远，其理论如此其精密，不得不叉手叹曰：伟人哉！伟人哉！”②但《大同书》所依托的思想资源却并非不可辨认。如前所述，事实上，康有为是通过演绎《礼运》“大同”之旨，附会公羊家《春秋》“三世”之说，兼而参合以心心念念意在摆脱现实人生悲苦的佛教思想、近代西方民主平等及空想社会主义乌托邦等诸多思想资源，才得以撰成这部《大同书》的，康氏便是以这幅错综糅合了儒家思想、佛教理念和乌托邦共产主义等因素的“大同”世界图景，作为人类最后、也是最高的归宿，认定得以实现“大同”的先决条件则在拆除和消弭诸如家/国、人/己之类的界限分际，实施博爱、平等，一旦有国有家有己，各擅其界而自私之，其害公理而阻进化，则甚矣哉！概略言之，康氏的“大同”构想，是一个在民主政府领导下的世界国，一个没有亲属、民族和阶级区分的社会，一个没有资本主义弊病而期望以科技、工业的高度发达来谋取最大福利的经济体，即经由政治、社会、经济及民族这四个方面的根本转变，使人生成为一连串品质高贵并且极富美感的事件和过程。③

《大同书》中有很多的发明和祈愿，如妇女解放、奴隶解放，取消国界和阶级，政府议会化，取消政治首领，等等，都很超前、彻底、甚至带有圣洁气质。《大同书》中非但没有皇帝的位置，就连民主政治中的政治领袖也在一概予以摒除之列，这样的方案，岂止无法为当时清政府所能容忍，就是今天信奉现代民主的政治家，恐怕也一样无法容忍。康有为写完《大同书》后并未致力于推广和传播这些思想，仅给两位弟子(梁启超即是其中之一)看过，然后就深藏箱底，从此不提，后来还是几个弟子偷偷拿去印制出来的。《大同书》是对中外社会理想的一次系统的表达，梁启超未完成的小说《新中国

---

① 梁启超：《清代学术概论》第二十四节；朱维铮校注：《梁启超论清学史二种》，复旦大学出版社1985年版，第67页。

② 梁启超：《南海康先生传》，刊1901年12月《清议报》；夏晓虹编：《追忆康有为》，中国广播电视出版社1997年版，第29页。

③ 参见汪荣祖：《康有为论》，中华书局2006年版。

未来记》中的构图，青年毛泽东在《学生之工作》(写于1919年12月1日)一文中有关“新村”的描述[1]，以及1958年在与刘少奇的一次谈话中所透露的有关“共产主义公社”和“社会主义新人”的设计，诸如此类的，中国近、现代的政治伟人们所从事的历史实践，其所背倚的不正是这宗重要的思想资源？这宗思想资源构架了中国思想、文化、文学在近现代的推进中、在可以看见的未来时间中将会被实现的重要项目和课题，并由此支配了20世纪中国文学的视野、想象、叙述、抒写的最为核心的内容和最为基本的主题。

“仁”本是儒家最核心的思想概念之一，为《论语》中的孔子所屡屡言及，略略翻查一下《论语》便可得知，“仁”在《论语》中出现的频率要远较孝、悌、忠、信为高。《论语》一书四百九十九个自然段落，谈论到“仁”的，占了五十八段，语涉“仁”字者，凡一百零五处。“仁”的语义，由孔、孟经汉、唐、宋、明诸儒推进衍化，至康有为，又得以与同时代的谭嗣同(《仁学》)交相砥砺和激发。康对“仁”的解释和发挥，散见于他的《大同书》《董氏学》《礼运注》《孟子微》诸书，其中最重要的一条，是他用“不忍之心”来替“仁”定义。梁启超认定康有为论学论政，“皆发于不忍人之心”，“其哲学之大本，盖在于是”。康有为的“仁为不忍之心”明显有脱胎于孟子恻隐之心仁也、人皆有不忍之心、皆有乍见孺子之入井时的惊惕恻隐之心的印记，但又有所不同。萧公权《中国政治思想史》就此曾有过辨析：“康氏所谓不忍之心，虽亦托根于人类之同情，然既系之于个人一己之苦乐，则与孟子之纯然依据同情者固自有区别。”[2]后起的陈荣捷的分梳似乎更具体些，辩证的取径也与萧公权有所径庭。陈荣捷认为，“仁”在孟子，原为“四德”之一，其性特殊，而在康，“不忍之心仁也，灵也，以太也。人皆有之。……故知一切仁政皆从不忍之心生。……人类之仁爱，人类之文明，人类之进化，至于太平大同，皆以此起。”又云：“不忍之心仁心也。不忍之政仁政也。虽有内外体用之殊，为道则已，亦曰仁而已矣。”(以上参见康有为：《孟子微》卷一)但在康有为，很显然，已将“仁”做了普遍化处理，并将其提升到了本体(“道”)的位置，这是康有为与孟子之间有着很大不同的地方。[3]另外，照陈荣捷看来，孔子曰，“泛爱众”；孟子曰，“仁者无所不爱”；康有为对“仁”的解释虽不脱儒家本源，但

---

① 《毛泽东早期文稿》，湖南人民出版社1990年版，第449页。

② 萧公权：《中国政治思想史》第二十一章第三节；刘梦溪主编：《中国现代学术经典·萧公权卷》，河北教育出版社1999年版，第585页。

③ 陈荣捷：《康有为论仁》，收入《王阳明与禅》，台湾学生书局1984年版，第85页。

显然又有新的进境:"康氏注董氏之言,则不只言爱而且言类。……如此看法与传统看法不同。传统看法以爱之心性为人所固有,发而崇之,自源流露推广,由亲亲以至爱及人类,其起点为一心之心。类的看法则不然,其中心为人类,其发动力在与人之所同,不止在本人之德性而已矣。"①

康有为谓"万物一体者,人者仁也"(《论语注》卷八);又谓"万物一体,慈恻心生,即为求仁之近路"(《孟子微》卷一)。似与孔孟及宋明诸儒"万物一体"的思想传统一脉相承,但其实也已参合了西方近代思想因素在内,故而冯友兰《中国哲学史》以批评的口吻论及这一点:

> 此实即程明道、王阳明仁者以天地万物为一体之说,而以当时人所闻西洋物理学中之新说附之,生吞活剥,自不能免。②

如此看来,康有为《大同书》的理论构想有源自儒家"仁学"的一面,似无疑义,而另一方面,康有为对"仁"的解释和发挥,虽貌似孔孟,而实际上却已有很大的不同,这同样也应该没有疑义。

梁启超《儒家哲学》中谈及常州派的龚自珍、魏源时,认定乃师康有为的学行路数,便直接绍武于他俩:

> 他们一面讲经学,一面讲经世,对于新学家,刺激力极大。我们年轻时读他二人的著作,往往发烧。南康海先生的学风,纯是从这一派衍出。③

康有为的《新学伪经考》和《孔子改制考》,形式上虽然俨然今文经学的著述,或者说是整理旧学的成果,但实质,完全是在为他的政治想象和政治实践作张本,也就是梁启超所讲的,他是在"借经术以文饰其政论"。康有为大谈孔子改制,认定《春秋》为孔子改制创作之书,实寓有政治改革之意。他喜欢奢谈"通三统",即夏、商、周三代不同,政制因时而有所损益;又喜欢奢谈"张三世",即所谓据乱世、升平世、太平世,表面上似乎在大张今文学之绪,实际则是迎合和接纳西方近代进化论,为他戊戌变法维新的政治设想寻找合法性

① 陈荣捷:《康有为论仁》,收入《王阳明与禅》,台湾学生书局 1984 年版,第 86—87 页。

② 冯友兰:《中国哲学史》下册,中华书局 1961 年版,第 1010 页。

③ 梁启超:《儒家哲学》第四章"二千五百年儒学变迁概略(下)",上海人民出版社 2009 年版,第 95 页。

来源。根本的关注点并不真是要澄清和辨明经学问题，谈论经学不过是一个幌子，经学不过是幌子，是工具，谈经学不过是借道过境，目的不在经学，而在淑世救世，实施现实的政治改革。也就是庄子所说的"得鱼忘筌"，经学不过是"筌"，社会现实政治是"鱼"，关键是在得"鱼"，一旦"鱼"儿得手，用以捕鱼的工具渔"筌"，自然也就可以弃之不顾。

今文经学借经学议论政事，通过对儒家经典的微言大义的阐发，实施其经邦济世的现实政治胸怀和抱负，此一路数，在康有为整个生涯中，实已被作了淋漓尽致的发挥。康有为的孔子托古改制说，其归宿梁启超说得最为明白："有为所谓改制者，则一种政治革命、社会改造的意味也。"[①]梁启超在追随乃师之余，更是将此一借经学说政治的路数发扬光大，扩散贯彻至其他思想学术和文学系脉，诸如《论小说与群治之关系》《论佛教与群治之关系》等脍炙人口的名篇，略加展读便可得知，它们都不外乎是康有为经世致用今文经学思路的演绎和延伸。"欲新一国之民，不可不新一国之小说。"文学的意义不在它本身，文学必须对国家政治有所承担，这一使命意识，在"五四"新文学兴起之后，无论是从"文学革命"到"革命文学"，从20世纪30年代"左翼文学"的风靡，到后来的"抗战建国""延安文艺"……，直至20世纪50—70年代的社会主义文学实践，不仅一直贯穿其间，并且日渐成为不容有丝毫松动和违迕的清规戒律。

如所周知，商务印书馆改刊后的《小说月报》，曾是中国新文学草创期最为重要的期刊之一，它的编者同时也是新文学最有分量的批评家沈雁冰（笔名"茅盾"的小说家则还是之后的事），在《新文学研究者的责任与努力》一文中这样论列：

> 翻开西洋的文学史来看，见他由古典——浪漫——写实——新浪漫……这样一连串的变迁，每进一步，便把文学的定义修改了一下，便把文学和人生的关系束紧了一些，并且把文学的使命也重新估定了一个价值。虽则其间很多参差不齐的论调，——即当现代也不能尽免——然而又一句总结是可以说的，就是这一步进一步的变化，无非欲使文学更能表现当代全体人类的生活，更能宣泄当代全体人类的情感，更能声诉当代全体人类的苦痛与期望，更能代替全体人类向不可知的

① 梁启超：《清代学术概论》第二十三节；朱维铮校注：《梁启超论清学史二种》，复旦大学出版社1985年版，第65页。

运命作奋抗与呼吁。不过在现时种界国界以及言语差别尚未完全消灭以前，这个最终的目的不能骤然达到，因此现时的新文学运动都不免带着强烈的民族色彩……①

尽管清楚地意识到新文学兴起之初，限于民族、国家和语言的阻隔，将"当代全体人类"的生活状态、思想与情感、痛苦与期待以及难以测定的命运，作为其最根本的表达和诉求的内容与对象，一时间尚无法做到，但沈雁冰认为，这并不妨碍新文学从它诞生的那一天起，便将其视为自己责无旁贷的职责，理应全力以赴予以达成的目标。

20世纪20年代末的"革命文学"，30年代前期风起云涌的"左翼文学"，作为40年代"延安文艺"和50—70年代中国"社会主义文学"实践，它们有意识地加以选择和继承的"传统"和"遗产"，更是从一开始便自觉地将自己的文学工作与人类解放的目标紧紧维系在了一起。即便是50—70年代，处在东、西方既是"被迫"同时又是"主动"的彼此隔绝的所谓"冷战"时期，中国的新文学家们依然一如既往地"胸怀祖国，放眼世界"。这固然是深受马克思、恩格斯《共产党宣言》的感召，即，无产阶级的命运并非只是关乎他们自身，而是与整个世界息息相关，无产阶级只有彻底铲除整个资本主义世界在资源占有、生产及分配等所有领域方面的不平不公现象，从根本上解除政治、经济、文化等制度性的压抑被压抑、剥削被剥削关系，并最终消除阶级现象的存在，才有可能获得自己真正的解放，即惟有解放全人类，才能最后解放无产阶级自己；但另一方面，若仔细加以寻思，"五四"之后，经由"红色的三十年代""延安文艺"直至50—70年代"社会主义文学"，终至占据了绝对支配地位的中国新文学中的"左翼"一脉，又何尝不是处在了康有为、梁启超思路的延长线上？尤其是考虑到其所置身的地域与所使用的语言，都要远比其与前者之间来得更为切近这一事实，那么，康、梁的影响自然也就不容忽视了。

夏志清在他那篇广有影响的《现代中国文学感时忧国的精神》②一文中指出，中国新文学家对于家国的命运遭际及其困境是如此的关切，他们始终怀持的那种难以自抑、挥之不去的"感时忧国"精神，终至流变成为一种狭隘的爱国主义，或者相反相成，在面对西方现代国家时，养成了"月亮是外国的

① 沈雁冰：《新文学研究者的责任与努力》；收入张若英编：《中国新文学运动史料》，光明书局1934年版，第297—298页。此处据上海书店1985年影印本。

② 夏志清：《中国现代小说史》，复旦大学出版社2005年版，第357—371页。

圆”这样的自卑心结，从而自己给自己设下了限制的樊篱，既妨碍了作家个人才华及其复杂丰富的精神层面的展现，也妨碍了文学自律和永恒人性视野的贯彻，致使中国新文学(尤其是小说)，在行文运事、思想辩难及心理深度等诸多方面，未能获得本应获得的拓展和成就，不免令人为之惋惜。即便是鲁迅、茅盾这样为新文学家高山仰止的巨擘、大家，往往也无法免受其累。正是基于这样的思路，他在他那本一举奠定了西方学院中国新文学研究基础的英文专著《中国现代小说史》(1961 年)中，独排众议，高调评价 20 世纪 50 年代起、直至 80 年代初，在大陆的中国新文学史谱系中或是贬抑不受重视、或是干脆消抹了事的几位小说家，如张爱玲、钱钟书、沈从文、张天翼(作为左翼讽刺作家，与前面几位不同，其实是受到相关新文学史著的不少礼遇的)、吴组缃等，认为他们“凭着自己特有的性格和对道德问题的热情，创造出一个与众不同的世界”。[①]他更是把张爱玲和钱钟书，推举为 1949 年以前中国文学的两座高峰。夏志清低抑鲁迅，对茅盾、巴金、丁玲等也多有微词，自然引发众多中国新文学研究者的论争和驳难。1961 年耶鲁大学出版社推出夏著《中国现代小说史》的翌年，捷克著名汉学家普实克(Prusek)撰写书评，诘难夏著所遵循的并非是他一再推崇的所谓文学的准则，“绝大部分内容恰恰是在满足外在的政治标准”，由于夏对左翼作家、作品“怀有恶毒的敌意”，因而对包括鲁迅、茅盾、老舍在内的小说家的评价相当苛刻，而对另一路小说家却显得宽松和夸大。普实克则推崇“五四”一代“激进的中国思想家”和文学家对于文学与社会变革之间的关系所持的积极主张，并认定这不仅为左翼作家所特有，也为胡适、周作人等“右翼”作家所认同，是他们所“普遍持有”的主张。夏志清则就此作出强劲回应[②]。这场论战是 1961—1963 年间、在国际著名学刊《通报》上展开的。由于双方意识形态立场及由此所选择的美学“典范”尺度均相去甚远，以致无法形成有效的问题聚焦，终至只能各说各话。但即便如此，对于夏志清所提示的有关大多数的中国新文学家的写作始终无法摆脱“感时忧国”情结的笼罩和控驭的判断，普实克其实也并无异议，因为这一判断还是符合新文学的实情的。

---

① 夏志清：《中国现代小说史》，复旦大学出版社 2005 年版，第 324 页。

② 普实克：《中国现代文学史的歌本问题——评夏志清的〈中国现代小说史〉》；《通报》(*Toung Pao*)，荷兰莱登，1961 年。夏志清：《论对中国现代文学的“科学研究”——答普实克教授》；《通报》(*Toung Pao*)，荷兰莱登，1963 年。中文译本则分别收入普实克：《普实克中国现代文学论文集》，湖南文艺出版社 1987 年版；夏志清：《中国现代小说史》，复旦大学出版社 2005 年版。

正如夏著《中国现代小说史》中所述及的，新文学初始时期，那些主张反抗传统、亟求改变现状的走"写实"一路的"文学研究会"的新文学家们，他们与生俱来、比任何人都要迫切的"现实关怀"性格自不待言，即使是刻意张扬个人才能，服膺艺术独创至上原则的"浪漫"一代，如前期"创造社"的郭沫若、郁达夫、成仿吾诸君，其精神指向所充溢和裹挟的，依然还是强烈的"现实关怀"的冲动，他还忍不住将其与自己浸馈既久并格外心仪的英国18—19世纪浪漫主义诗人并置比较，并"恨铁不成钢"般地抱怨说，即使是这些偏向"浪漫"的中国新文学家，他们既没有像诗人柯尔律治那样去诉说想象力的重要，也没有像华兹华斯那样去向人们证实神的存在，更不用说会像布莱克那样，去探测人类心灵为善为恶的无比能力了，他们更为关心的，终究还是实施政治变革，根除社会疾苦，建立一个公平、强大、幸福的新中国：

> 早期中国现代文学的浪漫作品是非常现世的，很少有在心理上或哲理上对人生作有深度的探讨。事实上，所谓"浪漫主义"者，不过是社会改革者因着科学实证论(scientific positivism)之名而发出的一股除旧布新的破坏力量。它的目标倒是非常实际的：它要给中国人民带来幸福的生活，建立一个更完善的社会和一个强大的中国。由于这种浪漫主义所探索的问题，没有深入人类心灵的隐蔽处，没有超越现世的经验，因此，我们只能把它看作一种人道主义——一种既关怀社会疾苦同时又不忘自怜自叹的人道主义。自然界的一切，对这种浪漫主义者说来，只不过是一种陶冶性情的工具而已。他们关心的是社会上贫富悬殊的现象，并希望能够寻找到一个公平的分配办法。①

20世纪80年代中期，北京大学钱理群、黄子平、陈平原与上海复旦大学陈思和及华东师范大学王晓明等一批年轻学者，先后发起被命名为"二十世纪中国文学"和"重写文学史"的文学史构架讨论和批评实践，不约而同地对文学史叙述模式作出集约性的反思和建构，其背后的诉求，无非是亟待确立一种独立的、审美的文学史学科，以便摆脱20世纪50—70年代的文学史写作对革命政治意识形态的单向性的依附："首先意味着文学史从社会政治史的简单比附中独立出来，意味着把文学自身发生发展的阶段完整性作为

① 夏志清：《中国现代小说史》，复旦大学出版社2005年版，第13—14页。

研究的主要对象。”①要求文学获得“独立性”的声诉，从 80 年代前期、中期的“让文学回到文学自身”“文学审美”“文学主体性”到 80 年代后期的“纯文学”“文学性”，前后经历过不同的变奏，而“二十世纪中国文学”对文学史独立性的强调无疑是这一变奏中的主要声部。这种倾向和诉求在随后由陈思和、王晓明所主持的“重写文学史”专栏中，得到了更为明确和充分的表达与实践。其时对文学“独立性”的倡导，显然应当看作是特定历史语境中对抗体制化的主导话语形态的一种方式，而其时的体制化旧观念则不言自明地被名之为“政治”。“政治”与“文学”的二元对立在当时是如此有效，以致批判前者就足以为后者的合法性张目。也就是说，正是经由将自身界定为“非意识形态化”和“去政治功利”的，并将前者指认为偏激的意识形态和偏狭的政治功利，80 年代的新的文学观念和文学形态便顺理成章地确认了自身的合法性。当然，如果仔细考量具体历史文本中聚集于“文学”这一能指之下的符码和信息，自然就会知道问题其实远比想象的要复杂许多。“文学”并非如“二十世纪中国文学”框架的设想者们所设想的那样“非政治”和“独立”，它们始终是在极其复杂的文化、政治、社会乃至经济话语的网络关联中定位自身。倘若参仿日本学者柄谷行人在《日本现代文学的起源》一书中对 20 世纪 70 年代日本新左翼思想运动中那种“政治运动一旦破产就回归文学回归内心”的倾向所作的批判，便可以警觉到所谓“独立的文学”的诉求不过是一种“颠倒的风景”。也就是说，对“纯文学”的强调并非真的存在着“纯粹的文学”这样的实体，而不过是某种“现代性装置”、即由制度化的认知模式与物质性的国家机制这两者所造就的结果。所谓“独立的文学”并非一种脱离“政治”的纯粹的观念性的存在，而是本身即是现代民族—国家制度的构成部分②。具体到“二十世纪中国文学”对文学史的“独立”型的诉求，似乎也应将其视为“颠倒的风景”之一，只不过它的“政治性”是内在于其所寄身的意识形态国家机器当中罢了，而所谓“非政治”/独立性仅仅是为一种“新政治”张目的合法性手段。尤其是考虑到 1980 年代的中国文学仍被置于民族—国家机器的核心位置(即当代文学的“黄金时代”，并拥有无可争议的“轰动效应”)，以“文学”的方式播散诸种新的政治意识形态，无疑是更为

---

① 参见王晓明：《从万寿寺到镜泊湖》，收入《刺丛中的求索》，远东出版社 1995 年版；陈思和：《中国新文学整体观》，上海文艺出版社 1987 年版；陈思和：《关于编写中国二十世纪文学史的几个问题》，收入《犬耕集》，远东出版社 1996 年版；钱理群、黄子平、陈平原：《论“二十世纪中国文学”》，《文学评论》1985 年第 5 期；《上海文论》1988 年 6 月—1989 年夏。

② 柄谷行人：《日本现代文学的起源》，生活・读书・新知三联书店 2003 年版，第 224 页。

有效的手段，因而此一时期的“文学”表述中所涵盖的“政治”叙述的丰富性程度，甚至极有可能要远远超逾其他时期。①

进入21世纪以来，当代文学研究者们开始地对“后文革”“后十七年”，或者说晚近三十年间的文学史叙述的本身有所省思和检讨。他们忧心于1990年代以来，越来越呈现出来的隐藏和积蓄在社会结构和社会伦理中的各种不公不义，以及要求解明和根除这些不公不义的民意诉求的声音，未能在当代文学中获得及时应势的回应和表达，并将之归咎为是此前的中国当代文学史叙述者们的叙述策略出现了问题，问题的症结则在于，此前的当代文学叙述者们，都在不约而同地、有意无意地割裂20世纪80年代之与20世纪50—70年代的历史联系，或者以“现代化”的想象，或者以“文学主体性”的名义，将20世纪50—70年代的“社会主义文学实践”从当代文学史中剥离、排除出去，从而造成了“十七年文学”资源在当代有意无意地“被遗忘”的现状。程光炜认为，贯穿20世纪50—70年代的文学（文化）想象方式和政策（即以百分之九十以上的劳苦大众为中心的文学想象和文化服务模式），其所夹杂着的某种否定现代文化、知识的文化蒙昧性质，某种越来越“激进”和“纯化”的意识形态的虚妄性质，确实已经随同其政治文化实践，在“文革”中走向了它的绝境，但这却并不必然表明它不包含有关注普通民众命运的某种人间关怀的因素，而内涵在它内部的某种以达成“社会公平”为前提和目的的文学想象方式，并不能因为它曾被某种政治所利用，被人为地推向了偏激和极端，导致了某些极端的价值观和历史叙述，并终至遭人反感、厌恶和抛弃，就非得把它在一开始所包含在自身的、努力达致“社会公平”的“社会主义文化想象”中的正当合理的诉求，也一并予以抛弃。在他看来，正是由于晚近三十年间，文学史家自觉不自觉地将这份殊可宝贵的文学资源放逐出了当代文学史的意识阈或者是将其压抑在了意识阈下，这就必然导致当代文学在再次面对当代“社会公平”的诉求时，显得不可思议的冷漠和束手无策的窘迫。而要扭转、改变这一窘境，则有必要对1980年代文学的“现代化想象”和“文学主体性”诉求所包含的严重的“脱/去历史倾向”加以省思和检讨，重新梳理“八十年代”与“十七年”之间的真实关系，促使当

---

① 参见汪晖：《去政治的政治：短20世纪的终结与90年代》，生活·读书·新知三联书店2008年版；程光炜：《文学史的多重面貌：八十年代文学事件再讨论》，北京大学出版社2009年版；贺桂梅：《“新启蒙”知识档案——80年代中国文化研究》第五章“20世纪·中国·文学——‘重写文学史’思潮”，北京大学出版社2010年版；杨庆祥：《“重写的限度”——重写文学史的想象与实践》，北京大学出版社2010年版。

代文学重新获得与现实和历史真实对话的能力。事实上,"'八十年代'不过是对社会主义文化想象的另一种建构方式,它在利用'十七年'的社会主义资源的基础上,与'走向世界'的策略谨慎地并轨,在不损害社会主义根本价值系统的前提下,试图找到重新激活社会主义文化想象的历史活力和可能性。那时候,很多伤痕、反思、改革小说和诗歌都在帮助做这件事,我们没有必要为这段历史隐讳。"①

康有为及其弟子们深信,惟有依照《大同书》所设计的方向,中国才不至于继续陷溺在以往狭隘固陋的境地,才有机会使自身的生活理想蜕变为世界性的普遍追求,并且仍能像以往中国历史中曾经有过的那样,为中国乃至世界的未来源源不断地提供自己的价值。像康有为、梁启超这样清末民初一代的思想学术大家,他们对世界的热切接受,并不意味着他们希望完全复制他们所面对的那个世界,不是的,他们从来就不甘于就此接受并复制那个弱肉强食、以资本市场、军事强权及功利主义为主导的所谓的"现代世界法则",总是克制不住地憧憬和追求着一个更为平等的世界,致力于构建一个能比现有的西方更为文明的、能使人类从中普遍获得解放和福祉的政治、经济和思想文化的世界。中国新文学,或者说中国现代文学,便正是生成和滋养于这样的情怀和道义心肠。对不公不义的不容坐视,面对阶级和民族压迫的现实,绝不会采取"闲适""平淡"或"静穆""超脱"的姿态,始终要求文学能够回应重大的社会问题,积极参与并推进历史进程,与重大的历史事件、进程保持紧密的联系;始终要求文学写作实践在对现实变革的吁求中,展示有关社会、人性、道德的新的价值体系和图景,让生活在压抑的、甚至令人窒息的环境中的人们由以获得另一种世界观;正是这样的不顾一己、一族、一国的得失毁誉,以谋求整个世界和人类的根本福祉为己任的悲悯意识、道义

① 程光炜:《新时期文学的"起源性"问题》,载《当代作家评论》,2010 年第 3 期。该文同时还仔细指证了"十七年"资源本身所存在的严重问题:"从社会模式层面看,'十七年'的社会主义是要重新分配社会资源,把少数人掌握的社会资源通过激烈革命和粗暴剥夺的方式转移到大多数人手里。这种社会改造由于将整个国家的发展人为阻隔于全世界的'现代化'潮流之外,又采取各种防范措施压制人民对物质的渴望,所以这种'闭关锁国式'的'社会主义实践'失败了。"进而认为对其重新整合和吸纳,势必伴随一个批判性反思的过程:"必须以剔除其中极端民粹和浓厚农民落后意识的成分,剔除简单大平等的成分为前提,同时吸收其关注民生疾苦和普通人命运的合理因素。……不应该把重回'十七年'理解成再次把'普通人'与'知识者'放在相对立的位置上,以'普通人'来压'知识者',重走极端民粹主义和农民意识至上的老路。而应该理解为,在现代化的大背景中,知识者(在这里可以扩大和泛化为充分享受社会各种保障的'城里人')只是'普通人'(这里专指千百万离井背乡的进城务工者)中的'一部分',普通人也有权利享受现代化进程带来的各种资源和利益,而不应成为'被历史遗忘的人'。"

承担和现实批判精神，在时刻驱迫着中国新文学家们面向整个世界，去寻索更为开阔、丰富和深入的感知、想象和思想的空间，同时也时刻激励着他们去努力创造出足以与之相应与对称的文学表达方式。

四、对“原理”的热衷

当年康有为从上海捎回的江南制造局及西教会所译出的西学各书中，他似乎对英国传教士伟烈亚力的普及读本《数学启蒙》极为着迷，并因研习《几何读本》过于专注和投入，用脑过度，“廿八患头风，半载痛不止”，才不得不一度中辍了钻研。梁启超曾言及乃师在理学中“独好陆王，以为直捷明诚，活泼有用”，这也可以从康有为早年书信中得到证实。康有为对陆王心学的“独好”，主要是他认同陆王心学中所蕴含的与程朱“道问学”有所不同的“尊德性”的思路，强调“六经皆我注脚”，在方法论上则为先立论，后求证，这与康有为对以演绎逻辑为主的欧氏几何公理的入迷、耽溺，思路是相通的。

龚鹏程揭秘康有为热衷于糅杂公羊“三世说”与西方进化论，以通变的哲学立场引领时代风气的转变，其背后的心理动机乃是对“人类公理(或‘经义’)”的执著与痴迷：

> 从据乱世到升平世、到大同，既是圣人所说，也是人类公理。西方所得以达致者，只不过依此公理变以致之罢了。……因此，不是仿效西方来变法，而是西方之经验合乎经义，合乎经义即已获致成效，我们自然也应当合乎经义。①

汪荣祖注意到康有为在他的《大同书》构想中，不认为中西文化之间有任何的鸿沟存在，自然也不必顾及中国的特性，故而书中与西方学说相比附时，时常是不作任何申论的，他据此认定康有为所持有的是“一元文化”的观点。现代文化与文明都是普遍的，并无国家与种族的界限。理想的文明，显然便是现代西方文明，但又并不限于西方，而是全人类所应追求和实现的理想的文明状态，就此而言，所谓的东西方文化实际上仅仅是落后的文化与先进的文化的分别，并不表明东西文化之间有异质的隔阂。

---

① 龚鹏程:《康有为的书法》;收入龚鹏程:《书艺丛谈》,山东画报出版社 2007 年版,第 153 页。

康有为追寻“放诸四海而皆准”的“大同”文化，这毫无疑问表明了他是一个“文化一元论”者。与他同时代的章太炎所持的则是“多元文化论”。章氏凭借庄子“齐物眇义”，坚持“一往平等之谈”。所谓“一往平等”，自当包括文化间的平等，人格上尊重个性独立，文化有其特性，不必互相排斥而应共生同存，中西文化自应互相尊重，平等相待，不同文化不得为西方文化所抹杀，要不然，“伐使从己，于主道岂弘哉！”而无论是章的“多元论”文化观，还是康的“一元论”文化观，它们都是中国思想对近代西方文化强势冲击所作出的某种回应。另一方面，康有为又以今文经学的“公羊三世”说附会于近代西方的进化论，而章太炎则借重佛学思辨，以“善亦一进化，恶亦一进化”的“俱分进化论”，对风靡一时、几乎已经成为晚清以来中国的意识形态的进化论，从中国思想的立场，提出了他颇具深度的质疑。

“文化一元论”与进化论及历史决定论之间，天然地具有某种亲近性。诸如在思维方式上，它们均极为推崇理性、逻辑的力量，擅于将某种特殊的经验事实、历史语境，抽绎、提升为某种拥有广泛解释力的理想类型，也就是说，擅于将其从某种具体的历史情境中抽绎出来，使之成为某个普遍有效的分析解释构架。在康有为这里，则是使之成为某个与现代性问题相关联的、具有普适性的问题。

黑格尔讲历史与逻辑的一致性，但如果过分相信逻辑推论，甚至以逻辑推论替代历史的实证研究，就很可能会冒用抽象取代具体的风险。历史发展固然可以从中推考出某些逻辑性的所谓规律，但历史和逻辑毕竟不是一回事，它们并不是同一的，后者无法取代前者，历史的发展往往并不是依据逻辑推理就能顺理成章得出结论的。历史决定论者声称历史的发展有其不可更变的“规律”，要靠他们这些伟大的先知先觉来加以揭示，由它们来对未来的世界做出真理性的预言，而芸芸众生在他们眼里不过是实现这些“规律”的工具而已，无需思考，只需认同和随从他们就可以了。这便在无形之中埋下了某种以“必然性”为由头，剥夺、扼杀他人思想精神独立自由权利的危险。

梁启超喟叹“(康)有为太有成见，(梁)启超太无成见。其应事也有然，去治学也亦有然。”①从康有为热衷于掌握以演绎逻辑为主的欧氏几何公理，“万事纯任主观，自信力极强，而持之极毅。其对于客观的事实，或竟蔑

① 梁启超:《清代学术概论》第二十六节;朱维铮校注:《梁启超清学史二种》,复旦大学出版社1985年版,第73页。

视，或必欲强之以从我。”①到陈独秀发起“文学革命”，提倡白话文，并“必不容反对者有讨论之余地，必以吾辈所主张者为绝对之是，而不容他人之匡正也”。②他们的心态实际上处在同一条延长线上，那便是热衷于从“原理”、从制高点上，一举、根本地解决所有问题。为什么康有为可以如此自信（抑或自负？），可以时常公然声称：“吾学三十岁已成，此后不复有进，亦不必进。”③甚至“对于客观的事实，或竟蔑视，或必欲强之以从我”？为什么陈独秀明明是在剥夺他人申辩的权利，但却又可以表现得如此的理直气壮？他们的这份“底气”（抑或“霸气”？）缘自何处？若稍加寻究，便不难明白，显然还是来自自以为掌握了“原理”、占据了价值的制高点之后，所油然而生的知识和道德的双重优越感，在康有为看来，毫无疑问，《大同书》的构想已然为人类困境提供了根本性的解决方案，而在陈独秀，语言文字的白话文既已是世界潮流，那么，唯一的结果便只能是：“世界潮流，浩浩荡荡，顺我者昌，逆我者亡”了。也就是说，在他们心目中，“原理”在手，也就意味着真理在握，成了真理的化身，也便意味着自己从一开始便已占据了制胜要点，获得了从根本上彻底解决问题的理想蓝图，因而理所当然地就可以所向披靡、甚至横行天下。

人的理性固然是驱策人类走出“黑暗中世纪”的重要内驱力量之一，但一旦将其绝对化，便极有可能蜕变为某种意识形态心态，而处在这样的心态下，其所掌握的所谓“原理”，恰恰不再是如康德所说的那样，能够充分运用自己的理性，“从迷信中解放出来”，而仅仅是一知半解地生搬硬套来的知识和学说，将其奉为不容许反对意见有反驳余地的金科玉律，则于无形中限制和消解了思想、文化和文学本应具有的自由探索和讨论的空间与权利，从而极有可能替文化专制与思想暴力预留下地盘，使其先在地拥有了滋生繁孽的土壤。

晚年王元化曾努力予以反思和清理的“五四”时期所流行的四种观念：“第一，庸俗进化论观念（这不是直接来自达尔文的进化论，而是源于严复将赫胥黎与斯宾塞两种学说杂交起来而撰成的《天演论》。这种观点逐渐演变

---

① 梁启超：《清代学术概论》第二十三节；朱维铮校注：《梁启超清学史二种》，复旦大学出版社1985年版，第64页。

② 陈独秀：《答胡适之》，《新青年》第3卷第3号。

③ 转引自梁启超：《清代学术概论》第二十六节。据朱维铮注，康有为佚稿《与沈刑部子培书》（收入蒋贵麟编：《万木草堂遗稿外编》，台北成文出版社1978年版）内谓其“至乙酉之年而学大定，不复进矣”。乙酉年为清光绪十一年（1885），当时康有为二十八岁。见“蓬莱阁丛书”梁启超《清代学术概论》朱维铮“导读”本，上海古籍出版社1998年版，第89—90页。

为僵硬地断定凡是新的必定胜过旧的）；第二，激进主义（这是指态度偏激、思想狂热、趋于极端、喜爱暴力的倾向，它成了后来极左思潮的根源）；第三，功利主义（使学术失去其自身独立的目的，而作为为其自身以外目的服务的一种手段），第四，意图伦理（即在认识论上先确立拥护什么和反对什么的立场，这就形成了在学术问题上往往不是实事求是地考虑真理是非问题放在首位）"[①]；而其中第四项"意图伦理"，似可与上述康有为、陈独秀的热衷"原理"归为一类。

20 世纪 20 年代末，"创造社""太阳社"的钱杏邨、郭沫若、李初梨、冯乃超们，便处在这种格外推崇"原理"的思路的延长线上，他们甫从苏联文坛和日本左翼那里听说和领受了"辩证的唯物主义""阶级斗争"之类的说法，便按捺不住地急于宣布，鲁迅所代表的"五四""文学革命"时代已然随同"死去了的阿 Q 的时代"而死去，而鲁迅本人也已沦为了"三重的反革命"，丧失了存在的正当性和合法性，迎面而来的已是专属于他们这些懂得谈论"辩证的唯物论"和"阶级斗争"的文学家的"革命文学"时代。1930 年代的"左翼"文学，及经由 1942 年"延安整风"的"改造"，终至成为 20 世纪 50—70 年代唯一合法的文学规范的"社会主义文学"实践，也可以说无不具有这种"原理"决定一切以及直接将"政治"诉求予以"美学化"的言说方式与心态。当代文学史家洪子诚对中国新文学史中的这类言说方式和心态曾作有赅要描述：只要掌握了先进的政治意识，也便意味着掌控和确保了文学艺术的完成度及其价值，由于坚信自己的文学主张代表了最先进的生产力，体现了历史的最高趋向和最具革命性的无产阶级的利益，因而理所当然地便拥有了支配性的地位和权力；另一方面，他们坚信文学的生存和历史均有着固定不变的本质、基础、秩序、逻辑和预设的目标，人们所要做与所能做的，只是反复认同这样的本质、基础、秩序、逻辑和预设目标，一旦个体的经验和思考与这些本质、基础、秩序、逻辑和预设目标发生了矛盾，或出现了断裂，那么，需要矫正的永远应该是这些个体，因为这些原则、本质、秩序、逻辑早已先验地如此"完善"，具有绝对的价值和唯一的优越性。它们是唯一合法的知识和话语，并且同时足以指认任何与之相悖的知识和话语为非法，于是，那些因为不愿被"规训"而终至沦为"非法"的知识和话语，除非选择了噤不发声、自我压抑和自我遗忘之途，否则，便只能受到"残酷斗争、无情打击"

---

① 王元化：《对"五四"的思考》，收入王元化：《九十年代反思录》，上海古籍出版社 2000 年版，第 127 页。

的严责和惩罚了：

……五十年代初，许多知名作家在检讨自己过去的文学观和作品的缺失时，反省重点便是创作中不能用先进思想、理论去分析社会现象和阶级关系。……

推崇理性(在当代，也就是推崇政治观念)，在创作过程中，表现为当代作家对描述的现象、创造的人物，都应自觉进行观念上归纳、概括，进行理性分析。这在五十到七十年代文学术语中，称为“主题提炼”。那些被认为创作了成功作品的作家在讲述他们的经验时，无不强调他们学习理论和“提炼主题”的重要性。据说，创作的“艺术构思”要解决生活背景、矛盾冲突、人物性格等一系列问题，而“提炼主题”是中心环节，支配构思的全部过程，是认识生活现象“所蕴藏和所显示的阶级的、社会的、时代的深刻意义”，“为高度的思想内容寻找尽量完美的艺术形式”的保证。

这种创作思想，使五十年代以后(尤其是五十年代末以后)的许多作品，无论诗、话剧，还是散文、小说，都存在教诲式作品的那种“观念性结构”。即使一些被认为取得很大成就的作品通常也不例外。柳青对其小说《创业史》曾有这样的说明，他是明确地从党在农村所实行的政策观点、从对农村阶级关系的分析中来构思这部小说的人物性格特征、矛盾冲突形态的。“我这个小说只有一个主题——农民如何放弃私有制，接受公有制的。这个主题写完了，小说就写完了。”《创业史》以及另外一些作品中较为动人的部分，往往倒是作者无意离开主题和政策观念规定的部分。

……左翼文学的领导者和文论家如果不满意粗糙的、说教式的、公式化的作品的普遍流行，最好的办法可能是将文学从作为政治和政治化道德的宣传品的禁锢中解放。不过，如果转而强调作家的直觉、感情等非理性因素的作用、允许作家独立地对人生和世界进行创造性的探索，那么就会挤压、丢掉左翼文学的思想支柱。这是一个难以两全的矛盾，这也是长期困扰着对中国文学前景保持极为理想主义态度的周扬们的难题。而一九五八年以后，文化激进派显然是要“彻底”消解这矛盾。对于“反理性主义”“文艺创作特殊论”的批判，以及把“形象思维”看作是“反马克思主义认识论体系”，是“现代修正主义文艺思潮的一个认识论基础”等都是这一举动的步骤。到了“文化革命”前夕，郑季翘终

> 于为左翼文艺激进派找到清除“非理性”侵扰的路线，这就是将文学创作的思维过程概括为“表象（事物的直接映像）——概念（思想）——表象（新创造的形象）”的公式，即个别（众多的）——一般——典型的公式。这一理论，把文学作为概念（政治观念、政策规定）的形象阐释品，作出最明确的说明，并提出其理论依据。“文化革命”公开的、主流文坛上的创作，如诗报告《西沙之战》（张永枚）、中篇小说《西沙儿女》（浩然）、长篇《牛田洋》（南哨）、《虹南作战史》（上海县《虹南作战史》写作组）等，便是这一写作的公式的有力实践的产物。①

终结千年帝制的辛亥革命，在社会心理层面上所依托的，便是这样一种早已深入人心的共识，即认定断弃帝制、建立共和乃是近代中国摆脱内忧外患、重新走向繁荣富强的不二法门。当此之际、及自此以后，康有为却依然胶滞于他的君主立宪的立场，甚至一度还参与张勋复辟的丑剧（这其实也有悖于他《大同书》中的设计），加之一意孤行地倡议建立“孔教”等，其为同时代的革命志士所不齿，更为后一辈的“五四”一代所唾弃，可以说一点也不冤枉。然而，即便如此，即便是在这样看似已与“五四”一代完全对立和断裂的情况下，也并不妨碍事实上如上所述的后者对前者的某种承续与“挪用”。更何况，康门高弟梁启超与新文化思潮及新文学家个人之间（尤其是早期“新月派”的掌门人徐志摩等，梁还曾是徐与陆小曼的证婚人），似乎也一直并不疏隔，借助这一线索，康有为直接、间接的影响依然历历可辨。直至1930年前后，曾经的“五四”新文化、新文学的急先锋钱玄同，在与人（钱穆等）争辩康氏《新学伪经考》的意义时，依然掩饰不住他内心对于康有为的敬重和缅怀，这样的例子，虽然未必具有普遍性，但至少也可以从中约略见出康氏之于“五四”新文化、新文学精神关联之一斑。

在中国新文学作家和他们所创作的许多名著里，人们差不多都可以清楚地、或隐约地找出康有为思想的投影，新文学家们在讲述百多年来中国故事的时候，往往会不由自主地分享和挪用康的思路。新文学家在这样做着的时候，自己可能并不自觉，不过，鉴于康有为的思想影响既已如此内化和深隐在了新文学家的无意识层面，因而我们完全有理由相信，他们的写作视野和思路所受到的康有为的影响自然都是十分深远的。

---

① 洪子诚：《中国当代文学概说》第五章第五节：“对理性、观念的推崇”，香港青文书屋1997年版，第71—73页。

至于康氏高弟梁启超对于中国新文学既直接又巨大的影响，更是自不待言。梁启超热忱鼓吹的“少年中国”说与“新民”说等，目的和方向都是要创建和构筑“新政治”“新社会”以及“新人”，其基本途径，便是经由思想文化“启蒙”，促成中国人的精神和人格朝向现代的根本觉醒和转换。许寿裳《亡友鲁迅印象记》中清晰地记述了留学东京期间的鲁迅曾与他有过的一段有关“国民性”的严肃、认真的谈话，嗣后鲁迅又以他为新文学提供了实例和典范的《狂人日记》《阿Q正传》等一系列作品，在更广泛的范围和更深入的层面上，掀起了一场有关“国民性”改造的思想大讨论，探讨什么才是现代中国人所应当具有的精神人格，从中似乎不难察觉到梁启超“新民”说思想若隐若现的延伸和衍生的线索和踪迹①，它们之间的“家族相似”性质是很容易就能辨认的。那么，梁启超所提示的思路和方向，又是如何在新文学家们手中，被作了更为深入、有力的回应、掘进和拓展的呢？

下　梁启超篇

一、今文经学路数的延展

晚清一方面受到国势衰敝、内忧外患频仍的现实的刺激，一方面出于对乾嘉考据之学独擅思想学术天下的反拨，自龚自珍、魏源以降的今文经学，与他们之前的好谈“独得先圣微言大义于语言文字之外”的庄存与、刘逢禄辈有所不同，在于他们表面上谈论的是经学上的是是非非，骨子里关注的却是国家政治、军事和经济大势。到康有为、梁启超一代，更是将这一治学致思的路径推向了极端。

---

①　据许寿裳《亡友鲁迅印象记》：1902年，当时一起留学日本的鲁迅时常与他讨论如下三个问题：一、何谓理想人性？二、什么是中国国民性中最匮乏的？以及三、其病根又何在？迟至鲁迅去世那年，即1936年，他还在杂文《立此存照之三》中希望有人翻译美国传教士明恩溥（Arthur Smith）的《中国人气质》一书。《中国人气质》出版于1892年，1896年即由涩江保译成日文，鲁迅留学日本期间读过这个译本，嗣后鲁迅引领人们反省和批判自身文化性格的“国民性批判”，此书应是其思想资源之一，而“国民性批判”也曾是新文化运动很重要的一个层面。明恩溥：1845年出生于美国康涅狄格州一个牧师家庭；参加过美国内战；1867年毕业于Beloit College（比罗耶特学院），后又肄业于纽约United Theological Seminary（协和神学院）及College of Physiciansand Surgeons（纽约外科医学院）；1872年受美国公理会派遣来华，在天津、山东等地传教；曾出版过多种有关中国的书籍，以《中国人气质》最具盛名；1906年建议西奥多·罗斯福总统将部分庚子赔款用于中国学生的留美教育，获得批准，其后胡适等人留美、清华大学建立，均受益于此。

讲到康氏师徒的师承，不能不格外留意龚自珍①。梁启超《清代学术概论》第二十二节：

……今文学启蒙大师，则武进庄存与也。存与著《春秋正辞》，刊落训诂名物之末，专求所谓“微言大义”者，与戴（震）、段（玉裁）一派所取途径，全然不同。其同县后进刘逢禄继之，著《春秋公羊经传何氏释例》，凡何氏所谓非常异义可怪之论，如“张三世”“统三统”“绌周王鲁”“受命改制”诸义，次第发明。其书亦用研究法，有条贯，有断制，在清人著述中，实最有价值之创作。段玉裁外孙龚自珍，既受训诂学于段，而好今文，说经宗庄、刘。自珍性詄宕，不检细行，颇似法之卢骚；喜为要眇之思，其文辞俶诡连犿，当时之人弗善也。而自珍益以此自憙，往往引《公羊》义讥切时政，诋排专制；晚岁耽佛学，好谈名理。综自珍所学，病在不深入，所有思想，仅引其绪而止，又为瑰丽之辞所掩，意不豁达。虽然，晚清思想之解放，自珍确与有功焉。光绪间所谓新学者，大率人人皆经过崇拜龚氏之一时期。……然今文学派之开拓，实自龚氏。……今文学之健者，必推龚、魏（源）。龚、魏之时，清政府既渐陵夷衰微矣，举国方沉酣太平，而彼辈若不胜其忧危，恒相与指天画地，规天下之大计。考证之学，本非其所好也，而因众所共习，则亦能之；能之而颇欲用以别辟国土，故虽言经学，而其精神与正统派之为经学而治经学者，则既有以异。……故后之治今文学者，喜以经术作政论，则龚、魏之遗风也。②

魏源《古微堂外集》卷三《定庵文录序》：

……于经通《公羊春秋》；于史长西北舆地；其文以六书小学为入门，以周秦诸子吉金乐石为厓郭，以朝章国故世情民隐为质干。晚尤好

① 梁启超接受龚自珍的影响，龚自身的思想魅力固然是主要的吸引力，而师友间的相互影响也不可小视。梁《自述》：甲午，梁年二十二，复入北京，“于京国所谓名士者多所往还”。《清代学术概论》二十五节：“……而其讲学最契之友，曰夏曾佑、谭嗣同。曾佑方治龚（自珍）、刘（逢禄）今文学，每发一义，辄相视莫逆。……嗣同方治王夫之之学，喜谈名理，谈经济，及交启超，亦盛言大同，运动尤烈。而启超之学，受夏、谭影响亦至巨。”

② 梁启超：《清代学术概论》第二十二节；朱维铮校注：《梁启超清学史二种》，复旦大学出版社1985年版，第63页。

西方之书，自谓造深微云。①

注意，魏源讲到的龚自珍晚年所格外笃好的“西方之学”，不是指后来属于新知新学的欧西思想学术，而是沿用的传统说法，盖指佛禅公案中常常涉及的所谓“何为西来意”话语机锋中所说的“西”，即指的是佛学。千万不要误解为近现代西方思想学术。

注重边疆地理研究，喜好议论世情民隐，学术取向在通经致用，上法先秦诸子，晚嗜佛学，很大程度上则是为了谋求思想的解放，龚自珍以狂放不羁的思考，恢诡奥博的文辞，出而讥切时政，最见其光彩。

谭嗣同《论艺绝句六篇》咏及文章时有句云：

千年暗室任喧豗，汪魏龚王始是才。

对汪中、魏源、龚自珍和王闿运诸人文章的高迈超拔，推重之至。

四家中，龚自珍的影响其实最为深远。上引梁启超《清代学术概论》第二十二节中言及光绪年间的“新学家”们“大率人人皆经过崇拜龚氏之意时期”云云，“人人”虽未必是事实，容或有夸张，但康氏师弟受惠于龚氏当是不争的事实。章太炎、刘师培对魏源、龚自珍的文章一向没有好感，多有贬斥之辞，盖因为学术上（经学今、古文）大相径庭，文章趣味也因之而大异其趣。

康氏师弟继武龚氏，注重的是政治功利，而不是学术，就学术规范而言，留下过诸多遗憾，但其蕴含着传统儒者以天下为己任的担当精神和勇于践履现实、创造历史的责任感，那种“吾曹不出如苍生何?”的气度，在社会动荡、危机四伏的大半个世纪里，深入人心，发挥过很大的作用，值得后世追怀。

《长兴学记》系康有为为其广州长兴里开坛讲学所撰的学规，里边特意明确提出自己所关注和讲授的学问，涵盖“义理”“经世”“考据”“辞章”四门。前期桐城派讲究“义理”“考据”“辞章”三门之说，曾国藩挟中兴勋臣的特殊政治威权，以姚鼐私淑弟子的身份，为桐城文章学增添了“经世”一门。不过，曾国藩其实基本上还是以“义理”、即儒学的纲常伦理核心学说为重，而到了康有为这里，着重点则已主要转向“经世”之门。

梁启超《清代学术概论》第二节有云：

---

① 魏源：《古微堂外集》卷三《定庵文录序》；《魏源集》上册，中华书局 1976 年版，第 239 页。

> 有为、启超皆抱启蒙期“致用”之观念，借经术以文饰其政论，颇失“为经学而治经学”之本意，故其业不昌，而转成为欧西思想输入之导引。①

梁氏《概论》成书于1920年，这里的“颇失”云云，显然受到“五四”新文化时代对源于欧西的现代“学术独立”精神之急切诉求的影响，大有用“五四”的眼光对过往历史重加评定的嫌疑，未必就是康有为、梁启超置身“皆抱启蒙期‘致用’之观念，借经术以文饰其政论”的历史现场当时就有的缠绕其脑际的反思和省察。

注重“经世致用”，相对忽视学术、文学本身相对独立的性质，暗中埋下了对文学相对独立价值的轻忽或无视的伏线，致思方向上，有将所有问题当作政治问题加以处理、即泛政治化的倾向，客观上鼓励了政治价值对文化、文学价值所应居有的空间、功能和权利的强行挤轧、取代甚至褫夺。这一思路也是影响此后整个20世纪中国学术思想文化和文学审美进程的一大脉络。

梁启超自我意识的清醒和强烈，为近代以来所罕有其俦匹②。他屡屡自称“性禀热力颇重，用世之志未能稍忘”。以“饮冰”自号，即取庄子内热饮冰之意，带有自诫的涵义。但终其一生，积极用世的“热力”，却未曾因为这份自诫性的名号而稍有减弱与收敛。早年因主持上海《时务报》笔政、出任长沙时务学堂总教习，致力宣传变法维新思想而声名鹊起。其与康有为虽存一份万木草堂师弟子的分野，但走向社会，世人则皆以康、梁并称，与乃师平分秋色；并且凭借“其文条理明晰，笔锋常带感情，对于读者，别有一种魔力焉”③，其文其人都有超迈乃师之上的远为广泛的影响。一生从来不说半句敷衍话语的梁漱溟，在1943年初写于桂林的一篇纪念文中，以一位精神受其沾溉的晚辈的感激之情，这样见证道：

---

① 梁启超：《清代学术概论》第二节；朱维铮校注：《梁启超清学史二种》，复旦大学出版社1985年版，第5页。

② 郑振铎：“梁任公先生便是一位真能深知灼见他自己的病根与缺点与好处的，便是一位真能将它自己的病根与缺点与好处分戏的很正确，很明白，而肇事大众，一无隐晦的。世人对于梁任公先生毁誉不一；然有谁人曾将梁任公骂得比他自己所骂的更透彻，更中的的么？有谁人曾将梁任公恭维得比他自己所恭维的更得体，更恰当的么？”参见郑振铎：《梁任公先生》，《小说月报》20卷2号，1929年2月。

③ 梁启超：《清代学术概论》，第二十五节；朱维铮校注：《梁启超清学史二种》，复旦大学出版社1985年版，第70页。

> 在距今四十年前，在思想界已造成了整个是他的天下。在距今三十五年前后的中国政治全为立宪运动所支配，而这一运动即以他为主。……当任公先生全盛时代，广大社会俱受他的启发，接受他的领导。其势力之普遍，为其前后同时任何人物——如康有为、严几道、章太炎、章行严、陈独秀、胡适之等等——所赶不及。我们简直没有看见过一个人可以发生像他那样广泛而有力的影响。康氏原为任公之师，任公原感受他的启发，接受他的领导。但是不数年间，任公的声光远出康氏之上，而掩盖了他。①

从吁求“新民”之说到力倡立宪之法，从依附军阀实施改良方案到晚年告别政坛归隐学林著书立说，中国社会处于急剧动荡的近代转型时期的几乎所有关键性的事件和场景，都不可能会有梁启超不在场的时候。参与变法维新，介绍域外文明，创办新式报刊和新式学堂，鼓励新学，研究国故，在在都是他开风气之先并且身体力行的实验场。维新失败后流亡日本，政见上与锐意激烈的革命党多有冲突，但作为清王朝专制政治制度的批判者及西方近代宪政学说的严肃认真的研究者鼓吹者，其立场和身份却又始终未曾见有前后移易。自日本归国后，诸如与致使“六君子”蒙羞受辱的袁世凯合作，出任北洋司法总长之职(原定为财政总长)，一时举措颇遭物议；但袁世凯称帝，梁又是力主讨伐的重要组织策划人之一，并以如椽之笔写下洋洋万言《异哉所谓国体问题者》，对其所谓的正当性和合法性，在学理、道义上予以毫不宽贷的根本质疑。张勋复辟，梁氏通电反对的电文中，径斥与复辟有染的乃师康有为为“大言不惭之书生”。就这样，梁启超不仅亲历了从戊戌维新到北伐战争这三十余年间中国政局的一切变化，而且多次直接就置身在这些变动的漩涡中心。1918 年以后，梁氏归隐学林，在天津“饮冰室”读书写作，在中国古典文化研究上成果卓然；治史学、思想史、佛学、文学，著述繁富。

张荫麟曾将梁启超一生的心智活动，放置在中国近代学术史的大框架中予以评述，他将之划分为四个时期，而每一时期各有其特殊的贡献和影响：

> 第一期自其撇弃辞章考据，就学万木草堂，以至戊戌政变以前为止，是为“通经致用”之时期；第二期自戊戌政变以后至辛亥革命成功时

① 梁漱溟：《纪念梁任公先生》，原载 1943 年 1 月《扫荡报》，转引自夏晓虹编：《追忆梁启超》，中国广播电视出版社 1997 年版，第 259 页。

为止，是为介绍西方思想，并以新观点批评中国学术之时期，而仍以"致用"为鹄的；第三期自辛亥革命成功后至先生欧游以前止，是为纯粹政论家之时期；第四期自先生欧游归后以至病殁，是为专力治史之时期，此时期渐有为学问而学问之倾向，然终不能忘情国艰民瘼，殆即以此损其天年，哀哉！①

《饮冰室文集》计一百四十八卷，逾一千四百余万言，精神视野上呈示出无与伦比的广博和错综。"不惜以今日之我与昨日之我宣战"，思想观点的与时推移、随物宛转，学术上驳杂不精、躁切不安的性格，在留下诸多为同时代及后世之人所诟病的缺陷的同时，也为中国思想学术文化、当然包括文学在内的精神领域的走向现代，贡献了许多无人可以替代的"筚路蓝缕，以启山林"性质的工作。梁的警醒、激情、气势恢宏的《少年中国说》《新民说》《中国不亡论》等文，在当时还是一代少年甚至幼年的前"五四"及"五四"一代人物心目中，深深植下了对现代民族—国家的诉求、想象及个人自主观念由以萌生、确立的最初的一份信念因子和情感动力。梁启超在他自己的时代，为变法维新、建立共和、"新民"启蒙，即为促成古老中国实现其现代民族国家的转型，为新体制的设计、论证和倡导，颠簸造次，劬劳奔走，成为同时代并且也是后世的知识人的一种表率。他所发表的大量言论，尤其是身体力行的实践中，有着相当繁富的、为后来的"五四"新文学所传承的精神资源。

梁启超的《清代学术概论》，在对有清一代的思想学术规范的转移之与时代、社会风气的演进轨迹之间的对应关系颇多措意的同时，总是不忘（几乎是只要一有机会，他都会）对其自身学术生涯的那些个人性因素细加反省和剖析，从而给人留下了特别深刻的印象。他这样检讨自己在治学上的长处与短处交浃缠绕的特定情景：

启超"学问欲"极炽，其所嗜之种类亦繁杂，每治一业，则沉溺焉，集中精力，尽抛其他；历若干时，移于他业，则又抛其前所治者。以集中精力故，故常有所得；以移时而抛故，故入焉而不深。②

---

① 素痴（即张荫麟）：《近代中国学术史上之梁任公先生》，原刊 1929 年 2 月 11 日《大公报》；夏晓虹编：《追忆梁启超》，中国广播电视出版社 1997 年版，第 101 页。

② 梁启超：《清代学术概论》，第二十六节；朱维铮校注：《梁启超清学史二种》，复旦大学出版社 1985 年版，第 73 页。

虽然明显有自谦自抑的意思，但不失为一份清醒的自我评估。他在历史、政治、经济、思想、法学、宗教等诸多学问上都下过功夫，并且时常会从中碰撞出只有置身特殊转型时代才有可能碰撞得出的那些属于先知先觉者的异常灵敏的睿智慧思，但是揆之于库恩所说的有可能为学科带来革命性进展局面的那种“范式”（或“典范”）的建构和专门、精湛的学术层面的掘进，却又殊少见得到有那种格外醒目的、具“突破性”效果的建树。虽然他的文辞具有掀动时代、风靡天下的“煽动”性“魔力”，但无论遣词造句的方法、文学的颖悟，还是哲学的思辨以及社会学的建构上，都谈不上有多少真正的独创和独见。

梁在《清代思想概论》第三十一节中，认定有清一代的文学在语言文字或文体上，恐怕很难找到任何具有真正足以建立新的“范式”（“典范”）的突破性迹象，为了究明这里边的原因，他特地借助欧洲文学在语言文字上的特点作了如下的一番参照比较：

> 然则曷为并文学亦不发达耶？欧洲文字衍声，故古今之差变剧；中国文字衍形，故古今之差变微。文艺复兴时之欧人，虽竞相与研究希腊，或径以希腊文作是个及其他著述，要之欲使希腊学普及，必须将希腊语译为拉丁或当时各国通行语，否则人不能读。因此而所谓新文体（国语新文学）者自然发生，如六朝、隋、唐译佛经，产生一种新文体，今代译西籍，亦产生出一种新文体，相因之势然也。我国不然，字体变迁不剧，研究古籍，无待迻译。夫《论语》《孟子》者，则并《水浒》《红楼》亦不能读也，故治古学者无须变其文与语。既不变其文与语，故学问之实质虽变化，而传述此学问之文体语体无变化，此清代文无特色之主要原因也。①

欧西文字更属于“声音中心主义”，是一种“声音性文字”，表音性的文字被置于优势位置；由于语音极容易受到时间、空间因素的影响，由此决定了欧西文字有所谓“古今之差变剧”的特点；而中国文字相比较而言，无疑更属于“书面语言系统”，字形及其书写被置于中心位置，文字的书写及文章的结撰方式一经确立和规范，便具有了相对超越时、空变化等因素的制约、即某种

① 梁启超：《清代学术概论》，第三十一节；朱维铮校注：《梁启超清学史二种》，复旦大学出版社1985年版，第84页。

相对“遗世独立”的性质，不致因为时代、地域的差异所必然带来的知识、文化和语音氛围上千差万别的局面而造成根本的阻隔，从而为不同时代和地域的、只须具备识字断句能力的人们用作确认、维系和巩固其文化认同和精神交流的最为有效的途径和工具。在梁启超看来，正是这种力求“书面语言系统”对时、空差异因素的超越性，以便确保文化认同和精神交流的有效性的特点，致使清代文学（当然也包括之前的其他时代的文学）在语体和文体上最终难有创造性的进展（事实上并没有对这种创造性的需求），而与“古今之差变剧”的欧西文学，在文体的演进轨迹上大相径庭。

如果说，以上梁启超对清代文学在语体文体上未有创造性进拓的原因的解释，同样也可以挪来用作对其本人在文学颖悟和文体创造上何以少有真正的独创独见的一个解释的话，那么，他在思想学术的思辨和建构上，在其专门、精湛和独到的掘进程度上少有真正建树的实况，尽管也不可避免地与上述那种书写方式的难有根本性突破有关，但显然限制的因素或根本性的因素还不止于此，还须另加探讨才是。

二、致思特点：优长与限制

严复 1897 年对主持《时务报》笔政时期的梁启超提出规劝的信函原物现已不存，据严氏事后与他人书信往来中所述及的话，以及保存下来的梁的回信，大致可以推知是针对梁氏持论草率所作的规劝：“当上海《时务报》之初出也，复尝寓书戒之，劝其无易由言，致成他日之悔……”①。梁启超 1897 年 4 月 4 日《致康有为书》中则报告有此事：“严幼陵有书来，相规甚至；其所规者，皆超所知也。然此人之学实精深，彼书中言，有感动超之脑气筋者。”②

章太炎的批评便不像严复那样讲情面了，他 1911 年 10 月所撰文《诛政党》，对康有为、梁启超和严复多有贬词，其中语涉梁氏者，似对其学问根底、学术取径、治学态度，乃至提倡“文界革命”诸项，口吻间均多有不屑：

> ……若夫学未及其师而变诈过之，掇拾岛国贱儒诸说，自命治学。作报海外，腾肆奸言，为人所攻，则更名《国风》。颂天王而媚朝贵，文不足以自华，乃以帖括之声音节奏，参合倭人文体，而以“文界革命”自豪。

① 严复：《与熊纯如书》之三十九；《严复集》第三册，中华书局 1986 年版，第 648 页。

② 丁文江、赵丰田：《梁启超年谱长编》，上海人民出版社 1983 年版，第 77 页。

后生好之，竞相模仿，致使中夏文学扫地者，则夫己氏为之也。……①

早年章太炎与梁启超之间，基于变法改良方案上存有一定的共识，曾在上海《时务报》有过一段短暂的共事经历，嗣后由于章氏所持的经古文学立场与康、梁的今文学立场，门庭大有出入，交往和合作迅速出现裂痕，终至因章氏义无反顾，以推翻清廷统治的激烈的民族革命作为己任和趋归，在有关中国未来政治、社会的前景设计上，与力主"保皇""立宪"的康、梁之间彻底分道扬镳，势若水火。"作报海外"云云，是指戊戌政变后梁启超流亡日本横滨期间所创办的《清议报》《新民丛报》等事宜。"掇拾岛国贼儒诸说，自命治学"，则是讥刺梁启超撰于其时的《烟士辟力纯》一文，有抄袭日人德富苏峰文章的嫌疑。

章太炎的"独行孤见""不惑时论"及"立说好异前人"是出了名的，以至落下"章疯子"的时名也不以为忤。鲁迅在人格、思想及行为方式上，也从不"中庸"，多有受章太炎影响的地方。揆之丹纳《艺术哲学》中的说法，那种周作人引以为傲的所谓"破脚骨"精神，诸如性格上的峻急、气度上的彪悍，以及不顾及人际情面的那种睚眦必报的决绝，也许有浙东地区气候、地理及其民风的熏染所致的一面。不过可以用作反证的例子也不是没有。如周作人一生总是从容不迫、温文尔雅，孙伏园也总是一团和气，还不该忘了蔡元培，总是那样的持重平和，这又该作何解呢？人性的构成及其发挥，因缘汇成应该是极其复杂的。丹纳的地理风俗决定论，似尚有可以斟酌商榷的地方。

"以朴学立根基，以玄学致广大"的章太炎，学问气象博大精深，既有作为传统学术基础之基础的小学方面的精湛功力，又对东方哲学中最具思辨意味的法相唯识学和庄子学多有独到的会心，以梁启超的知识准备，这些方面应该都是无从置喙的。故而章太炎的确也有本钱对梁的学问说三道四。

章揭梁在做学问时的某些"不端"，也并非没有根据的空穴来风。冯自由《革命逸史》第四集"日人德富苏峰与梁启超"一节，对德富苏峰在日本知识界的地位以及影响间接直接及于其时正有志于清季文界革命的梁启超，曾有所述及：

苏峰为文雄奇畅达，如长江巨川，一泻千里，读之足以廉顽立懦，彼

① 章太炎：《诛政党》；《章太炎全集·太炎文录补编（上）》，上海人民出版社2017年版，第381页。

> 国青年莫不手握一卷。其所选之小品文字,又切中时要,富刺激性,亦在《国民新闻》批评中披露。其门人尝汇辑报上短评,分别印成小册数十卷,号《国民小丛书》,由民友社出版。各书店所刊各类小丛书以民友社最风行,尤与中国文学之革新大有关系。盖清季我国文学之革新,世人颇归功于梁任公(启超)主编之《清议报》及《新民丛报》。而任公之文字则大部得力于苏峰。试举两报所刊之梁著《饮冰室自由书》,与当日之《国民新闻》论文及民友社《国民小丛书》一一捡校,不独其辞旨多取材于苏峰,即其笔法亦十九仿效苏峰。此苏峰文学所以间接予我国文学之革新,影响甚巨,而亦《新民丛报》初期大博社会欢迎之一原因也。然任公徒剿袭他国文学家之著作,并不声明出处,直以掠美为能事,卒不免为留学志士所严正指摘,是亦其自取之道。①

如果说以上所说的"影响",还确实只属于"间接"的、不得不带有推测意味的一种判断,还没有出示"影响比较"考证所需要的那种过硬的证据的话,那么接下来所述及的一桩公案,则无疑已逾出正常的"影响"界限,完全可以坐实为"剿袭"的一份定谳:

> 苏峰长于汉学,其文辞只须删去日语之片假名而易以虚字,便成一篇绝好之汉文。任公之日文程度仅粗知门径,尚能转译成文,据为己有,则苏峰汉学之湛深,可见一斑。在辛丑年(民国前十一年)秋冬间,苏峰有一短文刊于《国民新闻》,题曰 Inspiration。一月后横滨《清议报》之《饮冰室自由书》即译成汉文,题曰"烟士披里纯"。全文意义与《国民新闻》相同。略谓烟士披里纯一语之英文意义,在汉文字典上无一适当之名词足以表明之,只可译音云云。在读者方面或以为任公不独深通日文,亦且深通英文,大足炫耀其学问之渊博。讵料两月后在上海出版之《新大陆》杂志即起而反唇相稽,并列举《国民新闻》及《清议报》之原文两相对照。谓任公不当剽窃苏峰之文为已有,败德掠美,无耻孰甚等语。……任公经《新大陆》杂志之指摘,噤若寒蝉,不置一辞,盖亦知难而退矣。考 Inspiration 字,应作灵感或感动、鼓舞等解,胡适在留美札记上谓任公所译"烟士披里纯",应译为"神来",胡殆不知任公

① 参夏晓虹编:《追忆梁启超》,中国广播电视出版社 1997 年版,第 207 页。

之材料是由苏峰间接得来也。①

陈独秀对梁启超的著述，有“浮光掠影”的评语。梁漱溟则说得委婉些，认为梁是典型的“但开风气不为师”一类的人物：

任公的特异处，在感应敏速，而能发皇于外，传达给人。他对于各种不同的思想学术极能吸收，最善发挥，但缺乏含蓄深厚之致，因而亦不能绵历久远。像是当下不为人所了解，历时愈久而价值愈见者，就不是他的事了。……任公为人富于热情，亦就不免多欲。有些时天真烂漫，不失其赤子之心。其可爱在此，其伟大亦在此。然而缺乏定力，不够沉着，一生遂多失败。②

倘若要对梁启超所接触、处理和接受过的思想资源，作一番章学诚所悬示的“考镜源流、辨章学术”那样的分梳性工作，我以为望而却步、视为畏途的研究者当不在少数。梁的学术兴趣实在太宽泛了，知识欲的强盛，远不是一般人所可以揣想。上溯远古，下及近代，举凡他的时代所能触及的，无一不在他的思想学术视野中。他对18世纪以降的西方学术文化思潮颇为关注，对英美诸国的科学主义一点也不隔膜，借助日本人的译文（重译或节译），计凡人道主义、进化论、卢梭思想、边沁主义，霍布斯、斯宾诺莎、培根、孟德斯鸠、笛卡儿，都有经他那支畅达的文笔的再转译、编译或重述，有他自己的一份“同情之理解”。不过，严复还是从梁氏这些看似“泛滥无归”的广泛兴趣中拈出了某种有所偏倾的端倪，他在与门弟子的私下信函中这样道及：

康、梁生长粤东，为中国沾染欧风最早之地，粤人赴美者多，赴欧者少，其所捆载而归者，大抵皆十七八世纪革命独立之旧义，其中如洛克、米勒登、卢梭诸公学说，骤然观之，而不细勘以东西历史、人群结合开化之事实，则未有不薰醉颠冥，以其说为人道惟一共遵之途径，仿而行之有百利而无一害也。而孰意其大谬不然乎？③

---

① 参夏晓虹编：《追忆梁启超》，中国广播电视出版社1997年版，第207—208页。

② 梁漱溟：《纪念梁任公先生》，原刊1943年1月《扫荡报》；夏晓虹编：《追忆梁启超》，中国广播电视出版社1997年版，第260页。

③ 严复：《与熊纯如书》之三十九，《严复集》第三册，中华书局1986年版，第648页。

中国政治思想史家萧公权曾称道梁启超戊戌政变后亡命日本期间，得以博览新籍，“于西洋学说，犹有会心。兼采折衷，发为文字。虽鲜自出心裁之创说，其对近代西洋民治理论之阐发，则不乏真知灼见”。①但又认为揆之严复，因所受西洋教育程度悬殊，因而对西方学术的理解，根本无从相提并论：

> 梁氏少治举业，西学之根柢不深，其所得之欧美学说多出于传译捃摭。严氏未成童即入海军学堂，冠后复留学英国。不特精通英文，且经科学训练。故于西洋学术、政治、军事均有切身之体会。其了解西洋文化之程度殆非梁氏所及。②

1918年后，梁氏摒去纠缠了他大半生的政役，潜心清代学术史、佛学和儒学精神真谛的研究，曾郑重其事地引述康德学说作为参证，但我们从中却又找不出近代西方思想中反思近代这一脉思想，即由康德“批判哲学”肇其始端，中经叔本华、尼采等人的推波助澜，一直不绝如缕，时或声势浩大，所谓“反现代的现代性”一脉的思想哲学，对他的思想有过什么撞击。

“反现代的现代性”，作为内含在世界现代进程整体中的矛盾的一部分，作为源自资本主义文化内部的一种自我反思的力量，它的源头似乎可以追溯到卢梭那里。众所周知，卢梭是康德所敬重的为数不多的思想家之一。后来罗素在他那本在晚近中国大陆译本发行量颇巨的《西方哲学史》中，也曾把包括卢梭在内的“浪漫主义”，列为西方现代哲学的重要来源，或者干脆将其视为有机组成部分。我们通常所读到的哲学史的最常见的写法，是从哲学到哲学，注重思想观念自身的结构以及它们与之间之后的相关思想观念的关联，自始至终都只是在观念的圈子里面转圜；罗素则另有一功，他相

① 萧公权：《中国政治思想史》；刘梦溪主编：《中国现代学术经典·萧公权卷》，河北教育出版社1999年版，第641页。

② 同上书，第690页。但有趣的是，严复本人在1896年10月“与梁启超书”中，对梁启超之于西学之颖悟却是赞赏、勉励有加，以为现时已足以与自己旗鼓相当，若俟之以年月，当不知胜出凡几：“自仆观之，则足下虽未通其文，要已一往破的。无似因缘际会，得治彼学二十余年，顾自揣所有，其差有一日之长者，不过名物象数之末而已。至其宏纲大旨，则与足下争一旦之命，胜负之数，真未可知。况足下年力盛壮如此，聪明精锐如此，文章器识又如此，从此真积力久，以至不惑，知命之年，则其视无似辈，岂止吹剑首者一已哉！梁君梁君，无怠！”（《严复集》，中华书局1986年版，第514页。）这一方面可以见出严复的虚怀若谷、不遗余力为中国思想学术惜人才的勖勉之心，另一方面，似乎也有私人书函在所难免的礼节性成分。

当重视哲学思想与外在环境即历史文化因素之间的关联。罗素不是职业性的哲学史家，所以由他来写一部哲学史，容易作“出位”之想，辟出新视界。他在他的这部哲学史里，便破天荒地用了很大的篇幅，将18世纪后期开其端绪的浪漫主义思潮，堂而皇之地放进严整的哲学史框架中来加以叙述和讨论，他给卢梭和拜伦这两位向来被公认为对浪漫主义文学思潮起了关键作用的人物辟出专章，认定其是西方哲学的现代转型中极为重要的背景、过渡和中介，说得干脆些，他认定此二人直接就是现代哲学的一部分，是西方现代进程内部反思这一进程的批判性力量的体现者，即所谓“反现代的现代性”思想的重要源头之一。

梁启超很早就与卢梭的“民约论”（今译“社会契约论”）有过不浅的一段思想交涉，晚期学术著述中对康德也有郑重其事的引证，但须加留意的是，他对他们的思想学说中所蕴含的，诸如上述罗素在他的哲学史特意另加青眼看待的那些开启现代西方反思、批判现代性的思想因素，却未见有任何的反应。这一点，揆之差不多同时代的王国维，以及稍后一辈的鲁迅，似有明显的差异。仔细寻绎个中原因，一重比较明显的因素，也许在于他们的精神立足点，存在有较大的歧异。王国维以及后来的鲁迅，处世、立身、为文，始终不离个体生命体验的基本立场。而梁对个体的生存价值的意识和坚持，在根本性的立场上则相对轻慢和缺失。梁的一生，惟时势之马首是瞻，唯恐落伍，趋时倥偬，或许是致使其无暇顾及自我反思的一重原因。梁启超所栖身的年代，风潮变迁迅猛异常，又绝非别的时代的人所能揣测和想象，以至十年前的激进者，极有可能十年后即已在世人眼中早已成了一块古老化石。时至“五四”，严复、康有为、章太炎这些曾意气风发引领并掀动过思想学术轩然大波的大师们，不就早已在新青年的心目中黯然失去了当年的光彩，被撇在了时代的身后，一个个成了保守的象征？不过，此时此际的梁启超，则俨然是唯一的例外，他那奋力追赶时代的热忱不见稍减的姿态，甚至令新文化运动领军人物之一的胡适之，也不得不为之肃然动容，忍不住赞上一声“老青年！”郑振铎也称赏梁启超“始终是一位脚力轻健的壮汉，始终能随了时代而走的”。①可纵然是这样，梁氏最终还是摆脱不了为时势所遗落和怠慢的命运。

1929年梁氏去世，与不到两年前王国维辞世时的情景相比，舆论界反应之冷淡，曾令作为现场目击者的吴宓不胜讶异和大为不解：“梁先生为中

① 郑振铎：《梁任公先生》，《小说月报》20卷2号，1929年2月。

国近代政治文化史上影响最大之人物，其逝也，反若寂然无闻，未能比之静安先生之受人哀悼。吁，可怪哉！”①置身于政经、社会、文化体制风起云涌急剧转型的特定时代，似乎愈加容易令梁启超在个人精神立场的坚持上显得依违不定。为世人所频频称引和赞赏的梁氏所谓“不惜以今日之我与昨日之我宣战”之类的名言，某种意义上不正是这样一种窘境的症候性揭示？自我反思或自我批判始终需要有一个可靠稳定的精神原点或思想平台可供凭借，但是，这一原点和平台又恰恰是为梁氏所不具或匮乏的。笛卡尔讲“我思，故我在”，意思是说，对这个世界的一切，你当然拥有你“思”（怀疑、批判）的权利，并且你什么时候都不该主动或被迫放弃这份正当的权利，但同时，这份“思”（怀疑、批判）的权利又不是凌空蹈虚就能实行得了的，你在行使这份权利的过程中，你作为“思”的主体的正当性，或者说，你作出怀疑和批判的根基，首先得十足牢靠才行，否则，你在那儿“思”来“思”去的，可作为“思”的根基的“我”，却始终是漂移无定、漂泊无着的，那你的“思”，岂不成了无自性、少定力、缺根基、被“釜底抽薪”了的“思”？这种浮动漂移的“思”，可靠性必将大打折扣。

晚梁启超一辈的鲁迅，用散文诗笔致写就的那篇想象奇诡、惨痛酷烈的寓言《墓碣文》，里边的一段说辞，似乎也有助于我们对上述境况的理解：

> 我在疑惧中不及回身，然而已看见墓碣阴面的残存的文句——
> ……抉心自食，欲知本味。创痛酷烈，本味何能知？……
> ……痛定之后，徐徐食之。然其心已陈旧，本味又何由知？……

众所周知，“心”这个词，在中国特定语境中，从来就不是单单用来指称近现代解剖学意义上的人体某个生理部位或器官脏腑的，它始终和人作为精神性的存在，那些具有主体性的感知、思维、生命体验和活动，须臾不可分离，是作为精神性或主体性存在的人最根本的依托和最内在的证明。没有或不用“心”地活在人世，你就极有可能被人同时也被你自己视作行尸走肉。鲁迅寓言里所讲的，便是这样一个无从解脱的悖论性困境：你不是想要彻底探究明白“心”的真实情况而痛下“抉心自食”的决断的吗？那好，我先问你，能下这个决断的，以及能“知”“心”之“本味”的，除了你“心”自身，是否还有可

① 吴宓：《空轩诗话》第十五节“梁启超双涛园读书诗”中语；《吴宓诗话》，商务印书馆 2007 年版，第 199 页。

能去倚仗别的呢？没有，没有这个可能！行为的决断和实施者，都只能是你绝无仅有的“心”自身，再也不可能指望有别的什么可以供你倚仗。如果是这样，那么随着“抉心自食”行为的展开，“心”随即便已为酷烈的创痛所淹没和吞噬，顷刻间遽告香消玉殒，那你此时又将凭恃什么再去究明“本味”？对你来说，这岂非一道难以逾越的困难？退一步讲，即便你能熬过此番惨烈创痛，挺过这道难关，可紧随其后，又有一道难关横亘在了你的面前，你还能逾越得了吗？你也不好好寻思一下，就在你承受巨大创痛煎熬的那段时间里，你那用以“欲知本味”并痛下“抉心自食”决断的主体之“心”，早已不复新鲜如初，那么，它那业已失去了的“本味”，又该上哪儿去索回？能索回得了吗？“痛定之后，徐徐食之。然其心已陈旧，本味又何由知？”

行为主体在实施行为的过程中，不可避免地将遭遇到诸多难以预测的境遇，这些境遇将对主体之所以成为主体的根基发起严峻挑战，甚而致使其陷入危机。如果主体根基并不牢靠，其行为的实施很有可能偏离初衷，渐行渐远。惨痛酷烈的“抉心自食”的结果却是，“本味”根本无从得知。难矣哉，“欲知本味”！

《墓碣文》中墓主“抉心自食”的决断，纵然已毅然决然到世所罕见的地步，可到头来，他那“欲知本味”的意愿尚且不得不归于落空，那么，梁启超的精神主体性既是那样的容易变迁，他那转换频率不可不谓奇高的自我反思或自我批判（以“不惜以今日之我与昨日之我战”为证），是否会因为这种可供依托的精神原点或思想平台的明显阙如，让人不得不对其深入和可靠的程度，作出“自郐以下”的评价呢？我想答案应该是不难推想的。

主体的漂移不定之于思想精神的自我反思和批判的诸多不利既然已经不言而喻，那么，是不是可以说，主体的固守执着，便自然地有益于思想和精神的自我反思和自我批判呢？那倒也未必。

梁氏曾经拿自己和自己的老师康有为作过一个比较，这也是后来为世人所频频征引的一段话：

> 启超与康有为有最相反之一点，有为太有成见，启超太无成见。其应事也有然，其治学也亦有然。有为常言：“吾学三十岁已成，此后不复有进，亦不必求进。”启超不然，常自觉其学未成，且忧其不成，数十年日在旁皇求索中。故有为之学，在今日可以论定；启超之学，则未能论定。然启超以太无成见之故，往往徇物而夺其所守；其创造力不逮有为，殆

可断言矣。①

康有为不是很有“定见”吗？甚至在弟子梁启超眼里，都还嫌他“定见”得太过了头了吗？康氏三十岁甫过，思想和学术便已遽告定型，从此不再改易更张。但这不同样也是少“反思”精神的表征？由此看来，具不具有“现代反思”的意识，与“定见”之有无抑或强弱，还真的未必就是可以一概而论的。

对梁氏思想学术的“流质”和“多变”，知识界向来见仁见智，褒贬不一。

辜鸿铭曾称，一直坚持革命的蔡元培与始终坚持保皇的其辜氏本人，是中国仅有的两个好人。价值选择不同，这不是什么过错，读书人、知识者对自身精神立场的坚持甚至偏执，反而倒是一种荣耀。从某种意义上讲，你持有哪种观点也许还不是最重要的，关键是要有一种为了自己所认定的东西，慷慨以赴，挺身坚持的勇气，左右摇摆，依违不定，不仅足以败坏知识者的名声，也会使知识与信仰绝然分离，导致信念的虚无。因为你自己所守持的东西，连你自己都不相信，那还有谁再会去相信呢？按辜鸿铭的这套说辞，梁思想学术上的“流质”和“多变”就是很要不得的了。

但如果是另外一种情况，如果梁启超在与时俱进的同时并非媚时阿世，而是能够始终保持其清醒独立的意志和见解的话，那事情又得另当别论。这方面郑振铎的意见较具代表性：

> 梁任公最为人所恭维的——或者可以说，最为人所诟病的——一点是“善变”。无论在学问上，在政治活动上，在文学的作风上都是如此。……这不又是世人所讥诮他的“心无定见”么？然而我们当明白他，他之所以“屡变”者，无不有他的最强固的理由，最透澈的见解，最不得已的苦衷。他如顽执不变，便早已落伍了，退化了，与一切的遗老遗少同科了；他如不变，则他对于中国的贡献与劳绩也许要等于零了。他的最伟大处，最足以表示他的光明磊落的人格处便是他的“善变”，他的“屡变”。②

丁文江便曾在致胡适的一封信中，称上述郑振铎的长文，是他所读到的当时有关梁启超纪念文中最好的一篇。

第一次世界大战甫告结束，梁启超与丁文江等人结伴作欧洲之行。不

① 梁启超：《清代学术概论》，第二十六节；朱维铮校注：《梁启超清学史二种》，复旦大学出版社1985年版，第73页。

② 郑振铎：《梁任公先生》，《小说月报》20卷2号，1929年2月。

承想，此次行程，却成了他捐弃早年所崇尚的怀疑精神和对中国旧文化的批判和反省，重新返回儒学文化的一个重要契机。旧的文化精神最终成了他对之最有信心的文化想象和文化秩序的依托和基盘。从倡扬思想启蒙，到重新认同固有文明，梁启超的思想就这样自身完成了一道迂回的环形轨迹。《欧游心影录》真诚地记述了他对固有的儒学文化的信念的重建过程。而中国固有文化往往侧重共性对个体的规范和制约，多以社会道德排斥自我个体，所谓的“尚同贵公”，一直是中国固有的各种思想学派、利益集团，甚至对立的思想学派和利益集团所不约而同地循守的一套思想伦理和行为实践模式，而尤以在儒学文化中体现得最为突出和典型。①在这样的文化框架中，个体的自足性，个体生命体验的尊严及其意义，则处在压抑和被排斥的状态。梁启超对个体生命体验及其意义的认知，以及基于这一精神基盘的反思内省，始终难以企及王国维、章太炎以及后来的鲁迅，当然也包括陈寅恪在内的那种深入骨髓而给人以刻骨铭心痛感的程度，恐怕与他在文化认同上未能真正走出旧有儒学文化规范有相当的关系。

不知道别人会怎么想，我总觉得梁氏对他的“不惜以昨日之我与今日之我宣战”的状态，相当程度上是引以为自豪的，同时此一状态的发生所留给人的印象，似乎总是来得过于轻松，就好像翻手覆手之间就可轻易完成得了的。这一方面固然可以看出梁身上那种“服膺真理”的理性格外强健过人，以致可以不受内在感性生命因素的任何影响，但另一方面也不禁让人暗中生疑，揣想他身上的理性因素与内在生命体征是分为两截的，理性是理性，生命体征是生命体征，两者之间可以平行不相交叉、河水不犯井水，理性一旦做出决断，根本无须去向生命体验那里做任何剥离，大可随时随地地独自抽身走人，整个过程绝不会伴随以心理、生理上的任何痛感。这跟王国维的情况是截然不同的。王国维当然不是一个理性有欠发达的人物，青年王国维在中西哲学方面(他对康德、叔本华、尼采及宋明理学中“性”“理”等核心范畴)所下过的功夫以及由此展示出的精劲锐气，常常使得后来的哲学史家为之发出惊叹。②但

---

① 参见王元化：《思辨录》丙辑第六十“尚同”条，上海古籍出版社2004年版，第72—74页。

② 蔡元培：“……他对于哲学的观察，也不是同时代人所能及的。”(蔡元培：《五十年来中国之哲学》，见《中国现代学术经典·蔡元培卷》，河北教育出版社1996年版，第336页。)贺麟：“……王静安先生曾抱‘接受欧人深邃伟大之思想’的雄心，而他的学力和才智也确可以胜任。”(贺麟：《五十年来的中国哲学》，辽宁教育出版社1989年版，第26—27页)叶秀山：“王国维研究哲学的时间并不长，而且其作品都写于青年时代，然而这些作品，现在读起来仍然可以感到作者的思想创造力和思考的认真缜密态度。”(叶秀山：《王国维与哲学》，收入《中西智慧的贯通——叶秀山中国哲学文化论集》，江苏人民出版社2002年版，第242页。)

王的理性始终是与他内在深邃的生命体征因素，那些心理、情感性因素，彼此纠结缠绕，难解难分，剥离起来既格外艰难，故而也异常痛苦。像《静安文集续编》“自序”之二所言及的，令青年王国维辗转反侧、备受煎熬达二三年之久的内心“烦闷”，那样一种与痛彻内在生命的感觉纠缠在一起的体验，在梁氏身上则是遍找不着的。对个体生命体验及其基于此一平台的精神反省的相对缺乏，大致上也限制了梁氏思想、人格、情感体验以及学术研究的深度。趋新而精深有所不逮，激情有余但沉思有所不足，多作平面的转述和解释，少有深刻的洞见和领悟。终其一生的著述，对个体生命意义价值的追问力度和知识生产上的深入程度（两者实为互作依托、彼此缠绕的连带关系）上，多有芜杂浅露的缺憾。

梁氏较少措意于“反求诸己”这种以个体的、内省的精神立场，他的思想、感情的重心几乎都是外向的。他思想的落脚点，自始至终都在对外部的、宏大的“中国问题”的思考、解释和设计上。如已所述，梁氏对中国近代转型期的社会、思想、学术、文化、文学的最重要的贡献，当然是其具有“典范”突破性质的“新民”说的提出。“新民”说的核心，旨在设计、想象和创建“新宗教”“新风俗”“新道德”“新学术”“新人格”“新人心”……，以祛除“旧”的精神痼疾，从而根本解决“现代民族-国家”得以形成所势必不可或缺的“国民”文化性格的形塑的问题。后来的“五四”新文学一代，都曾以各自不同的思想姿态和话语方式，投身于对“国民性”问题的紧张而又激烈的研讨。梁启超无疑是这一重大问题“导夫先路”的先驱性人物。“新民”说在同时代及后代的心目中，普及与深入程度上的“空前绝后”，可以说是不言而喻的。青年鲁迅等人在留学东京期间所积极展开的有关“立人”的构想，从思想谱系和文化想象模式上来讲，思路就是从这一系脉上直接承续下来的。

三、梁启超小说论与新文学中的梁启超因素

梁氏晚年虽然颇有志于“为学问而学问”，但早年即已养成的今文经学思路，那种刻意留心时局的政治情怀还是时刻萦绕于心。

梁氏生命的最后十年，精力确实都扑在了学术著述上。完成的著作挑大的讲，计有：《清代学术概论》《中国近三百年学术史》《墨子学案》《墨经校释》《老子哲学》《先秦政治思想史》《儒家哲学》《中国历史研究法》（此书为其计划中《中国文化史稿》的第一篇）；佛学方面的《中国佛教史》虽未完成，但留下了《佛学研究十八篇》；下世前不久还在努力筹划《辛稼轩年谱》的撰述事宜……即使是这些纯学术意味很强的古代思想学术研究，也都不难从中

找出“从历史中寻求教训”、即以古喻今的用心，里边包涵了对社会现实的诸多感慨。

至于早年，政治情怀与文学自觉之间，在梁氏自然多有明显的参差和冲突。

清季文学界一时腾说于人口的所谓三大“革命”，梁启超均“与有大力矣”。一、“诗界革命”：梁氏即曾偕同黄遵宪等人，力倡“以旧风格含新意境”、或曰“熔铸新理想以入旧风格”、“新”意叠见的诗体试验；二、“文界革命”：诉求于合语言（口说）、文字（书写）为一体的“新”文体；梁氏本人的“新民体”则成为风靡一时的楷模范本；三、“小说界革命”：着眼于“启蒙”“救国”的策略，强调小说在改良“群治”（即教化、规诫社会）方面的功用，以促成“现代民族国家”之生成作为期许和考衡，将小说这一在传统差序等级中一向被低估的文类，提升到前所未有的中心地位。而以上三大“革命”的发凡与体例，又皆铭刻有日本明治时代“言文一致”方案的明显印记。三者中尤以“小说界革命”影响最大。梁氏倡导“小说界革命”，主要着眼在将小说用作方便有力的传播工具，为维新变法服务，以致突出强调小说的政治性功用，便顺理成章地成为梁氏全部小说理论的核心中的核心。

戊戌维新前夜的1896年，梁在《时务报》连载长篇论文《变法通议》，其中《论幼学第五・说部书》部分，向当时在校少年儿童作“说部书”（小说）的推荐，格外措意于流传甚广的小说，在普及道义、传播知识、了解世界以及针砭时弊等诸多面向上，有其他文类所无法望其项背的特殊效用：

> 今宜于专用俚语，广著群书，上之可以借阐圣教，下之可以杂述史事，近之可以激发国耻，远之可以旁及彝情，乃至官途丑态，试场恶趣，鸦片顽癖，缠足虐刑，皆可穷极异形，振厉末俗，其为补益，岂有量哉？①

1897年9月，在为友人叶浩吾、汪甘卿创办的《蒙学报》及门人章仲和兄弟创办的《演义报》所撰序文中，则借镜欧美、日本，称“西方教科书之最盛，而出以游戏小说者尤夥；故日本之变法，赖俚歌与小说之力”；视足以“悦童子”“导愚氓”之“游戏小说”，及准备刊载此类读物的叶、汪、章姓兄弟所主持的启蒙性报刊，实为“救焚者之突梯，拯溺者之秸秆”。

梁对西方历史、文化、制度的知识获得途径，主要来自日文书刊。日本

① 梁启超：《变法通议》；《饮冰室合集・文集之一》，中华书局1989年版，第54页。

明治时代小说在唤起民众、襄助新政府实施转型蓝图、推进社会飞速近代化过程中所起的作用，给梁的刺激尤为深刻。1898 年 10 月梁流亡日本后，这方面的感受和歆羡，自然愈发直接。同年 12 月 23 日发行的《清议报》创刊号（横滨）上梁所刊短文《译印政治小说序》，向国内读者首次导入“政治小说”①一词，认定“彼美、英、德、法、奥、意、日本各国政界之日进，则政治小说为功最高焉”，视“小说为国民之魂”，述说筹划“译印政治小说”的目的之所在。梁坚持认为中国传统小说大多陈陈相因，“不出诲淫诲盗两端”，似对受人推崇（梁在前述《变法通议》中也曾大表推崇）的《水浒传》《红楼梦》也隐含贬词，但又认为小说在通俗的层面上未可小觑，其于大众有远较儒家经史易懂、有趣的便利处，故而最好的办法是设法将大众读旧小说的兴致牵引、转移到翻译的“政治小说”上来：

> 在昔欧洲各国变革之始，其魁儒硕学，仁人志士，往往以其身之所经历，及胸中所怀政治之议论，以寄之以小说。于是彼中缀学之子，黉塾之暇，手之口之；下而兵、而市侩、而农氓、而工匠、而车夫马卒、而妇女、而童稚，靡不手之口之。往往每一书出，而全国之议论为之一变。②

梁氏称道欧美、日本小说家为“魁儒硕学”时，心目中浮现的欧美人物应该是伏尔泰、卢梭诸人，而日本则为末广铁肠、矢野龙溪和柴四郎这些积极从政或从事新闻报道的“政治小说”作家。矢野龙溪因著有明治第一部“政治小说”《经国美谈》名声大噪，1891—1899 年曾以大臣身份出任驻华公使。柴四郎 1885 年任农商相私人秘书期间，以笔名东海散人发表连载小说《佳人奇遇》，后出任国会议员、大阪《每日新闻》董事、副农商相。梁启超流亡日本横滨的翌年，即在旁人荐举下动手翻译《佳人奇遇》，这也是《清议报》上连载的第一部“政治小说”。

① 政治小说，顾名思义，是借小说发表政见。这一形式在梁启超固然直接得自日本的经验，但细寻其来源，似还可以追溯到前此英人传教士李提摩太（Timothy Richard，1845—1919）译述的《百年一觉》的影响。李提摩太短序称：“《百年一觉》，乃美国名儒毕拉宓君所著也。原名《回头看》，愚以不甚切实，故易之。”（《百年一觉》即 Bellamy 所著 *Looking Backward，2000—1887*。1904 年《绣像小说》连载该书重译本时署“美国威士原著”，无译者名。）梁接触过此书，他的《西学书目表》里著录有光绪二十年（1894）广学会印行的《百年一觉》，所加提要称：“亦西人说部，言世界百年以后事。”该年《读西学书法》也提到，“广学会近译有《百年一觉》，初印于《万国公报》中，名《回头看纪略》，亦小说家言。”李提摩太译本虽是一简写本，但基本上传述了原书精神，予梁印象深刻。康有为万木草堂讲学时说及此书，“美国人所著《百年一觉》书，是大国影子。”（见《南康海先生口说》）

② 梁启超：《译印政治小说序》，《清议报》创刊号，1898 年 12 月 23 日。

1902年11月，梁又在横滨创办《新小说》，并为论说栏撰写发刊文《论小说与群治之关系》。作为中国近代小说理论的纲领性文献，该文对传统文体分类的差序等级格局，首次予以了严正的颠覆，并将小说由不入流的“稗官野史”提升到了启蒙利器的堂皇地位。历史上，小说因多取材于奇谈怪论（《汉书·艺文志》所谓“盖出于稗官，街谈巷语，道听途说者之所造也”），与追叙真实的史志大相径庭，加上竞艳猎奇的鄙俗趣味，行文不免轻薄，甚至语涉淫佚，虽有孔子不无“辩证”地指出其“虽小道，必有可观者焉，致远恐泥，是以君子弗为也”，但终为有志于“修身齐家治国平天下”的士大夫和把持政柄者们视为对“世道人心”无多助益，从而在诗文中心主义的文学结构中始终处于“被压抑”的边缘。迨及梁文一出，小说遂从正统文类的差序等级中“忝陪末座”的角色，一举脱颖而出，超擢至头把交椅，甚至高不可攀：“诸文之中，能极其妙而神其技者，莫小说若”“小说为文学之最上乘”。

梁所凭持的依据，自不待言，是在小说用作“新民”工具时的便捷有效，而并非其在文学性上真有绝对超越于其他文类的能量。小说以讲故事见长，一波三折，娓娓动听，感人易、入人深、化人神及人广，即天然拥有最为受教育程度不高的民众所喜闻乐见的可感性，因而寓教于小说，用以开启国民心智、改良民族精神，进而改造社会、力挽世运于既倒，自有其他文类所无法比拟的种种好处。梁氏看重小说的关注点显然并不在小说之所以能够安身立命的小说自律（主）性上，而在它的格外可资利用的思想启蒙工具性的功效上。着眼的是文学之外的社会政治效应。在刊于《清议报》的《自由书》系列中《传播文明三利器》一则，评说政治小说之于欧美、日本的近代化转型的“奇效”一节，梁氏有关小说论说的现实触机及其灵感来源，可以说是披露得尤其清晰无遗①。临渊羡鱼，终不及退而结网来得有效。于是梁氏干脆奋袂攘臂，身体力行，结撰起他的新小说《新中国未来记》来，以“发表区区政见”。

---

① “明治十五六年间，民权自由之声遍满国中，于是西洋小说中，言法国罗马革命之事者陆续译出。有题为自由者，有题为自由之灯者，次第登于新报中。自是，译泰西小说者日新月盛。其最著者，则织田纯一郎氏之《花柳春话》，关直彦氏之《春莺啭》，藤田鸣鹤之《系思谈》《春窗绮语》《梅蕾余薰》《经世伟观》等。其原书多英国近代历史小说家之作也。翻译既盛，政治小说之著述亦渐起。如柴东海之《佳人奇遇》，末广铁肠之《花间莺》《雪中梅》，藤田鸣鹤之《文明东渐史》，矢野龙溪之《经国美谈》等。著书之人，皆一时之大政论家。寄托书中之人物，以写自己之政见。固不得专以小说目之。而其浸润于国民脑质最有效力者，则《经国美谈》《佳人奇遇》两书为最云。呜呼！吾安所得如施耐庵其人者，出其胸中所怀块垒磅礴错综复杂者，而一一镕铸之，以质于天下健者哉！”参见梁启超：《自由书·传播文明三利器》；《饮冰室合集·专集之二》，中华书局1989年版，第41—42页。

同年梁倡导佛学的《论佛学与群治之关系》一文，与上述热捧小说（尤其是“政治小说”）的《论小说与群治之关系》一文，思路如出一辙。关注点不在对佛理本身的精研，而是借重佛教，寄寓“兴国”（建立现代民族国家）的热望，认定佛教信仰乃“智信而非迷信”“兼善而非独善”“入世而非厌世”“无量而非有限”“平等而非差别”“自力而非他力”，正可借以充当“新民”得以养成的再合适不过的思想资源和中介工具。

日本明治前期的“政治小说”，由于文学性极为粗劣，在梁避难横滨的当时即已成了日本文坛的陈年刍狗。梁独独看中其以小说文体张扬政治见解和主张的便利，特意向国人作郑重其事的引荐，期许为中国“新小说”的范本；而对其时日本文坛中文学性远为先锋或成熟的各家小说作品，梁则完全视而不见，根本不感兴趣。

作为现代民族国家由以形成的诸多构成性要素：“新国民”“新道德”“新宗教”“新政治”“新风俗”“新学艺”“新人心”“新人格”……，它们的抟造和形塑，都须臾离不开对“新小说”无边法力的倚重和仰仗。《论小说与群治之关系》开篇即先声夺人：

> 欲新一国之民，不可不先新一国之小说。故欲新道德必新小说，欲新宗教必新小说，欲新政治必新小说，欲新风俗必新小说，欲新学艺必新小说，乃至欲新人心，欲新人格，必新小说。何以故？小说有不可思议之力支配人道故。①

把“新一国之小说”高悬为“新一国之民”的前提，小说由此担负起“新道德”“新宗教”“新政治”“新风俗”“新学艺”“新人心”“新人格”等诸多功能，这里的“新”，不当作形容词、而当作动词读解，即为“更新”或者“创造新的……”之意。不过，即使撇开前述欧美、主要是日本因素的影响，推崇并认定小说作为变法维新乃至催生现代民族国家的最为得心应手的工具，这一点也并非为梁启超所可专属的独家“卓识”，事实上，它也为晚清知识界众多的学者和报界人士所赞成和认同。诸如 1897 年时任天津《国闻报》编者的严复与其挚友夏曾佑合撰的万余言长文《本馆附印说部缘起》，即以生物学与社会达尔文主义解释小说的内在感染力，认定具有强烈感染力的小说，以

① 梁启超：《论小说与群治之关系》；原刊 1902 年《新小说》第一号；王运熙主编：《中国文论选》近代卷（下），江苏文艺出版社 1996 年版，第 291 页。

其易懂、有趣，在鼓动国人从生存斗争中获胜以及促成国家实际政治改革上，所起的助益作用将胜过措辞严谨的儒家经史。如果拿来与梁启超所作小说论参照比较的话，势必给人"英雄所见略同"或"异曲同工"之感。只是，梁氏对时代风气的感应更为迅捷，心摹手追，辩才无碍，加上那支"笔底常带感情"的如椽之笔所特有的"魔力"，所谓树大招风，他的小说论也因此而往往在同道中拔得头筹并风靡一时，产生他人所难以比肩的广泛影响。

《论小说与群治之关系》前半部分由"熏""浸""刺""提"四个喻象入手，阐明小说的移人力量，因说者甚夥，并且解说又起来相当费词，故我在这里略过不谈。该部分另有语涉小说感人、移人力量既强且深的两个要因的地方，似更值得回味和留意。首先，每个人都生活在一个狭小的世界，为各自的见、闻、感、触所限制，而"凡人之性，常非能以环境界而自满足也"，怎么办？由于小说不受此类限制，因而可以给人提供打开、扩展认知视野的机会，看到已知或熟知的世界之外的未知或陌生的世界，正可弥补这方面的遗憾。其次，人们囿于各自的生活环境，以致知觉和感情上的反应变得机械、迟钝甚至麻木，总之被惯性和习俗遮掩得黯淡无光："人之恒情，于其所怀抱之想象，所经阅之境界，往往有行之不知，习矣不察者；无论为哀为乐，为怨为怒，为恋为骇，为忧为惭，常若知其然而不知其所以然；欲摹写其情怀，而心不能自喻，口不能自宣，笔不能自传……"，而小说则有助于人们打破这层拘囿，使知觉和情感反应始终保持在敏锐有力、熠熠生辉的状态。1980 年代中、后期被引入大陆文论界的苏俄形式主义文论中的"陌生化"效应说，如什克洛夫斯基所言："艺术之所以存在，就是为使人恢复对生活的感觉，就是为了使人感受事物……，艺术的目的是要人感觉到事物，而不是仅仅知道事物。艺术的技巧就是使对象陌生，使形式变得困难，增加感觉的难度和时间的长度，因为感觉过程本身就是审美目的，必须设法延长。"①似与此说颇多"于我心有戚戚焉"式的相通之处。这也正好可以用来为中国古代哲人和现代智者所深信不疑的诸如"东海西海，心理攸同；南学北学，道术未裂"②这样通达的道理，提供又一份现成的例证。

"小说者，常导人游于他境界，而变换其常触常受之空气者也。"小说往往指涉我们周边熟谙世界之外的世界，满足我们对理想世界之向往，这便派

---

① ［俄］什克洛夫斯基：《艺术作为手法》；"外国文学研究资料丛书"《俄苏形式主义文论选》，中国社会科学出版社 1989 年版，第 65 页。

② 钱钟书：《〈谈艺录〉序》。前面一句应为宋代理学家共识，后面一句则由钱钟书脱胎转型自《〈庄子〉天下篇》。

生出了“理想派小说”。另一方面，小说又能将通常人们习焉不察或无法表达的情境“和盘托出，彻底而发露之”，即满足你我认知和再现现实生活的需求，由此则派生出了“写实派小说”。借助经由明治维新洗礼过的日本近代语文中的“写实”“理想”二词，将西方近代文学批评中的这两个重要的术语和观念，正式接引到中国文学批评范畴中来，在这一点上，王国维同样也是梁启超的受惠者。王国维《人间词话》第二条不就开宗明义地标出了这样的分界？“有造境，有写境，此理想与写实二派所由分。”

梁氏极有可能是晚清以来“写实派小说”的第一命名人①。众所周知，后来此路小说曾在相当长的时段里，成为新文学的主宰性写作理念及其范型。从“五四”时代的“文研会”对“为人生”文学观及小说创作中“写实”原则的推崇，到20世纪三四十年代，左翼文学接受苏俄文学政策、日本无产阶级文论及共产国际（“第三国际”）相关指令的影响，将“唯物反映论”的“革命现实主义创作方法”悬为文学书写的最高标的，及嗣后经由延安文艺方向、方针的提出和确立，文学功能的范围被正式划定，除服务于“工农兵”及其所代表的现实政治经济诉求，心思不得再旁骛于他途。至于整个20世纪50—70年代，“现实主义”与“浪漫主义”的分途，更是被提升为某种政治伦理和路线之争。仅以茅盾为例。茅盾刊于《文艺报》1958年第1期、第2期、第8期、第10期的长文《夜读偶记》，一上来便对欧洲（“世界”）文艺思潮是依照从“古典主义”“浪漫主义”“现实主义”到“新浪漫主义”（现代主义）发展而来的这样“一个公式”拉开批判的架势，但事实上，茅盾此时所批判和拒绝的这个“公式”，恰恰是他大约40年前，与“五四”新文学的草创者们不遗余力所要引进的。而当时引进这一文学进化史的视野，正是包括集新文学理论家、批评家和编辑家（其作家身份的确立则还要晚迟数年）于一身的他在内的、众多新文学家倡导和推行文学革命的一道至关重要策略。在新文学家们的心目中，只需得到此一世界文学普遍的“进化”逻辑的支撑和印证，中国新文学就可自然而然地、无可争辩地、甚至一劳永逸地获得自己的正当性和合法性。本来，在这一进化论文学史谱系中，“新浪漫主义”（现代主义）位于整个“进化”环节的高级一环，俨然体现了文学形态更先进和更理想的状态，但时隔40年之后，茅盾重提这一“公式”，口气和语调却整个儿变了，原先那种位于“进化”逻辑链中相对优越一环的意义，俨然遭到根本的怀疑、颠覆和遗

① 参见夏志清：《新小说的倡导者：严复与梁启超》，收入牛仰山、孙鸿霓编：《严复研究资料》，该文系节译；海峡文艺出版社1990年版。

弃，并且文学思潮上的“现实主义”抑或“浪漫主义”的分歧和辩证，也随即被归之于世界观或意识形态意义上的“唯物”抑或“唯心”的竞逐和争斗，而此时此际的“唯物”抑或“唯心”的命名，则又与立场归属上的“进步”抑或“反动”直接挂钩，这也就不难明白，此时此际的茅盾，何以会以如此旗帜鲜明的态度，宣读与他 40 年前的看法大相径庭的判词了：“这个公式，表面上好像说明了文艺思潮怎样地后浪推前浪，步步进展，实质上却是用一件美丽的尸衣掩盖了还魂的僵尸而已”；所谓的“新浪漫主义”（现代主义）不过是古典主义的“僵尸还魂”，仍陷身在“抽象的形式主义”的泥淖中，不仅会因为与现实主义的“现实世界是可以认识的信念”和原则背道而驰而陷入“悲观主义”终难自拔，而且还会因为突出个人主义而无法加入“劳动人民要求解放的斗争”之中……。①而诸如此类的，加冕于“写实主义”之上的，累层演进，独断建构的过程，则差不多一直要延续到 20 世纪 80 年代，才逐渐出现松动以及被解构的迹象②。对源自西方近代小说创作方法和流派的现实（写实）主义与中国新文学之间所结下的不解之缘，陈思和曾作有一番眉目清晰的追溯和梳理，他准确地指出了现实主义在中国新文学史上最终得以形成“唯我独尊”局面的两大关键因素：一是现实主义本身在承载政治性功利意图方面所具有的、同时也是为其他诸多文学创作方法所无法比肩的巨大潜能优势；二是文学中的现实主义与马克思主义唯物史观及其认识论之间与生俱来的某种亲缘性质。③南帆则将现实主义在中国新文学发展史中声誉日隆并最终取代和排斥其他文学类型的过程，视为中国“现代意识形态历史的一个组成

① 参见茅盾：《夜读偶记》，百花文艺出版社 1958 年版。贺桂梅则将茅盾上述对于“现实主义”的单边推崇和对“新浪漫派”（现代派）“上纲上线”的贬斥重置于其时国际视野和语境中重新观察，认定此一态度其实并非为茅盾所独有，而不过是对包括普列汉诺夫、卢卡契和克里斯托弗·考德威尔在内的一批富有学识的马克思主义者面对现代派时所流露出的相当普遍的冷淡态度的应和与追随，另一方面，则又是其时“冷战”格局及其思维在文艺思潮梳理评判中的一种投影。参见贺桂梅《后/冷战情境中的现代主义文化政治——西方“现代派”和 80 年代中国文学》，载《上海文学》2007 年第 4 期。

② 其实，当时为“现实主义与反现实主义斗争”这一根本无视文学史实的刻板、粗糙并且相当粗暴的叙事模式所“一统天下”的，还不仅限于 20 世纪 50—70 年代的中国当代文学领域，即便是向来自信其“学有渊源”的中国古代文学，也难免为流风所披靡。据吴中杰先生《海上学人漫记》中的记述：“大跃进”年代，中国文学批评史家郭绍虞先生就曾致力于以其时流行的“现实主义与反现实主义斗争”模式作为轴心，重新修订旧著《中国文学批评史》，并完成了《中国古典文学理论批评史》上册，但这一勉为其难的修订本当然不能令人满意，宋以后的部分也就没有再行修订下去；至“文化大革命”后期，郭氏又曾依据“儒法斗争”旨意，重行修订他的《中国文学批评史》，难度自然是愈来愈大，幸而嗣后不久“四人帮”即告倒台，这个修改本终于已无继续完成并交付出版之必要了。

③ 参见陈思和：《中国新文学整体观》中的“中国新文学发展中的现实主义”部分，上海文艺出版社 1987 年版。

部分”，他对这一过程描述和揭秘道：先是由“五四”新文学革命的揭竿者陈独秀，借助“进化论”所向披靡的法力，在现实主义（当时称“写实主义”）文学与中国固有的古典主义文学之间毫不犹豫地画出了一道等级差序的苛严区隔——“写实”“不仅仅是一种文学类型的选择”，“同时代表了历史进步势力对于腐朽文化的冲击”；随后又由瞿秋白将苏联《文学遗产》所公布的恩格斯讨论现实主义的有关信件转输进国内，此一当时被视为“最为重要的革命导师之一”经由“革命圣地”苏联所作出的原理性的文学指示，其意义显然“并非通常意义上的理论交流”所可限定，毋宁说“包含着浓重的政治意味”。南帆更作有如下的一番勾勒：

> 当写实主义与“为人生”的口号结合起来时，否认写实主义势必成为推卸社会责任的同义语；当写实主义成为抗拒形形色色颓废主义的旗帜时，放弃写实主义无异于投向资产阶级的怀抱；当写实主义被当作唯物主义或者科学的标本时，脱离写实主义就是认可种种唯心主义哲学阵营。经过一系列复杂的理论运作，写实主义——后来易名为现实主义——成了一个享有特权的重要概念。它终于从一种文学类型转变为一种进步文化、正确世界观和先进阶级的标记。这使现实主义具有了异常的号召力乃至威慑力。①

此处的“意识形态”，盖指一种与制度化的政治秩序结构融为一体，既以此一秩序结构作为自身存在的依托，同时又为其存在提供合理化、合法化的精神资源，是这样一种共存互惠、孪生缠绕的关系。

梁启超的“写实”概念，显然更为看重的是文学、小说之于政治性现实所应起到的状摹、想象、建构、激荡、振奋、改善诸功能。这样的“写实”因其对于政治现实的过于倾心倾力，容易失去文学所不可或缺的均衡感。这笔由梁启超“导夫先路”的精神遗产，对整个新文学史说来，其正面的建树和负面的效应，都一样显得异常繁复，而认真、细致地分梳、整理这笔遗产，则是我们至今尚未来得及充分去做，却又是非常需要和值得去做的课题。

文学须得有益于世道人心，进而有助于现实社会政治的改善和进步。旧时的正统文学观鄙视、贬斥小说的理由，无非是“玩物丧志”，容易使人受

---

① 南帆：《个案与历史氛围——真、现实主义、所指》；收入王晓明主编：《二十世纪中国文学史论》第一卷，东方出版中心 1997 年版，第 94—95 页。

"声色之累"，无力承担起有益于世道人心的职责；现在梁氏则以欧美、日本的成功经验作为依据，认定小说完全承担得起这样的社会职责。岂止承担得起，甚至还是各种文学文体中承担的力量最为强健有劲的一种。从而力主将小说由"不登大雅之堂"的"小道"，抬举、擢升至各种文类中至高无上的位置。这里的贬抑小说也好，张扬小说也罢，其实用来考衡的尺度却是同一把，即都是着眼在是否有益于世道人心、有助于社会政治的改善和进步，只是具体判断上，正、反判然有别而已。这是一个相当有趣的现象。

"五四"新文学第一个社团"文学研究会"的发起《宣言》，一上来用以开宗明义的话语：

> 将文艺当作高兴时候的游戏或失意时的消遣的时候，现在已经过去了。我们相信文学是一种工作，而且是于人生很切要的一种工作；治文学的人也当以这事为他终生的事业，正同劳农一样。①

除了句末的"正同劳农一样"，明显带有"五四"时期"人道"精神涵盖下的平民意识和新传入的社会主义思想中的"劳农神圣"的新的意识形态的印记之外，在以终结仅供游戏消遣的旧文学为己任，赋予小说、文学以一种寓有严肃使命感的工作性质，即必须将文学与社会、人生的"切要"关系视作首要的考虑，这样一种有着自觉的社会功利意识的文学观，比照于梁启超不遗余力地批判"小说乃无关世道人心的闲书"的小说论，显然属于冯友兰所谓的"接着讲"。也就是说，作为新文学重要流派的"文研会"的文学观，实际上正是"接续着"梁启超"往下讲"的一种文学观。

文学研究会的机关杂志《小说月报》的"改革宣言"称：

> 同人以为今日谈新文学非从事模仿西洋而已，实将创造中国之新文艺，对世界尽贡献之责任：夫将欲取远大之规模尽贡献之责任，则预备研究，愈久愈博愈广，结果愈佳，而不论如何相反之主义咸有研究之必要。故对于为艺术的艺术与为人生的艺术，两无所袒。必将忠实介绍，以为研究之材料。……同人深信一国之文艺为一国国民性之反映，亦只能表见国民性之艺术能有真价值，在世界的文学中占一席地。对

---

① 北京大学、北京师范大学编：《文学运动史料选》第一册，上海教育出版社1979年版，第175页。

于此点,亦甚愿尽提倡之责任。①

在“文研会”同人的心目中,新文学是绝不作西方近现代文学模仿秀之想的,它以非己莫属的创造性作为自己的首要职志。新文学将为自身的文学史拓展出一片前所未有的新境,这一点自不待言,并且足以与现代西方文学抗手比肩、平等对话,凭借自己的创造性在现代世界文学的大格局中有所作为,拓展出真正属于自己的一席新天地。此番眼界和想象力,虽属“文研会”一家之言,但同时也是“五四”新文学其他社团流派都该也都会拥有的内心声音。草创期的新文学家们的精神气象是很博大的。此其一。其次,“文研会”自认为在面向“为艺术而艺术”与“为人生而艺术”的艺术或文学的价值取向上,他们是无所偏袒的。但实际是有所偏重的。沈雁冰的编辑和批评,郑振铎的研究,冰心、叶绍钧、王统照、许地山、俞平伯、朱自清等人的小说、散文和诗写作,就都有偏重社会理性,关注人生问题的倾向。

从“文学革命”到“革命文学”,以及 20 世纪 30 年代的文学左翼运动,清晰地勾勒出了左翼文学家渐次明确和强化着的对于新文学的参与、干预乃至掌控的意图和过程。虽然“革命文学”和“左翼文学”同样也存在着“内部的紧张”或“内在的复杂性”,自身内部的对话、辩难、争执乃至斗争也一直绵延不绝。整个 20 世纪 50—70 年代,呈愈演愈烈之势的一次又一次“文艺斗争”,在诸多方面,便是这一“内部紧张”和“内在复杂性”所积贮的能量的持续性释放。②

文学家被赋予改革现实的使命,当然还可以追溯到儒学传统那里。传统士大夫的“以天下为己任”“先天下之忧而忧,后天下之乐而乐”的“天下情怀”,显然与此有息息相关的勾连。此外,如上所述,具体到 30 年代的“左翼文学”,应该还可以追溯到有关“红色的三十年代”、即世界性的“向左转”的历史背景,以及经由苏俄、日共和“第三国际”等途径的马恩“原理性”指示的输入,等等,诸如此类的影响性来源,应该还有不少可供寻索的空间。但毋庸置疑的是,它显然更有自身的语境,即自己的“来龙去脉”,有着明显的直接继承自“五四”思想中激进的政治诉求,并对之作出更为激进的推波助澜的一面:文学不再只属于思想启蒙,而必须变成实现某种政治理想的实际政治活动的一部分。

---

① 1921 年《小说月报》12 卷 1 号。

② 参见洪子诚:《关于 50—70 年代的中国文学》,《文学评论》1996 年第 2 期。

如何让写作有效地承担社会关怀？如何依凭文学家自己的力量来回应现实和历史的激烈变化？如何使得文学家所经历的道德、情感和意识形态的考验，同时也充分地体现出他们作为个人与中国的现实语境之间的复杂的互动关系？这些始终纠缠、萦绕在中国新文学家心胸间挥之不去的情结，在新文学已有的历史中，既成了曾经激发和促成新文学之于“社会正义”以及“革命的正当性”的诉求和担当的某种内在驱动的力量，成为中国近现代城市工人大众和农村贫苦农民奋力挣脱被剥夺被压迫的异化状态，获得从精神到物质、从阶级到民族的真正解放的强有力的精神支撑，但另一方面，它也有可能成为另一种冲动性力量，致使新文学最终走向与它们的草创者所预设的方向正好相反的不归路。

20世纪中国文学，尤其新文学一脉，虽如上所述，“写实主义”抑或“现实主义”几呈一路高扬、单边走强的趋势，但即便是在“时代的强音”的轰鸣声中，也还是有“执拗的低音”不时发出自己的声音。近年王德威便在中国新文学叙述中“启蒙”“革命”两大强势谱系之外，另行留意寻索别的叙述谱系，意在对“启蒙”“革命”的强势谱系有所补充和制衡。如果说当年梁启超所设想和看重的“写实”抑或“现实”派小说及文学，不外乎是那些能对现代民族国家及与之相对应的国民道德心理起有诸多积极建构作用，心理模式因而相对偏重“主智”的小说及文学的话，那么现在王德威所勾勒的，则是在中国其来有自，并且在现代依然生生不息的一条相对“主情”的谱系，他将之命名为“抒情的传统”。王德威认为，1908年王国维与青年鲁迅分头发表在《国粹学报》和东京留学生杂志《河南》上的《人间词话》和《摩罗诗力说》，同时撷取中外学说，首开现代中国抒情理论之先端。尽管二者旨趣有所不同：青年鲁迅更推重拜伦、尼采式具有“撄人心者”之魔力的“精神界之战士”，趋于沉郁恣肆、发愤抒情一路；王国维以“境界”会通中国诗话词话与康德、叔本华、席勒美学，特别看重审美所催生和达成的“无我之境”，旨在对人的无限“欲望”在驱动历史发展过程中展示出巨大能量的同时，也给人性带来无尽伤痛的一面，有所省思、慰疗和制衡，因而抒情更带有寻求解脱和形而上忧患的色彩①。的确，像自称自己始终犹豫和纠葛在个人主义和集体主义交战涡漩之中的鲁迅，就既曾向新文学提供过《阿Q正传》《祝福》《在酒楼上》等一系列“写实”抑或“现实”主义的重要篇章，同时也为新文学留下了

① 王德威：《抒情传统与中国现代性：在北大的八堂课》，生活·读书·新知三联书店2010年版。

《狂人日记》《野草》《故事新编》这些压根儿无法用“写实”抑或“现实”予以定义和涵盖，旁逸斜出，却分外绚丽夺目的“异数”之作。而在李欧梵早年撰就的博士论文中，“浪漫”而非“写实”抑或“现实”，不仅是晚清至“五四”一段思想学术界和文界极为重要的精神现象，诸如林纾、苏曼殊的著译和个人修为，郭沫若“凤凰涅槃”“天狗吞月”的诗情飙发，郁达夫的忏情小说，徐志摩的感情历险，在在都可见出他们深受“浪漫”主宰的影迹，即便是后“五四”时期，“浪漫”依然不绝如缕，而蒋光慈对“革命”所作的罗曼蒂克的狂热诠释，则不过是其中的一例，据此，李欧梵甚至还将活跃于20世纪30—40年代的萧军也一网打尽，一并纳入他所谓的“浪漫一代”的视野①。

20世纪三四十年代，无论是周作人有意将中国新文学的源头上溯至晚明公安、竟陵派“性灵”文学那里，从而接上他所赞赏的、与“载道”相抗衡的“言志”一脉的精神源头，还是朱光潜援引西方古典艺术史家温克尔曼的“静穆”说“重读”陶渊明诗；无论是沈从文执着于“有情”和“抽象的抒情”的书写，重走湘西山水，指望从边地人文那儿寻找到能诊治现代人心诸多弊病的良方，还是废名、卞之琳、何其芳对六朝文章和晚唐诗境的情有独钟；在奋勇效力于社会正义、革命叙事的新文学中的激进左翼力量看来，显然都属于有意在历史和现实的残酷和严峻面前背过身去或闭上眼睛的所作所为，自然也就与“写实”抑或“现实”主义风马牛不相及。

至于1958年毛泽东提出新诗的“两结合”写作方针：“形式是民歌，内容应是现实主义和浪漫主义对立统一。太现实了就不能写诗了。”②嗣后周扬即据此主持编纂两大卷本《红旗歌谣》，尽情打造“春风杨柳万千条，六亿神州尽舜尧”式的社会主义文学文化的新气派和新气象。

20世纪50—70年代，“写实”抑或“现实”主义所面对的情况，引起过新文学内部较为温和的有识之士的不安和焦虑。当时即曾遭受过口诛笔伐的秦兆阳《现实主义广阔的道路》和钱谷融《文学即“人学”》等长文，都不过是在“写实”/“现实”主义“一枝独秀”“一家独大”“唯我独尊”，以致文学越来越笔立千仞、严苛肃杀、了无意趣的背景下，稍稍提议“现实主义”是否应该适度放宽一下门禁而已。诸如此类的“女娲补天”般的苦心热肠，恐怕也只有放回到它的特定的历史背景，才有可能令今人稍稍领会和吟味个中的一番苦心。

---

① 李欧梵著，王宏志等译：《中国现代作家的浪漫一代》，新星出版社2005年版。

② 参见郭沫若：《关于〈蝶恋花词〉答记者问》，《文艺报》1958年第7期。

20世纪80年代中期，李书磊曾对其时文坛普遍称赏的汪曾祺的小说提出过尖锐的批评。他把1985年前后相继涌现的“寻根”文学思潮区分为“原始寻根”与“文化寻根”两类，两种不同的“寻根”作品，在情调、主题倾向上有较为明显的差异：前者普遍表现出了同生活的进步相谐调的审美意向；后者则更多地流露出对传统文化、传统生活认同、赞美的情绪，表现出同社会发展相悖的生活观念与文化观念。李书磊把阿城“遍地风流”系列、李杭育“葛川江”系列、郑万隆“异乡异闻”系列以及张承志的《北方的河》，归为前类；邓友梅《寻访画儿韩》《烟壶》与冯骥才《神鞭》，尤其是汪曾祺的小说，则被归入后类。李书磊这样分析和评说汪曾祺：“他从思想上看有不少方面是现代的、人道主义的，所以有《受戒》和《大淖纪事》的成功；但又不彻底，而且其性格完全是被传统塑造出来的。所以在他的其他作品中又可以看出他对传统的高度赞美。如《岁寒三友》，就过分理想化地歌颂了传统社会中人与人之间的自然关系，不自觉地表达了对我们社会中刚刚开始出现的契约关系与商业关系的心理抗拒，没有认识到契约关系的出现是社会的巨大进步；《老中医》则讴歌了古典知识分子清静无为、安贫乐道、清心寡欲的道家风范，作家没有看到道家从本质上是否定人生的（‘无己’才能‘无待’），那种‘逍遥游’是泯灭激情、泯灭活力、泯灭人性的。从这个意义上看，汪曾祺等人的这种‘文化寻根’与我们社会中落后、愚昧的反现代化思潮暗合了，汇入了对抗社会进步的文化逆流之中。”并说，“我对文学上认同传统文化的寻根思潮非常反感，尤其是在我们民族正艰难而痛苦地进行自我改造的时候。从道德意义上看，中国文化基本上是一种非人文化……，而且还将继续危害我们这个民族。这种文化两千多年的统治是那样根深蒂固，以至于我们今天只有彻底抛弃才能够真正达到批判的目的。在这种情势下任何怀旧的情绪与潮流都是有害于现实生活的。……这种以怀旧情感为作品主线的‘文化寻根’不但是反生活的，而且也是反美学的”。李书磊对汪曾祺的上述非议，归结起来，主要还是因为汪曾祺的小说在他看来，骨子里与当下“现实”情势显得十分扞格，妨碍了人们的现实认知，因而“都是有害于现实生活的”①。近年郜元宝对孙犁抗战小说中某种在他看来显得颇为“奇特”的现象也有所讨论，他将这种现象命名为“三不主义”：“不正面描写北国人民的‘阴暗面’，不正面描写‘敌人’，不触及激烈而残酷的战争场面”，他对之这样

① 李书磊：《从“寻梦”到“寻根”》，《当代文艺思潮》，1986年第3期；另参李书磊：《文学对文化的逆向选择——评寻根文学思潮及其论争》，《光明日报》1986年3月6日。

疏解说:“这种‘三不主义’显明了中国现代革命文学一种至今还没有获得充分阐释的品质:它的美学上的基调,不是日益紧张化的悲苦愁绝、低回凄凉,而它的主要使命,也不是抗击外侮,或清算(启蒙)国民内部的劣根性”,并由此界定了孙犁“既不简单地从属于‘五四’以来知识分子启蒙文学的传统,也不简单地延续30年代的‘革命文学’”;他在将这一“三不主义”归因于孙犁“对新的人情美和人性美的痴迷追求”所致的同时,又对孙犁的抗战小说因过于回避战争残酷一面的书写而流露出明显的遗憾和质疑:“不正面描写敌人,一味关注我方军民人情美人性美,必然无法正面和具体描写战争或战斗场面,这样会不会掩盖至少是让读者看不到战争本身的残酷,一定程度上美化了战争? 尤其是当作家代表战争受害者一方时,这种未能充分表现战争的残酷而一味追求美好的写作方法,会不会本末倒置?”[①]像这样的,来自较为年轻一代的研究家、批评家的,对于“新中国”和“新时期”中国文学中往往并非占据“主流”但却别有建树的作家的一些“微词”,虽然是基于他们各自有所不同的文学和伦理观念的诉求,但另一方面,却也表明了“现实”/“写实”一类观念在新文学进程中,迄今依然难以撼动的强固地位,这一观念的深入人心,足以使得并非生就于那个时代(李书磊、郜元宝他们的文学批评生涯,大致起始与长成于20世纪80—90年代)的新一代文学批评家和研究者,也与之与生俱来地有着一份难以割舍的关联,并在文学批评实践中自觉不自觉地为这份情结所左右。

李书磊、郜元宝之于孙犁(铁凝)、汪曾祺的遗憾,于有意无意之间,勾勒出了“写实”元素在孙犁(铁凝)、汪曾祺小说中曾被“人为”弱化、而“痴迷”“人性美”的一面却为其所刻意强化的此消彼长的图景,同时也勾勒出了孙犁与20世纪“50—70年代”中国文学中苛严的“现实主义”一家独大的主流局面若即若离,或者干脆说,有所疏离的实情。而此一时期的中国文学,也正是端赖诸如此类的逸出在种种政治规训之外或深深压抑在这些规训之下的所谓“非主流”“异端”以及与“公开”相对的非公开、半公开或“潜在”的、极富思想和精神力量的文学写作,支持和印证了近年来有识见的研究家的观察和判断:这一时段的中国文学想象,并非真的只是一味地单一和苍白。[②]

---

① 郜元宝:《柔顺之美:革命文学的道德谱系——孙犁、铁凝合论》,《南方文坛》2007年第1期。

② 参见洪子诚:《问题与方法——中国当代文学史研究讲稿》中有关章节,生活·读书·新知三联书店2002年版;陈思和主编:《中国当代文学教程》中有关“潜在写作”的论述,复旦出版社2001年版;刘志荣:《潜在写作1949—1976》,复旦大学出版社2007年版。

因而，有关“写实”/“现实”观念谱系的正面和负面的价值，对研治新文学史者说来，都颇有值得认真加以梳理之必要。而我想说的是，诸如此类的，期待文学主动介入社会改造和现实批判，积极阐发社会政治理念……，一言以蔽之，将文学当作一场以文学为切入口的“现实”的社会政治实践活动，这一切，在其最为切近的思想源头上，不是正好都处在了从“新民说”那里引申而来的梁启超的文学观的延长线上吗？

四、余论：文学观的前后期差异

作为人类异常敏感的文字语言类认知感受方式之一，文学不可能完全“遗世独立”，不可能对天理人情视而不见或存心躲避，不受政治、经济、社会、文化、心理活动和思潮的时移势异式的影响。然而，在与生俱来不得不受制于这些制约性因素的大前提下，一个作家是否对文学之所以成其为文学的立身之本持有自觉的意识和充分的敬意，并竭尽心力加以真诚的维系和追求，抑或仅仅是取决于文学，以便前往别的天地去舒展他“经世致用”的抱负，这样两种不同的面向：前者以文学自身为目的，此一面向的延伸与发展向来与人的精神相关，它诉诸人的审美需求，更倾向于表达置身于功利社会中的人内心感知的超越功利之心的一面；后者则更倾向于以某种外部的存在作为目的，视文学为抵达这一目的的途径、工具或方法；毫无疑问，这样不同的面向，对于文学的价值重心、情思构成、表达方式，乃至具体到风格风貌、文字驱遣，均将产生决定性的影响。

梁启超的文学思想，前、后期略有一番意味深长的变化。

前期作为一个改良派政治活动家、政论家，梁启超专从社会政治的角度考虑文学问题，其与文学相关的活动，也无一不是围绕着政治活动的轴心展开，从不单独肯定文学有自身的价值。在他那里，文学因其作为塑造和提升民族精神的手段而受到格外器重，文学的民族—国家属性被看作是不言而喻的，它不仅是创造安德森所说的“想象的共同体”的有效手段，而且几乎是唯一的手段，就这一意义讲，文学的含义本身就是和近代中国的国家政治合为一体的。在开通民智、普及西学的实践过程中，梁氏在综合比较、考察过各种文学体裁的社会影响力之后，一经发现小说是最能承担此一方面大任的文类，便毫不犹豫地对其大施青睐，不仅赞成英人“小说为国民之魂”之说（《译印政治小说序》），而且推崇“小说为文学之最上乘”（《论小说与群治之关系》）。虽然小说的“艺术形式”也在他那里得到一定程度的讨论，但多是从“传播”“新民”思想这个角度展开，讨论的重心始终只是在小说或文学在其作为"媒介"的层面，即小说或文学所表达的"新民"思想，远比小说或文学自身来得要紧，换句话讲，小说或文学所要"传播"的社会政治思想观念，始终要比小说或文学自身的属性来得更为重要。也就是说，此期的梁启超，眼光始终盯住的是小说或文学在建构作为现代民族—国家这一"想象的共同体"的过程中所占据的核心地位和所发挥的特殊社会影响力。此外，前期梁启超还似乎更为偏重接纳外来文化。而晚年梁启超则主要是一位研究中国古典文化的学者，较之前期，更为看重学术、文学的自身价值，对文学的关注重心，也已明显转向"表情"(表达情感)及净化情感的层面。

1920年梁氏欧游归来之际，对法国柏格森的直觉创化论及其生命哲学大为倾倒。柏氏哲学一反重理性的西方思想主流，颇具异类色彩，与中国传统思维倒有若干可以接榫处。

晚期的梁启超在《中国韵文里头所表现的情感》《情圣杜甫》《屈原研究》《陶渊明研究》诸文中，对文学的情感性因素表露出前所未有的兴致。当时还是小学生的梁实秋，后来曾撰文追忆过当年聆听梁氏有关演讲的情景。①

与之相对应，文体上，晚年梁启超对诗歌的重视，取代了他原先所看重的小说的位置。在其旨在为驳议胡适《一个最低限度的国学书目》而编撰的《国学入门书要目及其读法》中，梁所开列出的一批要人"熟读成诵"的"好文学"作品，基本上都是诗集和文人戏曲，小说则未见收录。见诸书目的文学读物，多半是从文人习气着眼，故以渊雅深微、新颖别致、倾吐情怀以及求新好胜为趋骛。与早年倚重于接受外来文化、文学影响形成明显的反差，此期偏重的是对中国传统文化、文学的认同和赞赏。

梁早年的文学观和小说论，虽因过于倾心政治教化、宣传功能而易于失去文学所必要的均衡感，不免显得粗糙和偏颇，但适合时代的急切需求，或者说其本身即是时代迫切需求的产物，故而登高一呼，应者如云，发生了极为广泛的社会影响，并且在相当长的时段里，一直为后世所赓续；而他晚年偏重情感、偏重美文的文学观，尽管较为接近文学的自主自律性价值，但社会影响却不大，几乎引不起当时与后世的注意。梁启超对后世文学一直起有影响的，主要是他社会政治功利色彩浓厚的早年的文学观。

---

① 梁实秋：《记梁任公先生的一次演讲》，《梁实秋散文全集·雅舍忆旧》，江苏人民出版社2016年版，第83—84页。

第三章　作为新文学思想资源的章太炎

章太炎博大精深的学术功夫，不仅为他的门人后学所敬重，也为他同代同辈政治、文化、学术观念不同甚至截然对峙者不得不佩服，这在现代中国思想学术史上并不多见。鲁迅称太炎先生为“有学问的革命家”①，是我们所熟知的。胡适在为上海《申报》五十周年纪念专刊所撰长文《五十年来中国之文学》中，称太炎先生是清代学术史的押阵大将。该文历数中国两千年来的学术著述史，认定只有七八种书够得上他心目中的“著作”资格，即必须系精心结构之作，具有周密的理论构架并自成体系者。他随之将章太炎的《国故论衡》和《检论》归入他有着严格限定的“著作”之数，使之与近代以降享有盛名的刘勰《文心雕龙》、刘知幾《史通》和章学诚《文史通义》比肩，指陈太炎先生的“古文学功夫很深，他又是很富于思想与组织力的，故他的著作在内容与形式两方面都能成‘一家言’”。能不能成就“一家言”，是胡适衡定是否具备“著作”资格的一项很重要的指标，否则只能算是结集、语录或稿本，就算不得“著作”。鲁迅、胡适是章太炎的学生和后辈。同辈的梁启超又是如何看待章太炎的呢？梁著《清代学术概论・二十八》，虽对章太炎作了有保留的评价，如称“炳麟谨守家法之结习甚深，故门户之见，时不能免，如治小学排斥钟鼎文龟甲文，治经学排斥‘今文派’，其言常不免过当，而对于思想解放之勇决，炳麟或不逮今文学也”云云，但对其继往开来的学术气象，在小心翼翼闪烁其辞的贬抑中，毕竟忍不住说了些揄扬的公道话：

“在此清学蜕分与衰落期中，有一人焉能为正统派大张其军者，曰：余杭章炳麟。……所著《文始》及《国故论衡》中论文字音韵诸篇，其精义多乾嘉诸老所未发明。应用正统派之研究法，而廓大其内容，延辟其新径，实炳麟一大成功也。炳麟用佛学解老庄，极有理致，所著《齐物论

① 鲁迅：《关于章太炎先生二三事》，见《且介亭杂文末编》，人民文学出版社 1995 年版。

释》，虽间有牵合处，然确能为研究‘庄子哲学’者开一新国土。其《菿汉微言》，深造语极多。……盖炳麟中岁以后所得，固非清学所能限矣。”①

与周氏兄弟一起同为太炎先生主持东京《民报》笔政时期，在一个小范围内②得以亲聆太炎先生讲授《说文》《庄子》的许寿裳，在其编著的《章炳麟》③一书中，对章氏学术有一个很好的概括：“以朴学立根基，以玄学致广大”。这其实也是当时学界的一种共识，并非许氏所独有。

论及章氏思想学术历程，他的两份自述提供的线索甚为清晰，颇足参考。一在《菿汉微言》全书最末一则，一为《自述学术次第》。现就《菿汉微言》作一摘引：

余自志学迄今，更事既多，观其会通，时有新意。思想变迁之迹，约略可言。少时治经，谨守朴学，所疏通证明者，在文字器数之间。虽尝博观诸子，略识微言，亦随顺旧义耳。遭世衰微，不忘经国，寻求政术，历览前史，独于荀卿、韩非所说，谓不可易。自余闳眇之旨，未暇深察。继阅佛藏，涉猎《法严》《法华》《涅槃》诸经，义解渐深，卒未窥其究竟。及囚系上海，三岁不觌，专修慈氏、世亲之书。此一术也，以分析名相始，以排遣名相终，从入之涂，与平生朴学相似，易于契机，解此以还，乃达大乘深趣。私谓释迦玄言，出过晚周诸子不可计数，程、朱以下，尤不足论。既出狱，东走日本，尽瘁光复之业。鞅掌余闲，旁览彼土所译希腊、德意志哲人之书，时与概述邬波尼沙陀及吠檀多哲学者，言不能详，因从印度学士咨问。……却后为诸生说《庄子》，间以郭义敷释，多不惬心；旦夕比度，遂有所得。端居深观，而释《齐物》，乃与《瑜珈》《华严》相会……千载之秘，睹于一曙。次及荀卿、墨翟，莫不抽其微言；以为仲尼之功，贤于尧、舜，其玄远终不敢望老、庄矣。癸甲之际，厄于龙泉，始玩

① 梁启超：《清代学术概论》第二十八节；朱维铮校注：《梁启超论清学史二种》，复旦大学出版社1985年版，第77—78页。

② 据许寿裳与周作人回忆，他们因故不能在大成学校听太炎先生讲学，商请其同意，每星期日在章寓另设一小规模讲席。许寿裳《纪念先师章太炎先生》一文忆及当时的讲课情形：“在一间陋室之内，师弟席地而坐，环一小几。先师讲段氏《说文解字注》、郝氏《尔雅义疏》等，精力过人，逐步讲解，滔滔不绝……”（《制言》半月刊第25期，1936年9月）。这一小规模讲席的听课弟子大致为黄侃、钱玄同、朱希祖、龚宝铨、许寿裳、周氏兄弟、朱宗莱、钱家治、任鸿隽、汪东、刘文典、沈兼士等。

③ 许寿裳编著：《章炳麟》，南京胜利出版公司，1946年版；后收入存萃学社编辑的《章炳麟传记汇编》一书，香港大东图书公司1978年版。

> 爻象，重籀《论语》，明作《易》之忧患。……《论语》所说，理关盛衰……又以庄证孔，而“耳顺”“绝四”之指，居然可明。……自揣平生学术，始时转俗成真，终乃回真向俗，世固有见谛转胜者邪！后生可畏，安敢质言？……①

“转俗成真”“回真向俗”，此一勾勒章氏思想学术转捩和迁移的简约句式中所揭示的“真”/“俗”之辨这对概念，显然是章氏独有的估量和考评某一思想、学术和人物是否符合他心目中理想范式的基本价值标准。但章氏对这对基准性概念的论述稍带诡辩色彩，常随具体语境有不同的用法，褒贬并非固定不变，殊难把捉②；不过此处的意思大致还是可以分辨清楚。太炎先生在《菿汉微言》的另一处曾就真俗之辨有过一个界说，“成就俗谛者，依分别智认识；成就真谛者，依无分别智认识”，似可借用。太炎先生是以清代朴学的承传人和发扬者自我期许，开始他的学术和民族革命生涯的，早年本标举“实事求是”之学，等视九流诸子，不独尊儒学，中年援佛证庄，体验到了建构自己哲学世界过程的高度精神愉悦，并进而以《齐物论释》为枢机，以庄证孔，以不齐为齐，开始重新坦然容纳诸多价值的同时并存，重新认识新旧儒学的价值，晚年对儒学浓重的现实精神感召多有认同。这“真”主要指经由法相唯识之学，参悟得庄子“齐物论”的奥义，是指这段达成哲学汇通和建构的心路历程。以佛家唯识之学印证庄子齐物之论，力求排遣名相的封执，也即分别智的障蔽，臻达“以不齐为齐”的通达圆融之境，这一形而上层面上的努力，自是真界追求的体现。以佛证庄、撰构《齐物论释》的时期，也是章氏一生中思想、学术最为活跃、通达之时创获也最为丰盛的时期，章氏本人对此期著述期许颇高，人有睥睨天地之概。这点待后文详及，这里且按下不表。

一、思想学术与生命实感

1896 年 12 月，章辞离诂经精舍，应汪康年、梁启超之请，到上海《时务报》任撰述。冯自由《中华民国开国前革命史》这样记述：

---

① 章太炎：《菿汉微言》；《章太炎全集》（第二辑）“菿汉微言等”卷，上海人民出版社 2015 年版，第 69—71 页。

② 有关章氏“真”“俗”概念的界说，谢樱宁《章太炎与王阳明》一文中有周到的考论。谢称：“由于章太炎的真俗之辨，带有鲜明的相对性，我们很难机械地画定他的真界与俗界的范围，因为他的说法，在许多情况下，又偏偏与我们的常识不同。当他自以为求得真实的时候，他其实已经超越了现实俗世，走到了我们从常识看来一个虚幻的世界，而在他回头向俗的时候，这个俗又却是我们能够把握的真了！”颇可参读。该文收入谢著《章太炎年谱摭拾》一书。（中国社会科学出版社，1987 年版。）

> 岁丙申，夏曾佑、汪康年、梁启超发起《时务报》于上海，耳章名，特礼聘为记者，章梁订交即在此时。章尝叩梁以其师宗旨，梁以变法维新及创立孔教对。章谓变法维新为当世之急务，惟尊孔设教有煽动教祸之虞，不能轻于附和。

章早年也向往维新变法，但又从一开始就与康梁派存在分歧。个中原因较为复杂。这里边有今古文经学术渊源的不同，所谓门户之争的因素。章氏治学崇实，对古代典籍和事件主张审慎考订，把儒学经典当作历史文献看待，尊《左氏》而祖刘歆，表彰《左氏》而攻讦《公羊》，接受的是“实事求是”和“六经皆史”思想学术一脉。这一古文经学的治学路子与康有为“发古文经之伪，明今文之正”，以《公羊》“三世说”为政治上变法维新的张本，并以《大同书》说太平世，专讲“微言大义”，好发“非常异义可怪之论”的今文学路子大相径庭。康改造今文经学为戊戌变法张本，不乏解放思想一面的意义，但缺陷也是明显的，正如梁启超后来在《清代学术概论》中所反省的，“往往不惜抹杀证据或曲解证据，以犯科学家之大忌”。注重家法师承，固然是古文学家的本色，但章氏的着眼点，更主要是在弃绝援引攀附，坚持思想学术上的“矜己自贵”。学者贵于自得，学术重在独创。对当时风云际会，专以“调和”“攀附”自矜为“宽容旷观”的时流之辈，章视其为无所持守，进退失据，耻与为伍。梁启超倚重日译西方近世学术思想，及从“万木草堂”学得的“史学、西学之梗概”，糅杂以“训诂辞章之学”的根柢，左右摭拾，即凭其“笔锋常带感情”，放论时势潮流，在章氏看去，自可归于大可为之一“患”的中国学术“汗漫”之病。梁氏心情敏感多变，“不惜以今日之我与昨日之我开战”，自属自矜旷观、进退失据一路，宜乎其为章氏所不喜、不屑并不遗余力攻讦①。但对古今文门户之争也不便估计过高。事实上，章入《时务报》之初，也间或采用今文学成说，刊于《时务报》第十九册的《论学会有大益于黄人亟宜保护》一文，即是响应梁启超《变法通议》一文所撰，内中便采用了今文学著名的通三统说；而章氏十分推崇的古文经大师孙诒让，当时也很推服梁氏的《变法通议》，应该说今古文在这里并不是完全无法通融。

---

① 梁氏本人在给严复的信中也曾有自剖：“启超于学本未尝有所专心肆心……当其论此事也，每云必此事先办，然后他事可办；及其论彼事也，又云必彼事先办，然后余事可办。比而观之，固已矛盾，以扪心自问，亦自笑其斯人矣。然总自持其前者椎轮士阶之言，因不复自束，徒从其笔端之所至，以求振动已冻之脑官，故习焉于自欺而不觉也。”虽属与友人间促膝谈心式的诚恳自省，不乏自谦色彩，但也颇近实情，不失自知之明。

章、康分歧关键在康的尊孔设教，是始终视孔子为“古良史也”的章太炎所无法认同的。章氏对孔儒老子各家的评价前后大有变更。早期的论文《诸子学略说》和专书《訄书》，对孔儒老子批判甚力，论列儒学之病“在以富贵利禄为心”，又据孟子称赏孔子的名言“圣之时者”，推定孔儒因湛心利禄奔竞，少有道德操持，以致“用儒家之道德，故艰苦卓厉者绝无，而冒没奔竞者皆是”。[①]指陈老子的事事以卑弱自持，是胆怯心怵于现实利害；少勇猛无畏气概，故去力任智，讲究权术诈取于人。《訄书》后经重新删增，修订易名为《检论》时，内容“多所更张”[②]。尽管如此，章氏早期论文《诸子学略说》并没有否定孔子的学术贡献，对“制历史、布文籍”、振学术、平阶级的孔子，则始终是肯定的。这一点前后期并无不同，他否定的是定孔儒于一尊、立孔子为教主，认为康之所为，不仅无助于真正逼近孔儒真性，反足以导致偏离[③]。并且最难容忍的是，定于一尊，势必违背思想自由独立之原则，成为思想学术的桎梏，[④]这正是他要不遗余力反对的。章氏后来深思精研所采获的“以不齐为齐”的齐物哲学，显然不是悬空架构之物，而是这一早期不专尊儒学、平视九流之学的学术思路自然推进和上升到哲学层面的结果。反过来，“以不齐为齐”的齐物思想在具体学术层面的推衍和落实，必然带来提升诸多非主流学术系统或因素的地位，打破由某一主流学术独统天下的垄断局面结果。这一层意思嗣后本文将有所论及，这里暂不展开。

另外需要注意到的，是戊戌维新一派发起过一场“元气淋漓”的“排荀运动”。梁启超、夏曾佑、谭嗣同等人将中国千年专制归罪于“荀学”，这一本以思想启蒙为旨归的对荀子的有意误读，却为秉承乾嘉学风的章氏难以接受。他的《訄书》初刻本即以《尊荀》始，《独圣》终，大有针锋相对的况味，认定孔子之后，惟有荀子堪称“后圣”，意在对当时思想学术界作出纠偏。

但在我看来，还有一重分歧的原因，其实也是读解章太炎至关重要的一点，即是章对思想者之于其所提出的思想或所处理的既成思想资源的关系，所持的相当独特的看法。章氏是在个人一生的重大挫折中开始其思想和学术苦旅的，因此他的思想学识（尤其前期）不纯粹是那种书斋里冥思苦想的

① 姜义华：《章太炎思想研究》，上海人民出版社1985年版，第50页。

② 1922年6月15日章氏《致柳翼谋书》，言及十数年前革命时代的激烈诋孔，不无后悔之意，自称多“狂妄逆作之论”，又自辩皆因“深恶长素孔教之说，遂至激而诋孔”，云“前声已放，驷不及舌，后虽刊落，反为浅人所取”，故“至中年以后，古文经典笃信如故，至诋孔则绝口不谈”。

③ “汉武以后，定一尊于孔子，虽欲放言高论，犹必以无碍孔氏为宗，强相援引，妄为皮傅，愈调和者愈失其本真，愈附会愈违其解故。”

④ 《与人论朴学书》：“过崇前圣，推为万能，则适为桎梏矣。”

产物，而是紧连着他的血肉，饱含生命质感的。在章看来，真正的思想和学术，总是与个人生命精神之间有着一层切肤之痛的关联，出自最深刻的生命体验，是在生命的困厄和忧患中被领悟和认同的，否则，你再怎么完整、周密，也是浮浅的，有问题的。说白了，思想学术不仅仅是一种信念的主张，也不仅仅是一个逻辑的推论、纯理的思辨和可供传输授受的知识，而更是一种聚集而成的生命形态(from of life)，在其知识学形式的背后，须得有深厚的生命经验作为支柱。恰当地说，它是精神生命的一种体验、印证和确认。知识分析和理论构架是有价值的，但它们需得建立在思想者内在生命体验之上才会真实可靠。思想、学术不仅仅是以发现客观真理为承诺的一套超然的分析系统，同时更是一种加深和扩大生命精神的功夫。你建构一种思想也好，投入一项研究也罢，最终须得演变成为你对自身精神生命形态的一种重新设计方才算得上功德圆满。

康有为的著述，体系不可不谓宏大高远，梁启超的论著不可不谓恣肆汪洋，严复的译述，堪称中西淹博条理贯通，但章太炎就是怎么看怎么不顺眼①，除了上面已经述及的学术立场、知识背景和社会政治文化观点的不同，很大程度上则与章看待思想学术的特殊眼光有关。在章看来，在动性忍心的生命实感上，它们都是有欠缺的，充其量，只是没有得到内心本具的泉源活水呼应的外在的知识演绎，因而不免显得空疏、高调和虚妄，有大言欺世之嫌。对于那些同样缺乏自己的生命体验，只想通过他人教导的知识去寻找真理的人来说，这些东西极易成为导致思想混乱的根源。这是章最感痛疾的事。章对康、梁、严的诸多措辞格外严厉，在外人看来或是常常有失公正的攻讦，放置在这一特定语境之下，就不是不可理解的了。平心而论，著述或议论中所表达的思想和学术，总会在无形之中与著译者的精神生命

① 论康有为："治公羊学，不逮戴望甚远，延其诸说，以成新学伪经之论。"论梁启超："文不足以自华，乃以帖括之声音节奏，参合倭人文体，而以文界革命自豪。"论及严复之流："学文桐城，粗通小学，能译欧西先哲之书，而节奏未离帖括，其理虽至浅薄，务为华妙之辞。"俱见章氏《诛政党》，原刊1911年10月26日、28日、31日槟榔屿《光华日报》。章太炎与严复的分歧，原因当然远不止此，情况可能要复杂得多。1907年，章太炎就开始公开撰文批评严复翻译甄克斯《社会学通诠》及严复在该译本中所展示的对中国规划的前景蓝图。严复对社会学的理解主要基于赫胥黎和斯宾塞，章太炎则于1902年以大约两个月的时间翻译了日本学者岸本能太郎的《社会学》一书，岸本的社会学本是美国学者吉丁斯的心理学社会学和斯宾塞的生物社会学的辍合物，但章太炎认为岸本在某种程度上是批判斯宾塞的。吉丁斯主张"同类意识"是社会的基础，是促成社会共同体最重要的根基。在章看来，吉丁斯强调人类的同类意识，要优于斯宾塞的适者自存的生物社会学。章看中的是岸本社会学中的吉丁斯因素。他意欲整合岸本和吉丁斯的思想，并糅入章氏自己的民族主义思想，用以与严复认同的斯宾塞生物社会学抗衡并对之加以驳难。

发生关联，但问题是这种精神生命的关联究竟有多深切。戊戌之后的思想学术界，有章太炎这样好的学术功底，又有着像他那样七被追捕，二度入狱，与当道斗，与乡愿斗，使酒骂袁，以死相抗的，能有几人呢？就学问思想与个人精神生命实感之间的关联而言，能达到章太炎这样深切程度的，又能有几人呢？这样一种与生命的决绝相扶翼的学问和思想，的确不是常人所能承当的。因而也只有章太炎才有这样的气魄，在被时人目为"疯子"后，不以为忤，反而朗声宣称：

> 大凡非常可怪的议论，不是神经病人，断不能想，就能想也不敢说。说了以后，遇着艰难困苦的时候，不是神经病人，断不能百折不回，孤行己意。所以古来有大学问成大事业的，必得有神经病才能做得到。①

章太炎走进佛学法相唯识宗，是他思想建构中一个至关重要的事件。同样至关重要的事实是，章走向法相唯识是在身系西狱之时，这一非同寻常的时间空间足以提示我们，章的选择法相唯识宗，绝非只是一个知识学的问题，如他自己在《答铁铮书》里曾说的那样，而是一个与生理上精神上付出巨大痛苦，并且与道德勇气的展开、证验相伴相生，即直接得到生命亲证的过程。

章太炎对待思想学问所特有的重视生命亲证的态度，同样也可以从他与诂经精舍老师俞樾的分手，以及后来在《苏报》案中力劝业已脱逃在外的邹容前去投狱诸事中得到说明。俞樾的学问章太炎还是敬重的，其中《群经平议》《诸子平议》和《古书疑义举例》数种，影响不小，俞氏治经以高邮王氏为宗，曾身受长洲陈奂指授，朴学功底扎实，但也与闻常州今文经说，治经颇右《公羊》，深疾拘守家法而悖违实录，学术态度要算是通达的。治小学不用商周铭文材料，这一点对章太炎影响尤甚。但另一方面，由于这种学问与民族危机笼罩下个人生命良知的困厄忧患几乎不发生有着切肤之痛的生命关联（俞樾不仅不允许自己与这种倍感困厄的生命实感发生关联，还严禁弟子们与之交涉，以致章太炎跨出诂经精舍投身反清革命，便不再认他为弟子，加以呵责，并鼓动同门弟子"鸣鼓而攻之"），章太炎便当仁不让地写下了著名的《谢本师》。学统与师道是传统学人安身立命之所，因而为他们格外看

---

① 章太炎1906年《东京留学生欢迎会演说辞》；转引自许寿裳：《纪念先师章太炎先生》，《制言》半月刊，第25期，1936年9月。

重，将其置之不顾，不能不是一个严重的事件，而构成此时章太炎异乎寻常的道德勇气的，便是章在学问之于个人真实生命体验关系上异乎寻常的自信。章在《谢本师》中援引将治学与有血气的生命活动视为一体的清学开山祖顾炎武的例子，理直气壮地替自己辩护，指出背离顾炎武的不是自己，正是俞樾。

顾炎武亲历易代之变，痛疾宋明以来学者空谈性命，动辄叫人明心见性超凡入圣，及至末流，更是滥唱高调，自欺欺人，因而标举"行己有耻，博学于文"，以为未经生命人格印证体验的所谓学问，皆是夸夸其谈的废话。其一生行谊，即是生命境界与学术境界的一体合致。顾氏中岁以后弃家北游，从此不复回江南，在往来于鲁燕晋陕豫之间，向塞外荒寒处寻求生命人格，寻找失却了的人性力度的同时，也是一个反心自求的过程。在他心目中，这两者的应合，才是真正学问的精髓所在。这样，学术的精研，就成了生命人格的自我验证和表达。顾炎武之于章太炎的影响是很大的。蔡元培挽章太炎联语这样写道：

> 后太冲炎武已二百余年驱鞑复华窃比遗老
> 与曲园仲容兼师友风义甄微广学自成一家

后一联是说，学问上章太炎对俞樾、孙诒让多有师承，并能青出于蓝而胜于蓝；上一联则是道出章氏其名"太炎"的由来，原是倾慕黄宗羲、顾炎武的精神气节，这里边固然包括了对顾、黄二氏打通学问生命为一体的致思治学方式的特有领悟。蔡氏指认太冲（黄宗羲）为太炎祖述之师，似有未妥之处，章氏《訄书》《检论》对黄氏都有诋评，虽然并非完全出于纯学术动机，但是别有怀抱。

《苏报》一案，章太炎本来是完全可以躲开的，当时上了通缉名册的还有蔡元培、章士钊、吴稚晖、邹容等五六人，他们都选择了远避之途，惟独章太炎选择了不走。从世俗的角度看，这无异于自投罗网，但在章，此举正是自己看重的正面承当和生命亲证，是对思想学术不仅仅是一个知识性纯理思辨过程，更是一个道德勇气、生命证验展开过程这一自己极为看重的立场的坚持。蔡元培在中国近现代史上，是最与物议无缘的一个，几近完人。蔡一生"律己不苟，责人以宽"（吴稚晖语），出长北大，为"五四"新文化作了护法，其胸襟行谊，道德文章，是有口皆碑的。但章太炎对他却有微辞。史学家吕思勉《从章太炎说到康长素、梁任公》一文中曾这样提及此事：

> 蔡元培在“五四”时代，是一个很有名的人物，他不但以学问见尊，而且以名节见重，太炎说他“国安则归为官吏，国危则去之欧洲”，元培是否如此，我不欲推论，然太炎为取巧立名者戒之意，则可谓之深切了。①

章氏评人一向质直苛严，虽不免有“立说好异前人”的一面，但终与虚伪徇情截然有别，所以国安则归国危则去云云，实有不便纯粹看作“愚”“狂”的地方。所有回避生命直接在场和介入的做法，都与章太炎的立场大相径庭，故而为他所不取。

有人把章太炎系狱之后，力劝已经脱身在外的邹容主动投狱，看作不可思议的迂腐和偏执，言下大有责备之意②，殊不知，在看重生命亲证和正面承当的章太炎，他是将此当作君子成人之美的义举来做的，是使邹容由此获得一个道德承当和生命亲证的机会。

学说、思想，首先必须是一种生命承当，是宏毅生命的证验、展开和完成，它们必须在最深切的生命经验背景上落实和具化。生命体验是学说思想的直接道德来源，其正当与否，直接涉及学说思想的正当与否。章氏对康、梁、严等人的著述译述多有疵议，即基于这一特殊立场。

这一看法有点类似于宋儒张载对“德性之知”和“闻见之知”的区别。“德性之知”与“闻见之知”的最大区别，即在于，“闻见之知”不必出诸生命体验，而“德性之知”必须有待于生命证验。“闻见之知”是无须触动生命经验即可相互授受的一种知识，而“德性之知”是一种体认和内在印证，是主体生命精神境界的体现和确认。“德性之知”不能离开一般知识，但它并不等同于一般知识。这一看法与康德的“实践理性”也有不谋而合的地方，但康德更强调客观标准的绝对性，而章太炎更看重的是道德的主体性。

比起书斋中纯知识性的博学和反思，更为看重思想学术能否直接有力地“进入历史”、介入道德实践的能力，章氏这一相当质朴而又独特的理解，作为20世纪中国思想学术史的一份思想资源，它的最出色的承传者无疑当首推鲁迅。思想学术不只是书斋中的事业，其发展也并非仅靠读书和知识性观念性的反思；外在的职业性的思想学术是无价值的，有价值的是内在于

---

① 吕思勉：《从章太炎说到康长素、梁任公》，见章念驰编《章太炎生平与思想研究文选》，浙江人民出版社1986年版。

② 唐振常：《苏报案中一公案——吴稚晖献策辩》，刊《上海图书馆建馆三十周年纪念论文集》，1984年。

生命践行,彼此契合印证和一体化了的思想学术;所有这些早期章太炎的思想学术信念,随后也悉数成了鲁迅的基本信念,并在后者的思想和生命活动中,有了更为彻底、决绝的流贯和持守①。众所周知,21 世纪的 20 年代前期,鲁迅就已在他有关《中国小说史略》《汉文学史纲要》的撰述,古小说史料的辑逸钩沉,乡邦文献的收集,古碑及汉代像石的整理,《嵇康集》的校注等一系列学术工作中,倾注并显示了他精湛的专业功力,确立了自己不可动摇的学术地位,但鲁迅不仅从未在当时或后来,据以有过任何自傲傲人的举动,而且就在其后不久,即 20 年代的后半期,他便毅然决然地作出了与中国现代学者之途分道扬镳的选择。此一选择,无疑意味着鲁迅对自己本已颇有建树并且造诣正未有其极的学术生涯的主动断弃。倘若需要仔细寻味此一选择耐人寻思的内在原因及其所蕴含的植根于鲁迅心灵深处的狷介(所谓"狂"者进取,"狷"者有所不为),那么早期章太炎关于思想学术的特定理解对鲁迅的深刻影响,在我看来就不能不是一条最值得注意的线索②。鲁迅与中国现代学者,如与较偏重文人色彩的陈源、梁实秋,及更属于学者型的胡适、顾颉刚诸氏之间,公开不公开的势不相能(鲁胡之间,一直到最后,基本还能守住"君子绝交,不出恶言"的古训③;鲁顾之间情况就不同了,几致对簿公堂),是中国现代学术史背景中头绪相当繁杂的公案,这中间既不乏政见差异和学术立场不同所导致的积不相容,也无可讳言地缠夹有个人习性好恶等因素④,但鲁迅之于学术终其一生始终执持不渝的早年章太炎情结,应该是内中至关重要的一重原因。顾颉刚承续清末学术"求是""疑古"思潮余绪,加以发扬光大,发起声势颇大的"古史辨"活动,在古史考辨方面多有创获,史学上几有名盖胡适之势,但绳之于学术之于道德践行、生命

---

① 木山英雄《"文学复古"与"文学革命"》一文中对此曾有相当精细和动情的体察:"众所周知的鲁迅'有学问的革命家'的评语,固然是对于世间给晚年章炳麟加封'国学大师'头衔的异议,而其间亦充溢着鲁迅充满怀念的情思。章炳麟留给鲁迅的倾注全部学术力量参与政治的强烈印象,使得他在共鸣的同时亦慨叹当今时代已不复存在此种动人心魂之事。"见《学人》第十辑,江苏文艺出版社 1996 年版。

② 参见郜元宝:《"二马之喻":鲁迅与中国现代学术之分途》,《天津社会科学》1997 年第 6 期。

③ 1936 年 11 月 18 日,苏雪林在致胡适信中丑诋鲁迅,胡适回信要她"深戒""旧文字的恶腔调",力主"持平"之论,说"鲁迅自有他的长处",认为他早年的文学作品和小说史研究都是上等的工作。见《胡适往来书信选·中册》,中华书局香港分局 1983 年版。

④ 据周作人等人回忆,鲁迅早年很擅长从某人的形貌举止及谈吐习惯中捕捉特征,从而惟妙惟肖地用作某人的代称("绰号")。如对顾氏用过的"红鼻子"(在私人间的通信中)和"鸟头先生"(小说《理水》),即体现了仅从外部形貌即能对人产生强烈好恶感这一个人主观色彩甚浓的评价方式。

经验不可分离的一体化原则，鲁迅则自有自己的评价。

二、“文学复古”与“文学革命”

1903年系狱上海西牢，中经东京讲学，至1913年复为袁世凯幽禁北京，即为章氏自述的心路历程的“转俗成真”期，此期章氏博综兼擅，多有创获，对思想和学术的开放性思索，达到了一生的高峰。举凡先秦诸子之学，尤其庄子之学，印度佛学和西方思想，从旧印度法相宗、禅宗，古希腊柏拉图、亚里士多德，到近代斯宾诺莎泛神论、康德认知论、叔本华意志说、柏格森创化说，及现代民粹、无政府主义，包括经学、音韵、史学、政治、宗教、法律、社会学、逻辑学、文学、哲学，乃至近代西方在天文、地质、生物、物理上的实验成果，无不一一为他独特的“格义”手法熔汇一炉，按自己的思想框架作出取舍论释。心灵的吸摄和思索的深入，均达到了前所未有，并且也为他自己其后一直难以超越的开阔和邃密。

此期在形而上学方面的最大创获，自然当推章氏的援佛释庄、庄佛会通。身系西狱的三年间，章氏潜心佛学，从部分佛学经论中汲取缜密的玄理思辨方法，大大充实和开拓了自己的哲学思辨功夫，除借以确立起自己独特的道德体系，更使章氏对庄子和先秦诸子之学的读解，在同代学人中显得锐意精进别开生面。中国哲学素来偏重“实用理性”（暂从李泽厚说），儒、墨、法自不待言，即便老庄，实质也为一种处待“人间世”之学。佛家因明学的逻辑分析相当周密深入。中国古文人在接触佛学时却因为其不敷实用而对之殊少理会，所以唐代后禅宗、净土盛行而真正高僧玄奘、窥基的法相宗却一直受冷落。《瑜珈师地论》《唯识论》少有人研习，有心得者就更是凤毛麟角了。晚清佛学复兴，对玄理的追求有转强之势，章太炎接承其续，对法相宗唯识论有相当的研习。章氏对法相宗思维方法的亲近非出偶然，是有他熟谙的乾嘉朴学根柢作支持的。法相唯识学以高度理性思辨、专门分析事物名相为特征，与章氏“以朴学立根基”的缜密的学者心智不无契合之处，同时又能满足他“以玄学致广大”的擅爱思辨的情怀。胡适《中国哲学史大纲》导言，专门拈出章太炎与治墨学名世的考据大师孙诒让作了一番比较，认为两人的诸子研究着力点显然有别，孙精于考据，而章既擅训诂又长于阐明“义理”，对诸子有“贯通”的理解。胡适虽十分推重孙氏，但还是说，孙负大名的《墨子闲诂》“终不能贯通全书，述墨子的大旨。到章太炎方才于校勘训诂的诸子之外，别出一种有条理系统的诸子学”。胡适眼中的章氏，训诂和义理达到了平衡，而义理则尤需倚重思辨功夫。

1906年夏太炎罹“苏报案”系狱期满，由孙中山遣专使迎至东京，主《民报》笔政，未几《民报》即遭受言于清廷的日本当局封禁，嗣后一段踪迹，黄侃《太炎先生行事记》这样记述道：

> 先生与日本政府讼，数月，卒不得胜，遂退居，教授诸游学者以国学。……思适印度为浮屠，资斧困绝，不能行。寓庐至数月不举火，日以百数市麦饼以自度，衣被三年不浣，困厄如此，而德操弥厉。其授人以国学也，以谓国不幸衰亡，学术不绝，民犹有所观感，庶几收硕果之效，有复阳之望，故勤勤恳恳，不惮其劳，弟子至数百人……①

虽困厄依然不断，但讲学著述却有大面积的丰收。其中小范围授业的一批弟子，计有黄侃、钱玄同、朱希祖、周氏兄弟、许寿裳、汪东、刘文典、沈兼士诸氏，日后无论是在承传旧学（如黄、朱、沈等）抑或开拓新文学（以周氏二兄弟为代表）方面，均有独树一帜的大建树，成为中国现代学术史上令后学嗟叹不已的一段胜景。钱玄同则兼擅于新旧学问之间，显得别具一格。据许寿裳追忆1908年间星期日前往太炎先生寓所受业的情景，大有令人不胜心向神往之慨：

> 每星期日清晨，步至牛込区新小川町二丁目八番地先师寓所，在一间陋室之内，师生席地而坐，环一小几。先师讲段氏《说文解字注》，郝氏《尔雅义疏》等，精力过人，逐字讲解，滔滔不绝，或则阐明语原，或则推见本字，或则旁证以各处方言，以故新谊创见，层出不穷。即有时随便谈天，亦复诙谐间作，妙语解颐。自八时至正午，历四小时毫无休息，真所谓“默尔识之，学而不厌，诲人不倦”。其《新方言》及《小学问答》二书，皆于此时著成，即其体大思精之《文始》，初稿亦权舆于此。②

另据《朱希祖日记》，是年太炎先生还讲授有《庄子》《楚辞》《广雅疏证》等，尤以《庄子》居多。太炎先生亦在后来应弟子吴承仕请业、章述吴记的《菿汉微言》一书中追述过当日的情景：

---

① 黄侃：《太炎先生行事记》，原载1913年8月《神州丛报》第1卷第1册；陈平原、杜玲玲编：《追忆章太炎》，中国广播电视出版社1997年版，第21页。

② 许寿裳：《纪念先师章太炎先生》；《制言》半月刊，第25期，1936年9月。

为诸生说庄子，旦夕比度，遂有所得，端居深观而释《齐物》，乃与《瑜珈》《华严》相会。

此期重要学术著作大致计有：1906 年刊布的论文《诸子学略说》；1909 年完成的《庄子解诂》，同年出版的《新方言》《小学问答》；1910 年 5 月《国故论衡》行世，同年发表《齐物论释》。被前引胡适《五十年来中国之文学》一文目为千余年间不出七八种之数的“著作”《国故论衡》，分上卷小学十一篇，中卷文学七篇和下卷诸子学九篇。《小学略说》，说间有见于《新方言》《小学问答》《文始》诸书者，章氏小学之精华，诸如不赞成西方系拼音、中国系象形文字的浮泛流行之见，力主从声韵着手，注重从当今俚语寻根讨源，求得古今一贯之脉，以得语言之本（“凡治小学者，非专辨章形体，要于推寻故言，则其经脉；不明音韵，不知一字数义所由生……”“盖小学者，国故之本，王教之端，上以推校先典，下以宜民便俗……”）对前贤对转原则的发扬踔厉，分勒二十三部韵目，辨其音准，娘曰归泥；诸如此类的声韵学史上的重要创获，均荟萃于此编。《文学总略》则由此前刊布于《国粹学报》的《文学论略》增删修订而成，《论式》力言文章范式当以魏晋为宗，其对当时及其后新文学的形构性影响，容后再谈。《诸子学》力求体现出治学者在重新考评和建构思想学术史方面的努力。全书糅合古典学者渊博精矜的考据训诂功夫与启蒙时代的分析观念于一体，而开辟出某种新的学术气象。跳出单纯支离的考证，使历史材料各得其所，从中寻绎出较有系统的历史演变通则。有人称之为“章氏中年以前学术之总纲”，并非无据①。

章氏本人对此期著述也极为珍爱，言谈间对之颇为自信，甚至不乏睥睨天地的自负之色。章氏对释读诸子自视甚高，向以诸子学真正传人自我期许②。他也有资格说这样的话，因为他的确提供了某种重新诠释诸子学的学术范式，《新方言》遣用古今音转原理梳理当世方言俗语，“以见古今语言，虽递相嬗代；未有不归其宗。故今语犹古语也”的道理。该书章氏自许为自汉代扬雄以来的第一部专门著作。《文始》成书之日，即由章门大弟子黄侃在后叙中推称其“总集字学音学之大成，譬之梵教，所谓最后了义”，所誉虽不无过甚之辞，但也足以推见此著旨趣③。民国三年甲寅（1914）5 月下旬，

① 据高景成：《章太炎年谱》，收入《章炳麟传记汇编》，香港大东图书公司 1978 年版。

② 章称：“经史小学传者有人，光昌之期庶几可待……惟诸子哲理，恐将成广陵散矣。”引自汤志钧《章太炎年谱长编·上册》，中华书局 1979 年版，第 474 页。

③ 章太炎：《自述学术次第》。

被袁世凯幽禁北京城中几近一年的章太炎决意绝食，以死相争，在向汤夫人发出的诀别家书中，对死生置之度外，惟于学术不能忘情，言及“怀抱学术，教思无穷”，自谓“所著数种，独《齐物论释》《文始》千六百年来未有等匹”①，至于《自述学术次第》中的“若《齐物论释》《文始》诸书，可谓一字千金矣”云云，更是世间好说章氏者所熟知的口吻。

但本章的旨趣和关注点，主要想落实在以下诸多方面：章氏颇以之自重的这批著述所蕴涵的问题意识，其话语背景或具体语境，梳理问题的思路，以及这些思路不限于某时某地某一具体问题的方法论意义，是如何为嗣后的中国新文学所转承和摄纳，并参与了其整个形构过程的：一方面，作为一种有价值的思想资源，章太炎的思想和学术，与同时代其他所有有价值的思想资源一起，促成了新文学一些基本文学性格的生成和发展；另一方面，新文学在对章氏思想学术的转承摄纳过程中，又曾经与哪些重要的资源因子擦肩而过失之交臂，而章氏思想学术本身蕴涵的欠缺，又给新文学的视野带来了哪些先天的限制？对这诸多头绪繁杂的问题作出考辨，将是本文在感到不胜艰难的同时却又深感兴味无限值得一为的用力点。

《文学总略》开宗明义，将文学一词还原到古义层面上重新加以界说，别出心裁地用以指陈所有的文字书写品，而不以“流连哀思，吐属藻丽”之类后起的衍生义为限：“有文字著于竹帛，故谓之文；论其法式，谓之文学。”这一把本已具有严格规定的文学重新作泛化和普世化处理的一反常例的思路，似可追溯到浙东史学一脉中章实斋对于“六经皆史”之旨的揭示。如果说章实斋指认盈天地间凡涉著作之林者皆是史学，无疑是将“经”“史”化，也即是将经典世俗化，从而打破“道在六经”的抽象性和垄断性的重要一步，那么太炎先生以著之竹帛者为文学这一“过于宽泛”②的文学理解框架，则与他“当知今之殊言不违姬汉”、以古正今从而不看轻当世民间方言俗语的语言学观念，与他始终信守的学在民间、非关官府，“礼失而

① 《章太炎书札》，转引自汤志钧编：《章太炎年谱长编》（增订本）上册，中华书局2013年版，第273—274页。

② 据许寿裳回忆，在太炎先生为身边几个关系密切的弟子授课时，青年鲁迅曾对太炎先生有关文学的界说提出了不同意见，鲁迅的意见大致为，“文学与学说不同，学说所以启人思，文学所以增人感”，太炎先生的反论为，兴感怡情非为文学所专有，如汉代司马相如、扬雄诸人的诗赋，可以无须兴感怡情而并不影响其作为诗赋的存在，同样，学说可以包含兴感怡情的力量，如贾谊《过秦论》，但并不因此就使学说改变性质。《文学总略》中留有这场师弟辩难的若干痕迹。但《总论》中的“或言”未必专指青年鲁迅，当是章氏对包括青年鲁迅在内的其时持兴感怡情为文学特质见解者的回应和答辩。

求诸野”①的朴素信念,尤其是体现了很高文化洞见和睿智的平视万有、尊重文化差异性存在的齐物思想,整合为外貌错综复杂却体现了内在一致的思想整体,从而与梁启超的以新民说启蒙大众、推重通俗小说为文学大宗,以及王国维从白话俗语小说《红楼梦》中发掘哲学精神,对一向为正统意识排挤在外的元曲元剧的“自由使用新语言”大加称赏,并将之提升到通常很难达到的“有境界”的美学范畴层面加以评述,彼此相磨相荡,汇为一种历史的合力,成为“五四”新文学直接可资利用的思想资源。尽管章、梁、王三人各占坛坫,或彼此本不声气相通(如章、王之间),或各不相能甚至桴鼓相攻(如章、梁之间),但并不妨碍他们互有应和,形成合力,千虑一致,殊途同归。由此也可见出,文学的日常世俗化,文学向日常生活世界的重新全面开放,正渐成不可逆转之势,成为清末民初思想界的一种共识。

作为初期新文学载体的白话文运动,其效法西欧诸国民族文学与拉丁语文学分道扬镳的历史经验,大胆起用明清小说和官吏商人层面自然发生流传的通俗用语,以用作建构白话文体的基本资源,这一思路和策略,据白话文运动首倡人之一的胡适所述,其最初的灵感,即得自章太炎一反习见、有意拆除横亘在“应用文”与“美文”之间的藩篱这一“过于宽泛”的文学论②。正如胡适所提示的那样,太炎先生对文学的理解中颇值得注意的一点是,他将文字在远古初民时代应付日常之用的实用性,放置在后世文人才士所注重的音韵感受和形象美感之上来加以强调,这一强调,一方面拆除了文学的垄断性藩篱,将之从过于注重雅丽的文人集团专擅的领域那里剥离出来,剔除加置其上的神秘性,从而为其重新汇入开阔的文化创造空间,为中国文学重新全面接纳日常民间真实、广泛的生活世界和元气淋漓、生机流动的想象力,提供了学理上的依据;而致力于打破既成文学的高度自我封闭,促成其重新获得一种前所未有的开阔视野和容受气度,正是“五四”一代新文学的开拓者最重要的精神性格之一。顺便一提,初期新文学在对待异域资源和民间资源的容纳接续上,是平等视之不分轩轾的,他们将两者看作自洽的一体,一而二,二而一;至 20 世纪 20 年代末尤其是 30 年代,这种自

---

① 《说林》:“知学术文史,在草野则理,在官府则衰。”“礼失则求诸野,匠师雕虫,贤于士人远矣!”《与王鹤鸣书》:“中国学术,自下倡之则益善,自上建之则日衰。”均收入《太炎文录初编》。《国故论衡·明解故》论及如何对待、整理前人典籍,认为孔子为善于删定者,刘向父子则为善于校雠整理者,后世每况愈下,“近世集《四库》,虽对治文字犹弗能定,文之材,遏而在野”。

② 胡适:《五十年来中国之文学》,见《胡适古典文学研究论集》(上),上海古籍出版社 1988 年版。

洽在“京派”“海派”和左翼文学集团那里开始被打破，出现了分化，有了对民间的偏倚和对异域渐趋单一的有选择的疏离（如在左翼文学集团那里），或相反（如在“海派”那里），相对说来，“京派”则要平衡得多；1937 年后的民族战争，则致使此一分化和单一的偏倾疏离姿态，在整个文学范围里得到了鼓励和延展，50 年代后更是萎缩到惟民间是尚。

另一方面，太炎先生对文学所作的界说中，并不看重审美形式和审美情感之于文学内在自律性的特殊意义，而专重其直接指陈实物的即物性功能，这一“过于宽泛”的文学观，立论的出发点肯定迥然有异于章氏向来与之各不相能、甚至桴鼓相攻的梁启超辈，但事实上，在对 20 世纪中国新文学偏重现实的文学性格的形塑中，却与将小说视为“新民”启蒙、顺应时潮的最佳工具，即对文学力持功利态度的梁启超，有异曲同工的归宿，并与追求纯粹文学理想的早期王国维大有出入。东京入室弟子周氏兄弟，则在当时就与乃师在这一点上有所分歧。早年的鲁迅很是看重文学的“兴感怡悦”，即审美情感性一面，在《摩罗诗力说》里张扬文学的“实利离尽，究理弗存”。与之同时，周作人撰就《论文章之意义暨其使命因及中国近时论文之失》，坚信中国文学的出路，惟有“别为孤宗，不为他物所统”一途，无形间与看重文学自律性一面的王国维有所应合。和梁的异曲同工恐怕大出章氏意料之外，也是他所不愿意看到的。其实细加推敲，这一注重即物实用一面的文学观，似与太炎先生一贯坚持的学术的自律性立场之间，也存在明显裂隙。“学以求是，不以致用”，本是古文学家章太炎用来与矜夸“经世致用”的康梁今文学家颉颃争衡的基本学术立场。直面现实，直接参与和担当现实利害，是中国新文学源流中的一条价值底线。从新文学内部最初一场不乏意气用事的争执中“为人生”的“文研会”占尽重表现的“创造社”的上风，到 1928 年“革命文学”论争启其端绪的直接将政治美学化的文学论，中间虽不乏起伏，却始终是新文学正面价值的体现，有意持疏离姿态的浪漫唯美诗学和现代主义思潮，至多只是作为一种不足以构成颠覆力量的异在，只是整个新文学源流中非正统非主流的旁枝逸出、孤军突起或偏师倚重。新文学这一过于强大的价值底线，直到晚近的 20 世纪 80 年代中后期起，才多少为趋于多元的文学趣味及其写作努力所扭转。

正像许多学者已经意识到的那样，提倡以明白晓畅、言文一致的语体文替代佶屈聱牙的文言文，以促进社会新知的成长，并非始于“五四”，而是 20 世纪末随中国文明面临世界史背景下现代化进程的巨大压力和自身全面性的危机体验，所萌生的回应现实、拯救危机的文化方案的一个重要方面。黄遵宪即已在《日本国志·学术志》(1887)中言及言文一致，倡言通俗晓畅之文[①]；戊戌变法时，裘廷梁的《论白话为维新之本》也有相当的影响。以小说演义文法为蓝本，糅合唐宋文人蕴藉温厚之词以弥补纯粹白话文采之不足，一时成为重建现代中国语文的流行设想。直到“五四”新文学初期，以白话为主，以文言为辅，力求文白合一的主张，依然是稳健的胡适和激进的傅斯年的基本主张[②]。深学好思的章太炎深以这一置语文由来根柢于不顾、一味草率将就通俗晓畅的言文一致为忧，他从自己的学术思考对之作出反应，主张更彻底地从当今民间语言层面着手，通过博考方言俗语的根柢由来，洞悉“古今语言，虽递相嬗代，未有不归其宗，故今语犹古语也”[③]之理，力求在古今一贯的原则下，重新规范中国现代语文：

> 俗士有恒言，以言文一致为准，所定文法，率近小说演义之流。其或纯为白话，而以蕴藉温厚之词间之，所用成语，徒唐宋文人所造。何若一返方言，本无言文歧异之征，而又深契古义……[④]

方言土语，各有本原，若能寻绎得它们的本原，加以厘定，便势为“执璇玑以运大象，得环中以应无穷”，言文一致自然迎刃而解。1911年初，太炎先生被推举为浙江教育会会长，在前往杭州发表的演讲中，言及从古语今语中推求得一贯之理，以统一现代中国语文的思路。此一思路与后来新文学所倡言的白话文运动虽有差异，但对其却实多启示。多年之后，钱玄同在忆及自己受教章门的情景，还特别提到这次浙江教育会演说之于自己的影响：“我对于白话文的主张，实在植根于那个时候，大都受章先生的影响”；“我得了这古今一体言文一致之说，便绝不敢轻视现在的白话，从此便种下了后来提倡白话之根”[⑤]。问题不在要不要言文一致，这一点太炎先生并无异议，分歧的关键在如何达成文言一致，对此太炎先生有自己不同于流行时见的立场，即力主有根柢的达成。上述钱玄同的理解，虽包含有未必完全合乎章

---

① “盖语言与文字离，则通文者少，语言与文字合，则通文者多。”

② 参见胡适：《建设的文学革命论》，傅斯年：《文言合一草议》，均收入《中国新文学大系·建设理论集》。

③ 章太炎：《自述学术次第》。

④ 章太炎：《汉字统一会之荒陋》(1907)，收入《太炎文录》时改题《论汉字统一会》；《章太炎全集》四，上海人民出版社1985年版，第320页。

⑤ 熊梦飞：《记录玄同先生关于语文问题谈话》，转引自姚奠中、董国炎《章太炎学术年谱》，山西古籍出版社1996年版，第195页。

太炎本义的误读(听?),而太炎先生倡言以古韵书中的音读重新厘定因递相嬗代而流转殊异的当今方言的“正音”方案,也不免滞古泥古之讥,但对“今之殊言,不违姬汉”的学术信念,毕竟无形中将当今方言俗语提升到了连学术研究都不得不郑重对待这样一种前所未有的地位,揆之后来林纾一流守旧人物,以新文学袭用民间引车卖浆者流的语言作为痛诋新文学的理由,其识见的高下自不待言。

太炎先生对根柢的执着,大有深意。根柢的关键,是追根溯源,明古今“廓尔洞通”的条贯之理,所谓“审知条贯,则根柢豁然可求”。正如章氏“过于宽泛”的文学观是将文学一词回溯到它古义层面的结果,他的“言文一致”,同样是基于推见本始、以古正今而得出的结论,自与“俗士”“恒言”所言截然有别。这一力求有根柢的解决思路,固然与太炎先生的个人学养,即深湛醇厚的小学和古学功夫所铸就的回溯本源的思维习性直接相关,也与其视历史、文化为一不可随意中断或另行更张的连续性有机体的文化历史观念相关,并且还是他奋勇投身排满光复民族革命活动的一部分。刘师培替《新方言》写的后叙,揭明了撰者撰述此著的宗旨并非只是为了满足“复古求证”的学术志趣,而是“欲革夷言而从夏声”。章氏在自序中采用周、召共和纪年,同样表明了这样一层意思:文化、学术乃至语言,必须维系住与自有根柢密不可分的关联,才有可能成为国家民族独立的可靠基础。

1908 年,太炎先生与巴黎《新世纪》编撰者之间就语言引发的一场论战,也颇可玩味。《新世纪》系留法中国学生持无政府主义政见者主撰的刊物,是年配合世界语的宣传,力倡废除汉字汉语。该刊主持人吴稚晖本是章氏宿仇,《苏报》案中章氏疑其有向清廷告密之嫌①,但章氏《驳中国用万国新语说》是就文论文,对文不对人,凭恃小学、音韵学渊博湛深的学养,纵横捭阖,力辟吴稚晖指责汉字汉语“野蛮”“低效率”,是科学进化与世界大同的障碍说法之无据,力辩“人事有不齐,故言语文字也不可齐”。此文的思路,与同时期《齐物论释》力主“以不齐为齐”,抗衡“齐不齐”,即强调多元差异为单一大同的普世主义的哲学思考相一致,是其“齐物”思想在具体现实情境中的具体展开。如果说《齐物论释》中对《尧伐三子》一节的论释,即对进化论和历史目的论所蕴涵的文明/野蛮的价值等级系统的虚妄性质及其带来的恶果予以质疑和抨击,是章氏齐物思想在社会文明和整个世界史层面上的具体化和推衍,那么其在语言文化层面上的展开,则必然是对置民族语言

---

① 唐振常《苏报案中一公案——吴稚晖献策辩》一文力辟此嫌之无据,替吴辩诬。

的自主自存权利于不顾，强行制作统一的语言文字的乌托邦大同方案的拒绝，力主作为文明最基本构成因素的个别差异性的语言文字的自主自存权利。

立足自性，守持差异存在的合法权利，确信对自身文化学术语言正源清流的重返和接续，将有助于久陷委顿疲竭之境的文化原创力的恢复和重建"支那闳硕壮美之学"信心的重新振作，这一将中国社会文化结构和知识系统在20世纪初头所承受到的种种外部压力，转换内化为中国社会文化结构和知识系统自身发展过程中所遭遇到的问题情境来加以理解和应对的思路，应该是章氏此期最有价值的思想创获。可惜，也许是章氏什么都要从《尔雅》《说文》中求得本字，以证"今之殊言，不违姬汉"，以致"笔札常文所不能悉"，再加上征引来诠释发挥庄子《齐物论》的佛学论证又过于缜密，不免烦琐，而所倚重的佛理又从根本上视现实世界为虚妄无根，与看重现实理性的中国文化结构知识系统颇为格格不入，因而这些有价值的思想的流通程度终将大受限制。这些有价值的思想内核因受过于艰深难解的思想表述方式的牵累而未能受到应有的关注，不能不是二十世纪中国思想文化学术史的不小遗憾。

章氏"以古证今"的"复古主义"学术立场，曾在周氏二兄弟东京留学时代合译的《域外小说集》中留有清晰的印证：小说译文力求古奥简洁，封面的书名中，"域"字写成上古字形"或"，更是对太炎衣钵的直接承接。鲁迅《坟・题记》尝自述"又喜欢作怪句子和写古字，这是受了当时《民报》的影响"。但影响远非仅止于这些表浅外在的地方。众所周知，鲁迅在与佛学的一段交往中，毅然选择了对小乘的亲近，这一选择与佛宗大乘、尤重法相唯识的太炎先生大有出入。但饶有意味的是，此一致使鲁迅与章太炎在佛学取向上大相径庭的选择，思路恰恰源自章氏。鲁迅推重小乘是基于以下考虑：在历史发生的时间上，与大乘相比，小乘距佛祖在世之日更近，因而小乘的苦行修为虽为后世所不喜，却有可能更贴近佛学本旨，佛祖的原义也许保存得更多些。这一返本讨源的推论，思路上显然有着对太炎先生注重根源的学术立场自觉不自觉的认同。

章氏重根柢的学术思路，即在现在与过去之间，首先看重的是其中相通相关的因素、线索和相互间的关连，是对文化、思想、学术内部的连续性始终保持格外的敏感。如果说这一思路在章氏那里，体现了一种从历史文化的正本清源中汲取得未受历史污染和损蚀的元气，以承担起重建"支那闳硕壮美之学"的文化学术的自信和抱负，那么，进一步将此一思路推演到对中国历史和现实作总体观察的结果,却有可能将人引向某种严峻的批判立场。在“五四”新文学倡导者们看来,如果一种文明在过去和现在之间,重复的成分远胜于演进的成分,相同的因素远远超过差异的一面,即因循始终占据主导,殊少发生根本的变革,那么这种文明就是有问题的,人们无法对之寄予希望的。

20 世纪中国思想文化史上,对中国历史同大于异的因循性质或循环特质最为洞悉与最具忧惧之心的,无疑首推周氏兄弟。鲁迅的第一篇也是中国新文学的第一篇白话小说《狂人日记》,通篇即是有关中国历史无法摆脱梦魇般可怕的循环之链的一个沉痛寓言。狂人是鲁迅小说中最清醒同时也是最绝望的一个人物。这绝望一方面来自他自身,“吃人”这一可怕的历史本质是他发现的,但他本人又是“吃人”历史的产物,与“吃人”有与生俱来无法撇清的干系,在“吃人”这件事上,他与他急于告诫规劝的狼子村村民相比,并不具备任何价值上的优势。这是一种远比西方基督文化下的原罪意识来得沉重和强烈的原罪体验。一个与他意欲否定的存在方式根本上有着同源同质关联,并且注定是其承受人的人,他凭什么去否定?他有资格去否定吗?这都成了疑问。绝望同时也来自他人。狂人发出了洞悉真相的警世之言,但在狼子村村民眼中,这些不过是疯子说的疯话,无须当真理会,也就是说,狂人的洞悉对历史和现状的改变,根本起不到任何实际作用。历史将继续在现状中绵延,循环之链依然如故。如果说,鲁迅早年崇信的进化论,对由此而生的忧悒尚能多少起点缓解平缓的作用,那么到了 20 世纪 20 年代的中后期,随鲁迅对进化论的断弃,这种对历史循环性质的疑惧便重新占据了鲁迅的心灵,鲁迅嗣后反思“五四”前后自身处境的话,便于嘲解的口吻中,流露出对中国历史重新执持循环论看法后的内心沉重:过去是做奴隶,现在则是做了奴隶的奴隶。同样,周作人对中国文化和历史,终其一生都未能摆脱“循环论”的悲观。尽管兄弟失和,性情气质和生活审美旨趣也大有差异,但致力于揭露和打破中国历史的循环性质,则是两人终生勉力不懈的主要写作目的之一。周氏二兄弟对中国历史基本性质的判断究竟在何种程度上因于太炎先生,尚是有待定量分析的课题,但他们对中国历史因循性质的敏感、惊惧和痛疾,则不能不使人联想到章氏极为看重思想学术内部连续性因素的思路,联想到是对此一思路作自然、合理推演的结果,至少,后者是前者的构成因素之一。尽管实际的结论迥异,但致思的逻辑却并无二致。

当 1928 年的文学论争一度造成“五四”文学和知识谱系的断裂时,周作人一方面通过“闭户读书”,另一方面通过重新设定新文学的历史根柢,以克服这层断裂带来的焦虑。“闭户读书”所读的主要是明清非正统文人撰述的笔记、日记、尺牍、野史，是以广博的杂学功底，独到的文化眼光，对异端思想的敏锐接纳，意在用异端传统支援、调整自己的思想。1932 年 2 月至 4 月，周作人在辅仁大学先后作了八次讲演，由邓广铭记录整理为《中国新文学的源流》一书。此书指认反感宋儒理学、非理非法、隐逸闲适及具有随意恣放的思想个性的晚明文学为“五四”新文学的源头，此举显然包含有替自己及 1930 年代盛行于世的小品文写作建立一种合法的知识谱系依据，以与 1928 年建立起来的“左翼文学”知识谱系抗衡的意图。立论的依据和得出的结论虽大可商榷，但值此新文学倡导者忙于清理新文学最初十年的实绩(其成果即汇为泱泱十大卷的《新文学大系》①)之际，他的眼光并未停留于此，而是对新文学生成的思想资源作更具历史感的上溯，注重寻求现在与过去之间的联系，却显得别具心眼。周作人表彰晚明，立意主要还不在求助于传统资源的发掘，以便为新文学汲取得进一步发展的动力，他的着眼点似乎更倾注在将“五四”肇始的新文学看作中国文学自身发展过程中的一环，即从中国文学史自身内部来考察“五四”新文学的生成原因和动力来源。这一点周作人在《关于近代散文》中说得更加清楚：“新文学在中国的土里原有他的根，只要着力培养，自然会长出新芽来。”其思路，对于熟知章太炎的人说来，应该是不陌生的。从历史的眼光看，《源流》的溯求往古显然做得还不够，周作人随后对六朝散文表现得颇为倾心，并在北大开设“六朝散文”讲座，似有推进一步替新文学返本讨源、勘定出处的打算。但此举终因抗战骤起时局速变，未能取得实质性的进展。然周作人终未明确说出的意见，后来却由俞平伯替他说了出来。对师友间不断有人将自己的散文与晚明小品相提并论予以揄扬时，俞氏反觉于心未洽的委屈，直到晚年仍忍不住自我声明，自己并不看重晚明小品，崇尚心仪的其实是六朝散文②。俞、周之间，俞自认大致属平辈，故对当年俞与周作人一起在燕大教过的沈启无，只认周为师而对俞只是自处于师友之间，俞是不满的，并在晚年的通信里仍有所流露③。俞早

---

① 周作人也参与了这一工作，承担散文一集的编选并写了长序。他将郁达夫几篇已由郁本人或其他选本编入小说集的作品，编入这套大系的散文一集，无形中拓宽了新文学对散文的理解和接纳空间。

② 据吴小如《俞平伯先生的一封佚信》，俞在给吴的信中云，“相传(已数十年)我受明朝文人影响，实毫无根据”，“我在大学时爱六朝文则有之”。见《文汇读书周报》，1997 年 2 月 22 日。

③ 俞平伯 1984 年 12 月 28 日致邓云乡信中言及：“沈本在盔甲厂燕大，我与知堂同任教，他只认周为师而终于‘破门’，对我则自处‘师友之间’，亦颇可笑，若其才则不可没也。”见《俞平伯书信集》，河南教育出版社 1991 年版。

年的新文学作品，几乎都由周作序跋（计有《杂拌儿》初编题记，《杂拌儿》二集序，《古槐梦遇》序，小引则出自废名之手）；1945 年 12 月 28 日，俞驰书胡适，一方面对胡当年致诗知堂嘱其南行感铭不已，同时对自己“同在一城，不能出切直之谏言”“深愧友直，心疚如何”，并希望一言九鼎的胡适能念旧情，从惜才计，说动当局“薄其罪责，使就炳烛之余光，遂其未竟之著译”；均足以表明俞、周之间的情谊非寻常①。平心而论，1930 年代的学术文章，在俞，服膺周的成分更多些，俞直溯六朝文章为自己散文的本家，与周氏应该不无关系，而与太炎先生的学重根柢，溯求往古的复古主义学术思路，则属同一谱系。

三、“不齐而齐”

如前所述，太炎先生对中国思想学术史上的诸多人物和流派，评价前后大有出入，惟独对庄子，未见先抑后扬或先扬后抑，始终是情有独钟，无论早期还是晚年，评价一直在孔儒和老子之上。传统学术史向以老庄合论，章氏则力辨其异，区而别之。1906 年撰《诸子学略说》称老子仍有用世之心，而庄子偏重哲理，高言玄远，与用世无涉：

> 庄子晚出，其气独高，不惮评弹前贤，愤奔走游说之风，故作《让王》以正之；恶智力取攻之事，故作《胠箧》以绝之。其术似与老子相同，其说乃与老子绝异，故《天下》篇历叙诸家，已与关尹、老聃裂分为二。……其裂分为二者，不欲以老子之权术自污也。②

撰述缘起于 1908 年，次年在《国粹学报》连载刊完的《庄子解诂》，则视庄子为完美的古代思想学术宝库：

> 若夫九流繁会，各于其党，命世哲人，莫若庄氏；《逍遥》任万物之多

① 俞平伯 1983 年 1 月 16 日家书中言及，“黄裳赠《金陵五记》讲南京往事，古迹徒存其名，书也没有什么可看。只老虎桥监狱访周文，是第一手材料，难得。”中述知堂题画梅诗有“恰似乌台（御史衙门曰乌台）诗狱里，东坡风貌不寻常，自比东坡，何其谬哉！读万卷书，如不落实在自己身上，即毫无用处。这事使我极感不快，自我批判亦难于措词，唯有苦笑耳。”显然时过境迁，看法已较昔日为客观，故批判已多于同情。

② 章太炎：《论诸子学》；原载《国学讲习会略说》1906 年 9 月日本秀光社铅字排印本，又载《国粹学报》1906 年 9 月 8 日及 10 月 7 日；《章太炎全集》（第二辑）“演讲集（上）”，上海人民出版社 2015 年版，第 55 页。

适，《齐物》得彼是之环枢，以视孔墨，犹尘垢也。

后来鲁迅的《汉文学史纲要》，对哲学史家惯于并举合称的老庄同样持以分别离析的意见：

老子尚欲言有无，别修短，知黑白，而措意于天下；(庄)周则欲并有无、短修、白黑而一之，以大归于“混沌”，其“不谴是非”“外死生”“无终始”，胥此意也。

并将《齐物论》置于庄子思想最突出的位置，可以说，在在见出章太炎影响的痕迹。

章氏对自己释读庄子的功力，素有睥睨前贤、目无余子的气概和自信。《检论·通程》篇对二程之学不乏好感，力辟传统论者指斥二程之学中掺杂释、老，引“野狐禅”入儒学之陋见，为之争辩，“虽杂释、老，何害?”认为问题不在二程从释、老多有取获，而在于二程对释、老“实未深知”“非能尽之”。太炎先生在这段评述的夹注中，特拈出二程对庄子《齐物论》实未真知却持轻慢的做法加以批评：“如其(指二程)议庄生《齐物论》，以为物本自齐，安用齐之？不悟庄生正以不齐为齐，未尝欲强齐之也。”章氏对戴震一直很推重，《訄书》初刻本附《学隐》篇，专为戴震诸氏的乾嘉之学辩护，抨击“学以致用”的魏源媚清；重订本增入《清儒》一篇，同样对戴氏大加揄扬；《检论》卷四对此复有补论。《太炎文录初编》卷一别有《释戴》一篇，对戴氏《原善》《孟子字义疏证》诸书多有称赏赞同之余，又对即便渊博精湛如戴氏者，犹在梳理佛学经论和庄子旨义上显得力有未逮而深以为憾，并且不留情面，直言其失：“(戴)震书多姗议老、庄，不得要领，而以浮辞相难，弥以自陷，其失也。”夹注中更是流露出援释解庄，自己当仁不让的自负：“老庄书本非易理，戴君虽明六艺儒术，宁能解《齐物论》耶？又释氏经论，盖戴君所未睹，徒剌取禅人常语，而加驳难，尤多纰缪。”①

如果说章氏《庄子解诂》属朴学，其《齐物论释》则属义理之学，是把庄子真正作为哲人来加以诠释和发挥的。《齐物论释》七章，援佛学证释庄子，其中也糅合以西方哲思，如柏拉图、康德等，但“齐物大旨，多契佛经”，更主要

① 《释戴》，初刊1910年《学林》第二册，后收入《太炎文录初编》卷一；《章太炎全集》(四)，上海人民出版社1985年版，第124页。

是援佛释庄，显得别开新境。章氏超越有清一代王念孙、俞樾、郭庆藩、王先谦等庄学考释大家，同时也高出他同辈诸子学研究诸贤一筹的地方，实多有赖于此著。

与经学上力主"六经皆史"、平视九流之学的立场一样，章氏对待佛学，也有别于取顶礼膜拜立场的信徒，而是将之当作一种思想资源，"断之鄙心"，旨在建构自己的思想知识体系。他的《齐物论释》，包括同期的"俱分进化"说、"五无论"和"四惑论"，对佛学的征用和阐说，都有以己意进退佛说，有意改造和发挥的一面，揆之佛理，也许不乏有乖本义、难以为凭之处①，但这并不妨碍他以法相唯识的思想资源建构自己的思想体系。

大乘佛教诸行无宰缘起性空之说，否定有主宰万有的本体，但实际上又肯定有一个真实恒存贯穿于十二因缘迁流变化的全部过程中。法相宗提出万物顺识所变现，识有境无，意在解决此一悖反性理论困难。所谓"唯识无境"，其实就是赋予"识"本体的意义，从而弥合思维与境界、主体与客体间的裂隙。章氏《建立宗教论》以法相宗的名相分析对六性、四分、八识作了详审细密乃至繁琐的论证，旨在证得"以唯识为宗"，即"万物唯识"的世界观和方法论。章氏认识论的起点是自身的"识"，其归宿仍不离"识"所变现的色心诸法，整个认识过程只是"识"的往复循环，无论真实还是虚妄，均由阿赖耶识所衍生，一体之多面，所谓"真妄同源""舍妄无真"。结论是，"立教惟以自识为宗"。此一反求自证的我向思维所表明的强烈的主体和个体意识，为其提倡"依自不依他"，用佛教发起信心的道德践履作了铺垫，而一体多面、真妄同源，则是"齐物"和"俱分进化"等论说的内在理据。②

"齐物"的概念来自庄子，读解和思辨方式则借法相唯识。法相宗所立四智（大圆镜、平等性、妙观察和成所作智）中，即包含了专门论述"观自他一切平等"的平等智，章氏以之印证、诠释和汇通庄子的"齐物论"。章氏在《齐物论释》释题篇中开宗明义：

> 齐物者，一往平等之谈，详其实义，非独等视有情，无所优劣，盖

---

① 1914年4月刊于《国故月刊》第二期的章氏致吴承仕讨论王学的一封信中，章氏用唯识宗的"四分义"诠释王阳明的"致良知"，嗣后熊十力针对此信，批评章氏根本不懂佛学，不懂四分，全信"无一字不安"（见《十力语要》卷一）。又郭朋等著《中国近代佛学思想史稿》（巴蜀书社1989年版）从佛学立场，对章氏有关佛学的著述多有驳难和辩正，可参读。

② 谢樱宁：《章太炎与王阳明》，《章太炎年谱摭拾》附录，中国社会科学出版社1987年版。

> 离言说相，离名字相，离心缘相，毕竟平等，乃合齐物之义。……若其情存彼此，智有是非，虽复泛爱兼利，人我毕足，封畛已分，乃奚齐之有哉。……齐其不齐，下士之鄙执；不齐而齐，上哲之玄谈。自非涤除名相，其孰能与于此。……夫能上悟唯识，广利有情，域中故籍，莫善于《齐物论》……①

"齐物"不是世俗下士为鄙见所执的"齐其不齐"，即以某一模式或标准强行规范和取代万物的差异性，也不是仅仅对有情众生一视同仁的慈悲心肠，而是从根本上明了万物在唯识性上本无差别可言，皆"平等而咸适"。一切众生皆有佛性。所谓"各物有识"，只是由于第七识污染，遂生我见，差别因之而起，不平等也即随之而来，故而只要意识到遍计所执之妄，断除我见，打破名相封执，便可消除差别相，复归平等。此即所谓转识得智。"不齐为齐"，即以不齐为齐，充分正视万物差异性存在的正当合法性，并意识到这种差异本身就蕴含在惟一的本体之中，即依圆实性同一于阿赖耶识之中，根本上是同一的，是"齐"的。

"万法唯识"的关键是"万法唯心"。所谓心外无物，理在心中，这在哲学上自然是唯心之见，但却有可能导向社会文化历史观层面上的多元论，从而对进化论和历史目的论构成质疑和解构的力量。此点容后再述。

在另一处撰述中，章氏特意将自己按法相唯识论加以诠释的庄子齐物论与黑格尔理念说作了区别，认定二者相去甚远：

> 庄周所谓"齐物者，非正处、正味、正色之定程，而使万物各从所好。"其度越公理之说，诚非巧历所能计矣。若夫庄生之言曰："无物不然，无物不可"，与海格尔所谓"事事皆合理，物物皆美善"者，词义相同。然一以为人心不同，难为齐概，然一以为终局目的，藉此以为经历之途，则根柢又绝远矣。(《四惑论》)②

引文中"海格尔"云云，今通译"黑格尔"。单纯从思辨逻辑言，章氏基于万物唯识的齐物观，与黑格尔现实是理念的外化的说法并无本质的不同，归根到底，都指认差异存在的现象世界为一种片面的不完满的存在，是本体

① 章太炎：《齐物论释》；《章太炎全集》(六)，上海人民出版社1986年版，第61页。

② 章太炎：《四惑论》；《章太炎全集》(五)，上海人民出版社1985年版，第449页。

“识”或“理念”变现和演进过程中有缺陷的、尚须有待克服的一种异化状态或阶段，二者的致思逻辑并无本质不同。一个信持唯识论的人，照理不该指责黑格尔，因为指责黑格尔无疑意味着指责自己。而章氏于二者间却着意作出区分并有所褒贬，对黑格尔表示自己的不满，对此举惟一可能作出的解释只能是，章氏的援佛释庄，对法相唯识论的坚持本是不彻底的，认同是有保留的。他有自己的坚持，并非完全为唯识论所框住。事实也确实如此。在《齐物论释》七章里边，与其说章氏看重的是与黑格尔逻各斯同一性逻辑同构的唯识论式的视千差万别的万物存在在本体阿赖耶识意义上的同一、“齐”，毋宁说他看重的是万物差异性存在本身的意义。章氏实际更偏倾于事物的差异一面，即庄子所说的“吹万不同”的天籁境界。此一偏倾，从逻各斯同一性上来说，是致思的不彻底和有所放弃，是矛盾和裂隙。但正是从这一有选择的放弃，从矛盾和裂隙中，章太炎展示出了他思想中意味深长的一面。万物的自由和自然状态即来自其存在的差异性，因而平等是对万物差异性的正视和平视，将差异有意编排为某种等级性的秩序排列，或一味以某一模式或标准来规范万物的差异性存在形态，则是囿于主观片面的立场强加给万物的一种下士之鄙执，是为“名相”“封执”所蔽，而非世界万物本身应然之理，以之取代万物间的差异性，更是从根本上取消了万物间真正意义上的平等基础。在经由自己作了特殊理解、未必完全符合原义的唯识论所证释发挥的“齐物论”与始终立足于逻各斯同一性的黑格尔之间，章氏最终褒扬和选择了前者，贬责和放弃后者，实际上是为万物差异性存在的合法性作了哲学上的辩护。强使差异就范于某种单一的规范和尺度，将单一的标准强加给本该充满差异性的世界，结果将严重凿伤世界本有的自然真实性质，而这一“齐而不齐”的下士之鄙执，实质上也即是一切强权和政治、文化、思想专制的思想心理渊薮。

章氏还曾在其他的地方，对严复有过“知总相而不知别相”的微词①。“总相”即总体性、普适性。相对于严复对“总相”的偏倾，章氏显然更为看重“别相”，即个体之间的差异，各别和分殊，从而在社会伦理构架中将砝码毫不犹豫地投向差异纷呈的个体性一边。对于“中体西用”这一将“体”“用”范畴视为可以随意人为组合或割裂的做法，严复曾经表示深不以为然，他认定“中学”自有“中学”的“体用”，正如“西学”自有“西学”的“体用”一样，因而，将“中学”的“体”与“西学”的“用”“合而为一物”，先是在逻辑上就说不通，更

① 章太炎：《菿汉微言》。

遑论实行了。“有牛之体则有负重之用，有马之体则有致远之用，未闻以牛为体以马为用者也。”①可谓辩矣。严复认定民主政治为西方社会政治命脉所在，已比同时代先行者眼光胜过一头，至于民主在他眼里还非根本，“民主”不过是西方之“用”，“自由”才是其“体”，识见更是几乎无人可以与之比肩。但严复确实是“知总相而不知别相”，即便看准了“自由为体”，他也仍然把国家的独立富强、把“救亡”远置于个人自由之上，从而为日后政治上趋于保守埋下了伏线。

《齐物论》七章，以第三章“尧伐三子”的释义最为切近现实。庄子原文如下：

> 昔者尧问于舜曰：“我欲伐宗、脍、胥敖，南面而不释然，其何故也？”舜曰：“夫三子者，犹存乎蓬艾之间，若不释然，何哉？昔者十日并出，草木皆照，而况德之进乎日者乎！”②

若嫌《齐物论释》行文古奥读来费解的话，不妨引述太炎先生同期一次讲演的白话记录稿本：

> 物之所安，没有陋与不陋的分别。现在想夺蓬艾的愿，伐之使从己，于道就不弘了。庄子只一篇话，眼光注射，直看见万世的人情。大概善恶是非的见，还容易消去了；文明野蛮的见，最不容易消去。无论进化政治家的话，都钻在这个洞窟子里，就是现在一派无政府党，还看得物质文明是一件重要的事，何况世界许多野心家。所以一般舆论，不论东洋西洋，没有一个不把文明野蛮的见横在心里。学者著书，还要增长这种意见，以至怀着兽心作的强国，有意要并吞弱国，不说贪他的土地，利他的产物，反说那国本来野蛮。我今灭了那国，正是使那国的人民，获享文明幸福。这正是《尧伐三子》的口柄。不晓得文明野蛮的话，本来从心上幻想出来……③

章氏自信其对齐物论的重新诠释，在文化历史层面上加以推衍，足以

① 严复：《与外交报主人论教育书》。

② 郭庆藩辑：《庄子集释》第一册，中华书局1982年版，第89页。

③ 章太炎：《论佛法与宗教、哲学以及现实之关系》；《中国哲学》第六辑，生活·读书·新知三联书店1981年版，第309页。

能打破现代世界史有关文野之分，即将文明的差异性存在人为扭曲为一种等级性秩序体系的封执和偏见，至少可以揭穿当今之世种种借文明之名行侵夺之实行径的虚妄性质，“纵无减于攻战，……必不得藉为口实以收淫名”。齐物思想力主差异性存在的自足性和合法性，以立足自身内部的自存自主，免受别人强加的约束为第一要义。其坚持没有一种单一的模式或某种人为规定的等级体系能够限定人类文明发展形式的多样性，强调各种文明形态都体现着独特的不可通约的价值的思路，与近年渐为世人所看重的思想史家柏林的看法，颇有异曲同工处。台湾学者王汎森曾对章氏基于齐物思想对孔儒忠恕之道所作的重新取舍有相当精细和耐人寻味的提示和发挥，他觉察到章氏对孔儒“己所不欲，勿施于人”原则本身内含的“己所欲，施于人”一面深怀疑惧，必欲剔去这一显然有可能将自己的意志、标准强加在别人头上，并最终取消和剥夺别人自主自由本性的隐患而后安①。王汎森的分疏，无形中使我们这些近年开始认知思想史家以赛亚·柏林有关“积极自由”和“消极自由”论述的人，在章太炎那儿重新获得了一份不可多得的亲近。而在时间上，章氏齐物思想实著先鞭于大半个世纪之前。

近代启蒙思想家大多有意无意地执著于一种历史目的论(即使马克思也不例外)，深信人类历史内部存在着一种目的论结构，其重要信念就是期望人类最终会趋于一种普遍的理想的社会文化结构。在这种历史哲学支持下，人们在本该共时并存的众多文化发展样式中指认只有一种体现了人的本质，或曰历史发展规律，并将之看作历史的目的或终端，赋予它一种道德权威性，使之成为政治权力经济制度合法性的基本依据和来源。柏林反对这种带有“特殊神宠论”色彩的目的论历史观。在柏林看来，如果说存在人的本质的话，那最好看作是对文化差异性的偏好，即对不同于单一向度的多样性生活方式中某种样式的偏好。柏林从多元的文化历史观出发，认为这

---

① 王汎森在《章太炎的思想》第五章的结末处这样写道：“太炎尝认为儒家忠恕之道，合于齐物。《论语》中讨论忠恕，消极的意见是‘己所不欲，勿施于人’，积极的一面是‘己欲立而立人，己欲达而达人’。但章太炎所同意的‘忠恕’之道显然与儒家有异，‘己所不欲，勿施于人’固为他所同意，但‘己欲立而立人，己欲达而达人’却不为他所接受，此由他批判‘藕矩’之道即可知矣。《论语》的忠恕思想和《大学》的‘藕矩’之道实互有通途，所谓‘藕矩’之道，简言之，即‘君子必当因其所同，推心度物，使彼我之间，各得分愿，则上下四方正，而天下平矣’，但章太炎不同意，他说：‘徒知藕矩，谓以人之所好与人，不知适以所恶与之’。(《菿汉微言》)己所不欲，勿施于人，己所欲，亦不可施于人；己固以所好施之他人，但可能适以其所恶与之，而且，这是持自己的‘理’或‘标准’以约束他人的第一步。太炎早已从人类惨痛的历史经验中看出这种希望别人跟我一样好的‘善意’所造成的大灾难。”参见王汎森：《章太炎的思想》，台北时报文化出版社 1992 年版，第 161—162 页。

个世界上没有一种单一的活动或者编制一种特定的等级体系，能够限定人类发展形式的多样性。柏林的这些思想是基于对 20 世纪人类历史沉痛反思的结果。事实上，依照某一特定编制的等级秩序，视某种单一的文化形态为人类最理想和美好的范型，的确构成了我们这个时代暴政和战争的源泉。揆之 20 世纪中国政治社会实践的惨痛经历，其根因也实与此类信条和观念有着脱不掉的干系。而章太炎先生立足于自身作了特定唯识论诠释的齐物论，在 20 世纪的初头，即已对其时正成为理所当然、不容置疑、锐不可当的意识形态强势的诸多如公理、进化、唯物等西方现代性理念、制度，表示不能惬意和默然，对文（文明、现代）/野（野蛮、传统）等两极性思维模式所蕴含的虚妄性有所察识，并对其背后的进化论和一元论历史观在哲学上作出了某种程度的解构。作为“有学问的革命家”，太炎先生在肯定世纪初启蒙思想所坚持的使人摆脱奴役、压迫和无知，争取平等、自由权利等价值观，并为之不惜身陷囹圄的同时，又对启蒙思想中的进化论、历史目的论所蕴含的某种最终将导致压迫奴役人的破坏性力量，保持了充分的警觉、敏感和反抗，不能不说颇有几分先见之明。

由真如本体万法唯识，章氏还演绎出他那以激进而又别出心裁而著称一时的“五无”“四惑”诸论，将对个体差异性存在的深切关注和维系，在社会政治历史层面作了极端性的推衍。《訄书》时代的章氏基本上还是合群进化论的认同者，对“山林之士避世离俗以为亢者”持以批判态度。“转俗成真”后秉持大乘佛理强烈的世俗批判精神，极度张扬个人自主的正当合法，质疑所有现存的秩序及习以为常的观念、公理。自严复译介英国自由主义思想家穆勒的《群己权界论》后，个人自主意识在康有为《大同书》、谭嗣同《仁学》和梁启超《新民说》中，均有淋漓尽致的畅论和发挥。章氏显然走得更为决绝和极端，他宣称任何社会组合尤其国家的虚妄和卑贱，反对权威的束缚，认同无政府主义，痛疾以众暴寡，批判公理的刻薄寡恩和凌借个人，反对朋党，包括美式政党，质疑民主，倡独自承当的敢死论……这些在社会政治层面固属过于虚无的假想，但对于个体自主性的极端张扬，则成了“五四”新文学家清算儒家纲常体制，悍然标揭个性主义的嚆矢。章氏的“俱分进化”历史观同样根基于法相唯识的“真妄同源”说：进化中善恶种子杂糅而入，故非单线进跻至善，而呈“双方并进”，善亦进化，恶亦进化，恶因知识愈进而愈得扩充，为害愈烈。在清末民初及至“五四”，单向一元理想乐观的进化论历史哲学渐呈肤浅庸俗之势，并居思想界强势之时，《俱分进化论》无疑提供了某种有价值的反思和质询。21 世纪初，中国思想界与整个世界史巨大现实之间一场颇有深度的对话，便是这样由太炎先生来承当的。其立足自己根柢的思想，不仅超越了民族的一般思想水准，而且还超越了他同时代众多不失为精思好学之士的思想水准。这一点至今看去，仍不能不让人深长思之。

民后太炎先生学术上出现了一反民前高蹈的迹象，以为任何一家学术，只须“外能利物，内以遣忧，亦各从其知”，不必作无谓苛求，心态变得宽和包容起来，似对先前坚持的门户之见和家法原则有所放弃。对此一变化，已有学者着眼于外在时势迁移影响所致这类知人论世的角度作出解释，认定属于与民初政治上“五族共和”相对应的学术上趋于调和保守的动向。但倘使我们不是支离断裂地看待一个人物的思想学术，而是将其视为连续联贯，有其自身上下语境贯联的自然衍生的有机整体，将观察的侧重点放置在思想学术自身内部的连续性上，那么又何尝不能将太炎先生的上述变化，看作是其以不齐为齐、看重天倪、力排名相封执的齐物思想一经确立之后，具体而又自然衍生的结果。也就是说，此一变化种因于太炎先生思想学术内在理路的脉络同样可以清晰察知，不必舍近就远，寻求终隔一层的外在决定论上的解释。

近年来，研究者已越来越意识到，北大之所以最先成为新文化运动和新文学的发祥地和策源地，实与蔡元培入长北大、力倡“循思想自由原则，取兼容并包主义”①直接相关。而蔡氏“兼容并包”主义的思想内核，实与太炎先生尊重差异性存在的齐物思想原则同格。其时北大文史教授中，章氏弟子正占上风，蔡元培的办学方针推行得相当顺利，基本未见梗阻，显然得力于具体操持学术研究和教学的教授层面的秉承师教，即与章氏齐物思想早已成为他们守持的思想学术底线直接相关。从清末的京师大学堂到民初的北京大学，桐城古文派曾经居有绝对主导地位，先后长校执教者计有吴汝伦、严复、林纾、马其昶、姚永朴、姚永概等。严、林虽算不得地道的桐城家法，但毕竟起重要羽翼作用。林纾在北大教书时，与马、姚声气相求，而与当时北大的章门弟子互不相能，从林致姚永概书中，可以见出他对章太炎积怨甚深，以致诋章为“庸妄钜子”，称章“补缀古子之断句，涂垩以《说文》之奇字，意境义法，概置勿讲”。桐城派力主意境义法宜从唐宋古文韩、柳、欧、曾诸

① 蔡元培《答林琴南书》中语，刊1919年4月1日《公言报》，此书是对3月18日该报所刊林纾《致蔡鹤卿太史中书》的应答。

家寻索，唐以前反不足取，自与文宗魏晋的章氏一系取径迥异。1913年起，章门弟子纷纷北上，主持北大的何燏时、胡仁源等陆续延揽黄侃、马裕藻、沈兼士、朱希祖、钱玄同、沈尹默等执教北大。除沈尹默系弄假成真[①]，其余均为章氏过从甚密的入室弟子。此外进入北大执教的黄节、马叙伦等，也均与章氏有共同撰办《国粹学报》的同仁之谊。北大文科的重心遂由桐城转向章、刘（师培），桐城派迅速失势去职。周作人回忆此段情景说："从前大学讲坛为桐城派古文学所占领者，迄入民国，章太炎派代之以兴。在姚叔节、林琴南辈，目击刘、黄诸后生之皋比坐拥，已不免有文艺衰微之感。"[②]"章太炎学派"师承章氏对古学研究诠释重根柢、重考证训诂和平视九流之学的实证学风，一扫桐城派"阐道翼教"的空疏陈腐学风，使北大学术风范为之一新[③]。北大章氏学派的渐成声势，既为蔡元培成功执掌北大奠定了具体学术研究教学层面的坚实基础，同时又为章氏另一批弟子如周氏两兄弟及后来成为《新青年》主导人物的陈独秀、胡适的进入北大铺设了通道。而颇有意味的是，章门弟子中构成新文学主要阵容的一系，与谨守家法师承研治旧学的一系，两者旨趣相去甚远却终未积不相能、口出恶言，现在看去，恐怕不能不与章氏门人共同秉持的师教，即所谓物畅其性、各安所安的齐物思想底线有相当的关系。即使性情激烈、行为每每有睽常例的黄侃，放言攻讦过桐城[④]，却从未对同门中的新文学家有过半句贬责之词，虽有在课堂上嘲骂胡适的传闻，但也仅止于传闻，并无文章公开见诸报刊杂志，与其看作学术歧争，毋宁是黄氏偏好师心任气的魏晋文人式性情使然。《章炳麟论学集》载太炎先生1924年10月23日与弟子吴承仕书曰：

---

① 沈尹默非章氏入门弟子。沈尹默在《我和北大》一文中自述当年进北大执教的由来时说："何燏时、胡仁源为什么请我到北大去呢？当时，太炎先生负重名，他的门生都已陆续从日本回国，由于我弟兼士是太炎门生，何、胡等以此推论我必然也是太炎门下。其实，我在日本九个月即回国，未从太炎先生受业，但何、胡等并未明言此一道理，我当时也就无法否认，只好硬着头皮，挂了太炎先生门生的招牌到北京去了。"见《"五四"运动回忆录》续编，中国社会科学出版社1979年版。

② 周作人：《知堂回想录》，香港三育图书公司1980年版，第339—340页。

③ 近时桑兵在《近代中国学术的地缘与流派》一文中述及章门弟子入主北大文史，占据要津后排斥外人，后来实际上导致了北大文史研究滞迟不前，既无法与清华国学院及后来的史语所乃至燕京、辅仁等相比，也与北大的名声相去甚远，也不失为一种见仁见智的看法。参桑兵：《晚晴民国的国学研究》，上海古籍出版社2001年版，第28页。

④ 1918年11月13日，章致弟子吴承仕书信中尝言及，"颇闻宛平（即北京）大学又有新文学、旧文学之争，往者季刚辈与桐城诸子争辩骈散，仆甚谓不宜"云云。

得书为之喷饭。季刚四语，正可入《新世说》，于事实无与也。然揣季刚生平，敢于侮同类，而不敢排异己。昔年与桐城派人争论骈散，然不骂新文化……。①

敢侮同类而不排异己之语，在章，是知徒莫若师，在黄，可谓始终不辱师教。太炎门人中以治旧学名世的，干脆就是新文学急先锋的钱玄同自是异数，可不置论，即便朱希祖、吴承仕辈，对新文学非但不排斥，还不同程度取同情赞助的通达立场②。同样，章氏门人中后来成为新文学巨擘的周氏二兄弟，对刘师培、黄侃的学问也一向敬重，鲁迅在名文《魏晋风度及文章与酒及药之关系》中引述刘氏《中古文学史讲义》，态度至为恭谨。

如果说晚年太炎先生深忧学统沦丧，以拯救学弊自任，倡读(旧)书爱国救国论与周氏兄弟之间隔膜日深，周作人追随章氏当年与乃师俞樾分手的做法，著《谢本师》，以示“道不同不相为谋”之旨，但稍加比较，毕竟不在一个等量上，不免显得几分轻巧，那么1922年前后，周作人对新文化界发起“非宗教运动”力持异议，倒是深得章氏齐物论思想真传之举。“五四”是伟大的，但本身也潜伏了危机。历史发展本应具有多种可能性，是众多合力的结果，当历史的合力由本应具有的众多向度逐渐被人为简化、通约到某个单一的向度上时，危机也就可能随之而至了。危机不在于此一向度的正确与否，而在于它以群体性的意志、力量和行为，有可能抑制和取消差异性个人选择的自主合法权利。1921年，周作人在《晨报副刊》发表《山中杂信》六封，对“五四”新文学深入人心大获全胜，在中国现代思想文化和文学进程中确立了自己的主导地位后，有可能出现和事实上已经出现的，新文化、新文学、科学、民主等“五四”思潮逐渐蜕变为某种一统天下的群体性意志和力量，变成一种拒绝反思的新的意识形态(周氏称之为“新宗教”“新权威”“新的思想专制”)，隐约其辞地表示了他的忧虑，并以低调的理智，表明他不愿就此放弃“五四”的初衷，即与太炎先生奋力为差异性存在辩护的齐物观同属一个思想谱系的“循思想自由原则，取兼容并包主义”这条思想底线。他在信中告诫孙伏园：“有两个条件，要紧紧的守住：其一是这新宗教的神切不可与旧的神的观念去同化，以致变成一个西装的玉皇大帝；其二是切不可造成教阀，去妨害自由思想的发达。”嗣后不久，北京出现反宗教现象，教会学校当局禁

① 吴承仕藏：《章炳麟论学集》，北京师范大学出版社1982年版，第439页。

② 朱希祖尚言：“社会全体的真像，非白话俗语，不能传神毕肖。”“文言的文，既以古为质，范围又狭，与现代社会人生不相应，虽有文学而无实用，竟与死一样。”

止学生罢课和参与社会活动,以致引起冲突;一些国际基督教组织决定在清华学校举行世界基督教学生联盟大会,以示对北京教会学校当局的声援。李石曾等人遂提议发起“非基督教非宗教大同盟”,陈独秀极表支持。1922年3月31日,周作人偕同钱玄同、沈兼士、沈士远、马裕藻,在《晨报》发表《主张信教自由宣言》,明言不赞同新文化界发起“非宗教运动”,反对以群众压力干涉和威胁个人思想信仰自由。陈独秀公开致函辩难,指陈基督教的反科学一面及基督教教育与国内外反动势力沆瀣一气的实情,指认此时此际的基督教是强势,警告“勿拿自由、人道主义许多礼物向强者献媚!”周作人作答说:“承认这些对于宗教的声讨,即为日后取缔信仰以外的思想的第一步。”周所担忧和敏感的,是以“同一”压“差异”将会带来的流弊,是任意采用多数的强制手段以解决最需要“保护少数”的思想学术问题,终将导致思想言述的垄断和专制。晚年胡适也在《容忍与自由》一文中动情地忆及“一个死了的老朋友的故事”,这老朋友即是陈独秀。文中忆及四十余年前提倡新文学之初,作者从美国致信陈独秀,主张采取容纳异议自由讨论的立场,但陈在《新青年》上作答,示意胡适的“平心静气”与峻急的现实相去太远,“鄙意容纳异议,自由讨论,固为学术发达之原则,独于改良中国文学当以白话为正宗之说,其是非甚明,必不容反对者有讨论之余地;必以吾辈所主张者为绝对之是,而不容他人之匡正也。”胡适虽觉得“很武断”,但并未要求陈收回,甚至后来还一度为这一当初觉得格格不入的武断态度感到庆幸,以为正是这一不容反对者讨论的武断态度,致使新文学进程得以比自己预想的提前实施(见《五十年来中国之文学》)。但胡适的认同不过是一时的犹豫和松动,基本的底线还是始终没有放弃,他从20世纪20年代后半期起就一直在为“不容忍的空气充满了国中”担忧,而这一后来越演越烈的“不容忍”的态度,实际上即种因于新文化新文学肇始时的倡导者身上。社会政治思想界是如此,文学又何尝不是如此。20年代初陈独秀、沈雁冰等对“写实”的不容置疑的推重,30年代左翼之于“批判现实主义”,50年代以降的“社会主义现实主义”,文学的多种可能性被越来越压缩到最小限度,“现实主义”被抬举为科学、理性、进步、正义的最佳载体。晚年陈独秀曾对“必不容反对者讨论之余地,必以吾辈所主张者为绝对之是”,有很深的反思。但在相当长一段历史时空里,由章太炎思辨的齐物观开其端绪,经蔡元培揭橥为“循思想自由原则,取兼容并包主义”鲜明通晓旗号的尊重差异性存在的思想底线,直至近年才重新冒出历史地平线,出现赓续的迹象。

四、"依自不依他"

章太炎的思想学术方法，具有典型的求异思维的特性。重估权威的合法性来源，既是他最有光彩的思想、学术的起点，也是其归宿。章太炎平视九流诸子之学，对非正统的思想文化资源的兴趣，给"五四"一代新文学家很大影响。"五四"时代思想文化界所推重的非正统思想家，如王充、嵇康、阮籍、戴震等，几乎都是最先经由章太炎推重过的。章与康有为同为清末民初思想界并峙的双峰，都融汇中西，而又对西方有所保留。康的尊孔设教，章的复古和国粹立场，最终立足点都还在中国文化本位，属"中体西用"一途。但两氏学术门径（经今/古文）、政治思想（君主立宪/民主共和）大相径庭，选择中国文化的侧重面，诠释传统思想的见解和方式，及其设定中国文化道德的现代进路，均大有出入，几成水火不容之势，以致相差半个多世纪隔了几代的学者间会不约而同地指出，要真正理清章氏论学著述的思路，不得不将之放回到他与康有为论战的具体语境中方有可能①。"五四"新文学家一代的致思模式，表面看来似与康较为切近而与章反而显得颇有距离。康提出"大同"理想，将世界文化进路看作中西无殊、共同趋一的"大同"之境。文化历史观是单向一元的。"五四"一代激进地偏重于取径西化一途，视世界历史文化的发展演进有一普世性的标准，同样也是文化历史一元论者。故从表面看，"五四"一代与康有为之间较有共同语言，而章太炎以不齐为齐，强调多元差异的历史文化形态的自主合法权利，则反而与之有了间隔。但实际情形并非如此。稍加寻绎，不难发现，"五四"新文学的诸多方面，均与章太炎有更为密切的关系。康讲中西无殊、趋就"大同"，但他的孔教主张及其所欲维系的道德体系，骨子里属于保守的中国正统文化，实际并不具有普世性意义，实质上与"五四"一代追求的普世性现代价值和真理有根本不相容处，恐怕是根子所在。章康相比，无疑章对"五四"一代更具影响。

章氏之于"五四"及整个新文学的影响。基本上一直处在一种隐性状态，这也是以往文学史著只字不提章太炎的一个原因。从表面看，影响既不

---

① 20世纪30年代庞石帚《章先生学术述略》中称："其早年持论，志在光复，或矫枉以救时，或权说以动众，若《诸子学略说》之属，譬之刍狗，用在一陈，本非定论。"（《制言》二十五期，1936年）。近年朱维铮则谓，《訄书》自《订孔》以下论学术史诸篇，取舍褒贬，时见奇怪之论，原因即在章论学的箭垛始终在"订康"。（见《〈訄书〉发微》；朱维铮：《求索真文明——晚清学术史论》，上海古籍出版社1997年版，第259—283页。）台湾学者王汎森说得更好："在与论敌长期缠斗的过程中，他的思想也同时被论敌制约形塑成一个特殊的风貌。"见王汎森：《章太炎的思想》，台北时报文化出版社1992年版，第59页。

如严复尤其是林纾的翻译，也不及梁启超“笔锋常带感情”的议论，甚至也不如王国维①。章氏学重根柢，文宗魏晋，文学和行文方式过于简古，显然对别人读解他的著述起有阻隔作用。东京民报时期的入室弟子鲁迅就曾直言自己当年读不断《訄书》，古学功底深湛如鲁迅者，尚且视读解章著为畏途，其余也就自愧以下，可想而知了。加上如前已述，章氏思理深邃，尤擅思辨，他的贡献在于，为中国现代思想学术提供了一种抵抗简化和趋同、守持差异和复杂的认知评判系统，对现代转型进程中居思想强势、世人忙于趋从而疏于反思的诸多现代性理念，立足自己的根柢而多有置疑。而20世纪中国的大部分时间，均处在一个急风暴雨式的、往往根本无暇作出仔细思考就需要急促作出反应和判断的时代，这就注定了很少有人会去真心措意于这套守持差异和复杂的较为深在的思想系统。但章氏思想的意蕴并未因时间阻隔而销蚀殆尽，站远了看，也许反倒比他的同时代人看得更清楚些。

章氏潜研佛理，精进不已，除汲取思辨资源一面外，有明显入世性一面，借其“精进刚猛”“依自不依他”及“自觉觉人”等富于道德践履色彩的精神，倡导一种脱俗的自持之力，力挽时代的颓靡风气，用佛家的无生、无我、平等、众生皆佛及三轮清净思想，诊治国人畏死、拜金、奴隶、退屈和德色之心。章氏坚信，法相（包括他心目中的禅宗）“自贵其心，不依他力，其术可以用于艰难危急之时”，使人勇猛入世，百折不回，“排除生死，旁若无人，布衣麻鞋，径行独往，上无政党猥贱之操，下无�夫奋矜之气”②，因而格外值得珍重。将终极依托由外在的佛转向内在和自心，以法相“万法唯识”的反求自证，证得心力具有无法不具、无坚不摧的精神定力，有无限膨胀意志力的一面。此一思想脉络，在鲁迅早年精神人格构成中留有很深的印记。40年代胡风提出一系列颇具思想锋芒的文学观念，其中“精神奴役”说，显然有着“五四”有关“国民性”理论的影子③，而他后来几乎为之付出杀身代价的“主观战斗精神”说，力主文学要把捉一个从来就不完美的现实世界，最有力的方法并非

① 据蒋复璁追忆，德国普鲁士学院（当时与英国皇家学会及法兰西学院鼎足而立的世界三大汉学重镇之一）原拟聘王国维任通讯院士（院士则限于德国人），这是一项相当高的学术声誉，但因王国维已经投水赴死，柏林大学中文系主任、汉学权威佛郎克教授遂以其他合适人选转询于其时正赴德留学研究的蒋复璁，蒋告以章太炎，佛氏不知章太炎其名，蒋复荐以胡适，得以成协。此事时为民国十九年，即1930年。见蒋著《追念逝世五十年的王静安先生》，载台湾《幼狮文艺》四十卷第六期，1978年6月。陈平原等编《追忆章太炎》一书收有此文，中国广播电视出版社1998年版。

② 章太炎：《答铁铮》，收入《太炎文录初编》，见《章太炎全集（四）》，上海人民出版社1985年版，第369—375页。

③ 陈思和还指出了其与鲁迅译介的日本厨川白村《苦闷的象征》之间的一层渊源。参陈思和：《鸡鸣风雨》，学林出版社1994年版，第151页。

客观冷静的反映，而是调集和投射以文学家全身心健全的精神人格力量与之搏击，则带有很强的自贵其心和意志色彩。从思想谱系和渊源看，外来的思想，如经由别林斯基中介的对德国近代若干哲学观念的接纳，起有一定形塑作用，但立足于中国现代思想史自身理路的立场，章太炎重意志践行的精神，经鲁迅人格的再锻制和中介，在胡风文论中得以承传，不能不是一条更值得重视的线索。鲁迅《呐喊·自序》中的“铁屋子”寓言是人们耳熟能详的，寓言讲述人的心思是很清楚的，与其徒然增加惊醒后无计可施、倍受临终折磨的痛苦，还不让他们就此在昏睡中死去。但寓言者的执意最终还是在金心异（即现实中的钱玄同）诚挚的质问面前松动了，答应不妨一试，这和《野草》中冻结的“死火”最终选择跳出冰谷，以及困顿的过客最终决定继续上路是彼此相通的，在在见出意志的努力：在一个看不到意义和出路的世界里，凭自己的良知和意志的决断，替这个不可理喻的世界和独立无援的自己寻求一份有意义的立足点。考虑到胡风与晚年鲁迅的亲密交往，再考虑到晚年鲁迅以太炎先生重意志人格践履的早期学术风范的不胜缅怀和重新界定，可以断言，胡风之于章太炎，决非无缘之人。但这条相当清楚的思想承传脉络，迄今为止的文学史著述，尚少有人注意和提及。

章氏对及门弟子的影响自不待言，那么，他又是如何泽被未及门的“五四”一代及嗣后的中国思想学术史呢？胡适在新文学史上的名声当然是由于首倡文学革命和白话史，但他进北大则主要还是凭一手考据文字。据胡适晚年回忆，当年蔡元培聘他到北大当教授，是因为看过他的《诗三百篇言字解》。胡适的学术史研究地位基本上是在“整理国故运动”中奠定的，而仔细说来，这场20年代发起的“整理国故运动”，其起点即是章太炎的《国故论衡》，连关键词“国故”也是来自章太炎。胡适在他为中国哲学史研究提供了现代性学术范式的成名作《中国哲学史大纲·上卷》自序中对章氏的郑重感谢，自然不应看作是虚与委蛇的客套。这部书里的部分论案多见有章氏的影响，如对汉儒方士的批评及对宋明儒学“以礼杀人”的抨击，章氏《释戴》篇的印痕明显可辨。柳诒征即在当时就胡著《中国哲学史大纲·上卷》承袭章氏处有所辨析，并明言，“胡氏之好诋孔子与章同”（《论近人讲诸子之学者之失》）。早年北大学生毛子水对自己老师胡适之于章氏诸子学的承传有比旁人贴近一层的亲身体察，据他观察，初到北大时的胡适对章氏丛书研读甚勤，下过功夫，遇有疑惑不解处，还很留意向章氏及门求询，乃至直接向章氏本人请益：

在西斋时，即将章氏丛书，用新式标点符号拿支笔来圈点一遍，把每句话都讲通了，深恐不合意，则询于钱玄同，玄同不懂时，则问太炎先生自己。

毛子水还由《中国哲学史大纲》中论述墨子的章节与章氏之间的承传关系（他的看法后来得到过钱穆的认同），进而推断胡适是章氏诸子学方面的惟一传人：

据我所知，胡先生之墨子，系取太炎先生的说（法）而发挥之（在港遇钱宾四，宾四亦以为然），其实岂只墨子，胡先生乃惟一能发扬太炎之学的人。

不过，胡适对章氏学术的尊重和趋从似乎显得一厢情愿，照毛子水的说法，章对胡是看不上眼的，主要是对胡的小学功底很不放心：

太炎先生诋胡先生不懂小学。我曾对他说，你的学问，当以胡先生为惟一传人，你的话只为他能完全懂得而加以消化，并予以通俗化。①

说章看不起胡应该是可信的，但毛从中斡旋劝慰的口气则不可信，大有后来显达者容易犯的而自己又不易觉察得到的随意拔高自己显达前处境位置的嫌疑。尽管胡适甫登北大杏坛时，学生辈中旧学功底，不在胡适之下而且秀出其上者不乏其人，但胡适毕竟很快凭借他的西学学养，以其讲授中国古代哲学史时“截断众流”的气魄和墨学考辨的功夫一显身手，博得了时人的推服。毛的斡旋口气，有镕镕乎临驾老师胡适之上而与章氏分席而坐之势，照平生自视甚高，从不轻许于人的章氏脾性，连作老师的都看不上眼，你作学生的，是不是会有这样的说话份，是大可置疑的。胡适自美返国前夕写下的体现了他早期国故学功力的《诸子不出于王官论》，本是专为驳难章太炎而作的，但如果着眼于“影响”本有正负面两种类型②，该文仍不脱章氏影响的范围。而先于此时的《胡适留学日记》中，即已屡次述及其对章氏著述的处处留心。

① 以上均见于毛子水：《师友记》，台北传记文学出版社 1978 年版。
② 参钱钟书：《中国诗与中国画》，《旧文四篇》，上海古籍出版社 1979 年版。

“五四”时期以“只手打倒孔家店的老英雄”著称的吴虞，在留东洋归国后偏居四川的一段日子里，也留下了措意于章氏著述的不少记录。据《吴虞日记》载，章氏《诸子学略说》出版时，吴虞在成都得十本，分赠诸友（1912 年 3 月）；而章氏精心结撰的《国故论衡》及与人携手主持编撰的《国粹学报》，也都曾是吴虞置之案头重点翻读的书籍（1915 年 6 月）。据钱基博《现代中国文学史》推察，吴虞攻讦孔家店的思想资源主要来自章氏《诸子学略说》。钱基博的推察似乎得到了吴虞本人的认可，晚年吴虞嘱他的两个高足为他撰一份墓志铭，高足让他提供一份简地事略，吴虞便指示他们去参阅钱基博《现代中国文学史》中有关他的叙述[①]。吴虞受章氏《诸子略说》披溉之深，还可由另一件事来得以说明，当清季有人想以焚烧《诸子学略说》来宣泄其对章太炎的愤恨时，吴虞立即撰文斥责其野蛮荒谬之极：“某氏收取章太炎《诸子学略说》，烬于一炬，而野蛮荒谬之能事极矣。”[②]有趣的是，钱基博《现代中国文学史》还把吴虞文章归入清末民初的“魏晋文”一类，说：“（吴）虞文章以俪为体，依仿《文选》，兼拾周秦，诋韩愈之抒意立言为不足法，而主李兆洛《骈体文钞》之说，其实亦衍王闿运《八代文粹》之余论。”这与文宗魏晋的章太炎又显得颇为同道。在清季渐成波澜的“魏晋文风”中，章太炎担当了相当重要的角色（此点详后）。傅斯年就称：“自汪容甫、李申耆标举三国、晋、宋之文，创造骈散交错之体，流风所及，于今为盛。章太炎先生其挺出者。”[③]不过，吴虞文章的魏晋风似与章氏无直接师承关系，而主要属于王闿运再传。在承传谱系上，“（吴）为王闿运再传弟子。闿运……一转手而为蜀学之廖平，粤学之康有为；再转手而为吴虞……”（钱基博《现代中国文学史》）。

尽管太炎先生对顾颉刚提出“层累地造成的古史”观及由此掀动的疑古思潮大不以为然，但章氏 1924 年《救学弊论》一文论列当时囿于“耳学”的五种学术弊端，作为五弊之一的“因疏陋而疑伪造”，显然对此有所影射；差不多同时，鲁迅也借“故事新编”《理水》，对力持疑古史观的顾氏多有挖苦之辞；此时的鲁迅与太炎先生已颇隔阂，关系日趋疏远，但从中仍可见出精神血脉间声气相求的一面；尽管如此，却并不妨碍顾颉刚在一气呵成的《古史辨》长序中，将颇见声色的“古史辨”思潮溯源到章太炎的一段叙述，并点出了胡适学术之于章氏的某种转承递进关系：“整理国故的呼声，倡始于太炎

---

① 唐振常：《章太炎与吴虞论集》，四川人民出版社 1981 年版。

② 吴虞：《儒家主张阶级制度之害》，见《吴虞集》，四川人民出版社 1985 年版。

③ 傅斯年：《文学革新申义》，收入《傅斯年全集》册四，台北联经出版事业公司，第 15 页。

先生，而上轨道的进行则发轫于适之先生的具体计划。”“五四”后期风行一时的“整理国故”，虽引起过新文学新文化同人的存疑和异议，并且确实存在偏差的嫌疑，以致主其事者的胡适很快就对之有过反思，但就其显示了新文化新文学在学术视野、学术思想和方法上的功力言，仍应将之归属于新文化新文学的组成部分，而章氏之于其思想学术基础，实有奠定之功。章氏流贯在《新方言》《文始》《驳中国用万国新语说》和《国故论衡》《齐物论释》等著述中，将19世纪以降、20世纪初头包括思想学术在内的整个知识系统所全面承受的外部压力，看作中国思想学术自身内部面临的问题情境，力倡“言文历史”不可贸相变革弃己从人的立足自身根柢的思路，以及坚持在传统/现代、文明/野蛮、落后/进化、特殊/普遍这样一些先定的、主要是外部人为设定的概念模式之外，思考和理解中国文化和历史意义的立场，并进而对倚重自身渊源而非随风气趋赴、播迁无根、进退失据，即能够从容应对困境的文化自信和创造力所怀持的期待，毕竟在三四十年代的历史时空中陆续引发了若干回响。哲学思想史方面，冯友兰对中国哲学史再叙述的努力(用冯氏的话讲，即“照着说”)，及稍后颇见“继往开来”气魄的贞元六书的写作(冯自称“接着讲”)；熊十力“根柢不易固，裁断必出于己”的中国古典思想资源的重新论释和发挥；汤用彤的佛教史梳理；史学上，陈寅恪、陈垣、钱穆诸氏超越前人的史著史识，而实际所采用的方法大抵不离中国传统史学之门径；文学上，出版于1948年的钱锺书《谈艺录》，则于取证连比于西方诗学中，重新确认中国古典诗学的位置；都不妨看作是对章氏思路的回应，至少间接地和章氏思路有渊源关系，是同一思想谱系，在历史时空中虽带几分寂寥却颇沉潜有力历历可辨的接续延展。

正像孔墨之后，儒分为八，墨离为三，章氏旧学功夫主要有黄侃、钱玄同、朱希祖、吴承仕诸嫡传弟子所承传，他们术业有专攻，在各自的专业门类方面各有独当一面甚至独步一时的建树，但思想学术上综合博大的气象，则终无一人能逮及其师。如本文在所有可能作出提示的地方已经提示过的那样，新文学家中与章氏精神渊源最为深契的，还得首推周氏兄弟。鲁迅与章氏的关系更是非同一般。章氏在人生重大挫折中展开其思想和学术苦旅的早年情景，与鲁迅一生的思想、文字和人格干系尤深。鲁迅于1906—1908年间写下的几篇著名论文，尤其是《文化偏至论》和未完成的残篇《破恶声论》，正像许多研究者所指出的，在重历史、尊道德、憎公理、倡个人及排众数等一系列问题上，几乎都站在章太炎的立场上，立论的依据大多来自《民报》

时代的章太炎，就连驳难的方式和遣词造句，也对章氏《四惑论》诸文亦步亦趋。此外，像不少说者津津乐道的那样，鲁迅的《汉文学史纲要》以《从文字至文章》开篇，遵循的也即是太炎先生《国故论衡》中由《小学略说》而《文学总略》而《诸子学》这一从基始根本叙起的著述体例。“文学之始，盖权舆于言语”①，本是章氏的一贯思路。可能对进化论是网开一面，未能像太炎先生那样施以激烈攻击，鲁迅自述南京求学时代起就是进化论的信从者，1920年代后期才申明与之正式分手。但睽之鲁迅的创作，他对进化和未来的持疑又似乎从来没有中断过。如前已述，狂人“某生”与生俱来与食人史纠缠不清的原罪，以及由“狂”造成的他与狼子村村民的根本隔阂，致使其规诫村民“改了吧”和“救救孩子”的呐喊，最终归之于无助和无效；《野草》中“好的故事”仅是南柯一梦，而匆匆赶路者的前程则是一片坟场；如此等等，在此说明鲁迅的内心深处，对寄希望于未来的进化论其实始终是存有犹疑的，不抱太大希望的，因而不妨说，在无意识的层面上，他对进化论的态度与太炎先生实际并无二致。主撰《民报》时代的章太炎对个人的自主自足权利作了无限膨胀的辩护，但此一极端化了的个体论本身即是章氏不遗余力投身其间的排满民族革命的一部分，它从一起始就是奔着拯救民族的目的去的，个体独立与民族群体的复兴事业是不矛盾、不界分、二位一体的，从个体直接就可以跨越到群体、集体、民族和国家政治的。太炎早年曾有《明独》一文，阐释大独与大群的关系，说：“夫人独必群，不群非独也。”章的“大独”大致相当于早年鲁迅讲的“排众数”“任个人”的“个人”。在章氏看来，要成遂大群，先得成遂大独，大独是实遂大群的手段和途径，不是目的，目的在大群。章氏大独大群的关系，有点像民间过河拆桥一语中河与桥的关系，过河才是真正要紧的目的，桥只是手段，过了河就可弃之不顾拆掉了事的。十数年前李泽厚提到的“救亡压倒启蒙”，指涉的正是新文学初头、也即中国现代思想文化史初始之时曾被极为看重的个性，因必须听命于民族、群体及阶级利益的诉求，很快就被自愿不自愿地抛弃了这段史实。

20世纪20年代末起，随政治的直接美学化，个人越来越成为政治意志和阶级的工具和符码，独立之精神、自由之思想遂无从谈起。即使悍然独往一身傲骨如鲁迅，也一度由进化论改宗阶级论，30年代之初参与对“第三种人”的批判，答托洛茨基派的信中（此信实系冯雪峰代笔）也掺有不实之辞，但同时对左翼文艺界组织者在私人书信中又多有抱怨，并劝告萧军不要参

① 章太炎：《文学说例》，新民丛报第5册，1902年4月。

加组织，显然又有反思和怀疑。个体和群体的界分不清，可以直接置换，20世纪中国思想史的这一巨大症候，在章太炎和鲁迅身上有惊人相同的承载。投身排满民族革命时的章太炎，政治上可以说终究不得其志，然其本色却在仍不堕其志，与当途斗，与乡愿斗，七被追捕，两入幽禁，使酒骂袁，以死相抗，不是坐而论道，而是舍身赴难，身践履行，诸如此类佛入地狱、自度人的性情、气质和人格，对鲁迅精神人格的构成影响至为深厚。鲁迅辞世前不久，两度撰文回忆太炎先生，亦可见出章氏在其心目中无人可与比肩的分量①。舆情有"章疯子"之说，太炎先生不但不以为忤，反而欣然自许。《狂人日记》中"某生"的狂癫，虽不便直接指认前述章太炎在东京留学生欢迎会致辞上的自我期许为其观念原型，但至少有着一份耐人寻味的"巧合"：二者所共有的精神上的异端性，使"某生"与章氏之间无形中维系起一道"家族相似"的关联。疯者，狂也。狂有传统狂狷的成分，更有个人径行独往独自承当气概的一面。澳籍华裔学者谢樱宁《章太炎年谱摭拾》一书附录的《章太炎与王阳明》一文，述及章氏晚年对王阳明的重新推重，是以对王氏身上蕴含的侠气的重新发掘为枢纽的，由此推论章氏思想中对"儒侠"一脉余绪的承传：

> 试观太炎一生行径，但凡"义有未安，弹射纠发，不避上圣"，原是他所高调的"特立独行"精神的散发。……章太炎在斟酌"大独""大群"之际，如此推重侠者的古风，恐怕正因他们分享着追求正义的共同心理("正义"的认识是否正确，是另一问题)与"悍然独往"的共同气质。事实上，他自己便是一个精神上的独行侠！②

鲁迅当年的任个人、排众数、掊物质、重精神，对一切标以"公理""公道"识记的事物不遗余力地痛恨排击，毅然选择"荷戟独彷徨"、独自徘徊于无地作为自己基本的生存方式；小说《铸剑》对黑衣人行侠风仪的耽迷，《理水》《非攻》对摩顶放踵的大禹和墨翟的推许③，以及杂文中对敢于抚尸痛哭的

① 鲁迅：《关于太炎先生二三事》《因太炎先生而想起的二三事》。见《且介亭杂文末编》，人民文学出版社1995年版。

② 谢樱宁：《章太炎与王阳明》；《章太炎年谱摭拾》附录一，中国社会科学出版社1987年版，第207页。

③ 哲学史家冯友兰在《原儒墨》一文中主墨出于侠、墨侠本一家之说。冯据《淮南子・泰族训》篇"墨子服役者百八十人，皆可使赴火蹈刃，死不旋踵"，认为墨与侠一样，皆有急难济困、慷慨赴死的侠义心肠，所不同者，侠是打仗专家，墨虽也属攻伐专家，但专门扶助弱小一方，主张"非攻"；侠遵守一定道义，墨则将此道义更加理论化、普世化……

叛徒的另眼相看和真心期待;他那清风傲骨的性格,坚忍自持藻雪精神的品行及自由不羁的思想方式,无不都与守持“依自不依他”哲学的“悍然独往”的“精神上的独行侠”章太炎之间存在千丝万缕的精神血脉关联①。

鲁迅的研习佛经显然也与章氏干系甚大。他最初研读佛经的热情,可见于保留下来的1909年太炎先生邀周氏兄弟一起修习梵文和佛经的一封信中。章囚系西狱三年,备受狱卒凌辱,同囚的邹容不堪其虐以致瘐死,章则于做苦工之余,朝夕必研诵《瑜珈师地论》,悟得大乘法义,得以挨过狱期。鲁迅于1914年起重新开始看佛经,用功之猛,为常人难以望其项背,据鲁迅日记书账,是年购有九十余种佛书,经、律、论三藏,小乘大乘,均有涉猎。据许寿裳《亡友鲁迅印象记》载,他最先买读的即是《瑜珈师地论》,与章氏研习佛理的顺序是一样的。许寿裳在同《记》中说:“他对于佛经只当作人类思想发达的史料看,借以研究人生观罢了。别人读佛经,容易趋于消极,而他独不然,始终是积极的。”这与太炎先生坚持“六经皆史”、平视九流诸子之学,始终将儒学经典当作文献史料看待的思想学术立场,以及佛学发起信念、增进国民道德的入世态度,是一脉相承的。

鲁迅思想、学术和人格修为上受惠于魏晋人物和思想的一面,早已是一个公开的秘密。孙伏园在回忆文中写到,“五四”时刘半农曾赠鲁迅一副联语:“托尼学说,魏晋文章”,是说鲁迅思想深受尼采、托尔斯泰影响,文章则颇得魏晋风神熏染,“当时的朋友都认为这副联语很恰当,鲁迅先生自己也不反对”②。鲁迅对魏晋一段社会历史、文化学术和人物文章,情有独钟,下过很大的功夫,他后来那篇名世的讲演稿《魏晋风度及文章与酒及药之关系》,在梳理和重建有关这段历史文化时空的记忆时,显得如此从容和自如,举重若轻,对魏晋文人的生存处境和思想风貌,都有精到的体验和描述,非造诣精深者莫办。王瑶先生40年代西南联大时期随朱自清先生读研究生时撰就的,1951年由上海棠棣出版社出版的《中古文学思想》《中古文人生活》《中古文学风貌》三部姐妹篇系列论文,如今已成为研读这段文学史的研究生必读书,而这三本书的思路和方法,可以说基本不出鲁迅这篇名文的筹

① 木山英雄《“文学复古”与“文学革命”》一文据章氏1907年《民报》第16号的《定复仇之是非》,联想到鲁迅的《野草·复仇》及《铸剑》诸篇,指出:“章炳麟从独特的立场论述了排满革命的根据,提出了单纯的复仇原理。……章炳麟的复仇论中最‘洁白’的形态是与仇人同归于尽,这也体现了章氏革命论中浓厚的道德主义色彩,顺便指出,这种‘复仇’情结远远超越了当时的政治领域,深深渗入弟子的心灵,成为后来的小说家鲁迅的超理性决断和反抗之象征的原型观念。”这一洞察有助于拓展我们之于鲁迅思想及其小说原型观念来源的理解空间。

② 孙伏园:《鲁迅先生逝世五周年杂感二则》,见《新华日报》1941年10月21日。

划范围，是这篇名文的衍化和铺陈。鲁迅用清峻、通脱、华丽、壮大四个关键词来标识和评述魏晋文章，显然得力于刘师培的《中古文学史讲义》。关于“通脱”，鲁迅较刘氏有精彩的发挥：“更因思想通脱之后，废除固执，遂能充分容纳异端和外来思想”，则不能不令人联想到章太炎尊重差异性存在的齐物思想。鲁迅对六朝文章有过的亲近，也可从周作人晚年追忆中约略见出：

> 他可以说爱六朝文胜于秦汉文，六朝的著作如《洛阳伽蓝记》《水经注》《华阳国志》，本来都是史地的书，但是文情俱胜，鲁迅便把它当作文章看待，搜求校刻善本，很是珍重。纯粹的六朝文他有一部两册的《六朝文絜》，很精简的辑录各体文词，极为便用……①

这段时隔多年的追忆，恐怕更多地带有追记者本人精神意趣的印记。其实鲁迅爱重的是“师心遣论”“使气命诗”（《文心雕龙・才略》）的魏晋时代，尤其爱重面对危难敢于作出极端性感愤回应的嵇康，故对魏晋文章显然不是仅仅当作文情兼胜的文章来看待的。至于玲珑多态、繁华足媚的纯粹六朝文，未见得鲁迅会有什么兴趣。周作人则偏爱南北朝一段，尤其爱重“把酒赏菊”的陶潜和洞达世故、性情渊雅的颜之推。于此也可见出周氏兄弟性情趣味上的明显差异②。魏晋人物中，鲁迅格外称服嵇康的“思想新颖”。自1913年起直至离世前，二十三年间，鲁迅校勘《嵇康集》先后达十余遍，撰有《〈嵇康集〉逸文考》《〈嵇康集〉著录考》《〈嵇康集〉序・跋》《〈嵇康集〉考》等专文，对嵇康的专注和追慕，到了不遗余力的程度。研究者之于他所研究的对象之间，总是一种双向互动、互相渗透和互为印证的关系，对象的隐秘含义，有待独具慧识者前去烛照唤出，而在烛照唤出的过程中，研究者投射其间的慧识，必将在其研究对象那里留下印记，意义并非现成先在，研究者同样也参与了意义的生成过程；另一方面，被从隐秘状态中照见和唤出的对象的含义，也将无形中给研究者的心智带来意想不到的诸多调整、提升和规范，实际上，被研究的对象也参与了对研究者心智重新形塑的过程；因此，潜心研究一个作家或一个文本秘密隐在的意义，终将变为研究者对自身心智构架的一种重新设定。这一点可以解释鲁迅文章中魏晋风度的由来。而鲁迅在人格范型和行文方式上独独钟情于魏晋，固然有其自身精神个性人格生成

---

① 钟叔河编订：《周作人散文全集 12》，广西师范大学出版社 2009 年版，第 623 页。

② 陈平原：《中国现代学术之建立》第八章，北京大学出版社 1998 年版。

特性上的原因，但章太炎的影响也至关重要。

五、钟情魏晋

对魏晋六朝文章的看重，也是清末以降渐成气候的一股思潮。自阮元《文言说》《文韵说》诸文援引魏晋间文笔之分的界说，以附会和重新阐释孔子赞《易》所著《文言》之旨，及清末追慕六朝最为出色的骈文大家汪中、李兆洛之后（李则编有《骈体文钞》），取法魏晋六朝遂成了抗衡和解构长期浸淫文坛的桐城派崇尚唐宋八大家古文风气的一种重要取径。辑有《八代文粹》的王闿运，为文深得六朝风概浸润，故在力持三国两晋文为雅、唐宋文为俗之见的章太炎看来，"并世所见，王闿运能尽雅，其次吴汝纶以下，有桐城马其昶为能尽俗"①。一身烈士精神的维新志士谭嗣同也在《三十自纪》中述及自己为文归宗魏晋的经过："嗣同少为桐城所震，刻意规之数年，久之以为似矣，而示人亦以为似。诵书偶多，广识当世淹通归一之士，稍稍自惭又无以自达。或授以魏晋间文，乃大喜，时时籀绎，益笃嗜之。"甚至行文风仪与魏晋文风马牛不相及，却与日本报人、启蒙思想家德富苏峰颇为投缘，并由此招致章太炎嘲讽②的梁启超，也在所撰《清代学术概论》中附风跟进，对魏晋文大套近乎："启超夙不喜桐城古文，幼年为文，觉晚汉魏晋，颇尚矜练。"鉴于梁素以擅随风尚迁移著称，他说魏晋文的好话，足以印证其时崇尚魏晋文风正成风靡之势。与章太炎一度同主排满革命而学术上始终颇为相得和彼此推许的刘师培，除后来曾为北大撰有《中古文学史讲义》，讲授《汉魏六朝专家文》之外，早年即写得一手好骈文，并对开清末推重魏晋风气之先的阮元表示服膺。章太炎则更为决绝地从排满民族革命立场出发，对位至清朝重臣的阮元疾恶如仇，在《国故论衡·文学总略》中，处处将阮元《文言说》《文韵说》诸论竖作靶子，梳理汉魏六朝有关文笔之辨的各家意见，力辟阮元以沈思翰藻、俪词韵语为文，将经、史、子排除于为文之外和归之于笔的荒谬，主张对文须作无所不包的宽泛理解，不仅经、传、诸子皆应包容在文的范

① 章太炎：《与人论文书》，收入《太炎文录初编》卷二；《章太炎全集》（四），上海人民出版社1985年版，第168页。

② 参见本书第二章下梁启超篇第二节。1914年9月与陈柱论康、梁书中，章太炎反对熊希龄推举梁为教育部长，说"梁之学术，率由剽窃，用之，虽东瀛人士亦笑之矣。"原信刊于1937年6月上海出版《学术世界》二卷5期，今转引于谢樱宁《章太炎与王阳明》一文；谢樱宁：《章太炎年谱摭遗》，中国社会科学院出版社1987年版，第181页。又冯自由《革命逸史》一书中"日人德富苏峰与梁启超"一节，述及梁《烟士披里纯》一文系剿袭自日人德富苏峰。另日本史学家内藤湖南对梁著《中国史研究法》也颇有讽嘲之辞。

畴内，而且较之敷文缛彩的俪词韵语，更属为文的重头。但这并不妨碍在文宗魏晋这一点上，章与阮元间有殊途同归之处。黄侃《文心雕龙札记》则折衷于乃师和阮元之间：“拓其疆宇，则文无所不包，揆其本原，则文实有专美”，认为太炎先生是从大处着眼，阮元则是就根本立论，两者可以说都没有错，只是各有偏重，若能参合互补，正好可以补纠为文之偏失：“文辞之事，章采为要，尽去阮不可法，太过亦足召讥。”

章对自己学文之得失及终至独崇魏晋的经过，在《自述学术次第》中有所交代：最初羡慕韩愈为文奥衍，后又学步汪中、李兆洛，及至诵读三国两晋文辞及宗师法相，窥得其谈玄论政仪容穆若、气度舒卷，遂放弃承袭秦汉文的唐宋八大家及文宗唐宋的桐城派，对清代骈文大家汪中、李兆洛也感到不满，不欲与之同流，格外推服综刻名理、清和流美的魏晋玄理文章，认为其析理绵密，托体高健，义蕴闳深却平易而有风致。自称中年以后撰文，“清远本之吴魏，风骨兼存周汉”。与清末民初诸家专着眼于魏晋六朝文文学修辞上的闳雅流美明显不同的是，与其说章氏看重的是三国两晋文的华辞，毋宁说他看重的是这一时段的思想及对思想的有力表达。从章氏于三国两晋文中称赏的是并非以文采而是以思辨见称的王弼、裴頠、范缜辈，以及推重颜之推的《颜氏家训》为隋唐间思想学术文章第一家，都清楚不过地表明，章氏其实更为看重的是三国两晋文的致思方式的优长，即思想和学术的奇峻独到与析理的缜密深入。章氏称道魏晋是有真正的思辨和学术的时代，《论中古哲学》明言，“真以哲学著见者，当自魏氏始”，并力倡“五朝学”，称赏钱大昕《何晏论》力排成见替何氏辩诬之举，对历来诟病的魏晋玄学清谈有很高的评价，并力诫人们打破以世道盛衰褒贬汉晋的传统史家习气，对历来相沿成习的推崇汉唐盛世的史见，及将魏晋归入文学“衰世”（苏轼即据此表彰韩愈有“文起八代之衰”之功）的传统评判，作了有力的匡正、颠覆和消解。唐代以诗赋取士，文学大盛而学术反遭荒疏，章以学术思想史家的立场，一向看不上有唐一代的学术文章，以为乏善足陈，自然容易理解，但汉代是经古文学的本家，清代朴学本以批判宋学、重新接续汉学为抱负，章氏指认三国两晋文不仅唐代无以比肩，而且超迈汉代，这评价自然就非同寻常的高了。

章太炎对三国两晋思想学术文章的重新估定和高度评价，不仅在清末以降的魏晋文复兴思潮中显得别开生面，而且对及门弟子，并经由章门弟子的中介，对新文学也实多启导之功。章氏旧学上的嫡传弟子黄侃，即研治《文选》甚力，并有功力深厚的名著《文心雕龙札记》行世，他的《汉唐玄学论》和一手好骈文，也均表明受五朝学和六朝文的浸淫沾溉之深。钱基博《现代中国文学史》称其“词笔高简，初见方讶其奇字涩句，细玩又觉隽永深醇；小赋可追魏晋；五言有晋宋之遗；则固足以绳徽于炳麟而为高第弟子焉”。新文学家中，鲁迅已见前述，周作人意在将新文学的源流再度上推到六朝，这一已见端倪而最终未能完成的筹划，以及屡屡撰文述及对《颜氏家训》的推重，也都与章太炎大有关系。

周作人 1932 年在辅仁大学的系列讲演中上靠下挂，以晚明公安、竟陵的“独抒性灵，不拘格套”印证“五四”新文学的主张自我，反对复古，断言“今次的文学运动，其根本方向和明末的文学运动相同”，深信晚明非正统文人的“勇气与生命”，“里边包含着一个新文学运动”。指认明末公安三袁的小品文写作为新文学的正宗源头，无疑蕴含有为 1930 年代标举“性灵”“闲适”的小品文写作争得合法名义的意思，并与 1930 年代渐成强势的以“阶级”“政治”等关键词取代“五四”的“个人”“人道”“民主”“科学”等知识谱系，即将政治直接美学化的倾向相抗衡。忧患于时势的鲁迅则在翌年的《小品文的危机》中，提醒其理解和接受上的偏失，力求复原晚明小品的完整真实形貌，尤其提请注意晚明文学对应危难和表述感愤的一面：“并非全是吟风弄月，其中有不平，有讽刺，有攻击，有破坏”，并进而追溯到同样有着“挣扎和战斗”的晋朝清言和唐末杂著，以为同样或更值得当代的小品文写作者效法。平心而论，周作人的眼光并未完全停留在公安三袁那里，就在倾力褒奖晚明公安竟陵的《中国新文学的源流》系列讲座中，他已隐略提到了六朝散文的魅力。是年替沈启无选编的《近代散文钞》作的新序中也写道：“正宗派论文高则秦汉，低则唐末，滔滔者天下皆是，以我旁门外道的目光来看，倒还是上有六朝下有明朝吧……”几乎就在同时，他便在北大开出“六朝散文”。而早在此前的 1920 年代，他就已在孔德学校兼任的国文课上指定《颜氏家训》作为主要授课教材之一。

据当时北大学子，选听过周作人“六朝散文”课程的柳存仁记述，上课情形及所用教材大致如下：

> 六朝散文原来是民国二十五年岂明先生开的新课程，这事在四十多年后我读了《知堂回想录》第一五一节“东方文学系”的叙述才知道的。那么这课在北大也只开过一年，因为下一年七月已经是卢沟桥事变开场了。岂明先生不喜欢“文起八代之衰”的韩愈和唐宋以后的道统思想，所以他这时的课程纲要和几处别的文字里都引过伍绍棠彭兆荪编《南北朝文钞》里赞美六朝人“所著书多以骈俪行之，亦均质雅可颂”

> 的话，这一门功课课堂里的用书，《颜氏家训》为主，《洛阳伽蓝记》也讲过一些，还有一小部分就是《百喻经》。
>
> 《颜氏家训》的第三篇是《兄弟》。十月中讲这一篇的时候，鲁迅先生故世了，他去世的第二天，北平天津的报纸上都登了电讯。我们上课的学生都猜想岂明先生今天可能告假了。我们在寂静的课堂里等了一会，岂明先生来了，大家的情绪都有点悲怆。这一堂敷衍过去了，除了颜之推的文章什么别的也没有提，到了快下堂前约几分钟的样子，岂明先生挥一挥他那件藏青呢袍的袖子，弹了弹粉笔灰，说"我要到鲁迅的老太太那边去一趟……"①

当时情景，除柳存仁外，张中行等晚近都曾著文追述过，已为学界所熟知，故不再引。依柳氏记述推断，周作人在北大开"六朝散文"，读解《颜氏家训》，是鲁迅故世的1936年。前后上课仅一年时间，因为翌年7月即已进入全面抗战，北大随之南迁。

千百年间，《颜氏家训》二十篇仅是被世人视作世事洞达，学识博杂，在谨慎处世和勤勉向学方面可以给人提供切实有益参照的训诫类读物，从来不曾为思想学术史家正视青睐过，第一次正式将其提升到思想学术史层面加以诠衡定位的，始作俑者不能不推章太炎。1914年10月至1915年初之间，被袁世凯幽禁的太炎先生于极度忧愤中复取《訄书》增删改定的《检论》卷四《案唐》篇，历数"尽唐一代，学士皆承王勃之化……徒能窥见文章华彩，未有深达要理、得与微言者"，斟酌比较之余，乃下断语说："若夫行已有耻，博学于文，则可以无大过，隋唐之间，其推《颜氏家训》也。"章氏推重颜之推的"博学于文"，对30年代的周作人说来，自然容易激发特殊的感兴。此期的周作人，正措意于以广博的杂学打底，通过对传统异端思想资源的敏锐接纳，支援调整自己的思想，在历史诠释中重新规范新文学知识谱系，从而与其时正方兴未渐成强势的将政治直接美学化的左翼文学知识谱系相抗衡。章氏推重颜之推的理由，与此期周作人的思路显得颇为对路，无形间形成了某种支持。周作人30年代中期至整个40年代，撰文屡屡提及颜之推"思想通达"或"理性通达，感情温厚，气象冲和，文词渊雅"，并深表不胜向往和钦服之情。《风雨谈・关于家训》称："《颜氏家训》成于隋初，是六朝名著之一，

① 柳存仁：《知堂记念》，《道家与道术——和风堂文集续编》，上海古籍出版社1999年版，第325页。

其见识情趣深厚，文章亦佳……”此一思想与文辞兼重的思路，与章氏从思想学术史家立场，重视三国两晋文的长于“深达理要”“得与微言”，轻视任窻、沈约之流的藻丽俳语，虽不无小异，但基本同调。章氏晚年的国学讲演录中，对颜氏博学于文和深于感情的一面表示欣赏的同时，又不讳言对其“言处世之方，不及高深之理”①一面的引以为憾和评价上的有所保留，而周作人爱重的恰恰是章氏表示保留的颜之推重常识、求节制、讲情理这些但求“取便”不及“深理”的一面，具体取向上则约略见出分殊。

新文学史上，废名对六朝文和晚唐诗的推重几乎是不留余地的。废名在《三竿两竿》一文中称：

> 中国文章，以六朝人文章为最不可及。我尝同朋友们戏言，如果要我打赌的话，乃所愿学则学六朝文。我知道这种文章是学不了的，只是表示我爱好六朝文，我确信不疑六朝文的好处。六朝文不可学，六朝文的生命还是不断的生长着，诗有盛唐，词至南宋，俱系六朝文的命脉也……②

在对文章之美的讲究上，素来给人以“畸行独往”③印象的废名，趣味更是来得落落寡合，但却深得周作人“同情之理解”。废名早年的小说，几乎都是由周作人为之作序作跋的。周作人关于废名的长篇《莫须有先生传》在序文中说过的一段话，称道废名的小说像一道流水，凡流经什么汊港弯曲或岩石小草，总要灌注潆洄或推拂抚弄一下，再往前去，“这都不是他的行程的主脑，但除去了这些，也就别无行程了”，直至80年代，仍令心仪废名的小说家汪曾祺感铭不已，推许为至今无人能出其右的评价。当然，废名也独对1937年北京城沦陷前的周作人的为人为文钦佩无量（沦陷后，自有碍难，另当别论），师徒间大有惺惺相惜之意。废名对六朝文的偏嗜自然直接得益于周作人对六朝散文的发掘和宣传，如果我们不想犯数典忘祖的毛病，则不妨将废名列在对清末民初魏晋六朝文风复兴运动起有重要作用的章太炎的再传弟子的名册里。正因为是再传，差异和离谱的地方，自然也就更多一些。

---

① 章太炎：《国学讲演录》，华东师大出版社1995年版。

② 《冯文炳选集》，人民文学出版社1985年版。

③ 1946年7月31日俞平伯致信胡适，为废名能在北大文哲两系执教说情，信中有“窃维废名畸行独往，斯世所罕”语。见《俞平伯书信集》，河南教育出版社1991年版。

附录　中国新文学建构中的章太炎因素

一

胡适在为《申报》五十周年纪念专辑所撰的著名长文《五十年来中国之文学》中，称章太炎为古文学最后一位“压阵大将”，“可算是中国古文学很光荣的结局”①，但其实，章太炎作为新文学开山之一的意义，很可能更耐人寻味和值得探讨。作为晚清以降不世出的、真正具有原创性并且自成体系、真正体现了学术与思想互为奥援的一个相当突出的存在，章太炎对于中国新文学及其精神品格的发生、成型及其成长，有着多方面的显性或隐在的影响，之间存在着深刻而又复杂的关系。仔细梳理清楚这层迄今为止尚未引起足够关注、或虽经有识者专题性涉及②、但尚有待提升到整体、系统层面的关系的研究，将有助于我们对新文学史作出有所不同于、或有可能突破已有理解的理解。

章氏花大力气撰著《齐物论释》，对“不齐而齐”的“齐物观”无限倾心，意在对差异性存在的正当、合法性作出辩护。这里边既有对晚清中国积贫积弱的危机性现实处境和世界强权政治力量之间的悬殊对比的惊怵、受挫感及反弹性的自尊等一系列复杂反应，也有对中国思想学术真正深入的理解和自信，又有对当时所能认知到的中国之外的世界文明状况的了解，是一种相当错综复杂的思路、判断和感情体验，客观上则起到了这样的作用：揭露“现代/传统”“先进/落后”之类滞碍于名相的文化等级差序观念所具有的虚假意识形态性质，从而为更为丰富的思想学术资源，尤其是中国传统中有价值的资源的合法性，作出有力的辩护。此一“不齐而齐”的文化价值原则，与新文学所标举的诸如“民主”、“思想和创作自由”这样一些重要的价值之间，

① 胡适：《五十年来中国之文学》，收入《胡适古典文学研究论集》(上)，上海古籍出版社1988年版，第123页。

② 木山英雄：《“文学复古”与“文学革命”》(孙歌译)，收入《文学复古与文学革命——木山英雄中国现代文学思想论集》，赵京华编译，北京大学出版社2004年版，第209—238页。陈平原：《中国现代学术之建立——以章太炎、胡适之为中心》第八章《现代中国的“魏晋风度”与“六朝文章”》，北京大学出版社1998年版。木山英雄对清末民初周氏兄弟将外来现代性资源与中国传统资源转化为中国现代语境的努力背后的章太炎因素，有相当独到的分析，并有多方面开示新思路的意义。

明显存在着“家族相似”的特征。考虑到章氏在晚清以降至“五四”之前在中国思想学术中无可替代的影响力，更考虑到“五四”新文学代表人物鲁迅、周作人、钱玄同，乃至陈独秀、胡适之与章氏之间或直接或间接的关系，认定章氏此一方面的思想之于上述新文学的重要价值观念之间，存在着某种精神始源的关系，应该是顺理成章的事。再比如章太炎的“俱分进化论”，为晚清以来的“现代性”价值取向引入了一套深刻复杂的评价体系，大大丰富和深化了中国思想学术对于现代性的理解和认知①。我们从新文学作家那里，如在鲁迅身上，尤其是以《野草》为代表的那些异常复杂深刻的作品背后，从沈从文始终不愿放弃甚至持以为傲的“乡下人”写作立场背后，都不难辨认出由章氏开其端绪的，对于“现代性”的复杂的认知评价方式，是怎样作为一种隐性精神结构贯穿其间的印迹。

还有，如所周知的那样，鲁迅早在从事新文学创作的初始，便已在那里倾注心力于大量杂感录的撰写了，鲁迅中晚期的写作活动，更是几乎为此类犀利而激扬、敛抑而精劲的杂文写作所全面覆盖。这些早期杂感文也好、中晚期杂文也罢，都既不是诗、也不是小说和戏曲，甚至也与周作人所憧憬、并视为散文正宗的“美文”相去甚远，依照通常的理解，似乎很难归入文学写作的范畴。在鲁迅的同时代人当中，将其视为作家文学创造力衰退表征，并予以惋惜或加以嘲讪的，便已不在少数，时至今日，不是还有人在那里继续纠缠着鲁迅只留下少量创作却拥有大量杂文的所谓把柄，对鲁迅已有的文学史地位大表异议的吗？但在中国现、当代有关鲁迅评判的背后，支撑着这些异议的文学观，其实是一种相当传统的、可以说是源自魏晋六朝的文学观。魏晋六朝即曾将周、秦、两汉以降，泛指包括后来所说的“学术”之文与“文学”之文在内的“文学”观念，大加“规范”和“整肃”。在昭明太子萧统的“文学”谱系里，子史率先遭到摒除，经书虽受尊崇，但也不予选录。《文选·序》差不多“划时代”地为“文学”的外延和内涵立下这样两道界石：“事出沉思”与“义归涵藻”。即，除了要有美的想法，还要有美的修辞，不可缺少声律上奇偶相生音韵协调等等精致考究的要素。清代中期位及显宦的扬州学术巨擘阮元，在其收入《揅经室三集》的《文言说》中上溯到孔子那里，以为孔子赞《易》始著《文言》，故文当以耦俪为主，坚持以“有韵”“无韵”判分是否文学，更是将文学的观念越加狭义化了。阮元的文学观对他身后

① 参见汪晖：《个人观念的起源与中国的现代认同》，《中国社会科学季刊》，总第九辑，1994年秋季号。

的小同乡刘师培深有影响。而鲁迅对刘师培的学问也是佩服的，最明显的证据之一，便是《魏晋风度与文章及药与酒之关系》一上来鲁迅用以涵盖魏晋之际文学的精神风貌的四个关键词："清俊""通脱""华丽""壮大"，即是刘师培在《中古文学史讲义》中用以说明汉魏之际文学变迁的相关说辞的直接沿用和推衍①。章太炎也一度视家学传承深厚的刘师培为自己学术上的畏友，不过在文学观上，两人却有明显的分途。章太炎重新确立重心立足于文"字"的文学观，显然是要破除六朝以来为《文选》序所拟定、后来延至阮元《文言说》更是被作了狭窄的限定的偏重于文"章"的文学观。针对业已成为一种根底相当牢固的传统，即由《文选》序至阮元《文言说》、再至刘师培《广〈文言说〉》，恪守"有韵""无韵"、是否骈俪之体作为判分是否文学的准绳的文学观谱系，章氏在《国故论衡·文学总略》里针锋相对地提出了一种几乎拆除一切区隔藩篱、因而显得异常宽泛的文学观："以有文字著于竹帛，故称之为文。论其法式，谓之文学。"将所有只要是著诸竹帛的文字，统统纳入"文"的范畴，并正式声辩："是故榷论文学，以文字为准，不以彣彰为准"。

二

章太炎赞赏刘勰《文心雕龙》中的相关看法，给予很高的评价，一来是要证明，就在"文学"被萧统《文选·序》作了偏狭化处理（这一处理对后世的文学史产生了深远的规诫作用）的同时，事实上还有另一种不同的声音的存在，他将这一不同的声音援引为自己异乎时流的文学观的重要支持：

> 《文心雕龙》于凡有字者，皆谓之文，故经、传、子、史、诗、赋、歌、谣，以至谐、隐，皆称谓文，唯分其工拙而已。此彦和之见高出于他人者也。彦和以史传列诸文，是也。昭明以为非文，误矣。②

由于阮元的文学观依托的是萧统《文选》，因而萧统《文选》的编纂原则便成

① 按，刘师培《中古文学史讲义》中用以说明汉魏之际文学变迁的相关说辞，实际上有援引于刘勰的地方。可参证、比较刘勰《文心雕龙·体性篇》。

② 章太炎早年在日本"国学讲演会"的讲演记录稿《文心雕龙札记》（记录者为太炎东京时期弟子朱希祖。此稿入藏上海图书馆）。参见周兴陆：《章太炎讲解〈文心雕龙〉辨释》，《复旦学报》，2003 年第 6 期。

为章太炎所要力加解构的对象。章太炎推崇魏晋文章，在《国故论衡·论式》中提出“以魏晋为法”，在《与人论文书》《菿汉闲话》中也多有此类表示。《菿汉闲话》在谈及他对魏晋文章的推崇时，就忍不住把萧统《文选》拉来当作陪衬，趁势加以批评：

> 观晋人文字，任意卷舒，不加雕饰，真如飘风涌泉，绝非人力。萧《选》以“沉思”“翰藻”为主，故所弃反多耳。①

《国故论衡·文学总略》驳难萧统《文选》“以能文为本”，从而对经、史、子类予以排除的编纂策略，提请人们注意到子书中如《庄子》《荀子》《吕氏春秋》《淮南子》同样不乏“沉思”“翰藻”，作为有力反证。阮元《文言说》借孔子张目：“孔子以用韵比偶之法，错综其言而自名曰‘文’”，太炎故意择取其实未必靠得住的梁武帝之于“文言”的解释，与之抗衡。针对阮元热衷把玩的“文笔”之辨，太炎则称：

> 《文心雕龙》始言文、笔之分。盖文、笔之分，实始东汉。然此分之界限，亦各不同。在东汉以诗赋为文，奏札为笔。六朝人以有韵为文，无韵为笔。唐人又以诗歌为文，颂铭为笔（见《一切经音义》）。至于阮元之说（言骈体始可称文），更不足道。②

章太炎称道刘勰包罗远为宽泛的文学观要比他同时代人的见解来得高明，纠谬萧统《文选》的编纂原则，排斥“文笔”说，对“文言”别立新解等等，都无非是要破去阮元所代表的日趋偏狭的文学观，将文学还原到它应有的状态，即，有着异常开阔的精神视野以及无所拘束从而有着无限可能性的表达空间。这样一种开放的文学观，相对于缥袭千年之久的传统文学观说来，所具有的巨大的冲击力和解放感，应该是不言而喻的。这一迥异于时流的文学观念，当时甚至似乎还难以得到他的门人的认同，更遑论一般世人了。在《国故论衡·文学总略》中，章太炎曾以“或言”“或言”这样的口吻，与人展开争辩，为自己提出的这一空前开放的文学观的正当性和合理性，予以正面的解释和答辩。这“或言”所要论辩和说服的对象，据许寿裳回忆，甚至还有着

① 见《太炎文录续编·菿汉闲话》。

② 章太炎早年在日本“国学讲演会”的讲演记录稿《文心雕龙札记》。

Opium-Eater，1821)一书，记述鸦片吸食者的感受和奇思妙想，充满诗意与想象力；文学批评则以《论〈麦克白〉剧中的敲门声》(*On the Knocking at the Gate in Macbeth*，1823)一文最负盛名。程笺指出章太炎所要“订正”的这种将“学说”与“文辞”判分为二的所谓“学说以启人思，文辞以增人感”的“文学”观(也即许寿裳鲁迅印象记中为青年鲁迅所信从、并据以与乃师展开辩难者)，其背后的近代西学背景，以及此一西方近代文学观在中国现代文论生成过程中的主导性影响及制约性地位，都是可以得到历史印证的。我们不妨去翻翻陈钟凡出版于 1927 年的中国近代以来第一部《中国文学批评史》，在这部标志着中国古代文论依照西方学科得以正式创建的讲义中，开篇即以专章“文学之义界”，对“文”的本义与衍生义及“文学”在中国历史上的义界变迁做了一番梳理，然后说到，“晚近学者，或以文为偶句韵语之局称，或以文为一切著竹帛者之达号，异议纷起，迄无定论”。①

“以文为偶句韵语”，显然指由阮元衍及刘师培的、那种渊源于昭明太子《文选序》的有关“文”的一脉思路，“一切著竹帛者”则自然指的是章太炎。为什么到了“晚近”、也就是清末民初这一时段，会出现这样“异议纷起”的局面呢？这当然是“有感而发”，是针对中国既有的政经、军事、思想、文化受到西方压倒性优势的冲击和挑战的“千年未有之大变局”，在文学观这一具体局点上所作出的应激性回应，简言之，是缘于痛感西方文论压力下中国文论的处境。面对时代的困局，自先秦、两汉、魏晋南北朝、隋唐、宋元明清以来，一直不成其为问题的对古典形态的文本的书写、阅读的观念，这些原先理所当然、自然而然地存在在那儿，根本不成其为问题的东西，现在却或隐或显地让人感到并不是那么自然和那么毋庸置疑的了，至少，这种理所当然和毋庸置疑是需要重新去加以证明和解释的，是需要有人出来为其所谓的正当性和合法性做出辩护的。无论是刘师培有所承续的文学观，还是章太炎不同意刘师培的所来有自、因而显得相当独出机杼的文学观，以及与刘、章同时代的著述者们众说纷纭的“异议”，都无一不是受此危机背景的刺激所催逼出的应激性回应，同时又各自构成了这一背景的组成部分。如果不是面对现实的危机，面对来自西方的颠覆性压力，他们很可能是不会去关注和说出这么些话来的。因而从章太炎和他的同时代人对“文学”的诠释和使用的辩难中，我们将不难了解到传统与那个时代之间极为复杂且充满了紧张性

① 参见陈钟凡：《中国文学批评史》，中华书局 1927 年版，第 5 页。1940 年代傅庚生《中国文学批评通论》对文学所作的界定：“抒写作者之感情、思想，起之以想象，振之以辞藻与声律(形式)，以诉诸读者之感情而资存在之文字也。”(商务印书馆 1946 年版)与陈钟凡的“义界”，基本重叠。

的关系。紧接着上面的话，陈钟凡接下来又在西方/中国之间作有以下的一段比较：

> 以远西学说，持较诸夏：知彼之所言，感情、想象、思想、兴趣者，注重内涵；此之所谓采藻、声律者，注重法式。实则文贵情深而采丽，故感情、采藻二者，两方皆所并重。特中国鲜纯粹记事之诗歌，故不言及想象；远西非单节语，不能准声遣字，使其修短适宜，故声律非所专尚。此东西文学义界之所以异科也。今以文章之内涵，莫要于想象、感情、思想，而其法式，则必借辞藻、声律以组纂之也。故妄定文学之义界曰：文学者，抒写人类之想象、感情、思想，整之以辞藻、声律，使读者感其兴趣洋溢之作品也。①

这段比较当中，至少有两处值得留意。一是尝试在西方的知识框架下，尽可能地用西方人所习惯、熟知并大量谈论的话语，来讲述中国自己的文论有些什么东西。也就是说，它是在一个西方文化处于绝对强势、优势的情况下，强行地、有点不屈不挠地在用西方的话语，替中国文论说出某种东西。二是这种将“西学”与“诸夏”厘然两分，说西学偏重“内涵”，诸夏偏重“体式”等，以我们“后见之明”的眼光看去，问题也是很明显的。即便是强调韵语与否的阮元、刘师培这拨《文选·序》派，恐怕也不会愿意认同陈钟凡的上述概括，因为他们所崇尚的《文选·序》，除了“涵藻”之外，其实还格外究心于“沉思”，而“沉思”显然不属“体式”(形式)范畴而更属“内涵”。不过，陈钟凡在这一点上也不是没有修正和圆融，他更倾向于弥合两者：“文学者，抒写人类之想象、感情、思想，整之以辞藻、声律，使读者感其兴趣洋溢制作品也。”但就算这样看起来已经比较周全、圆融了的看法，章太炎也肯定还是不会同意的。如前所述，早在前于陈著17年(如果按《文学总略》的前身《文学论略》来算，则要早上20来年)的时候，章就对此作了非常认真的辩论，他对诸如此类的西来近代话语是心存疑虑的，并以他所熟知的中国的文学经验提出了质疑。

以感情为坐标，在学术与文学之间厘然划出一道分界，所谓的“学说启人思”“文辞增人感”云云，这是近代“远西”文论传入中土之后，一直延续至今日的主流“文学观”。章太炎却从一开始就已对这种“文学观”表明了他的

① 陈钟凡：《中国文学批评史》第一章“文学之义界”，中华书局1927年版，第5—6页。

疑虑，他不认为简单凭恃“增人感”与否，便足以区分清楚文学之文与学术之文的畛域。《文学总略》中举出贾谊的《过秦论》和荀子等人的赋篇，作为辩证的实例：贾谊《过秦论》议论风发，却颇为感人，而作为中国文学重要组成部分、历来与楚骚相提并论的汉赋，如司马相如、扬雄等专意状摹山川、草木胜景及都会、郊游盛况的《子虚》《甘泉》，或早于此期的荀子《成相篇》《蚕赋》《箴赋》，却都没有什么感人的力量可言。他还进而讨论说，一个文本是否感人，并不能由文本单方面决定，往往还得看阅读者之与文本间是否能够息息相通：

> 又学说者，非一往不可感人。凡感于文言者，在其得我心。是故饮食移味，居处缦愉者，闻劳人之歌，心犹泊然。大愚不灵，无所愤悱者，睹眇论则以为恒言也。身有疾痛，闻幼眇之音，则感慨随之矣。必有疑滞，睹辨析之论，则悦怿随之矣。故曰：“发愤忘食，乐以忘忧。”凡好学者皆然，非独仲尼也。以文辞、学说为分者，得其大齐，审查之则不当。

上述持论当中，是否震荡着在章氏看来因为特别具有辨名析理的优长而格外为他所青睐的魏晋文①里边，如嵇康的《声无哀乐论》的某种思理逻辑的回声呢？这同样也是一个值得留意的有趣的问题。但限于本文的论旨，这里不便展开讨论。

西方文论迅速衍化为中国近现代文论主流的史实，促使我们审视、思考晚近百多年间中国文论追赶现代观念过程中，视野的开阔与褊狭以及成就与不足的错综复杂的纠葛。章太炎将文学作为问题，放回到源远流长的传统语境中去重新加以考量和辩证，看似身心偏嗜古旧，但由于这一重新探讨明显地不认同任何的偏狭和单一，而是致力于更为宽泛、也即更为多元的精神向度，讲究文学在精神视野上的最大程度的包容性，因而较之以近代西方文论为典范的、主张严格厘定“知”/“情”分野（而把文学限定在“情感结构”之中，岂不是同样在把它的“义界”作某种狭窄化处理？）的新的“文学观”，反而更具有“现代观念”的精神特征。面对中国文论改弦更辙这一新时代的动向，作为少数有心人之一，章太炎致力于对中国的“文”论作正本清源的谱系性的追溯和梳理，重新予以叩问和省思，并据以作为坐标，才显得意义非同

① 参见章太炎《五朝学》《菿汉微言》中的若干章节，尤以《国故论衡·论式》中的论断最为著名：“魏、晋之文，大体皆埤于汉，独持论仿佛晚周。气体虽异，要其守己有度，伐人有序，和理在中，孚尹旁达，可以为百世师矣。”章氏的推崇魏晋文，可以说以此为最。

寻常。他以独出机杼(因独出机杼得“不合时宜”,甚至很难获得自己最亲近的友朋和弟子辈的认同①)而又得到源远流长的中国文学经验的支持的“文学”观,以他对于作为文学最基本的构成单位的文字,尤其是有着特定的音、形、义互动关联的中国文字之与中国文学特性得以形成之关系的细致、深入的考察,介入中国文学观现代转型的论辩和建设之中,一方面使得传统自身在重新诠释和使用中获得了它的活力,另一方面,也是更为主要的,则是充实和增添了近代中国文论的向度和层面,以及由以构成的内在张力,从而使得中国文论的现代性由此陡然丰富起来,得以避免了单一和单调,而所有的这些努力,都有其格外值得重视和正面评价的意义。章太炎的“洞见”,让我们意识到了中国文学的现代性问题,是无法由新文学之于“桐城谬种”“选学妖孽”的那种势不两立,所能“一言以蔽之”的,意识到了“文学”义界的丰富性,仍有着亟待进一步认知和揭明的不小空间,即便是他的“不见”,同样也呈现出中国“文”的观念在与外来现代性的交汇下,尚有待继续思索的、充满辩证层次的潜在意义。

四

章太炎的学术根柢建立在他精湛的小学(即传统文字语言学)功夫之上,他的极富独创性的思想学术活动,往往依托于独特而精湛的小学研究思路,是其小学方法论的推衍和发挥。章氏怀揣“寻其语根,探其本字”的宗旨所撰著的《新方言》,不仅在“道古”,更在知新,在贯通古今。关注的并非如现代语言学家所关注的地区之间的语言差异,也不是新文学家所格外看重的“言文合一”路数,而是如何由古代向现代源源不断地输入文化创造的能量,通过语言文字的追本溯源,返身立足于中国历史文化中那份真正的内在力量②。这种既不一味外骛以致漂浮无根,又不同于迂腐守旧,注重从传统、从民间汲取创造性能量,始终保持与既有文化根底相维系的方案和路

---

① 章太炎东京讲学的听讲弟子中,来自日后成为中国新文学开山之一的鲁迅的质疑,已如前引许寿裳《亡友鲁迅印象记》中所述,即便学术上最为章氏所器重、后来与新文学新文化始终扞格不入的黄侃,其实也并非完全认同乃师的泛“文”学观。黄侃《文心雕龙·原道篇札记》云:“文辞封略,本可弛张,推而广之,则凡书以文字,著之竹帛者,皆谓之文,非独不论有文饰与无文饰,抑且不论有句读与无句读,此至大之范围也。……若夫文章之初,实先韵语,传久行远,实贵偶词;修饰润色,实为文章;敷文缡彩,实异质言;则阮氏之言,良有不可废者。然则拓其疆宇,则文无所不包,揆其本原,则文实有专美。”黄侃在章太炎和章太炎所批判的阮元的“文”学观之间,所作的这番居中调和,显然并不符合章太炎的本意,章力主“文”的“无所不包”,至于“实有专美”,则并非其所措意者。

② 参见任珊:《章太炎与新文学》(复旦大学 2009 年冬季答辩通过的博士论文)。

径，虽然还有来自佛学唯识法相宗“依自不依他”思想资源的奥援，但与他小学研究上独特而深入的基本思路关系甚大。正如日本学者小林武所敏锐观察到的那样，甚至章太炎的格外特立独行的人格行为方式，也与他的小学研究思路多有密切关联；他的复古论文学观，撇开六朝以来如《文选》所拟定的偏重文“章”的取径，重新确立重心立足于文“字”的文学观，而字是以“个”为自足的单位，这是章太炎看重“个体”的基本思路在语言学和文学观上的一个方法论来源①；此外，章氏之所以如前所述，力主惟有按“字”在其最初始的状态，即指物表意最为真切、质朴和直接的状态，被力求准确无误地组合应用，才能构成其为“文”②，固然是基于他探求语言文字的“本始”的基本思路的自然推衍，但同时恐怕也有出于这样一层考虑的因素，即文字作为“能指”，只有在它最初被当作“能指”时，与它所指涉的现实对象之间的关系，才是最自然、亲近和密切的，或者说最对应的，但正如索绪尔所言，“能知”/“所指”的关系未必是必然的，它们还可以是随意和偶然的，文字作为“能指”一经确立之后，是可以逐渐进入相对独立的轨道并依凭自己的兴趣意向，作相对自由的惯性滑行，甚至完全不必顾及“所指”的存在。木山英雄在诠释章太炎“复古”的文字观的时候，就特别注意到章太炎的这一思想，即文字在最初始的时候，是与其所指称的食物最为贴近的；将文字还原到它最初始的状态去理解和运用，不是为了满足思古之幽情，也不是要炫耀其古学功夫，而是追求文字和它指代的事物之间的最为切近的关联。由于后世的不断“污染”，文字、词在现阶段的运用，往往已经远离了它最初的那种与事物之间的极为切近的关系，因而不仅不足以表达它与事物之间的那层真实关系，反而还会遮蔽和模糊那层关系③。

近年中国大陆诸如郭敬明式的小说书写及“泛滥成灾”的网络写手，正

---

① 参见小林武：《章炳麟について——方法としての言語》（《京都産業大学論集》人文科学系列，第12卷，第2号）、《章炳麟における〈我〉の意識》（《京都産業大学論集》人文科学系列，第24卷1号）；伊藤虎丸：《鲁迅与日本人——亚洲的近代与“个”的思想》，李冬木译，河北教育出版社2000年版。

② 这一点也在处于新文学准备时期的周氏兄弟身上留下过明显的影响痕迹，周氏兄弟在东京完成的《域外小说集》，不仅译语的古奥为林纾所望尘莫及，就连封面书名的书法也是用的古籀文书体。对译文文采古雅的精益求精，直接导致了《域外小说集》的曲高和寡及销路惨淡的结局。而章氏对甲骨文的发现之于上古史及文字本源所具有的重大实证价值的怀疑和否定，则表明即使是在章氏自己最为看重的根基性的学术研究里边，也存在着与他所信守不渝的从真正根源上去发现、讨论和解决问题的思想学术原则之间，因自相牴牾而无从自洽的一面。

③ 参见木山英雄：《“文学复古”与“文学革命”》（孙歌译）；收入氏著《文学复古与文学革命：木山英雄中国现代文学思想论集》，赵京华编译，北京大学出版社2004年版，第209—238页。

好可以为此提供佐证：他们的文字在其“拥趸”们的心目中，自然是“舌粲莲花”“梦笔生花”，至少是“活色生香”，至于“所指”为何，则莫名究竟，因为它们从一开始就游离在了“所指”之外，可以说事先便已经自行关闭了现实指涉的向度。以今推古，我想，章氏力主尽可能依照文字在其最初始的状态来书写，应该是蕴涵了这样一份忧虑的，即越到后来，文字和文字所指涉的现实对象物之间的对应关系，也许就会越趋松散。诸如以上这样的一些思路，都可以看作是新文学的“个性发现”以及要求叙述、抒情最大限度地贴近现实的写作原则的重要思想学术源头之一。

第四章　王国维：一份隐性的遗产

1927年6月2日，王国维自沉于颐和园昆明湖鱼藻轩。对其投水赴死之因，学界众说纷纭，至今未有定论。从事文学写作及有关美学、文学史的思考与著述，在王国维短暂一生中，仅属早年较短的一段时期。1912年，当他将自己此期著述结集《静庵文集》付之一炬，决意转向中国古史研究，便缄口不再提及有关这方面的话题。整个中晚期，无论是正式论著还是私下通信及交谈，也确实再也见不到有语涉文学、美学的地方。看来，就连他本人，似乎也对自己曾经有过的这段文学写作与美学、文学史研究经历，多有深悔于心、耻于启齿之意。纵然如此，王国维这段生涯，其在中国近现代文学、美学转型、建构过程中的意义，却依然重要。

清末民初，也即19世纪末20世纪初的中国思想文化，随同其所互为依存的政治、经济、社会结构，正经历分崩离析与化合重组，由传统向现代作艰难而又痛苦的转型。与康有为、梁启超、严复、章太炎这些先行者相比，出道略晚的王国维，同样也是此一转型期中得风气之先的推波助澜者之一。他们都在这中间承担起了不可或缺的继往开来的双重职责：既是中国传统思想、学术和文学的后继者，同时又是中国现代文史之学的一代奠基和开拓人。王国维学术生涯中的中晚期有关中国古史的精湛研究，固然早已深受世界范围内一线研究家们的敬重①，而他早年既是世纪之交中国文论、美学的近现代开山，又是汇通中西文论和美学的近现代拓荒人，对此一双重担当的思想文化史意义的估量，则至今仍有留待作进一步综合诠释的不小空间。

一、精神个性与学术次第

王国维四岁丧母，父亲长年在外经商佐幕，曾将上海《申报》刊出的国文馆课程和译书书目抄带给家中的少年王国维，以为“时务之急”。甲午战后，王氏父子究心时局，每每接获《时务报》（夏曾佑、汪康年合办，一度延请梁启

---

① 参见桑兵：《国学与汉学——近代中外学界交往录》第四章“伯希和与中国学术界”，浙江人民出版社1999年版，第109—148页。

超、章太炎任主撰),即一同“烧烛观之”。1984 年甲午战败,王国维 18 岁,他在 30 岁自述为学次第的《静庵文集续集·自序》中说:“有甲午之役,始知世尚有所谓新学。”这里的“新学”,非仅指清末西学东渐之初,具实用优势的形而下的西方科技,当已包括欧洲启蒙运动以来的西方近代人文思想学术。据王国维 1905 年所刊《论近年之学术界》一文中的追述,19 世纪 90 年代初严复译出《天演论》使得中国思想精神风尚为之一变:自此“达尔文、斯宾塞之名腾于众人之口,物竞天择之语见于通俗之文”。早年王国维诗作《咏史二十首》之三,有“憯憯生存起竞争”之语,恰好可以与上述引文互为印证。据其父王乃誉日记,1894 年,当时未满 18 周岁的王国维,曾撰文“条驳”俞樾的《群经平议》①。其时正是章太炎在诂经精舍师从俞樾紬绎经训、精研诸子之时,而像这样“早年敢于质疑经学大师俞樾,则显示了这位未来拓殖国学的学者已具卓越学识和批判意识”②。21 岁进上海《时务报》馆做书记员(1898),业余时间在东文学社修读日文、英文,其间因扇面所书诗句“天下壮观君知否,黑海西头望大秦”,颇得教习罗振玉赏识,嗣后即由罗资助,渡海东瀛研习数理(1901)。旋因罹患脚气而辍学回国,复又耽迷文哲之学(1902)。28 岁时编就《静庵文集》(1905)。两年后,所撰《静安文集·自序二》宣告,将由哲学、美学转向诗词写作及戏曲史研究(1907)。31 岁(1908)完成《人间词话》③。1912

---

① 参见王乃誉甲午年五月初一日日记,陈鸿祥:《王国维年谱》,齐鲁书社 1991 年版,第 24 页。

② 张广达:《史家、史学与现代学术》,广西师大出版社 2008 年版,第 7—8 页。

③ 有关《人间词话》写作、发表、编纂、辑佚及版本次第,参见张文江所作汇总整理:

《人间词话》实际写于清光绪三十二至三十四年(1906—1908),亦即初上北京任学部图书馆编辑期间。于国维学术分期处哲学阶段(1902—1907)之末,文学阶段(1908—1911)之始,其内容和写作时间存在对应关系。《人间词话》于 1908 年 11 月,1909 年 1 月、2 月分三次连载于邓实主编的《国粹学报》上,则国维生前所手定的原稿凡 64 则。有的单行本署脱稿于宣统庚戌九月(1910),可能出于误记。以后《人间词话》有影响的重要版本有:

1926 年朴社单行本,俞平伯标点。内容同《国粹学报》,共收词话 64 则。

1927 年《小说月报》本,赵万里辑成《人间词话删稿》48 则。此举开《人间词话》辑佚之风,以后各种版本陆续有所增辑。

1928 年《海宁王忠悫公遗书》本,罗振玉主编,共二卷,定稿 64 则为上卷,删稿 48 则为下卷。删稿内容同赵万里本。

1939 年开明书店本,徐调孚据赵万里本,又增辑王国维其他论词文字 18 则,录为《补遗》一卷,成《校注人间词话》三卷。

1960 年人民文学出版社本,王幼安据诸本重行排次,分为三卷。卷一为《人间词话》64 则,卷二为《人间词话删稿》49 则,卷三为《人间词话附录》29 则。共 142 则。

1983 年姚柯夫编《人间词话及评论汇编》,除综合以上诸本外,于三卷外又增《拾遗》一卷,共 13 则。书目文献出版社出版。

《读书》1980 年第 7 期发表刘烜《王国维“人间词话”的手稿》一文。据此可知《人间词话》手稿共 121 则,发表时删去近半,其文字内容、篇目次序均有所变动。观定稿和删稿,知所删各则多属枝节,研究《词话》当以作者手定的 64 则为主。

以上参见张文江:《王国维的学术和人生》;收入其所著《渔人之路和问津者之路》一书,复旦大学出版社 2006 年版,第 66—67 页。

年撰就《宋元戏曲考》(1913 年 4 月 1 日起连载于《东方杂志》九卷第十、十一期，及十卷第三、四、五、六、八、九期；1915 年编入《东方文库》)。其间协助罗振玉编纂在上海出版的《教育杂志》，并在这份杂志上发表大量哲学、心理学、伦理学译著。1912 年追随罗振玉流寓日本，尽弃前学，潜心考据。

王国维任清华国学研究院导师时的及门弟子徐中舒所撰《王静安先生传》，对乃师的为学次序有简要的交待：

> 大抵先生为学次第，可分为四期：二十二以前居海宁本籍，治举子业，兼治骈散文。是为第一期。二十二以后旅居上海、武昌、苏州、通州，八九年间，先治东西文字，继治西洋哲学文学，年壮气盛，少所许与，顾独好叔本华，尝借其言以抨击儒家之学，为论至廉悍。其后亦治诗词，于词尤自负，在南北宋之间，南宋以下不足论矣。是为第二期。三十一至三十六、五之间，居北京，专治词曲，标"自然""意境"二义，其说极透彻精辟，在我国文学史中认识通俗文之价值，当自先生始。是为第三期。三十六以后，随罗氏居东京(引按：东瀛京都之谓也，非指今之东京也)，尽弃前学，专治经史，盖先生此时为学已入自创时代，故虽由西洋学说以追求我国经典，而卒能不为经典所束缚。此时学术最大之发见有五：一曰殷墟甲骨文字，二曰敦煌塞上及西域各地之简牍，三曰敦煌千佛洞之六朝、唐人所书卷轴，四曰内阁大库之书籍档案，五曰中国境内之古外族遗文。物既需人而明，人亦需物而彰，而先生适当其时，而治其学，于是先生经史之学遂成从古未有之盛。是为第四期。……晚年治西北地理、元代掌故尤勤，使假其年，则其所诣未必即止于此，是亦世界学术之不幸也已！①

王国维早期治学承时代风云际会，举凡哲学、美学、文学，包括《红楼梦评论》《人间词话》《宋元戏曲考》，均识力非凡，空谷足音。后转向古史研究，专事古器物考证、重建上古史及西北史地之学，治学勇猛精进，成果的数量和质量、深度与广度，均达到惊人的地步。

王国维正式涉足经史、小学研究的时间确实不能算早。从其文集自序中的自述看，已经二十好几。这就难怪从小浸淫在经史原典中，训诂小学练

---

① 徐中舒：《王静安先生传》，收入陈平原、王枫编：《追忆王国维》，中国广播电视出版社 1997 年版，第 198—199 页。

就了一身扎实的"童子功夫"的章太炎及其高弟黄侃，一说到王国维的经史、小学学问，便会一脸不以为然，甚至不屑，因为在格外看重"童子功"训练的传统学术看来，有没有这份"童子功"，的确是决定一个学者学术成就之有无可能的关键门径。《黄侃日记》1928 年 6 月 18 日条这样訾议王国维：

> 昨伯弢先生言：王国维说《顾命》庙非殡宫路寝，而为大庙。曾面纠其失。国维曰，虽失而不欲改。其专己遂非有如此者。今阅刘盼遂所记国维说《尚书》语，果如伯弢言。国维少不好读注疏，中年乃治经，仓皇立说，挟其辩给，以炫耀后生，非独一事之误而已……要之经史正文忽略不讲，而希冀发见新知以掩前古儒先，自矜曰：我不为古人奴，六经注我。此近日风气所趋，世或以整理国故之名予之，县牛头，卖马脯，举秀才，不知书，信在于今矣。①

罗振玉《海宁王忠悫公传》中也有类近说法，似乎证实了黄侃日记中的说法并非仅仅出于治学门径不同的所谓"门派之见"。据罗氏所言：

> 初公(引按，指王国维)治古文辞，自以所学根柢未深，读江子屏《国朝汉学师承记》，欲于此求修学涂径。予谓江氏说多偏驳，国朝学术实导源顾亭林处士，厥后作者辈出，而造诣最精者为戴氏(震)、程氏(易畴)、钱氏(大昕)、汪氏(中)、段氏(玉裁)及高邮二王，因以诸家书赠之。②

王国维治经史、小学虽起步较晚，但因得罗振玉指点，及随罗氏东渡后又得以尽观其大云书库所藏，很快便夯实了这方面的底子。

陈寅恪对王国维的评价，显然就与黄侃不啻天壤。陈寅恪着眼的是王国维学术所具有的"足以转移一时之风气，而示来者以轨则"，即开示中国现代学术风气和典范的意义③，具体路径则是所谓的"二重证据法"，即以地下

---

① 《黄侃日记》，江苏教育出版社 2002 年版，第 302 页。

② 罗振玉：《海宁王忠悫公传》；陈平原、王枫编：《追忆王国维》，中国广播电视出版社 1997 年版，第 8 页。

③ 陈寅恪：《王静安遗书序》云："学术性质固有异同，所用方法亦不尽符会，要皆足以转移一时之风气，而示来者以轨则。吾国他日文史考据之学，范围纵广，途径纵多，恐亦无以出三类之外。此先生之书所以为吾国近代学术界最重要之产物也。"收入《金明馆丛稿二编》。

实物与纸上遗文互相释证，取异族故书与吾国旧籍互相补证，取外来观念与固有材料互相参证；而这些取径均得力于王国维异常开阔、敏锐的世界性学术视野。在同时代学者中，王国维可以说是与努力追武欧西现代学术潮流的日本一流学者（如“京都学派”诸人）以及欧洲的一线汉学家（如伯希和等人）有着最直接和密切的交流，从而及时将外部视野与思路纳入自身，藉以在经史研究上取得精进不已境界最为成功的。陈寅恪《王观堂先生挽词》中的这几句诗：“当世通人数旧游，外穷瀛渤内神州，伯沙博士同扬榷，海日尚书互唱酬。”即是称道王国维的学术眼光和造诣，可以和当时沙畹、伯希和、沈曾植等一流“通人”并驾齐驱，对中西思想学术均有精深的了解。陈寅恪本人当然也是这方面的行家里手，所以他才会这么清楚地意识到这一点，并特意把它标举出来。

不过他们似乎都没有特别留意到王国维思想学术中“西学”功夫在这中间所起到的关键作用。陈寅恪点明的“二重证据”说中虽也有中外典籍参照比较这一条，但这条基本上还只是囿于书面上的史料比勘范围，与思想学术关涉不大。其实，正是凭借早年夯实了的那份“西学”功力，那份思想学术上精湛、辩证，特别擅于在错综复杂的层面中，仔细辨析每一细节的方方面面的近代西学的思想方法，这份中国古史、经史研究侪辈未必能够具备的思想工具和思路上的优长，因而尽管转向经史研究较为晚迟，但一经进入，王国维便能锐意深入，辟出新境，造就广博而又深入的成就。自 1899 年至 1905 年，王国维足足有六七年的时间浸润在康德、叔本华、尼采等人的哲学著述中，同时因所承担的教学和编务等关系，还涉及心理学、社会学、名学、法学各科，并译有大量英、日文教材讲义，所涉及西学的广度和深度，似均可代表 20 世纪初年中国知识者中的一流水准。从哲学、文学转入古史之学的王国维，一路精进勇猛，成绩出类拔萃，显然得力于他在西方人文学术的修养，由康德、叔本华、尼采等所构架而成的西方近代批判哲学，使他更擅于从思辨逻辑的精准运用等方面，去深入考辨和分析古文献解读中存在的问题和论述中的逻辑关联，在普遍强调知识渊博和考据功力的时代，他以见解更显得胜出侪辈一头。撰著于 1917 年的史学名作《殷周制度论》，提出问题与解答问题的方式，均远远不能为乾嘉考据所范围，如果没有西方思想学术训练的背景，没有西学精神贯注其间，是很难想象能有如此精锐而又独到的古史重建的眼光和境界的。可以说，有没有对以康德以降的近代西学思想学术的亲近和掌握，学术视野和问题意识会完全不一样。

梁启超无疑是最早于此有所察识之一人，他在为清华《国学论丛》纪念专号所撰序文中，即对王国维思想学术的精深超迈实得益于其早年酷嗜西洋近代哲学思辨的这一层面，作有这样的概述和揭示：

> 先生之学，从弘大处立脚，而从精微处着力；具有科学的天才，而以严正之学者的道德贯注而运用之。其少年喜谭哲学，尤酷嗜德意志人康德、叔本华、尼采之书，晚虽弃不甚治，然于学术之整个不可分的理想，印刻甚深。故虽好从事于个别问题，为窄而深的研究，而常能从一问题与他问题之关系上，见出适当的理解，绝无支离破碎专己守残之弊。①

王国维胞弟王国华似乎对此也有相当准确的观察：

> 先兄治学之方虽有类于乾嘉诸老，而实非乾嘉诸老所能范围。其疑古也，不仅抉其理之所难符，而必寻伪之所出；其创新也，不仅罗其证之所应有，而必通其类例之所有。此有得于西欧学术精湛绵密之助也。②

对于西学之于中学的推助之功，我们还不妨听听王国维自己的现身说法：

> 余谓中西二学，盛则俱盛，衰则俱衰。风气既开，互相推助。且居近日之世，讲今日之学，未有西学不兴而中学能兴者，亦未有中学不兴而西学能兴者。③

该序文作于1911年，正是王国维告别西方文哲，转入中国经、史、甲骨、金文学研究的年头。

顺便一说，后来李长之在20世纪三四十年代的中国现代文学批评史上

---

① 梁启超：《王静安先生纪念号》序，《国学论丛》第一卷第三号，1928年4月。

② 王国华：《〈王静安先生遗书〉序》；陈平原、王枫编：《追忆王国维》，中国广播电视出版社1997年版，第2页。

③ 王国维：《国学丛刊・序》；《王国维全集》第十四卷，浙江教育出版社、广东教育出版社2010年版，第131页。

之所以显得“木秀于林”，无疑因为他是新文学史上关于鲁迅这一文学现象的最早具有哲学、美学视野的评述人，他其时所撰著的《鲁迅批判》，至今读来，仍能让人感受到思想的冲击，足以与差不多同一时期的青年竹内好的《鲁迅》形成思想上的“对称”，应该说，这里边同样也有拜他对德国近代哲学、思想有相当的研习功夫之赐的因素。

时隔将近一个世纪，回过头去估衡，显然上述陈寅恪、梁启超等人对王国维的评价依然切实有效，而一味看重以传统小学功夫作为研治经史之根本的黄侃的訾议，相形之下，不免在学术气象和精神视野上显得局促和褊狭。

“唯美”和“实证”这两条，在王国维身上有着“现代”意义上的错综和缠绕，因而也格外引人注目。一方面，由康德、叔本华开启其端绪的关于审美非功利性（即独立性）的思辨，在近代中国青年学人王国维手中被作了空前（很可能也是绝后）的张扬，另一方面，由顾炎武倡导并身体力行、经乾嘉学派推重并定型的、与现代学术精神颇多相通的“实事求是”“为学问而学问”的学术立场[①]，也在王国维身上得到了相当具体、直观的演绎。

王国维从事学术，一开始就不同于康（有为）、梁（启超）、严（复）、章（太炎）们异常鲜明强烈的“入世”立场，他最初的倾心于“无用之用”的哲学、美学和诗学研究，出发点本是为了解决日夜萦绕在他个人内心深处的那些挥之不去的人生疑难。他的文学、学术活动主要是从“为己”出发，以寻索个体生命意识的依托和慰藉作为初衷、同时也是归宿。后来治学路径的几度变化，又似乎都是和这样的考虑密切相关，即期待于经由越来越远离俗世纷扰的专门性很强的学术研究，以摆脱他内心的烦闷和痛苦，即便做不到，至少也可以在一个相对纯粹的学术生涯中，克制种种现实人世的“生存之欲望”，以暂时获取心灵上的清净、宁静和净化的快乐。情况正像浦江清所观察的那样：“上古三代之所存、流沙绝域之所出、佶屈聱牙之语言、散漫放佚之史料，他人视之固干枯无味者，而先生摩沙之、整理之、考证之，日寝馈于其中，若有无穷之兴味焉。”[②]虽然王国维的古史研究的背后，也并不是没有现实

① 参见梁启超：《清代学术概论》《中国近三百年学术史》等著，胡适：《清代学者的治学方法》等文。

② 浦江清：《论王静安先生之自沉》，原载1928年6月4日《大公报·文学副刊》第22期，署名“毅永”，1928年7月《学衡》第64期转载，收入《浦江清文史杂著集》，清华大学出版社1993年版，第3页。

忧患和时代感受方面的动机和考虑。①

王国维充沛、富庶的智力和感情，以及由此而来的敏锐的思想悟性，无不具有非他莫属的个体生命的印记。他总是基于最深切的个人体验，去寻索生存的目的、人生的意义。他倚持他非同寻常的个体悟性，透过繁杂的世事表象，直抵生存的本质。对个人的渺小、无奈、无力和不自由，他有着较之常人远为深刻和强烈的体察。最初他对哲学感兴趣，却又显然对做一个哲学家颇感踟蹰："以余之力，加之以学问，以研究哲学史，或可操成功之券。然为哲学家，则不能；为哲学史家，则又不喜。"②但要成为哲学家，王国维掂量了一番自己的性格构成，忖度再三又觉得有所不妥，那么立志成为一名诗人，情况又该如何呢？几经盘桓，依然是依违难决："余之性质，欲为哲学家则感情苦多，欲为诗人则又苦感情寡而理性多。诗歌乎？哲学乎？他日以何者终吾身，所不敢知，抑在二者之间乎？"③

他似乎无时无刻不在对自己的生命人格、个体精神特性做出及时的反省和评判。他总是有着太多的困惑，自己想不通，就去读书，读别人的书的时候，一心想着的还是自己的问题。读书做学问，把自己的问题连接到别人的问题那里，别人的问题非得与自己的问题相关联他才会感兴趣，否则就不会有兴趣。有的人做学问可以一心只做别人的问题，自己并不掺和进去，王国维却做不到，问题与学术始终不能完全分离，别人的问题始终得与自己的问题相关联。此一立足于个体的行为与致思的方式，对于他的学术研究毫无疑问是大有助益的：无论从事哲学、文学、美学的研究，还是从事古史研究，都能有助他独辟蹊径、自成一家之言，对学术的精深幽奥处容易别有会心。但也会因此而带来负面效应，使他常常会因怀抱"绝学"而徒增无人可与言说的孤寂，所谓"高处不胜寒"，终其一生都难以摆脱其自觉悲苦的境况。他的自沉，毋须为贤者讳，固然有"殉清"的一面，或者如陈寅恪所发挥

---

① 王国维撰毕《殷周制度考》当日（1917年9月3日）即致函罗振玉："此文于考据之中，寓经世之意，可几亭林先生。"见吴泽主编，刘寅生、袁光英编：《王国维全集·书信》，中华书局1984年版，第213页。王汎森在《一个新学术观点的形成——从王国维的〈殷周制度论〉到傅斯年的〈夷夏东西说〉》一文中，这样述及王国维上古史研究之于"五四"新文化运动一代学术的启导作用及其微妙的差异："在追溯傅斯年《夷夏东西说》的思想渊源时可以看出，王国维这位坚持传统道德价值的学者，以相当微妙的方式为新文化运动开道。但是在新一代人看来，他那具有深刻道德关怀与经世用心的《殷周制度论》却有了相当不同的意义……"参见王汎森：《中国近代思想与学术的系谱》，河北教育出版社2001年版，第263—282页。

②③ 王国维：《静庵文集续编·自序二》；《王国维遗书》第五册，上海古籍书店1983年影印本。

和演绎的，有殉中国文化伦理纲常的一面①，但应该也与上述那种终生无法摆脱的孤寂感有关。而对于我们这些新文学史的研究者说来，尤其值得留意的是，王国维身上所特有的那份擅于及时反省和评判自身精神个体性特征的心理、行为方式，同样也是促成他对于文学得以形成超迈时流的理解的一种内在契机。因为文学总是一种直接源于个体内心的心灵史的写作，文学的力量总是来自写作者个体对于其内在主体性的坚执，文学家写作的个性越是鲜明，他笔下的作品就越有力量。文学的原则始终是个性的原则，而不是统计学中公分母式的所谓共性原则。任何文学的个体性原则一旦遭到人为的拆解，或被强制纳入某种共性之中，无论这一共性是属于政治意识形态，还是伦理道德观念，或者哲学理念，更不要说那些基于利益图谋的所谓利益共同体所拥有的集体、集团性的共性了，如果是这样，那么，此类文学所将面临的窘迫也就是不难想象的了。

二、对个体性主体的质疑

简要说来，王国维致思方式的鲜明个体特征，予人以如下特别深刻的印象：

其一，凡考虑问题，擅取内省型思路，由反思一己的处境推及人生的意义，进而寻索普遍的生存问题。自我反思能力超逾常人，对内部自我与外部环境之间所出现的任何不协调的一面都格外敏感，因而内心的痛苦和“烦闷”也比常人来得多且强烈。由此导致——

其二，对精神个体立场或个体生命体验，有远比常人更为深入、执著的坚持。但另一方面，王国维对个体立场或个体生命体验也不是没有反思，他同样对这样的立场和角度存有他自己的一份疑难。

王国维在《三十自序》之二中，自审因感情苦多、知力苦寡，而慨叹其成就为哲学家之无望，又苦于感情寡、理性多而终难成就为诗人而无限懊丧，然而，感情虽难追诗人却远胜哲学家，理性虽不及哲学家却远逾诗人，王国维所具备的，正是一个特殊的“天才”的素质。他在《叔本华与尼采》一文中，申论“天才”所怀持的痛苦之所以远超常人的原因，以及“天才”惟有借助“反求诸己”的路径方能稍得“慰藉”，不啻是对他自己的心理、致思特征之由以形成的主客观原因的一种现身说法：

① 陈寅恪所撰《清华大学王观堂先生纪念碑铭文》，将王国维的意义提升到一种足以标示现代学术精神、也即传统文化人所追崇的“学统”的高度，也许是别有其一番怀抱。

> 彼（引按，指天才）亦一人耳，志驰乎六合之外，而身扃乎七尺之内，因果之法则与空间时间之形式，束缚其知力于外；无限之动机与民族之道德，压迫其意志于内；而彼之知力意志，非犹夫人之知力意志也。彼知人之所不能知，而欲人之所不敢欲，然其被束缚压迫也，与人同。夫天才之大小与其知力意志之大小为比例，故苦痛之大小亦与天才之大小为比例。彼之痛苦既深，必求所以慰藉之道，而人世有限之快乐，其不足慰藉彼也，明矣。于是彼之慰藉不得不反而求诸自己。①

王国维这样评述他的《红楼梦评论》："其立论虽全在叔（本华）氏之立脚地，然于第四章内已提出绝大之疑问，旋悟叔氏之说半出于其主观的气质，而无关于客观的知识"，并因为意识到这一点，遂决定"复返而读康德之书"。②而王国维这里所提及的，也即披露在《红楼梦评论》第四章中的对叔本华思想内部某一环节的疑虑，实则关涉和披露了其在哲学层面上，对他向来所特别倚重并诉求的个体性主体这一立场的真实性和可靠性，并不是没有他自己的疑虑和踟蹰：

> ……近世德意志之叔本华，其最高之理想亦存于解脱。殊如叔本华之说，由其深邃之知识论、伟大之形而上学出，一扫宗教之神话的面具，而易以名学之论法，其真挚之感情与巧妙之文字又足以济之，故其说精密确实，非如古代之宗教及哲学说，徒属想象而已。然事不厌其求详，姑以生平所疑者商榷焉。夫由叔氏之哲学说，则一切人类及万物之根本，一也。故充叔氏拒绝意志之说，非一切人类及万物，各拒绝其生活之意志，则一人之意志，亦不可得而拒绝。何则？生活之意志之存于我者，不过其一最小部分，而其大部分之存于一切人类及万物者，皆与我之意志同。而此物我之差别，仅由于吾人知力之形式故，离此知力之形式，而反其根本而观之，则一切人类及万物之意志，皆我之意志也。然则拒绝吾一人之意志而姝姝自悦曰解脱，是何异决蹄跻之水而注之沟壑，而曰天下皆得平土而居之哉！佛之言曰："若不尽度众生，誓不成佛。"其言犹若有能之而不欲之意。然自吾人观之，此岂徒能之而不欲哉？将毋欲之而不能也。故如叔本华之言一人之解脱，而未言世界之

① 王国维：《叔本华与尼采》，收入《静庵文集》1905年初版；《王国维全集》第一卷，浙江教育出版社、广东教育出版社2010年版，第92—93页。

② 王国维：《静庵文集·自序》；同上书，第3页。

解脱，实与其意志同一之说，不能两立者也。

王国维之“以生平所怀疑者商榷”于叔本华的，即在于他清醒地意识到，个体的解脱与人类及万物的解脱，实为一对依存性矛盾，是彼此缠绕在一起的。也就是说，包含在叔本华哲学内部的“唯我论”与他的所谓普遍绝对的“意志论”之间，实际上是一对难分难解的矛盾。个体的解脱是以一切人类和万物的解脱作为其前提条件的（“小宇宙之解脱，视大宇宙之解脱以为准”），在人类与万物获得解脱之前，个体是无从获得真正的解脱的，反之亦然；而人类万物一经获得解脱，也便同时意味着、并宣告了个体已不复存在的事实，于是，所谓的个体解脱云云也就无从说起了。让王国维感到纠结缠绕的这种情况，似与马克思、恩格斯在《共产党宣言》里所作的宣告之一，即无产阶级惟有解放全人类才有可能最后解放自己，颇有异曲同工的地方。马克思在《1844 年哲学—经济学手稿》中畅论个体人性自由充分发展的必要和可能，而“人各自由，但须以他人自由为界”。后来他在这方面的论述则更趋“辩证”：社会的充分发展乃是以个人的充分发展作为基础的，而个人的自由充分的发展，又必须以整个人类社会的充分发展作为前提。

作为伦理主体的个体，并不是只须考虑如何使自己的主体性显得独一无二、与众不同，就算宣告完成和完足了的。个体不是孤单的，须得依存于一种共有的关系，它的价值观里本身就包含了对他人的责任，也即包含了共生的含义。单凭个体经验，很可能既无法把握其所谓的独特性，甚至就连构不构得成一个主体，或者构不构得成一个完整的主体，都会因此而成为颇值得怀疑的问题。

晚清以降，从龚自珍、谭嗣同、康有为、梁启超、严复，直到后来的陈独秀等“五四”一代为代表的中国知识者，几乎无不间接或直接地以西方的个体权利理论作为依据，在各自的言论和行为中，将其个体性精神立场张扬到极致，以展开他们对于中国传统的批判和反思，个体自主这一晚清以来知识界典型的启蒙话语，似乎从未被人放置到形而上的层面上进行过深入的追问。文化取向与“五四”一代明显有所不同的陈寅恪，在清华王国维纪念碑铭文中，特意标举和张扬的“独立之精神、自由之思想”的原则，同样也是以个体权利的独立自主、不容剥夺作为其立论的根据和价值预设的。章太炎也许多少算个例外。章曾从其特定立场对个体权利提出过疑问，如早年所撰《明独》一文这样阐释“大独”与“大群”的关系：“夫大独必群，不群非独也”。这里的“大独”大致相当于后来青年鲁迅所讲的个人的自主独立，这里的“大群”则相当于我们现在说的“集体”“民族”“国家”之类的集群性精神。在章太炎看看来，要实现“大群”，首先必须做到“大独”，“大独”是实现“大群”的前提条件和必经之途，它本身不是目的，目的是“大群”。但章在说这番话的时候，其实是有他的特定针对性的，所谓“大独”，主要是针对古老中国特别发达的亲缘宗法传统的，由于这种特别发达的亲缘宗法传统相对于现代民族国家的建构无疑已构成其沉重的阻碍和负累，因而章氏要求人们能够毅然决然地从小团体、小宗派中脱身而出，破除亲缘宗法的羁绊，以便促成现代民族国家及其精神的生成和凝聚，即形成一种“大群”的局面。此外，章氏还有以佛学中法相唯识的思想资料自成其完备的理论体系的建构的一面，在其“回真向俗”的过程中，由法相宗所固有的（也是所有佛教的共性）俗世批判倾向（即把现实世界即“此世”看作绝对负面而予以舍弃），引申出革命时期的章太炎最为激烈（也因此而被人视为“虚无”）的社会政治构想，这一构想便集中体现在他的著名论文《五无论》中：“所谓无人类，无众生，无世界者，说虽繁多，而无人类为最要，以观无我为本因，以断交接为方便，此消灭人类之方也。”就佛教的基本精神来说，“诸行无常”“诸法无我”，一切事物皆系因缘和合而生，随生随灭，变易无常，没有固定不变的自性和超越性的主宰，即根本无“本体”可言。这也是佛教区别于其他宗教和思想学术的根本所在。既然三界空无所有，“政府”“聚落”“人类”“众生”“世界”五者皆属子虚乌有，那么毋庸置疑，任何对于个体自我的执着坚持，自然也便成了亟待破除的虚妄迷思。虽然如此，可从总体上说，章太炎终其一生，对于经由他做了特殊阐释的佛学的“依自不依他”的逻辑原点，则始终不曾有过须臾的放弃。明了了这样一层基本的思想史背景，我们再来看王国维对于所谓的个体真实性，几乎从一开始就是持有某种形而上学层面上的迟疑的，那么，单从这一迟疑中所体现出的王国维之于侪辈和时代的某种思想的超越性，也就是不言而喻的了。

早年的王国维即已相当清楚地意识到，人类所有诉诸个体解脱的努力，无论在形而上（哲学）抑或形而下（现实）的意义上，最终的结果都不免只能沦于虚幻和虚妄，故而我们至多只能像叔本华所设想和筹谋的那样，凭借潜心“美术”（文学、艺术）创作或学术研究这些“非功利”性的精神活动，暂时摆脱“生活之欲”的纠缠和困扰，也就是充其量只能是做到暂时的解脱而已。王国维早岁由哲学逃于文学，即出于“欲于其中求直接之慰藉”的考虑，中年以后复逃逸于古史研究，显然也是基于相同的心理动机。

三、思辨功夫，何谓“影响”？

由于文化、历史的特质与背景的不同，中西诗歌在精神取向上有着诸多的差异。中国“实用理性”（暂从李泽厚说）的基因似乎格外发达，重实用，轻思辨，善于协调群体，珍重人际日用关系的平衡，特别看重历史经验，对政治的兴衰始终有与生俱来的兴趣……，这些特点在给文化观念、行为方式带来自身的优长的一面外，也带来了限定。譬如，抽象思辨方面，缺乏德国古典哲学那种惊人深邃的力量，知性清晰程度，则远远赶不上有着经验主义传统的英美，并且骨子里又匮乏俄罗斯那种忧郁、深沉的超越性的精神追求……投射在诗歌中，诚如缪钺在《王静安与叔本华》一文中所言：

> 吾国古人诗词含政治与伦理之意味者多，而含哲学之意味者少，此亦中西诗不同之一点。①

而缪钺接下来又说到，此一情形到了王国维那里，却出现了根本性的转机：

> 王静安以欧西哲理入诗词，得良好之成绩，不啻为新诗试验开一康庄。②

对王国维在西方近代哲学方面的根柢，以及这份根柢之于早年王国维的文学写作、研究所起到的推助作用，钱锺书的相关议论似乎还不曾得到过应有的关注，而在我看来，钱锺书就此所作的评论，迄今为止仍是最值得我们留意的。钱锺书的洽闻博学，不免使他在具体的学术见解和时代感受上，往往有知音难觅之叹，另一方面，也因为有才情、肆性气，著述与口吻中往往抗志希古、直言无隐，对当代学界中人多有揶揄谐谑，既看不起新潮新派，又对老式冬烘深致不满，因而无论生前还是身后，容易招致物议不断的局面。傅璇琮《缅怀钱锺书先生》一文记述钱对他说：“你的这本《江西诗派研究资料》，我一直放在身边书架上的，我的修订本《谈艺录》，说的都是古人，提到现代人的，只有两处，一处是吕思勉，一处就是你这本书。”傅后来又以所著《李德裕年谱》呈赠，钱回信称誉其“严密缜栗，搜幽洞微”，并且旧话重提：

①② 缪钺：《王静安与叔本华》，收入所著《诗词散论》，上海古籍出版社1982年版，第110页。

“拙著(引按，指《谈艺录》)四二八页借大著增重，又四一六页称吕诚之丈遗著，道及时贤，惟此两处。”正因为钱对同时代的学界同行一向殊少称许，故而才会有上述这样把自己著述中引述傅璇琮著述的事情，不惮重复、郑重其事地告知于傅，并将之与引述史学大家吕思勉之事相提并论，以表明他对于晚辈傅璇琮的学问的格外青眼相看。不过，事实上，钱锺书《谈艺录》中还提到了他的几位过往稍密的友人，这里边便有冒效鲁其人，乃祖冒辟疆，如皋水绘园主人，曾以名文《影梅庵忆语》记述缠绵悱恻而又扑朔迷离的董小宛故事。吴梅村八首题《冒辟疆名姬董白小像》诗，其中“欲吊薛涛怜梦断，墓门深更组侯门”的“侯门”二字，颇引起人们的猜测；此外《清凉山赞佛诗》四首，也因有“可怜千里草，萎落无颜色”之句而被附会为董小宛之死导致顺治出家的一大证据；后虽经明清史大家孟森先生专门作了考证，力辟种种传说之无据，但信者依然宁信其有，如台湾历史小说家高阳即是其中一人。此外，钱钟书《谈艺录》中还提到了郑朝宗、徐燕谋诸人，他们曾是钱的同辈友好。以下所摘引的，则是中华书局1984年版增订本《谈艺录》中涉及前辈胜流的若干评语：

一七二页，李宣龚(拔可)：“诚妙于取譬。”

二〇七页，李审言条：“李审言丈读书素留心小处……”读过刘勰在《文心雕龙·序志》篇中，对汉魏以来论文诸家“各照隅隙，鲜观衢路”的路数颇致不满的读者，自然明白这句话所包含的负面性机锋。同条对陈衍(石遗)也有所驳议。

二四页，严复，则几乎全是否定语气，似不留丝毫余地：“几道本乏深湛之思，治西学亦求卑之无甚高论者，如斯宾塞、穆勒、赫胥黎辈；所译之书，理不胜辞，斯乃识趣所囿也。”

同页的王静安，则誉语转多。对于王国维在近代西方思想学术方面、尤其是在西方哲学的学养上所展示出的超越于侪辈之上的理解力，钱锺书显然青眼有加：“老辈惟王静安，少作时时流露西学义谛，庶几水中之盐味，而非眼里之金屑。”虽然推许之间也不是没有微词：“其《观堂丙年以前诗》一小册，甚有诗情作意，惜笔弱词靡，不免王仲宣‘文秀质羸’之讥。古诗不足观；七律多二字标题，比兴以寄天人之玄感，申悲智之胜义，是治西洋哲学人本色语。”

三四八至三五二页：

“静安论述西方哲学，本色当行，弁冕时辈。如《静安文集》中《论近年学术界》一篇，评严又陵‘所奉为英吉利之功利论及进化论，不解纯粹哲学’，评谭复生之'形而上学出于上海教会译书，幼稚无足道'。皆中肯綮"。述及王静安谓马良（相伯）所讲哲学课程，"依然三百年前特嘉尔（引按，今译笛卡儿）之独断哲学"，钱则认为此一说法有"失之毫厘"之嫌："马相伯则天主教会神甫耳，其所讲授，必囿于中世纪圣托马斯以还经院哲学范围，岂敢离经叛道，冒大不韪而沾丐于特嘉尔（译按，今译笛卡儿）哉？"钱钟书继而申论王静安此番误解的成因，认为是受制于他赖以获取新知的时地现状的并不凑巧，即作为王国维获取西学新知的重要渠道的日本知识界本身，在西方中世纪哲学方面便所知无多："王氏游学日本时，西方上庠名宿尚尠发扬传播中世纪哲学者；东海师生，稗贩肤受，知见不真，莫辨来牛去马，无足怪也。"

王国维的诗词是有哲学作根基的，他的文学观、美学观自然也有哲学的底子。一种相沿成习的说法是，王氏始窥哲学门庭，即以其过人的天赋，接触了开西方现代哲学、美学之先河的康德，不过因为康德的著述实在晦涩难懂，这才转向叔本华去改求奥援，也就是说，王氏所接受的西方哲学，其实只是叔本华的哲学。这一说法其实只是注意到了王氏研究哲学的前半程，却忽略了它的后半程。王国维一开始视康德为畏途，既不足以就此说明他当时没有读懂康德，更不足以说明他后来一直没有能够读懂康德。据其三十一岁时所撰《三十自序》，1903、1905、1906、1907 年，他曾四度研读康德，在第一次与第二次研读之间，曾因遇到窒碍，于 1903—1904 年一度转研叔本华，再经由叔本华这层中介，得以上窥康德。

1905 年，王国维在《静庵文集·自序》中说到：

> 自癸卯（引按，1903 年）之夏以至甲辰（引按，1904 年）之冬，皆与叔本华之书为伴侣之时代也。其所尤惬心者，则在叔本华之知识论，汗德（引按，今译康德）之说得因之以上窥……，今岁之春复返而读汗德之书，嗣今以后将以数年之力研究汗德。他日稍有所进，取前说而读之，亦一快也。①

从其撰于同年的《汗德像赞》来看，王国维认定康德哲学的主要贡献在于：

> 观外于空（引按，空间），观内于时（引按，时间），诸果粲然，厥因之

① 《静庵文集》1905 年初版；《王国维全集》第一卷，浙江教育出版社、广东教育出版社 2010 年版，第 3 页。

> 随。凡此数者,知物之式,存于能知,不存于物。

云云,其对康德的认识论(留意并揭明从时空感性直观到纯粹知性范畴的一整套认知形式;并认定人类须得先验地拥有这样一套认知形式,方有可能将杂乱无序的感觉材料纳入自己的认知视野,从而将其转化为有效的认知),以及由纯粹理性转向实践理性的内在动因,还是有相当到位的理解的。

翌年的1904年4月,王国维撰哲学论文《论性》,是年秋季撰《释理》,同年还撰有《原命》,这几篇论文就中国思想史中的几个主要关键词如“性”“理”“命”予以反复论究,研究角度很新,思理缜密,表现出很高的哲学素养,使人耳目为之一新。立论的根基则大多归宗于康德哲学,抑或叔本华之于康德的某些修正性意见。如《论性》中直言性之为物有超乎吾人知识之外者云云,不难见出康德的口吻;而《释理》在引述康德有关理性的说词时,则有进一步的申论:

> 其对理性之概念,则有甚暧昧者。……彼于理性与悟性之别,实不能深知。……汗德以通常所谓理性者谓之悟性,而与理性以特别之意义,谓吾人于空间及时间中结合感觉以成直观者,感性之事;而结合直观而为自然界之经验者,悟性之事;至结合经验之判断,以为形而上学之知识者,理性之事也。①

可见他对康德哲学不仅相当熟谙,而且还有准确的辨析,绝非一般毫无心得者的辗转稗贩所能类比,实已登堂入室。不惟宁是,甚而入其室、操其戈,已到了与之展开平等对话甚至对之诘难的层面。《原命》讨论定业论(即决定论、宿命论),认为“自由二字,意志之本体果有此性质否,吾不能知,然其在经验之世界中,不过一空虚之概念,终不能有实在之内容也”。②王国维倾向于决定论,但又不忍心否定人的行为有自由选择的可能,并因此而颇显踟蹰。故而看到王国维竟会如此毫不留情地指摘梁启超一派:“本不知学问为何物,而但有政治上之目的,虽时有学术上之议论,不但剽窃灭裂而已。如

---

① 王国维:《释理》;收入《静庵文集》1905年初版;《王国维全集》第一卷,浙江教育出版社、广东教育出版社2010年版,第22—23页。

② 王国维:《原命》,原载1906年《教育世界》第一二七号;《王国维全集》第十四卷,浙江教育出版社、广东教育出版社2010年版,第62页。

《新民丛报》中之《汗德哲学》，其纰缪十且八九也。”①也就一点都不奇怪了，因为他确实有这样的资格和底气。

如此看来，王国维在《静安文集·自序》中所讲的，他此期读康德之《纯理批判》（今译《纯粹理性批判》），至先天分析论，几全不可解，读几半而辍云云，似乎跟实际情形并不十分相符，至少我们不该天真到照单全收，而须得有待于做出具体的分析。

1907年《静安文集续编·自序一》：

> ……至二十九岁更返而读汗德之书，则非复前日之窒碍矣。嗣是于汗德之《纯理批评》外，兼及其伦理学及美学。至今年，从事第四次之研究，则窒碍更少，而觉其窒碍之处，大抵其说不可持处而已。

多次沉潜往复的研读结果，是“窒碍之处”大致已一一消除，至于最后残剩下的“窒碍”，其实已不属于因读解能力不足所致的“窒碍”，而只是因为洞悉了康德学说中某些站不住脚的地方（“不可持处”），问题只是出在康德哲学自己身上，正是因为康德本身有讲不通的地方，这才致使王国维在这些有问题的地方，最终无法生成他的“同情之理解”，而不得不对之保留扞格不入的态度。

王国维随后所遭遇到的那个痛切困扰着他的难题，即如其所说的“可爱者”与“可信者”之间的无法并存与兼求，以为实证主义虽“可信”但却不“可爱”，形而上学虽“可爱”却又并不“可信”云云，若仔细加以寻绎，很可能还是缘起于其时他对于康德的理解与接受。从哲学史上看，康德在追问普遍必然的知识何以可能的同时，又考察了形而上学是否可能的问题，而现象与物自体的二分，则蕴含了知识之域与智慧之域的分离：知识注重的是分别的领域，可以实证，可以把对象区分为一件件的事实，一条条的条理，经由缜密的分析性的操作，以把握事实和条理之间的关联；与知识有所不同，智慧所把握的乃是关涉宇宙人生的根本，其目标是求穷通，亦即穷究宇宙万物的第一因和人生的最高境界，揭示贯穿于自然与人生之中，无不通、无不由的“道”，进而会通天人，达到所谓“天地含其德”的自由境界，这无疑是一种难以实证和作分析性处置，甚至难以言传，即所谓的超越名言的智慧之域。这样的紧

① 王国维：《论近年之学术界》，收入《静庵文集》1905年初版；《王国维全集》第一卷，浙江教育出版社、广东教育出版社2010年版，第123页。

张和对峙，也便以某种方式再现在了中国近代一些灵慧的思想家、学问家个人身上。王国维是一例，稍前严复在强调可知者仅限于“对待”之域的同时，又设定了不可思议的“无对”之域，事涉经验界与超验界的对峙与分离，则又是一例。后起的金岳霖对“元学”态度与知识论态度所作的分疏，或许有助于我们“同情之理解”于王国维在困惑难解之余，以自己的方式作出的单方面的取舍。在金看来，知识论的裁判者是理智，而“元学”的裁判者则是整个的人；研究知识论时，我可以暂时忘记我是人，用客观的、冷静的态度去研究；但在“元学”上，我不仅要求理智的了解，而且要求得到情感的满足。至于维特根斯坦，其在《逻辑哲学论》结尾处所提出的解决方案，即将哲学严格限定于可说者，而对不可说者惟有保持沉默云云，则更为世人所周知。

叔本华之于青年王国维的影响，主要并不是他的唯意志论哲学体系，而是弥散在他整个哲学体系中的那份浓郁的悲观主义情怀。所谓思想“影响”，绝非某种单向的授受关系，与其说“被影响”者是处在纯粹的空白状态，因而被动地等待“影响者”前来施加“影响”，还不如说“被影响者”自身其实已经潜在地具备有某种足以与“影响者”之间发生呼应的认知、观念或心理倾向，只是时至今日尚未来得及对之形成清晰的“自我意识”罢了，也就是说，这些与“影响者”之间其实相当类同或接近的认知、观念或心理倾向，原本还暂时蛰伏于“被影响者”的意识阈下，处于某种“日用而不知”的状态，现在经由外来的、彼此对应的、因而可以相互激荡的思想因素的点拨和激发，这些蛰伏、沉睡、尚未意识到的思想因素被幡然点醒，被从内心深处激活，随之由隐性转为显性，一下子提升到自觉、清晰的状态，而对于促成这一局面的外来的唤醒者，你其实原本是朦朦胧胧间所熟识的，正因为是这样，所以在所谓“思想影响”过程中，作为受体的一方，往往会体验到某种异常强烈的“他乡遇知故”般的，或者说，因自我得以确证和肯定而获得的内心狂喜，整个情形就俨若旅途中的游子突然听到了远方故乡一声响亮的召唤一样。就已有的有关王国维与叔本华的思想影响关系的研究来看，我以为仍然当数缪钺的一段话说得较为中肯：

王静安之才性与叔本华盖多相近之点，在未读叔本华书之前，其所思所感，或有冥符者，惟未能如叔氏所言之精邃详密，及读叔氏书，必喜其先获我心，其了解而欣赏之，远较读他家哲学书为易，(王静安《自序》中谓初读康德之《纯理批判》及《先天分析论》，几全不可解，更读叔本华《意志与世界之表象》，喜其思精而笔锐，前后读二过，再返而读康德之

> 书，则非复前日之窒碍）于是对自己以前所思所感者，益增坚强之自信，而有理论上之根据。①

数年间沉潜于哲学研究，尤其是亲近叔本华，致使王国维原有的悲观主义情怀愈加趋于深切和明晰。王国维自忖，由于自己天性忧郁，故而与叔本华哲学最易相契。叔本华认定求生欲望是所有生命现象最为基本的原则，“生存意志”（王国维译为“生活之意志”）统驭一切，而生存意志从根本上讲就是痛苦；任何欲望都源自匮乏，即对现状之不满足，而每一次满足又都不可能是持久的，充其量只是新的欲求的滋生点，欲求无边，因而人生与痛苦相终始，欲觸免痛苦，惟有从根本上截断生活之欲，从而求得解脱。王国维对叔本华这套理论的全面认同，与其说是对一种学术思想的接受，毋宁说是来自他对自身痛苦烦闷症结的深切体悟。毫无疑问，与叔本华的相遇，使得王国维对于本已深藏在自己内心深处的诸多体验的察识乃至洞悉的进程，被从身后有力地助推了一把。这些体验本是王国维自己的体验，是早已存在的体验。而如果没有叔本华的介入，这些体验也许还依然是隐幽莫辨、无从言说的，叔本华则为他提供了清晰明确地说出这些体验的方式。这才是叔本华之于王国维的根本意义。

王国维留给后世的文学批评著述主要有《红楼梦评论》《人间词话》和《宋元戏曲考》等。收在1907年印行的《静安文集》中的《红楼梦评论》共五章：（一）人生及美术之概论；（二）《红楼梦》之精神；（三）《红楼梦》之美学上之价值；（四）《红楼梦》之伦理学上之价值；（五）余论。其时他正浸淫在康德、叔本华、尼采哲学之中，尤其对叔本华最为心仪，最相投契。叔本华用他的郁暗之笔，刻画了盲目无知的人类意志试图挣脱强硬坚固的宇宙定律的无望惨剧。意志自由的幻觉与实际支配世界的真实法则之间的不相衡称，从一开始便注定了自由意志终将一再受挫的命运。而意欲蠲免或消弭人类因自身弱点而不免蹈袭覆辙的挫折，那就应该设法使人自行归于某种极度寂静无为之境。《红楼梦评论》之立论直接承袭于叔本华哲学，这一点自不待言，而《人间词话》中，叔本华哲学的印痕虽不及《红楼梦评论》那样直接和明显，但也不是无迹可求。叔本华《意志与表象之世界》卷三论及艺术时称：“人之观物，如能忘其生活之欲，而为一纯粹之主体，外忘物之一切关系，而

① 缪钺：《王静安与叔本华》，收入其《诗词散论》，上海古籍出版社1982年版，第103—104页。

领悟其永恒，物我为一，如镜照形，是即臻于艺术之境界，此种观察，非天才莫办。”《人间词话》则云：“自然中之物，互相关系，互相限制，然其写之于文学及美术中也，必遗其关系限制之外。”又称词有两种境界，这便是后来人们耳熟能详的所谓“有我之境”“无我之境”的界分：

有我之境，以我观物，故物我皆着我之色彩。无我之境，以物观物，故不知何者为我，何者为物。古人为词，写有我之境者为多，然亦未始不能写无我之境，此在豪杰之士能自树立耳。

显而易见，王国维更为推重“无我之境”，因为在“有我之境”那里，还未能纯然摆脱个人得失之情，而“无我之境”则已完全消泯了个人的利害得失心念，因而得以纯粹超然地看待物象，即所谓的“以物观物”，这是极不容易达到的境界。像这样的一些地方，均与叔本华有相通之处。

四、康德、叔本华、尼采，并非王国维非功利文艺观唯一思想来源

王国维1905年（28岁）所作《论近年之学术界》一文，对严复的西学取径似颇有微词，认为严氏“所奉为英吉利之功利论及进化论，不解纯粹哲学”，所译西书不过是“哲学之各分科入经济、社会等等”而已。说严复“不解纯粹哲学”也许稍嫌苛刻，不过大致还是符合实情的，从中也可看出王国维与稍前于他的严复在思想学术取向上的分歧：王国维更偏重于非功利的“纯粹”一脉。同年所作《坐致》一诗有云：

坐致虞唐亦太痴，许身稷契更奚为？
谁能妄把平成业，换却平生万首诗。

究心于艺术的审美非功利性，并对之留下过深湛思辨的，王国维无疑是20世纪中国的第一人。《文学小言》劈头即云：

昔司马迁推本汉武时学术之盛，以为利禄之途使然。余谓一切学问皆能以利禄劝，独哲学与文学不然。何则？科学之事业，皆直接间接以厚生利用为旨，古未有与政治及社会上之兴味相刺谬者也。至一新世界观与新人生观出，则往往与政治及社会上之兴味不能相容。若哲学家而以政治及社会之兴味为兴味，而不顾真理之如何，则又决非真正

> 之哲学。此欧洲中世哲学之以辩护宗教为务者，所以蒙极大之污辱，而叔本华所以痛斥德意志大学之哲学者也。文学亦然；餔餟的文学，决非真正之文学也。①

《人间嗜好之研究》等文，同样也是申论哲学家、美术家的成就尤较政治家、实业家为远大，并直斥传统哲学家、诗人欲兼为政治家抱负之悖谬，认定所谓“诗外尚有事在”以及“一命为文人便无足观”之类的说法，均属无据之俗见。

王国维何以要花大力气写出长文《红楼梦评论》呢？如已所述，乃是因为《红楼梦》从人物身世之沉浮，到故事精神之主调，在王国维看来，皆与叔本华所提供的致力于从生存欲望的痛苦炼狱中解脱出来的哲学构想有惊人的吻合，后者简直就是前者的一个中国现世的范本。《红楼梦评论》的写作动机即缘起于此。也就是说，尽管一个是十分感性的故事构架性文本，一个是相当抽象的哲学思辨性文本，但在准备将人性与世界的进境及其完善，完全托付给必须以彻底捐弃和斩断所有生存欲念或意志作为代价，方有可能获得某种超功利、或曰审美和静观的态度和境界的这一点上，它们之间却有着诸多可以接榫贯通的地方②。王国维这样解读《红楼梦》中的贾宝玉：

> 彼于缠陷最深之中，而已伏解脱之种子，故听《寄生草》之曲，而悟立足之境；读《胠箧》之篇，而作焚花散麝之想，所以未能者，则以黛玉尚在耳。至黛玉死，而其志渐决……③

直至第一百一十七回，经由和尚点化而终于放弃了“宝玉”，即断弃了他的生活之欲（“玉”者，“欲”也），贾宝玉人生所受到之束缚才得以根本解除。

王国维认定《红楼梦》是一个非常彻底的悲剧，即所谓“悲剧中之悲剧”。

---

①　王国维：《文学小言》，原载1906年12月《教育世界》第一三九号；后收入《静庵文集续编》；《王国维全集》第十四卷，浙江教育出版社、广东教育出版社2010年版，第92页。

②　据近代文学史家袁进的观察，王国维《红楼梦评论》的写作动机，即有直接针对梁启超注重小说戏曲中“家国之思”因素的功利主义文学观或文学史观而发的一面：“王国维虽然没有在文章中点梁启超的名，但他的《红楼梦评论》论证《桃花扇》在悲剧意识上远远不能与《红楼梦》相比，显然是针对梁启超当时推崇《桃花扇》，认为它有‘家国之思’而否定《红楼梦》。”参见袁进：《中国文学的近代变革》，广西师大出版社2006年版，第153页。

③　王国维：《红楼梦评论》第二章“《红楼梦》之精神”；收入《静庵文集》1905年初版；《王国维全集》第一卷，浙江教育出版社、广东教育出版社2010年版，第64页。

后来不少人引申说，相较于以知足常乐为满足、惯于在“瞒”和“骗”的“大团圆”中自欺欺人地打发日子的传统美学观，王国维的看法无疑更体现出某种含有近现代启蒙意义的识见，是对传统的一个有力批判。这当然说得没错，并且也确实可以在《红楼梦评论》文本中找到印证。但另一方面，或许更重要的一面则在于，悲剧在叔本华，当然也在此时正深深服膺于叔本华的王国维心中，却别有一番功效存焉：这份功效主要不再以正面事物的受挫和被毁，唤起读者或观众基于道义与正义的悲愤，激发对邪恶因素以及由其所造成的苦难局面的仇恨和悲悯，进而对自身的现实处境予以检视和反省，并最终获得精神的提升和亚里士多德《诗学》中所说的那种悲剧的心理“净化”之境。叔本华和王国维的兴趣显然并不在此，在他们心目中，悲剧之所以格外值得推重，那是因为悲剧最能充分、有效地打破人们对于现实利害世界的执念，是因为悲剧最能让人洞悉执念于生存欲望的那份虚妄。人生不足凭恃，执念于不足凭恃的现实人生，除了备受虚妄之遮蔽，还能指望别的什么结果吗？叔本华说得再清楚不过了：

> 所有的悲剧能够那样奇特地引人振奋，是因为逐渐认识到人世、生命都不能彻底满足我们，因而值不得我们苦苦依恋。正是这一点构成悲剧的精神，也因此引向淡泊宁静。……于是在悲剧中我们看到，在漫长的冲突和苦难之后，最高尚的人都最终放弃自己一向急切追求的目标，永远弃绝人生的一切享受，或者自在而欣然地放弃生命本身。①

实现“解脱”之道，也即非功利的静观态度的，悲剧无疑是最奇特和有效的方式，无人可以望其项背。人生既与生存之欲相缠绕，在知识与实践这两个向度，我们注定无往而不与痛苦相关涉，唯有艺术审美这一超功利的静观方式，方有可能使我们得以忘情物我、超然利害，而悲剧，则正是艺术审美活动中引领我们步入此境的最佳方案，这也便是《红楼梦》之所以是“悲剧中之悲剧”，值得格外看重的原因之所在：

> 吾人之知识与实践之二方面，无往而不与生活之欲相关系，即与苦痛相关系。兹有一物焉，使吾人超然于利害之外而忘物与我之关系。

① 此处所引，乃是朱光潜对叔本华所著《作为意志和表象的世界》一书某节的意译，并非逐字逐句的翻译；参见朱光潜著、张隆溪译：《悲剧心理学》，人民文学出版社 1983 年版，第 138 页。

此时也,吾人之心无希望,无恐怖,非复欲之我,而但知之我也。此犹积阴弥月,而旭日杲杲也;犹覆舟大海之中,浮沉上下,而飘着于故乡之海岸也;犹阵云惨淡,而插翅之天使,赍平和之福音而来者也;犹鱼之脱于罾网,鸟之自樊笼出,而游于山林江海也。然物之能使吾人超然于利害之外者,必其物之于吾人无利害之关系而后可。易言以明之,必其物非实物而后可。然则非美术何足以当之乎?①

这里固然有上承康德、下启尼采的叔本华作为其思想源头的一面。应该说,经由叔本华的中介,开近代西方美学之先河的康德的"美在形式"说("美是……无利益兴趣的,对于一切人,单经由它的形式,必然地产生快感的对象"),对王国维的影响甚大。叔本华直接传承了康德的这一观点,并将之与他自己竭力寻索意志的否定与解脱之道的思路联系了起来。在叔本华看来,否定生存意志以谋求痛苦之解脱的途径之一,即生成于我们对永恒理念的无意志的静观之中。具体取径则可以体现在两个方面:一是纯艺术的欣赏活动;一是纯学术(科学、哲学)的研究活动;借助这些无意欲、超实用的"无所为而为"的静观,可以使人进入物我两忘的境界,从而得以摆脱生活之欲念对于自己的支配。

不过,康德、叔本华并非王国维文艺观的全部思想来源。从后面我将述及的情况来看,任何过分强调这一部分思想资源的意义,甚且视之为王国维非功利文艺观的唯一的、决定性的影响源,或诸如此类的解读,都将无助于问题的真正解明。事实上,王国维力主审美价值的文艺观,显然还有着他基于特定的中国情境、针对特定的中国问题所作出的他自己的反思的一面。

王国维洞悉传统儒家文化束缚思想文化的一面,对其囿于"实用理性"(姑且按照李泽厚的说法)的文化品格感慨尤深。从孔子"诗可以兴观群怨"起,文学向来是被视为作家藉以襄助经邦济国者实施其宏大政治想象与抱负的一种别具情怀的手段,或一种有效地用于劝善惩恶、载道教化的工具,其自身的目的和价值究竟何在则几乎无人深究,故而其审美特性及功能始终受到政治教化等实用功利的负累,难有自由、舒展的生存与生长的空间,这是青年王国维所深恶痛疾的。可以说,潜心于文哲之学时期的早年王国维,几乎不放过任何可以抨击儒家功利主义的机会。在《论哲学家与美术家

---

① 王国维:《红楼梦评论》第一章;《王国维全集》第一卷,浙江教育出版社、广东教育出版社,2010年版,第56—57页。

之天职》一文中，他直陈中国哲学、美学不发达的原因即在于政治功利的负累，而这一负累也便直接导致了艺术自身审美价值萎缩的结果：

> 若夫忘哲学美术之神圣，而以为道德政治之手段者，正使其著作无价值者也。愿今后之哲学、美术家毋忘其天职而失其独立之位置，则幸矣。①

和用心结撰《红楼梦评论》一样，王国维选择历来一直不受中国士大夫重视的宋元戏曲作为研究对象，考索评论，不遗余力，同样也有深意存焉，实与他力主摆脱功利性生存的负累，倾心张扬非功利的诗性人生和文学价值的文学观念与立场息息相关。他留意到了传统小说、戏曲发展史上在他看来显得相当悖谬的一个现象："有纯粹美术上之目的者，世非惟不知贵，且加贬焉"，寻索其中原因，他认定是始终据有意识形态强势的政治功利心（"势力之欲"）使然。他慨叹这种政治上的势力，"有形的也，及身的也，而哲学美术上之势力，无形的也，身后的也。故非旷世之豪杰，鲜有不为一时之势力所诱惑者矣"。在他看来，文学艺术之尊严，即基于对超越时地拘囿的文化精神与恒久人性，有格外敏锐之体认与洞察，基于摆脱"及身的""有形的"、即狭隘、短暂、有限的现实政治和利害关系对身心的限制，领悟宇宙人生之大真理，并将其迷离惝恍、难以捉摸之意境，表诸于文字、绘画、雕刻，使人的天赋性情得以充分自然的流露与表达。

在感叹更具有内在价值和生命力、更具有"无形""身后"与"旷世"性质的哲学美术，根本无法为短视的、急功近利的"有形""及身"的功利世界所鉴识与接纳，甚至因此而遭其挤兑和排斥的同时，王国维甚至还筹谋于"天才情结"，即诉求于他心目中的"旷世之豪杰"。他在《人间词话》中有好几处谈到，成就一个艺术家的根本奥秘，即在于他有高明的天才、伟大的人格、广博的学识、出色的想象，以及，写出的作品有很高的"意境"，而这些又都是不可学的。天才能够感受到常人所无法感受的东西，并表述出常人虽或也有所隐约感受、但却碍难作出深入完整的表述的感受。惟有足以深入完整地传递出这些感悟的作品，方才称得上"有境界"。王国维主张诗词当"不为美刺；投赠之篇，不使隶事之局，不用粉饰之字"，坚执只有具备审美（超功利的

---

① 王国维：《论哲学家与美术家之天职》，收入《静庵文集》1905 年初版；《王国维全集》第一卷，浙江教育出版社、广东教育出版社 2010 年版，第 133 页。

静观）的心态、深切的文化关怀以及高超的艺术技巧，才够得上“天才”一说。

另一方面，也许正是更要紧的，是王国维对审美非功利说毫无保留的坚持和推重，乃是基于他对同时代一批启蒙思想家的相当清醒的省察。他既对严复立足于英国经验论、提倡一时之功利的形而上学深表不满，同样也对康有为、梁启超、谭嗣同等从鼓动变法维新出发，不惜以牺牲学术自身的价值作为代价的策略和方案，在《论近年之学术界》一文中予以规诫，他在该文中抨击康、梁、谭的政治功利性趋赴，并痛心指陈这一风尚正弥漫于晚清思想学术整体的现状，即便文学也无所幸免：“近数年的文学，亦不重文学自身之价值，而唯视为政治教育之手段，与哲学无异。如此者，其亵渎哲学与文学之神圣之罪，固不可逭；欲求其学说之有价值，安可得也。”

因为不甘于文学审美价值对政治、道德等现实功利的屈就，王国维甚至不惮于将包括文学在内的文哲之学，擢拔到就连政治、国家这些历来至关重要的名目都无法与之比肩的显赫位置：

> 夫就哲学家言之，固无待于国家的保护。哲学家而仰国家之保护，哲学家之大辱也。又国家即不保护此学，亦无碍于此学的发达。然就国家言之，则提供最高之学术，国家最大之名誉也。有腓力大王为之君，有崔特里兹为之相，而后汗德之《纯理批评》得出版而无所惮。故学者之名誉，君与相实共之。①

按照王国维的说法，文学、艺术是超越于生活欲望之上的，国家、政治家则始终是纠缠在生活欲望的泥淖之中而难以自拔的，就这个意义而言，文学、艺术的层面要高于国家和政治，但事实上，自近代以降，文学、艺术与现实世界的诸多关系中，与市场的关系无疑是其中重要的一个侧面，而超然于生活欲望的文学艺术的价值与直接听命于生活欲望之法则的市场力量相比，却通常处于被动屈辱的弱势地位，因而亟须凭恃国家政治的调停和扶持才能得以维持生存，我们如今所置身的当代中国，更是再清楚不过地在印证着这一点。然而吊诡的是，这种由国家政治力量出面维系的文化活动，不但不愿接受国家的控制，并且还需时常警诫来自国家政治的各种形式的控制，它不断警醒自己必须警惕以任何理由和方式在精神面向上依附于政府和市

---

① 王国维：《奏定经学科大学文学科大学章程书后》，原载1906年《教育世界》第一一八至一一九号，收入《静庵文集续编》；《王国维全集》第十四卷，浙江教育出版社、广东教育出版社2010年版，第35页。

场的力量。不得以听命于生活欲望的商业性的成功与否作为衡量其文化创造价值的标准,通常总是诸如此类的自律和自我警诫中最被看重的一条。文学艺术自有其独立的价值系统和精神立场,它所拥有的表达的自由和精神自主的权利,不是政治或经济的强势力量采用某种方式就能剥夺得了的。

王国维评论《红楼梦》,研究宋元戏曲史,目的即是要让世人知晓文学艺术的尊贵以及它们缘何而尊贵:它们是人世间所罕见的,以自身为目的,具有独立之价值,而非政治之附庸及道德说教以及趋附、追逐利益的工具;文学艺术之所以值得尊贵,就在于其具有超越功利的一面,阻截生活之欲对人性的丰富性的限定,以及使人藉以暂时摆脱俗世人生中所无法摆脱的痛苦;"天才"之所以尊贵,便在于其能超拔于俗世利害,并用艺术出色地再现出这一超拔的过程,以供众生仿效与了悟。

而以思想学术承续的就近者而言,王国维的非功利观,显然还有着源自清初思想学术巨擘之一顾炎武的一面。顾炎武深恶痛嫉宋、明以来束书不观、空谈心性之风,力倡"博学于文,行己有耻",坚持以学术本身之是非为是非之"实事求是"原则,这也是中国学术强调"为己之学"(孔子曰:"古之学者为己,今之学者为人。")的另一种表述。然而,顾炎武显然不是忘情现实、沉浸书斋之人,"博学于文,行己有耻"的背后,本身就有着很深的现实忧患、道德践行与家国意识,他将明、清易代的沉痛局面归咎于明代士大夫的空疏不学、流于坐禅,即学风之沦丧与败坏,因而《日知录》初刻本自序中便颇以"明学术,正人心,拨乱世以兴太平之事"自我期许。《四库总目提要》子部杂家类三这样称道《日知录》:"炎武学有本原,博赡而能通贯。每一事必详其始末,参以佐证而后笔之于书,故引据浩繁而牴牾者少";而顾氏高弟潘耒在为此书作序时,却力颂其经世致用的价值;两者都没有说错,但也因动机各异,所言仅是强调了顾炎武学术意义的某个方面。顾炎武所倡导者,其为一剑之双刃:一方面,致使经学推崇"汉学"而鄙弃"宋学",为乾嘉考据学之兴盛导夫先路,其余韵流响则沾溉王国维甚多。王国维《〈国学丛刊〉序》啾啾于学术自律之意义,所谓学术不接受古今中西、有用无用之区分与割裂,唯以求其自身内在之"是"为"是"的说法,如果放在这一系谱里来梳理和追溯,其来龙去脉可以看得更为真切。王国维早年的非功利文艺观,如前所述,虽有接引康德、叔本华、尼采相关思想影响的一面,但又何尝不是顾炎武抨击宋、明"心性之学",力倡"博学于文""实事求是"的学术自律思想在清末民初的绵延?而揆之更长的时段,则20世纪中国新文学中注重文学自身、注重其审美价值的一脉,不同样也是处在这一系谱的延长线上?王国维日后尽弃文学哲学而肆力于古史研究，看似是他学术人生轨迹的一大转向，但就其无非是想藉此与现实拉开距离，以便摆脱现实利害的侵扰与纠缠，更为彻底地践行以学术本身为目的的自律性原则而言，那么这一转向其实并未带来任何实质性的改变，其前其后实为“吾道一以贯之”，都可看作是对他所格外尊崇的顾炎武学术自律典范的承传和延展。

如果说王国维承传的主要是顾炎武的力求精微、博赡、贯通的学术自律性一面，那么康有为、梁启超则更主要立足于顾炎武以学术矫正、引领世道人心，即所谓“经世致用”的一面，注重的是文学推挽现实政治变革的工具性意义。而后一条延长线，显然在整个新文学中更具强势、更占主导。中国新文学第一代中的一流人物，如周氏兄弟诸人，则始终为这两条延长线所夹峙和裹挟，因格外矛盾而体验也格外深刻。鲁迅致许广平书信中言及的个人主义与人道主义在他身上的“消长起伏”，周作人屡屡提及的“绅士鬼”与“流氓鬼”时常在他内心的交集，所指涉的便都是由此而引发的某种困境。

王国维《沈乙庵先生七十寿序》中对清代思想学术轨迹所作勾勒，也是他的同代及后辈学人所认同的：

> 三百年间，学术三变。国初一变也，乾嘉一变也，道咸以降一变也。……国初之学大，乾嘉之学精，道咸以降之学新。①

以顾炎武为代表的“国初之学大”，“大”在哪里呢？便“大”在其同时统摄了“经世致用”与学术自律这两个方面，即一体而两面。乾嘉之学“精”，则“精”在单方面推进了学术自律的一面；而道咸之学“新”，便“新”在以务实的态度直面和应对“千年未遇之大变局”，不再是天朝独自坐大，无论情愿与否，都须得加入世界大循环中去。后两个阶段都只是对顾炎武所力倡的学术的某个方面的拓展，揆之于统摄性的“大”，自然都有所欠缺。

五、王国维之于新文学的意义

与康有为、梁启超等人孜孜矻矻于文化秩序与政治制度的想象和设计有所不同，王国维显然更措意于对生存的根本原理的沉思与深究，更专注于有关人的内在心性的改善方案的想象和设计。早在他第一篇哲学论文《哲

① 王国维：《沈乙庵先生七十寿序》；收入《观堂集林》卷第十九缀林一；《王国维全集》第八卷，浙江教育出版社、广东教育出版社 2010 年版，第 618 页。

学辨惑》里，王国维即已谈论到了不少有关人性内面改善的话题。不能说梁启超的“新民说”没有涉及“国民性”、即内在人性一面的改善，但梁启超所看重的，根本上还是在“群治”方面；与之相比，王国维显然更看重生命个体，看重个体文化生命体验的精深，更注重社会历史艰难缠绕中的个人如何获取精神内面的完善和超越，因而较之梁启超等人，王国维的思路似乎更具有幽深内在的启蒙性质，同时也似乎比严复更深一层地切入西方近代文化中较为深在的精神价值一面。正如本章前文已曾提及过的那样，严复所读所思所译的西学，基本上不出英国经验论范围的各种相对实用的社会科学学问，而王国维则有所不同，他一上来所接触的，乃是康德、叔本华、尼采这一开启了现代西方对现代性提出严峻反思之端绪的精神系脉。倘若用中国思想史来打比方，那么前者可以说大致上接近于宋代陈亮一派的功用之学，而后者则近乎程、朱的心性之学。在学理精神的层面上，其间的深浅是一目了然的。

通观整个20世纪中国文学，无论创作还是批评，视文学为政治斗争或道德教化的一种实用工具的功利主义文学观一直占有强势的地位，而王国维借助由康德、叔本华开启其端绪的现代西方的有关审美无利害学说，力主文学艺术的审美价值，强调其以自身为目的非功利性的一面，对于因深厚历史积淀和现实因素的支持而始终位居强势的功利主义文学观，显然起到了制衡与质疑的作用。王国维视文学本身为目的，坚持从更为贴近文学内在特殊而又丰富复杂的精神内涵的角度去把握文学，他对文学的理解往往要比一味关注外部效应的文学论来得深入和贴切。然而如所周知，由于20世纪中国的大半时间都被迫处在了内忧外患和政治动员的状态之中，在如此窘迫的现实语境面前，王国维注重人的个体内在心性的改善、吁求文学艺术更为深在的审美价值的声音，不仅显得过于微弱，而且难免让人对之生出根本无济于世事的迂阔之感，一个急迫、仓促的时代，似乎根本容不得人们会有一份从容聆听这种吁求的耐心。而足以让人拥有一份从容寻绎文学价值的心态的清明平和的政治经济局面，以及相对宽松自如的思想文化空间的出现，则差不多一直要延迟上大半个世纪。也就是说，王国维的这份精神遗产，一直要延宕至20世纪80年代，这才开始有了认真应对的时机。

可纵然如此，王国维的文学观还是在整个20世纪中国文学中留下了它不绝如缕的书写印迹：比如“五四”新文学草创时期，有意与“为人生”的文学研究会另筑壁垒以成犄角之势的创造社的文学观（“非功利”、崇尚“天才”和“创造”）；再比如同时期“新月派”的文学观，在激剧动荡的时代选择了偏嗜秩序、规范和审美情趣；逮及20世纪30年代，执意要与如火如荼的左翼文学风潮“各自为政”的上海《现代》杂志及其周边的文学，与有着文化古都和大学学府背景的“京派”文学，一南一北，形成遥相呼应的格局，前者倾向于文学价值的独立自主，从而主张跳出左翼的政治党派立场（“新感觉”派小说、苏汶的“第三种人”文论批评等）①，后者则对商业精神和党派政治意识心存戒意，诉求于文化心态的宽和、从容、恬静以及对“诗性”的颖悟；40年代，与时代主潮显得落落寡合的沈从文，则痛心于都市及上流社会的“人性的扭曲”现状，对足以体现他“美在生命”之理念的“湘西世界”显得一往情深，期待着文学“对生命能做更深一层的理解”……；诸如此类，从中都可以依稀辨认出由早年王国维那里延伸而来的、属于同一精神谱系的隐性关联。虽然指认前者即是对后者的一脉承传和克绍箕裘未必贴切和妥当，但至少可以说是隔代之间的一次又一次的回应或呼应吧。

1927年王国维自沉离世，周作人著文悼念时言及，“在二十年前我们对于他是很有尊敬与希望”②。这里的“二十年前”，指的正是周氏兄弟留学东京期间，携手埋头于中国新文学奠基性工作的那一段时间，而此处的“我们”，理应包括鲁迅在内。周作人1906年夏秋之间赴日留学，这之前曾颇受《清议报》上梁启超的影响，于“小说之关系于社会者最大”③这一梁式观念是深信不疑的④，赴日后，一方面受兄长鲁迅的直接引领，另一方面随阅读视野的全面敞开，对西方近代思想观念有了更为切近的观察和了解，随之也便与梁启超的见解渐行疏远，而与王国维的文学、美学观念渐渐接近⑤。

---

① 1928年初，施蛰存、戴望舒、杜衡等人曾出资帮助冯雪峰南下上海，以躲避北洋军阀的追捕，由此成了“政治上的同路人，私交上的好朋友”，一度合办同人文艺刊物，取名“很有革命味儿”的《文学工场》，因内容明显左翼而遭书店老板的拒绝印行，而20世纪30年代与左翼文学的渐趋疏远乃至渐起冲突，则缘于文学原则上的扞格不入（如杜衡以苏汶为笔名在《现代》第一卷第三期上发表《关于〈文新〉与胡秋原的文艺论辨》一文，表示自己愿意在“智识阶级的自由人”和“不自由、有党派的阶级”之外，选择做“第三种人”，即受到以瞿秋白、冯雪峰为代表的左翼文坛的密集、严厉的批评），据施蛰存晚年回忆，他们有自己的创作原则，“在文艺活动方面，也还想保留一些自由主义，不愿受被动的政治约束”。（施蛰存：《最后一个老朋友——冯雪峰》，收入“书趣文丛第一辑”施蛰存著《沙上的脚迹》，辽宁教育出版社1995年版，第122—130页。）

② 周作人：《谈虎集・偶感》四则之二；上海书店1987年影印北新书局1936年版。

③ 见平云（周作人早期笔名）：《孤儿记・凡例》，小说林社1906年版。

④ 其实鲁迅也经由这样一个过程。不妨将鲁迅《月界旅行・弁言》（1903）所言：“……苟欲弥近日译界之缺点，导中国人群以进化，必自科学小说始”，与梁启超《论小说与群治之关系》中的说辞：“欲新一国之民，不可不新一国之小说……故今日欲改良群治，必自小说界革命始。”作一比较，思路和句式，都是那样的如出一辙。

⑤ 周氏兄弟与梁启超的渐行疏远，自然还有晚清政治格局中反清革命派与保皇派之间尖锐对峙这层恐怕更为直接的原因。

1907—1908年间，鲁迅完成了包括《摩罗诗力说》《人之历史》《科学史教篇》《文化偏至论》及《破恶声论》(未完稿)在内的一系列长篇论文的写作，展示出青年鲁迅卓尔不群的精神立场，独特的知识结构，深邃的洞察力，以及思想视野所具有的时代前沿性的特征。《摩罗诗力说》极度张扬精神之于现实的批判性超越，崇尚“尊个性而张精神”，“掊物质而张灵明，任个人而排众数”的“神宗”一派、即浪漫主义，并断言：

> 由纯文学上言之，则以一切美术之本质，皆在使观听之人，为之兴感怡悦。文章为美术之一，质当亦然，与个人暨邦国之存，无所系属，实利离尽，究理弗存。①

认定文学的价值不在对诸如修身齐家治国平天下这样的政教经国之大业直接有所襄助，而是别有所在②。文学以自身为目的，此一面向的延伸与发展向来与人的精神相关，它诉诸人的审美需求，更倾向于表达置身于功利社会中的人内心感知的超越功利之心的一面，并且正因为如此，文学的价值具有不为人的实用性活动所限从而超越其上的可能。

周作人发表于翌年的1908年的长篇论文《论文章之意义暨其使命因及中国近时论文之失》③，即直接把风靡时代的梁启超文学观置于自己的批判性框架中予以诘难：

> 故今言小说者，莫不多列名声，强比附于正大之名，谓足以益世道人心，为治化之助，说始于《论小说与群治之关系》一篇。④

梁启超的偏蔽，周作人认为主要出在虽与西方近代思想观念有所接触，但用以读解这些近代思想观念的眼光却依然老旧，基本上不脱传统儒家文教观念的模式，因而根本无从解明近代观念的新意究竟何在：

---

① 鲁迅：《摩罗诗力说》，收入《鲁迅全集》第一卷《坟》中。

② 木山英雄《“文学复古”与“文学革命”》一文对周氏与王国维的差异有所言及：周氏“反功利主义是为远大的功利服务的，王国维所追求的，是以席勒美学的‘游戏’为极致的……”。见《学人》第10辑，江苏文艺出版社1996年版。

③ 周作人：《论文章之意义暨其使命因及中国近时论文之失》，载1908年《河南》第4、5期。以下引文出诸此篇者，不再加注。

④ 独应(周作人)：《论文章之意义暨其使命因及中国近时论文之失》，原载1908年《河南》第4、5期。本章以下引文出诸此篇者，不再加注。

> 读泰西之书，并当函泰西之意；以古目观新制，适自蔽耳。①

那么，如果以相应的新眼光来解读近代观念之“新”，其“新”主要体现在哪里呢？周作人毫不犹豫地认为，即在于确立文学自身的独立地位。由于中国传统文学或沦为政治之奴婢，或成为邀名逐利之手段，从而累及文学始终缺失以自身为目的的自觉意识：

> 文章之士，非以是为致君尧舜之方，即以为弋誉求荣之道，孜孜者唯实利之是图，至不惜折其天赋之性灵以自救樊鞅。

故当务之急，或作为有效的应因对策，就得摒除梁启超式“以古目观新制”的偏蔽，以汲取西方近代观念之正解：

> 文章一科，后当别为孤宗，不为他物所统。又当摈儒者于门外，俾不得复煽祸言，因缘为害。

周作人还曾以中西诗学渊源比较参照的眼光，对儒家影响下中国传统文学观中的所谓“兴观群怨”，即偏重家国、群体的价值取向之于近代文学观所格外看重的“个性”原则的压抑的一面，多有儆诫和批判：

> 泰西诗多私制，主美，故能出自有之意，舒其文心。而中国则以典章视诗，演至说部，亦立劝惩为臬极。文章与教训，漫无畛畦，画最隘之界，使勿驰其神智，否则或群逼拶之。所意不同，成果斯异。②

情况正像近代文学史家袁进所观察到的那样，此期周氏兄弟，“他们提倡‘文学独立’的态度同王国维一样坚决，而且他们的主张、论述的方式都与王国维的主张方式极为相似。”③

以“后见之明”的观点看，1927—1929 年有关“革命文学”的论争，不过是新文学为其 1930 年代的左翼化转型，所提前预演的一场交锋甚为激烈的

①② 周作人：《红星佚史·序》，商务印书馆 1907 年版。

③ 袁进：《中国文学的近代变革》，广西师大出版社 2006 年版，第 152 页。有关鲁迅与王国维文学观的关联及其参证比较的研究，就我有限的阅读，当以孟泽的相关研究最见缜密和系统。参见孟泽：《王国维鲁迅诗学互训》，九州出版社 2007 年版。

话语热身;而 20 世纪 40 年代的“延安文艺”现象及 50 至 70 年代一直独居主流的“社会主义现实主义文学”,则均有将其激进的理论设计予以“规范化”“体制化”并付诸实际践行的一面。在那场“革命文学”论争中,鲁迅与“太阳社”、后期“创造社”等一批比他年轻的新文学家之间,曾就“革命”及“革命”之与文学的关系,有着相当不同甚至根本扞格的理解,并因此而受到后者的群起围攻。“太阳社”的钱杏邨率先指责鲁迅已经赶不上时代转型的步伐,指责鲁迅的思想依然停留在他的小说人物阿 Q 的时代,而时至今日,阿 Q 的时代早已属于“死去了的时代”。醉翁之意不在于酒,钱杏邨真正关心的并非是阿 Q 的死活,他不过是想借以宣布,鲁迅也已到了偕同他笔下人物一起寿终正寝的时候[①]。当其时,刚摭拾了日本普罗文学思潮一点皮毛的后期创造社的李初梨、冯乃超及创造社开山之一成仿吾,则攻击鲁迅是现代中国因不谙时势而与时代格格不入、因而显得莽撞可笑的堂吉诃德。郭沫若更是以先进理念在握者自居,以笔名“杜荃”恶语相向,斥责鲁迅是“二重的反革命”。这批激进的革命文学家要求对“文学”重新命名,以能否掀动革命或配合革命作为判断是否具有文学价值的准绳和原则。他们要求重新清算“五四”新文学观,并援引美国作家辛克莱“一切都是文学,都是宣传”重新定义文学,急不可待地要求文学直接与政治革命、阶级斗争接榫挂钩。鲁迅的文学观则与之大有出入。在鲁迅看来,用作宣传的文学是无力的,仅仅依靠观念设计,是写不出真正的“革命文学”的作品的。鲁迅认定文学家与革命家不是一回事,认定无产阶级文学理应由无产阶级自己创造,而在工农大众尚未觉醒与解放的时代,他对所谓的无产阶级革命文学是深表怀疑的。目睹创造社这批当初曾如此倾心于“为艺术而艺术”观念的新文学家,竟在一夜之间变成了无产阶级的代言人,更是本能地觉得难以置信。鲁迅认定革命可以影响文学,但文学对政治、革命则无能为力,影响简直微不足道,而文学的影响力显然别有所在。革命文学家认定政治宣传为文学的首要任务,而在鲁迅看来,这样的文学无异于旧文学中的八股。在中共中央,尤其是他们的优秀人物、如冯雪峰、柔石等的协调与影响下,鲁迅随后与创造社、太阳社之间达成和解,开始努力阅读并翻译苏俄出版的马、列著述,认真思考“革命文学”存在的可能,认同文学在对阶级意志及立场的诉求上应有所承当,并还就此与新月派的梁实秋展开过不留情面的笔战。然而,在

---

① 钱杏邨:《死去了的阿 Q 时代》;《太阳月刊》,1928 年 3 月号。

上述“革命文学”论争期间，鲁迅的文学观显然与王国维走得很近。①

王国维援引叔本华哲学分析《红楼梦》的精神内涵，强调其悲剧价值，对“五四”新文学作家，尤其是鲁迅的审美取向，产生过很深的影响。鲁迅终其一生都不能宽宥和谅解中国传统那种结局必是皆大欢喜的“大团圆”式的戏剧结构，把它归于麻木不仁的“国民性”因素之列，贬斥为“瞒和骗”的文学结构，并终其一生酷爱悲剧式的表达：“把有价值的东西毁灭给人看！”把人逼向极端的生存困境而去体认其正面价值、以期对之形成其他生存状态下往往很难形成、因而格外刻骨铭心的颖悟和理解，或者说在绝境中激活你对自身生存处境的真正意识，从而成为一个具有“生产性”的主体，而不是麻木的、纯粹受制于人的、被动“消费性”的客体。从精神的谱系性上来看，这里边当然有着承续王国维而来的一面。

王国维与中国新文学之间的那层关系，其实已引起过不少有心于此的研究者的留意。我在这里所随机采撷的几家论说，时间跨度最长者足有半个世纪，这也从一个侧面说明，早年王国维这份一直显得相对隐在的精神遗产，其所运行的印迹，并没有因为时间的推移而变得漫漶，反倒是愈加清晰，更容易辨识了。

浦江清《王静安先生之文学批评》②一文，以王国维《宋元戏曲史》为例，明确指出蕴涵其中的文学观念之于后起的新文学所具有的擘画、指示路径的先知先觉的性质，对其未能如“五四”新文学观那样在当时即产生“尽变天下”的效应而颇致遗憾，并尝试对个中原因作出究问，尽管这番究问在后人看来未必具有多少说服力：

> ……其《宋元戏曲史》第十二章论《元剧之文章》中所示以为元曲之佳者，无一而非白话之例……然而其后创文学革命之论，尽变天下之文章为白话者，绩溪胡氏也，非先生也，其故何欤？胡氏生后于先生，而推先生之波澜者也。先生之文学有真不真之论，而胡氏有活文学死文学之论。先生有文学蜕变之说，而胡氏有白话文学史观。先生推尊《红楼梦》为美术上唯一大著述，且谓作者之姓名与著书之年月为唯一考证之题目，而胡氏以考证《水浒》《红楼梦》著闻于世。先生主张文学之悲剧

① 参阅王宏志：《鲁迅与“左联”》，新星出版社2006年版。

② 浦江清：《王静安先生之文学批评》，原载1928年6月11日《大公报·文学副刊》第23期，署名“縠永”，1928年7月《学衡》第64期转载。

> 的结果，而胡氏攻击才子佳人团圆小说。先生论词，取五季北宋而弃南宋，今胡氏之词选，多选五季北宋之作。先生曰，“以《长恨歌》之壮采，而所隶之事，只小玉双成四字，才有余也。梅村歌行则非隶事不办，白、吴优劣，即于此见。”胡氏乃与天下约言，同不用典。故凡先生有所言，胡氏莫不应之、实行之。一切之论，发之自先生，而衍之自胡氏。虽谓胡氏尽受先生之影响可也。然而创文学革命之论，变天下文章而尽为白话者，胡氏也，非先生也，其故何欤？曰：先生始终认“古雅”在美学上有一位置也。……而先生名之曰古雅者，犹有保守的精神也。……保守激进之不同，此先生与胡氏文学批评之意境所以迥异，而其后革古文而为白话者，所以为胡氏而非先生也。①

黄濬则在其广有影响的《花随人圣庵摭忆》中，言及胡适《白话文学史》中的核心观念，即所谓的进化的文学观，即直接源自王国维的“一代文学有一代文学之胜”的说法；他还特别提及胡适倡导“文学革命”的“八不主义”中的“不用典”之与王国维《人间词话》中的“不隔”说的关系，并感叹其略有所未及：

> 晚近王静庵《人间词话》陈义绝高，宋词自白石以下，皆致不满。二十余年前，刊于《国粹学报》，余读之觉极精辟，而隘处疑必有流弊。及适之为文学史，皆在推行国语，排斥用典，理所固然，而于疏影、暗香二词，诋为“不成东西”，似先输静庵之我见，而倍为卤莽，贻误后生，良非浅鲜。②

黄濬属于半新半旧的人物，其与新文学家并无交往，所言皆为旁观者语，应该比较客观可信。王国维“一代有一代之文学”之说，主要见诸其《宋元戏曲史》及《人间词话》：“凡一代有一代之文学：楚之骚，汉之赋，六代之骈语，唐之诗，宋之词，元之曲，皆所谓一代之文学，而后世莫能继焉者也。”(《宋元戏曲史》)“四言敝而有楚辞，楚辞敝而有五言，五言敝而有七言；古诗敝而有律、绝，律、绝敝而有词。盖文体通行既久，染指遂多，自成习套。豪杰之士，亦难于其中自出新意，故遁而作他体，以自解脱。一切文体所以始

---

① 《浦江清文史杂文集》，清华大学出版社1993年版，第8—10页。

② 黄濬：《花随人圣庵摭忆》上海书店1998年版，第19页。

盛终衰者，皆由于此。故谓文学后不如前，余未敢信，但就一体论，则此说固无以易也。”(《人间词话》)不仅是胡适，当一批新文学家转而撰著中国文学史时，如陆侃如、冯沅君所撰《中国诗史》(1931年)、郑振铎著《插图本中国文学史》(1932年)、刘大白《中国文学史》(1933年)，他们基本上也都是沿袭的王国维“一代有一代之文学”的观念。

周策纵20世纪70年代初期写就的长文《论王国维人间词》中①，就王国维为“五四”新文学和新文化思潮所提供的思想资源，曾下过一番更为周密细致的剔抉爬梳功夫：

> 就“五四”新文学、新思潮运动之若干方面而言，王国维皆为胡适、陈独秀诸人之先驱。此点在哈佛大学出版之拙著英文《“五四”运动史》一书中曾经提及。兹故置其史学之创获不论，其哲学论文略已开辟《中国哲学史大纲》以西洋哲学观念与方法释中国经典之路经。其辛亥革命以前所作《文学小言》《人间词话》(1910)等已强调文体随时代而演变。其《宋元戏曲史》(1912)自序更谓：“凡一代有一代之文学。”颇类胡适《文学改良刍议》中所倡“一时代有一时代之文学”之文学历史进化观。其主张“不为美刺投赠之篇，不使隶事之句，不用粉饰之字”。反对“模仿之文学”。反对用代替字及“矫揉妆束之态”。坚持作者须“感自己之感，言自己之言”。而不可“感他人之所感，言他人之所言”。认“文学中有二原质焉：曰景，曰情”。及“文学者，不外知识与感情交代之结果而已”。与其后胡适“八不主义”中“须言之有物”之以物为情感与思想，及“不摹仿古人”，“不作无病之呻吟”，“务去滥调套语”，及“不用典”等，亦颇相似。至其主张“文绣的文学之不足为真文学也，与餔餟的文学同。”认“模仿之文学是文绣的文学与餔餟的文学之记号”。则更为陈独秀《文学革命论》中欲“推倒雕琢的，阿谀的贵族文学”及“陈腐的，铺张的古典文学”之先声。其《红楼梦评论》不仅发以西洋批评理论评中国第一流文学作品之源，且提出考证《红楼梦》之需要。其《宋元戏曲史》《屈子文学之精神》等为采用西洋文学史之体制于中国之开山作品，为后来鲁迅《中国小说史略》及胡适《白话文学史》之前驱。其在清末所作教育论文，提倡普及教育，提高学术水准，反对独尊儒家，认“今日之时代已入研究自由之时代，而非教权专制之时代”等，亦为后来新思潮

① 周策纵：《论王国维人间词》，香港万有图书公司1972年版。

开其先河。至于其词，在内容上熔铸西洋哲理与意境，原亦为新尝试，且尝有志于戏曲之创作与改良，以期与西洋名剧比肩。唯静安始终未能放弃旧体制，不能采用白话。既自知“文体通用既久，染指遂多，自成习套。豪杰之士，亦难于其中自出新意，故遁而作他体，以自解脱。一切文体所以始盛终衰者，皆由于此”。且深信“就一体论”，“文学后不如前”。（此论自不全真，要谓文体通行既久耳。）而竟不知自求此“解脱”。①

六、余　论

王国维之于新文学，其间最值得留意的几处接榫的地方，概括说来，大致有以下几项：

第一，王国维所力主的文学审美的独立价值和自主性质，对儒家文教传统惯性绵延与现代中国特定时代风貌（如李泽厚曾将之集约性地概述为“生存压倒启蒙”）复合影响下始终占据主导地位的“经世致用”的功利性文学观，构成了必不可少的质疑、反拨、制衡的一极。

第二，首开援引西方哲学美学作为中国文学批评的思想资源的先河。王国维在其撰著的文学批评论文中，率先使用了一连串分析性的话语表述，在丰富和充实中国文学理论和批评的库藏的同时，也明显提升了中国固有文学理论批评作出其势所必然的现代转换的实践能力，从而在如何将“地方性”的中国文论有效地汇入“世界性”的知识视野，以促成中国文论对世界文学理论总体真正有所贡献，成为其丰富构成中不可或缺的要素，迈出了至为关键的第一步。尽管近年的学界中也有对此类分析性因素在王国维文学论文中其实尚未达致令人信服的程度而表示不满的声音，如香港学者黄维樑所撰长文《王国维〈人间词话〉新论》即称：“其实《人间词话》的境界说，其真感情和不用典等要旨，在中国批评史上，源远流长。境界一辞的概念和用法，清末已非常流行。大境小境、隔与不隔等说，前人亦多有论述。静安沿用古人理论而已，即使以清末民初那时代的观点来看，也没有什么创见。”“以情之真假论诗，不但标准难以订立，而且容易使人和作者混为一谈以致因人害诗，作品的独立地位乃因此丧失。诗不应用典的主张，亦非知言：因为用典既有好处，也是不能避免的。至于大境小境、有我之境无我之境等一

① 周策纵：《论王国维人间词》第三十二节，香港万有图书公司1972年版，第32—33页。

连串分析性术语，是整个境界说中最有可能脱颖而出的，可惜王氏并没有好好解说。其中的有我无我之分，更徒然惹来纷纷的议论罢了。”①然而，王国维率先将西方近代思想中的一些重要概念接引和吸纳进中国旧有的文论批评之中，为中国的小说批评、诗话词话等传统文学批评注入新的因素，其于拓展中国文论批评的精神视野与思理深度，弥补和充实固有文论批评中哲学与美学的思辨容量，从而为中国文论批评辟出一方新境的导夫先路的意义和作用，显然得到了更多研究者的认同。与传统的笼统与含混明显不同，有意识地追求系统、条理等所谓“科学性”，乃是中国现代思想学术中最具号召力的诉求目标之一。吴文祺著于1940年代的《近百年来的中国文艺思潮》②一书，论及王国维文学批评一节，在结尾处这样总结说：

> 中国的文学批评，盛于齐梁，以后便衰落下去。宋人虽作了很多的诗话，自刘舍人（引按，《文心雕龙》的著者刘勰）锺记室（引按，《诗品》的著者锺嵘）以后，一千余年来，竟无人能继其轨躅。读中国文学批评史，真不胜萧条寂寞之感！至王国维出，开始以西洋的文学原理来研究中国文学，常有石破天惊的伟论，使中国的文学批评，摆脱了旧的牢笼，而走上了新的途径。小小的罅漏当然是难免的（如我上文所说），但我们对于一个筚路蓝缕的先驱者，似不必求全责备。

王国维的英文程度如何，绝非我的学殖所能评判，说和写，自然无法与有过放洋留学经历的严复诸氏比肩。王氏晚年与世界一流中国学研究家伯希和等人书信往返、榷商学术，用的都是中文。但早年《静安文集》中，即已收录有西洋诗文译作两种。据佛雏搜辑、考订，署名王国维而未收入文集的西洋文字译本则还有：《西洋伦理学史要》（英，西额惟克），刊《教育世界》1903年9月；《灵魂三变》（德，尼采），同前，1904年10月；《心理学概论》（丹麦，海甫定），商务印书馆出版，1907年7月；《辩学》（英，耶方斯），京师五道庙售书处，1908年。此外，还有多种虽未署名、但却可推断是王国维西文哲学的译稿③。另外《静安文集》中还收录有一篇专门讨论辜鸿铭《中庸》英译

① 参见黄氏该文“内容提要”部分；黄维樑：《中国古典文论新探》，北京大学出版社1996年版，第94—164页。

② 吴文祺：《近百年来的中国文艺思潮》，开明书店1944年版。原连载于1940年11月至1941年1月出版的《学林》月刊1、2、3期，凡十余万言。

③ 参见佛雏：《王国维哲学译稿研究》，社会科学文献出版社2006年版。

文本的论文《书辜氏汤生英译〈中庸〉后》。辜氏的英文功底，据说连英伦人士都要让他三分，他在张之洞幕下作“舌人”（口译）时，尝令伊顿公学与牛津大学出身的西洋学者为之惊倒，不过是众多传奇故事中的一个。故而就辜鸿铭英译《中庸》文本的诸多方面提出商榷与驳难，想必不会是英文程度一般者所能胜任的工作。另外，王国维晚年未遂的研究中，还包括有重译英文本《马可波罗游记》并细加考证的计划。①

王国维《红楼梦评论》对其时风行的“索隐”风气也有所批评，提醒人们注意到从“本事”到“小说”，自有其不可或缺的“文学化”过程。“本事”是“本事”，“小说”是“小说”，彼此虽有亲近密切的关联，但并非可以直接混淆或置换，它们中间始终横亘着作家的创造性的文学活动：

> 自我朝考证之学盛行，而读小说者，亦以考证之眼读之。于是评《红楼梦》者，纷然索此书主人公之为谁，此又甚不可解者也。夫美术之所写者，非个人之性质，而人类全体之性质也。惟美术之特质，贵具体而不贵抽象，于是举人类全体之性质，置诸个人之名字之下……善于观物者，能就个人之事实，而发现人类全体之性质。今对人类之全体，而必规规焉求个人以实之，人之知力相越，岂不远哉！②

晚清红学索隐派以王梦阮、俞樾、蔡元培三家最为著名。王梦阮所著《红楼梦索隐》认定小说影射顺治帝与董小宛故事，书中人物皆有所实指；俞樾则推测小说暗写纳兰性德（参见《山浮梅闲话》,《曲园杂纂》卷三十八）；蔡元培《石头记索隐》视《红楼梦》为隐喻康熙朝政的政治小说；王国维均不以为然。在他看来，直接将“本事”与“小说”混为一谈，无视横亘在它们中间的“小说化”过程，即小说之所以成其为小说的关键所在，无疑是偏离了小说研究的基本途辙。他认为，与其将精力耗费在这种对“本事”与“小说”浑然不分的“索隐”上，还不如用于弄清《红楼梦》作者及其成书年月，反而可能是一件功德无量的事：

> 若夫作者之姓名与作书之年月，其为读此书者所当知，似更比主人

---

① 参见蒋复璁：《追念逝世五十年的王静安先生》，收入陈平原、王枫编：《追忆王国维》，中国广播电视出版社 1997 年版，第 150—151 页。

② 王国维：《红楼梦评论》第五章“余论”；收入《静庵文集》；《王国维全集》第一卷，浙江教育出版社、广东教育出版社 2010 年版，第 76 页。

> 公之姓名为尤要，顾无一人为之考证者，此则大不可解也。

后来胡适曾花费很大功夫，对该书作者的问题作了详尽的究问和考释。胡适对自己的这项工作显然颇感满意，看作他所格外推崇的“实验方法”的成功案例，并在学生和追随者面前屡屡现身说法，大有公开叫板元好问“鸳鸯绣出从教看，莫把金针度与人”（《论诗》中句）并反其道而行之的况味。不过，若细按故实，胡适的这项成果，又何尝不可看作是新文学家之于王国维所提示并期待的方向的一次较为成功的回应呢？

第三，对通俗文学所蕴含的现代意义和学术价值的开掘。王国维《宋元戏曲考》中的《戏曲考原》《优语录》《唐宋大曲考》诸篇，差不多与他的《人间词话》撰于同一时期。《人间词话》重“自然”、贵“境界”，提倡“不隔”，看重诗人“能写真景物，真情感”。这里的“境界”与自然、清新、出诸真挚情感等，几为同义，也即是他所说的“不隔”。状物写景真切自然，历历如在眼前，这是外部的“不隔”；情感心绪出诸真实胸怀，而非来自矫饰，诗人读之，如同己出，感同身受，不存丝毫芥蒂与隔膜，则是内面的“不隔”。王国维看重元剧元曲的理由，同样也是着眼于其重自然、贵境界的一面：

> 元剧最佳之处，不在其思想结构，而在其文章。其文章之妙，亦一言以蔽之，曰：有意境而已矣。何以谓之有意境？曰：写情则沁人心脾，写景则在人耳目，述事则如其口出是也。古诗词之佳处，无不如是。①

> 元曲之佳处何在？一言以蔽之，曰：自然而已矣。古今之大文学，无不以自然胜，而莫著于元曲。②

王国维对元剧元曲中语言的突破性使用，即俗字俗句的使用所造成的某种全新的美学效果，似乎格外敏感，印象深刻并别有会意：

> 古代文学之形容事物也，率用古语，其用俗语者绝无。又所用之字数亦不甚多。独元曲以许用衬字故，故辄以许多俗语，或以自然之声音

---

① 王国维：《宋元戏曲史》第十二章“元剧之文章”；《王国维全集》第三卷，浙江教育出版社、广东教育出版社2010年版，第114页。

② 同上书，第113页。

形容之。此自古文学上所未有也。①

他辨认出元剧与《楚辞》《内典》之间，存在着某种维特根斯坦意义上的“家族相似”，并经由交互参证，毫不掩饰地将戏曲文学之美，直截了当地归结为是“自由使用新语言”的结果：

> 元剧实于新文体中自由使用新言语，在我国文学中，于《楚辞》《内典》外，得此而三。然其源远在宋、金二代，不过至元而大成。其写景、抒情、述事之美，所负于此者，实不少也。②

陈独秀、胡适力主以通俗易懂的白话文字的自觉应用来定义“五四”新文学的语言特质，并以此作为发起声势浩大的文学革命的动员令。但如上所引，其实这一思路早已为王国维在他的《宋元序曲考》中发出先声。王国维的上述话语，显然提升了历来为士夫、文人、学者所不齿的俗语的地位，并视它们为文学开拓新生面及保持生命力所必不可少的资源之一，这不能不说是开了五四新文学的先河。林纾等人无法理解，属于引车卖浆者流的鄙俗的白话新文学，何以能够如此风靡人心、席卷时代，并为之痛心疾首，相比之下，识见更是要低王国维不知凡几了。王国维对通俗文学所蕴含的现代意义和学术价值的考掘，至“五四”新文学时期更是蔚然成为风气：顾颉刚颇具颠覆性的“古史辨”精神，其灵感来源中，即有着借重民间通俗故事逻辑结构分析的一面；具有开创现代学科典范意义的鲁迅的《中国小说史略》，胡适的《白话文学史》（上册），周作人、江绍原、刘半农等人的民俗歌谣征集与研究，以及郑振铎的《中国俗文学史》，他们的著述和活动，都或隐或显地带有受惠于王国维遗产的精神印记，是王国维对通俗文学中所蕴含的现代意义和学术价值的敏锐开掘、在继其而起的五四新文学一代手中、一一渐次展开的成功实例。

---

① 王国维：《宋元戏曲史》第十二章“元剧之文章”；《王国维全集》第三卷，浙江教育出版社、广东教育出版社 2010 年版，第 116 页。

② 同上书，第 118 页。

第五章　外来思想与本土资源如何转化为中国现代语境——以刘师培《中国民约精义》为例

一、学 术 定 位

朱维铮教授 1998 年三联版《刘师培辛亥前文选》(李妙根编)“导言”,对他 1990 年复旦版《刘师培论学论政》(也是李妙根编)“序”文作了较大幅度的增补和改写。如“注七”条指出钱玄同为《刘申叔先生遗书》所撰《左庵年表》谓刘 1903 年至汴(开封)参加会试落第一说有误,朱引《光绪朝东华录》《清实录》及《清史稿》中有关记载,坐实刘只可能壬寅八月(1902 年 9 月)赴汴准备参加会试,他是到了开封后忽然得知此科会试已延期至丙午(1906 年),遂大失所望而归,并非“下第”而归。此事看似不大,牵涉面却非小,按“下第”说,刘后来到上海投身反清革命,直接起因系科场失意而衔恨清朝所致,但现在事实背景既已有所调整,原先视作理所当然顺理成章的解释,就未必是那么回事了,至少也得作些调整才是。像这种细小的地方,其实倒是很能见出功夫的。同时也证实了学术研究的一般规律,即后来者居上,后出者转精。不过,既称一般规律,就得允许有例外。朱撰“导言”一开头对刘师培研治学术和藉学以论政这两大块所作的一个比喻性评判,是他对此前“序”文中语原封不动的保留:

> ……略窥(刘师培)那串脚印,便会发现,属于纯学术的一行,特色是“不变”,而属于藉学论政的另一行,特色则是“善变”,并且是倒行式的变化。二者的反差如此分明,令人不禁以为此人的两足,踵尖位置似乎生来是互倒的,因而在各走各的路。

用踵尖互倒、各走一端的喻象,来指称刘师培学术与论政之间的巨大反差,这样的比喻显得机智而漂亮。朱对自己这一喻说大概也颇为满意,故而后来也一直不觉得有改动之必要。但倘若质之于当年竭尽心力参与编纂《刘申叔先生遗书》的钱玄同，按我的印象，钱很可能未必会以这一比喻为然。我们只要稍稍翻读一下钱撰《〈刘申叔先生遗书〉序》及《总目说明》便不难明悉，在钱氏眼里，刘师培借学术以论政、即学术与政治直接纠结在一起的这一块，前后变动甚巨自不待言，即便是纯粹的学术，也不是那么铁板一块，同样也有前后期的明显变化。刘的论政干政与学术生涯，并不是截然两分的，而是大有关联。钱只肯称赞和欣赏刘的前期学术，以为此期的学术“对于学术思想，最能综贯群书，推十合一，精义极多”，“陈义并皆审谛”云云，而对于刘的后期学术，钱则明言，理应另当别论。

经学和小学一直是传统学问中最吃重的两大板块，钱为此特意标举出刘师培在经学和小学方面前后颇有睽违的地方，从而对其前后期的学术作出截然不同的评判。

经学方面，钱认为刘的前后相异主要表现在：“盖刘君前期解经，喜实事求是，喜阐发经中粹言，故虽偏重古文，偏重左氏，偏重汉儒经说，实亦不专以此自限也。逮及后期，笃信汉儒经说甚坚。”

小学方面，刘早期揭橥的三义（“就字音推求字义”“用中国文字证明社会学者所阐发古代社会之状况”及“用古语明今言，亦用今言通古语”），钱则以为足以为“今后治小学者宜奉为圭臬”者。借用库恩的说法，即均带有“范式”(paradigm)的意义，足以为后来者开出门径、立下规矩。

概括起来说，钱认为刘的学术，“前期以实事求是为鹄，近于戴（震之）学，后期以笃信古义为鹄，近于惠（栋之）学；又前期趋于革新，后期趋于循旧。”对其前期学术的评价明显高于后期。

由此可以想见，在钱玄同心目中，刘的学术思想与其政治思想的依存关系至为密切，两者之间根本难分难解。刘前期学术之所以创获殊多，显然是得到了投身于民族革命的激情及其开阔的思想视野的有力奥援，按照钱氏的说法，那便是“刘君识见之新颖与夫思想之超卓，不独为其个人之历史中最表彰之一事，即在民国纪元以前二十余年间有新思想之国学诸彦中亦有甚高之地位”，也即是在他更名为“光汉”的这一时期。同样的道理，刘的后期转向污浊不堪的政治思想立场，则显然对他后期的学术也造成了很大的牵累。

钱玄同 1938 年 3 月 1 日致书郑裕孚书里对此解说得十分清楚。在这封书信里，钱对自己之所以不佩服刘的后期学术的原因作了相当诚恳的反省。钱扪心自问，是不是因为常人通常难免的“因人废言”，即因刘氏晚节有亏，导致了自己对其晚期学术的低看一头，甚至将其学术价值也一并抹杀了事？但扪心自问的结果，是钱觉得自己在这个问题上大可释然，他明白自己在这一点上很清醒。钱坚信自己的低看绝非出于所谓“因人废言”，而是基于事实，事实是，刘后期一塌糊涂的政治思想立场，严重导致了他学术思想的萎缩及见解和方法上的守旧，从而造成了他后期学术的不足为观。以下所引，即是钱氏这封书信里的原话：

少读其文，固受其影响，然自申叔于戊申（引按，1908 年）冬回国以后直至己未（按，1919 年）冬作古，此十余年中，弟对于申叔之学，说老实话，多半不同意，非因其晚节有亏，实因其思想守旧，其对于国学之见解与方法，均非弟所佩服也。

那么，刘师培的学术生涯，究竟是前后保持一贯，并不受其政治思想立场的改道更辙而发生重大的变化？还是与政治思想立场切切相关，互为依存，并随其离奇乖张的变化而存在前后期的明显差异？我对这个问题的看法是，两相比照，当以钱说为是。也就是说，比前述朱喻足足早了六十余年的钱玄同的分析，更值得信服。

按钱玄同的归纳，刘的学术著述，“最精要者有四事：一为论古今学术思想，二为论小学，三为论经学，四为校释群书”。其中“论古今学术思想之文”，几乎皆作于前期。刘的那些不仅在他个人历史上最值得表彰，即使放在“如雷雨作而百果草木皆甲坼，方面广博，波澜壮阔，沾溉来学，实无穷极”的中国现代学术的“黎明期”，即放在民国纪元前二十余年间、有着大批颇有新思想、新激情的国学诸彦中间，也一样难以遮掩其夺目光彩的“新颖”识见和“超卓”思想，便大多体现在这类“论古今学术思想”的著述里。其中撰成专书的，主要有《国学发微》《周末学术史序》《两汉学术发微论》《汉宋学术异同论》《南北学派不同论》及《攘书》和《中国民约精义》。就撰著时间而论，又以后面两种著述为时最早。对这两种著述的撰著背景，钱玄同也在《〈遗书〉序》中作有简要说明：

自庚子（1900）以后，爱国志士愤清廷之辱国，汉族之无权，而南明巨儒黄黎洲先生抵排君主之论，王船山先生攘斥异族之文，蕴埋已二百余年，至是复活，爱国志士读之，大受刺激，故颠覆清廷以建立民国之运动，实为彼时最重要之时代思潮。刘君于癸卯年（1903）至上海，适值此思潮澎湃汹涌之时，刘君亦即加入此运动，于是续黄氏《明夷待访录》而作《中国民约精义》，续王氏《黄书》而作《攘书》。

这两种著述通常被看作姊妹篇，均属“预流”之作，即都是对蔚然汇成清末思想主流的民族革命思潮所作出的有力反应、参与和推促。在钱玄同心目中，刘著《中国民约精义》无疑是挟黄宗羲《明夷待访录》之势、锋芒直指千年君主独裁、张扬民本民主的一部大著作；刘著《攘书》则赓续王夫之《黄书》，旨在鼓动国人取径种族认同和种族革命以推翻满清统治。出于集中精力的考虑，本章专就《精义》展开讨论，《攘书》姑且存而不论。

二、问题的提出

有关《中国民约精义》编撰缘起及写作出版日期，著者在该书序文中已经作了交代。好在序文不长，不妨干脆移录在下边：

> 吾国学子，知有“民约”二字者，三年耳。大率据杨氏廷栋所译和本卢骚《民约论》以为言。顾卢氏《民约论》，于前世纪欧洲政界为有力之著作，吾国得此，乃仅仅于学界增一新名词，他者无有。而竺旧顽老，且以邪说目之，若以为吾国圣贤从未有倡斯义者。暑天多暇，因搜国籍，得前圣曩哲言民约者若干篇，篇加后案，证以卢说，考其得失。阅月书成，都三卷，起上古，迄近世，凡五万余言。癸卯十月，以稿付镜今主人。主人以今月付梓，来索序。仲尼有言：述而不作。兹编之意，盖窃取焉。叙《中国民约精义》。
>
> 甲辰四月下澣

此书编撰于癸卯，即1903年夏。成稿前后仅一个月。甲辰年即1904年的5月初版。查上海图书馆所藏该书初版本，书末版权页上署明，著者为“侯(按，系‘仪’字之误)征刘光汉侯官林獬”两人，“上海棋盘街中市镜今书局”发行，“国文书局”代理印刷。由于著者与出版人均作古逾久，此书著作权究系何属，似已无从彻底厘定。1934年至1938年间，钱玄同协同武宁南桂馨的实际代理人郑裕孚氏倾力编印《刘申叔先生遗书》①，此书被收录在《遗书》中，未见有过任何的犹豫，当时应该还有不少知情者和当事人在世，也不见有人出来就此表示过异议，因而视刘师培为此书主撰者或著作权所有人，

① 参见本书第六章。

应该是当时知识界学界所公认的一件事。林獬(1873—1926),字少泉,福建侯官人,曾任《杭州白话报》主笔,后与蔡元培等人在上海创办《俄事警闻》,又主办《上海白话报》。刘师培未至上海前,即已与林有文字之交,到上海后,则肆力为《中国白话报》撰稿。林长刘十一岁。刘在林主编的《中国白话报》上发表歌谣《昆仑吟》时,林曾特加"附识",对刘的才情出众倍加推崇:

> 余既从事《中国白话报》,乃征歌谣于刘子申叔,申叔为撰《昆仑吟》,起草凡二小时而罢,是一部二十二史,是一部民族志,其富于历史知识,种族之思想,字字有根据,而复寓论断于叙事中,吾恐大索吾国中求一如刘子者,不可得矣!浅学小生妄逞口说,翻检一二东籍、三数报纸,觍然谈种族、论改革,以刘子之眼,视之殆野马尘埃矣!①

翻检《刘申叔先生遗书》中由钱玄同"独任编次"的、刘氏原本散见在各家报纸杂志上和家藏手稿中的四卷《左庵诗录》,不知何故,这首曾被林獬推重为抵得上一部民族志或一套二十二史、有着开阔的历史视野和种族革命激情的《昆仑吟》,却并未见有收录。不知是否因为出于该作终究只是属于对俚俗不雅驯的民间歌谣的改编,尚算不得个人独创性的典雅诗作的考虑,故而未能进入编次者的视野,或者还是出于另外的原因?可惜我们已无从起编次者于地下,当面向他讨问究竟。林獬后来还曾与蔡元培、刘师培一起为营救反清志士奔走,遭到清廷嫉恨,而不得不暂避日本,这期间,刘也曾有《岁暮怀人》一诗遥念他:

> 著书不作郑思肖,拭剑偶慕吴要离;
> 纷纷蛾眉工谣诼,蜩鸠安识鲲鹏奇。②

诗中的郑思肖,是宋元之际有气节的文人,别号所南,曾将记述南宋失国之痛及异族入侵暴行的诗文手稿集为《心史》,埋藏于枯井,直至明崇祯年间始为疏浚旱井的苏州承天寺僧人掘出。刘该年稍早些时候所写的一组《甲辰年自述诗》,在记述自己所著《攘书》十六篇的情形时,也提到过此人:"□□□□□□□,□南作史智井沈,攘社著书百无用,书成奚补济时

① 见刘光汉《昆仑吟》后林獬的附记,《中国白话报》第四期,1904年1月31日。

② 《警钟日报》1904年10月24日,署名光汉。

心。”文字虽已残缺，但第二句显然用的是所南心史的典故。无独有偶，后来陈寅恪《广州赠别蒋秉南》七绝二首之二“孙盛阳秋海外传，所南心史井中全”，也曾援用此典喻指内心的沉痛。要离一典，则出自《史记·刺客列传》。看来，林、刘当时所参与的，甚至包括过激的暗杀行动在内的反清活动①，遭到清廷嫉恨自不待言，即便是在同一阵营中人那里，也不乏有误解和訾议，作为当事人，心情自然不会舒畅，甚至相当压抑，故而刘才会在诗里劝慰林獬，要他不必介意那些流言。且不说后来刘跻身筹安会发起人之列，堕为“帝制遗孽”时，林也正好在袁氏总统府秘书任上，因而同声附和撰表劝进，并被袁委为参政院参政，及至袁氏帝制败落后，蔡元培、陈独秀等昔日故旧，如何“对于申叔先生之交谊始终不渝，不以其晚节不终而有所歧视”（钱玄同 1936 年 7 月 5 日致蔡元培信中语），设法将其延入北大教席，而林又是如何回心转意、返回报界重作冯妇的，但在编撰《中国民约精义》的 1903 年，林的资历和名声都远在初出茅庐的刘之上，这一点应该是没有疑问的。在这样的情形下，此书的主撰人如果本不是刘师培（光汉），而在署名时却堂而皇之地列居第一，这么做，于情于理都该是说不通的。

《中国民约精义》一书依据杨廷栋由“和本”（即日译本）转译的卢骚《民约论》（今通译为卢梭《社会契约论》），从中国古代典籍和先哲著述中遴选出六十二家，以《民约论》作为准绳，逐一参证比较和论析评说，旨在证明中土古来即已有足以与西方近代民约思想相亲相契、或略加梳理即可以彼此汇通的思想资源的存在。虽然它们在中国固有思想著述中往往只是一鳞半爪或片光吉羽，从未发展成为较为完整的思想观念体系，但至少可以向世人证明，民约思想之于中国并非空穴之来风；中土历史中既已隐潜有民约论的若干基因，那么，对其重新加以发现、开掘和梳理，无疑将成为近代中国回应、传播及实践卢梭民约思想的一个极为重要的内在契机。

那么，《精义》一书是如何引述卢梭以诠释和印证所谓本土的民约论思想资源的呢？这些引述、诠释和印证又在何种程度上是贴合卢梭的，抑或相反？著者刘师培既然无法直接阅读卢梭原著，因而不得不有所借径，那么他所借重的又是怎样的途径？该书序文中虽已有所交代，刘师培所借重的是由日译本转译的汉译本，但并没能交代清楚，这种重重转译的路径，可靠性

① 1904 年冬，刘师培曾参与万福华谋刺王之春事件。参见蒋慎吾《同盟会时代上海革命党人的活动》，《逸经》第 26 期，1937 年 3 月 20 日出版。另外，刘还于是年加入蔡元培等组织的“暗杀会”。

又会是个什么样子？

换言之，出现在刘师培思想学术视野里的“民约论”究竟会是个怎么样子？其与西方近代由卢梭所揭橥和确立的民约论之间的契合度究竟如何？如多有出入，那么这些出入主要会在哪里？我们凭什么才能证实，汉语古代思想中的确存在着民约论的因子，或者相反？这种参证比较，依据何在？可信度又如何？以及，我们又该如何予以证明？诸如此类，都是亟待回答的问题。

三、对一个反差现象的解释

进入具体讨论之前，有一个反差性现象也很值得注意。

在前引《〈刘申叔先生遗书〉序》对《中国民约精义》所作概述里，钱玄同显然更为关注的是《精义》与本土思想资源之间的关联，至于它与外来思想之间的关联，以及这样的关联在该书中本该占据的位置，则都被钱玄同缩略在了他的概述之外，几乎只字未提。而事实上，正如钱玄同在好几个场合都曾准确分析过的那样，刘师培思想学术前后期存在着很大的差异，也正如他所说，“刘君之学，近世所希有”①，这样一个不世出的学问家，其前期的思想学术显然不会如一介抱残守缺的恂恂陋儒那样局促，而应该是有着相当开放的视野和胸襟的。从《攘书》《古政原论》《中国历史教科书》中对“中国文明西来说”这一国际性学界观点的采纳，到《周末学术史序》率先将混沌不分的中国古代学术努力作现代学际分科的处理，以及《小学发微》将西方近代社会学导入中国传统的小学研究领域，使得后者不再滞泥于传统治经津梁之一隅，而被提升至异常阔大的思想学术空间之中，以致连向来自视甚高的章太炎也大表推服，引为同道②……，都足以表明，在对待外来思想方面，刘师培并不缺乏吞吐吸纳的能量，更无须再去提及人们所熟知的、他那段狂热鼓吹社会主义、无政府主义的历史了。

《中国民约精义》显然有两个构成来源。外来思想资源虽然大多只是以双行小字的“夹注”方式现身在“案语”之中，几乎不占正文篇幅，但实际上却有着更为主导、并且提供范式的地位和意义。事实上，刘师培在自序中已经

---

①　钱玄同 1935 年 3 月 9 日致郑裕孚书函中语。《钱玄同文集》第六卷，中国人民大学出版社 2001 年版，第 218 页。

②　“大著《小学发微》，以文字之繁简，见进化之次第，可谓妙达神诣，研精覃思之作矣。下走三四年来，夙持此义，不谓今日复见君子，此亦郑、服传舍之遇也。”见《章太炎再致刘申叔书》，《国粹学报》第一年第一期。

说得相当直白，促成他去汉语古代思想世界中寻波讨源，对相应的本土思想资源作出梳理，从而证实卢梭“民约论”并非人世间的孤思独想，其最初的动力并非来自他处，恰恰是来自这些外来资源。正是亟欲改变国内知识界只是将“民约论”援为谈资，对其实质却根本茫然无知的现状，尤其是痛恨一班以“吾国圣贤从未有倡此义者”为由，视“民约”为异端邪说的“竺旧顽老”，这才有了刘师培发愤编著此书的冲动。设想在与卢梭这部“于前世纪欧洲政界为有力之著作”邂逅之前，撰著《中国民约精义》的冲动即已自发地萌生在了刘师培的心胸之间，肯定是不切实际的。

不过，这些都还只是撰著人刘师培当时直接所能意识到的一面。实际上还有另外一些层面，却未必是他当时所能意识到的。撰著《中国民约精义》，一方面旨在努力从传统汉语思想资源中，重新发现和开掘一种有效的正当性的论证资源，另一方面，卢梭民约思想的介入，却又意味着汉语思想知识的一次重大调整和修改，意味着对一种社会制度正当性的论证，正在逾越传统的汉语思想资源的边界，开始揽入欧洲启蒙运动以来的社会思想的视野，意味着需要从西方知识资源中去找寻社会制度正当性的论证资源。这样的论证，实际上是在转换、甚至颠覆论证的逻辑结构。表面看来，支持社会制度正当性论证的知识资源俨然来自中国古代思想自身，但实际上，如果要人们相信这些思想资源，即这些被遴选、援引到这本书里来的中国古代思想，能够足以担当得起为社会制度的正当性作出论证的使命，那么很关键的一点，就是须得有个交代，即这些思想资源何以具备这样的资格？其自身的正当性又体现在什么地方？但现在的情况却似乎并非如此。从《精义》编撰体例所提供给人的直观印象来看，与其说是这些被遴选和援引的中国古代思想，在诠释过去、设计现在和想象未来这几大精神面向上，真有多么的高明和卓越，并由此而拥有了不受具体时空限定的普适性质，还不如说，仅仅是因为它们可以从外来思想资源那里得到程度不等的印证和认可。也就是说，勘定这些本土思想资源的正当、有效性的标准，并非来自它们自身，而是来自外部，来自外来的思想资源。与外来资源相比，它们实际上处在一种被印证、被证实的被动地位，它们的价值和意义也由此而不可避免地带有了被赋予的性质。

外来思想资源为刘师培的政治想象和所期待的政治体制转型提供了合法性的支撑。可以这么说，《中国民约精义》的问题意识本身，即产生自18、19世纪的西方知识系统。

如果说，作为直接的当事人，因缺乏反思所必须的间距，刘师培对自己所面临的这一处境一时还无从获得清醒的意识和自觉，这种情况尚属情有可原，迨及日后钱玄同为刘师培整理、编集遗著之时，这中间差不多已经拉开了三十多年的间隔，自然该有比当事人清晰、自觉的观察才是。但情况却并非如此。如前所述，钱玄同在《〈遗书〉序》中也依然只是一味将《中国民约精义》看作是对本土资源，尤其是黄宗羲《明夷待访录》一脉的传承。明明是两方面的构成，并且外来构成部分又更为主导，钱玄同却何以偏偏只是强调本土构成这一块，而对外来资源的作用却按下不表、视而不见的呢？这不是很蹊跷，很耐人寻味吗？

我们知道，"历史"本身不会直接呈示，所谓历史真实，除非通过叙述和象征，否则便无异于康德所说的"物自体"，是我们所无从得知的。我们所看到的历史，总是经由某个叙事人按照某种叙事方式所叙述出来的历史，也就是说，我们和历史之间的联系，总是通过叙事象征才得以建立。而一个新的叙事视角总会促成一个新的叙事者的生成，从而使叙述呈现出多元的特征。但这并不是说叙事人天然拥有可以任意编织历史叙事的权利，事实上，在历史叙事人身上始终交织着时代风气、叙事者个人意愿和历史本身之间的相互制约和作用。于是，叙述一段历史，无形之中也便成了叙事人梳理其与所置身的现实以及所要处理的历史之间错综复杂关系的一个过程，成了叙述人、现实、历史之间的一场博弈和互动。1930 年代后期的钱玄同，在编纂刘师培遗著之际，对外来思想资源在刘著《中国民约精义》中所占据的位置和所发生的作用的疏忽或遗忘，无论是出于有意还是无意，都可以读解为是某种更为深在的时代风气在历史叙述者钱玄同身上的投影。这一现象本身便是 1930 年代后期中国思想学术风潮趋向的组成部分。

不必追溯得太远，即以 1895—1920 年这一被思想史家特别看作具有"转型"①意味的时段为例：前有梁启超高倡"新民说"在先，后有陈独秀"三大打倒"、胡适建立"新国语"、周氏二兄弟批判"国民性"及"五四"一代拥戴"赛先生""德先生"推波助澜于后，他们无不都是在致力于将西方近代民族国家个人观念、政经体制和思想学术悬为理想鹄的，急切加以援引，以求补救和缓解中国内部的巨大危机和压力。但这一局面不久之后便开始发生了微妙的偏移。这里面固然有思想史自身内在逻辑的一面，诸如出于自身调整的需要等原因，但外缘性的因素，即李泽厚所说的"救

① 张灏：《转型时代在中国近代思想史与文化史上的重要性》，见《张灏自选集》，上海教育出版社 2002 年版，第 109—125 页。

亡”对于“启蒙”的压抑①的那层因素，似乎更难绕过。

我只是想说，当冯友兰承续着“五四”“中西文化论争”的余绪，将“中西”问题的提法创意性地置换成为“古今”问题的时候，很可能就连自己也未必意识得到，这一置换实际上是在将现代性问题中的地域“空间”差异及其由此引发的焦虑，内化成了中国自身内部的“时间”问题②。进入20世纪30年代后期，对中国近代以来思想学术轨迹的描述，主流性的看法与其说是继续将其解释为是对西方挑战所作出的回应，毋宁说正在逐渐倾向于看作是对传统资源的不懈寻索。不妨拈出前后两部同名史著作番比较：一为梁启超20年代为清华国学院亲炙弟子和南开学子开课的讲义《中国近三百年学术史》；一为钱穆30年代的北大讲义《中国近三百年学术史》。前著认定清代学术与明末二三十年间所发生的某种新变大有关系，而明末学术新变中很重要的一点，则“为中国学术史上应该大笔特书者，曰：欧洲历算学之输入”③，尽管考证学依然根深蒂固，但在梁启超看来，“‘学术活动之中枢’，已经移到‘外来思想之吸收’”④。这样的看法，在后面的钱书中则已遍寻不着。如果说钱在他写于卢沟桥事变前半年的《近三百年学术史·自序》中，还在为他的致思路向和学术取径颇感压抑和忧愤：

> 今日者，清社虽屋，厉阶未去，言政则一以西国为准绳，不问其与我国情政俗相洽否也。扞格而难通，则激而主全盘西化，以尽变故常为快。至于风俗之流失，人心之陷溺，官方士习之日淤日下，则以为自古而固然，不以厝怀。言学则仍守故纸丛碎为博实。苟有唱风教，崇师化，辨心术，核人才，不忘我故以求通之人伦政事，持论稍稍近宋明，则侧目却步，指为非类，其不诋诃而言揶揄之，为贤矣！

---

① 李泽厚：《启蒙与救亡的双重变奏》，《走向未来》创刊号，1986；收入氏著《中国现代思想史论》，东方出版社1987年版。

② 冯友兰1982年接受哥伦比亚大学授予其博士学位的《答辞》中追述说，他是在30年代撰著的《中国哲学史》中才“含蓄地指明，所谓东西文化的差别，实际上就是中古和近代的差别”。但据陈来辩证，冯“以东西为古今”的“新解释”的实际生成时间要早于这一追述：“冯友兰早在1920年已开始怀疑当时流行的单一的‘种类’的解释，向往‘等级’的文化解释；1922年他已经把两种解释结合起来；1923年完成的论文打破‘东西’，相当程度上放弃了种类的解释；1924年至1926年博士论文的英、中文本出版，他不仅已打破‘东西’，而且亦拈出‘古今’，显示出，二十年代前期冯友兰文化观总的趋势是从‘东西’向‘古今’转变，而在二十年代中期这一转变已基本完成。”陈来：《冯友兰文化观述评》，见单纯等编《解读冯友兰（学者研究卷）》，海天出版社1998年版，第130—132页。

③ 《梁启超论清学史二种》，复旦大学出版社1985年版，第99页。

④ 同上书，第125页。

那么，到他撰写《国史大纲》“引论”时，这种压抑则已一扫而尽。正如此期陈寅恪毅然放弃其独步天下的梵文西域文字及佛典译本的研究，开始究心于南北朝隋唐体制的演变，背后实际隐含着有裨于治道的特殊考虑：中国近百年社会变动之急剧与内政受外力影响之巨，适可与社会变动同样急剧异常、与外族交接之频繁及受外民族之决定性影响的唐代形成比照①。无论是钱穆的《中国近三百年学术史》《国史大纲》，还是陈寅恪的《隋唐制度渊源略论稿》《唐代政治史述论稿》，它们撰著的动机中都不约而同地掺入了将中国巨大的存续和变革的动力和根源，不容置疑地归位于本土历史和思想内部的考虑。而嗣后陶希圣等人为蒋介石代笔撰写《中国之命运》，以及延安“新民主主义”对“民族化”的强调……，30年代末至整个40年代，思想文化与政治风气更是明显地呈现出一种向中国社会内部探索并寻求依托的倾向。饶有意味的是，作为后起之秀的钱锺书，其在牛津提交的学位论文 *China in the English Literature of Eighteenth Century*（《英国十八世纪文学中的“中国”》），里边也明确申言，中国文化的高度和谐在18世纪曾被西方视为不可企及的范本，其在西方人眼中的失势乃是18世纪之后的事情。

确实存在着这样一层巨大的“向内转”的思想、学术和心理背景。

钱玄同《〈刘申叔先生遗书〉序》对《中国民约精义》中外来资源至关重要作用的有意无意遗忘或疏忽，足以证明这一背景和风气的沾溉之广及其对于历史记忆（彰显/遮蔽）的有力控驭，即便是钱玄同这样的“五四”巨子，曾经为催生新文化而不惜以偏激姿态排击旧文化的性情激烈的人物（一度曾力主将中国思想文化独一无二的承载体，即中国特有的文字一并予以废止，改用拉丁化拼音字母），也不得不在无形中受到时代风气的左右，于此也就不难照见时势移易人心力量的强大。

四、刘师培所能读到的《民约论》译本

近代思想史家王汎森指出，近代中国的启蒙是个连续体，并非“五四”一次新文化运动所能完全承担，至少晚清戊戌前后一场范围广泛的思想译介运动，已为后来的新文化奠定下了最初的新的“文化基层建构”（Cultural Infrastructure），而晚清戊戌前后中国“思想资源”及“概念工具”之变化，则与明治日本也有更为直接和根本的一层关联，此期中国对西洋近代思想和知识

① 石泉、李涵：《听寅恪师唐史课笔记一则》，见张杰等编《追忆陈寅恪》，社会科学文献出版社1999年版，第266—270页。又，陈氏《唐代政治史述论稿》一书开章明义：“种族问题为李唐一代史事关键之所在。”

的大规模引介，基本上是由一群不怎么通晓西洋文字语言的留日学生所担纲，并大多经由日文译本转译后引入，以致在戊戌前后的中国思想文化中染有明显“日本因素”的色彩及印记，差不多要等到20世纪20年代，即随同英、美留学生纷纷占据中国思想文化界各路要津，此一局面才有了根本的改观①。

仅以政治思想领域为限，明治日本的自由民权运动、无政府主义及社会主义，都曾对刘师培的政治思维产生过深刻冲击和影响。激发刘师培《中国民约精义》一书撰著冲动的卢梭 *The Social Contract*，即是经由日人译本转译过来的译本。而以“民约论”对译 *The Social Contract*，最初也是出自日本明治学者、思想家中江兆民（1847—1901）的手笔。明治15年（1882）1月，中江翻译并附有要义解释的汉文译本《民约译解卷之一》由佛学塾出版局出版（译稿则完成于明治七年，即1874年），此处的佛学塾并非指佛教经典讲习所之类，明治日本称France为佛蘭西（佛也可写作仏，为日文汉字中的简体），故而是指日本明治年间专门研习近代法兰西思想学术的民间学会、学社或学舍性质的机构，与佛教风马牛不相及。中江氏出身下层士族，抱负不凡，曾赴法留学，译本甫一出版即风靡一时，为译者赢得了“东洋卢梭”的美名。因为是汉译，不存在阅读障碍，故戊戌前后至辛亥革命前后，国内书局多直接拿来翻印。据日本知名中国近代思想史家岛田虔次氏的有心寻索，翻刻或翻印本计有以下四种之数：

1.《民约通义》，单行本，洋一角。见载于1898年初刻成的康有为《日本书目志》末尾“大同译书局各种书目”广告。

2.《民约通义一卷》，法戎雅屈娄骚著，日本中江笃介译，上海译书局，单行本。见载于1899年春刊行的徐维则《东西学书目录》。

3.《民约通义》，单行本，法儒卢骚著，未署译者及出版者名，实为中江兆民《民约译解卷之一》的翻版，只是略去原译本的“叙”、“译者绪言”和“著者绪言”，保留了所有的“解”。

4.《民约论译解》，为中国同盟会机关报《民报》第26号（署1910年2月巴黎出刊，汪精卫编）作为附录，除“叙”“译者绪言”“著者绪言”外，全文加以收载，局部文字稍有修正。后有编者按：“中江笃介有东方卢骚之称，殁后，所著《兆民文集》今年十月八日始发行，取而读之，甚服其

① 王汎森：《“思想资源”与“观念工具”——戊戌前后的几种日本因素》，《中国近代思想与学术的系谱》，河北教育出版社2001年版，第149—164页。

精义。中有《民约论译解》，凡九章，特录之以飨读者。”①

中江《民约译解卷之一》为卢梭 *The Social Contract* 第一卷之译解，稍后，*The Social Contract* 第二卷的前六章汉文译文，以《民约译解卷之二》之名连载于明治 15 年(1882)8 月至明治 16 年(1883)9 月出版的《欧美政理丛谈》12 至 46 号，该刊因此而与 1871 年出版的中村敬太郎所译的《自由之理》(*On Liberty*)及福泽谕吉的《劝学篇》，同被视为此期日本知识人中最为流行的三大读物。*The Social Contract* 第二卷既未译全，后面的第三、第四卷也均付阙如。复旦学者邹振环在他谈论译著之于近代中国之影响的一本专书里谈到，黄遵宪、梁启超、黄兴、张继、邹容、孙宝瑄、柳亚子等人之于卢梭《民约论》的接触和称道，大体上便是基于中江以汉文所译的《民约译解卷之一》②。

但这个译本似与刘师培无直接关系(虽然不能说没有间接的关系，详后)。刘与卢梭《民约论》发生交接的译本另有来源。还在中江汉文译文《民约译解卷之一》以未刊本形式在明治时代民权家们手中转辗传递、抄写并倍受珍重的 1878 年，坊间即已有服部德的卢梭《民约论》日译本刊行在先。到 1883 年 1 月，又有原田潜的《民约论覆义》单行本出版。据日本研究者考释，原田译本从重要译语到文义解释，基本上是仰承的服部译本，所谓“覆义”也主要是“覆”服部本之译“义”，即对服部的翻译、理解重新加以斟酌、澄清和商榷，力求回到原著本身。原田译本对刊行于前一年的中江译本也并不是置之不顾，原田本实多有受惠于中江汉译本之处。据上述研究家称，比较而言，原田本的“第一编”之所以得以避免了服部译本中的“思想之混迷”，“完全可以说是后者(引按：指中江译本)的功绩”。③刘师培所读到的《民约论》译本，正如他在《中国民约精义・序》中所言，“大率据杨氏廷栋所译和本卢骚《民约论》以为言”。而杨廷栋所依据的和本(日译本)，即是前面提到过的、主要仰承服部译本而来的原田译本。专治近现代中日之间译书史的香港中文大学谭汝谦所编著的皇皇巨著《中国译日本书综合目录》④中作有如

---

① 岛田虔次：《中国での兆民受容》，见《中江兆民全集》月报 2 第 1 卷，岩波书店 1983 年版。

② 邹振环：《影响中国近代社会的一百种译作》，中国对外翻译出版公司 1996 年版，第 134—139 页。

③ 井田進也、松永昌三：《中江兆民全集》第一卷“解题”，见《中江兆民全集 1》，岩波书店 1983 年版，第 295 页。

④ 谭汝谦主编、实藤惠秀监修、小川博编辑：《中国译日本书综合目录》，香港中文大学出版社 1980 年版。

下著录：

路索民约论
(法)Jean Jacques Rousseau(路索)(著)
(日)原田潜(译);杨廷栋(重译)
上海　作新社　1903(光绪29)
再版　线装;日译本书名《民约论覆议》,1883(明治16)年刊;
中译本又有上海文明书局版

该著录将日译本的书名记作《民约论覆议》,原田译本原名则为《民约论覆义》,文字稍有出入。另外著录中所说的"中译本又有上海文明书局版",我怀疑很可能就是这个线装再版本。与谭先生一样,杨译初版本我也无缘亲睹,是不是线装也就不得而知,我在东京东洋文库看到的,也即是《综合目录》所著录的这个线装再版本,后面版权页上提供有较《综合目录》的著录稍稍详细些的记录：

光绪二十八年十一月印刷
光绪二十八年十一月发行
光绪二十九年九月再版

路索民约论
定价大洋六角
译者　吴县杨廷栋
印刷者　文明书局印刷所
发行者　吴县　杨廷栋
发行所　作新社
发行所　开明书店

从再版本版权页看,杨译单行本初版于光绪二十八年,即1902年,翌年再版,文明书局只是再版本的承印者(初版本的承印者是不是它,待考),发行所应为作新社和开明书店(此开明应与后来叶圣陶等人经营的开明无关)两家,故著录版本时,宜以两家并举。初版本的"初刻民约论记"(相当于译者前言),仍为再版本所保留,对译书的缘起、经过及读者反应的预测均有记述。鉴于庋藏此书的图书馆或研究机构不会多于三五之数，研读者查寻起来颇不方便，故特将全文移录于下：

> 民约之说。泰西儿童走卒。莫不蒙其庥而呕其德。亚东之国。则倏乎未之闻也。日本明治初年。亦尝译行公世。第行之不广。迄今索其古本。亦仅焉而已。若夫汉土人士。则尤瞠乎莫之解矣。良可悲哉。岁庚子。尝稍稍见于译书汇编中。既有改良之议。且谓疏浚民智。宁卑之无甚高论。遂辍此书。不复续刻。呜呼。天之靳民约论于吾中国者。何其酷也。译者又卒卒鲜暇。不能终其业。负海内望者亦甚久。今併力营之。书始成。从此茫茫大陆。民约东来。吾想读其书而乐者有之。惧者有之。笑者有之。痛哭者有之。欢欣鼓舞者又有之。丑诋痛詈者又有之。吾唯观其后而综其比例之率。而觇吾中国旋转之机。斯以已耳。论旨如何。则天下万世。自有不可没之公论在也。光绪壬寅译者记。

初刻译记中提到，译稿最早曾在庚子(1900)年的《译书汇编》上刊载过一部分，这与刘师培 1903 年所撰《〈中国民约精义〉序》开头所讲的“吾国学子，知有‘民约’二字者，三年耳。大率据杨氏廷栋所译和本卢骚《民约论》以为言”，时间上大体吻合。但《译书汇编》这本“留学生界杂志之元祖”(冯自由《革命逸史》中语)创刊于 1890 年底，杨译《民约论》除刊载于这份创刊号之外，还分别载于 1901 年间出版的该刊第二、四、九各期①，因而严格说来，这部分译文应是分别刊载于庚子、辛丑年间，并且主要是分别刊载于辛丑(1901)年。杂志的编辑兼印行人署名为日本人坂崎斌，发行所为东京麹町区(今属文京区)饭田町六丁目二十四番地，销售处计有上海大东门内王氏育材书塾、上海市北抛球场广学会、苏州玄妙观前文经楼书坊、香港九如坊南张存德堂、横滨山下町二百五十三番清议报馆。第二期出版时，发行点除有所调整外，还有大幅增加，除上海两家依然，苏州改为庙堂巷东来书庄，并新增无锡崇安寺三等学堂、芜湖宁渊观南岸晋康煤炭公司、香港荷里活道聚文阁、香港文武庙直街文裕堂、香港上环海旁和昌隆、新嘉坡衣箱街天南新报、台湾台北府大稻埕六馆街二十一番户良德行；日本的发行点则调整、增

① 邹振环：《影响中国近代社会的一百种译作》。此处暂从邹说。我所能见到的《译书汇编》是台湾吴相湘主持的影印本，仅存第一、第二、第七和第八期，杨译《民约论》第一编(第一卷)九章即分别刊于第一、第二期。

加为东京神田区表神保町东京堂、东京神田区今川小路二丁目一番地博爱馆、大阪川口三十二番地镒源号、神户荣町三丁目中外合众保险公司。《译书汇编》所刊译著多属政治、法律学科，兼及经济、历史、社会、教育等，不及文学。第一、二期所刊书目计有：

政治学	美国　伯盖司
国法泛论	德国　伯伦知理
政治学提纲	日本　岛谷部铣太郎
社会行政法论	德国　海留司烈
万法精理	法国　孟德斯鸠
近世政治史	日本　有贺长雄
十九世纪欧洲政治史论	日本　酒井雄三郎
民约论	法国　卢骚
权利竞争论	德国　伊耶陵
政法哲学	英国　斯宾塞尔
理财学	德国　李士德

已译未刊的书目据第一、二期所刊预告，则还有英国斯宾塞尔《政治进化论》《社会平权论》《教育论》，弥勒·约翰《自由原理》，万迈尔《自助论》；德国伯伦知理《政党论》；法国鲍罗《今世国家论》，阿勿雷脱《理学沿革史》，尼骚《欧洲文明史》，卢骚《教育论》；美国勃拉司《平民政治》，威尔孙《政治泛论》，吉精颜斯《社会学》，如安诺《教育论》；日本久松义典纂译《泰西革命史鉴》，陆实《国际论》，有贺长雄《国法学》，福泽谕吉《文明史之概略》《时事小言》，坪谷善四郎《明治历史》，加藤弘之《加藤演讲集》，中江笃介《法国革命前事略》等；译介的规模和抱负，足以证明前引王汎森对戊戌至辛亥期间留日学生之于中国文化思想界从“思想资源”到“概念工具”，所起担纲作用的考评，洵非无据。

杨廷栋，吴县人，1898 年 3 月抵东京留学，系南洋官费生。派遣留日学生本是清季维新变法所颁布的正式国策之一。1889 年这一年间，南洋、北洋、湖北、浙江陆续派出留日官费生 64 人。南洋捷足先登，同行数人中，还有无锡人杨荫杭。二杨均是 1900 年成立于东京的留日学生最早的社团“励志会”成员，并属该会的激烈一派，《国民报》和《译书汇编》即由这批激烈派所发起创办。不过，杨廷栋实为激进派中较稳健者，与力主反清排满的民族革命活动家并非一路，政治立场上更倾向于立宪；杨荫杭曾一度参与反清民族革命，后转向支持立宪；故台湾学者张玉法《清末的革命团体》一书中将二杨等"励志会"四会员列入"立宪派"。学成返国后的杨廷栋主要在家乡参政议政。胡适收集的丁文江传记材料中，有一份刘厚生的《〈丁文江传记〉初稿》，该稿第六节即记有这样一段文字："辛亥革命，江苏省的独立，拥戴程德全做都督，是杨廷栋等一般苏州人的主动"①。杨荫杭则历任江苏、北京等地高级司法官，1919 年辞官南返，次年入《申报》馆任主笔，并开设律师事务所，其在 1920 年代写下的大量时评，近年已辑为《老圃遗文辑》出版发行。顺便一提，后来名盖文史学界的钱锺书，即是他女婿。又据谭汝谦《中国译日本书综合目录》，除《路索民约论》外，杨廷栋另译有《女子教育论》(成濑仁藏著，与人合译，上海作新社，1902 年版）和《政教进化论》(加藤弘之著，上海出洋学生编辑所，又有广智书局本)。后两种译书影响甚微，无法与杨译《路索民约论》相提并论。

五、自西徂东的思想旅行②：译本参读比较

卢梭民约思想，此前虽随法国大革命无远弗届的声威及梁启超等得风气之先者的揄扬，已为晚清知识者所风闻，但对其完整的研读，则无疑尚需有待杨廷栋译《路索民约论》的出版。刘师培的《中国民约精义》即是受其直接感召，有意识地重新梳理、阐释中土思想，尝试从中发现和挖掘中土自身的民约论思想资源的一次思想学术实践。③

这部五万余言的著述，对杨译民约论直接引用达九十二次，间接引用两次。就引用频率言，第一编"总论"为最高，第一编共九章，每章均有引用；第二编"论立法"和第三编"论政府形式"次之；第四编"论巩固国家体制的方法"引用最少。值得注意的是，刘师培所引《民约论》，与杨译大部分均有字句上的出入，标注引用章节也时有讹误。按理说，抄录原文讹误不该如此普

---

① 剪贴于《胡适日记》1956 年 3 月 12 日条，见《胡适日记全编》第八卷，安徽教育出版社 2001 年版，第 422 页。

② 本节中有关数种译本的参读、比对和讨论，得到我指导的博士生狄霞晨的诸多帮助，特致谢忱。

③ 刘师培在《中国民约精义》中使用的是"卢骚"，而非"路索"，其引杨译时，均言《民约论》，而非《路索民约论》，可见受《译书汇编》时期杨译本影响更深。但《译书汇编》仅翻译《民约论》第一、二章，第三、四章直至单行本《路索民约论》发行才出现。刘师培引文当然也涉及《民约论》第三、四章。看来，刘师培编纂《中国民约精义》时，对杨译的《译书汇编》与《路索民约论》两个版本都有所参阅，故本章引用时，涉及《民约论》前一、二章，译文以《译书汇编》杨译为据，涉及第三、四章，译文则依据杨译单行本《路索民约论》。

遍，较为合理的推测只能是，刘师培对自己过目成诵的记忆力极为自信，上述情况应与他写作时完全是凭信记忆在驱遣引文直接相关，再加上成稿时间匆忙仓促（“阅月书成”），又时值溽热“暑天”，因而结撰和校对不免都留下诸多粗疏的痕迹。不妨先略举一二，以窥一斑。

一、目录与正文的编次，标识各自为政，并不统一。上海镜今书局甲辰年五月初版《中国民约精义》，编次目录称“篇”，如“第一篇”为“上古”，“第二篇”为“中古”，“第三篇”为“近世”，而书中正文的边页则标记为“卷一”“卷二”“卷三”。

二、标明所引述话语的出处卷帙，时有错讹。如《精义》卷一“管子”条中云，“重法律，故重主权；重主权，故重操握主权之人，而君位之尊由是而定。（《民约论》卷一第十五章云：主权云者，不可假于他，不可移于外，秩然有序，寂然不易，恒藏于公意之中，而又不可少有动摇者也。卷四第一章云：主权者，所以定一国之趋向，而非可让于他人者也。卢氏亦最重主权。）”①查核杨廷栋译《路索民约论》，卷一（应为“第一编”）止于第九章，并无十五之数。经比勘，这段话实为第三编第十五章“代议士”中语。

卷二“陆子”条“案”语谓，“盖陆子之学，以自得为主（如云‘今人略有些气焰者，多只是附物，元非自立也。若某即不识一字，亦复须还我堂堂的做个人’是）；以变法为宗（如言‘祖宗法自有当变，使所变果善，何伤于国’是）；与卢氏斥君主守旧法者相近。（《民约论》卷四第十二章云：今日所改之法律，明日行之即不见其益者，比比然也。又谓：用一法而概万事，奉古训而贱今人，致亘千百年不见美善之政体。则卢氏非以法律为不可变明矣。与陆子略同。）”查杨廷栋译《路索民约论》，卷四（应为“第四编”）仅有九章，复查，始知此处所作间接引述者，实出诸杨译《民约论》卷三（应为“第三编”）第十一章“政体之命数”。杨译原文为：

> 治国之道。不由法律。而由立法之权。故法律宜改。今日所用之法律。明日行之。即不见益者。比比然也。但每有君主。见可废之法。而心好之。不能终废。且护之唯恐不力。譬有一法。用之一事而效。遂执以概诸万事。而谓无不宜者。人民又不知不识。默然相许。又如崇奉古训者。即今日之所崇奉。亦莫不根于古训。盖由习闻夫古

---

① 引文中括弧内的文字，本为原文中的夹注，为便于排版起见，此处特用括弧加以标记。下同。

今人不相及之说故也。亘千百年。不见美善之政体。复何足怪。是以君主非崇奉古法。则其法必朝更夕改。日进于善而不已。国家又恒以新权力。授诸其法之中。然则国家苟立法之权。则必不能保其生命。亦可知矣。

又,《精义》卷三“戴震”条,“案”语称扬戴震力主天理即存在于人欲之中,情欲之外别无义理的思想,可与卢梭《民约论》中述及王船山的思想相通,进而分析宋儒力主情欲之外别有义理之类的说法,实难摆脱以权力之强弱定名分之尊卑的嫌疑,并由此下一断语:“此大乱之道也。”他还追根溯源,指出“戴氏此言,本于《乐记》”,随后援引《民约论》中语,以表明《乐记》,当然,更主要是为了表明“本于《乐记》”的戴震思想,可以在卢梭《民约论》那里得到印证:

推《乐记》之旨,盖谓乱之生也,由于不平等,而不平等之弊必至人人不保其自由,争竞之兴,全基于此。(《民约论》卷五第二章云:夫群以内者,各谋一己之利,汲汲不遑,置公益于不顾。又强凌弱,众暴寡,朋党相倾,各倡异议。于是一群之内,无复有所谓公意者矣。与《乐记》同。)

但问题是杨译《路索民约论》以“第四编”终卷,并无卷(应为“编”)五之数。起始我猜测可能引自第四编第二章“发言权”,但比照之下,觉得间接引语与本文之间距离过大,正感到失望沮丧之时,习惯性地朝前稍稍一翻,不觉眼前一亮,有了,确为第四编,但不在第二章,是在第一章中,原文为:

夫群以内者。各谋一己之利。汲汲不遑。置公益于不顾。又强凌弱。众暴寡。朋党相倾轧。各倡异议。于是一群之内。无复有所谓公意者矣。一群之内。既无公意。则民约不可以久矣。国家衰亡之期。亦指日可待。当此之时。物议纷纷。虽有高论奇说。亦与群涣无补者矣。

杨译《民约论》系线装书,由于标明书名卷次的字样,均印在版心或书口的中缝偏右一侧,故而遇到前后两章交替的地方,有时就不免容易发生混淆。此处刘师培之所以会将本属杨译《民约论》第四编第一章的文字错会成第二章文字，原因即出在本属前页版心处标明书名卷次的“路索民约论第一章可毁损者不得为公意”字样，装订后被折叠在了为视线所不及的上半页，而次页版心处的“路索民约论第二章发言权”字样则朗然可见，故致有将第一章文字划归到第二章头上之误。

以上便是《中国民约精义》撰著者在引述杨译卢梭《民约论》时所留下的因成稿仓促、难免粗疏的若干缺憾。当然还有译本自身所存在的问题。如前所述，民约论自西徂东，从卢梭到刘师培，至少经历了四种语言（法文、英文、日文、中文）、五重意义的解读（卢梭的法文原书、原田潜日译时所参照的英译本、原田之于服部的商兑及其背后对中江兆民未完成的汉译本的采纳、杨廷栋依据于原田日译本的中译本、刘师培对杨廷栋译本的直接与间接引述）。每一种文本的背后都承载有不同的文化背景，每个译者（或引者、转述者）又都有着不同的立场和倾向，翻译风格也有直译和意译之别。这一重重转译的旅程，究竟在多大程度上贴合或者说还原了卢梭的本意？又在多大程度上发生过意义的流失、曲解、误解或增添？

而在《民约论》抵达中土的整个译介史上，最具影响力的译本，除上述杨廷栋译《路索民约论》外，至少还须提及马君武的《足本卢骚民约论》与何兆武的《社会契约论》。杨廷栋《路索民约论》居有首译之功，曾风靡一时，歆动士林，自不待论。从 1900 年到 1918 年，近 20 年间，有识之士无不争相研读，希望从中找到促成社会政治体制根本转换、实现救亡图强目标的原理。但杨译毕竟辗转假手于日译，与卢梭原著终不免多了一层间隔。通法文、英文的马君武，当年就是因为对此颇致不满，这才有了直接从法文原著并参酌英译本，改用浅近文言，重新译出《足本卢骚民约论》（中华书局 1918 年）之举。马译前后再版八次，而嗣后杨译也便渐渐淡出世人视野。何兆武译《社会契约论》（商务印书馆 1963 年）为现今通用读本，因而流传也最广。何译曾分别于 1980 年、2003 年作有修订，第三版至今已重印达 28 次之多。对于原著精神，何译理解最为透彻，用的又是精准、畅达的现代汉语，译述自然比前面两个译本清晰明了，因而本节在对刘师培所引杨译与杨译原文及杨译与原田译本加以参读比对时，将频繁征引何译本，自在情理之中。

卢梭《民约论》终将在这场理论旅行中被刻上怎样的独特印记？这里的独特，是指包括日译和汉译在内，当然更主要的是刘师培，他们在译述或引述、申论的过程中，是如何将自己现实和思想的焦虑投射在了卢梭身上？卢梭民约论中最为基本的思想结构是否将因此而被遮蔽？以及受到何种程度的遮蔽？一种注定将在中土被“重构”的卢梭民约论，将会以怎样的面目出现在世人面前？下文则是对其自西徂东的思想旅程中所发生的若干偏移略加检视和解析。

《中国民约精义》卷三第三编“近世”部分，对章学诚《文史通义》“原道”上篇中沿袭自董仲舒“道之大源出于天”一说，刘师培颇不以为然：“案：章氏所谓‘道之大源出于天’，据董子之遗文，其说大误。”其所引以作为印证的，是杨译《民约论》卷二第六章中一节话语：“若谓人性之善，托之于天，则一国之利害得失，俱非人间应问，以听冥冥之操纵。五尺童子，亦笑其为荒诞矣。”①然而，这段引语并非杨译原文，与杨译有出入。

杨译原文：“人之好善。出于天性。虽未结民约之前已然矣。但人人好善之性。独不藉民约之力。世之学者。遂倡为人性之善。源出于天之说。而奉天为至善之真宰。呜呼。是亦妄也。体国经野。自有常道。若以人性之善。讬诸于天。则一国之利害得失。俱非人间应问之事。不设政府。不立法律。不饮不食。不作不息。群一国制人。方屏足仰首。以听冥冥中只操纵。试执此说。语之五尺童子，亦莫笑其荒诞。”②

杨译“五尺童子，亦莫笑其荒诞”，在刘师培引述中被改写为“五尺童子，亦笑其为荒诞矣。”意思恰好相反。不过，就杨译上下文细加斟酌和审度，则不难发现，其实本是杨译遗漏了一个否定字。该句本应为：“试执此说。语之五尺童子，亦莫不笑其荒诞。”刘师培显然是依据杨译的上下文作了必要的修正。

不妨参读以下几种译本：

何译：“事物之所以美好并符合于秩序，乃是由于事物的本性所使然而与人类的约定无关。一切正义都来自上帝，唯有上帝才是正义的根源；但是如果我们当真能从这种高度来接受正义的话，我们就既不需要政府，也不需要法律了。”③英译：“All justice comes from God, who is its sole source; but if we knew how to receive so high an inspiration, we should need neither government nor laws.”④何译译义与之吻合。表面看，这句话似乎是说，如果以上帝（天）作为正义的来源，那么政府和法律就都是不必要的了。

---

① 刘师培：《中国民约精义》，刘师培著、万仕国点校：《仪征刘申叔遗书》第四册，广陵书社2014年版，第1752页。

② 杨廷栋：《民约论》，《译书汇编》，1901年第4期，第42页。

③ 卢梭著、何兆武译：《社会契约论》，商务印书馆2016年版，第45页。

④ ［法］Jean Jacques Rousseau，［英］科尔译：*The Social Contract*，世界图书出版公司2014年版，第21页。

但从整个语境加以寻思，卢梭想说的是，正义来自上帝（天）其实是无济于事的，因为只有政府和法律才能保证正义的实现。因为在卢梭看来，人世间理性的普遍正义就是法律。法律权利和义务的约定是人们遵守正义的法则，如果不是这样，没有法律约束，只是守着空洞的正义或道德，将无法避免“小人”不遵守正义，从而造成坏人得益而正直的人却身陷不幸的局面。也就是说，这里表面上是在肯定天意，其实却是在否定天意，故而上述刘师培的理解更加切近卢梭本意。

原田潜日译本此节为：“夫れ人の行の善にして道を守る所以のものは本然の性善に因るものにして人の契約に係るものに非すと雖も政治社会の事物に接して良好を得る所以のものは獨り民約に因らすして何そや世の学者或は云う凡そ正道なるものは上帝の人類に附與せる所にして上帝は正道の本源なりと政治社会の正道に於ける豈に此説を用ゆへけんや吾人政治社会の良好を保有するも果して之に上帝に稟有したるものとせは吾人は國家の得失を擧けて上帝に委任して政府を要せす法律を設くるに及はさる可し是れ豈に國家の組織に反せさるものと云ふを得へけんや。”①其中并无“试执此说，语之五尺童子，亦莫不笑其荒诞”一类文字，那么，这些话语显然系由杨廷栋在翻译时所植入的他自己的评述语了。

中江译本此节则为：“凡事之善良、而合于理者、本自如此、非待人之相约、而后为然也、明神照临乎上、为众善之源、则设令为人者、常得直禀于神、以处事、所为而莫不得于正、而政与律例、固无所用矣、今未能如此、则是律例竟不可废也、凡事之得于正者、远迩一理、无有不同、以其出乎人之良智也、然是物亦未足赖以为治、何也、我之于人、能听良智为善、人之于我、或未能然、是治道云德云、以其无显罚、有履焉者、有不履焉者、而善人履之而常自损、恶人违之而常自益焉、则何足以为治也、故曰、为国者、道德之不足恃、而必相约立例规、违则有罚、夫然后义与利相合、而所谓道德、亦得以行其间矣、”中江译本虽未完篇，但由于他浸馈既久、学殖深厚，对卢梭民约论题旨和思辨的把握，在同时代日本知识人中首屈一指，因而于原田潜译本，确实裨益良多。

《中国民约精义》卷二第二编“中古”一节论及张载，认为张载《西铭》中的一段话语看似与民约论无所关涉，但如果顺着他的思路延伸开去，还是可

① 仏国戎雅屈娄骚原著，日本原田潜译述覆义：《民约论覆义》（春阳堂 1883 年版），东京信山社 2011 年版，第 97 页。又，原文中的假名均为片假名，为便于阅读，本章引述时均改为平假名。

以从中发现若干民约论思想因素：

> 案：横渠此语虽与民约无关，然即其说而推之，可以得民约之意。《民约论》谓："天然之世，利己为首。究其终也，相援之心必较利己为尤甚。"（卷三第二章）诚以非相援不能合群、非合群无以立民约，民约不立，国于何有？故横渠此语虽出于孟子之推恩，然与卢氏相援之说若出一辙。居中国而谋合群，其惟发明横渠之旨乎？

参读杨译可知，刘师培所引之语并非是对杨译原文亦步亦趋的引述。杨译："天然之世，所志不同，利己为首，相援次之。若夫君民利害，则几置诸不闻不见之地。"[①]意为天然之世，利己是第一位的，相援在其次，至于君民利害，则被排至最微末的位置。刘师培虽也认为天然之世利己是排在第一位的，可随后又紧接着补充说："究其终也，相援之心必较利己为尤甚。"[②]结合其对张载的评述，可以推知他在这里讲的"究其终也"，指的是"人造之世"的情况。只有在社会契约得以确立的"人造之世"，相援才会被推置于利己之前。虽然表述相对模糊，但若仔细研读其前后文，还是能够领会其意的。这表明刘师培对于杨译《民约论》的熟谙程度，已经臻达可以脱逸译本原文而直接加以发挥的境地。

在论列《荀子》中有关话语时，刘师培借重杨译《民约论》卷一第四章中"人民之于政府也，顺政府者固听其自由，逆政府者亦听其自由。"[③]这句话，以强调人民推翻政府的正当与合法时，他更倚重的则是"逆政府者亦任其自由"这部分。而这句话其实是杨廷栋根据原田潜日译本所做的一个引申。何兆武译本更接近卢梭本意："因此，要使一个专制的政府成为合法，就必须让每一个世代的人民都能作主来决定究竟是承认它还是否认它"[④]。英文本中对其中的"政府"一词本带有"arbitrary"（专制的）的限定，而原田潜及杨廷栋译本中则均未有这样的限定。英文本中"to accepet or reject it"（承认政府还是否认政府）只是意志上的，而杨廷栋将其译为"逆政府"则是将这种意志上的态度扩大到了行动上。到了刘师培的语境中，更是直接把"逆政

① 杨廷栋：《路索民约论》（4 卷），文明书局 1902 年版，卷三第 4 页。

② 刘师培：《中国民约精义》，刘师培著、万仕国点校：《仪征刘申叔遗书》第四册，广陵书社 2014 年版，第 1709 页。

③ 同上书，第 1676—1677 页。

④ ［法］卢梭著，何兆武译：《社会契约论》，商务印书馆 2016 年版，第 12 页。

府”与(商)汤、(周)武革命勾联起来,因而卢梭原意中的“否认政府”也便被升级为“倾覆政府”。比较而言,中江笃介对这句话的翻译更为忠实:“然则专断为政者,若欲其权之少有合道,当听国人,及其成长更事仍奉其上与否,并任意自择之。”①原田潜译本则为:“故に政府に於ても亦た然り其人民をして成長するに及んて其政府に奉仕するも從順せさるも自由に任すへし。”②(故于政府亦然,迨人民长成,侍奉、顺从政府与否,当悉听其尊便。)

在《民约论》的翻译与引述的旅行中,可以看到诸如此类的微妙而又有趣的意义迁延:卢梭原意相对客观;到了原田潜处,有意无意地被省略去某个至为关键的限定词“专制的”;到杨廷栋,更是成了“逆政府者亦任其自由”,不仅让卢梭的“否定政府”升了一级,而且还让其独立成句;最后,到了刘师培,直奔杨廷栋做过若干变异的所在而去,论证汤武革命的正当合法并以之抗衡传统所谓“弑君”的理念。而刘师培也未必清楚,自己所援引的卢梭话语,经由多重转译,已与卢梭原意有所偏离。好在卢梭《民约论》里确实也有“倾覆政府”这层意思在,故而此处也还不能算是“过度”阐释。

倾覆政府自然需要民众揭竿而起,此时此际,君主与人民的关系也就需要重新加以界定。刘师培在论及《易经》时认为,《易经》的宗旨在于君民一体,以证明《易经》时代中土便已有了民约论思想。在他看来,《周易》以“位”为主,但君位与臣位并不固定,并无君尊臣卑一说。并引《民约论》卷一第七章中“君主背民约之旨,则君民之义已绝”,③认定民约才是确定君民关系的根本法则,如果君主背弃民约,那么也就意味着他不再具有君主资格。杨译原文为:“若夫君主妄逞己意,而与民约之旨相背驰,则君民之义既绝。”④刘略去了杨译中的“君主妄逞己意”,强调的是“君民之义已绝。”何译本中则并无此语:“但是政治共同体或主权者,其存在既只是出于契约的神圣性,所以就绝不能使自己负有任何可以损害这一原始行为的义务,纵使是对于外人也不能;比如说,转让自己的某一部分,或者是使自己隶属于另一个主权者。”⑤英译本为:“But the body politic or the Sovereign, drawing its being

① 法朗西戎雅娄骚著,日本中江笃介译并解:《民约译解卷之一》,佛学塾出版局,见《中江兆民全集1》,岩波书店1983年版,第84页。

② 佛国戎雅屈娄骚原著,日本原田潜译述覆义:《民约论覆义》(春阳堂1883年版),东京信山社2011年版,第21页。

③ 刘师培:《中国民约精义》,刘师培著、万仕国点校:《仪征刘申叔遗书》第四册,广陵书社2014年版,第1659页。

④ 杨廷栋译:《民约论》,《译书汇编》1902年第2期,第21页。

⑤ 卢梭著,何兆武译:《社会契约论》,商务印书馆2016年版,第23页。

wholly from the sanctity of the contract, can never bind itself, even to an outsider, to do anything derogatory to the original act, for instance, to alienate any part of itself, or to submit to another Sovereign."[①]英译与何译意思一致。这里的“政治共同体或主权者”(body politic or the Sovereign)即杨译本中的“君主”,“与民约之旨相背驰”这一意思也有,而且更为具体地指出其表现:转让自己的某一部分,或者是使自己隶属于另一个主权者。但何译本与英译本中只有君主不能背弃民约这层意思,对背弃民约之后又会如何,则未曾有所提及。那么,杨译“君民之义既绝”,又是从何而来呢? 原田潜日译本中,此处为:“凡そ事は原因なけれは効果あることなきは一般の理なり今民約に依り事を公衆の決に取るは君主を立ち国家を成すの原因にめ君主国民をして其意志に従順せしむるは民約の結果なれは外国と盟約する如きも君主の私意を以て妄りに之を為すへからす若し外國と盟約すること民約の本源に背馳して君主の私意に出てたるきは社員即ち國民は其義務を擔任するに及はす又君主か自己の社会の権利幾部を減殺して外国に利益を与ふる如きは自から支体を分割して生命を危険にすることに異ならす”[②](杨译:“天下之事。不有前因。必无后果。夫取决于众。推立君主。是为民约之因。人民之于君主。有应尽之责。是为民约之果。若夫君主妄逞己意。而与民约之旨相背驰。则君民之义既绝。应尽之责亦随之而灭。且君主之中。甚或有损本国之利以益他人者。是犹脔割肢体以饲邻里。宁有是理哉。”)杨译省略了公然违背民约(诸如损本国之利以益他人这样的“与外国盟约”)的具体事例,而译“国民无须再承担义务”为“君民之义既绝”,则算不得随意发挥。从这句话的辗转翻译来看,原田日译本简省去了原文中君主背弃民约的具体表现,只留下“与外国结盟”这一条,然后添入自己对于君主背弃民约后国民处境的理解:无须再承担义务。杨译则在原田译本的基础上完全省略了君主背弃民约的实例,并将国民无须继续承担义务进一步提升至“君民之义既绝”。这么一来,到了刘师培处,便可以进而与汤武革命关联起来,成为推翻君主专制的合法性依据了。

《中国民约精义》卷二第二编“中古”部分,就程子《易传》中“天下涣散而能使之群聚,可谓大善之吉也”[③]一语,刘师培加以如下案语:

---

① [法]Jean Jacques Rousseau,[英]科尔译:*The Social Contract*,世界图书出版公司2014年版,第10页。

② 佛国戎雅屈娄骚原著、日本原田潜译述覆义:《民约论覆义》,东京信山社2011年版,第43页。

③ 刘师培:《中国民约精义》,刘师培著、万仕国点校:《仪征刘申叔遗书》第四册,广陵书社2014年版,第1711页。

一国人民由散而聚，由分而合，群力既固，国家乃成。……即君主既立之后，威势日尊，欲夺民权，又恐国人合群抗己，乃创为愚民、弱民之策，以压制臣民，散民之群，孤民之势，使人民结合之力无由而成。故群体之散，不得不归咎于立君。吾观秦、汉以降，臣民结会之自由悉为朝廷所干涉，而人民之势遂一散而不可复聚矣。至于国家之作事，悉本于人主之阴谋，非本于人民之公意。小民悉服于下，敲扑鞭笞，一唯君命。及国家多难，人民复弃其固有之君主，以转事他人。《民约论》谓："专制之君，无与共难。"（卷三第六章）岂不然哉？故欲行民约，必先合群力以保国家，欲保国家必先合群力以去君主。盖团体不固之民，未有能脱专制之祸者也。

程子《易传》中这句话是说，能够使涣散的民心重新聚集在一起，世界上没有比这更好的事了。刘师培很欣赏这句话。因为在他看来，一个国家得以成立和维系，须得有赖于人民强固有力的聚合、即团结，而专制君主出于维持一己私利和威势之目的，势必需要创设愚民政策，使人民重新沦为一盘散沙，终至失去团结一致、反抗专制的力量。对这样的君主，人民自然有权弃之不顾，另行选择和追随他人。卢梭不就曾在《民约论》里这样说过？专制暴君，无须再去和他一起共度患难。此处所引《民约论》中话语，即"专制之君，无与共难"云云，出自杨译本《路索民约论》卷三第九页，只字未改。原田日译本为："專制王者の通弊とする所のものは眼前の小利に走りて之を國家に適用せんと欲するに過きさるのみ。"①（专制君主之通弊，惟在竞逐眼前之小利、并欲以之适用于国家而已。）意在指摘君主只顾个人私利、无视国家安危之弊，而杨廷栋则发挥出了另一层意思：既然如此，那么，当国家处于风雨飘摇之际，人民自然也就不必再与君主共度时艰了。卢梭本意又是如何的呢？何译本中，与这句话最为接近的译文为："君主们就要偏爱那条对于自己是最为直接有利的准则了。"②结合上下文，何译本意为，君主以个人的利益置于国家利益之上，希望人民软弱、贫困，无法抗拒国王。英译本与之意思相同。何译、英译及原田译本所指涉的，均为君主对待人民之态度，君主把一己利益放在最前面，蒙骗欺压人民；杨译本显然转换了角度，指涉的是人民对于君主的态度；而刘师培进而发挥，推及国家危难之际，人民

---

① 佛国戎雅屈娄骚原著、日本原田潜译述覆义：《民约论覆义》，东京信山社 2011 年版，第 199—200 页。

② 卢梭著、何兆武译：《社会契约论》，商务印书馆 2016 年版，第 91 页。

自可依据民约论，弃君主而去。这里，刘师培所理解和所依据的，其实已是杨廷栋在转译中作了过度诠释和发挥的所谓民约论的话语了。从一环环"添油加醋"可以看出，日译本、汉译本及刘师培，俨然对君主专制更为痛恨，亟待凭借卢梭民约论一举倾覆铲除之而后快，而这一意向在杨译本和刘师培《中国民约精义》中表现得尤为急切。

论列《论语》相关话语时，刘师培所下案语中有云："孔子言'民无信不立'，又言'信而后劳其民'，与卢氏所谓'君主下顺舆情，人民必爱而敬之'者若出一辙。"[①]意谓君主与人民之间并非只有紧张对立一途，君主若能顺应民情，人民自然也会爱戴君主。所引证的卢梭话语，出自杨译《路索民约论》卷三第六章，原文为："人民之权力，即君主之权力，下顺舆情，人民必爱而敬之。"[②]原田日译本："人民の權力は即ち陛下の權力にして其最も大益とする所の者は宜しく人民をして畏敬せしめ。"[③]（人民之权力即陛下之权力，因而最大之利益者，宜于使其敬畏人民。）但卢梭原意并不在规劝君主。何译本此句为："一个政治说教者很可以向国王说，人民的力量就是国王的力量，所以国王的最大利益就在于人民能够繁荣、富庶、力量强大。然而国王很明白这些都不是真话。"[④]英译本此处为："political sermonisers may tell them to their hearts' content that, the people's strength being their formidable; they are will aware that this is untrue."[⑤]英译与何译意思相同。从何译本可以看出，所谓君民一体乃是政治说教者对君主的规劝，不过是一种美好但却虚妄的设想，其实君主不仅不会听信这样的说辞，并且还希望人民永远软弱、贫困，无法反抗自己，因为这才是君主实现私利的保障。通过比对可以发现，卢梭原意旨在揭露君主虚伪、君主专制制度的不足凭信；而原田潜、杨廷栋、刘师培则对君主专制制度的改善似仍抱有某种程度的幻想。

《中国民约精义》三卷第三编"近世"部分，刘师培撷取王昶《答吕青阳书》中一节话语，称赏"王氏知贡税起于相报，盖深知权利、义务之关系者，与（黄）梨洲《明夷待访录》一书可以并传久远矣。"王昶在书信中说的是，上古

① 刘师培：《中国民约精义》，刘师培著、万仕国点校：《仪征刘申叔遗书》第四册，广陵书社2014年版，第1672页。

② 杨廷栋译：《路索民约论》，卷三，文明书局1902年版，第9页。

③ 佛国戎雅屈娄骚原著、日本原田潜译述覆义：《民约论覆义》，东京信山社2011年版，第199页。

④ 卢梭著、何兆武译：《社会契约论》，商务印书馆2016年版，第90页。

⑤ [法]Jean Jacques Rousseau，[英]科尔译：*The Social Contract*，世界图书出版公司2014年版，第44页。

时圣贤作君主，将佚乐归之于民、忧劳归之于己，十分辛劳，所谓“贡”“税”，最初本是人民对君主的一种报答。君主既有应尽之义务，也有应享之权利。刘师培认为王昶这样解释“贡”“税”的起源，与《民约论》卷二第四章中“民约之中，所允为君主之财货、自由及一切权利，则君主皆可举而用之”[①]（引自杨译《民约论》卷二第四章，只字未改）的话语若合符节。刘引杨译的这句话，何译本译为：“主权权力虽然是完全绝对的、完全神圣的、完全不可侵犯的，却不会超出也不能超出公共约定的界限；并且人人都可以任意处置这种约定所留给自己的财富和自由。”[②]英译本：“We can see from this that the sovereign power, absolute, sacred and inviolable as it is, does not and cannot exceed the limits of general conventions, and that every man may dispose at will of such goods and liberty as these conventions leave him”[③]，与何译本意思相同。

此处杨译似与何译又有较大差异：一、杨译本中的“君主”对应的是何译本中的“主权权力”（the sovereign power）。“sovereign”一词英语中有两层含义：一是“主权的”，二是“君主”；译为主权权力似可涵盖君主，但不如君主一词含义明；二、何译本同一句话中也有两层意思：一是肯定主权神圣不可侵犯，同时又限定它不得逾越社会契约框架；二是指出在社会契约面前，每个人的权利和义务都是公平的。而杨译仅保留了第一层中的一半意思，即肯定君主权利的这一半。原田日译本为：“國民たるもの此契約に由て君主に讓與しくる其財貨及ひ自由の權は舉けて之を用ふるうを得可。”[④]（杨译为：“民约之中，所允为君主之财货、自由及一切权利，则君主皆可举而用之。”意思未有偏离。）这就是说，卢梭本意中所具有的两层意思，在原田手中即已被挤压和缩减过。卢梭本无特意强调君主权利之意，而在原田潜、杨廷栋这里，却有了凸显君主权利之重要的意思。到刘师培，他在认同王昶上古君主忧劳多于欢乐说法的同时，又暗中加了一层递进：既然君主比人民承担了更多忧劳（义务），那么君主也理应享得比常人更多的权利，只是这种权利应限定在社会契约所规定的范围之内。我们虽不便确定卢梭完全没有这样

---

① 刘师培：《中国民约精义》；刘师培著、万仕国点校：《仪征刘申叔遗书》第四册，广陵书社2014年版，第1728页。

② 卢梭著、何兆武译：《社会契约论》，商务印书馆2016年版，第41页。

③ ［法］Jean Jacques Rousseau，［英］科尔译：*The Social Contract*，世界图书出版公司2014年版，第19页。

④ 佛国戎雅屈娄骚原著、日本原田潜译述覆义：《民约论覆义》，东京信山社2011年版，第85—86页。

的意思，但至少在这句话中卢梭并未言及此意。在卢梭看来完全不足凭信的君主专制，在中、日译者的语境中，评价却似乎有了可以松动的余地。卢梭要求限制君权、强调每个人权利与义务的平等，在中、日译本和刘师培这里却蜕变为强调君主可拥有比常人更多的权利，而在杨译本及刘师培据以所作的申论中，这一迹象似乎较日译本尤为明显。

《中国民约精义》卷一第一编"上古"部分，辑录《春秋穀梁传》"隐公四年"中"卫人立晋"故事，认为颇能体现以多数人民之意立君的民约论精神，并引《民约论》中话语加以印证。此处所引，为杨译本第一编第五章《论契约为立国之基》中语：

"设未有帝王以前。而人民不致缔结契约。则安得有选举帝王之事。当众人相集之时。公举一人。为帝王。众意佥同。则可。苟百人中有十人之意不自适。则百人者亦何得以数之多寡。强人以必同哉。凡相集决事。固取决于数之众寡为最公。然此非相约于先不可。要之。未有帝王以前。无人民之契约。则既无昔日之帝王。又无今日之国家。将长此榛榛狉狉至不可纪极之年代。犹然洪荒初辟之日也。契约一日不结。则国家一日不立。故曰立国之基始于契约也。"①

原田潜日译为："假りに帝王を選挙する以前に未た国をなすの契約なしとする時は何に由てか帝王を選立することを得んや衆人相會して皆同意にして一人の異論を生せさるいは可なりと雖も若し不幸にして百人既に帝王を欲するも十人は猶ほ之を欲せさるえは百人の者何に由て十人をして強ひて多数同意の論に従はしむることを得へき乎凡そ衆人相集りて事を議するに同意の多寡を以て決するは實に是なりと雖も然れも此事は豫しめ約するに非れは得へからす然るに今未た国を成さざる以前えは民庶相ひ契約することあるなし故に同意の多寡を以て事を決することを得さるへし然らは則ち帝王を立つる前に於て必す一事同意に定むる所ありて相互相循守するのことあらさるへからす是れ余か論することを願ふものにして契約を以て国をなすと云ふに外ならす。"②

对比参读，可知杨译大致保持了原田日译本的语义，文句修辞上则有所参差。

中江译本此处则为："假为其自与君之前、未有邦乎、吾不知其何由得成

---

① 杨廷栋译：《民约论》，《译书汇编》，1901 年第 2 期，第 17 页。

② 佛国戎雅屈娄骚原著、日本原田潜译述覆义：《民约论覆义》，东京信山社 2011 年版，第 32 页。

自与之事也、众相会、咸皆同意、而无一人自异、则善、若不幸百人欲之、则百人者何由得行其议邪、众相约议决事者、必较持议多寡、固是矣、然此亦非予有约不可、而未有邦之前、无有约之类也、是知、民之议立王之前、更有一事咸皆同意所定者、此正余所欲论之也、何谓也、曰相共约建邦是也。”中江译文相对古奥。“其自与君”云云,意为“(人民)把自己奉送给国王”。从原田此节译文的后半部分看,基本上是对中江译本的亦步亦趋。

何译本此处为:“事实上,假如根本就没有事先的约定的话,除非选举真是全体一致的,不然,少数人服从多数人的抉择这一义务又从何而来呢?同意某一主人的一百个人,又何以有权为根本不同意这个主人的另外十个人进行投票呢?多数表决的规则,其本身就是一种约定的确立,并且假定至少是有过一次全体一致的同意。”①既未言及“君”、“帝王”,并且也非陈述句,而是反问句,以强调约定之重要。中江译本中本是保留了这一反问句式的,看来是原田译本率先将反问改为陈述,并由此而影响了杨廷栋译本的。何译本此句“选举”的对象在后文中再次出现时,又被译作“主人”(与英文本中的 master 对应),也并非专指“帝王”(国王)。如此看来,先是原田日译本将原文中的反问句改为陈述句,重点被从约定之重要上挪移到了选举时众人意见之重要上,然后又加入“帝王”(国王)这一限定,致使本来指涉的较为普遍的选举,变成对君主专制的一种专指。也就是说,刘师培所引《民约论》中话语,在卢梭原著中其实并非针对君主专制制度,重点是在强调民约之重要,并非专为申论以多数人民之意立君这一原则。

《中国民约精义》卷三第三编“近世”部分撷取章学诚《文史通义·原道》中话语,赞赏章学诚颇能明悉“君由民立”之意。章氏原文为:“天地生人,斯有道矣,而未形也;三人居室,而道形矣,犹未著也;人有什伍而至百千,一室所不容,部别班分,而道著矣。”立国之本始于合群,合群之用在于分职,分职之后立君,这一顺序与柳宗元《封建论》中的说法不谋而合。“群”由人民集合而成,没有民就没有群,没有群就没有国,没有国就没有君。天下没有离开民而能成立的国家。刘师培引杨译《民约论》卷一第五章中“未有帝王以前,先由人民立缔结契约”语,认定章氏话语与卢梭话语颇为相符。但此处刘师培引以为据的杨译似与何译相差较大。杨译:“未有帝王以前,先由人民立缔结契约,集合人民,此立国之始基也。”②何译:“在考察人民选出一位

---

① 卢梭著、何兆武译:《社会契约论》,商务印书馆 2016 年版,第 21—22 页。

② 杨廷栋译:《民约论》,《译书汇编》1902 年第 2 期,第 17 页。

国王这一行为以前，最好还是先考察一下人民是通过什么行为而成为人民的。因为后一行为必然先于前一行为，所以它是社会的真正基础。”①何译与英译相一致：“It would be better, before examining the act by which a people gives itself to a king, to examine that by which it has become a people; for this act, being necessarily prior to the other, is the true foundation of society.”②

无论何译还是英译，全句中均未出现“缔结契约”及“立国”的义项，卢梭本是强调人民的集合是形成社会的基础，在时间顺序上要先于国王。形成社会并不等于立国，人民集合也不一定缔结契约。那么，这两重意思又是从何而来的呢？中江兆民译“形成社会”为“建邦”（“与其论民之所以与于君也，不若先论邦之所由以建也，建邦之事，势必在自与之前，则论政术者当托始于是也。”③）原田潜译本中则出现了“国”与“契约”这两个关键词（“故に帝王を推擧する以前に先つ人民を集結し國をなせし契約の如何を研究せさるへからす乃ち契約を以て衆人相ひ集結するは國を為すの基礎なり。”④意为：推举帝王之前，当先行集结人民，共同探讨立国须据何种契约，故以契约集结民众，乃立国之基础。）杨译本即脱胎于此，但略去了其中“当先行探讨须据何种契约建国”这层意思，直接将其改写为陈述句。从原文到日译本，日译者将不太肯定的句式改为肯定的陈述句，并将“形成社会”改为“建邦”“立国”，又增入“缔结契约”这层意思；由日译到汉译，杨廷栋完全保留了日译者所增入的“立国”“缔结契约”这层意思，并且语气更趋肯定。

吕留良《四书讲义》中，对三代以下君主只管自己私利、不顾臣民公益，深恶痛绝，多有抨击。刘师培“案”语称：

> 晚村之所嫉者，人君之自私也。因为三代下之君主皆遂一己之私谋，不顾臣民之公益；以为非人君之道。其说与卢氏合。

---

① 卢梭著、何兆武译：《社会契约论》，商务印书馆 2016 年版，第 17 页。

② ［法］Jean Jacques Rousseau，［英］科尔译：*The Social Contract*，世界图书出版公司 2014 年版，第 7 页。

③ 法朗西戎雅娄骚著、日本中江笃介译并解：《民约译解卷之一》，佛学塾出版局；《中江兆民全集 1》，东京岩波书店 1983 年版，第 89 页。

④ 佛国戎雅屈娄骚原著、日本原田潜译述覆义：《民约论覆义》，东京信山社 2011 年版，第 32 页。

并引杨译《民约论》卷一第六章中语加以印证："如君主、人民相合为国，则君主之所利，即人民之利也；人民之所利，亦君主之利也。君主、人民之间，断无利界之可分。"①然而，卢梭的本意似乎并非如此。

何译本中这句话是这样说的："（一旦人群这样地结成了一个共同体之后，侵犯其中的任何一个成员就不能不实在攻击整个的共同体；而侵犯共同体就更不能不使它的成员同仇敌忾。）这样，义务和利害关系就迫使缔约者双方同样地要彼此互助，而同是这些人也就应该力求在这种双重关系之下把一切有系于此的利益都结合在一起。"②

英译本："Duty and interest therefore equally oblige the two contracting parties to give each other help; and the same men should seek to combine, in their double capacity, all the advantages dependent upon that capacity."③

从何译本看，卢梭所强调的是君民互助、利益结合，而非杨译本中的君民同利、利益不分。君民同利强调的是君主与人民的利益相同，因此君主就不该拥有高于人民的利益；而君民互助则未必，是可以允许有君主利益高于人民利益这种例外的情况出现的。杨译这样理解，也是源于日译。

原田潜对此句的翻译为："即ち君主は相ひ聯合して而して後ちに成りたるものなれは君主の利たする所は國民の利なり國民の利とする所は君主の利なり決して君主と國民と利を私して相ひ界するふなく。"④（意为：君主乃民众联合而成，君主之利益即国民之利益，国民之利益即君主之利益，君主国民之间，绝无私相以利益分界之理。）

参读比对可知，杨译对原田日译本还是忠实的。这就是说，卢梭原意在原田日译中即已出现了被改动的迹象：君民互助被拔高为君民同利。在申论君民互助这一点上，中江汉译本显然更贴合卢梭本意：

"（民约既成、邦国既立、有侵一人、而望无害于国、不可得、况有侵国、而望无害于众人乎、国犹身腹也、众人犹四肢也、伤其心腹、而无羸其四肢、有是理乎、故凡与此约者、其为君出令、与为臣承命、并不可不常相共致助、是

---

① 刘师培：《中国民约精义》；刘师培著、万仕国点校：《仪征刘申叔遗书》第四册，广陵书社2014年版，第1742页。

② 卢梭著、何兆武译：《社会契约论》，商务印书馆2016年版，第23页。

③ ［法］Jean Jacques Rousseau，［英］科尔译：*The Social Contract*，世界图书出版公司2014年版，第10页。

④ 佛国戎雅屈娄骚原著、日本原田潜译述覆义：《民约论覆义》，东京信山社2011年版，第44页。

故义之所在、而亦利之所存也、为君出令、能不违于义乎、为臣必享之利焉、为臣举职、能不背于道乎、为君必获之福焉、君云臣云、初非有两人也、）夫君合众而成、则君之所利、必众之所利、无有相抵、"①

原田潜跻身的明治初期，正是日本民权高涨的时代，维新人士努力借助西方理论以限制君权、提高民权，这一点与晚清颇相类似。

社会契约论是建立在人生而自由、平等的信念基础上的。刘师培在《中国民约精义》特别看重人民的自由权利，甚至为此不惜向其一向所尊敬的王夫之发难，因为在他看来，王夫之对于君、民的看法与卢梭民约论思想相去甚远：

> 案：船山之说，于立君主之起原言之甚晰，但于立君主之后则仅以通民情、恤民隐望之君，而于庶民之有权尤斥之不遗余力。（如《通鉴论》卷二十一云："以贤治不肖，以贵治贱，上天下泽，而民志定。泽者，下流之委也，天固于其推崇也。斯则万世不易之大经也。卷八复以天下之权移于庶人为大乱。"）与卢氏民约之旨大殊。卢氏以人权赋于天，弃其自由权者即弃其所以为人之具。故人之生也，以能之自存为最要。能知自存则不受他人干涉，而一听己之所欲为。（见《民约论》卷一第二章）是人民之权不可一日放失也；已放失，则不可一日不求恢复者也。（《民约论》卷二第八章云："自由之权操之于己，不可放失。放失之后，不可不日求恢复之道。"）今船山之旨，即以伸民权为大非。……

所引杨译《民约论》卷二第八章中语："自由之权，操之于己，不可放失。放失之后，不可不日求恢复之道。"②与何译本似有出入。何译本为："人们可以争取自由，但却永远不能恢复自由。"③英译本："Liberty may be gained, but can never be recovered."④

杨译本鼓励失去自由的人们积极争取恢复自由，而何译则是自由一旦

① 法朗西戎雅娄骚著、日本中江笃介译并解：《民约译解卷之一》，佛学塾出版局；《中江兆民全集 1》，东京岩波书店 1983 年版，第 94 页。

② 杨廷栋：《民约论》，《译书汇编》，1901 年第 9 期，第 51 页。

③ 卢梭著、何兆武译：《社会契约论》，商务印书馆 2016 年版，第 57—58 页。

④ ［法］Jean Jacques Rousseau，［英］科尔译：*The Social Contract*，世界图书出版公司 2014 年版，第 27 页。

失去，即永远无法恢复，意思完全相反。那么，究竟哪个才是卢梭的本意呢？不妨先检视一下原田潜的日译："夫れ人は自由を得へし人は决して自由を復すへからす。"①（人当获得自由，而绝无恢复自由之理。）杨译虽多忠实于原田，但在这句话的翻译上却出现了偏离。他将原田"绝无恢复自由之理"译为"已放失，则不可一日不求恢复者也。"那么，杨译何以会有这样的游离呢？略知卢梭民约论的人都清楚，卢梭认为自由与平等乃是人与生俱来的权利，社会契约就是用以保障这种自由和平等权利的，卢梭自然不会真的相信，自由一经丧失便无望重新获得。这里其实是他引自俗语中的一句话："自由的人民啊，请你们记住这条定理：'人们可以争取自由，但却永远不能恢复自由。'"②引用此话是想提醒人们，自由来之不易，不可轻易放弃，一旦放弃，便须经由艰苦斗争方有可能重新获得。如此看来，上述意思相背反的两种翻译，就各有其道理了。何译、英译和原田日译均为直译，而杨译则为意译，掺入了他自己对于卢梭的理解。

在法律与立法权之间，卢梭认为立法权最为根本，法律则是公意的行为，人民可以根据需要改变法律。刘师培正是依据于此，在论列陆九渊时，认为其学问以自得为主、以变法为宗之意，可与卢梭斥责君主守旧法相通，并引杨译《民约论》卷三第十一章中两节话语作为印证。何译本中，这两句话为："过去的法律虽不能约束现在，然而我们可以把沉默认为是默认，把主权者本来可以废除的法律而并未加以废除看作是主权者在继续肯定法律有效。"③"人们愿意相信，唯有古代的意志的优越性才能把那些法律保存得如此悠久；如果主权者不是在始终不断地承认这些法律有益的话，他早就会千百次地废除它们了。这就是何以在一切体制良好的国家里，法律不但远没有削弱，反而会不断地获得新的力量的原因；古代的前例使得这些法律日益受人尊敬。"④英译本为："Yesterday's law is not binding today; but silence is taken for tacit consent, and the Sovereign is held to confirm incessantly the laws it does not abrogate as it might." "We must believe that nothing but the excellence of old acts of will can have preserved them so long: if the Sovereign had not recognized them as throughout salutary, it would have revoked them a thousand times. This is why, so far from growing

---

① 佛国戎雅屈娄骚原著、日本原田潜译述覆义：《民约论覆义》，东京信山社 2011 年版，第 124—125 页。

② 卢梭著、何兆武译：《社会契约论》，商务印书馆 2016 年版，第 57—58 页。

③④ 同上书，第 113 页。

weak, the laws continually gain new strength in any well constituted State; the precedent of antiquity makes them daily more venerable."①此处卢梭其实是在强调立法权之重要。在他看来，国家存亡系于立法权而非法律本身，只要人民拥有立法权，便能给古老法律带来新的力量，而古老法律并非一定有害无益。

刘师培引文对杨译虽有所更改，但出现上述偏差，责任却不在他。因为杨译即已有否定旧法之意，并将政治体制问题归咎于对旧法的维持。原田潜译文又是如何的呢？"今日の施法は之を明日に用ひて更に益する所なかるへし。"②(杨译："今日所用之法律，明日行之，即不见其益者，比比然也。")"喻へは一度用ふる所ありて出來したる者は總て之を平常に用ひんふを欲し敢てこれを廢止するふを欲せす人民も亦た不知不識以て默許するか如きものなり世人の上古の法典を敬信して之を今日に遵奉する所の者は蓋し又上に說く所の理に根據し且古法の永世に遺傳存在する所以の者は畢竟古人の意志の今人に優りたる所あるに依るとの偏信より生せし者なり宜なるかな政體の舉からさるふ。"③(杨译："譬有一法，用之一事而效，遂执以概诸万事，而谓无不宜者。人民又不知不识，默然相许，又如崇奉古训者，即今日之所崇奉，亦莫不根之于古训。盖由习闻夫古今人不相及之说故也。亘千百年，不见美善之政体。")此处杨廷栋汉译对原田潜日译本还是颇为忠实的。显然，否定旧法、主张变法维新之意，先是出现在了原田潜的日译本中。而卢梭民约论的确本含变法之意，故而原田日译虽有"捕风捉影"之嫌，却也不算纯属"无中生有"。

《中国民约精义》中，刘师培认为卢梭的自由说与孟子的性善说、王阳明的良知说有相通之处，那么他又是如何做出这番比较或比附的呢？先来看刘师培是如何将王阳明的良知说与卢梭的自由说关联到一起的。刘师培认为，卢梭视守护自由为人生一大职责，并引杨译《民约论》卷一第四章中语为证；他还认为自由与生俱来，良知也是；自由无所凭借，良知也无所凭借；因而可以说良知即是自由权。在刘师培看来，王阳明虽并未发明民权之说，但从他的良知说可以推导出自由平等之理。

---

① [法]Jean Jacques Rousseau，[英]科尔译：*The Social Contract*，世界图书出版公司2014年版，第56页。

② 佛国戎雅屈娄骚原著、日本原田潜译述覆义：《民约论覆义》，东京信山社2011年版，第243—244页。

③ 同上书，第244页。

刘师培此处所引杨译为:“人之暴弃自由权者,即暴弃天与之明德,而自外生成也。夫是之谓自暴自弃。”①原田潜日译则为:“且夫れ人生天赋の自由の權を抛棄して顧みさるものは自から天與の明德を抛棄するものなり又自から人類の外に出るものなり斯の如きもの之を自棄自暴と云ふ。”②何译为:“放弃自己的自由,就是放弃自己做人的资格,就是放弃人类的权利,甚至就是放弃自己的义务。”③何译本与科尔英译几乎字字对应:“To renounce liberty is to renounce being a man, to surrender the rights of humanity and even its duties.”④它们应该是最接近卢梭原意的。那么,在重重转译中究竟发生了怎样的意义迁移呢?

一、何译本中的“放弃”(即英文 renounce 之意)在杨译本中为“暴弃”。“暴弃”有粗暴(草率)放弃、自暴自弃之意,比中性的“放弃”多一层贬义。原田日译中本为“抛棄”,由杨廷栋径改为“暴弃”;二、何译本中“做人的资格”(对应英文 being a man),杨译“天与之明德”,系来自原田日译中的“天與の明德”(中江译本则为“为人之德”)。刘师培在引用并解释此句时,似乎觉得“天与之明德”一语过于保守陈旧,遂改作“为人之具”,反倒更切近卢梭原意;三、杨译“自外生成”云云,在整个句子中似显得唐突,与何译中“放弃人类的权利”也对应不上;此处显系译自原田“自から人類の外に出るものなり”一语,但却是误译,因为原田此处本是“自外于人类”之意。参读中江译本,则更清楚,中江此处译文为“自屏于人类之外也”⑤,也即“放弃人类的权利”的另一种说法;四、杨译“夫是之谓自暴自弃”,源自原田“斯の如きもの之を自棄自暴と云ふ”。然而何译与英译本中均无此意,中江译本为“若然者,谓之自弃而靡所遗。”⑥与之庶几相近。几大译本各有不同侧重,然而均强调自由权利之重要;刘师培则强调自由权利与良知说的相通处,即在于“与生俱来”与“无所凭借”,这两者均由杨译本引申而来,却为何译本中所无。

刘师培又称王阳明良知说源于孟子性善论,并依据《民约论》卷二第六

① 杨廷栋:《民约论》,《译书汇编》1902 年第 2 期,第 13 页。

② 佛国戎雅屈娄骚原著、日本原田潜译述覆义:《民约论覆义》,东京信山社 2011 年版,第 21 页。

③ 卢梭著、何兆武译:《社会契约论》,商务印书馆 2016 年版,第 12 页。

④ [法]Jean Jacques Rousseau、[英]科尔译:The Social Contract,世界图书出版公司 2014 年版,第 5 页。

⑤⑥ 法朗西戎雅娄骚著、日本中江笃介译并解:《民约译解卷之一》,佛学塾出版局;《中江兆民全集 1》,东京岩波书店 1983 年版,第 84 页。

章中话语:“人之好善,出于天性。虽未结民约之前,已然矣。”[①]认定卢梭也有性善说,可与孟子性善说、王阳明良知说相通。良知由上天赋予,每个人的良知都是相同的。既然上天给每个人的良知是相同的,尧、舜和普通人的良知也是相同的,因而也就无从区分等级。

何译本中,此句则与性善论无所关涉:“事物之所以美好并符合于秩序,乃是由于事物的本性所使然而与人类的约定无关”[②]英译本为:“What is well and in conformity with order is so by the nature of things and independently of human conventions.”[③]杨译“人之好善”同样来自原田日译。原田译文为:“夫れ人の行の善にして道を守る所以のものは本然の性善に因るものにして人の契约に係るものに非すと雖も。”[④](人之所以行善守道,盖因其本然性善之故,与社会契约之有无本不相涉。)显然,原田将主语由“事物”暗中换成了“人”,并由此而散发出孟子性善论的味道。儒家文化本是东亚的共同资源,原田潜精于汉文,翻译时有意无意地动用了孟子性善论这一现成资源,似也情有可原。这么说,是原田潜率先将卢梭视为性善论者,刘师培则进而将其与王阳明良知说挂上钩,卢梭遂由此而被东亚译者本土化了的。将王阳明良知说与卢梭自由说并置,并认定卢梭同样持有孟子性善论,难免有牵强附会的嫌疑。但这种附会并不能归咎于刘师培一人,转译过程中的日译、汉译者应该都是其中的推波助澜者。

以外来思想重新发现并激活中土思想资源,刘师培也许并不是第一个在这样做的,但《中国民约精义》无疑是这一思想学术实践中最不便轻易错过的为数不多的著述之一。《中国民约精义》作于 1903 年,是年刘师培 19 岁。此书并非是对经典和诸家学说的一味附和与致意,而是将它们放置到《民约论》的面前重新评判,以卢梭之是非为是非,对《尚书》《礼记》《大学》毫不留情,对孟子、荀子、庄子、朱熹、章学诚等诸家学说也都有辩难,即便是刘师培素来敬仰的学者,只要其学说中有与《民约论》不相称合者,刘师培同样也会不留情面地直斥其非。刘在序言中说这是本述而不作的书,但其实是

---

① 杨廷栋译:《民约论》,《译书汇编》1901 年第 4 期,第 42 页。

② 卢梭著、何兆武译:《社会契约论》,商务印书馆 2016 年版,第 45 页。

③ [法]Jean Jacques Rousseau,[英]科尔译:*The Social Contract*,世界图书出版公司 2014 年版,第 21 页。

④ 佛国戎雅屈娄骚原著、日本原田潜译述覆义:《民约论覆义》,东京信山社 2011 年版,第 96 页。

既述又作。

书/人名	与民约论的关系	评价
周易	《易经》之旨，不外君民一体。可证其时已有民约论因素。	肯定
尚书	可觇专制之进化：上古，国政悉操于民；夏、殷，则为君民所分领；降至周初，欲伸民权，不得不取以天统君之说（“天视自我民视，天听自我民听”）。	中性
诗经	诗之旨，在于达民情。	肯定
春秋左氏传	春秋政体往往有三代之遗风：“郑人游乡校而论执政”，非下议院乎？卫人立君，非民选乎？怀公朝国人而问，非国民之自有参政权乎？	中性
春秋公羊传	最重民权，讥刺世卿，世卿即西人所谓之贵族政治。	肯定
春秋穀梁传	“卫人立晋”故事与《民约论》以多数人民之意立君之旨相符。	肯定
国语	人人有议政之权责，此本民约之基本原则。后世君权渐尊，舆情遭遏，民不能尽言，而后有“防民之口甚于防川”之讽焉。	中性
周礼	以伸张民情为本。	肯定
礼记	1.《礼运》篇“大道为公”有泯灭人己权界之嫌，与民约论不符。2.《大学》篇“财散民聚”说，虽有合乎天下之财亦为人民共有之财的民约论精神之一面，但也有混淆人民共有之财产为君主私产之另一面，后者与民约论相违。	否定
论语	1. 孔子抑君主之尊、重执政之权，与民约论相符。2. 孔子重民权，与《民约论》相符。	肯定
孟子	以政府为君、民交接之枢纽；又以“民为贵、社稷次之、君为轻”，为诸子中主张限抑君权最为激烈之一人；惟斥责墨子“兼爱”为“无君”，有违民约思想。	褒过于贬
尔雅	释“林”“烝”二字为“君”，二字皆含有“众”义，可引申出“君为民立”之意。	肯定
荀子	力证汤、武革命正当、合理，与民约论“人君既夺人民之权，人民亦当挟权力与君主抗，以复其固有之权”之旨相符。	肯定
老子	察理至深，明于富贵无常、君位无定之理；又言君德必以卑下为基，启贤君谦让之风，斥愚主自尊之念，以为专制君主戒；均可与民约论相通。	肯定
庄子	1. 贱视君主，把专制君主比作盗贼。2. 以自然为宗，欲废除人造自由，恢复天然自由，似与卢梭之意相悖。	褒贬兼有
杨子	杨朱狭隘利己主义有悖于民约精神。	否定

续表

书/人名	与民约论的关系	评价
墨子	称天制君，即尊民抑君。	肯定
吕氏春秋	吕览之意，以立君所以利民，远胜荀子立君所以制民之说，最合民约精神。	肯定
管子	重立宪、斥专制，以主权为唯一不可分者，甚合民约之旨。	肯定
商君书	1. 流为专制，遏抑民权；2. 商鞅之法，最合西人“君主无责任”之意。	有褒有贬
鹖冠子	“以博选为本”，虽于私天下之时而寓有公天下之道，但也有与民约论不相洽处。	中性
许行	其说虽近于民权，然而，1. 不知分工之义；2. 欲去除政府执政者，而政府乃立国之枢纽；3. 欲去除阶级、分职，举国平等，似是而实非，皆与民约论有所不合。	否定
韩诗外传	君主专制下人民生活之实录。	中性
董仲舒	“以天统君”之旨与民约之旨相合。	肯定
司马迁	太史公作《史记》，其微旨有四：一、美能让；二、伸民气；三、刺谀佞；四、不以成败论人；有嫉恶专制、隐寓民约之意。	肯定
刘向	刘向《说苑》知人君为国家之客体及圣人重民命、伸民情之微旨，合于民约论。	肯定
班固	《白虎通》以“王”为“天下所归往”，以“君”为“天下所归心”，近于本末倒置，与民约论不符。	否定
王符	论上古君主，合民约之旨；然“君为天立”说，则大误。	有褒有贬
杜预	杜预《春秋释例》深明君不叛民、断无民叛君之道理；小儒不明顺逆之理，托言《春秋》，适足以背离《春秋》之旨。	肯定
张实	张实《大宝箴》警诫人君：“闻以一人治天下，不闻天下奉一人。”颇与民约之旨相符。	肯定
柳子厚	柳宗元《封建论》知封建非圣人之意，乃是“势”使其然，与民约论相符；然而，以天子既立、然后一天下，则非是。符合民约论之说法当是：天下会一，然后立天子。	有褒有贬
陆淳	上古，非贤非德，莫敢居君位；三代以下，公天下易为家天下，大负人民委任之初心。故陆淳《春秋微旨》斥之。	肯定
张载	《西铭》虽无关涉民约语，然作引申，可与民约论相合。	肯定
苏洵	《仲兄文甫字韵》释“群”曰：“圣人所欲涣以一天下者也。”意为圣人希望趁人民涣散之机而一统天下。最背民约之旨。民群之聚散，本于民群之自然，圣人固无权使民聚散。苏洵所言，与专制君主防民、愚民之策同调。	否定

续表

书/人名	与民约论的关系	评价
苏轼	苏轼《上皇帝书》主张国是当本于人心，似颇符合以人民为国家主体之旨。苏轼上此书，本欲以所谓民意民心，反对王安石新政。而荆公所力行之新法，也终因民间频兴谤讟而归于失败。刘师培显然同情王安石，故对苏轼有所质疑，认为有时立法徒顺民心，未必真是在为人民负责。	有肯定也有质疑
苏辙	《龙川别志》中，但知不使民议政为非，不知与民议政之权同样也非是。天下者本人民之天下，“通下情”本为人民应享之权利，非系于君主特别之恩。	有褒有贬
程子	《易传》以天下涣散而能使之群聚为莫大之善，颇符《民约论》“专制之君，无与共难”之意。	肯定
叶适	《君德》《治势》诸篇所议，似乎仅知君势之不可恃，不知君势之不可尊，失之不知民贵君轻、主权在民之旨，误认主权为权势；《民事》篇“古者民与君为一，后世民与君为二”，以明君主有教民、养民之责，岂知人民本为主体，本可决定自己命运，也可决定君主命运，“固无待君爱者哉！”	贬多于褒
陈亮	“王霸论”对历代君主之阴谋权术悉窥其微，有关上古之议论，则可与民约论所谓天然之世以质胜、人在之世以文胜者互相发明。	肯定
朱子	1. 主张天下者，天下之天下，非一人之私，颇合民约论。2. “天下之治出一人，天下之事必分任”，是以治天下归于君主一人，则与民约论主权者之旨相背。	中性
陆子	力斥后世苛法滥用“典宪”名义为“无忌惮！”，合乎卢梭“本公意制定法律”之意。	肯定
王应麟	1. 王氏训“忠”，悉合古义，一破下事上者、佣奴事主等谬解。2. 告诫人君须得敬民、畏民，合乎民约论。	肯定
吕坤	《呻吟语》论“理”与“势”，可与卢梭“公意”与“权力”说相对应。但在吕，“理”与“势”尚为对待之词，至卢梭，则以“理”为“势”之母。	中性
王守仁	良知说与民约论天赋人权说相通。王阳明著书虽未发明民权之理，然即良知说推之，可得平等、自由之精神与原理。	肯定
王廷相	《答薛君采论性书》谓立法责罚当出于至公，而非出于一己之私；与民约论立法之旨唯当体现众人趋向、公理所存的说法正相符合。	肯定
李中	《谷平日录》“宇宙只一理，本公也”一说，合民约论之旨，只是对君民公私之界分辨析犹有未精之处。当今君主窃取本非己有之物以为公，斥责人民自营之业为私，在此情况下，但论自私之蔽，又有何益？	褒贬互参

续表

书/人名	与民约论的关系	评价
黄道周	《存民篇》论君主，力言“百姓存则与存，百姓亡则与亡”及“君有时而贱于百姓”，与卢梭民约论同旨。	肯定
顾炎武	《日知录》力倡“天子一位”之说：君主本“为民而立”，就“班爵”言，天子与公、侯、伯、子、男并无不同，均系为民效命之职；就“班禄”言，君、卿大夫、士也与庶人一样，无非“代耕之义”；明白了上述道理，君主便不敢贱视人民而妄自尊大，君卿士大夫也不得厚取于民以自奉了。与《民约论》所言：“应尽之义务不可越其权限，君主若妄越其限，以济一己之私，则一国之中，人人可得而诛之。”若合符契。	肯定
黄宗羲	《明夷待访录》要而论之，所言为天下非为一姓叶，为万民非唯一人也；以君为国家客体，非以君为国家主体也；以君当受役于民，非以民当受役于君也。其学术思想与卢梭同。本此意以立国，其必为法、美之共和整体矣。三代以来，公天下变为私天下，君民尊卑判若天壤，而梨洲独能以雄伟之文，醒专制之迷梦，虽奇说未行于当时，讵得不谓为先觉之士哉?!	高度赞赏
王夫之	《读通鉴论》于立君之本原言之甚晰，而于立君后，仅以通民情、恤民隐望之君；于庶民之有权，尤斥之不遗余力；均与民约论大殊。至其《尚书引义·说命》篇，言君位无常、民情可畏，最为沉痛，未始非警诫人君之一法。	褒贬相参
唐甄	《潜书》“抑尊”“格君”诸篇，虽为抑制君主，然犹有尊卑之见存焉；而斤斤于抑尊，衡以民约论君民平等之理，似失之矫枉过正。至于“治乱在君，于臣何有?”以一国治乱专责于君主一人，貌似抑尊，适足以奉尊。惟其引《春秋》弑君各节，重公理、轻名分，破儒、法拘泥之论，盖真能通《春秋》之义者也。	褒贬相参
李塨	李氏于君尊臣卑之说斥之甚严，非无识陋儒所能及。虽然，于古圣共天下之精义似犹有一间未达。	褒贬互参
吕留良	嫉恨人君弃公益、恣私欲，与民约论相合，然而，欲制人君自利之谋，莫如划定公私之界限，若徒泯公私之迹，其言虽美，于事无补也。	褒贬互参
胡石庄	《绎志》“圣王”“圣学”“吏治”诸篇，力言裁抑君权，诚为万世不易之论。然主权在民，君本无权，安所用其裁抑？至其言“所从者，民之所共；所忧者，民之所拂；所怒者，民之所恶；所乐者，民之所欲”，尤得民约之旨。	褒多于贬
全祖望	《经史问答》卷二谓，《洪范》中“惟辟作福”数语虽本无助君主挟威福以驭人之意，然后世却易于流为专制之私，故全氏引申叶水心诘问箕子之义而力斥之，可谓具疑经之识矣。全氏之诘箕子，即卢梭诘哥鲁智斯之意也。	赞赏

续表

书/人名	与民约论的关系	评价
戴震	宋儒以"理""欲"截然对立，又以权力强弱定名分尊卑，尊者以理责卑、长者以理责幼、贵者以理责贱，虽无道理也是对的，卑者、幼者、贱者以理相争，虽有道理也总是错，以致在下者无法以天下之"同情""同欲"有所诉求、通达于在上者，而上者一味以"理"责下，以致下层以理获罪者不胜指数，此即为"以理杀人"！戴震认为"理者，存乎欲者也。"欲、情、知是天赋人性，人欲并不可怕，也不邪恶，追求人欲满足是正当之人性要求。欲、情、知三者条畅通达，才是人生理想之状态。孔门"恕"字精义，赖此仅存。	肯定
王昶	深知权利与义务之关系，与民约相符。	肯定
魏源	《古微堂内集·治篇》云："天子自视为众人中之一人，斯视天下为天下人之天下"；又云："天地之性，人为贵。侮慢人者，即侮慢天也"；实为公理大明、古学渐重于今世之一表征。	肯定
龚自珍	《平均篇》有鉴于三代之后平均之说无闻，利归一姓而害及万民，因欲谋贵贱之均平，更筹贫富之划一，其识卓哉！	高度赞赏
章学诚	1. 章氏谓"道之大源出于天"，与民约论不符。2. 谓"道形于三人居室"，知立国之本始于合群，合群之用在于分职，分职既定然后立君，殆能识君由民立之意欤？	褒贬互参
戴望	戴望注《论语》"泰伯篇(巍巍章)""卫灵公篇"(吾之于人也章)力申天下非天子所私有，故国家之利害悉凭国民之公意之义，盖深得孔子之旨矣。与民约论合。	肯定

由上表可知，另外还有两点似也可稍加留意：一、涉及《春秋》左氏传、公羊传评价时，因公羊传更重民权，故而更获刘师培青睐，并进而对公羊学家董仲舒、魏源、龚自珍、戴望的学说，一概多加褒扬；左氏传则仅以中性评述语一笔带过，并未因为自己的家族以累世研究《左传》而闻名学界，就对其格外垂青；二、《民约论》对无政府主义基本持以否定，《中国民约精义》中有关许行的评价完全是负面的，似应与此相关。迨及刘师培日后信奉无政府主义之际，他对于许行的评价也便有根本的改变。东京时期的刘师培即高度认同许行的"并耕"说，赞赏其为利民之举，认为人人劳作，有利平等。[①]这种前倨而后恭的截然不同，一方面表明了刘师培思想之"多变"，另一方面也可

① 申叔：《人类均力说》，《天义》第三卷，1907年7月10日；刘师培著、万仕国编：《刘申叔遗书补遗》，广陵书社2008年版，第709页。

见出外来思想资源对于其思想的影响，实未可小觑。

六、若 干 余 论

《中国民约精义》由六十一个小标题组成，梳理中国上古、中古和近世典籍与思想家著述中话语，与卢梭《民约论》中有关话语相挂钩和对接，形成某种可供参证比较的关系，并以“案语”方式，对其视为堪与卢梭民约论中话语相对应的中土历代先贤的话语，分别加以甄别、评述、阐发和引申，以力证中土不乏民约论思想，从而使原本为中国思想学术所陌生的话语系列得以克服种种阻力，较为顺畅地进入中国近现代语境之中，进而为建构新的、真正具有近代意义的中国社会政治体制，提供积极有效的思想资源。

《中国民约精义》始终以“主权在民”为准衡，并据以甄别、考量和评判中土思想资源，这表明刘师培对卢梭民约论的核心理据之所在还是相当清楚的，不过，从中土思想资源之中搜寻或抽绎出某些概念或片言只语，以与外来思想学说相对应和印证，这种比勘、汇通、申论的尝试，是否有脱离具体语境之嫌？说得更直白些，刘师培这么做，是否会有随意措置时代和语境，即，将中西并且是古今的不同的思想知识系谱混为一谈的危险呢？

1898 年 12 月 23 日，在旅日华商资助下，梁启超在横滨创办他亡命日本期间的第一份报纸《清议报》，从 1899 年 8 月出版的第 25 期开始，梁启超以“饮冰室自由书”为题开辟专栏，1905 年，《饮冰室自由书》单行本由上海广智书局出版。梁启超在《自由书》中即认为，孟子话语中所体现的仅仅是民本思想，与西方近代民主政治或者说民权思想之间，有着根本的差异：

> 或问曰：孟子者，中国民权之鼻祖也。敢问孟子所言民政，与今日泰西学者所言民政，同乎？异乎？曰：异哉异哉！孟子所言民政者谓保民也，牧民也，故曰“若保赤子”，曰“天生民而立之君，使司牧之”。保民者，以民为婴也；牧民者，以民为畜也。故谓之抱赤政体，又谓之牧羊政体，以保、牧民者，比之于暴民者，其手段与用心虽不同，然其为侵民自由权则一也。①

严复也曾明确指出西方民主为中国古代所无。光绪二十二年（1896），

---

①　梁启超：《自由书·保全支那》，影印本《饮冰室全集（专集之二）》，人民出版社 1982 年版，第 252—253 页。

梁启超撰就《古议院考》，遍引先秦及汉代典籍制度，力言议院之意在中国“于古有证”，严复对该文颇不以为然，并于翌年驰书相质，直言“中国历古无民主，而西国有之”。①严复坚持西方自由民主观念的独特性质，并用以审视中国传统中自由、民主因素的严重缺失。1895年，严复在天津《直报》发表著名长文《救亡决论》，批评“于古书中猎取近似陈言，谓西学皆中土所有，羌无新奇”，“于是无端支离，牵合虚造，诬古人而厚自欺，大为学问之步蔀障”。那么梁著《古议院考》，在严复眼中，应该正坐此病。

民主，或曰民权，主张主权在民，主权属于全体人民，它既不可转让也不可分割，体现的是按社会契约（即民约）原则建立起来的公意本身，君主或统治者的统治权，不过是人民委托其体现、执行和保障自己权利和自由的被委托方，其统治权的合法性只能是来自民意与听从民心，一旦公意遭到背弃，人民享有的主权遭到冒犯或被委托者篡夺，人民就有权随时撤换冒犯和篡夺者，收回自己的主权。而中土古代诸如孟子的“民贵君轻”说，则是“民本”而非“民权”。民本虽倡以民为本，但以民为本者又是谁呢？当然是君主。民本概念基本属于统治范畴，强调的是统治者对民的态度，至于统治者或统治权的合法性及其来源，这一问题是不在民本的视野之内的。民本论既主张主权在君，那么，从民本显然是走不到民权的路上去的。

然而，颇为吊诡的是，殆及梁启超嗣后放弃了他在《古议院考》中的看法，在《自由书》《论中国学术思想变迁之大势》等著述中对严复的批评意见多有采纳之时，严复却开始转而倡导起了中土传统中多有与西方近代价值相契合的资源，并据以针砭梁氏。严复后来对《老子》的评点，针对的即是梁启超对老庄道家的贬抑，辩称黄、老之学与西方的自由、民主并不凿枘，中土传统中多有可与近代西方价值彼此沟通的话语：“夫黄、老之道，民主之国之所用也，故能长而不宰，无为而无不为。”②而老子的“小国寡民”，所谓“君不甚尊，民不甚贱”，也正是孟德斯鸠《法意》中所称说的民主境界。③又说老子“执大象，天下往，往而不害，安平太”中的“安”，即具有“自由”之意。④还认为庄子、杨朱的学说多与西方“个人主义”相通。⑤

---

① 此处所引，系梁启超《与严幼陵先生书》中对严复驰书质疑之话语的复述，严复原函今已无可查考。参见《饮冰室合集·文集之一》，中华书局1989年版，第108页。

② 严复：《〈老子〉评语》；《严复集》，中华书局1986年版，第1079页。

③ 同上书，第1091页。

④ 同上书，第1090页。

⑤ 以上参见黄克武《自由之所以然——严复对约翰弥尔自由主义思想的认识与批判》，上海书店2000年版，第211—220页。

《中国民约精义》尽管冒有错置时代与语境的极大风险，更稳妥的做法，似乎应该着重探讨，同样存在于（如果有这样的存在话）中土和西方的民约思想，各自具有什么样的个别形态，并以这种中土和西方话语本身的差异作为讨论和研究的对象，就它们的异同展开论述，将其放置在复杂的清末民初时期的思想史环境中加以定位，诸如此类，但纵然如此，刘师培的这一思想学术实践，至少还是在以下的层面上，为后来者们提示了可供进一步思考的空间和话题。

其一，刘师培《中国民约精义》实际上是一种贯通的实践，里边的概念和修辞结构，体现的不是思想和知识学上的绝对的“新”，当然也不存在绝对的“旧”，而是不同来源的文本和不同思想及知识体系之间的融会和类同。这种贯通和融会涵盖了古/今、中/西等重大范畴。就古/今范畴而言，他对呈现在中国典籍文本中的本与源进行了系统的追溯和梳理，将原先零散分隔，或自成系统，彼此之间未必相容的知识，在“民约论”的名义下作了再编制，重新聚合起来，体现了传统考据学所看重的那种追求再现知识的“源”和“流”的关系和注重知识发展历史的思路和方法，这方面他则有千百年中国学术传统垫背，加上家学渊源的熏染和支撑，自幼寖馈其间，最熟悉门径的所在，应该说驾轻就熟，得心应手。

正如前面已有所述及的那样，刘师培曾经尝试过把他所熟谙的文字训诂之学与斯宾塞的社会学观察相挂钩、打通，为此特意撰写《论小学与社会学之关系》一文，共梳理出三十二则以阐明“西人社会学可以考中国造字之原”的原委。这是用西学来证明中学。他还写有《论中土文字有益于世界》一文，换了个方向，是用中学去印证西学，即以中国文字的涵义来证实西方社会学的考察。章太炎赞同和佩服刘师培援引西方进化论理解中国文字演变的尝试，并因此而将刘引为自己思想学术上的畏友。刘师培还曾计划撰写出两种著述，力求打通中西两大思想学术系统之间的隔阂，虽然这一工作最终未能完成，但毕竟留下了“发凡”“起意”的两篇长文：一为《国学发微》；一为《周末学术史序》；从中似也不难窥见他的初衷和总体构想的大致格局。在前一种研究中，他处处征用西方自古希腊、罗马以来至近代的哲学、宗教、学术上的种种观念，以阐明、印证中国经学等诸学的“合于西儒”。在后一种研究中，则把中国古代思想、学术史拆开后重新加以编制，分别挂靠在欧洲近代知识分类和学术建制系统的名目（诸如心理学、伦理学、社会学、宗教学、政法学、计学）之下，共计有十六个类目之数。也就是说，刘师培早已在要求着与西方思想学术系统的互相沟通，力求在一种相关的、彼此参照的视野中对中国思想学术作出梳理、分析和评判，在学科分际及其命名等方面，他很坦然地接纳了西方的建制，诸如此类的迹象，都足以表明他的研究并非乾嘉考证学的自然绵延，这一点是很清楚的。只是需加谨慎观察，这样的打通，究竟可以在何种意义及怎样程度上，真正达成中、西思想学术范畴的融会贯通？

虽然我们无从认定刘师培《中国民约精义》是旨在使中土传统的“民约”思想资源在近现代复活或被激活的第一人，但他肯定是如此集束式地将传统资源与外来语汇、与欧洲近现代思想世界中的“民约论”直接发生关联的第一人。我们从刘师培后缀在前人论说后面的评述性文字即“案”语，尤其是其中属于“夹注”的那部分文字，不难得知，他实际想要强调的，是本土已有思想知识与新来思想知识的参照互证，强调不同文化中知识的可贯通性。或者不妨干脆可以说，他不把民约论看作是来源单一的思想知识，而是看作在不同来源的基础上，存在相似相类和交流沟通的可能性。这样，《中国民约精义》通过对两种话语系统的并置、参照、糅合和穿插，寻求的不再是知识的外在根源，而是旨在揭示出不同知识系统之间内在的同源性，一种超越人种和地域限定的内在知识起源，即不同知识体系之间平等交流的内在基础，从而力求整合原本处于彼此分隔状态的思想知识，并用以扩大中国思想文化资源的内存，从而使得传统中的资源变得富有包容性，并终至促成一个急遽变动的时代与诉求变革的社会政治和心理之间的积极互动。中土传统也好，欧洲思想也罢，都不只是局部的，区域性的，它们都是世界历史的一部分。由于中国近代化的被动、后发性质，处在当时近代化即是欧美化、西方化的风潮之下，欧洲知识代表了普世的意义和价值，被视作当时世界的最高水准，故而刘师培此举实际上也便具有了将中国纳入世界历史的意义。这份为时仓促的研究，虽然留下了诸多粗疏的痕迹，但他竭尽所能地寻求和发掘中国传统思想中的“民约论”资源，将之转化为一个重要的文化生产场域，产生了清末民初的重要知识论述，由此涉及的问题和提出的一些应对方案，不仅意在否定民约思想中国“匮乏”说，而且还把问题引到了一个在西方既成民约论框架中无法抵达和包容的，因而更具有包容性的层面，也就是说，他在揭示和指认“民约”在中国特有的历史关联域的同时，其实也便意味着他正在揭示和指认出西方“民约”理论同样存在着的地域性和历史特殊性。

刘师培在《精义》中所下的一番整合功夫，目的与其说是要糅杂不同体系的知识并使之一体化，不如说是在求得多种知识实践系统的再度流通。显然，在刘师培眼里，对“民约”的理解并非一个解决陌生问题的陌生系统，而是解决早已存在的同一问题的不同方式而已。看似不同的思想系统和知识概念，其实是并存、并立和互相关联并彼此印证的，也就是说，与其把民约论想象为欧洲思想的专利并仅仅源自欧洲或西方，毋宁去想象它始终有着不仅仅是单一的思想文化体系，而是有着多种起源、语言和结构。这样，对于最初将民约思想译介到东土及中国来的东土和中土的近代知识人来说，他们的译介就并非像后来的研究者所描述的那样，仅仅代表卢梭“民约”思想在东土及中国的“开始”，不是的，他们的译介只是表明，“民约”这个在古老中国其实早已存在并一直绵延不绝的知识领域，由于他们的译介，由先前被遮蔽被埋没的地层浮出了地表，或者说，再度唤起了人们对那些曾被压抑、掩埋的思想文化的记忆。民约思想不再只是近现代中国思想文化中翻译使用的外来话语，不再只是单纯的西方思想，而是业已成为近现代中国社会思想文化的内在构成。中国内部的思想基质，至少是一部分思想基质，同样有理由成为中国现代历史叙述的起点，我们完全可以用中国自己的思想资源来表述中国的历史经验，并对近代中国所遭遇和承受的巨大而又全面性的政治、经济、军事及思想文化的危机和压力作出积极的反应。这样的思想学术实践，与章太炎下大功夫诠释庄子《齐物论》，从而对当时相当流行的那种将“中/西”范畴视同“文/野”“新/旧”范畴，即将地域差异直接置换为文明等差序列的看法提出严厉批判，是颇有异曲同工之处的。

其二，在迄今为止的中国思想史研究中，即使是在同属于较为看重本土内部资源的研究者中间，如果稍加辨析的话，还是不难发现，在方法论取向上，他们仍然存在着不容忽视的差异。一种是对古今中外思想之间存在着相通的内在逻辑持以深信不疑的态度，并带有原理主义倾向，认定原理贯穿古今，不受时间空间因素的限制，始终都是有效的，如果把这一倾向贯彻到处理内部资源的层面，那么相比较而言，似乎更带有内部发展论的色彩，即把传统资源看作思想兴起和变迁的最为关键的动因，更致力于从本土历史中去发掘对于今天而言仍然有效的思想价值，即把中国古代思想看作中国现代精神的源头，至少是微妙地将古代资源作为向现代过渡的津梁来看待，因而提倡与古代思想对话，甚至不反对用今人和外来的概念去求得沟通的渠道，立场重在对传统资源的利用，强调古为今用。另一种取向则相对显得谨慎，他们认定古人的思想与现代思想、外来资源和本土资源之间，并没有一条现成的可以直接对接的通道，因而强调的是将思想放在当时当地的背景下去寻求理解和诠释，认定许多重要的思想观念都是从很具体的目的出发的，都是为了应对具体的问题而提出的具体的解决方案，落实到处理内部资源的层面，虽然也重视与古人对话，但却不赞成将古人的思想拿来现代化，希望还古人的思想以本来面目而不仅仅是现代或外来思想体系的投射，主张重新评估必须严格地建立在重返历史现场的基础之上。

后者的审慎无疑是有道理的，但也须得有度，否则也有可能陷溺于绝对。除非这样的假设能够成立，即人类社会是由许多相互独立隔绝的历史世界组成，它们的历史轨迹完全不可通约。但这样的假设是很难成立的。事实上，任何历史都不可能自我封闭、仅仅处在孤立的历史渐变之中。社会制度、习俗和文化的重要改革与变化，多是在历史的交换、流通和迁徙中促成的，即便是在现代之前，世界也始终是彼此关联着的世界，不同文明的独特性，并不能被看作是已完成的自律性的世界的全部根据。而古今思想之间，自然也存在着彼此相互维系的内在谱系，否则我们也会因此而永远失去弄清古人思想真实涵义的机会，那么，否认这种内在维系的存在，岂非等于是在自断通向古人思想的通路？不过，相对于较为审慎的后一种取向而言，前一种取向在处理古代思想的过程中，易于模糊和丧失必要历史定位的弱点，似乎也格外引人注目。

附录　刘师培与章太炎的文质之争

（狄霞晨）

国粹派文人中，与刘师培学术最为投缘，然而关系又最为复杂的当属章太炎了。[①]章太炎与刘师培学缘结构相似，章太炎称"与君学术素同，盖乃千载一遇"[②]，视刘师培为知己。他们在文学观上也有一定的共同点，但也存

---

① 章太炎曾问学于孙诒让，对孙诒让推崇备至。孙诒让与刘寿曾又是学友，因此章太炎对刘师培一见如故。章太炎致刘师培信中说："今者奉教君子，吾道为之不孤。积年郁结，始一发抒。"（见：《章太炎再与刘申叔书》，《国粹学报》第1期，1905.2.23）从章太炎的《与刘光汉黄侃答问记》可以看出，太炎很想纳刘师培为门下，无奈其太骄傲。章太炎曾盛赞刘师培的《小学发微》，称其"以文字之繁简，见进化之次第"，与自己志向相投。章太炎曾与刘师培、黄侃共作《新方言》，两人曾就《左传》及方言有过多封信件来往。此外，他们都相信汉人西源说，但章太炎比较客观，不如刘师培那般笃信。他们都一度持有排满民族主义，但章太炎并不主张汉族复仇论，刘师培则有一些汉族复仇论的色彩。他们都一度相信无政府主义，但是刘师培主张马上实现无政府，章太炎却不主张马上实现。刘师培去东京也是主要受到章太炎的邀请，并曾共居一室。两人关系曾因故破裂，却也一度和好。过去对章、刘关系的研究，主要是从政治角度来入手，但其实两人的文学观念也不尽相同。

② 章太炎：《再与刘光汉书》，《章太炎全集：太炎文录初编》，上海人民出版社2014年版，第158页。

在很大的差异。究竟什么样的文学才是正统？章太炎和刘师培就这个问题产生过争执，章氏持杂文学观，要破除文的界限；而刘师培却主张骈文学观，认为只有骈文才能代表中国文学的正统；刘师培主张以工拙代雅俗，而章太炎主张以雅俗代工拙[①]；刘师培主张骈文正宗论，而章太炎认为修辞不在于骈散。两人文学观点虽不同，但都是在寻求文学的革命。总体来说，章太炎与刘师培的文质观比起来，质的成分要更多。

一

1905—1906 年间，《国粹学报》先后发表了刘师培的《论文杂记》《文说》等重要论文，主张骈文学观，并且得到了田北湖、邓实、罗惇曧、陆绍明等人的支持和响应，一时骈文学观大盛。刘师培在创作这些文论之前，应当读到过章太炎的《文学说例》《订文》，对章太炎文质并重的文论有所了解，也是有所回应的。例如，章太炎以文、质分别对应繁、简，借姊崎正治宗教学中的表象主义及语言学家马科斯牟拉的理论来证明言语有病，文辞越工，病越重。他认为"文益离质，则表象益多，而病亦益甚"。[②]刘师培却认为骈文不一定是繁，散文也不一定是简。他在《论文杂记》中回应道："骈文序一事，必简约其词而出之，散文行，而此法亡矣。"[③]认为骈文的文词以简约为主，散文才是以繁复为主的。又说："由文趋质，由于语录之兴，故以语为文，不求自别于流俗。"[④]即暗示在雅俗之间，骈文偏雅，散文偏俗。

章太炎此时虽仍在狱中，但与刘师培依然有书信往来，也能够读到《国粹学报》。1905 年的《与人论文书》虽未注明是写给何人，但其中所提到的推崇梁代文学，南北文学之分、关注小说等观念，都是刘师培在 1905 年的文论中的重要观点，此信应当是章太炎致刘师培的。章太炎在此信中针对骈散发表了不同的意见。他说："修辞立其诚也，自诸辞赋以外，华而近组则灭质，辩而妄断则失情。远于立诚之齐者，斯皆下情所欲弃捐，固不在奇偶数。"[⑤]即认为修辞不在于骈散，反对以文胜质。在具体的骈散文作家论中，他既看重骈文家汪中，又看重散文家姚鼐，主张以雅俗来代替骈散。[⑥]然而，

---

① 刘师培此论见《中国文字流弊论》(1903)，章太炎此论见《文学论略》(1906)。

② 章氏学：《文学说例》；《新民丛报》1902 年第 5、9、15 号。

③④ 刘师培：《论文杂记》。

⑤ 章太炎：《与人论文书》(1905)；《章太炎全集 · 太炎文录初编》，上海人民出版社 2014 年版，第 170 页。

⑥ 同上书，第 171—172 页。

这封信并没有改变刘师培的骈文正宗论。1906年的《国粹学报》文篇中，依然继续刊发刘师培的《文说》、陆绍明的《文谱》、罗惇曧的《文学源流》、王闿运的《湘绮楼论诗文体法》等骈文派的文论。

章太炎的文论第一次在《国粹学报》登场，是在1906年10月7日。第21、22、23期的《国粹学报》，连载了其《文学论略》。①这篇文论的出现，打破了骈文正宗论在《国粹学报》上一统河山的局面，形成了争鸣。章太炎在《文学论略》中对王充、萧统、阮元等人的文学观都进行了批评，认为王充错在不知无句读文，萧统《文选》选文标准不一致，而阮元错在以"彣彰"为文而不以文字为文。他说："韵文骈体，皆可称辞。无文辞之别也。且文辞之称，若从其本，以为分析，则辞为口说，文为文字。"②阮元是刘师培骈文学观的主要思想来源之一，章太炎虽然没有直接批评刘师培，但批评阮元即意味着向刘师培的骈文正宗论提出挑战。

为了说明其杂文学观，章太炎在《文学论略》中列出了一张表，详细地说明了各种文体的分类。他认为"文"指"包举一切著于竹帛者"，分为有句读之文（文辞）和不成句读之文。文辞分为有韵文与无韵文。有句读文又可分为无韵文和有韵文，无韵文包括学说、历史、公牍、典章、杂文、小说；而有韵文则分为词曲、古今体诗、占繇和箴铭。章太炎还认为"文"有各种目的，有的文体主要用于激发感情，有的文体则用于濬发思想："吾今为一语曰：一切文辞（兼学说在内），体裁各异，以激发感情为要者，箴铭、哀诔、诗赋、词曲、杂文、小说之类是也；以濬发思想为要者，学说是也；以确尽事状为要者，历史是也；以比类知原为要者，典章是也；以便俗致用为要者，公牍是也；以本隐之显为要者，占繇是也。其体各异，故其工拙，亦因之而异。其为文辞则一也。"③

二

刘师培认为偶文韵语是"文"，散文是"笔"；章太炎认为文字是"文"，韵文骈体是"辞"。他们争论的焦点是"文"这一名词的指称内涵，即刘师培认为的"文"是章太炎所认为的"辞"，而章太炎所认为的"文"则泛指文字。这样看来，刘师培与章太炎的文学观似乎并没有根本上的矛盾，他们的争论主要集中在对"文"的定义上。

---

① 经查，1905年第1期（2月）的《四川学报》有章太炎的《文学论略》，但笔者未能见到原件，未知此《文学论略》与《国粹学报》上之《文学论略》是否相同。

②③ 章绛：《文学论略》，《国粹学报》第21—23期，1906年10月7日—12月5日。

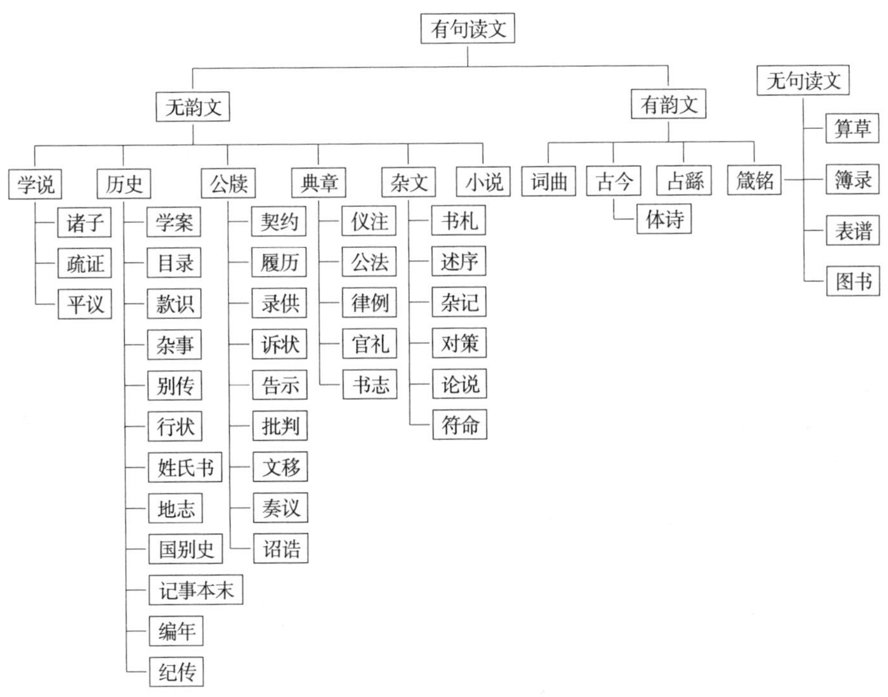

他们为什么要争夺“文”的定义？小学家的严谨固然是一方面，而根本原因还是章太炎对骈文观的不认同。章太炎的理想之文，是要以书志、疏证，“施之于一切文辞，除小说外，凡叙事者，尚其直叙，不尚其比况。……凡议论者，尚其明示而不尚其代名。……韵文贵在形容”。①之所以会持有这样的文学观，原因是“以雅俗言也。工拙者系乎才调，雅俗者存乎轨则。轨则之不知，虽有才调而无足贵。是俗而工者，无宁雅而拙也。雅有消极、积极之分，消极之雅，清而无物，欧曾方姚之文是也。积极之雅，闳而能肆，杨班张韩之文是也。虽然俗而工者，无宁雅而俗，故方姚之才虽驽，犹足以傲今人也。”②因此，章太炎不赞同将文章简单地分为骈文和散文，认为这种分法太过简单。在他看来，除小说外，各种文体都应该学习经学的书志疏证之法，以求达到“雅”的境界。

章太炎的《文学论略》发表之后，《国粹学报》第 24 期（1907.1.4）上选录了一封信，名为《某君与某书》，其实是章太炎致刘师培的信。章太炎在信中称赞《国粹学报》办得好，但对其中所录的《公羊》诸说有意见。他规劝刘师培治经专宗古文，提倡国学不要提倡华辞，但是依然没有起到多大

①② 章绛：《文学论略》，《国粹学报》第 21—23 期，1906 年 10 月 7 日—12 月 5 日。

的作用。刘师培在复信中接受了章太炎专精古文的提议，对文论却未及一言。①

刘师培虽然没有直接回应章太炎对其文论的质疑，但也委婉地表达了对章太炎杂文学观的不认同。他在第26期的《国粹学报》文篇发表了《论近世文学之变迁》，针对章太炎以章句、注疏为文加以批评。章太炎之所以要将“文”解释为“文字”，其重点之一是要把朴学家的章句、注疏都纳入文学之中。为此，他引刘勰的“注释为词，解散论体，杂文虽异，总会是同。”(《文心雕龙·论说篇》)，认为章句、注释也是文学。然而刘师培却并不认同。他说：“治宋学者，从语录入门；治汉学者，从注疏入门。”②他们在编辑文集的时候，把义理和考据这些本来不属于文学的内容都纳入集部之中，因此学术日益进步而文学日益退步。这是文苑、儒林、道学分科的后果，导致好的学者却往往不善于作文。刘师培在此指出以注疏为文是清代汉学家的通病，与宋儒以语录为文一样，有害于文学。他认为说经之文“朴直无文，不尚藻绘，属词比事，自饶古拙之趣。及掇拾者为之，则剿袭成语，无条贯之可寻。侈征引之繁，昧行文之法，此其弊也”。③

虽然刘师培在这篇文章中只字未提章太炎，但这篇文章的发表时间却是耐人寻味的。《国粹学报》文篇从第1期到第20期发表的论文都是支持刘师培骈文观的，而第21期到第25期接连发表了章太炎的《文学论略》和《论语言文字之学》，对骈文观提出了挑战；接着第26期就出现了刘师培的这篇《论近世文学之变迁》，对宋学家及汉学家的文学观提出批评。他在这里暗示，章太炎之所以会形成包容一切的杂文学观，是因为汉学家以考据入文的传统，虽然有益于学，但却不利于文。此外，他在《中国美术学变迁论》及《论美术与征实之学不同》中，认为文学是美术的一种，以修饰、性灵为主，而并非以求真为主，也是针对章太炎质疑的回应。

1910年，章太炎在《国粹学报》上发表了《文学总略》(在《文学论略》的基础上修订而成)，比起《文学论略》来有增有减。增加了对“文章”不应作“彣彰”这一观点的论证，增加了对“总集”“别集”与文学关系的梳理，加大了对文笔论及对阮元文言说的驳斥力度；删去了对文学各科的分类、有句读文与无句读文的差异、对雅俗的论说及对文章法度、体式的议论等。从删掉的

---

① 《某君与某君书》，《国粹学报》第24期，1907年1月4日。

② 刘师培：《论近世文学之变迁》；刘师培著、万仕国点校：《仪征刘申叔遗书》，广陵书社2014年版，第4929页。

③ 同上书，第4931页。

部分来看，刘师培的批评对章太炎还是有触动的，章太炎也意识到了自己在文体分类上的漏洞，对雅俗和工拙认识的欠缺。然而对刘师培所反对的以章句、注疏入文，文学主美不主真的观点，章太炎却没有正面回应。从他增加的部分来看，章太炎依然反对选学家的骈文正宗论，其文论的出发点并没有改变。

章、刘谁也未能说服对方。虽然《文学论略》并没有得到多少响应，但是章太炎的杂文学观也在一定程度上打破了骈文观一统天下的局面。邓实在《第六年国粹学报更定例目》中把“小学”特意划入“文篇”中①，“文篇”中也刊登了许多语言学、音韵学、文字学、训诂学等方面的文章。甚至连刘师培自己也并不排斥这种文学观，他在文篇中也发表了《文例举隅》《文例释要》《骈词无定字释例》《荀子词例举要》等小学方面的文章。从《国粹学报》文篇选文的变化来看，似乎是在骈文学观与杂文学观之间徘徊，寻求一种妥协：“文”既不是纯粹的骈文，也不是无边无际的“文字”。但是随着对“文”认识的模糊，《国粹学报》的文篇也逐渐失去了自己的特色。尽管1911年《国粹学报》停刊，但章、刘文论的文质之争却并未就此中止。刘师培的《文说五则》(1913)、《文笔词笔诗笔考》(1913)、《广阮氏文言说》(1916)、《中国中古文学史讲义》(1919)、《汉魏六朝专家文研究》(1917—1919)都在不同程度上回应着章太炎的文论；而在刘师培去世之后，章太炎在1922年及1935年的两次国学演讲中也依然在与刘师培的文论对话。

三

尽管章太炎和刘师培在文论上异大于同，但其实彼此还是在一定程度上能够接受对方的意见。刘师培文学进化论及文白并重观念的形成，都曾受到过章太炎的影响。文学进化论的思想部分来自日本人涩江保的《希腊罗马文学史》。涩江保认为先有韵语文学，再有散体文学，这是希腊罗马文学发展的规律。章太炎赞同此说，并认为中国的顺序也是如此。这一观点出现在其《文学说例》(1902)、《订文》(1904)、《订文》(1915)之中。这一观点也被刘师培所接受，出现在其《论白话报与中国前途之关系》(1904)和《文章原始》(1905)之中。先有韵语文学再有无韵文学，成为了章太炎和刘师培的共识。

---

①　原文如下：文篇(小学附)“所分门类，不尽与四库全书总目合者，小学不入经篇而入文篇。积字成句，积句成文。金石不入史学而入美术篇。金石在美术类雕刻中。盖报章体裁意自微异也。”(邓实：《第六年国粹学报更定例目》，《国粹学报》第63期，1910年3月1日)

对于章太炎的某些批评，刘师培也能接受并修改自己的论点。例如，章太炎在《文学论略》(1906)中指出《文选》标题中的“文”并非指“文笔”之“文”，因为《文选》中所登的无韵之文也不少。贾谊的《过秦论》本是无韵之文，《文选》却收录了；汉晋乐府是有韵文，《文选》却没有收录。这样看来，《文选》的选文标准很有问题。①这一质疑触动了刘师培，时隔11年，他在《中国中古文学史讲义》(1919)中回应道：《文选》“所收之文，虽不以有韵为限，实以有藻采者为范围。盖以无藻韵者，不得称‘文’也。”②这里，刘师培已经不再坚持以“偶文韵语”这两个条件来作为“文”的标准，而是放宽条件，用了一个含糊的“藻采”来取代，其实是对章太炎质疑的让步。

再如，刘师培对于“词”的理解前后有所变化，早期从阮元之说，后来则吸收了章太炎之说。阮元在《文言说》中指出：“词亦言也，非文也。……词之饰者乃得为文，不得以词即文也。”③阮元认为直言为“言”，“词”近于“言”，修饰了的“词”才能称为“文”，“词”并非“文”的近义词。而“辞”是“词”的假借字，与“词”同义。刘师培在《文章原始》中沿用了阮元这一说法，认为“词”与“言”同，直言为“言”，“辞”与“文”不同。④然而，章太炎在《文学论略》中对此说提出了批评，他指出：《系辞》与《文言》都是孔子所作，都是偶语韵文，既然如此，为何《文言》称为“文”，《系辞》却称为“辞”呢？他又举《楚辞》为例，《楚辞》也是偶语韵文，为何会称为“辞”呢？这样看来，如果按照阮元的解释，就说不通了。章太炎认为辞为口说，文为文字。韵文骈体也可以称为“辞”，并无文、辞之别。这一批评切中了要害，让刘师培重新思考“词”的含义。在《文笔词笔诗笔考》中，刘师培引用辞笔并言的史料，证明“辞”当做“词”，“词”与“文”同。《系辞》与《楚辞》之“辞”，均证明“词”并非“直言”之意，六朝之“辞”以偶语韵文为限。⑤这一修改就是依据章太炎之说而重新对“辞”和“词”的意义作出的规定。

---

① 章绛：《文学论略》，《国粹学报》第21—23期，1906年10月7日—12月5日。

② 刘师培：《中国中古文学史讲义》，刘师培著、万仕国点校：《仪征刘申叔遗书》，广陵书社2014年版，第6961页。

③ 阮元：《文言说》，《研经室集》，中华书局2006年版，第60页。

④ 案：在《论文杂记》中，他又特意指出“词”与“辞”的不同。“词”的本义是“意内而言外也。从司，从言”，又有语助词之义；而“辞”的本义是“狱讼”，虽然秦汉以后“辞”与“词”混用，但是两者之间还是有差异的。

⑤ 刘师培：《文笔词笔诗笔考》；刘师培著、万仕国点校：《刘申叔遗书补遗》，广陵书社2014年版，第1310页。

有趣的是，章太炎某些观点却被刘师培拿来所用，成为其骈文正宗论的论据或术语。例如，刘师培骈文国粹论的提出就受到章太炎的启发。章太炎在《文学说例》(1902)中曾经提出："骈俪为言，独在中夏"①，视骈俪文为中国国粹。虽然随着文学观念的改变，章太炎在之后的论文之作中均未再提起此论，但这一观点却被刘师培所吸收，他在《文说五则》(1913)中提出："俪文律诗，为诸夏所独有。今与外域文学竞长，惟资斯体。"②刘师培不仅吸收了章太炎早期的论点，还在其基础上加以发挥，认为骈文不仅是国粹，还得借助其与外国文学相竞争。此外，章太炎在《文学论略》中提出"彣彰"的概念，以华美之文章为"彣彰"，与"文章"相对，认为"研文学当以文字为主，不当以彣彰为主"。③刘师培本来从未在文论中使用过"彣彰"这一词汇，却在《广阮氏文言说》(1916)中借鉴了章太炎的"彣彰"概念，指出"文"以"藻缋成章"为本训，因此"彣彰"即"文章"别体，文章必以"彣彰"为主。④由此可见，刘师培是受到章太炎的启发才会使用"彣彰"这一概念，立意却与其相反：章太炎是为了说明文章不应以华美为主，才另外造出"彣彰"一词，专指华美的文章；刘师培却化用这一概念，证明"文章"即"彣彰"。

不仅章太炎对刘师培的文论产生影响，刘师培对章太炎的文论也有触动。章太炎虽然多次指出《文选》不选经、史、子是不对的，借以质疑阮元、刘师培的骈文正宗论，然而他在1922年的演说中却说："经典之作，原非为文，诸子皆不以文称。"⑤可见他也认可历史上曾经有一个时期，不以经典、诸子为文。他虽然不主张以偶语韵文为文学正宗，却也承认文笔之分。章太炎主张以诗文之分代替文笔之分，也是以有韵无韵来作为标准的。他在1922年的演讲中说："凡称之为诗，都要有韵，有韵方能传达情感。现在白话诗不用韵，即使也有美感，只应归入散文，不必算诗。"⑥白话诗因为不用韵，所以不能称之为诗，这一思路基本上与刘师培以有韵无韵区分文笔相同。可见

---

① 章氏学：《文学说例》，《新民丛报》1902年第15号，第54页。

② 刘师培：《文说五则》；刘师培著、万仕国点校：《刘申叔遗书补遗》，广陵书社2014年版，第1305页。

③ 章绛：《文学论略》，《国粹学报》第21—23期，1906年10月7日—12月5日。

④ 刘师培：《广阮氏文言说》；刘师培著、万仕国点校：《刘申叔遗书补遗》，广陵书社2014年版，第3960—3961页。

⑤ 章太炎：《国学概论·文学的派别》(1922)；章太炎：《章太炎国学讲义》，海潮出版社2007年版，第46页。（系曹聚仁据章太炎1922年4月至6月在上海的公开讲学整理，1922年曾以《国学概论》之名出版。）

⑥ 章太炎：《章太炎国学讲义》，海潮出版社2007年版，第14页。

章太炎也在一定程度上认同于刘师培的文论。

刘师培与章太炎文论的差异在本质上是文质观的不同，刘师培虽然文质观也有变，但总体上来说是主张文胜于质的。而章太炎则认为“质胜则不动人，文胜则不适用”①，主张文质兼备。文质之争在文论上的主要表现为文笔之争，章、刘对于文笔论的理解主要有以下三点不同。

第一，他们对文、笔的理解不同。刘师培的文笔论主要来自阮元，他以偶文韵语为“文”，无韵单行为“笔”，实际上把骈散和声韵都容纳到其文笔论之中。章太炎虽然也承认古代有文、笔之分，却认为这样的分法有问题，有韵无韵都可以用笔。与其用文、笔之分，不如用诗、文之分，主张以“诗”来代替有韵文的称呼。②因此章氏另有《辨诗》一文，广论一切韵文。他还指出阮元理论中骈俪与有韵无韵是两个标准，而阮元并未能够自圆其说。阮元虽然以《易·文言》为千古文章之祖，但章太炎指出其实《周易·系辞》中也多偶言韵语，而序卦说卦却是散语，阮元之说难以解释。章太炎解释道：因为《周易》中有不同的文体，各种文体都有其规范，与骈散、有韵无韵无关。③在《文学总略》(1910)中，章太炎又补充说《易·文言》中的“文”指文王，而并非是指偶语韵文。

在具体的文笔论应用中，刘师培主张以文、笔来区分《文心雕龙》中的文体，章太炎却认为这样划分没有必要。刘师培把《文心雕龙》从《明诗》第六到《谐隐》第十五视为有韵之文，把《史传》第十六到《书记》第二十五视为无韵之笔。这一分法得到黄侃、范宁、郭绍虞等人的认同。然而章太炎却说：“《雕龙》所论列者，艺文之属，一切并包。是则文笔分科，只存时论，固未尝以此为限界也。”④由此可见，章氏也并非以刘师培之分有误，只是不主张文笔之分而已。

第二，刘师培反对以笔为文，重文轻笔；章太炎认为文、笔同样重要。刘师培认为：唐人之所以以笔为文，是因为推崇韩愈、柳宗元，以为他们的文章是古文。然而韩、柳文章不过是笔，不是古文。唐宋以后，开始把散文也视为文，这是错误的，应当辨明。章太炎曾在《与人论文书》中说自己既看重汪中，也看重姚鼐。汪中以偶文韵语闻名，而姚鼐则擅长无韵之笔。又认为

---

① 章太炎：《笺新党论》，《章太炎全集·太炎文录初编》，上海人民出版社2014年版，第302页。

② 《章太炎国学讲义》，海潮出版社2007年版，第43、50页。

③ 章绛：《文学论略》，《国粹学报》第21—23期，1906年10月7日—12月5日。

④ 同上书，第21期，1906年10月7日。

"今法六代者，下视唐宋；慕唐宋者，亦以六代为靡"①，这样无谓的相争，实在没有必要。

第三，刘师培赞同《文选》"沉思翰藻"的选文标准，认为经、史、子非文；章太炎却认为《文选》选文标准有问题，经、史、子也是文。刘师培在《论文杂记》中称赞萧统《文选序》"别篇章于经、史、子书而外，所以明文学别为一部，乃后世选文家之准的也"。②认为萧统之序有利于文学独立于其他学术之外，也是后世文学作品集选文的标准。章太炎却对萧统颇有异词。他认为萧统选文只取华美，舍弃精辨之文，是不妥当的。③又说："历史经说诸子三者，彼方目以最上之文，非如后人摈此于文学之外，而沾沾焉惟以华辞为文，或以论说记序碑志传状为文也。"④即认为经、史、子本来是最高等的文学，《文选》不选经、史、子，也是不妥当的。

由于文质观不同，他们对于一些关键词的理解也并不相同，如对"集"与"杂文"的理解。刘师培认为"集"所收的大抵为诗文各体，多俪词韵语。⑤而章太炎则指出萧统对总集和别集的理解有误。总集应该囊括六艺诸子。⑥在刘师培看来，杂文属于偶语韵文，他依据《文心雕龙》，认为杂文主要可以分为答问、七发、连珠三种。⑦而章太炎却认为杂文为无韵文，他说："就无韵文之部分言，则有六科，而杂文小说，居其二焉。"⑧并且认为"文人所作总集别集之属，大抵多在杂文科中。"⑨这样一来，杂文不仅不是骈体，连总集、别集也大都不是偶语韵文了。

当然，章、刘的文论也并非没有共识。例如他们都认为学文应该先通小学（章太炎强调小学家与文士之间的矛盾，而刘师培则举司马相如、扬雄为例，认为小学与文学正相关）；都持文学进化论，认为语言文学的发展顺序是由文而质的；都不以宋儒语录为文，不赞成学习日本文体。然而由于在文质

---

① 章太炎著，庞俊、郭诚永疏证：《国故论衡疏证》，中华书局2011年版，第555页。

② 刘师培：《论文杂记》，刘师培著、万仕国点校：《仪征刘申叔遗书》，广陵书社2014年版，第6961页。

③ 章太炎：《国学略说·文学》，1935年章氏国学讲习会讲学（苏州）记录；《章太炎国学讲义》，海潮出版社2007年版，第220页。

④ 章绛：《文学论略》，《国粹学报》第21期，1906年10月7日。

⑤ 刘师培：《论文杂记》，刘师培著、万仕国点校：《仪征刘申叔遗书》，广陵书社2014年版，第2091页。

⑥ 章氏学：《文学总略》，《国粹学报》第67期（第六年第五号），1910年6月26日。

⑦ 刘师培：《论文杂记》，刘师培著、万仕国点校：《仪征刘申叔遗书》，广陵书社2014年版，第2089页。

⑧⑨ 章绛：《文学论略》，《国粹学报》第21—23期，1906年10月7日—12月5日。

观上的差异，两人的文论异大于同，难以调和。

四

章太炎与刘师培的文学观为何会有这样大的差异？或许可以从以下几个方面来思考：

首先，章太炎、刘师培在经学立场上存在差异，在学术与文学的关系上理解也有不同。

在经学立场上，章太炎治经专尚古文。在今古文之争中，章太炎坚决地站在古文阵营这一边，而刘师培却是由古文阵营而兼容古今。在汉、宋之争中，章太炎也汉宋兼采，但只认可二程，不认可朱熹、陆九渊；而刘师培则推崇朱熹。可以说，章太炎在经学上的门户之见要比刘师培更严，对文士的偏见也比刘师培更重。章太炎曾以经学家的身份鄙视文士，称“今则文墨辞说之士，乃往往不逮经儒远甚”。①而刘师培却主张赋予文学以独立的地位，他认为既然近世文苑、儒林、道学已经分科，就应该有边界和规则，不应以学者之见来干预文学。无论是宋学家所讲究的“义理”，还是汉学家所主张的“考据”，都不能够视为文学；近代治宋学者以语录为文学，而使得文学用言鄙陋；治汉学者以注疏为文，而使得文学毫无灵气。与章太炎相比，刘师培对文学的态度更接近于现代文论家。

其次，章、刘在文论上分属不同的流派。章太炎受到谭献影响最大，而刘师培最推崇阮元。

刘师培继承与发展了阮元的文论。而章太炎据其自述，自幼喜好文辞，因为爱好小学所以作文用语古雅。早年因治小学而推崇韩愈造词，“为文奥衍不驯。非为慕古，亦欲使雅言故训，复用于常文耳”。②后来从仁和谭献学文辞，宗汪中、李兆洛，汪、李两人都擅作骈文，但主张骈散兼容。谭献学兼汉宋，与常州文人交往多，论文主文质相兼，欣赏骈文，也不鄙薄桐城。他既肯定阮元文笔论，认为“夫相杂以成文，无韵之谓笔”③，又认为不必以奇偶论文。钱基博认为“谭氏论文章以有用为体、有馀为诣、有我为归，不尚桐城方、姚之论，而主张胡承诺、章学诚之书，辅以容甫（汪中）、定厂（龚自珍），于绮丽丰缛之中，存简质清刚之制，取华落实，弗落唐以后窠臼，而先以部分骈

---

① 章氏学：《文学说例》；《新民丛报》1902 年第 5、9、15 号。

② 章太炎：《自述学术次第》，章太炎、刘师培等：《中国近三百年学术史论》，上海古籍出版社 2006 年版，第 124 页。

③ 谭献：《文林叙》，《谭献集》，浙江古籍出版社 2012 年版，第 196 页。

散为粗迹、为回澜。……故其论文以澹雅为宗，皈依晋宋，章炳麟文之所自出也”。[①]钱基博此论中，除了认为谭献“不尚桐城方、姚之论”略有歧义之外，其余的评价基本公允。其实谭献与桐城派文人的交往并不少，也曾在《桐城方氏七世遗书叙》中流露出对桐城派文章的欣赏[②]，因此说他“不尚桐城”恐怕不甚妥当。钱基博指出章太炎之文出于谭献，皈依晋宋，看到了谭献对章太炎的影响，也是慧眼所具。正是因为章太炎对谭献的接受，能够文质兼备，骈散兼容，因此他也曾称赞阮元之说，也并不鄙薄桐城文章。他在《文学说例》(1902)中称阮元推崇俪体，并将其源流上溯到孔子《文言说》。章太炎对此十分信服，感叹道：“信哉，其见之卓也！”[③]与其后来对阮元文论的批评形成鲜明对比。他也并不菲薄桐城，认为桐城文章虽然不佳，但也是随其学识所好，无需过于菲薄。[④]

然而，章太炎的文论并未停留在谭献骈散兼容的层面上。1902 年以后，因章氏钻研佛教与魏晋玄文，又研究魏晋南朝的疏奏，形成了一种“平彻闲雅”的文体，认为这一体裁能够兼容以上骈散文的不足，所以十分推崇。他感到汪、李之骈文局促，不宜议礼、论政，难以言玄理；唐宋八大家文曼衍，都不可取。章太炎因重视文学的实际功能(说理)，并以此为骈文的弱项，所以反对骈文甚于散文。针对章太炎所提出的骈俪之文不擅长说理，刘师培在《文笔词笔诗笔考》中特别指出“论”是“文”，不是“笔”，并亲自在《与人论文书》中亲自加以示范，以骈俪之文来说理。

第三，章太炎、刘师培接受了不同西方学说的洗礼，导致文质观的差异。

章太炎的文质观也经历了一个由文而质的过程。在小林武看来，这是一个由功利主义到反功利主义的变化。近代西方功利主义思想盛行，功利思潮也一度流行于明治时期的日本。[⑤]竞争论、唯物论以及前文所提的侈靡兴国论也是功利主义的。西方功利主义思潮与中国儒家重功名利禄的传统相连，在晚清形成了功利主义的热潮。康有为、梁启超、章太炎、刘师培等人都曾受此影响，从他们对侈靡兴国论的态度可见一斑。诂经精舍时期的章太炎也肯定侈靡，以其是文明化的动力，赞成为了达成目标而采取功利的手

① 钱基博：《谭献日记序》，谭献著，范旭仑、牟晓朋整理：《谭献日记》，中华书局 2013 年版，第 185 页。

② 谭献：《桐城方氏七世遗书叙》，《谭献集》，浙江古籍出版社 2012 年版，第 134 页。

③ 章太炎：《文学说例》。

④ 章太炎：《自述学术次第》，章太炎、刘师培等：《中国近三百年学术史论》，上海古籍出版社 2006 年版，第 119—125 页。

⑤ ［日］小林武、佐藤豊：《清末功利思想と日本》，东京研文出版社 2012 年版，第 281—282 页。

段。然而戊戌变法前后，由于种种原因，章太炎走向了反功利主义，从而提出俱分进化论，认为善、恶都会进化，从而批判社会进化的竞争，认为人类要追求进化必然要有好胜心，有了好胜心必然会功利，因此恶也会进化。①出于反功利主义的立场，他开始批评虚伪而华丽的文辞不合规范，淫丽的赋咏与政治无关等。②在文论上表现出由文而质的倾向。

章太炎文质观的变化，主要发生在1898—1904年间。这段时间里，他曾两度赴日，一度赴台，也是其接受日本思想最为集中的时期。小林武的研究发现，《訄书》重订本(1904)与《訄书》初刻本(1900)年相比，增加了姊崎正治、远藤隆吉、桑木严翼、白河次郎、户水宽人、有贺长雄、武岛又次郎、涩江保等人，而《訄书》初刻本中所提及的日本人只有冈本监辅。章太炎所引用的日本书籍以1897年前所出的新书为多。③对章太炎文论影响最大的日本学者当属姊崎正治。④1898年左右，章太炎开始钻研佛经，而姊崎是日本著名的宗教学研究者，他主要研究日莲宗与天主教，还作文艺评论，其宗教研究与文艺批评的基础是叔本华和谢林的形而上学。章太炎从姊崎的著作中直译了260字来说明何为表象主义。姊崎用“表象主义”来翻译symobolism，他认为：表象主义是人类的精神现象与社会现象中不可避免的存在。在宗教中，宗教现象的基础潜藏在“自我扩张的意志”(叔本华语)中，宗教是与绝对的神相对的现象中不得不见的表象。然而，章太炎并不是在宗教的象征性中去理解表象主义的，而是在言语的象征性中来理解的。

---

① [日]小林武、佐藤豊：《清末功利思想と日本》，东京研文出版社2012年版，第281—282页。

② 同上书，第254—267页。

③ 《訄书》重刻本引用的日本书有冈本监辅的《万国史记》(1879年)，远藤隆吉的《支那哲学史》(1900年)，白河次郎、国府种德合著的《支那文明史》(明治三十三年)，F.H.Giddings的《社会学》(远藤隆吉译，1900年)，有贺长雄的《宗教进化论》(1883年)，《族制进化论》(1890年)，岸本能武太的《社会学》(1900年)，fridrik ジョンスツロム的《催眠术》(明治二十七年)，户水宽人的《春秋时代楚国相続法》(1898年)，斯宾塞的《社会学之原理》(乘竹孝太郎译述，1885年)，涩江保的《希腊罗马文学史》(1891年)，武岛又次郎的《修辞学》(1898年)，Westermarck的《婚姻进化论》(藤井宇平译，1896年)，姊崎正治的《宗教学概论》(1900年)，姊崎正治的《上世印度宗教史》(1900年)等。章炳麟所引用的书籍以1897年前所出的新书为多。参小林武：《章炳麟と明治思潮：もう一つの近代》，东京研文出版社2006年版，第50—51页。

④ 对章炳麟影响最大的是姊崎的《宗教学概论》。《訄书》重订本引用《宗教学概论》及《上世印度宗教史》中的内容达8处之多。这些引用绝非断章取义，是借用其基础概念来讨论问题。姊崎的论著，章太炎大致翻译出三分之一。《订文篇·附正名杂义》是《訄书》中篇幅较长的文字，其论证框架即借用于姊崎，就表现于文字的问题展开专门讨论，而《文学说例》《文学论略》《国故论衡·文学总略》中也多反复论及，对其关注之强烈自不待言。《正名杂义》中着重讨论的问题之一便是表象主义这一概念，讨论中章太炎致力于结合汉语中引申、假借现象，予以说明。(参见小林武著：《章炳麟と明治思潮：もう一つの近代》，东京研文出版社2006年版，第72、77页。)

他认为言语是表象主义的病理，文辞是修辞，这一病理更重。表象是一种巧妙的代表，因为修辞而远离实质，因此，必须调和文质。从小学的角度来看，革除文的弊病，是很重要的。[①]章太炎借助姊崎正治的学说完成了对宗教学领域文质之辩的辨析，并将其应用于文学领域，从而改变了早年文胜于质的观点。

对于章太炎津津乐道的“表象主义”，刘师培一度是持否定态度的。在1907年的《中国美术学变迁论》及《论美术与征实之学不同》中，他不仅不以表象为言语的弊病，反而将文学视作“美术”的一部分，认为只有经过修饰的美文才是文学。然而，到了主张文质相宜的后期，刘师培却对这一观点加以吸收。在《汉魏六朝专家文研究》中，他将“表象”理解为形容，主张摒弃过度的粉饰。例如，在“传状”这一记事文体的写作中，不能用过多的表象、形容之词。但表象的弊病并非只出现于骈文之中，散文中也有，用典就是表象泛滥的表现。[②]在这里，刘师培对表象主义的理解已经与章太炎相当接近。

对刘师培影响较大的西方学说有进化论和无政府主义，这些学说虽然也曾一度给刘师培的文质观带来“质”的一面，然而并未从动摇其重“文”的根本。总之，虽然章太炎与刘师培都受到日本及西方思潮的影响，但是他们所吸收的侧重点却有所不同。[③]

由此可见，刘师培与章太炎的文质之争由于有根本的立论分歧，因此几乎不可能调和。学术争论本无胜负之分，双方都很好地阐明了自己的立场，也各自建构了一套与众不同的文论体系，形成了势均力敌的争鸣。

无论是对桐城派散文、新民体还是对骈散调和论的批评，刘师培都是站在骈文正宗论的立场上，其本质都可以理解为文质之争，只是文与质的成分各有不同。《国粹学报》初期的刘师培成功地在文篇构建了骈文正宗论，形成了一股骈文热潮，对桐城派散文及新民体提出了挑战。章太炎与刘师培

---

① [日]小林武：《章炳麟と明治思潮：もう一つの近代》，东京研文出版社2006年版，第78—79页。

② 刘师培：《汉魏六朝专家文研究》，刘师培著、万仕国点校：《刘申叔遗书补遗》，广陵书社2014年版，第1549—1550页。

③ 刘师培和章太炎因接受西方思想不同而带来的差异还有很多。例如，章太炎因《苏报》案入狱期间，因研究佛教而关注叔本华和康德，并通过《道德大原论》（叔本华著、中江兆民译）来理解叔本华，从叔本华的学说中引申出“自主”观，强调个人的自主性；而无政府主义时期的刘师培则以平等为第一要务。

的文论之争是《国粹学报》文篇中的亮点，章太炎的质疑客观上促进了刘师培文论的完善与成熟。刘师培晚期之所以能够在汉魏六朝文学研究上有成就，也是得益于早期的骈文观的构建。

第六章　钱玄同参与《刘申叔先生遗书》编纂始末发微

刘师培，字申叔，曾更名光汉，号左庵，1884 年出生在江苏仪征一个父子祖孙三代以研治《春秋左氏传》作为家学的考据学者家族里，一九一九年死于北京大学文科教授任上①，在世仅 35 年，却以精谨渊雅、几无涯际的国学著述为学界所敬重，而其乖舛离奇得简直难以理喻的政治经历，则给世人留下了嗟叹、疵议乃至不齿的话题。

19 世纪末起延及整个 20 世纪，是中国漫长历史上最具有转型性的时代，治中国社会思想文化史者大概对此都不会有异议。此期政治、文化、思想和学术的转型频率之急剧，虽不敢说“后不见来者”，但至少是达到了“前不见古人”的程度。1930 年代的前期，当初曾经跟钱玄同联袂上演过一出著名“双簧戏”，对消除新文学前驱人的寂寞并使新文学名声迅速远播天下与有大力的刘半农，在编就《初期白话诗稿》一书时，即曾感慨地说，自己作为 20 年代初替中国新文化新文学赤手空拳打天下的开山人之一，仅仅十五

① 关于刘师培入讲北大教坛一事，蔡元培《刘君申叔事略》中的说法为：“余掌北京大学后，聘君任教授。君是时病瘵已深，不能高声讲演，然所编讲义，元元本本，甚为学生所欢迎。”这当然没错，蔡为北大校长，人事聘用终得由他过目和认可才行，更何况蔡刘在晚清还有过一段一起投身反清革命之谊。但一些具体细节也需要有所说明。事实上，刘的入讲北大，时任文科学长陈独秀的延聘似起有更直接的作用。刘早年即在上海、芜湖等地与陈一起编撰过报纸，来往甚密，在日本期间又与章太炎、陈独秀等一起筹办过“社会主义讲习所”，后端方入川途中被杀，刘作为端方幕僚被民国军分政府追捕议罪时，陈还与人一起上书临时大总统孙中山，呼吁孙能“延读书种子之传，俾光汉得以课生著书赎罪”(参《临时政府公报》，1912 年第 2 号)。与晚年陈独秀多有交往的台静农在《早期三十年的教学生活读后》一文中也作了这样的记述：“关于申叔之入北大教授，据我听到的，还是陈独秀先生的意思，当袁世凯垮台后，独秀去看他，他借住在庙里，身体羸弱，情况甚是狼狈。问他愿不愿教书，他表示教书可以，不过目前身体太坏，需要短期休养。于是独秀跟蔡先生说，蔡先生也就同意了。申叔死后，他的太太何震发了神经病，时到北大门前喊叫，找蔡先生，找陈独秀，后来由陈独秀安排请申叔的弟子刘叔雅将她送回扬州。”参阅陈万雄：《新文化运动前的陈独秀：1879 年—1915 年》，香港中文大学出版社 1979 年版；《“五四”新文化的源流》，生活・读书・新知三联书店 1997 年版。

年之隔，竟已让自己一手缔造的新文学远远地抛在了身后，大有让人“一挤挤成了三代以上的古人”之感慨①。尽管政治行迹和立身操守上的乖张悖谬，致使刘师培晚年身世显得颇为寂寞，但在学术上则还是要算幸运的。早年有章太炎的倾心推重，晚年有出长北大的蔡元培、陈独秀的友情关照，得此学术思想重镇的另眼相看，同侪之伦或后生晚辈还不至于把他怎么样。就在他下世后的第 18 个年头，依照上述刘半农亲身经历过的中国思想文化转型的速率来推算，早已被“挤作”过两回“三代以上的古人”，但就在 1937 年的钱玄同眼里，刘氏仍被目为“最近五十余年以来”，为中国现代学术思想黎明期开过一代风气的十二思想学术巨子之一②，亦即相当于库恩所说的那种提供新“范式”者。钱玄同的此番评议除含有学术思想史评估意义外，其实还别有一番怀抱在心头，这一点详后说明。

一、《遗书》版本分疏

1936 年起，《刘申叔先生遗书》由武宁南氏出资，铅印陆续出版，全部出齐大概要一直延续到 1938 年。为该书的收集整理编排校勘，钱玄同与印校执行人郑裕孚之间书信往返不断，从保存下来的 1938 年 3 月 1 日钱致郑的书函中我们可以看到，对该书付印前夕，郑氏特意寄来征询意见的全书校印《后序》，里边所涉及的自己之于《遗书》著者的关系及其评价的一些字句，钱仍有所声辩并提出了自己的保留意见。郑并非学界中人，专长似本在金融银行这一行业（从 1937 年 4 月 2 日钱致郑函中，有“敬审　先生顷已荣膺中央银行协纂之职，不胜忭贺”之语可以推知）。这篇署名郑裕孚的《后序》实际上是请人代笔之作（据 1938 年 1 月 21 日钱致郑函中“郭元叔君代拟之尊跋”云云，可以得知代笔人为郭元叔，其人生平事迹尚待考索，但显然是位以笔砚为生涯且又自视甚高的寒士，详后）。清末至于民国，实业家行有余力，雅好斥资收藏古玩或翻印校刻古籍，往往成为一种风气。郑氏不过是此一往昔流风中的一个小小实例罢了。

《后序》原稿述及钱氏之于刘师培的评价和情感态度的字句，可能远远超出了钱所能认同的限度，以致向来以快言快语、庄谐并出而闻名于世的钱氏，也不得不为之肃然动容，以一种罕见的较真劲儿声明，刘氏之于自己，既非师生也非前辈后学那样一层特别的关系，自己少年时代虽受其影响不小，

① 刘半农：《初期白话诗稿·序目》，北平星云堂书店 1933 年版。

② 见《刘申叔先生遗书》卷首钱玄同序。

但对其自戊申冬回国以后直至己未冬作古这一段时间的“晚年之学”，大多不表同意，主要原因倒不在刘氏所谓的晚节有亏，实在是因为其思想的守旧拖累了他的国学见解和研究方法的缘故，并且明确表示，自己“对于申叔实不愿太撝谦”，“亦不愿他人代我撝谦”。郑氏“呈文”“送检”的时候还特意打了招呼，说“送检”归“送检”，可原作者“多不愿他人改易”（代笔人虽有其不如意处，须得依靠鬻文而谋生，但脾性中却不乏因穷途潦倒而加倍反弹出来的旧文人的孤傲自负），言下之意无非是要钱玄同手下留个情面，草草放行则个。但料想不到的是，钱这一次偏偏格外讲究原则，较起真来哪还顾得了这样一些情面。钱还振振有词地找出理由来“开导”郑氏，说这篇文章既然已经挂在了足下你的名下，那也就跟“郭君”无干，用不着再去看他的脸色了（“此文本系先生之跋……因并非郭君出名，不算改他的文章”）。从后来正式刊印在《遗书》卷末，署明“民国廿七年六月桂林郑裕孚谨序时年五十有七”字样的《后序》来看，似已找不到钱玄同“不愿他人代我撝谦”的字句痕迹。显然钱玄同最终是说服了郑氏的，或者说郑氏最终还是很尊重钱的较真的。

《刘申叔先生遗书》辑存刘师培已刊和未刊的著作凡 74 种：有关论及群经及小学者 22 种，论及学术及文辞者 13 种，群书校释 24 种，读书记 5 种，诗文集 4 种，教科书 6 种，全 6 帙，共 74 册。

尽管刘氏有关无政府主义的著述《遗书》多有失收，而收入《遗书》的《王船山史记申议》一文原系出自章士钊的手笔，属于误收，与此相类似的遗漏和误植，一定还有不少[①]，并且已收论著的原刊错讹多未校正，而新出的排校又有舛误，诸如此类的问题也还相当多。但迄今为止，这个版本仍不失为搜罗刘氏遗著最为齐全的一个本子。刘师培在世时曾经上梓刊行过的一些论著，如今固然早已成为绝版，后来归家人亲族收藏或转辗于好友学生之手的手稿，至今也早已历时八九十载，它们得以不至遗落散佚，便端赖此版的保存之功。台湾大新书局 1965 年版《刘申叔先生遗书》四大册，以及江苏古籍 1997 年版的《刘申叔先生遗书》两巨册，就都是这部武宁南氏铅印版的现

① 《刘申叔先生遗书》所收文章的版权归属，多年前章士钊即曾表示过他的怀疑，猜测一些篇章有可能是出自其对祖上未刊著述的剿袭：“窃念吾识申叔时，彼年不足二十，向后殚力革命，溷迹入官，距病没十余年中，殆无一日能安心伏案，从事著述。乃遗集广涉四部，卷帙夥颐，达到可惊阶段。吾意仪征刘氏，祖孙父子，伯叔兄弟，都治学有声于时，著录并未全行刊出。申叔承受遗产，左右逢源，殊不难择其精华，据为己有。以是，申叔集中，号称少作，而精湛邃能压服太炎者，吾甚窃疑，未必悉由己出。”《辛亥革命回忆录》第一辑，中华书局 1962 年版，第 232 页。

成影印。北京中央党校版的《刘师培全集》四册①，其实也是武宁南氏版的翻印，不知出版者何故遽然以“全”相称。不妨暂且信从近代思想史家朱维铮先生为三联1998版《刘师培辛亥革命前文选》所撰“导言”里的说法：“目前还缺乏重新辑校出版刘师培‘全集’的条件。”②

二、刘师培与南桂馨

武宁南氏铅印版《刘申叔先生遗书》的编印出资人为南桂馨，字佩兰，山西武宁人，清末留学日本，曾参与刘师培、张继、章太炎等筹办的“社会主义讲习会”，并成为骨干成员，与章、刘、张等人当有过一番非同一般的情谊。不妨稍引前揭署名郑裕孚的《遗书·后序》，以略见刘师培之与南桂馨两人交谊之一斑：

> 予夙仰仪征刘申叔先生传其家四世经学，博极古今，冠伦轶群；及侍宁武南公佩兰于官次，益闻其身世之详。申叔与南公交最笃；曩同游学东瀛，相得欢甚；鼎革后由蜀来晋主公家，公奉之若骨肉，申叔亦以兄事公；后客京师，诧傺而卒，公首以兼金赙之，始得成丧……。

郑后序所述南氏东瀛游学时期与刘师培交往最笃云云，虽非出于亲睹，应是得自南氏的事后追叙，但大致是可信的③。辛亥革命发生，刘师培所投身依靠的清朝封疆大吏端方在入川途中被部下杀死，刘侥幸脱走，一时落魄潦倒，由谢无量延请为其所主持的成都国学院教席，后因与廖季平“角力”，旋

---

① 《刘师培全集》，中央党校出版社1997年版。

② 本章写于十数年前，故此处尚留有旧日痕迹。近年扬州学者万仕国搜辑甚勤，收获颇丰，可以说已向编辑全集的目标大幅逼近。参见万仕国辑校：《刘申叔遗书补遗》上、下（计一百六十余万字），广陵书社2008年版。又，万仕国辑校的《仪征刘申叔先生遗书》（十五册，广陵书社2014年版），据钱玄同所编《刘申叔先生遗书》重新排印，并新增《题解》，以注明所收录刘氏著述原刊出处及校对所持之依据，甚便于研读。

③ 南氏留学东京时，本因生活拮据得到过章太炎的照拂，但在章、刘以事不睦乃至绝交，并且章特意让弟子钱玄同前来转告，要南不再参加无政府主义活动，并与刘中断往来时，南表示不能接受，并愤而辞拒了章的照顾，明确站在了刘的一边：“……《民报》内部也起摩擦，章炳麟、刘师培之间，意见日益加深。刘和我几个人意见相近。记得章让他的弟子钱夏（玄同）通知我们，不可参加幸德秋水他们的会议，而刘师培、汪公权、丁惟汾及苏曼殊等，则均主张参加。我本来是个穷学生，章为照顾我，使我兼任《民报》会计，但此时禁止我和刘师培往来，我就愤而去职。”参见南桂馨：《山西辛亥革命前后的回忆》，《辛亥革命回忆录》第四辑，中华书局1962年版，第147—148页。

即转赴山西任阎锡山的高等顾问。郑后序说刘“鼎革后由蜀来晋主公家”，《遗书》附收的南桂馨序中也有“曩来太原实主余家”的说法，似乎刘的入聘阎府，之前尚有一段过渡。他先是息影在无政府主义时代的挚友南氏家中，这段息影似乎带点“待价而沽”的意思，他的入聘阎府便是息影南宅的一个结果，其中当然少不了此时颇得阎锡山青睐的南氏的一番引荐。1937 年 4 月 2 日钱玄同致郑裕孚信札中叙及：“去年阴历除夕，曾由徐森玉兄约请南公与弟小饮于香积园素菜饭（引按，饭，疑为馆），弟与南公面谈两小时，承彼告我关于刘氏夫妇至山西事甚详。”

钱玄同本来打算将这段从当事人那里闻之甚详的、民国初年刘师培从南氏那里得到过保护的这件事，“拟叙述于拙序之中”。但查《刘申叔先生遗书》卷首附录的钱序，里边并无有关此事的记述文字，不知是因为什么原因，这一打算最终未见兑现，使得我们本来有可能与闻其详的一段往事，最终却失之交臂，这是很可惜的①。刘师培息影南宅及入聘阎府期间，南对刘视同骨肉，刘则对南视为兄长，这些都是在郑氏眼皮下发生的事，大致可信。而南的年岁似在刘之上，南宅心的宽厚，他对刘学问和才情的敬重，在刘失意时的慷慨相助，刘下世时的承揽丧事费用，以及多年之后依然念念不忘发愿斥资，为刘收集、刊行遗著，在这诸多的事宜上都有充分的流露。南序称自己“交申叔于弱冠之年”，并称“及其殁也，蒙以身后之事相托”，情谊当然是很深的，而南氏对这份情谊也确实有充分的珍重和承当。恪尽朋友之道，在人人自顾尚且不暇，信奉“仇必仇到底”哲学（见冯友兰《中国现代哲学史》）而疏于人际伦常的 20 世纪中国，只会越来越难觅其踪迹。难怪就连刘师培东京无政府主义时代的知交张继也要发出这样感叹：

---

① 不过幸好南氏日后在《山西辛亥革命前后的回忆》一文中，对这段往事还是留下了一些记述：“民国成立，刘妻何震从汉口辗转入京，生活无着，请我救助，我即请她到了太原，暂住我家，先把她荐到女子师范任教，后又转任阎锡山的家庭教师。后来，何震探知师培在川的消息，由我及阎各赠川资百元，何遂迎师培入晋，任都督府顾问。迄都督府改编为将军府，编制缩小，顾问裁撤，刘的生活，因此无着。我很替他着急，适逢帝制议起，我认为有机可乘，遂与阎密谋以专电保刘入京，请袁留用。袁既素闻刘名，而袁的亲信秘书闵尔昌，又是刘的亲戚，也自向袁吹嘘，所以袁命刘入京。……我到京后，和孙毓筠、胡瑛，都见了面，但主要方面，还是请刘师培设法疏通，请袁世凯不必偏信金永的话，阎锡山也是赞成帝制的。同时阎并拨款二万元，作为筹安会的经费。经过此番奔走，才逐渐消除了袁对阎的疑忌。”（《辛亥革命回忆录》第四辑，中华书局 1962 年版，第 159 页。）南助阎锡山荐刘入京，一方面固然有替刘解决生计问题的考虑，但另一方面，当时心萌帝意的袁世凯对盘踞山西的阎锡山颇存疑忌，将刘举荐到袁的身边，也有让刘在袁面前替阎释疑，以保住阎在山西的地位之意。此条据丸山松幸《刘师培略传初稿》（《东京大学教养部人文科学纪要》第 55 号，1972 年），特此谢忱。

窃叹古今缀学之士，往往殚精著述，勤劬毕生，既无力自刊其书，殁又无朋友故旧为之收拾遗稿，坐使鸿篇钜制埋没尘蠹者，何可胜道！今南君之于申叔，独能斥钜金为刊行遗书，信可谓不负死友，而申叔卒赖此以传焉，抑幸也。①

“独能”一词，颇能透出为友之道在20世纪的中国，随风雨飘摇的世道而急骤变异的个中消息。刘师培还是幸运的，有南桂馨这样的朋友，可以抵消去身后许多的寂寞。

如果说前引郑序中，有关刘南二氏游学东瀛时交情“最笃”的说法，尚属柏拉图所谓跟真理隔了两层的那种“真理”，未必那么可靠的话，那么说南桂馨与晚年刘师培及下世后的刘师培情谊“最笃”，就不再只是常见之于文人间的一种习惯性修辞行为了。

编集刘氏遗书时，南氏已离开太原卜居故都北平。郑氏后序说他其时正“优游文史，独居深念，每以国学废坠为忧，申叔经学名家，宜有不可没者，故慨倾囊橐，类掬其生平遗著萃为一编，将上以蝉嫣乎古作而下启夫后学者之径涂”，似乎此举颇有忧虑于世道学风，决计有所抗衡并对之作出矫正的考虑，我倒宁可相信这不过是一种“外加的复杂”。《遗书》附收的南桂馨序文，一上来便声明自己不是一个可以讲得清楚刘申叔学术经纬的合适人选，说的则很可能是实情。因为在保存下来的刘的文字中，我们确实也找不到足以佐证二人的结交纯粹是出于学问交往上的考虑的片纸只字。而让人颇感到蹊跷的是，此序既对二人早年结谊东京一事显得语焉不详，却对南早已声称过的、他根本无从梳理得清楚的、刘在整个清末学术源流里边以及在扬州学派里边的学术地位，偏偏所知颇详，并且娓娓道来，叙述得有板有眼。我在初读这则序文时就曾凭直觉意识到，如果不出意外，此序与前引郑裕孚后序一样，十有八九也是出自他人的代拟。后来翻检钱玄同致郑裕孚的书函，这一直觉马上得到了证实。

1937年4月2日钱致郑信函中，即有“并郭元叔君代南公所撰刘书之序文”及“郭公代南公所撰序文中未曾语及鄙人，其实亦无妨碍，乃承见爱，函请郭君加入，甚感　厚意”诸语。事实上，郭姓代笔人对南氏之所以能为刘师培恪尽为友之道，盖种因于当年肝胆相照，同为同盟会成员，并一同服

① 张继：《刘申叔遗书·序》；《仪征刘申叔遗书》(第1册)，广陵书社2014年版，第62—63页。

膺于无政府主义学说的东京游学时代这一层背景，似乎一无所知，所谓“巧妇难为无米之炊”，故而只好略之于无。但另一方面，他对刘师培的学术承传，看来自信知之颇详，故不妨在这片空间里驰骋腾挪，做足文章。我再重复一遍，南氏出资刊行刘师培遗著，动机应该不至于像同出于郭君手笔的郑氏后序中所缕陈的那么复杂。在南氏的国学造诣和他对国学的留心程度一时还找不到其他实证材料的情况下，我宁可相信他更多的还是出于对建立在东京无政府主义时代纯朴信念之上的朋友之道的守持，也即 1934 年 4 月 8 日钱玄同致郑裕孚函中所说及的“仗义”二字。

三、《遗书》编者

三联 1998 版《刘师培辛亥革命前文选》朱维铮的“导言”，是其为复旦大学出版社 1990 版《刘师培论学论政》一书所写序文的增删，增删的幅度颇大，纠正了一些陈陈相因的旧说，加入了不少新的考订。对刘师培一生行述和思想学术，有较前序更为浃心贵当的描述和评点，脚注尤其详尽，整个文章显得开阖自如而又机锋内藏，在一些很有意思的地方往往点到为止，引而不发却又意味深长。若非对近代文化思想史有深湛研治的功力，恐怕是无法做得到的。故而对于刘师培思想学术的研读者说来，此篇实为不可多得的指点门径的好文字。但大体上信实可诵，并不等于没有可容再议的地方。如第八节中“自从钱玄同主编的《刘申叔先生遗书》，于 1936 年由宁武南氏铅印出版以后，海内外关于刘师培的研究，都以它为基本史料”一段，不明就里的人恐怕很容易会误以为此书 1936 年即已出版完事，而实际上，如上已述，《遗书》只是 1936 年才开始陆续印行，全书出完则要等到两年之后的 1938 年。另外“主编”一说也有待疏解。按，此说既不见诸现存《遗书》的版权页，也不见各家序跋中有所提及，恐怕也不会是出于出资襄助人南桂馨或实际印校执行人郑裕孚的任命或拜请，那么唯一的可能，只能是出于时隔差不多七十年后的朱维铮先生的追认。至于费心钩沉流散各处的刘氏著述，加以比勘考订、部勒归类，写出一篇篇校订记，直至撰就《遗书总目》，修订《左庵年表》和《左庵著述系年》，以及收入《遗书》卷首卷末的八篇序跋中最贴心贴肺也是最见分量的那篇，那都得归属在钱玄同的名下，因而认定钱玄同是在《遗书》的编纂上出力最多者，的确也是不争的事实。如此说来，朱维铮先生称钱为“主编”，也可以说并非无据。但整个实际情况仍然需要费点口舌细加说明，什么是事后的追认，什么是当时的实情，免得缠夹不清。

《遗书》的印行费时三年，而论著收集整理的启动工作还得前推几年，整个过程头绪之众多，程度不一，襄助其成的人员的纷繁，其中的种种甘苦得失，自然是自始至终“允执其中”的执事人郑裕孚心里再清楚不过的：

民国廿二年癸酉五月四日，裕孚奉简命典试绥远来故都，拟撰《归绥县志》，适南公议刊申叔遗书，諈诿搜校之役；裕孚不学，重蔀见闻，兢兢惧弗克任，乃从友人张君次溪，征稿于伦君哲如，得如干(引按，即若干，下同)种；赵君斐云亦次以稿；至张君重威者，申叔弟子也，与予旧相识，予征稿于重威；时申叔之弟容季旅于津，重威征诸容季，容季索诸次羽，次羽，申叔犹子也，乃尽出所藏稿，悉以畀予；而陈君斠玄、蒙君文通亦俱以稿见赉；先后共得如干种。裕孚犹以为未备也，爰就北平图书馆录其佚篇，并走书肆购求零种，所得又如干卷；虽未云备，要之十盖八九具已。经始于甲戌，阅五载而迄工，都七十有四种。兹书之成，赖诸君辐辏并力，而尤以吴兴钱公玄同商榷之功为最多。钱公，夙重申叔之学者也，尝谓少读申叔作，既心仪其人，及晤于东京客邸，而益慕与之友，故于此编肇纂伊始，欢然愿助其成；佚稿之旁搜，总目之编次，胥繇公力疾任之；遇有滞疑，辄与予书疏往返，必得当而后已。

已经说得非常清楚了，《遗书》编印完成端“赖诸君辐辏并力”，这“诸君”里边计有张次溪、伦哲如、赵万里、张重威、刘师颖(容季)、刘葆楹(次羽)、陈钟凡、蒙文通、钱玄同等人，他们有的是刘的至亲，有的是刘的门生，有的则是风谊兼于师友之间。钱玄同虽然曾经郑重声明自己跟刘师培并非师生只是朋友，但既然钱终身师事章太炎，而太炎先生又曾经把刘看作过同辈中的畏友，所以如果认真排起辈分来，钱在刘的面前，还是得排在后学一辈的位置上。这一点事实上也可以在钱玄同 1934 年 4 月 18 日致郑裕孚的书函中得到证实：

叔雅与申叔固为师弟，而弟与申叔亦谊间师友，以年而论为友(彼长我于三岁)，以学为论，则实堪为我之师也。①

郑氏后序还在未及引述的地方提到了学界名宿老辈柯劭忞和王树枏对郑的勉励有加。

① 《钱玄同文集》(第六卷)，人民大学出版社 2001 年版，第 193 页。

此外也有重大遗漏，即竟无一言提及刘文典。刘文典是刘师培有数的几个学问最好也是感念师恩最为厚重的门生之一。刘师培的灵柩即是由刘文典送归千里之外的仪征老家的。从现存的钱玄同致郑裕孚手札来看，刘文典对《遗书》的编纂也是参与了重要意见的（详后）。故而漏去别的名字也许还说得过去，漏掉刘文典则说不过去。

钱玄同则自始至终与身其役，并且是最全身心投入的一个。据《钱玄同文集》第六卷书信集整理出版者言，为钱氏后人所藏的装裱成册页的“钱疑古手札”六册，所收均为钱玄同就校辑编印《刘申叔先生遗书》一事写给全书校印执事人郑裕孚的手札。共七十通。起始于 1934 年 3 月 19 日，最后一封的日期则为 1938 年 3 月 1 日，阅时差不多四载。

这七十通手札恐怕还不会是当年钱玄同参与《刘申叔先生遗书》编纂时与执事人郑裕孚之间的全部通信。因为它们全是关涉具体事务的商讨交涉，几乎没有语涉寒暄或虚与委蛇的。1934 年 3 月 19 日一札是现存的这批书函中的最早的一通：

友渔先生大鉴：

兹送上《中国民约精义》一册，《雅言》（第一、四、六、七、八、九、十期）七册（第二、三、五期中查无刘文不送上），并附《雅言》中刘文八篇目录一纸，请即照此目录发可也。此目录系在《雅言》第一至第十期中检录者，其中有几篇又见于他种杂志，但恐文句或有异同，或虽无异同而他处或有误字可藉以校正者。故鄙意似可请尊处一律抄出，或与他种杂志上所载校勘，均可得参考之益，请大裁酌夺为荷。

《国粹学报》中，尊印之目录中，尚缺四十余篇，弟因日前曾经记出，本拟即行抄奉，因此时即须上课以致无暇，日内当即录奉也。手此，敬请

大安

弟钱玄同顿首

廿三，三，十九[①]

里边即已不见任何客套痕迹。如果不是相交相知已经达到相当的程度，恐怕是做不到这一点的。很可能除了无意间的散佚，这些书札已经是经过了

① 《钱玄同文集》（第六卷），人民大学出版社 2001 年版，第 185—186 页。

某种挑拣过后得以保留下来的部分。这里边既有可能是经过收信人郑重挑选后，返回给发信人或其家人保存的，也有可能是发信人及其后人将璧归的书札作过若干删汰，留下了在他们看来所值得存留的。两种可能都是符合情理的。传统中国文人擅长以书札论学或者是干脆将书札视同著述，但这里所现存的七十通书札，书写的目的则显然不在于此。由于书札送达的对象并非学界中人，故而考镜源流辨章学术之类的学问性切磋，便得让位于事无巨细、在在须得落到实处的、实用性事务方面的斟酌榷商。此外，这些书札既是为实用目的而不是为著述发表而写，无形之中也可能免去不少矜持矫情的成分，比通常文字较多地保留下钱玄同为人、性情和思想、学问上“天然去矫饰”的天真一面，从而成为后人颇可采获的信实史料。

如上所引，这些书札都是就有关刘氏已刊、未刊著述的搜罗汇集及版本甄别，大至确定编撰方针和体例，小至确认全书的总书名及各分册书名究竟该由谁来题写，一一所作的筹划，或所提的建议。已刊著书有过哪些刻本，稿本和抄本又有哪些前后异同，钱玄同都能尽自己所知、所藏和所能，悉心予以提供，有多种还是他逛厂甸书铺书摊陆续搜寻得来的。而力有未逮者，则谁人经见，现藏何人之手，该向谁人询问，再设法代询，或提供线索。这里不妨摘引 1934 年 3 月 30 日的一札，以略见一斑：

友渔先生阁下：

旬日来两奉手教，并承假观刘著各教科书抄本一函（计六本），又赐还《中国民约精义》一册，均照收不误。上星期内，弟适因事忙，各事搁起，故致稽答。甚罪，甚罪。承询各节，奉答如下：

一、总目似以宜专著列前，《左庵集》及外集、骈文、诗等列后。

二、专著之次序，日前因事冗尚未编排，日内当一排。（先尽尊处印目排之，将来如续有所得，当再按其性质加入某处。好在总目编定当在最后全书杀青之时，现在暂排者不必作为定目，将来再加以最后所印之总目为定本可也。）排就当再送上，请察核也。

三、《左庵集》弟所见者，亦只有张伯英重刻本，其原刻本，弟从未见过。阅赵万里之目，彼似曾见之，不知彼有此书否，请一询之，如何？（刘公自己所刻之书无一佳者，但看左庵杂着及《攘书》等可知。张伯英刻本虽不见佳，似亦不致更劣于原本。故鄙意若原本不可得，即照张本排印亦无碍。）

四、嘱弟题《刘申叔先生遗书》书签，此事固当遵命。惟鄙意此书目总目之书签，一如《王忠悫公遗书》之式，似较适用。不审先生及南先生以为然否？如以为然，鄙意总名封面最后似宜请蔡孑民(元培)先生写之，而各书封面及书签，弟可全任之，或请数人分写，而弟亦写一部分，如何办法，均请大裁酌夺赐复为荷。如要请蔡先生写《遗书》封面，弟当去信托之。申叔在时，因其前后主义之违异，有许多人对彼不满，不但同盟会、国民党一方面，即旧派诸老亦对他不满。故此次征稿等事，有一部分人处，弟均不敢往询，惟蔡先生与申叔可谓全始全终。自癸卯至己未十七年间，对申叔终无恶意及非议者，惟蔡公也。其人现在之地位甚高，请其题字(或再请其撰序)，似均与申叔《遗书》有益。故弟献此议，乞先生与南先生酌定。

五、各种教科书弟均看过，均多于弟所有者，惟地理一种有第二册，弟因适缺此一种(连第一册也无之)，故不能断定是否确有第二册，幸再细访之。好在此类皆是一本一本付印，即使最后觅得补印，亦不为迟。惟《伦理》《历史》《经学》三种均一二册，而尊抄所订或两册合一，或一册分二，在印时应还其本来面目，不以篇幅多寡分册(《文学》止一册，《地理》尚是悬案，暂不论)。日前叔雅说教科书宜一仍原样，弟亦以为然，惟首行之后应加"仪征刘师培申叔"一行耳(原署"光汉"及"师培"之异，自应各仍其旧。此教科书原本末页，即版权所有之一页，系署"师培"之名。又《左庵集》署"扬子"，今宜改用"仪征")。此外，弟日前奉告《国粹》学报中之文，尊抄尚缺三十余篇，颇疑先生所赐之《国粹》学报非全璧，故其中尊目已列之篇亦恐有中缺之处，拟请将尊处已剪贴之《国粹》报刘文全部，均交弟一查。如某篇中有缺少，弟当一一记出奉告，而所缺三十余篇，亦当将弟所有者借奉尊处付抄也。又，《群经讲义总录》二册如未付印，乞先借我一阅，因欲知其为何时之著作。《中国民族志》如伦先生送还，亦乞惠借一读。又，伦先生日前说彼处有《民报》全份，亦乞便中代弟一借，弟当捡出其中申叔之文也(彼时弟与申叔同在东京，何文为彼所作，弟能知之)。①

即便如此，郑氏后叙中也只是说，钱玄同在诸君中"商榷之功为最多"。至于"遇有滞疑，辄与予书疏往返，必得当而后已"，也只是道及了钱对编集刘著一事的重视和自始至终一丝不苟的精谨程度。至于诸事，还得经由郑氏之

① 《钱玄同文集》(第六卷)，人民大学出版社 2001 年版，第 187—188 页。

手或至少是得到郑的认可方能落到实处。这里面不难看出一层主从的间隔。谁主谁从，自不待言。所以，要么不提“主编”二字，要提的话，后缀以郑裕孚的名字，倒更显得顺理成章，至少在郑氏自己看来可以当仁不让。

钱玄同对自己在整个《遗书》编纂过程中的位置也不是一无估衡，此信中的“排就当再送上请察核”，“故弟献此议，乞先生及南先生酌定”云云，及前揭 1934 年 4 月 8 日致郑函中“弟幸获在顾问之列”等语，均表明钱自己也从未心存过“主编”之想。写于编纂后期，即 1937 年 4 月 2 日的信中，提到钱特意要黎锦熙改去所撰序文原稿末尾数语一事，说得更是明白：“上次黎公序中末数语有‘钱君董其成’之语，弟以为过当，故二次送校时，曾请其修改数语，说明弟仅仅在报章上搜集几篇遗稿，并尽编目之劳而已。”看来，去今大半个世纪之前的钱玄同，根本还不具备如同咱们今天郁然勃发得难以自控的那份名分欲望和锱铢必较的维权意识，他只是一心一意在做着一件自己觉得值得一做的事，主编不主编（或黎锦熙所谓“董其成”）的名分，他并不在乎，或者根本就是有意识地敬谢不敏。这也正是“五四”一辈为我们所不可企及的地方。

钱玄同与郑裕孚之间原先似乎并无交往，跟南桂馨东京游学时代打过照面，但也没有留下印象。前引 1937 年 4 月 2 日致郑裕孚信中，记述赴徐森玉招饮与南面谈一事，里边即曾谈及：“南公本系老同盟会，彼在东京时于弟差不多同时，惟前此虽曾在《民报》社见过数次，而未曾交谈，此次谈及东京革命党情形，弟有知有不知，闻之极感兴趣。”钱对《遗书》编纂的与有大力，是得到了第三人的居间引介。这穿针引线人便是黎锦熙（劭西）。《遗书》钱序的最后部分对此有所交代。黎跟南、郑本来也不认识，只因为南、郑前去洽谈的承印代销《遗书》的书局，黎正好是股东之一。黎从书局老板那儿一得知了此事，便一面通告并敦请好友钱玄同出来襄助其成，一面找到主事者，力陈此书编校要做到不留遗憾，那就非得借重于钱玄同之力不可，郑重其事地向其陈述了钱之所以是最佳人选的几种理由。收在《遗书》里的黎序追述此事颇详：

> 民国廿三年（1934）一夕，友人岳阳吴晓芝先生（润德）介桂林郑友渔先生（裕孚）来余家，言宁武南佩兰先生（桂馨）者，刘君旧友也，蠲资为刊印其遗书，搜辑校勘，则委郑君，承印代销，吴君主之；时吴君经理和济印刷局事，与立达书局联为一公司，而余亦其股东董事之一也。余遂告郑君：印销事不难，惟搜校欲无遗误不易；刘君弟子余知三人，惟合

> 肥刘叔雅先生(文典)在北平,因函介郑君访之。虽然,弟子之于师,不若友之于友也,盖为人结集著述,第一义在存真,不宜因有所讳而芟饰,有所主而偏重,此必其相与久而相知深,又具通识、博闻见,而不阿所好者乃能任之,因以告余友吴兴钱疑古先生(玄同),钱君欣然,愿与斯役;自是郑君随时与之商榷,而穷搜报志,广征遗文,精校异同,顺次时序,悉存其真,则钱君之力为多也。

“刘君弟子余知三人”中的三人之一自然是指刘文典,黎序本已道及;另一人为陈钟凡,也是学界所尽知的;那么还有一人又是指谁呢?是指蒙文通呢,还是指黄侃?那就不得而知了。替辞世的故人结集著述,在不阿所好的朋友和心存私淑的弟子之间,究竟谁更胜任?如果要就此作出选择,黎以为毫无疑问,应该倚重的是前者。他的理由是,在以“存真”作为第一义,即信守学术为天下公器的立场上,前者有可能比后者做得好一些。事实上,后来在涉及诸如《攘书》等刘师培早年文字,是应该收存还是应该删汰这样的具体定夺上,钱玄同即与刘文典意见严重相左:钱主收而刘则有所顾忌。但由于从编纂的一开始,郑裕孚即已采纳了黎锦熙这一不失为明智的先见,再加上钱玄同颇动感情地反复陈说其中的利害得失,最终使得《遗书》的编纂基本上守住了以“存真”为第一义的底线。

在黎后来所撰的《钱玄同先生传》中,对钱玄同在刘氏《遗书》编校刊行过程中所起作用的估定,似乎又恢复了上序未作改动前的原稿的说法:

> 到民国廿三(1934),有南桂馨先生发起编印他的老友刘申叔师培先生的遗书,和我接洽,我急报告钱先生请其参加搜辑,他慨允,岂料后来竟是钱先生给他一手编成的!因为除《国粹学报》《左庵文集》等直接向仪征刘家征得的遗稿之外,大部分都是钱先生旧存与逛厂甸陆续得来的材料。①

“一手编成”云云,和 1937 年 4 月 2 日钱玄同致郑裕孚书函中提到的前引黎序初稿中的“钱君董其成”一语,语义完全吻合,但前者终因当事人钱玄同的力阻,黎不忍拂逆老友的意愿,故该序正式收录在《遗书》时,“钱君董其成”一语便没有重新露面。但显然黎对老友力劝自己删去此语是很不情愿的,

① 黎锦熙:《钱玄同先生传》;曹述敬:《钱玄同年谱》,齐鲁书社 1986 年版,第 186 页。

好在如今老友已经作古，也就不存在当面违碍他意愿的问题，所以便又把它恢复成了原来的说法。

钱玄同跟黎锦熙之间，照《遗书》钱序中“黎君者，余近廿年审订国语及商量旧学之同志也”的说法，情谊之深，有非常人所能比拟者。而语言文字学家杨树达对这层关系则颇有微辞。《积微翁回忆录》[①]1939 年 5 月廿一日条，记钱氏去世消息，并忆及往事，即对此有所评议：

> 玄同天资明敏，读书努力，于音韵之学有心得。卢沟桥事变后，以养病居北平，倭人求之，终不出。周作人为其友，钱稻孙为其侄，皆已附逆。玄同独不受污，志节皎然，尤为可敬。然玄同一生大病在于好利，其于友黎锦熙狎昵，彼之友人无不非之，而玄同不顾者，以利耳。记十余年前，玄同任教清华，一日与余及张怡孙（熙）三人同车入城，车中玄同谓余云：“君治学语必有证，不如湖南前辈之所为。而做人则完全湖南风度也。邵西做人脱尽湖南气，而为文字喜作大言，全是湖南派头也。”怡孙后相见，语及此事，云：“此公与君疏而与黎亲，但其胸中何尝不明白。”余谓此可见玄同为人之矛盾，亦可见玄同为人之天真也。[②]

按，杨此条日记中称因病蛰居北平的晚年钱玄同，在周作人、钱稻孙俱已附逆之际，“独不受污”云云，与史实略有出入，后文将有所述及，这里不赘。该条所记车上交谈之语，因涉及近代湖南学风世风特征，也须略加说明。湖湘一带，土地刚强，民性倔强，欧化东渐以来的百年历史，尤多以天下为已任、挽狂澜于未倒的卓异之人，从曾国藩到毛泽东，举不胜举；学术上，湘学主通经致用，往往自辟蹊径，不为古学所囿，故与乾嘉诸儒以小学音韵训诂入手治经者，取径有所不同。杨树达则另树一帜，秉承清代朴学传统，专精小学，多从语源入手，上溯字义之初始，陈寅恪给他的回信中即有“当今文字训诂之学，公为第一人”的赞语（《积微翁回忆录》1940 年 8 月 12 日条），故而日记中会有钱玄同对他作“不如湖南前辈之所为”这样的评语。其实这也是当时学界的一种共识。《积微翁回忆录》1936 年 12 月 7 日条，还记述有张孟劬的类近说法：“湘中学者自为风气。魏默深（源）不免芜杂，王益吾（先谦）未能尽除乡气。两君（引按：指杨树达与余嘉锡）造诣之美，不类湘学。”至于

---

① 杨树达：《积微翁回忆录》，上海古籍出版社 1986 年版。

② 《杨树达文集之十七　积微翁回忆录、积微居诗文钞》，上海古籍出版社 1986 年版，第 150 页。

钱玄同讲杨树达“做人完全湖南风度”，则大致是针对近代湘人因自信其抱负卓异而容易流露出恃才傲物的自负所说的，我们读《积微翁回忆录》，即不难体会到这一点。在钱看来，黎正好相反，待人接物颇为谦谨随和，而治学则似嫌精谨不足。杨跟黎虽是湖南同乡，但对黎却独多不屑。《回忆录》1927年12月8日条：“得孙楷弟书，言近受刘半农（复）课。谈及文法学，刘言，近来研究中国文法者，当以杨某为第一。黎某之语文法，则殊难索解云。”1933年5月19日条：“黎锦熙送所著文法书来，略一翻阅，引《史记·项羽记》‘项羽则夜驰之沛公军’乃将‘军’字删去。昔年师范大学入学考试，渠以此为题，曾弄出一笑柄，至今不改，真不可思议也。”1934年1月1日条：“其（指黎）要点为己身毫无实力，专结钱玄同以自重云云。此点为京教育界人皆知之事实，非苛论也。”1942年8月31日条：“教育部聘教授名单发表，余与焉。此前陈寅恪、吴宓、吴有训、庄前鼎，皆清华同事；周鲠生、杨瑞六、梁希皆一高同学也。曾星笠落选而黎锦熙得之，其为不公昭昭然矣。”看似纯属个人之间的结怨，但根子还是出在学术取径上的不同。杨对钱玄同的音韵学造诣还是真心佩服的，尤其敬重钱的皎然志节。

另据杨《回忆录》1921年2月条，可知钱玄同之于早年杨树达，曾经有过一番引荐提携的情谊：“以钱玄同之介任北京高等师范学校国文法教员。编撰讲义《高等国文法》实始于此。”这部《高等国文法》是杨有声于国内学界及引起国际汉学界注意的第一部著作，所以杨的感铭应该是很深的。但是，由于钱玄同去跟自己怎么看怎么不舒服的黎锦熙交往甚密（“狎昵”），杨颇有替钱感到惋惜之意，并因“移情作用”的驱动，连带着对钱最终不免有“一生大病在于好利”的诟病。《回忆录》1935年7月19日所记从孙楷弟那里听来的有关北平师大文学院“腐败不可言”的传闻中，也有类似的品评。“好利”与否，本属见仁见智，主要得看所“好”之“利”是否来得正当，其余不必费辞。我现在只是想弄清楚，因为黎锦熙的推举，钱玄同参与了《刘申叔先生遗书》编纂的整个过程，那么这一参与，是否也包含有某种程度的“利益驱动”成分？我想应该是包含的。对此似乎无讳言之必要。钱玄同参与编纂遗书并不是纯粹尽义务，我们读他1936年9月27日致郑裕孚的书札即可大致明白。这通书札本是专就郑氏打电话来“为刘书事促弟速办”，而有所申辩。钱在里边讲了病状的纠缠，也讲了师大开学之际的诸多纷扰，如聘请教员、编排功课及签选课表的牵累，接下来说道：

弟又寒士，不能在料理刘书之外不做一事，因为若不给学校办事，则经济便发生问题也。故先生虽屡次面谕，将他事搁起而专办刘书事，弟殊未能遵命也。①

显然，主事人延请钱玄同参与刘师培遗书编纂不是无偿的，否则，如信中所说，郑裕孚曾屡屡要求钱“将他事搁起而专办刘书”，便成了很过分的“不情之请”了，于理于事都说不通。这笔酬款到底有多少，当事人早已经作了古人，自然无从得知，但显然还远远不足以使钱玄同在解决家累问题上无后顾之忧，否则钱氏也不至于对当事人的建言公然有“抗命”之举了。

钱玄同曾经把那些好唱高调、好自命清高的人斥之为“新宋儒”。他在1933年6月6日致胡适的信中特意引了谭嗣同这样一段话：

“今日又有一种议论，谓圣贤不当计利害。此为自己一身言之，或万无可如何，为一往自靖计，则可云耳。若关四百兆生灵之身家性命，壮于趾而直情径遂，不屑少计利害，是视天下如华山桃林之牛马，听其自生自灭，漠然不回其志，开辟以来无此忍心之圣贤！”②

以表明自己对这类“忍心”的“圣贤”的不屑和痛疾。钱参与《刘申叔先生遗书》的编纂是有所取酬的（他确实也是受之无愧），但这至多只是他参与此事的动机之一，既不可能是参与动机之全部，甚至也构不成主要动机。钱虽对“圣贤”之事无所措心，对“圣贤不当计利害”之类的“新宋儒”的高调尤其反感，但也并不赞成见利忘义，他对“利”并不躲闪，有清明通脱的理解，绝不矫揉造作，心是而口非，而终其一生，心中又始终有自己的一份守持，我们看他晚年参与《刘申叔先生遗书》编纂一事，便不难明白这一点。

四、倾力编纂《遗书》的内在动机

1937年7月5日，钱玄同撰完《遗书总目》，将刘氏遗著的整个编次过程原原本本交代了一遍，似乎旷日持久紧绷着的身心终于稍稍得以舒松了一下，便又感慨地随手录下了下面的文字：

余自阏逢阉茂国历岁杪至今，患血压高亢及右目昏瞀者两年有半

① 《钱玄同文集》（第六卷），人民大学出版社2001年版，第278页。

② 同上书，第125页。

矣，精神退漂，意思萧戚，笃癃衰废，疒倚在床，役心执笔，皆苦疲惫。关于刘君遗书之编次，仅就记忆所及者略为说明，不能赅备也。

钱玄同1937年8月31日致周作人信中就“疒”字解释说：“考《说文》，疒，倚也。人有疾痛，象倚着之形”。钱玄同行文写信，尤其是给熟人好友写信，好用打哑谜似的“今典”，上面的“阏逢阉茂国历”究系何指，在我们外人读来，简直如同天书，幸好他还另外注明了《总目》撰就的日期：

民国廿有六年，为公元一千九百卌有七年，岁在强圉奋若，七月五日，鲍山疒叟钱玄同编目竟，记于北平寓庐之饼斋。

“强圉奋若七月五日”既为1937年7月5日，“阏逢阉茂岁杪”则前此两年半，推算起来，当为1934年末。1939年1月17日，他即因高血压不治下世，距《刘申叔先生遗书》编就仅一年多一点时间。钱玄同晚年蒿目时艰，系心天下，常“满腔孤愤，抑郁难语”（1933年6月6日致胡适信中语）。北平沦陷后，他即恢复了早年民族革命时代的旧名“钱夏”。对一个略知“春秋大义”中“夷夏之大防”的中国人说来，此时恢复旧名的寓意是不言而喻的。困居北平期间，他曾寄语西迁中的国立北平师范大学同仁，誓言不淤伪命。国事蜩螗，外寇侵凌，本是多年老毛病的高血压症既无从得到有效控制，反而转为加剧。1935年驰书门师章太炎先生，内中即有“以悼心失国，宿疴加剧”之语（《制言》，十六期）。

编纂《刘申叔先生遗书》期间，钱身体时好时坏，始终处在病痛的困扰之下。我们看他那些年写给友人的信里，通报自己身体每况愈下、不胜病疴纠缠的消息，差不多已成为家常便饭。1934年3月17日，他就自己允诺过的为《辞通》作序一事致信吴文祺：

十六日晚承枉顾，失迎为歉！贱恙幸渐愈，惟精神甚疲乏，日间常常想睡，颇以为苦。①

翌年4月4日再致吴文祺：

① 《钱玄同文集》（第六卷），人民大学出版社2001年版，第136页。

贱恙总算渐有起色，惟仍不能做一小时以上之工作，且目疾未愈，行路及写字均受妨碍，殊以为苦。①

1935年3月14日致魏建功信中，也在为自己因病耽搁，不能及时为魏所请托的、替其所著《古音系研究》一书作序而致歉：

建功我兄：大著《古音系研究》印成已多日，而拙序迄未交卷，可胜惭悚！去年十二月中告兄，此序决于寒假期内完成之，故欲借阅校样，拟将全书籀绎一过，即行属草。不意尊处将校样送来之上一日（十二月廿一日），弟即患头目眩晕，息偃在床；然彼时预计，距寒假尚有朞月，及期或已痊愈。至本年一月廿二日，忽罹目眚，然尚以为稍稽旬日，或能动笔也。今又将两月矣，目眚未瘳，精神仍惫，伏案不及一小时，辄觉头重，心悸手颤，暂时竟不能用脑。现在只好请兄见谅，先将大著装成发售，弟病愈，必当补作此序，得于大著再版时补印入册，则幸甚矣。②

1938年12月2日致周作人信：

弟昨日忽觉左口与右手麻木，至今未愈，殊觉悲哀，意者其半身不遂之序幕欤？③

在与郑裕孚的通信中，此类通报更是比比皆是：

一九三五年三月九日："贱恙尚未痊愈，一日工作二小时，便觉神疲欲睡……"④

同年三月二十二日："不意上星期二（三月十二日），接连做五小时之工作而大惫，当日之晚即失眠，次日（十三）心慌头胀，大为恐怖，深虑左眼再失明，则竟如盲人矣（弟于一月二十日下午，忽觉心慌意乱，莫名

① 《钱玄同文集》（第六卷），人民大学出版社2001年版，第140页。

② 《钱玄同文集》（第六卷），中国人民大学出版社2001年版，第157—158页。（按，魏建功音韵学史研究代表作《古音系研究》一书，出版于1935年，故此信开头的"廿四年三月十四日，玄同白"，必系民国纪年无疑，当为1935年。该书编者将此信移入1924年，排在钱玄同致魏建功手札之首，误。）

③ 同上书，第89页。

④ 同上书，第217—218页。

其故，睡了两小时，心是定了，但右目忽眚，至今未愈）。”①

一九三六年一月十日：“弟卧病两周，至今未愈，躺下便安适，坐立即觉不舒服，最苦者不能多言，多言即觉血涌头胀，故缄口者旬日矣。”②

同年二月二十四日：“头目眩晕，心中怔忡……”③

一九三六年九月二十七日：“弟自七月杪患病至今，已阅两月。八月中之病状，先生所亲见也。”④

同年十月二十日：“弟近日身子衰弱依然如故。惟此事已做到九成以上，自必努力完成之，请放心为幸。”⑤

一九三七年四月二日：“惟弟自阳历过年以来，精神较去冬为差，休息时多因伏案十余分钟，即觉头胀面热，故未动笔。……《左庵年表》，打算不做了，因为弟精神不好……”⑥

按，《刘申叔先生遗书》卷首附有《左庵年表》。这就是说，曾经一度准备放弃此表的钱玄同，最终还是忍着病痛把它撰成了的。就是在这样一种常常是工作超过一小时，身体即会感到不堪承受的状况下，钱玄同却为编校《刘申叔先生遗书》倾注了难以计数的时间和精力。像这样就连生命健康有时尚且可以被他置之度外，你说那几个甚至还不足以化解家累的酬金，又怎么可能系得住他的心呢？那么支撑着他那么用心用力参与刘师培遗著编纂的主要内在动力究竟是什么呢？黎锦熙在《钱玄同先生传》中作了这样的揣度和描述：

刘（申叔）先生是四代家传治《春秋左氏传》之“古文”经学家，是清末的革命家，又转变为清臣端方的侦探，入民国又为拥袁为帝的六君子之一，正当“五四”运动时没于北大教授任内；是章太炎先生“道不同”的旧交，是黄季刚先生“年相若”的老师，而钱先生这几年病中还如此出力给这位故友编校遗书，就可见他不分门户，不计短长之纯粹的“文献”精神了。⑦

① 《钱玄同文集》（第六卷），中国人民大学出版社 2001 年版，第 219 页。
② 同上书，第 235 页。
③ 同上书，第 245 页。
④ 同上书，第 278 页。
⑤ 同上书，第 281 页。
⑥ 同上书，第 292 页。
⑦ 同上书，第 193 页。

黎的揣度和描述，显然更多着眼在“学术乃天下之公器”，即“不分门户，不计短长之纯粹的‘文献’精神”，也即可以上追到清代乾嘉诸儒那里的纯正学术冲动，指出这一点不失为有识，显然也是必要的，但还有一层较为内在的心理动机，同样也有待仔细揭示。因为沉疴的纠缠，困蛰在沦陷旧都的晚年钱玄同内心充满了忧患，虽然还有他一向最信服的老友周作人及“年相若”的家侄钱稻孙处可以走动和通信（此二人的附逆和落水，还是他下世之后的事，前引杨树达所记似有所不确），但终究与在艰难卓绝的南渡西迁中承当和维系着文化一脉的诸多同仁之间有着巨大的空间阻隔，心境毕竟是寂寞的。在山河崩裂民族困厄的时代面前，在时代突然裂开的灾难深渊面前，像钱玄同这样一个性情本来就算不得怎样平和的人，他给自己规定的任务，不是去加深这道裂渊（就像他最信服的老友周作人和他最亲近的“年相若”的侄儿钱稻孙在他下世后不久所做的那样），而是以远远超出身心所能承受限度的负荷量去编校刘师培的遗著。事实上，正是这样的一份工作，搅动起了他对青年时代的记忆，使得那些早已成为他一生中最弥足珍贵的材料，那些昔日往事，都纷纷重新回到了他的心里。如果没有这件工作在支撑着他的内心，我们将不难揣想到，晚年钱玄同的内心生活会是怎样的惨淡和悲凉。我想，这也就是为什么晚年钱玄同会在这件即使在其知己好友（如黎锦熙）眼里也没有什么特别不平常意义的工作上，动用和投入了如此不平常的专注和精力的原因之所在。因为这件工作对他说来，实有特殊的意义。他似乎是在藉此确保自己可以自由地并富有尊严地选择自己的生活，藉以寻求、清理和保持住自己真实的身份、感情和价值观有所归属。以下的分疏将会证实，我这样说并非意在耸人听闻。

毫无疑问，晚年钱玄同在编纂刘氏遗著上之所以这样尽心尽力，当然与他看重刘氏学术有关。对刘的学问，钱有很高的评价。1934 年 4 月 18 日致郑裕孚书札中这样写道：

> ……且如梁任公之保皇、刘申叔之变节，此在二十年前（民国初年），因时代较近，故诋毁者甚众。今则又阅二十年矣，彼二人之所为，早已成为历史上之陈迹，今则知之者已甚少，即真知之亦甚隔膜，即不隔膜，而怨恨之念亦不复萌生，但见其学问之渊深而敬之矣。盖行事之善恶，时过境迁即归消灭，而学问则亘古常新也。故申叔之行为，今日已成陈迹，人即知之，亦于彼无甚损益，而其学术文章，则极应表彰，嘉惠后学也。窃谓吾侪此时刊行申叔遗书，首在表彰其学术，次则为革命

史上一段史料。①

1935年3月9日致郑书札中又称“刘君之学，近世所希有”，刊行刘氏遗书，着眼点即在“使世人知刘氏行为虽有可议，而其学决不可因此而埋没”。此札主旨本在告诉郑裕孚，自己打算自告奋勇，前去说动民国革命元老蔡元培、章太炎出面为《遗书》题字作序，以广声气。钱对请出蔡很有信心，而对能否说动自己的老师，口吻之间则颇见犹豫，后来终“因先师与申叔凶终隙末，恐其或有谴呵之语，反失表彰之义，故屡欲去书请求，而迟回审顾，卒未果行”(见1936年7月5日钱玄同致蔡元培信)。《遗书》刊行时，只是附录了章氏早年与刘交好时的一组信函。在这组信函里，章对刘是以手足情怀视之的。后来章刘交恶，刘公然投入端方幕府，端方在资州被杀，刘一时也“死生难测”，甫从日本回到沪上的太炎先生“不念旧恶”，自己出面，或与蔡元培联名，通过报纸告示民国军政各级，刘师培国学深湛，身怀绝学，是民国文化建设的“紧缺人才”，故“虽负小疵”，也应手下留情，对他有所愿囿。盖有为文化神州惜此君之意也!② 后来刘的安然获释，并入讲四川国学院，均与此有关。但当章“以大勋章作扇坠，临总统之门，大诟袁世凯之包藏祸心”(鲁迅语)，以致身系囹圄而断不受袁氏挟制，刘则成为袁府上宾，进而列名筹安会，撰就《君政复古论》《刑礼议》《立庙论》，替袁氏帝制张目。刘晚年变本加厉的堕志丧行，对章内心的伤害实在是太深了，以致直到临终，章不再有一字提及刘。苏曼殊、黄节、黄侃等章刘当年共同的故旧去世时，章都送去了挽联，唯独刘下世时，章未置一辞。章自定《年谱》中忆及许多友人，对刘则深讳不言。不仅如此，《苏元瑛纪事》(1914)、《黄季刚墓志铭》

---

① 《钱玄同文集》(第六卷)，中国人民大学出版社2001年版，第193页。

② 章氏1911年12月1日于《民国报》发表通告：“今者文化陵迟，宿学凋丧，一二通博之材，如刘光汉辈，虽负小疵，不应深论。若拘执党见，思复前仇，杀一人而无益于中国，而文学自此扫地，使禹域沦为夷裔者，谁之责耶?”1912年1月11日复与蔡元培联名于《大共和日报》刊出《求刘申叔通信》：“刘申叔学问渊博，通知古今，前为宵人所误，陷入范笼。今者民国维新，所望国学深湛之士，提倡素风，保载绝学，而申叔消息杳然，死生难测。如身在地方，尚望先通一信于《国粹》学报馆，以慰同人眷念。”另据刘文典《回忆章太炎先生》：“章先生不久也就回国，住在上海哈同花园里，我因为太忙，只去看一次，是为刘先生的事。那时候，申叔先生正在端方的幕府里，端方被杀后，刘先生的下落不明。我怕刘先生有危险，求章先生打电报给四川都督尹昌衡，章先生不待我说，慨然说道：我早有电报，并且把电稿给我看。我记得电文上有这几句话：‘姚广孝劝明成祖：殿下入京，勿杀方孝孺，杀孝孺则读书种子绝矣。’又说：‘申叔死，我岂能独生?’他又约蔡元培先生联名在上海报上登一个广告，劝申叔先生到上海来，后来听说谢无量先生把刘先生接到成都，在存古学堂教书，章先生才放了心。”(《文汇报》，1957年4月13日)

(1934)里，对刘的变节附逆，章还多有斥责。钱玄同的犹豫和最终放弃，实是基于其对门师内心的深知。但终其一生，即便交恶和绝交之后，太炎先生对刘师培的学问也从未有过半句贬辞，则是不争的事实。钱玄同对刘师培学问的推重，比之他的业师，让人有更上层楼之慨。《遗书》钱序一上来便高视阔步，将刘的思想学术回置到清末民初这“最近五十余年”里，并与这一时段里贡献最为卓特的一批巨子相提并论，就我的阅读所及，对刘师培作如此大开大阖的评价，可以说迄今尚未见有出其右者：

> 最近五十余年以来，为中国学术思想之革新时代。其中对于国故研究之新运动，进步最速，贡献最多，影响于社会政治思想文化者亦最钜。此新运动当分为两期：第一期始于民元前二十八年甲申(1884)，第二期始于民国六年丁巳(1917)。第二期较第一期，研究之方法更为精密，研究之结论更为正确；以今兹方在进展之途中，且与本题无关，故不论。第一期之开始，值清政不纲，丧师蹙地，而标榜洛闽理学之伪儒，矜夸宋元椠刻之横通，方且高踞学界，风靡一世，所谓“天地闭，闲人隐”之时也；于是好学深思之硕彦，慷慨倜傥之奇材，嫉政治之腐败，痛学术之将沦，皆思出其邃密之旧学与夫深沈之新知，以启牖颛蒙，拯救危亡。在此黎明运动中最为卓特者，以余所论，得十二人，略以其言论著述发表之先后次之，为南海康君长素(有为)，平阳宋君平子(衡)，浏阳谭君壮飞(嗣同)，新会梁君任公(启超)，闽侯严君几道(复)，杭县夏君穗卿(曾佑)，先师章公太炎(炳麟)，瑞安孙君籀庼(怡让)，绍兴蔡君孑民(元培)，仪征刘君申叔(光汉)，海宁王君静庵(国维)，先师吴兴崔公觯甫(适)。此十二人者，或穷究历史社会之演变，或探索语言文字之本源，或论述前哲思想之异同，或阐演先秦道术之微言，或表彰南北剧曲之文章，或考辨上古文献之真赝，或抽绎商卜周彝之史值，或表彰节士义民之景行，或发舒经世致用之精义，或阐扬类族辨物之微旨，虽趋向有殊，持论多异，有壹志于学术之研究者，亦有怀抱经世之志愿而兼从事于政治之活动者，然皆能发舒心得，故创获极多。此黎明运动在当时之学术界，如雷雨作而百果草木皆甲坼，方面广博，波澜壮阔，沾溉来学，实无穷极。

这十二人当中，除平阳宋平子(衡)，名字和业绩，在梁启超1920年代讲学清华、南开期间所撰广有影响的讲稿《中国近三百年学术史》中，即已不见记载，今天更是几乎无人知晓外，崔适也稍显冷僻。钱玄同国故学的老师有两个，东京留学时代他是章太炎先生的入室弟子，辛亥年归居吴兴故里，又曾拜门崔觯甫（适）。章主“古文”，崔主“今文”，钱晚年常并称“先师”。崔氏任教北大，钱自然有穿针引线之功，崔病殁后，钱为之治丧，恪尽弟子之责。崔著《春秋复始》，是继康有为《新学伪经考》《孔子改制考》之后，清代公羊学的后劲和殿军，崔还著有《〈史记〉探源》，意在归本清源，恢复被“古文”经学家“窜乱”过的《史记》原貌。顾颉刚《当代中国史学》一书中，称扬崔氏与康有为、廖季平等，是新史学中名声显赫的“古史辨”一派最贴近的精神源头之一。其余诸位，则都是对后来整个 20 世纪中国社会政治思想学术有过重大影响，甚至改变了其进程的，至今仍在被人不断提及的一个个响当当的名字！钱玄同把刘师培的名字置列在这个名单里，岂止是一般的认同和激赏，简直推崇得无以复加了。

五、另一种学术史观

但这么一来，岂不是要跟前面曾经引述过的钱玄同 1938 年 3 月 1 日致郑裕孚书札显得大有出入了吗？在这份现存的钱致郑最后一通书札中，钱对郭君代笔的郑氏《遗书》后序原稿中的说法，不是颇有保留和争议吗？

> ……承示郭君之文，亦已读过，惟与鄙意略有不同之处。弟与申叔，朋友也，非师生也，亦非前辈后学也。少读其文，固受其影响，然自申叔于戊申冬回国以后直至己未冬作古，此十余年中，弟对于申叔之学，说老实话，多半不同意，非因其晚节有亏也，实因其思想守旧，其对于国学之见解与方法，均非弟所佩服也。近二十年来，弟读书稍多，不特对于申叔所论不同意处甚多，即对于先师章公太炎之著作，亦多有不敢苟同者矣。故郭君之文中未免太代弟撝谦，弟对于申叔不愿持此态度也。……①

在思想文化立场上，钱玄同也许确实有好动感情、说话偏激和容易走极端的天真一面，但也并不尽然。仔细寻绎起来，钱序和钱函之间，其实并无太大出入。郑氏后序原稿中的说法非常笼统，语及钱对刘一生思想学术文章极

① 钱玄同 1938 年 3 月 1 日致郑裕孚；《钱玄同文集》（第六卷），中国人民大学出版社 2001 年版，第 299 页。

表敬服，这是钱所不能同意的。钱认同和激赏的只是刘某一时段而不是笼统的所有时段的思想学术文章，说白了，钱佩服的仅仅是刘早年，即戊申(1908年)冬回国之前的思想学术文章，后边的即已不在佩服之列，这一点是绝对混淆不得的。不妨再回头细读《遗书》钱序开头的那段文字，“最近五十余年”间，中国学术思想研究方法更为精密、结论更为正确的“第二期”，“今兹方在进展之途中，且与本题无关，故不论”，这里的“且与本题无关”云云便颇值得玩味。

按理说，若以注重学术为关眼，这第二期较之第一期，方法、结论均已转精，趋于成熟，似乎应该更容易调动起研究者关注的兴趣才是，但钱玄同却对之兴趣不大，以为无关题旨，可以存而不论，他真正有兴趣的反倒是方法和结论均属起步因而不免显得稚拙的第一期。在时间的发生上，这一点与书札中所表明的自己只佩服戊申前的刘师培是一致的，均呈前倾态势。学术譬如积薪，后来居上，所谓“后出者转精”，本是顺理成章的事，为什么到了刘师培这一个案身上，论者同样是钱玄同，说法却变了，普适的原理不适用了，出现了有违常理的情况了呢？这不能不引起我们的留意。看来钱玄同对学术的理解很有些特别，至少和一般习见的理解不一样，他真正看重的学术，似乎并不在于其本身成熟、纯正与否，而是别有一番参照系数在起着作用并且左右着他的评判。如果我们再读一读他1934年4月18日写给郑裕孚的书札，或许可以对这一左右着他评判学术的参照系数多少有些领悟。这封书札本是针对刘师培的弟子刘文典不赞成将乃师早年所著《攘书》收进《遗书》里的意见所作的申辩：

> 弟以为《攘书》仍以刊行为宜。最大之理由，即此书内容甚精，对于古代学术及历史发明甚多，是一部极有价值的著作。……类皆原本学术，根柢遥深，皆粹然学者之言也。①

按，《攘书》一书，照我们今天的眼光读去，其浓烈的民族主义情绪，明显压倒了学术研究所应当具备的理性精神，即章学诚所说的“言公”②，它的价值主要不在学术，而是另有所为。但钱玄同偏偏对自己的判断非常自信，认定这本在我们今天看来价值主要不在学术的书，“皆原本学术，根柢遥深，皆粹然

① 《钱玄同文集》(第六卷)，中国人民大学出版社2001年版，第191页。

② 章学诚：《言公》，《文史通义》内篇四。

学者之言也”。我相信钱在说这些话的时候，是很真诚的，他的的确确是这么看的。他跟我们之间就学术概念的理解所存在的明显差异，完全是因为彼此怀抱不同使然。换句话说，这里不存在谁诚实谁不诚实之类的伦理问题，但却存在着以怎样一种怀抱去理解学术的问题。钱玄同与我们，甚至与同时代的一般学者不一样，他显然别有怀抱。怀抱不同，将涉及你会从怎样的历史层面、怎样的历史语境去进入问题和理解问题，其间会大有出入。这里援引本雅明1940年草就的《历史哲学论纲》中的一些看法，可能有助于问题的凸显和清晰。在本雅明看来，要确定过去的历史性关系，并非只是意味着“像它原本存在的那样”(这是兰克的说法)去认识和描述历史，而是相反，这意味着捕获一种记忆，意味着捕获住一种在危机的瞬间闪烁而出的记忆，从而在一个看似无法逆转的灾难过程中，提示出微弱但却是值得期待的救赎的可能性。本雅明所描述的这一历史哲学概念，明显带有他神秘而又厚重的犹太思想传统背景，但它的意义却并不仅仅为这份特殊背景所胶滞，事实上，这一描述为我们提示了一条进入历史的有效线索:通过一种特定的危机感，去把握住与过去某个特定时代相逢的局面，去捕捉住进入真正的历史内部的瞬间。传记、统计数字、编年表等，对我们回到历史现场是必要的，但远远不够，它们还只能传递不完整的信息，而历史是个意义不断失落的过程，必须靠挖掘、解释才有可能唤回其中不断消失的深层意义，解释者须得凭藉非凡的敏锐才有可能把握历史断片瞬间闪烁的意义组合，从而让失声的事物重新发出声音。而这一非凡的敏锐，便来自对危机刻骨铭心的感受和记忆。换句话说，危机感是人类进入历史的最佳契机，你不是置身在危机的时刻，你没有为危机意识所攫住或击中，你不具有对危机时代刻骨铭心的感受和记忆，那么这表明你的心灵还处在怠惰状态，也就意味着在历史的真实形象闪回的瞬间，你将不可能对之予以理解和捉握①。

钱玄同对刘师培的学术评价以及他心目中的学术概念，便与这样一种历史的危机时刻息息相关，而他对危机时刻刻骨铭心的记忆，则将成为我们理解钱玄同对作为个体的刘师培个人学术生涯乃至作为总体的整个学术概念的特殊理解，以及晚年钱玄同何以要逾越身心所能承受的限度，奋力投入自己对其后半段学术生涯实际有着很大保留和批判的刘师培著述编纂的一条重要线索。如果我们充分意识到对危机时刻的记忆保有是如何强有力

---

①　参见本雅明:《历史哲学论纲》(1940),《本雅明文选》,中国社会科学出版社1999年版,第403—415页。

地、甚至是不可违拗地左右着钱玄同的价值评定系统的，那么对他所认同的学术和我们所循守的学术准则之间何以会存在如此大的差异，对他何以要不遗余力推重非纯粹学者时代的早年刘师培著述的学术价值，却一意看轻甚至不屑其后期执教国学院及北大杏坛时的著述活动，也许就不至于会感到过于突兀和大惑不解的了。

《遗书》钱序将刘的著述先是作了前后二分，并就其精要者分别作了“论古今学术思想”“论小学”“论经学”和“校释群书”四个方面的评述，结论是：“婞较言之，前期以实事求是为鹄，近于戴学，后期以竺信古义为鹄，近于惠学；又前期趋于革新，后期趋于循旧。”清代“汉学”历来有惠(栋)戴(震)吴皖的说法。王鸣盛所谓“惠君之治经求其古，戴君求其是”，便一直广为论者所论同。晚近章太炎、梁启超及稍后周予同诸氏，在论及清代经学史时，便都倾向于将这层差异概括为“吴派”固守考据，而“皖派”训诂之后，还在义理上下功夫①。钱玄同在这里所取譬的“戴学”“惠学”之喻，大致也即指这样一层分疏。有关前后期划分，前文所引钱致郑裕孚书札已有所提及，这里不妨再据遗书钱序作一交代：“刘君著述之时间，凡十七年，始民元前九年癸卯(1903)，迄民国八年己未(1919)。因前后见解之不同，可别为二期：癸卯至戊申(1903—1908)凡六年为前期，己酉至己未(1909—1919)凡十一年为后期。”似乎还不应该看漏钱玄同在《遗书总目》中说过的一段相关的话：

> 刘君初名“师培”，前九年癸卯，至上海，与章太炎、蔡孑民诸先生相识，主张攘除清廷，光复汉族，遂更名“光汉”。……因刘君之更名“光汉”，实有重大之意义，在用此名之时期，刘君识见之新颖与夫思想之超卓不独为其个人之历史中最宜表彰之一事，即在民国纪元以前二十余年间有新思想之国学诸彦中亦有甚高之地位……

最近一百年来，与中国近代史上的其他重大事件相比，知识界更为眷顾、关注、甚至近于宗教性虔敬的，毫无疑问当首推“五四”新文化运动。陈万雄对此所作的解释是，“五四”的主导是知识界，运动的主体更是以知识分子为主，自然容易对知识界产生魅力，让知识界感到亲近。但他也不满意一直以来学术界过于将“五四”看作一划时代事件，以致一直忽略其与前

① 参见《章太炎全集(三)》，上海人民出版社1984年版；《梁启超论清学史二种》，复旦大学出版社1985年版；《周予同经学史论著选集(增订本)》，上海人民出版社1996年版，第904页。

此的辛亥革命之间的关连，为此他特意写出《“五四”新文化的源流》一书，通过平实的史料梳理，考释并坐实了无论就众多人物谱系还是就各个思想文化层面看，辛亥与“五四”均有直接相承的发展条理，不仅“五四”的倡导力量本属辛亥的一部分（如蔡元培、陈独秀、鲁迅……），即便对“五四”新文化持不同态度者，也多出自辛亥革命党籍（章太炎、黄侃、章士钊、刘师培、马叙伦、黄节……），因而“五四”的指导势力与辛亥革命本“不是两个世代，而是同一世代的人”①。陈万雄还追究到，在北洋军阀虎视下的北大，这些人之所以能在蔡元培的主持下共事，共同守住蔡提出的“兼容并包”这条思想文化底线，使北大校政教务大有兴革，即均与此一相同背景直接相关。

迄至辛亥的整个晚清，对近代中国知识分子说来，是他们少有的处境特别艰难、悲苦欢欣异常密集的一段时刻，在这段历史时刻，文化人和思想者赖以安身立命的基本前提都发生了根本的问题，不仅涉及其作为群体得以存在的基础及其个人的进退存亡，而且关乎全部文化和道德系统，均一一遭遇到了前所未有的严峻质疑和拷问。在传统、记忆、价值和语言的整体都面临动摇和崩溃的危机时刻，重建个人和群体经验的努力究竟应该从何开始？一个人处在这样巨大的危机之下，对现实，对历史，对民族，对个人，对自己所属的知识者群体，自然需要有通常年景难以想象的道德勇气和承当力量，就像康德在回答“什么是启蒙？”这个问题时所说的那样，意味着“要有勇气运用你自己的理智”。而在巨大危机挤压下展开的生命伦理和学术写作，却不期然而然地生长出其本应有的真实到刻骨铭心和丰富到复杂的层面。异常强烈的焦虑，真实勾勒出了人的主体世界的骚动不安，并把人的失重的心理和潜在的无意识及各种精神困苦充分展示了出来。许多长时期被压抑或因循僵化了的主题和话语，则在危机来临之际得以重新构成一个新的思想学术论域。此时此刻的思想和学术可能并不“纯粹”，但因为无不深深介入现实的危机情境之中，这就使得原本只是被严格限制在经院和书面上的著述活动，重新绽放出与危机撞击下显得特别真实有力的生命活动直接相通的种种可能，从而透出其特有的精神光泽。如此博杂的背景，遂使流贯在学术著述中的精神智慧显得异常厚实。思想和文化的青春期均完成于这一有着众多难以解决的巨大张力时代的钱玄同，对学术自然容易形成这样的看法，那就是，只有诞生在这种足以使人站到自身生存中罕见高度的危机时代

① 陈万雄：《“五四”新文化的源流》，生活·读书·新知三联书店1997年版，第57页。

的思想和学术，才是其一生中最具高度的思想和学术。这样的思想、学术和人格，甚至可遇不可求，因而弥足珍贵。对晚年钱玄同说来，有特殊惊悚，记忆犹新并且灵犀相通的刘师培的早年著述，便属此类展开在历史危机时刻的写作活动。此类著述在钱的心目里，将以其博杂厚重的生存感，与在这段大开大阖的历史途程上一度同道、终至分道扬镳的章太炎、蔡元培、陈独秀诸巨子的著述一起，为后人留下一道难以完全逾越的精神范式，让后人在他们的精神之旅中以及应对困境时，格外容易找到与之心灵相通的所在，单凭这一点，其在思想学术文化史上，就不是那么轻易就会销蚀在时间的风雨之中的了。

而意味深长的是，上述钱玄同对刘师培学术的特殊评判，与鲁迅临终前对自己东京游学时代与钱玄同一起师从过的太炎先生的评定，竟有异曲同工之妙。正像人们耳熟能详的那样，鲁迅和钱玄同之间的关系，有着一个由异常亲近到渐生隔阂，终至彼此嫌厌甚至相互嫉恶的过程①，两人思想学术的方法和风格以及语词系统，到后来都有着很大的分歧，但深入他们立论的根本，我们却依然可以感觉到一种共同的关切。在思想学术和具体历史人物评定上与时流显得格格不入，将评定的对象在历史危机时刻的特立卓行，不容置疑地视作其一生中最为真实可信、最宜表彰的一页，甚至甘冒轻忽其纯粹学术价值的危险也在所不惜，在这一点上，早已分道扬镳的他俩，直到生命终止的前夕，仍然有着惊人一致的地方。鲁迅下世前不久，即曾两度撰

---

① 1929 年 5 月 25 日鲁迅致许广平信中，述及在北平省亲时，“途次往孔德学校看旧书，遇金立异（引按：即金心异，钱玄同），胖滑有加，唠叨如故，时光可惜，默不与谈；少顷，则朱山根（引按：指顾颉刚）叩门而入，见我即踟蹰不前”（《两地书》，人民文学出版社，北京）。鲁迅逝世不久，钱玄同所撰《我对于周豫才君之追忆与略评》一文中也谈及此事：鲁迅去孔德学校访马隅卿，看学校收藏的旧小说，“我也在隅卿那边谈天，看见他的名片还是‘周树人’三字，因笑问他，‘原来你还是用三个字的，不用两个字的’。我意谓其不用‘鲁迅’也。他说，‘我的名片总是三个字的，没有两个字的，也没有四个字的’。他所谓四个字的，大概是指‘疑古玄同’吧。我那时喜效古法，缀‘号’于‘名’上，朋友们往往要开玩笑，说我改姓‘疑古’，其实我也没有这样的名片。他自从说过这话之后，就不再与我说话了。我当时觉得有些古怪，就走了出去。后来看到他的《两地书》中说到这事，把‘钱玄同’改为‘金立异’，说往‘孔德学校去看旧书，遇金立异，胖滑有加，唠叨如故，时光可惜，默不与谈。’我想，‘胖滑有加’似乎不能算作罪名，他说讨厌的大概是‘唠叨’如故吧。不错，我是爱‘唠叨’的。从二年（1913）秋天我来北平，至十五年秋天他离开北平，这十三年之中，我与他见面总在一百次以上，我的确很爱唠叨，但那时他似乎并不讨厌，因为我固‘唠叨’，而他亦‘唠叨’也。不知何以到了十八年，他就要讨厌而‘默而不谈’。但这实在算不了什么事，他既要讨厌，就让他讨厌吧。不过，这以后他又到北平来过一次，我自然只好回避他了。”（见《师大月刊》第三十期，1936 年 10 月 24 日）。因为是公开见诸杂志的文字，语气自然有所顾忌，而在私下日记里，钱玄同则直诋鲁迅《三闲集》《二心集》为“无聊、无赖、无耻”（见《钱玄同日记》；此处转引自《钱玄同文集》陈漱渝序，中国人民大学出版社 2001 年版）。

文专述他久已不见提及的太炎先生①，坦言自己即便在东京受业于章氏门下的当年，就曾经读不断《訄书》的句子，对章的其他学问现在也早已大多淡忘，只是章早年投身革命时的形象，那虽不得志却始终不堕其志，与保皇党斗，与当途斗，与乡愿斗，七被追捕，二入幽禁的情景，却历历犹新。他盖棺论定章氏为“有学问的革命家”，诚如木山英雄所精细体察到的那样，“固然是对于世间给晚年章炳麟加封‘国学大师’头衔的异议，而其间亦充溢着鲁迅充满怀念的情思。章炳麟留给鲁迅的倾注全部学术力量参与政治的强烈印象，使得他在共鸣的同时亦慨叹当今时代已不复存在此种动人心魄之事”。②不难看出，鲁迅终其一生所推重和认同的章氏思想学术，正是章氏个人在遭遇其一生中最重大的挫折之际，同时也是现代中国遭遇重大危机的历史时刻，所展开的思想和学术的苦旅，即章早年的那一部分思想学术。和鲁迅一样，钱玄同也只是对刘师培展开在特定历史危机时刻的学术著述怀有特殊的敬意，念兹在兹，显得一往情深。

不妨套用王德威一篇题为《被压抑的现代性》的论文的副题“没有晚清，何来‘五四’？”的句型：没有“辛亥”，何来“五四”？辛亥是“五四”之父，“五四”乃辛亥之子，子之于父，理当始终记取一份养育之恩。晚年鲁迅之于章太炎，就如同晚年钱玄同之于刘师培一样，他们对后者展开在历史危机时刻的思想学术的情有独钟，不仅有着对一段已逝生命的重温和眷顾，更主要的，乃是对“直接参与历史”的现实生命价值之于思想学术的内在根柢和真实源泉的意义，不约而同地拥有一份坚执不渝的信念。正像晚年鲁迅毫不掩饰地认同革命家时代的章太炎并把章的早年视作自己生命永恒记忆的一部分一样，晚年钱玄同也明确地将取名“光汉”时期的早年刘师培视作自己思想学术渊源所自的精神源头之一，并对之怀持一份深沉的感恩情结。从这个意义上说，鲁迅也好，钱玄同也好，都无愧为“五四”的一代巨子。晚年钱玄同参与刘师培遗著的整理和编纂，那份几乎超逾了他身心健康所能承受限度的异乎寻常的投入，实与其对学术、对人生困境的这份深重的内省和体验有关。正是这一参与，使得他再次重温并确认了自己之于危机时刻的思想学术精神的认同关系，并藉以重新理解和提出撰写一种有别于纯粹学究性学术史模式的学术史的可能。由于钱本人即是危机时刻的亲历者，所

① 鲁迅：《关于太炎先生二三事》《因太炎先生而想起的二三事》，收入《且介亭杂文末编》，人民文学出版社1981年版。

② 木山英雄：《“文学复古”与“文学革命”》，《学人》第十辑，江苏人民出版社1996年版。

谓的过来人，因而这一探讨自然要比无缘亲历此一时刻的外部研究者来得远为直接和亲近。此一学术史的思路和策略，相比较于对连续性的重视，毋宁更为看重思想学术的断续性的意义。这也就是本雅明所看重的“把一个特定的时代从连续统一的历史过程中爆破出来”的那种“既保存着”“又删除去”的“拯救性”记忆功能①。在本雅明看来，一个衰败、遗忘和停滞的世界总是在它们自身的存在中预设了救赎的可能，正是通过这一救赎性的记忆，现在与过去得以结成“历史的星座”，以往未酬的期待得以构成现在并指向更理想的未来的动力，而此一当下则反过来给过去灌注以意义，使之变成活生生的负有救赎使命的现在的内在构成部分。从某种意义上讲，即便是晚年钱玄同在给友人的书札中，对困扰自己的沉疴一次又一次不惮其烦的通报，也不仅仅是纯粹出于人在寂寞的时候常常不免会流露出来的顾影自怜，而实际上隐含有这样一层真切的踌躇和体认的意味，那就是如何处置已经显出生命大限所在的己身？我想，这才是问题的关键所在。

---

① 此处借引自张旭东:《从“资产阶级世纪”中苏醒:本雅明与中国当代文化意识》一文，谨致谢忱。张文系《启迪:本雅明文选》一书序言，牛津大学出版社 1989 年版。

主要参考书目（以作者姓名拼音为序）

［美］艾尔曼(B.A.Elman)：《从理学到朴学》，赵刚译，江苏人民出版社1995年版。

蔡元培：《蔡元培全集》，中华书局1984年版。

陈独秀：《陈独秀文章选编》，三联书店1984年版。

陈平原：《中国现代学术之建立——以章太炎、胡适之为中心》，北京大学出版社1998年版。

陈平原：《中国散文小说史》，上海人民出版社2004年版。

陈思和：《中国新文学整体观》(增订本)，台湾业强出版社1990年版。

陈思和：《学人文存　陈思和自选集》，广西师大出版社1997年版。

陈万雄：《五四新文化的源流》，生活·读书·新知三联书店1997年版。

陈寅恪：《金明馆丛稿初编》，上海古籍出版社1980年版。

陈寅恪：《金明馆丛稿二编》，同上。

陈寅恪：《元白诗笺证稿》，同上。

陈寅恪：《寒柳堂集》，同上。

程光炜：《文学史的多重面貌：八十年代文学事件再讨论》，北京大学出版社2009年版。

程光炜：《文学讲稿："八十年代"作为方法》，北京大学出版社2009年版。

程光炜：《当代文学的"历史化"》，北京大学出版社2011年版。

丁文江、赵丰田编：《梁启超年谱》，上海人民出版社1983年版。

废名：《废名文集》，东方出版社2000年版。

费正清主编：《剑桥晚清史》(上、下)，中国社会科学出版社1985年版。

冯友兰：《三松堂全集》，河南人民出版社2000年版。

冯自由：《革命逸史》第一、二、三集，中华书局1981年版。

傅斯年：《傅斯年全集》，湖南教育出版社2003年版。

郜元宝:《汉语别史——现代中国的语言体验》,山东教育出版社 2010 年版。

郜元宝:《遗珠偶拾(中国现代文学史札记)》,北京大学出版社 2010 年版。

龚鹏程:《晚明思潮》,商务印书馆 2008 年版。

龚鹏程:《近代思潮与人物》,中华书局 2007 年版。

龚自珍:《龚自珍全集》,上海人民出版社 1975 年版。

[日]沟口雄三:《中国前近代思想的演变》,中华书局 1997 年版。

[日]沟口雄三:《中国的冲击》,王瑞根译,生活·读书·新知三联书店 2011 年版。

[日]沟口雄三:《中国的历史脉动》,乔志航、龚颖等译,生活·读书·新知三联书店 2013 年版。

顾颉刚:《古史辨》(一至七),上海古籍出版社 1982 年版。

顾颉刚:《顾颉刚古史论文集》(一、二),中华书局 1988 年版。

顾炎武:《日知录集释》(上、中、下),上海古籍出版社 2006 年版。

顾炎武:《顾炎武诗文集》,中华书局 1983 年版。

顾准:《顾准文集》,贵州人民出版社 1994 年版。

郭沫若:《十批判书》,人民出版社 1954 年版。

贺桂梅:《〈新启蒙〉知识档案——80 年代中国文化研究》,北京大学出版社 2010 年版。

贺麟:《五十年来的中国哲学》,商务印书馆 2002 年版。

洪子诚:《中国当代文学概说》,香港青文书屋 1997 年版。

洪子诚:《问题与方法:中国当代文学史研究讲稿》,生活·读书·新知三联书店 2002 年版。

胡适:《中国哲学史大纲》,中华书局 2018 年版。

胡适:《胡适留学日记》,岳麓书社 2000 年版。

胡适:《胡适往来书信选》(三册),中华书局 1979—1980 年版。

胡适:《胡适的日记》,中华书局 1985 年版。

胡适:《胡适古典文学研究论集》(上、下),上海古籍出版社 1988 年版。

胡适:《胡适口述自传》,华东师大出版社 1997 年版。

胡颂平:《胡适之先生年谱长编初稿》,台湾联经出版事业股份有限公司 1984 年版。

黄侃:《黄侃论学杂著》,上海古籍出版社 1985 年版。

黄侃:《文心雕龙札记》,中华书局 2006 年版。

黄侃:《黄侃国学文集》,中华书局 2006 年版。

黄侃:《黄侃国学讲义录》,中华书局 2006 年版。

黄侃:《黄侃日记》(上、中、下),中华书局 2007 年版。

黄克武:《自由之所以然——严复对约翰弥尔自由主义思想的认识与批判》,上海书店 2000 年版。

黄宗羲:《明儒学案》,中华书局 1985 年版。

黄宗羲:《黄梨洲文集》,中华书局 1959 年版。

江藩:《汉学师承记(外二种)》,生活·读书·新知三联书店 1998 年版。

姜义华:《章太炎思想研究》,上海人民出版社 1985 年版。

金观涛、刘青峰:《观念史:中国现代重要政治术语的形成》,法律出版社 2009 年版。

康有为:《康有为全集》(十二集),人民大学出版社 2007 年版。

[美]柯文(P.A.Cohen):《在中国发现历史》,林同奇译,中华书局 1989 年版。

李欧梵:《李欧梵自选集》,上海教育出版社 2002 年版。

李欧梵:《上海摩登》,牛津大学出版社 2000 年版。

李泽厚:《中国近代思想史论》,人民出版社 1979 年版。

李泽厚:《中国古代思想史论》,人民出版社 1986 年版。

李泽厚:《中国现代思想史论》,东方出版社 1987 年版。

梁启超:《饮冰室合集》(影印本),中华书局 1989 年版。

梁启超:《〈饮冰室合集〉集外文》(上、中、下,夏晓虹辑),北京大学出版社 2005 年版。

梁启超:《梁启超论清学史二种》(朱维铮校注),复旦大学出版社 1985 年版。

梁启超:《中国历史研究法》,上海古籍出版社 1998 年版。

梁漱溟:《东西方文化及其哲学》,商务印书馆 1987 年版。

廖平:《廖平学术论著选集》,巴蜀书社 1989 年版。

[美]列文森(J.R.Levenson):《梁启超与中国近代思想》,刘伟、刘丽译,四川人民出版社 1986 年版。

[美]列文森(J.R.Levenson):《儒教中国及其现代命运》,郑大华、任菁译,中国社会科学出版社 2000 年版。

林毓生:《中国意识的危机》,贵州人民出版社 1986 年版。

刘师培:《仪征刘申叔先生遗书》(十五册),万仕国整理,广陵书社2014年版。

刘师培:《刘申叔遗书补遗》(上、下),万仕国辑校,广陵书社2008年版。

刘师培:《中国中古文学史·论文杂记》,人民文学出版社1959年版。

鲁迅:《鲁迅全集》,人民文学出版社2005年版。

吕思勉:《吕思勉论学丛稿》,上海古籍出版社2006年版。

罗志田:《权势转移:近代中国的思想、社会与学术》,湖北人民出版社1999年版。

毛子水:《师友记》,台北传记文学出版社1967年版。

孟泽:《王国维鲁迅诗学互训》,九州出版社2007年版。

木山英雄:《文学复古与文学革命》(中译本),北京大学出版社2004年版。

浦江清:《浦江清文史杂文集》,清华大学出版社1993年版。

钱基博:《中国现代学术经典钱基博卷》,河北教育出版社1996年版。

钱穆:《中国近三百年学术史》,中华书局1986年版。

钱穆:《两汉经学今古文平议》,商务印书馆2001年版。

钱玄同:《钱玄同日记》(整理本)(上、中、下),北京大学出版社2004年版。

钱玄同:《钱玄同文集》(五卷本),中国人民大学出版社1999年版。

钱钟书:《谈艺录》(补订本),中华书局1984年版。

阮元:《揅经室集》,中华书局1993年版。

桑兵:《国学与汉学——近代中外学界交往录》,浙江人民出版社1999年版。

桑兵:《晚清民国的国学研究》,上海古籍出版社2001年版。

[美]史华兹(B.Schwartg):《寻求富强:严复与西方》,叶圣美译,江苏人民出版社1989年版。

汤用彤:《汤用彤全集》(七卷),河北人民出版社2000年版。

汤志钧:《章太炎年谱长编》(上、下),中华书局1979年版。

汪晖:《现代中国思想的兴起》,生活·读书·新知三联书店2004年版。

汪荣祖:《康章合论》,新星出版社2006年版。

汪荣祖:《康有为论》,中华书局2006年版。

王德威:《被压抑的现代性:晚清小说新论》,北京大学2006年版。

王汎森:《章太炎的思想》,上海人民出版社2018年版。

王汎森:《古史辨运动的兴起》,台北允晨文化出版公司 1987 年版。

王汎森:《中国近代思想与学术谱系》,河北教育出版社 2003 年版。

王汎森:《近代中国的史家与史学》,复旦大学出版社 2010 年版。

王国维:《王国维遗书》(十六册),上海古籍出版社(据商务印书馆 1940 年版影印)1983 年版。

王晓明:《二十世纪中国文学史论》(第一、二、三卷),东方出版中心 1997 年版。

王晓明:《批评空间的开创——二十世纪中国文学研究》,东方出版中心 1998 年版。

王瑶:《鲁迅作品论集》,人民文学出版社 1984 年版。

王瑶:《中古文学史论》,北京大学出版社 1998 年版。

魏源:《魏源集》,中华书局 1976 年版。

萧萐父:《吹沙二集》,巴蜀书社 1999 年版。

萧萐父:《吹沙三集》,巴蜀书社 2007 年版。

[日]小林武:《章炳麟について——方法としての言語》,京都产业大学论集人文科学系列第 12 卷第 2 号。

谢樱宁:《章太炎年谱摭遗》,中国社会科学出版社 1987 年版。

熊十力:《十力丛书》,上海书店 2009 年版。

许寿裳:《许寿裳文集》(上、下),百家出版社 2009 年版。

杨树达:《积微翁回忆录》,上海古籍出版社 1986 年版。

严复:《严复集》,中华书局 1986 年版。

余英时:《士与中国文化》,上海人民出版社 1987 年版。

余英时:《中国思想传统的现代诠释》,江苏人民出版社 1989 年版。

余英时:《重寻胡适历程:胡适生平与思想再认识》,广西师大出版社 2004 年版。

余英时:《余英时文集》(十卷本),广西师大出版社 2003—2006 年版。

余英时:《朱熹的历史世界》(上、下),生活·读书·新知三联书店 2004 年版。

袁进:《中国文学的近代变革》,广西师大出版社 2006 年版。

袁英光、刘寅生编撰:《王国维年谱长编》,天津人民出版社 1996 年版。

章太炎:《章太炎全集》(一至六卷),上海人民出版社 1982—1986 年版。

章太炎:《蓟汉微言》,辽宁教育出版社 2000 年版。

章太炎:《章太炎先生自定年谱》,上海书店 1986 年版。

章太炎:《章炳麟论学集》,北京师范大学出版社 1982 年版。

章太炎:《国故论衡疏证》(庞俊等疏证),中华书局 2008 年版。

姚奠中、董国炎:《章太炎学术年谱》,山西古籍出版社 1996 年版。

张舜徽:《清儒学记》,齐鲁书社 1991 年版。

张新颖:《二十世纪上半期中国文学的现代意识》,生活·读书·新知三联书店 2001 年版。

周策纵:《弃园文粹》,上海文艺出版社 1997 年版。

周予同:《周予同经学史论著选集》(增订本),上海人民出版社 1996 年版。

周作人:《知堂回想录》(上、下),河北教育出版社 2002 年版。

周作人:《中国新文学的源流》,岳麓书社 1989 年版。

周作人:《周作人散文全集》(14 册),钟叔河订编,广西师大出版社 2009 年版。

朱维铮:《音调未定的传统》,辽宁教育出版社 1995 年版。

朱维铮:《求索真文明——晚清学术史论》,上海古籍出版社 1996 年版。

补充说明:《中国新文学大系》各辑各卷、鲁迅以外的新文学各重要作家的全集或文集,因数目繁多,故未便在此书目中一一开列。

后　　记

书稿的完成，前前后后，断断续续，差不多用去了我十几年的时间，如此“旷日持久”，不免会觉得感慨。

促成这部书稿的最初动机，本于20世纪90年代后期，王德威先生提出的“被压抑的现代性：没有晚清，何来五四?”一说（先是长篇论文，后来扩展成专书），当时受其激发，便有了些想法，于是陆续写出，暂时积攒在手里，后来凑成书稿，算是对这一在学界广有影响的说法的一份侧面回应。德威先生惋惜“五四”新文学未能对晚清文学的“通俗性”持以必要的尊重，心浮气躁地看漏了它实际所包含的丰富的“现代”因素，而有意无意对之造成的“压抑”，致使自身本应达成的丰富和深刻，或者说广度和高度，都不免因此而有所受制。这一“后见之明”，虽确有所“见”，但可能在带来新“见”的同时，也带来些新的“不见”和“未明”之处。

我当时其实颇忧心于20世纪90年代以来蔚为大观的“通俗”“世俗”或者“物质主义”的文学写作，有可能降低中国文学所应有的思想及精神水准，并将其与上述郑重致敬晚清“通俗文学”的“现代性”，惋惜“五四”新文学有意无意对其造成“压抑”的“没有晚清，何来五四?”说去挂钩，认为后者对前者虽然未必有直接“责任关系”，但至少起有推波助澜作用，间接责任还是有的，所谓“我虽不杀伯仁，伯仁因我而死”者是也。现在看来，也许有些责之过苛。至于“压抑”云云，那也要看怎么说了。思想、学术，文化、文学，其发生、发展与生命元气的保存，都离不开自由多元的生存环境。“五四”新文化、新文学诞生于北洋时期，属于周作人说过的“王纲解纽”时代，军阀纷争，自顾不暇，根本顾不上意识形态上的定于一尊，政局的糟糕自不待言，但思想、学术与文化、文学的环境，却是民国时期再也不曾有过的宽松，故而新文学之与晚清通俗文学一脉，应该是处在某种相对宽松、自由的竞争关系之中，之间并无太多外在的政治权力的介入和干预，新文学不甘于承续晚清通俗文学的余绪，或者按“压抑”说，对晚清通俗文学一脉持以“压抑”的态度，并非是借助于外部某种“定于一尊”的政治力量的施压，不过是思想学术、文化文学之间，彼此相对公平的竞争、选择的结果。

而我随后也似乎越来越清楚，我当时的疑惑，可能更多的是源于参照视野上的差异，我可能多少嫌德威先生在视野上还拓得不够开，尽管他博览了数以千百种计的晚清小说，可讨论问题的视野，似乎始终未能越出晚清文学雷池的半步。

我何以要对“被压抑的现代性”说从一开始就会信疑参半呢？上面已说过，德威先生此说，事关如何恢复中国新文学所本应具有的丰富和包容，他认为新文学对晚清文学的“通俗性”的有意无意的压抑，实源于其对于晚清文学“通俗性”中所蕴含的丰富“现代性”的视而不见与无从理解，倘若这一面能为新文学所充分认可和接纳，并发愤踔厉，大而广之，则中国新文学的成就或许未可限量，至少要比后来它所形成的格局和气度大出许多，他因此而替已成定局的中国新文学觉得可惜。我觉得他说得没错，但又有不满意。不满意在哪里呢？不满意在他始终是在拿文学说事，始终拘囿在文学的范围里谈论文学，谈到新文学的承传，便只是去晚清文学那里搜讨，可问题是，晚清文学从精神气脉上讲，其实很孱弱，实在不足以支撑得起可以与后来的新文学相对应的精神视野与气度。

我觉得在讨论文学承传的问题上，我们不妨听从章太炎的建议，把边框彻底打开。作为一种精神活动，应当把文学放置在一个时代的总体的精神空间中去考量才是。精神自有精神的运作逻辑，其所遵循的规则，套用当今股票市场的说法，应该是“逢高吸纳”，也就是说，在精神的空间或平台上，惟有更好、更有高度、深度与宽度的精神，才有竞争力，才有可能对别人施展影响力，为人所接纳。但在晚清的精神空间里，足以拥有此番能量的精神活动，似乎并不在通俗文学。晚清民初，有高度、深度和宽度的精神活动，主要多由思想学术所承担，而非通俗文学。精神空间的逻辑与资本的逻辑有所不同：资本（逻辑）是逢低吸纳，高位抛出，以从中赚取差价为满足；精神则注定是往上走的；一个向上，一个向下。虽然 T.S 艾略特的《四个四重奏》里对此有过很辩证甚至很诡辩的说法，“向上的路与向下的路，是同一条路。”可我还是觉得不一样，它们毕竟是两条路。

既然书稿旨在将中国新文学，尤其是其精神建构，重新纳入晚清以来，最足以代表中国思想学术水准的空间和视野，视其为晚清以来中国思想精神整体构架中的组成部分，打通其与晚清以来思想、学术之间彼此息息相关的联系，而此一思路现时期尚少见有人采纳与尝试，因而所面临的问题和所将遭遇的困难，自然远比预想的繁多，关涉的学科层面与需要重新研读的资料，毫不夸张地说，增长之势几乎呈几何级数，当初的起意、构想，随视野与研读的拓展及延伸，也会在相应的迁延中改变一些方向，甚至推倒重来，以致一而再、再而三地延误了预定的结项日期，在此谨向该资助项目的有关部门及专家，对我的“拖延”始终报以“容忍”的雅量而深表感激。同时也觉得问心无愧，因为这些年，我确实是在不计时间和功效，做着自己想做的这件事，不想草草了了应付了事。

书稿中有关章太炎及钱玄同编纂《刘申叔先生遗书》部分，最初成稿于2000—2005年，我在位于日本长野松本的信州大学人文学部任教期间。与我谊兼师友的新颖教授，大概是最早看过它们的抽印本或电子文稿的，当即就得到了他的认可和鼓励。当时他也正好有一段时间在韩国釜山大学教书，本来说好会有一个赴东京一桥大学开会的机会，我准备前去看他，后来不知何故未能成行。早些年，我曾有幸担任他们这个班的班主任的时候，新颖就曾以他出众的悟性令我暗自惊喜过。承他有心，把他在釜山那一段跟我有过几次往还的电子书信留存了下来。他当时凭第一印象，对我刚上手的工作所说的一些话，再一次让我感到惊喜。我觉得他对这项研究的理解，甚至超过了我自己对它的理解。另外让我觉得惊喜的则是，他把一些时过境迁，后来几乎都已经让我忘干净了的，即当时起意、发凡的一些心理动机，也都在他的日记里替我一一留存了下来。我将它们引录在这里，一来是想借重新颖的话，替自己壮壮阵势(如果真有这样的阵势的话)，二来呢，也是想借重这样的机会，多少向这本书的读者(我真心地谢谢你们!)交代一下当初我打算写作这本书的时候那点幽微的心路历程：

> 日记是2002年5月10日写的，当时我在韩国釜山大学，而李老师在日本信州大学已经好几年了。
>
> 反复读了几遍李振声老师的E-mail。
>
> 前些日子，我请李老师把他写的长文《钱玄同参与〈刘申叔先生遗书〉编纂始末发微》发来，读后我写信给他谈我的感受，同时也谈了我自己在学术上的困惑，向他求教。好几天没有回音。现在读到他的信：“这段时间日本过‘黄金周’，一直没上研究室，你的邮件还是刚刚看到的。谢谢你有耐心去读我那篇读起来肯定不会有什么快感的文章。年纪大了，文章写起来，连自己也觉得只是一味地在枯瘦下去，读你们的

文字，可以是那样地腴润自如，心里非常羡慕，但也无可如何，只好这样了。你问我的那个问题实在太难了，我只能老实说，我也答不出。谁都有个或多或少受此类困扰纠缠的时候。我自己这么多年，便是稀里糊涂捱过来的，我在这方面一向比较糊涂，同时还有点固执，信服别人指点不如信服自己。人文这一行，说到底无非还是王国维、傅斯年他们早已说过不知道多少遍了的那老话，一是看你能不能找到新的材料，再就是你有没有新的看法。一种东西或环境太熟悉了，就有撤离的必要，除非你有了新看法，让原先熟悉的东西一下子变得陌生起来，又能让你像打量一件陌生的东西那样重新打量它，这需要理论。”

我读振声老师的这篇长文，与去年读他的另一篇长文《作为新文学思想资源的章太炎》，感受略有不同。关于章太炎的文章，题目意思显豁；这篇谈钱玄同参与编纂《刘申叔先生遗书》始末的诸多繁杂事情，我一开始读就很紧张，因为我不知道阅读会被引向哪里。我就是一直怀着紧张的心情，看李老师非常耐心地考证和讲述种种细故。为什么钱玄同晚年会忍受着极大的病痛，以远远超出身心所能够承受的限度编校刘师培的遗著？读到这一问题提出，不禁怦然心动。“正是这样的一份工作，搅动了他对青年时代的记忆，使得那些早已成为他一生中最弥足珍贵的材料，那些昔日往事，都纷纷回到了他的心里……这件工作对他来说，实有特殊的意义。他似乎是在藉此确保自己可以自由地并富有尊严地选择自己的生活，并藉以寻求、清理和保持住自己真实的身份、感情和价值观有所归属。”文章后面的部分援引本雅明《历史哲学论纲》里的看法，论述钱玄同对刘师培的学术评价与对历史危机时刻的刻骨铭心记忆息息相关。钱推重非纯粹学者时代的刘早年著述的学术价值，却看轻其后期执教国学院及北大时期的著述，与鲁迅临终对章太炎的评价可谓异曲同工。这是因为，他们所认同的，是在历史特定危机时刻展开的思想和学术，此时此刻的思想和学术或不“纯粹”，但因深深介入现实的危机情境中，使得原本被限制在经院和书面上的著述活动，绽放出与危机撞击下显得特别真实有力的生命活动直接相通的种种可能，从而透出其特有的精神光泽。刘师培遗著的整理和编纂，使晚年钱玄同再次重温并确认了自己之于危机时刻的思想学术精神的认同关系，并藉以重新理解和提出撰写一种有别于纯粹学究性模式的学术史的可能性。文章恰好结束于这高潮处。

> 日记里说到的两篇长文，是李振声老师这些年来所做的一项工作的部分成果，这项工作是，对中国新文学的精神源头和思想资源作一个清理，把章太炎、刘师培等人的思想著述纳入新文学思想资源的框架里加以审视和谛听，力求对新文学的来龙去脉作更有历史根底的理解和阐释。同时还牵涉，置身社会文化急骤转型时期，学问家何以对时代做出反应，何以自处，何以接洽已有的学术体系与完全不同的新的知识体系，等等。这一系列的问题无法避免地会指向更根本的追问，学问究竟是什么？什么才是真正有价值的学问？如此等等。李老师跟我说，他要写的这些文字，一方面是在反刍历史，重新体验和追寻先人的内心经验，同时也想宽释自己心里的困惑和疑难。①

章太炎那篇随即便由与我同样谊兼师友的业松教授"自告奋勇"地拿去荐发于湖南的《书屋》。记得当时《书屋》正待被"整顿"，两期合并为一册，正好可以一次刊完这篇不短的文稿，得以让它就此结识了不少当时的年少新锐。康有为、梁启超部分的文字，曾刊发在陈思和、王德威先生担纲主编，金理教授负责编务的近年的《文学》季刊；王国维部分刊于复旦古籍所刊行的《薪火学刊》；还有一些初稿雏形，则曾相继刊发于《复旦学报》、南京大学"中国现代文学研究中心"主持的《中国现代文学论丛》和《杭州师大学报》等；在此谨向师友们的慨允版面深致谢忱。

结稿之际，披览全文，抱憾之心远多于喜悦之情。这些文字与其说是对我这些年研读的一个了结，毋宁说是一个个新的开始，它们正在引发出诸多尚未来得及写进眼前这部书稿之中、却又是亟待解决的问题。就写出的篇幅来看，刘师培的文论对于五四新文学家一代的影响尚未来得及好好涉及（而这种影响在鲁迅、周作人等人身上是真切地存在着的），就不能不说是个明显的缺憾。幸好我这些年指导过的狄霞晨博士，对中国文论近现代转型中刘师培所作的贡献颇有精到研究，我也便借了"近水楼台先得月"的方便，商请得她同意，附录了她尚未出版的博士论文中的一节，以稍稍弥补这方面的缺憾。另外，书稿第五章第五节，倘若没有她的襄助，这部分很可能至今还会以未成稿的方式继续搁置。我还记得，里边需要用到卢梭《社会契约论》的日本原田潜译述本《民约论覆义》及晚清留日学生杨廷栋据原田本所转译的《民约论》，我曾通过我在复旦图书馆的一位学生，商请北京的国家图

---

① 参见张新颖：《我的老师李振声》，《当代作家评论》2009 年第 5 期。

书馆能匀得一份照相电子版，终因需要费用数千元而不得不咋舌敛手，后来也是她去想了其他办法，相对“便宜”地找来借我的。这些都是我要特别感铭她的。还有更多的比我年轻了整整一代或两代的同行友人，他们的关注和勉励，也是促成书稿最终没有因为我的迟钝以及时不时纯粹出于任性的怠惰而被耽误的重要原因，谨在此默默表达我的感谢。

还有其他诸多缺憾，都只能期待在日后的后续研究中去弥补了。

著者，记于 2017 年 4 月，2020 年 5 月改

图书在版编目(CIP)数据

重溯新文学精神之源：中国新文学建构中的晚清思想学术因素/李振声著.—上海：上海人民出版社，2020
ISBN 978-7-208-16524-3

Ⅰ.①重… Ⅱ.①李… Ⅲ.①新文学(五四)-文学史-研究 ②学术思想-思想史-研究-中国-清后期 Ⅳ.①I209.6 ②B252.05

中国版本图书馆 CIP 数据核字(2020)第 098219 号

责任编辑 王梦佳
封面设计 夏 芳

重溯新文学精神之源
——中国新文学建构中的晚清思想学术因素
李振声 著

出　　版 上海人民出版社
(200001 上海福建中路 193 号)
发　　行 上海人民出版社发行中心
印　　刷 上海商务联西印刷有限公司
开　　本 720×1000 1/16
印　　张 21.5
插　　页 4
字　　数 355,000
版　　次 2020 年 9 月第 1 版
印　　次 2020 年 9 月第 1 次印刷
ISBN 978-7-208-16524-3/I·1899
定　　价 98.00 元